suhrkamp taschenbuch 384

Ines Hering

Hermann Hesse, am 2. Juli 1877 in Calw/Württemberg als Sohn eines baltendeutschen Missionars und einer württembergischen Missionarstochter geboren, starb am 9. August 1962 in Motagnola bei Lugano. Das Werk Hermann Hesses, ausgezeichnet mit dem Nobelpreis 1946, erscheint im Suhrkamp Verlag.

Die seit Jahren wieder in den Mittelpunkt der Diskussion gerückten Romane Hermann Hesses haben ganz zu Unrecht die nicht weniger reichhaltigen und eigenständigen Erzählungen des Dichters etwas in den Hintergrund gedrängt. In verschiedenen Sammelbänden sowie in Zeitungen und Zeitschriften verstreut, waren sie schwerer zugänglich und konnten erstmals 1973 in einer Sonderausgabe zusammengefaßt werden. Der dritte unserer auf vier Bände angelegten Taschenbuchausgabe enthält Erzählungen aus Hesses letzten beiden Jahren am Bodensee (1910 bis 1912), die mit der Indienreise ihren Abschluß fanden, sowie Erzählungen aus den Jahren bis 1918, der Zeitspanne vor und während des Ersten Weltkriegs, als er in Bern lebte. Bern war während der Kriegsjahre »übervölkert durch Diplomaten, Agenten, Spione, Journalisten, Aufkäufer und Schieber« schrieb Hesse 1925. »Die Luft um mich her war ein einziges Netz von Spionage und Gegenspionage, Intrigen, politischen und persönlichen Geschäftigkeiten.« (Kurzgefaßter Lebenslauf.) Inmitten dieser Atmosphäre baute Hesse gemeinsam mit Prof. Richard Woltereck die wissenschaftlich-belletristische Bücherzentrale für deutsche Kriegsgefangene auf und stellte nahezu seine gesamte Arbeitskraft in den freiwilligen und unbesoldeten Dienst dieser Aufgabe. Damals sammelte er die Erfahrungen, ohne die sein Vorausblick für die künftigen politischen Entwicklungen nicht möglich gewesen wäre. Nie zuvor und nie mehr später hat er sich zeitkritisch-publizistisch vergleichbar stark engagiert und exponiert. Ab 1917 wurden Politik und Zeitkritik sogar ein thematisches Leitmotiv. Einige Erzählungen dieses Bandes hat er nicht von ungefähr unter einem Decknamen veröffentlicht, um die ihm wichtige Tätigkeit der Fürsorge für nahezu eine Million Kriegsgefangener nicht aufs Spiel zu setzen.

»Der Reiz von Hesses Geschichten und Novellen beruht darauf, daß diese bunten Kristalle das Geheimnis des Tautropfens besitzen: noch im kleinsten Teilchen ein Spiegel des Unendlichen zu sein.«

Anni Carlsson

Hermann Hesse
Der Europäer

Gesammelte Erzählungen

Band 3
1909–1918

Suhrkamp

Zusammengestellt von Volker Michels

suhrkamp taschenbuch 384
Erste Auflage 1977

Quellennachweis am Ende des Bandes

Druck: Nomos Verlagsgesellschaft, Baden-Baden
Printed in Germany
Umschlag nach Entwürfen von
Willy Fleckhaus und Rolf Staudt

7 8 9 10 11 – 92 91 90 89

Inhalt

Wärisbühel

Hawang ist ein kleines Dorf, von dem man nie gehört hätte, wenn nicht neuerdings eine große Dampfziegelei dort entstanden wäre. Diese Ziegelei war auch schuld, daß die von Bitrolfingen nach Kempflisheim führende Lokalbahn schließlich bis Hawang weitergeführt wurde. Und da ich früher eine Vorliebe für kleine Orte hatte, die am Ende von unbekannten Lokalbahnen liegen, traf ich eines Tages gegen den Sommer hin in Hawang ein, mietete bei Bauern eine Kammer und richtete mich aufs Bleiben ein. Ich wollte ein Werk schreiben, das nur in der Stille und Ungestörtheit eines solchen Landaufenthaltes gedeihen konnte, und dessen verschiedene Dispositionen und Anfänge ich heute noch als ein Andenken an schöne Jugendjahre aufbewahre.

Natürlich zeigte es sich bald, daß auch Hawang nicht der Ort war, an dem mein Werk fertig werden konnte. Aber sonst gefiel mir die Gegend, und da das Einpacken, Aufbrechen und Abschiednehmen immer eine unerfreuliche Sache ist, blieb ich fürs erste, wo ich war und beschloß, in Hawang um einen schönen Sommer älter zu werden. Ich lag viel am Waldrande und sah den Bauern bei den Juniarbeiten zu, fischte heimlicherweise im Tälisbach, besah mir den Betrieb der Dampfziegelei und erzählte abends den müden Hausleuten von meinen Reisen und Plänen, bis sie es satt hatten und nicht mehr zuhörten.

Alsdann entstand eine Zeit der Langeweile. Wenn ich morgens aus dem Bett war, so um 7 Uhr, wanderte ich durchs Dorf und besann mich lange, welchen Weg ich einschlagen solle. Manchmal ging ich dem Walde zu bergan, manchmal links talabwärts gegen die Ziegelei, manchmal talauf um zu angeln, und zuweilen kehrte ich auch am Ende der Dorfstraße wieder um, ging heim und setzte mich in den Obstgarten, wo ich die kleinen, grünen Äpfel im Laube reifen sah und die Bienen und Hummeln im Kraut sumsen hörte. Einigemale ging ich auch zum Bahnhof, einem drei Meter langen Gebäude aus Wellblech, sah den einzigen täglichen Zug ankommen und abfahren, jemand aussteigen oder niemand aussteigen, wie es sich traf, und gerade hier am Bahnhof überkam mich das Bewußtsein der Langeweile am meisten. Einst fing ich ein Gespräch mit dem Vorstand an, erfuhr die Frachttarife der Bahn und die Entfernungen aller Stationen in Kilometern und fragte schließlich, nur weil der Tag so lang war und ich die Unterhaltung nicht schon wieder eingehen lassen wollte, ob es auf dieser Bahn auch Abonnementsbillette gebe. Der Stationsvorsteher gab mir genaue Auskunft. Es gab Billette von hier nach Bitrolfingen, die für vierundzwanzig Fahrten galten und so und so viel kosteten. Die Ermäßigung gegenüber den gewöhnlichen Billetten war, wie mir der Vorstand ausrechnete, ganz bedeutend, und jeder, der hier wohnte und zuweilen in Bitrolfingen zu tun hatte, besaß selbstverständlich ein solches Abonnement. Ich weiß nicht mehr genau, wie es ging, aber am Ende fühlte ich, schon weil ich den höflichen Beamten so lange in Anspruch genommen hatte, die Verpflichtung, mir ein Abonnement zu kaufen. Und nun konnte ich jeden Tag, wenn ich Lust hatte, nach Bitrolfingen fahren, nur heute nicht mehr, denn der Zug war schon abgegangen.

Am folgenden Mittag erschien ich mit dem angenehmen Gefühl, etwas zu tun und ein Ziel vor mir zu haben, auf dem Bahnhof und wartete auf die Abfahrt des Zuges. Reisende waren außer mir nicht da, aber es wurden zwei Wagen Ziegel angehängt, und nachdem mein Wagen schön von der Mittagssonne durchwärmt war, fuhren wir mit Getöse ab. Der Schaffner erschien sogleich, machte das erste Loch in meine gelbe Abonnementskarte und ließ sich, da ich nun Stammgast war, in ein Gespräch mit mir ein, das mich bis Kempflisheim aufs beste unterhielt. Dort hielten wir eine Rast und nahmen zwei Passagiere auf. Der eine schlief sogleich in seiner Ecke ein. Der andere, den ich auf einen Viehhändler taxierte, nahm den Schaffner in Beschlag, und dieser ging, meiner nimmer achtend, auf die Unterhaltung mit dem älteren Stammgast so eifrig ein, daß ich die Hoffnung aufgab, ihn nochmals an mich zu fesseln, und zum Fenster hinausschaute.

Da lernte ich mancherlei Neues kennen. Die Namen der Stationen bis Bitrolfingen, deren nicht wenige sind, könnte ich jetzt noch auswendig hersagen. Die Bahnhöfe waren zum Teil auch wieder aus Wellblech, doch gab es auch drei steinere, namentlich den von Wärisbühel, von dem noch zu reden sein wird. Allmählich wurde unser Wagen recht voll, doch setzte sich niemand zu mir, da ich fremd war, und ich fuhr fort, die Fluren, Wälder und Ortschaften anzuschauen. Bei jedem Bahnhof stand ein Wirtshaus, und an jedem hing dasselbe Schild »Gasthaus zur Eisenbahn«. An jeder Station war ein Vorstand mit roter Kappe, und hinter der kleinen, staubigen Fensterscheibe seines Quadratmeterstübleins sah man einen Telegraphenapparat: ein Messingrädchen mit einem unendlichen, schmalen Papierstreifen darüber.

Ich sah viel auf dieser Fahrt, was ich nicht alles beschreiben kann. Einiges habe ich wieder vergessen, anderes sitzt schon lokker und wird wohl mit der Zeit auch verstauben und versinken – eins aber habe ich nicht vergessen und werde es wohl auch nie vergessen. Das ist der Bahnhof von Wärisbühel.

Dieser Bahnhof fiel schon dadurch auf, daß er aus Stein gebaut war und nicht nur ein Erdgeschoß wie die andern, sondern ein oberes Stockwerk mit vier Fenstern besaß. Unten stand der Vorstand, hinter seiner Glastür glänzte geheimnisvoll das kleine Messingrad, neben der Tür hing ein Briefkasten und darunter saß am Boden ein kleiner Bub mit einem weißen Spitzerhund. Dies alles nahm ich aber nur mit einem flüchtigen Blicke wahr. Dann wandte ich den Blick nach oben, wo die vier Fenster lachten. Es war eine Freude, sie zu sehen, auf jedem Simse standen wohl sechs grüne Töpfe, und daraus hingen ganze Mengen von Nelken herunter, von allen Farben, namentlich aber weiße und rote. Man meinte sogar, durch die staubige, dicke Bahnhofsluft ihren Duft zu spüren.

Es war das Hübscheste, das ich auf der ganzen Fahrt gesehen hatte. Seit einigen Stationen war eine gewisse Schwere und Beklemmung über mich gekommen, welche der in Hawang zurückgelassenen Langeweile unheimlich ähnlich sah, und ich hatte mit Kummer an die dreiundzwanzig Billette gedacht, die ich noch zu verfahren hatte. Beim Anblick des stattlichen Bahnhofs und der nelkengeschmückten Fenster nun stieg wieder Freude und Lebenslust in meiner Seele auf, ich spann menschenfreundliche Phantasien und gab nichts mehr verloren.

Und wie denn eine Freude selten allein kommt, ging mir auch hier hinter dem Nelkenwunder noch ein anderer Zauber auf, obwohl es eine gute Weile dauerte, bis ich ihn entdeckte. Zum Glück hielten wir an dieser bedeutenden Station über eine Viertelstunde, und nachdem ich mein Auge mit Muße an den lieben Blumen gelabt hatte, tat sich mir noch etwas Schöneres kund. Nämlich im dritten Fenster, halb hinter den Blumentöpfen verborgen, stand geheimnisvoll in der dunklen Stube ein schönes Mädchen mit schwarzem Haar und hellen Wangen, die schaute aufmerksam und neugierig zu uns herunter. Das liebe Kind, dachte ich, da steht sie nun und schaut herab, vielleicht bei jedem

Zug, und langweilt sich und sucht ein neues Gesicht und einen kurzen Schimmer von draußen, um nachher den langen stillen Tag daran zu denken und etwas zum Sinnen zu haben. Sie gefiel mir und tat mir leid, obwohl ich nichts von ihr wußte, und ich hatte mein Vergnügen daran, wie sie hinter ihrem hängenden Gärtlein hervorschaute.

Indem fiel ihr Blick auch auf mich, und ich zog den meinen bescheiden zurück, wagte aber nach einiger Weile doch wieder hinzusehen, und da stand sie immer noch und sah mich an, gerade mich, und ich konnte nicht gleich wieder wegsehen, sondern sah ein paar Sekunden lang gerade in ihre dunklen Augen hinein. Sie blieb regungslos stehen und hielt den Blick aus, ohne zu blinzeln, so daß ich der erste war, der verlegen ward und wegschaute. Da fuhr auch der Zug wieder munter davon und tat eilig, und ich saß still auf meinem Bänklein und dachte lauter schöne Sachen. Der Tag und die Fahrt und das Abonnement freute mich jetzt wieder. Ich besann mich, ob ihr Haar schwarz oder vielleicht doch nur braun gewesen sei, und dachte mir aus, was sie jetzt wohl tun möge, etwa die Blumen gießen und einen Strauß davon auf ihren Tisch stellen, wo sie ihre Nähsachen und kleinen Besitztümer hat, ein Buch und ein paar Photographien, ein Nadelbüchslein aus Elfenbein und einen Mops oder Löwen aus Marmorstein.

Stationen gingen vorüber, und ich merkte es kaum, als wär' es ein Schnellzug. Am Ende kamen wir nach Bitrolfingen und mußten alle aussteigen. Da hatte ich drei Stunden Zeit, mir das Städtlein anzusehen, ein Bier zu trinken und zu erfahren, daß die Sakristei mit den alten Schnitzereien heut geschlossen und der Mesner nicht zu Hause sei. Was lag daran, ich würde ja bald wieder herkommen. Mein Bier trank ich in einem Wirtsgarten unter runden Kastanienkronen, und um die Heimkehr nicht zu versäumen, ging ich zeitig zum Bahnhof zurück, wo ich durchs Fensterlein dem Beamten beim Telegraphieren zusah. Doch merkte ich bald, daß hier die Verhältnisse großartiger waren. Der Vorstand schickte mehrmals unwillige Blicke heraus, da mein Zuschauen ihn ärgerte, und da ich noch stehen blieb, riß er das Fenster auf und rief: »Was gibt's? Wollen Sie ein Billett? Der Zug geht erst in einer halben Stunde!«

Ich zog den Hut und sagte: »Nein, danke. Ich habe ein Abonnement.« Da wurde er höflicher und duldete mich weiter am Fenster, während er seinen Papierstreifen punktierte. Die Zeit verging, man konnte einsteigen. Es wurde schon abendlich, als wir dahinfuhren, aber die Tage sind im Juni lang, und als wir nach Wärisbühel kamen, stand noch immer die Sonne am Himmel und schien gar golden und warm auf die Bahnhoffenster und die farbigen Nelkenstöcke. Das Mädchen, nach dem ich diesmal ohne Zeitversäumnis ausschaute, war nicht da, und da schien mir der ganze Glanz überflüssig und verschwendet. Aber gerade als es vorne wieder schnob und zischte, und der Schaffner, dem nahen Feierabend entgegen, mit verdoppeltem Eifer die Türen zuschlug, da erschien am dritten Fenster groß und schön das dunkelhaarige Mädchen, lächelte auf den abdampfenden Zug herunter und machte das Freudenflämmlein in mir wieder hoch aufgehen. Mir schien diesmal, ihr Haar sei doch nicht ganz schwarz, sondern habe einen hellen, ja fast goldigen Schein in sich verborgen, doch mochte das auch vielleicht nur von der Abendsonne herkommen.

Zufrieden mit meiner Reise und dem so hingebrachten halben Tag kam ich in Hawang an, wo ich wieder der einzige Fahrgast war und vom Vorstand mit einer ermunternden Art von Kollegialität begrüßt wurde, als hinge ich durch mein Abonnement nun nahe mit dem Eisenbahnwesen zusammen. Daheim in meiner Bauernkammer sah mich alles ein wenig trostlos an, als sei ich recht lange Zeit fort gewesen, und vor dem Einschlafen nahm ich mir vor, am anderen Tag wieder nach Bitrolfingen zu reisen. Dann wäre vermutlich die Sakristei mit den kunstgeschichtlichen Raritäten geöffnet, das Bier würde unter den schattigen Kastanien wieder vortrefflich schmecken, der dortige Bahnbeamte würde den Stammgast in mir erkennen und freundlicher sein, mir vielleicht sogar das Telegraphieren zeigen, worauf ich längst neugierig war. Möglicherweise würde auch in Wärisbühel das Fräulein wieder hinter den Nägelein stehen, auf alle Fälle aber würden die Nelken da sein, und die Fahrt kostete mich ja gewissermaßen nichts.

Dennoch aber blieb ich den anderen Tag in Hawang. Es war mir eingefallen, jenes Fräulein könnte doch am Ende finden, ich komme ihretwegen schon wieder, und möchte beleidigt sein oder mich sonst falsch beurteilen. So blieb ich denn da, besuchte die Dampfziegelei und lag den Nachmittag mit einem Reclamheftchen im Heu, bis der Hunger mich ins Dorf trieb.

Am nächsten Mittag jedoch schien mir die Reise doch angängig.

Ich konnte ja, falls das schöne Mädchen kein freundliches Gesicht machte, mich in den Wagen zurückziehen und sie nur verstohlen betrachten. Auch wollte ich nun die Altertümer von Bitrolfingen entschieden einmal sehen und auch sonst die Gelegenheit benutzen, mit meinem Billett diese Gegend recht kennen zu lernen und mancherlei Beobachtungen und Studien zu machen. Darum reiste ich mit gutem Gewissen ab, sah den Schläfer und den Viehhändler und die meisten anderen Mitreisenden von vorgestern wieder einsteigen, gab dem Schaffner eine Zigarre und fühlte mich in dem Zug schon recht eingebürgert und zugehörig. Etwas vor Wärisbühel stellte ich mich auf die Lauer und sah bald das steinerne Gebäude, den Briefkasten und die Blumenfenster auftauchen, wo ich mir im Herzen eine kleine Heimat und Gedankenherberge errichtet hatte. Auch wich ich gar nicht vom Platz, als an ihrem alten Orte das Mädchen erschien und sich den Zug ansah. Sie schaute zuerst nach dem kleinen Coupé im vorderen Wagen, unserer zweiten Klasse, die jedoch leer war, dann nach unseren Fenstern, und da entdeckte sie mich richtig, sah mir wieder ins Gesicht, und mir schien, sie habe ein ganz kleines, schönes Lächeln darin aufgetan, das ich zwar keineswegs auf mich beziehen durfte, das ich aber als ein schönes und fröhliches Ereignis in der Stille unbedenklich mitfeierte. Sie stand wieder etwas in der Stube zurück, daß nicht jeder sie sehen konnte, und ihr Haar sah jetzt wieder völlig schwarz aus, auch die Augen im hellen, blassen Gesicht dunkelten tief. Im Abfahren schaute ich immer noch hinauf und behielt sie im Auge, und auch sie blieb stehen, und ich sah sie noch, als sie schon ganz klein und undeutlich wurde. Mir kam es vor, sie lächle jetzt überaus lieb und herzlich, gerade auf mich zu, doch war das mehr ein Spiel meiner Einbildung als Wahrheit, denn ihr Gesicht war in solcher Entfernung nur noch als ein lichter Fleck zu erkennen.

Da ich nicht wußte, wie sie hieß, und mich auch nicht getraute, jemand zu fragen, konnte ich mich auf der ganzen Fahrt darüber besinnen und schöne Namen für sie ausdenken. Hedwig schien mir anfänglich das Richtige und Schönste, doch sah ich bald wieder ein, daß Gertrud doch weit schöner und passender war, und nun hatte sie bei mir den Namen Gertrud, und wenn ich zu meinen Gedanken von vorgestern die heutigen Vorstellungen und den Namen tat, so hatte ich von der Unbekannten schon ein recht gutes Bild.

In Bitrolfingen sah ich die Sakristei und die alten geschnitzten Stuhllehnen und gemeißelten Grabtafeln verwichener Herren und Kleriker, hielt jedoch nicht allzu lange dabei aus und war beizeiten wieder auf der Station, wo unsere Lokomotive geölt wurde und Wasser bekam. Der Vorstand erwiderte meinen Gruß höflich und fragte sogar, ob ich aus Wärisbühel komme. Als ich sagte, nein, aus Hawang, rühmte er die Entwicklung der dortigen Ziegelei und sprach die Vermutung aus, ich sei dort angestellt. Ich ließ ihn bei diesem Glauben, der mir nur förderlich sein konnte, und da ich in den Zug stieg, war mirs, als täte ich das schon zum hundertsten Male, und als hätte ich wirklich auf der Lokalbahn und in der Gegend etwas zu suchen.

Die Sonne schien abendlich und golden über die Wiesen und roten Dächer, als wir nach Wärisbühel kamen, der kleine Bub war auch wieder da, diesmal ohne den Spitzerhund, und droben stand schon wartend das Mädchen, hatte einen Sonnenstrahl in den Haaren und auch einen Abglanz davon auf dem Gesicht, so daß ich sie recht deutlich betrachten konnte. Ich schätzte sie auf zwanzig Jahre. Und dieses Mal war es keine Einbildung – als der Zug anzog und ins Rollen kam, glühte auf ihrem hellroten Mund ein klares, herziges Lächeln auf, und mit diesem Lächeln im Gesicht sah sie mir in die Augen, daß mir das Herz lachte und zitterte. Schau, dachte ich, sie kennt dich noch und nimmt dir nichts übel! Und es tat mir in der Seele wohl, daß ich mir nun vorstellen durfte, sie denke vielleicht auch an mich, wie ich an sie und mache sich Gedanken über den fremden jungen Mann.

Nun war ich also, wenn auch nicht zum erstenmale verliebt, und dieser Zustand gefiel mir äußerst wohl. Die Langeweile war vollständig vergangen, und ich schämte mich vor mir selber, daß ich in der schönen Gegend noch kürzlich so taub und faul umhergetrottelt war. Die Wälder lagen jetzt am Morgen so königlich und friedvoll hinter den hellen Feldern, wie der herrlichste Dichter es nicht sagen konnte, und die Berge in der Ferne schauten so still und gedankenvoll herüber, daß ich beständig zu schauen und zu denken hatte und mir der nächste Tag schnell und leicht verging wie noch keiner in diesem Dorf. Überall war Gottes Schöpfung am Werk und alles glänzte von Licht und Lebenswonne.

Dennoch genügte die Pracht mir nicht lange, und ich fuhr schon nach zwei Tagen wieder den alten Weg. Ja, sie war am Fenster, und wenn ich recht sah, so hatte sie beinah auf mich gewartet und war nun froh, mich wiederzusehen. Wenigstens machte sie ein stilles Freudengesicht und sah mich aus den dunklen Augen auf eine solche Weise an, daß es mir über die Haut ging, wie wenn sie mir einen Kuß gegeben hätte. Und kaum hatte ich das gedacht, da stach mich auch schon die Lust, und ich nahm mir im Herzen vor, früh oder spät von diesem schönen Geschöpf einen Kuß zu erhalten, was mir als äußerster Hort der Seligkeit und dennoch vielleicht nicht allzu kühn gewünscht erschien. Von einem schönen, ernsthaften Mädchen auf den Mund geküßt zu werden, das war mir immer schon als ein wunderlicher Traum vor der Seele gestanden, doch hatte es sich nie ereignen wollen. Jetzt aber schien mir alles möglich, und ich empfand, daß diese Sache im Begriff war, ein richtiges Abenteuer zu werden. Wohl hätte ich ihr gleich jetzt zunicken oder heimlich winken können, doch schien mir das immerhin viel gewagt, und ich beschloß die Rückfahrt abzuwarten und mir diesen Schritt bis dahin zu bedenken.

Damit hatte ich für die Fahrt und für den Aufenthalt in Bitrolfingen und noch für die Rückreise genug zu sinnen, und am Ende blieb es bei dem Entschlusse, sie heute durch irgendein Zeichen oder Winken zu grüßen. Wenn sie dann Antwort gab, so war es gut, und ich konnte weiter sehen, wenn nicht, so konnte sie mich eben nicht leiden, und ich mochte dann weitere Jahre ungeküßt herumlaufen.

Es gelang mir auch, den Entschluß auszuführen. In Wirklichkeit hatte ich kaum die Gertrud erblickt, so nickte ich ihr zu und machte eine grüßende Bewegung mit der Hand. Es geschah beides sehr vorsichtig und wenig deutlich, doch entging es ihr nicht, und sie gab zu meiner Freude Antwort, indem sie lächelte und zweimal mit dem Kopfe nickte.

Nun wäre ich am liebsten sofort ausgestiegen und durch die Tür und die Treppe zu ihr hinauf gesprungen. Ich schaute ihr nochmals fragend ins Gesicht, und sie steckte abermals ihr leuchtendes Lächeln wie eine festliche Freudenfahne aus. Da verbreitete sich die Gewißheit, daß sie mich wohl leiden und meine Verehrung gerne dulden möge, über mein Gemüt wie ein herzhafter Morgenschein, und ich war bereit, auf ihren Wunsch mich unter die Räder zu legen. Indem fuhr der Zug wieder ab, ich nahm mit einem stillen Gruße Abschied und reiste durch die Abendpracht heimwärts als durch ein verklärtes Land.

Das war eine schöne Stunde, wohl eine von den schönsten, an

die ich zu denken weiß. Sie lachte in ihrem goldenen Schein, erwärmte mir das junge Herz und gab meinen Gedanken rosige Flügel, damit ich leicht und selig in alle Jugendparadiese flog. Und sie neigte sich, ohne daß ich dessen achtnahm, und war vorbei, ehe ich es wußte, wie jedes Glück.

Nun hatte das Abenteuer mich entzündet, und auf das stille Gefühl des Glücks und der Erfüllung folgte ein Plänebauen und Mehrbegehren und zugleich eine Angst und Verzagtheit, denn ich hatte in Liebessachen keinerlei Erfahrung. Zwei Tage gingen mir mit furchtlosem Nachsinnen verloren. Mein Wunsch war, nun nach Wärisbühel zu fahren, dort auszusteigen und auf irgendeine Weise mit ihr zusammenzukommen. Ohne mir allzu kühne Hoffnungen zu machen, meinte ich doch es erleben zu sollen, daß mich ein schönes Mädchen freundlich empfange und mir einen Kuß gebe. Doch, sobald ich mir ausdachte, wie es alsdann wäre, wenn ich dort am Bahnhof stünde, wie ich zu ihr kommen und was ich zu ihr sagen solle, daß ihr Vater und vielleicht ihre Mutter da sein würden, dann stand alles wie ein Berg vor mir und erschien mir unmöglich. Auch meine Gewißheit verließ mich wieder ganz. Wohl hatte sie mir freundlich zugenickt und mich angelächelt, ja, aber was wollte das bedeuten? Am Ende hatte sie das schon manchem Vorüberreisenden getan, in aller Unschuld, und wenn ich nun käme und stünde da und begehrte mehr, wie würde das aussehen? Sie wußte ja nichts von mir, noch viel weniger als ich von ihr. War sie denn für meine frechen Träume verantwortlich? Ach, sie hatte mir gegeben, was sie gern gab, einen Gruß und einen Abglanz ihrer Lieblichkeit, und ich wollte jetzt kommen und Ansprüche machen!

Am dritten Tage wußte ich mir keinen Rat, als wiederum zu reisen. Dann konnte ich immer noch in Wärisbühel aussteigen oder weiterfahren, wie es sich gab. Unruhig ging ich an die Station und wartete den Zug ab. Ich stieg ein, der Schaffner grüßte vertraulich und machte mir ein neues rundes Löchlein in mein Abonnement, der Viehhändler kam auch wieder, und vor den Scheiben zogen die wohlbekannten Bilder vorbei, von denen mir immer eines glückbringend und das nächste verhängnisvoll vorkommen wollte.

Wir kamen am Ende, so lang es mir auch dauerte, nach Wärisbühel. Da wollte mir der Herzschlag stehen bleiben, als ich die

Gertrud in einem braunen Kleide am Bahnhof stehen sah, eine große Tasche in der Hand, und bei ihr den Vorstand und den kleinen Buben und eine kleine, magere Frau, wohl die Mutter. Sie und die Tochter waren in Reisekleidern, und das Mädchen hatte rote Augen und Tränen auf den Backen stehen.

Sie gab dem Vorstand einen Kuß in seinen blonden Bart und stieg mit der Mutter ein. Und sie stiegen in meinen Wagen, nahmen ganz in meiner Nähe Platz. Ich wagte nicht, sie anzusehen, bis der Zug im Fahren war, und sie aus dem offenen Fenster zurückwinkte. Da konnte ich sie betrachten und sehen, daß sie wahrhaftig wunderschön war. Ihre Haare waren dunkelbraun, und ihre Augen ebenso, aus den Abschiedstränen lächelte sie schon wieder mit demselben hellroten Munde, mit dem sie damals mir zugelächelt hatte. Sie setzte sich nun und plauderte mit der Mutter; mich sah sie nicht oder schien mich doch nicht zu kennen. Und ich hörte das halbe Gespräch, und daß sie wirklich die Tochter war, und dann sprach sie von einem Robert, und dann von ihrem Mann, und ich begriff allmählich, daß sie verheiratet und bei den Alten zu Besuch gewesen war.

In Bitrolfingen verschwand sie mit ihrer Mutter im Wartesaal, und zwar im Wartesaal zweiter Klasse, obschon sie in der dritten fuhr, und mir fiel ein, wie oft ich mich darüber geärgert hatte, Reisende der dritten Klasse im Wartesaal der zweiten warten zu sehen. Freilich war sie die Tochter eines Bahnbeamten.

Als ich das nächstemal denselben Weg fuhr, hatte ich meinen Koffer mit und reiste weiter, in eine andere Gegend. Das Abonnement hatte ich meinem Hauswirt geschenkt. Und es kamen andere Zeiten, ich vergaß das meiste, nur die Namen der Stationen nicht, und nicht die Nelkenfenster. Ich blieb weiterhin ungeküßt, und wenn auch das inzwischen anders geworden ist, so wollte doch die schöne Gertrud und meine törichte Reisephantasie nicht ganz aus meiner Seele weichen, sondern blieb verborgen darin wohnen und sieht mich noch heute zu manchen Stunden fast wie eine wirkliche Jugendliebe und wie ein wirkliches Jugendglück an.

(1909)

Die Heimkehr

Die Gerbersauer wandern nicht ungerne, und es ist Herkommen, daß ein junger Mensch ein Stück Welt und fremde Sitte sieht, ehe er sich selbständig macht, heiratet und sich für immer in den Bann der heimischen Gewohnheiten begibt. Doch pflegen die meisten schon nach kurzen Wanderzeiten die Vorzüge der Heimat einzusehen und wiederzukehren, und es ist eine Rarität, daß einer bis in die höheren Mannesjahre oder gar für immer in der Fremde hängenbleibt. Immerhin kommt es je und je einmal vor und macht den, der es tut, zu einer widerwillig anerkannten, doch vielbesprochenen Berühmtheit in der Heimatstadt.

Ein solcher war August Schlotterbeck, der einzige Sohn des Weißgerbers Schlotterbeck an der Badwiese. Er ging wie andere junge Leute auf Wanderschaft, und zwar als Kaufmann, denn er war als Knabe schwächlich gewesen und für die Gerberei untauglich befunden worden. Später freilich zeigte sich, daß die Zartheit und Schwäche nur eine Laune der Wachsjahre gewesen und dieser August ein recht kräftiger und zäher Bursche war. Jedoch hatte er nun schon den Handelsberuf ergriffen und schaute im Schreibstubenrock auf die Handwerker mit einigem Mitleid herab, seinen Vater nicht ausgenommen. Und sei es nun, daß der alte Schlotterbeck dadurch an Vaterzärtlichkeit verlor, sei es, daß er in Ermangelung weiterer Söhne doch einmal darauf verzichten mußte, die alte Schlotterbecksche Gerberei der Familie zu erhalten – kurz, er begann gegen seine alten Tage das Geschäft sichtlich zu vernachlässigen und es sich wohl sein zu lassen und endete damit, daß er seinem einzigen Sohne das Geschäft so verschuldet hinterließ, daß August froh sein mußte, es um ein Geringes an einen jungen Gerber loszuwerden.

Vielleicht war dies die Ursache, daß August länger als nötig in der Fremde verblieb, wo es ihm übrigens gut erging, und schließlich überhaupt nimmer an die Heimkehr dachte. Als er etwas über dreißig Jahre alt war und weder zur Begründung eines eigenen Geschäftes noch zu einer Heirat Veranlassung gefunden hatte, erfaßte ihn spät ein Reisedurst. Er hatte die letzten Jahre bei gutem Gehalt in einer Fabrikstadt der Ostschweiz gearbeitet, nun gab er diese Stellung auf und begab sich nach England, um mehr zu lernen und nicht einzurosten. Obwohl ihm England und die Stadt Glasgow, in der er Arbeit genommen hatte, nicht sonderlich gefiel, geschah es doch, daß er dort sich an ein Weltbürgertum und eine unbeschränkte Freizügigkeit gewöhnte und das Zugehörigkeitsgefühl zur Heimat verlor oder auf die ganze Welt ausdehnte. Und da ihn nichts hielt, kam ihm ein Angebot aus Chicago, als Direktor eine Fabrik zu leiten, ganz gelegen, und er war bald in Amerika so heimisch oder so wenig heimisch geworden wie an den früheren Orten. Längst sah ihm niemand mehr den Gerbersauer an, und wenn er einmal Landsleute traf, was alle paar Jahre vorkam, begrüßte und behandelte er sie nett und höflich wie andere Leute auch, wodurch ihm in der Heimat der Ruf erwuchs, er sei zwar reich und gewaltig, aber auch hochmütig und amerikanisch geworden.

Als er nach Jahren in Chicago genug gelernt und genug erspart zu haben meinte, folgte er seinem einzigen Freunde, einem Deutschen aus Südrußland, in dessen Heimat und tat dort in Bälde eine kleine Fabrik auf, die ihn ernährte und einen guten Ruf genoß. Er heiratete die Tochter seines Freundes und dachte nun für den Rest seines Lebens unter Dach zu sein. Aber das Weitere ging nicht nach seinem Sinn. Zunächst verdroß und bekümmerte es ihn, daß er ohne Kinder blieb, worüber seine Ehe an Frieden und Genüge viel verlor. Dann starb die Frau, was ihm trotz allem weh tat und den rüstigen Mann etwas älter und nachdenklicher machte. Nach einigen weiteren Jahren begannen die Geschäfte sich zu verschlechtern und infolge von politischen Unruhen am Ende bedenklich zu stocken. Als aber wiederum ein Jahr später auch noch sein Freund und Schwiegervater starb und ihn ganz allein ließ, war es um die Ruhe und Seßhaftigkeit des Mannes geschehen. Er merkte, daß doch nicht ein jeder Fleck Erde gleich dem andern ist, wenigstens nicht für einen, dessen Jugend und Glückszeit sich gegen das Ende neigt. Er dachte mehr und mehr daran, wie er sich noch eines zufriedenen Alters versichern möchte, und da die Geschäfte wenig Lockung mehr für ihn hatten, andrerseits der Wandertrieb und die Schwungkraft der früheren Jahre sich verloren hatten, kreiste die Sehnsucht und Hoffnung des alternden Fabrikanten zu seiner eigenen Verwunderung immer enger und begehrlicher um das Heimatland und um das Städtlein Gerbersau, dessen er in Jahrzehnten nur selten und ohne Rührung gedacht hatte.

Eines Tages faßte er mit der Schnelligkeit und Ruhe seiner früheren Zeiten den Beschluß, die kaum noch rentierende Fabrik aufzugeben und das Land zu verlassen. Ohne Übereilung betrieb er den Verkauf seines Geschäftes, dann den des Hauses und endlich des gesamten Hausrats, brachte das ledig gewordene Vermögen vorläufig in süddeutschen Banken unter, brach sein Zelt ab und reiste über Venedig und Wien nach Deutschland.

Mit Behagen trank er an einer Grenzstation das erste bayrische Bier seit vielen Jahren, aber als die Namen der Städte heimatlicher zu tönen begannen und als die Mundart der Mitreisenden immer deutlicher nach Gerbersau hinwies, ergriff den Weltreisenden eine starke Unruhe, bis er, über sich selber verwundert, beinahe mit Herzklopfen die Stationen ausrufen hörte und in den Gesichtern der Einsteigenden lauter wohlbekannte und fast verwandtschaftlich anmutende Züge fand. Und endlich fuhr der Zug die letzte steile Strecke in langen Windungen talabwärts, und unten lag zuerst klein und von Windung zu Windung größer und näher und wirklicher das Städtlein am Fluß, zu Füßen der Tannenwaldberge. Dem Reisenden lag ein starker Druck auf dem Herzen. Das Nochvorhandensein dieser ganzen Welt, des Flusses und des Rathaustürmchens, der Gassen und Gärten bedrückte ihn mit einer Art von Tadel, daß er das alles so lang vernachlässigt und vergessen und aus dem Herzen verloren hatte. Doch dauerte diese Rührung nicht lange, und am Bahnhofe stieg Herr Schlotterbeck aus und ergriff seine gelblederne Reisetasche wie ein Mann, der in Geschäften unterwegs ist und sich freut, bei der Gelegenheit einen von früher her bekannten Ort einmal wiederzusehen. Er fand an der Station die Knechte von drei Gasthöfen, was ihm einen Eindruck von Fortschritt und Entwicklung machte, und da der eine auf seiner Mütze den Namen des alten Gasthauses zum Schwanen trug, dessen sich Schlotterbeck aus der Vergangenheit her erinnerte, gab er diesem sein Gepäck und ging allein zu Fuß stadteinwärts.

Der Fremde zog bei seinem langsamen Dahinschreiten manche Blicke auf sich, ohne darauf zu achten. Er hatte die alte beobachtungsfrohe Reiselaune wiedergefunden und betrachtete das alte Nest mit Aufmerksamkeit, ohne es mit Begrüßungen und Fragen und Auftritten des Wiedererkennens eilig zu haben. Zunächst wandelte er durch die etwas veränderte Bahnhofstraße dem Flusse zu, auf dessen grünem Spiegel wie sonst die Gänse schwammen und dem wie ehemals die Häuser ihre ungepflegten

Rückseiten und winzigen Hintergärtchen zukehrten. Dann schritt er über den oberen Steg und durch unveränderte, arme enge Gassen der Gegend zu, wo einst die Schlotterbecksche Weißgerberei gewesen war. Da suchte er jedoch das hohe Giebelhaus und den großen Grasgarten mit den Lohgruben vergebens. Das Haus war verschwunden und der Garten und Gerberplatz überbaut. Etwas betreten und unwillig wandte er sich ab und weiter, um den Marktplatz zu besuchen, den er im alten Zustande fand, nur schien er kleiner geworden, und auch das stattliche Rathaus war weniger ansehnlich, als er es in der Erinnerung getragen hatte.

Der Heimgekehrte hatte nun fürs erste genug gesehen und fand ohne Mühe den Weg zum Schwanen, wo er ein gutes Essen verlangte und auf die erste Erkennungsszene gefaßt war. Doch fand er die frühere Wirtsfamilie nicht mehr und ward ganz wie ein willkommener, doch fremder Gast behandelt. Jetzt bemerkte er auch erst, daß seine Redeweise und Aussprache, die er in allen den Jahren immer für gut schwäbisch und kaum verändert gehalten hatte, hier fremd und sonderbar klang und von der Kellnerin mit einiger Mühe verstanden wurde. Es fiel auch auf, daß er beim Essen den Salat zurückwies und neuen verlangte, den er sich selbst anmachte, und daß er statt der süßen Mehlspeise, aus der in Gerbersau jedes Dessert besteht, Eingemachtes verlangte, von dem er dann einen ganzen Topf ausaß. Und als er nach Tische sich einen zweiten Stuhl heranzog und die Füße auf ihn legte, um ein wenig zu ruhen, waren Wirtsleute und Mitgäste darüber heftigst erstaunt. Ein Gast am Nebentisch, den diese fremde Sitte aufregte, stand auf und wischte seinen Stuhl mit dem Sacktuch ab, wobei er sagte: »Ich hab ganz vergessen abzuwischen. Wie leicht könnt einer seine dreckigen Stiefel drauf gehabt haben!« Man lachte leise, Schlotterbeck drehte aber nur den Kopf hinüber und schnell wieder zurück, dann legte er die Hände zusammen und pflegte der Verdauung.

Eine Stunde später machte er sich auf und streifte nochmals durch die ganze Stadt. Neugierig schaute er durch die Scheiben in manchen Laden und manche Werkstatt, um zu sehen, ob da oder dort etwa noch einer von den ganz Alten, die zu seiner Zeit schon die Alten gewesen waren, übrig wäre. Von diesen sah er jedoch fürs erste einzig einen Lehrer, bei dem er einstmals sein erstes Alphabet auf die Tafel gemalt hatte, auf der Straße vorübergehen. Der Mann mußte zumindest hoch in den Siebzig sein und ging, altgeworden und wohl schon lange außer Amtes, doch noch deutlich am Schwung der Nase und sogar an den Bewegungen erkennbar, noch leidlich aufrecht und zufrieden einher. Schlotterbeck hatte Lust, ihn anzusprechen, doch hielt ihn immer noch eine leise Angst vor dem Sturm der Begrüßungen und Händedrücke zurück. Er ging weiter, ohne jemand zu grüßen, von vielen betrachtet, doch von keinem erkannt, und brachte so diesen ersten Tag in der Heimat als ein Fremder und Unbekannter zu.

Wenn es nun auch an menschlicher Bewillkommnung mangelte, sprach doch die Stadt selbst desto deutlicher und eindringlicher zu ihrem heimgekehrten Kinde. Wohl gab es überall Veränderungen und Neues, das Angesicht des Städtleins aber war nicht älter noch anders geworden und sah den Ankömmling vertraut und mütterlich an, so daß es ihm wohl und geborgen zu Mute ward und die Jahrzehnte der Fremde und Reisen und Abenteuer wunderlich zusammengingen und einschmolzen, als wären sie nur ein Abstecher und kleiner Umweg gewesen. Geschäfte gemacht und Geld verdient hatte er da und dort, er hatte auch in der Ferne ein Weib genommen und verloren, sich wohl gefühlt und Leid erfahren, allein zugehörig und daheim war er doch nur hier, und während er für einen Fremden galt und sogar als Ausländer betrachtet wurde, kam er sich selber ganz zu Hause und gleichartig mit diesen Leuten, Gassen und Häusern vor.

Die Neuerungen in der Stadt gefielen ihm nicht übel. Er fand, es sei auch hier Arbeit und Bedürfnis gewachsen, wenn auch mit Maß, und sowohl die Gasanstalt wie das neue Volksschulhaus fanden seine Billigung. Die Bevölkerung schien ihm, der dafür in der Welt ein Auge bekommen hatte, recht wohlerhalten, ob auch nicht mehr so ungemischt einheimisch wie vor Zeiten, da die Enkel von Zugewanderten noch durchaus für Fremde gegolten hatten. Die ansehnlicheren Geschäfte schienen alle noch in den Händen von ortsbürtigen Leuten zu sein, der Zuwachs aus Eindringlingen war nur unter der Arbeiterschaft deutlich zu spüren. Es mußte also das bürgerliche Leben von einstmals noch wohlerhalten fortbestehen, und es war zu hoffen, daß ein Heimkommender auch nach langer Abwesenheit sich bald zurechtfinden und wieder heimisch machen könne.

Kurz, dem Manne kam die Heimat, die er sich nicht in den Zeiten der Fremde durch Heimweh und Erinnerungslust unnütz verklärt hatte, nun lieblich vor und atmete einen Zauber, dem er nicht widerstand. Als er zeitig am Abend in das Gasthaus zurückkehrte, war er in guter Stimmung und bereute nicht, diese Reise getan zu haben. Er nahm sich vor, zunächst einige Zeit hier zu bleiben und abzuwarten, und wenn dann die Befriedigung anhielte, sich am Ort niederzulassen.

Wunderlich war es ihm, so wie in einer Maske zwischen lauter Schulfreunden, Jugendgenossen und Verwandten einherzugehen. Aber das behaglich erwartungsvolle Inkognito des alten Weltfahrers nahm bald sein Ende. Nach dem Abendessen brachte der Schwanenwirt seinem Gaste das Logierbuch und ersuchte ihn höflich, die Rubriken auszufüllen. Er tat es weniger, weil es unbedingt notwendig war, als weil er selber es satt hatte, sich über Herkunft und Rang des Fremdlings den Kopf zu zerbrechen. Und der Gast nahm das dicke Buch, las eine Weile die Namen vormaliger Gäste durch, nahm dann dem wartenden Wirte die eingetauchte Feder aus der Hand und schrieb mit kräftigen, deutlichen Buchstaben, alle Fächlein gewissenhaft ausfüllend. Der Wirt sagte Dank, streute Sand auf und entfernte sich mit dem Folianten wie mit einer Beute, um hinter der Türe sofort seine Neugierde zu stillen. Er las: Schlotterbeck, August – aus Rußland – auf Geschäftsreisen. Und wenn er auch die Herkunft und Geschichte des Mannes nicht kannte, so schien der Name Schlotterbeck doch auf einen Gerbersauer hinzudeuten. In die Gaststube zurückkehrend, fing der Wirt mit dem Fremden ein respektvolles Gespräch an. Er begann mit dem Gedeihen und Wachstum der hiesigen Stadt, kam auf Straßenverbesserungen und neue Eisenbahnanschlüsse zu sprechen, berührte die Stadtpolitik, äußerte sich über die letztjährige Dividende der Wollspinnerei-Aktiengesellschaft und schloß nach einem Viertelstündchen mit der harmlosen Frage, ob der Herr nicht Verwandte am Orte habe. Darauf antwortete Schlotterbeck gelassen, ja, er habe Verwandte hier, fragte aber nach keinem und zeigte so wenig Neugier, daß das Gespräch bald in sich selbst versank und der Wirt sich zurückziehen mußte. Der Gast las unberührt von den Gesprächen des Nachbartisches eine Zeitung und suchte früh seine Schlafstube auf.

Inzwischen taten der Eintrag ins Fremdenbuch und die Unterhaltung mit dem Schwanenwirt in aller Stille ihre Wirkung, und während August Schlotterbeck ahnungslos und zufrieden in dem guten, auf heimische Art geschichteten Wirtsbette den ersten Schlaf und Traum im Vaterlande tat, machte das Gerücht von seiner Ankunft manche Leute munter und gesprächig und einen sogar schlaflos. Dieser war Augusts leiblicher Vetter und nächster Verwandter, der Kaufmann Lukas Pfrommer an der Spitalgasse. Eigentlich war er Buchbinder und hatte früher lange Zeit den Schulkindern ihre ruinierten Fibeln wieder geflickt und der Frau Amtsrichter halbjährlich die Gartenlaube eingebunden, auch Schreibhefte hergestellt und Haussegen eingerahmt, vom Untergang bedrohte Holzschnitte durch Hinterkleben und Aufziehen der Welt erhalten und den Kanzleien graue und grüne Aktendeckel, Mappen und Kartonbände geliefert. Dabei hatte er unmerklich etwas erspart und hinter sich gebracht, jedenfalls keine Sorgen gehabt. Alsdann hatten die Zeiten sich verändert, die kleinen Handwerker hatten fast alle irgendein Ladengeschäft angefangen, die größeren waren Fabrikanten geworden. Da hatte auch Pfrommer die Vorderwand seinen Häusleins durchschlagen und ein Schaufenster eingesetzt, sein Erspartes von der Bank genommen und einen Papier- und Galanteriewarenladen eröffnet, wo seine Frau den Verkauf betrieb und Haushalt und Kinder drüber zu kurz kommen ließ, indessen der Mann weiter in seiner Werkstatt schaffte. Doch war der Laden jetzt die Hauptsache, wenigstens vor den Leuten, und wenn er nicht mehr einbrachte als das Handwerk, so kostete er doch mehr und machte mehr Sorgen. So war Pfrommer Kaufmann geworden. Mit der Zeit gewöhnte er sich an diese geachtete und stattlichere Stellung, zeigte sich in Straßen nimmer in der grünen Schürze, sondern stets im guten Rock, lernte mit Kredit und Hypotheken arbeiten und konnte sich zwar in Ehren halten, hatte die Ehre aber weit teurer als früher. Die Vorräte an unverkäuflich gewordenen Neujahrskarten, Bildchen, Alben, an abgelegenen Zigarren und im Schaufenster verbleichtem Trödelkram wuchsen und kamen ihm nicht selten im Traume vor. Und seine Frau, die früher ein lustiges und erfreuliches Weibchen gewesen war, verwandelte sich allmählich in eine unruhige Sorgerin, der das seßhaft gewordene süße Ladenlächeln gar nimmer in das altgewordene Gesicht paßte.

Schlotterbecks Vetter hatte gestern abend gegen neun Uhr, als er mit der Zeitung bei der Lampe saß, zu seiner großen Überraschung einen Besuch des Schwanenwirtes erhalten. Er hatte ihn erstaunt empfangen, jener aber hatte nicht Platz nehmen wollen, sondern erklärt, er müsse sofort zu seinen Gästen zurück, unter denen er übrigens den Herrn Pfrommer in letzter Zeit leider nur selten habe sehen dürfen. Aber er sei der Meinung, unter Mitbürgern und Nachbarn sei ein kleiner Liebesdienst selbstverständlich und Ehrensache, darum wolle er ihm in allem Vertrauen mitteilen, daß bei ihm seit heute ein fremder Herr logiere, mit wohlhabenden Manieren, der sich Schlotterbeck schreibe und aus Rußland zu kommen vorgebe. Da war Lukas Pfrommer aufgesprungen und hatte der Frau gerufen, die schon im Bette war, nach Stiefeln, Stock und Sonntagshut gekeucht und sich sogar in aller Eile noch die Hände gewaschen, um dann im Laufschritt hinter dem Wirte her in den Schwanen zu eilen. Dort hatte er aber den russischen Vetter nicht mehr im Gastzimmer angetroffen, und ihn in der Schlafstube aufzusuchen wagte er doch nicht, denn er mußte sich sagen, wenn der Vetter extra seinetwegen die große Reise getan hätte, so hätte er ihn wohl schon bei sich gesehen. So trank er denn erregt und halb enttäuscht einen halben Liter Heilbronner zu sechzig, um dem Wirt eine Ehre anzutun, lauschte auf die Unterhaltung einiger Stammgäste und hütete sich, etwas von dem eigentlichen Zwecke seines Hierseins zu verraten.

Am Morgen war Schlotterbeck kaum zum Kaffee heruntergekommen, als ein älterer Mann von kleinem Wuchs, der offenbar schon eine gute Weile bei seinem Gläschen Kirschengeist gewartet hatte, sich seinem Tische in Befangenheit näherte und ihn mit einem schüchternen Kompliment begrüßte. Schlotterbeck sagte guten Morgen und fuhr fort, sein Butterbrot mit Honig zu bestreichen; der Besucher aber blieb stehen, sah zu und räusperte sich wie ein Redner, ohne doch etwas Deutliches herauszubringen. Erst als ihn der Fremde fragend anblickte, entschloß er sich, mit einem zweiten Kompliment an den Tisch heranzutreten und mit seinen Eröffnungen zu beginnen.

»Mein Name ist Lukas Pfrommer«, sagte er und schaute den Rußländer erwartungsvoll an.

»So«, sagte dieser, ohne sich aufzuregen. »Sind Sie Buchbinder, wenn ich fragen darf?«

»Ja, Kaufmann und Buchbinder, an der Spitalgasse. Sind Sie--«

Schlotterbeck sah ein, daß er jetzt preisgegeben sei, und suchte nicht länger hinterm Berg zu halten.

»Dann bist du mein Vetter«, sagte er einfach. »Hast du schon gefrühstückt?«

»Also doch!« rief Pfrommer triumphierend. »Ich hätte dich kaum mehr gekannt.«

Er streckte mit plötzlicher Freudigkeit dem Vetter die Hand entgegen und konnte erst nach manchen Gebärden der Ergriffenheit am Tische Platz nehmen.

»Ja du lieber Gott«, rief er bewegt, »wer hätt es gedacht, daß wir dich einmal wiedersehen würden. Aus Rußland! Ist es eine Geschäftsreise?«

»Ja, nimmst du eine Zigarre? Was hat dich eigentlich hergeführt?«

Ach, den Buchbinder hatte vieles hergeführt, wovon er jedoch vorerst schwieg. Er hatte ein Gerücht gehört, der Vetter sei wieder im Land, und da habe er keine Ruhe mehr gehabt. Gott sei Dank, nun habe er ihn gesehen und begrüßt; es hätte ihm sein Leben lang leid getan, wenn ihm jemand zuvorgekommen wäre. Der Vetter sei doch wohl? Und was denn die liebe Familie mache?

»Danke. Meine Frau ist vor vier Jahren gestorben.«

Entsetzt fuhr Pfrommer zurück. »Nein, ist's möglich?« rief er mit tiefem Schmerz. »Und wir haben gar nichts gewußt und haben nicht einmal kondolieren können! Meine herzliche Teilnahme, Vetter!«

»Laß nur, es ist ja schon lang her. Und wie geht's bei dir? Du bist Kaufmann geworden?«

»Ein bißchen. Man sucht sich eben über Wasser zu halten und womöglich was für die Kinder auf die Seite zu tun. Ich führe auch recht gute Zigarren. – Und du? Was macht die Fabrik?«

»Die hab ich aufgegeben.«

»Im Ernst? Ja warum denn?«

»Die Geschäfte sind nimmer gegangen. Wir haben Hungersnot und Aufstände gehabt.«

»Ja, das Rußland! Ich habe mich immer ein bißchen gewundert, daß du gerade in Rußland ein Geschäft angefangen hast. Schon dieser Despotismus, und dann die Nihilisten, und die Beamtenwirtschaft muß ja arg sein. Ich habe mich immer ein bißchen auf dem laufenden gehalten, du begreifst, wenn ich doch einen Verwandten dort wußte. Der Pobjedonoszeff – –«

»Ja, der lebt auch noch. Aber verzeih, von Politik verstehst du sicher mehr als ich.«

»Ich? Man liest ja so ein bißchen im Blatt, aber – – Nun, und was machst du denn jetzt für Geschäfte? Hast du viel verloren?«

»Ja, tüchtig.«

»Das sagt er so ruhig! Mein Beileid, Vetter! Wir haben hier ja keine Ahnung gehabt.«

Schlotterbeck lächelte ein wenig.

»Ja«, sagte er nachdenklich, »ich dachte damals in der schlimmsten Zeit daran, mich vielleicht an euch hier zu wenden. Nun, es ist schließlich auch so gegangen. Es wäre auch dumm gewesen. Wer wird einem so entfernten Verwandten, den man kaum mehr kennt, noch Geld in die Pleite nachwerfen.«

»Ja, du mein Gott – Pleite, sagst du?«

»Nun ja, es hätte so kommen können. Wie gesagt, ich fand dann anderwärts Hilfe...«

»Das war wirklich nicht recht von dir! Sieh, wir sind ja arme Teufel und brauchen unser bißchen nötig genug; aber daß wir dich hätten stecken lassen, nein, es ist nicht recht von dir, daß du das hast meinen können.«

»Na, tröste dich, es ist ja besser so. Wie geht's denn deiner Frau?«

»Danke, gut. Ich Esel, fast hätt ich's in der Freude vergessen, ich soll dich ja zum Mittagessen einladen. Du kommst doch?«

»Gut. Danke schön. Ich hab unterwegs einige Kleinigkeiten für die Kinder eingekauft, das könntest du mitnehmen und deine Frau einstweilen von mir grüßen.«

Damit wurde er ihn los. Der Buchbinder zog erfreut mit einem Paketchen nach Hause, und da der Inhalt sich als recht nobel erwies, nahm seine Meinung von des Vetters Geschäften wieder einen Aufschwung. Dieser war indessen froh, den gesprächigen Mann vom Hals zu haben, und begab sich aufs Rathaus, um seinen Paß vorzulegen und sich zu einem hiesigen Aufenthalt für unbestimmte Zeit anzumelden.

Es hätte dieser Anmeldung nicht bedurft, um Schlotterbecks Heimkehr in der Stadt bekannt zu machen. Dies geschah ohne sein Bemühen durch eine geheimnisvolle drahtlose Telegraphie, so daß er jetzt auf Schritt und Tritt angerufen, begrüßt oder zumindest angeschaut und durch Lüften der Hüte bewillkommnet wurde. Man wußte schon gar viel von ihm, namentlich aber nahm sein Vermögen in der Leute Mund schnell einen fürstlichen Umfang an. Einige verwechselten beim Weiterberichten in der Eile Chicago mit San Franzisko und Rußland mit der Türkei, nur das mit unbekannten Geschäften erworbene Vermögen blieb ein fester Glaubenssatz, und in den nächsten Tagen wimmelte es in Gerbersau von Lesarten, die zwischen einer halben und zehn Millionen und zwischen den Erwerbsarten vom Kriegslieferanten bis zum Sklavenhändler je nach Temperament und Phantasie der Erzähler auf und nieder spielten. Man erinnerte sich des längstverstorbenen alten Weißgerbers Schlotterbeck und der Jugendgeschichte seines Sohnes, es fanden sich solche, die ihn als Lehrling und als Schulbuben und als Konfirmanden noch im Gedächtnis hatten, und eine verstorbene Fabrikantenfrau wurde zu seiner unglücklichen Jugendliebe ernannt.

Er selber bekam, da es ihn nicht interessierte, wenig von diesen Historien zu hören. An jenem Tage, da er bei seinem Vetter zu Tisch geladen war, hatte ihn vor dessen Frau und Kindern ein unüberwindliches Grauen erfaßt, so übel maskiert war ihm die Spekulation auf den Erbvetter entgegengetreten. Er hatte um des Friedens willen dem Verwandten, der viel zu klagen gewußt hatte, ein mäßiges Darlehn gewährt, zugleich aber war er sehr kühl und wortkarg geworden und hatte sich für weitere Einladungen einstweilen im voraus freundlich bedankt. Die Frau war enttäuscht und gekränkt, doch ward im Hause Pfrommer von dem Vetter vor Zeugen nur ehrerbietig geredet.

Dieser blieb noch ein paar Tage im Schwanen wohnen. Dann fand er ein Quartier, das ihm zusagte. Es war oberhalb der Stadt gegen die Wälder hin eine neue Straße entstanden, vorerst nur für den Bedarf einiger Steinbrüche, die weiter oben lagen. Doch hatte ein Baumeister, der in dieser etwas beschwerlich zu erreichenden, doch wunderschönen Lage künftige Geschäfte witterte, auf dem noch für wenige Kreuzer käuflichen Boden am Beginn des neuen Weges drei kleine Häuschen gebaut, weiß verputzt mit braunem Gebälk. Man schaute von hier aus hoch auf die Altstadt hinab, weiterhin sah man talabwärts den Fluß durch die Wiesen laufen und gegenüber die roten Felsenhöhen hängen, und rückwärts hatte man in nächster Nähe den Tannenwald. Von den drei Spekulantenhäuslein stand eines fertig, doch leer, eines hatte schon vor drei Jahren ein pensionierter Gerichtsvollzieher gekauft, und das dritte war noch im Bau. Der Gerichtsvollzieher war schon nicht mehr da. Er hatte das untätige Leben nicht ertragen und war einem alten Leiden, das er bis dahin manche Jahrzehnte lang mit Arbeit und Humor überwunden hatte, nach kurzer Zeit erlegen. In dem Häuschen saß nun ganz allein mit einer ältlichen Schwägerin die Witwe des Gerichtsvollziehers, ein recht frisches und sauberes Frauchen, von welcher noch zu reden sein wird.

In dem mittleren Hause, das je hundert Schritt von dem Witwensitz und dem Neubau entfernt lag, richtete nun Schlotterbeck sich ein. Er mietete den unteren Stock, der drei Zimmer und eine Küche enthielt, und da er keine Lust hatte, seine Mahlzeiten hier oben in völliger Einsamkeit einzunehmen, kaufte und mietete er nur Bett, Tische, Stühle, Kanapee, ließ die Küche leer und dingte zur täglichen Aufwartung eine Frau, die zweimal des Tages kam. Den Kaffee kochte er sich am Morgen, wie früher in langen Junggesellenjahren, selber auf Weingeist, mittags und abends aß er in der Stadt. Die kleine Einrichtung gab ihm eine Weile angenehm zu tun, auch trafen nun seine Koffer aus Rußland ein, deren Inhalt die leeren Wandschränke füllte. Täglich erhielt und las er einige Zeitungen, darunter zwei ausländische, auch ein lebhafter Briefwechsel kam in Gang, und dazwischen machte er da und dort in der Stadt seine Besuche, teils bei Verwandten und alten Bekannten, teils bei den Geschäftsleuten, namentlich in den Fabriken. Denn er suchte ohne Hast, doch aufmerksam nach einer Gelegenheit, sich mit Geld und Arbeit an einem gewerblichen Unternehmen zu beteiligen. Dabei trat er allmählich auch zu der bürgerlichen Gesellschaft seiner Vaterstadt wieder in einige Beziehung. Er wurde da und dort eingeladen, auch zu den geselligen Vereinen und an die Stammtische der Honoratioren. Freundlich und mit den Manieren eines gereisten Mannes von Vermögen nahm er da und dort teil, ohne sich fest zu verpflichten, aber auch ohne zu wissen, wieviel Kritik hinter seinem Rücken an ihm geübt wurde.

August Schlotterbeck war trotz seines offenen Blickes in einer Täuschung über sich selbst befangen. Er meinte zwar ein wenig über seinen Landsleuten zu stehen, lebte aber doch in dem Gefühl, ein Gerbersauer zu sein und in allem Wesentlichen recht wieder an den alten Ort zu passen. Und das stimmte nicht so ganz. Er wußte nicht, wie sehr er in der Sprache und Lebensweise, in Gedanken und Gewohnheiten von seinen Mitbürgern abstach. Diese empfanden das desto besser, und wenn auch Schlotterbecks guter Ruf im Schatten seines Geldbeutels Sicherheit genoß, wurde doch im einzelnen gar viel über ihn gesprochen, was er nicht gern gehört hätte. Manches, was er ahnungslos in alter Gewohnheit tat, erregte hier Kritik und Mißfallen, man fand seine Sprache zu frei, seine Ausdrücke zu fremd, seine Anschauungen amerikanisch und sein ungezwungenes Benehmen mit jedermann anspruchsvoll und unfein. Er sprach mit seiner Aufwärterin wenig anders als mit dem Stadtschultheißen, er ließ sich zu Tisch laden, ohne innerhalb sieben Tagen eine Verdauungsvisite abzustatten, er machte zwar im Männerkreis kein Zotenflüstern mit, sagte aber Dinge, die ihm natürlich schienen, auch in Familien in Gegenwart der Damen harmlos heraus. Namentlich in den Beamtenkreisen, die in der Stadt zuoberst standen und den Ton angaben, in der Sphäre zwischen Oberamtmann und Oberpostmeister, machte er keine Eroberungen. Diese kleine, ängstlich behütete Welt amtlicher Machthaber und ihrer Frauen, voll von gegenseitiger Hochachtung und Rücksicht, wo jeder des anderen Verhältnisse bis auf den letzten Faden kennt und jeder in einem Glashause sitzt, hatte an dem heimgekehrten Weltfahrer keine Freude, um so mehr, da sie von seinem sagenhaften Reichtum doch keinen Vorteil zu ziehen hoffen konnte. Und in Amerika hatte Schlotterbeck sich angewöhnt, Beamte einfach für Angestellte zu halten, die wie andere Leute für Geld ihre Arbeit tun, während er sie in Rußland als eine schlimme Kaste kennengelernt hatte, bei der nur Geld etwas vermochte. Da war es schwer für ihn, dem niemand Anweisungen gab, die Heiligkeit der Titel und die ganze zarte Würde dieses Kreises richtig zu begreifen, am rechten Ort Eifersucht zu zeigen, Obersekretäre nicht mit Untersekretären zu verwechseln und im geselligen Verkehr überall den rechten Ton zu treffen. Als Fremder kannte er auch die verwikkelten Familiengeschichten nicht, und es konnte gelegentlich ohne seine Schuld passieren, daß er im Hause des Gehenkten vom Strick redete. Da sammelten sich denn unter der Decke unverwüstlicher Höflichkeit und verbindlichsten Lächelns die kleinen Posten seiner Verfehlungen zu säuberlich gebuchten Summen an, von denen er keine Ahnung hatte, und wer konnte, sah mit Schadenfreude zu. Auch andere Harmlosigkeiten, die Schlotterbeck mit dem besten Gewissen beging, wurden ihm übelgenommen. Er konnte jemand, dessen Stiefel ihm gefielen, ohne lange Einleitungen nach ihrem Preise fragen. Und eine Advokatenfrau, die zu ihrem Kummer unbekannte Sünden der Vorfahren dadurch büßen mußte, daß ihr von Geburt an der linke

Zeigefinger fehlte, und dies Gebrechen mit Kunst und Eifer zu verbergen suchte, wurde von ihm mit aufrichtigem Mitleid gefragt, wann und wo sie denn ihres Fingers verlustig geworden sei. Der Mann, der Jahrzehnte in mancherlei Ländern sich seiner Haut gewehrt und seine Geschäfte getrieben hatte, konnte nicht wissen, daß man einen Amtsrichter nicht fragen darf, was seine Hosen kosten. Er hatte wohl gelernt, im Gespräch mit jedermann höflich zu sein, er wußte, daß manche Völker kein Schweinefleisch oder keine Taube verzehren, daß man zwischen Russen, Armeniern und Türken es vermeidet, sich zu einer allein wahren Religion zu bekennen; aber daß mitten in Europa es große Gesellschaftskreise und Stände gab, in welchen es für roh gilt, von Leben und Tod, Essen und Trinken, Geld und Gesundheit freiweg zu reden, das war diesem entarteten Gerbersauer unbekannt geblieben.

Auch konnte es ihm im Grunde einerlei sein, ob man mit ihm zufrieden sei, da er wenig Ansprüche an die Menschen machte, viel weniger als sie an ihn. Er ward zu allerlei guten Zwecken um Beiträge angegangen und gab sie jeweils nach seinem Ermessen. Man dankte dafür höflichst und kam bald mit neuen Anliegen wieder, doch war man auch hier nur halb zufrieden und hatte Gold und Banknoten erwartet, wo er Silber gab.

Bei jedem Gang in die Stadt hinab, also täglich mehrere Male, kam Herr Schlotterbeck an dem netten kleinen Hause der Frau Entriß vorbei, der Witwe des Gerichtsvollziehers, die hier in Gesellschaft einer schweigsamen und etwas blöden Schwägerin ein sehr stilles Leben führte.

Diese noch wohlerhaltene und dem Leben nicht abgestorbene Witwe hätte im Genuß ihrer Freiheit und eines kleinen Vermögens ganz angenehme und unterhaltsame Tage haben können. Es hinderte sie daran aber sowohl ihr eigener Charakter wie auch der Ruf, den sie sich im Lauf ihrer Gerbersauer Jahre erworben hatte. Sie stammte aus dem Badischen, und man hatte sie einst, schon aus Rücksicht für ihren in der Stadt wohlbeliebten Mann, freundlich und erwartungsvoll aufgenommen. Doch hatte mit der Zeit sich ein abfälliger Leumund über sie gebildet, dessen eigentliche Wurzel ihre übertriebene Sparsamkeit war. Daraus machte das Gerede einen giftigen Geiz, und da man einmal kein Gefallen an der Frau gefunden hatte, hängte sich beim Plaudern eins ans andre, und sie wurde nicht nur als ein Geizkragen und eine Pfennigklauberin, sondern auch als Hausdrache verrufen. Der Gerichtsvollzieher selber war nun nicht der Mann, der über die eigene Frau schlecht gesprochen hätte, aber immerhin blieb es nicht verborgen, daß der heitere und gesellige Mann seine Freude und Erholung weniger daheim bei der Frau als im Rößle oder Schwanen bei abendlichen Biersitzungen suchte. Nicht daß er ein Trinker geworden wäre, Trinker gab es in Gerbersau unter der angesehenen Bürgerschaft überhaupt nicht. Aber doch gewöhnte er sich daran, einen Teil seiner Mußezeit im Wirtshaus hinzubringen und auch tagsüber zwischenein gelegentlich einen Schoppen zu nehmen. Trotz seiner schlechten Gesundheit setzte er dieses Leben so lange fort, bis ihm vom Arzt und auch von der Behörde nahegelegt ward, sein anstrengendes Amt aufzugeben und im Ruhestand seiner bedürftigen Gesundheit zu leben. Doch war es nach seiner Pensionierung eher schlimmer gegangen, und jetzt war alles darüber einig, daß die Frau ihm das Haus verleidet und von Anfang an den Untergang des braven Mannes verschuldet habe. Sie blieb allein mit der Schwägerin sitzen und fand weder Frauentrost noch männliche Beschützer, obwohl außer dem schuldenfreien Haus auch noch einiges Vermögen vorhanden war.

Die unbeliebte Witwe schien jedoch unter der Einsamkeit nicht unerträglich zu leiden. Sie hielt Haus und Hausrat, Bankbüchlein und Garten in bester Ordnung und hatte damit genug zu tun, denn die Schwägerin litt an einer leisen Verdunkelung des Verstandes und tat nichts anderes als zuschauen und sich die stillen Tage mit Murmeln, Reiben der Nase und häufigerem Betrachten eines alten Bilderalbums vertreiben. Die Gerbersauer, damit das Gerede über die Frau auch nach des Mannes Tode nicht aufhöre, hatten sich ausgedacht, sie halte das arme Wesen zu kurz, ja in furchtbarer Gefangenschaft. Es hieß, die Gemütskranke leide Hunger, werde zu schwerer Arbeit angehalten und werde das alles sicherlich nimmer lange aushalten, was ja auch im Interesse der Entriß liege und ihre Absicht sei. Da diese Gerüchte immer offener hervortraten, mußte schließlich von Amts wegen etwas getan werden, und eines Tages erschien im Haus der erstaunten Frau der Stadtschultheiß mit dem Oberamtsarzt, sagte ernstlich mahnende Worte über die Verantwortung, verlangte zu sehen, wie die Kranke wohne und schlafe, was sie arbeite und esse, und schloß mit der Drohung, wenn nicht alles einwandfrei befunden werde, müsse die Gestörte in einem staatlichen Krankenhause versorgt werden, natürlich auf Kosten der Frau Entriß. Diese verhielt sich kühl und gab zur Antwort, man möge nur alles untersuchen. Ihre Schwägerin sei harmlos und ungefährlich, und wenn man die Kranke anderwärts versorgen wolle, könne es ihr nur lieb sein, es müsse das aber auf Kosten der Stadt geschehen, und sie zweifle, ob das arme Geschöpf es dann besser haben werde als bei ihr. Die Untersuchung ergab, daß die Kranke keinerlei Mangel litt und bei der wohlwollenden Frage, ob sie etwa gern anderswo leben möchte, wo sie es sehr gut haben werde, furchtbar erschrak und flehentlich sich an ihrer Schwägerin festhielt. Der Arzt fand sie wohlgenährt und ohne alle Spuren harter Arbeit, und er ging samt dem Stadtschultheiß verlegen wieder fort.

Was nun den Geiz der Frau Entriß betrifft, so kann man darüber verschieden urteilen. Es ist leicht, Charakter und Lebensführung einer schutzlosen Frau zu tadeln. Daß sie sparsam war, steht fest. Sie hatte nicht nur vor dem Gelde, sondern vor jeder Habe und jedem noch so kleinen Werte eine tiefe Hochachtung, so daß es ihr schwerfiel, etwas auszugeben, und unmöglich war, etwas wegzuwerfen oder umkommen zu lassen. Von dem Gelde, das ihr Mann seinerzeit in die Wirtshäuser getragen hatte, tat ihr ein jeder Kreuzer heute noch leid wie ein unsühnbares Unrecht, und es mag wohl sein, daß darüber die Eintracht ihrer Ehe entzweigegangen war. Desto eifriger hatte sie, was der Mann so leichtfertig vertat, durch genaue Rechnung im Hause und durch fleißige Arbeit einzubringen gesucht. Und nun, da er gestorben war, da kein Taler mehr unnütz aus dem Hause ging und ein Teil der Zinsen jährlich zum Kapital geschlagen werden konnte, erlebte die gute Haushälterin ein spätes Behagen. Nicht daß sie sich irgend etwas über das Notwendige gegönnt hätte, sie sparte eher mehr als früher, aber das Bewußtsein, daß es Früchte trug und sich langsam summierte, verlieh ihr eine Zufriedenheit, die sie nimmer aufs Spiel zu setzen entschlossen war.

Eine ganz besondere Freude und Genugtuung empfand Frau Entriß, wenn sie irgend etwas Wertloses zu Wert bringen, etwas finden oder erobern konnte, etwas Weggeworfenes doch noch brauchen und etwas Verachtetes verwerten. Diese Leidenschaft war keineswegs nur auf den baren Nutzen gerichtet, sondern hier verließ ihr Denken und Begehren den engen Kreis des Notwendigen und erhob sich in das Gebiet des Ästhetischen. Die Frau

Gerichtsvollzieher war dem Schönen und dem Luxus nicht abgeneigt, sie mochte es auch gerne hübsch und wohlig haben, nur durfte das kein bares Geld kosten. So war ihre Kleidung bescheiden, aber sauber und nett, und seit sie mit dem Häuslein auch ein kleines Stück Boden besaß, hatte ihr Bedürfnis nach Schönem und Erfreulichem ein lohnendes Ziel gefunden. Sie wurde eine eifrige Gärtnerin.

Wenn August Schlotterbeck am Zaun seiner Nachbarin vorüberschritt, schaute er jedesmal mit Freude und einem leisen Neid in die kleine Gartenpracht der Witwe. Nett bestellte Gemüsebeete waren appetitlich von Rabatten mit Schnittlauch und Erdbeeren, aber auch mit Blumen eingefaßt, und Rosen, Levkojen, Goldlack und Reseden schienen ein anspruchsloses Glück zu verkünden.

Es war nicht leicht gewesen, auf dem steilen Gelände und in dem Sandboden einen solchen Wuchs zu erzielen. Hier hatte Frau Entrißens Leidenschaft Wunder getan und tat sie noch immer. Sie brachte mit eigenen Händen aus dem Walde schwarze Erde und Laub herbei, sie ging des Abends auf den Spuren der schweren Steinbruchwagen und sammelte mit zierlichem Schäufelein den goldeswerten Dung, den die Pferde liegen ließen. Hinterm Haus tat sie jeden Abfall und jede Kartoffelschale sorgsam auf den Haufen, der im nächsten Frühling durch seine Verwesung das Land schwerer und reicher machen mußte. Sie brachte aus dem Walde auch wilde Rosen und Setzlinge von Maiblumen und Schneeglöckchen mit, und den Winter hindurch zog sie im Zimmer und Keller ihre Ableger mit Sorgfalt auf. Ein ahnungsvolles Begehren nach Schönheit, das in jedem Menschengemüt verborgen duftet, eine Freude am Nützen des Brachliegenden und Verwenden des umsonst zu Habenden und vielleicht unbewußt auch ein Rest unbefriedigter Weiblichkeit machten sie zu einer vortrefflichen Gartenmutter.

Ohne von der Nachbarin etwas zu wissen, tat Herr Schlotterbeck täglich mehrmals anerkennende Blicke in die von jedem Unkraut reinen Beete und Wegchen, labte seine Augen an dem frohen Grün der Gemüse, dem zarten Rosenrot und den lustigen Farben der Winden, und wenn ein leichter Wind ging und ihm beim Weitergehen eine Handvoll süßen Gartenduftes nachwehte, freute er sich dieser lieblichen Nachbarschaft mit einer zunehmenden Dankbarkeit. Denn es gab immerhin Stunden, in denen er ahnte, daß der Heimatboden ihm das Wurzelfassen nicht eben leicht mache, und sich einigermaßen vereinsamt und betrogen vorkam.

Als er sich gelegentlich bei Bekannten nach der Gartenbesitzerin erkundigte, bekam er die Geschichte des seligen Gerichtsvollziehers und viel arge Urteile über seine Witwe zu hören, so daß er nun eine Zeitlang das friedvolle Haus im Garten mit einem Erstaunen darüber betrachtete, daß die anmutende Lieblichkeit der Wohnsitz einer so verworfenen Seele sein müsse.

Da begab es sich, daß er sie eines Morgens zum erstenmal hinter ihrem niederen Zaune sah und anredete. Bisher war sie stets, wenn sie ihn von weitem daherkommen sah, ins Haus gewichen. Diesmal hatte sie ihn, über ein Beet gebückt, im Arbeitseifer nicht kommen hören, und nun stand er am Zaune, hielt höflich den Hut in der Hand und sagte guten Morgen. Sie gab den Gruß zurück, und er hatte es nicht eilig, sondern fragte sie: »Schon fleißig, Frau Nachbarin?«

»Ein bißchen«, sagte sie und er fuhr ermuntert fort: »Was Sie für einen schönen Garten haben.«

Sie gab darauf keine Antwort, und er schaute sie, die schon wieder an ihren Gräslein zupfte, verwundert an. Er hatte sie sich, jenem Gerede nach, mehr furienmäßig vorgestellt, und nun war sie zu seinem angenehmen Erstaunen recht gefällig von Gestalt, das Gesicht ein wenig streng und ungesellig, aber frisch und ohne Hinterhalt, und so im ganzen eine gar nicht unerquickliche Erscheinung.

»Ja, dann will ich weitergehen«, sagte er freundlich. »Adieu, Frau Nachbarin.«

Sie blickte auf und nickte, wie er den Hut schwang, sah ihm drei, vier Schritte weit nach und fuhr darauf in ihrer Arbeit fort, ohne sich über den Nachbarn Gedanken zu machen. Dieser aber dachte noch eine Weile an sie. Es war ihm wunderlich, daß diese Person ein solches Greuel sein solle, und er nahm sich vor, sie ein wenig zu beobachten. Er nahm wahr, wie sie ihre paar Einkäufe in der Stadt ohne langes Herumschweifen und Reden besorgte, er sah sie den Garten pflegen und ihre Wäsche sonnen, stellte fest, daß sie keine Besuche empfing, und belauschte das kleine, einsame Leben der fleißigen Frau mit Hochachtung und Rührung. Auch ihre etwas scheuen abendlichen Gänge nach den Roßäpfeln, um die sie sehr verschrien war, blieben ihm nicht verborgen.

Doch fiel es ihm nicht ein, darüber zu spotten, wenn er auch darüber lächeln mußte. Er fand sie ein wenig scheu geworden, aber ehrenwert und tapfer, und er dachte sich, es sei schade, daß so viel Sorge und Achtsamkeit an so kleine Zwecke gewendet werde. Zum erstenmal begann er jetzt, durch diesen Fall stutzig geworden, dem Urteil der Gerbersauer zu mißtrauen und manches faul zu finden, was er bislang gläubig hingenommen hatte.

Inzwischen traf er die Frau Nachbarin je und je wieder und wechselte ein paar Worte mit ihr. Er redete sie jetzt mit ihrem Namen an, und auch sie wußte ja, wer er sei, und sagte Herr Schlotterbeck zu ihm. Er wartete gern mit dem Ausgehen, bis er sie im Freien sah, und ging dann nicht vorüber, ohne ein kleines Gespräch über Witterung und Gartenaussichten anzuknüpfen und sich an ihren ehrlichen und gescheiten Antworten zu freuen.

Einst brachte er einen seiner Bekannten abends im Adler auf die Frau zu sprechen. Er erzählte, wie der saubere Garten ihm aufgefallen sei, wie er die Frau in ihrem stillen Leben beobachtet habe und nicht begreifen könne, daß sie in so üblem Ruf stehe. Der Mann hörte ihm höflich zu, dann meinte er: »Sehen Sie, Sie haben ihren Mann nicht gekannt. Ein Prachtkerl, wissen Sie, immer witzig, ein lieber Kamerad, und so gut wie ein Kind! Und den hat sie einfach auf dem Gewissen.«

»An was ist er denn gestorben?«

»An einem Nierenleiden. Aber das hat er schon jahrelang gehabt und ist fidel dabei gewesen. Dann nach seiner Pensionierung, statt daß ihm die Frau es jetzt nett und freundlich daheim gemacht hätte, ist er ganz hausscheu geworden. Manchmal ist er schon zum Mittagessen ausgegangen, weil sie ihm zu schlecht gekocht hat! Ein bißchen leichtsinnig mag er ja von Natur gewesen sein, aber daß er am Ende gar zu viel geschöppelt hat, daran ist allein sie schuld gewesen. Sie ist ein Ripp, wissen Sie. Da hat sie zum Beispiel eine Schwägerin im Haus, ein armes krankes Ding, das seit Jahren tiefsinnig ist. Die hat sie wahrhaftig so behandelt und hungern lassen, daß die Behörde sich darum bekümmern und sie kontrollieren mußte.«

Schlotterbeck traute dem Erzähler nicht recht, aber die Sache ward ihm überall bestätigt, wo er darum anklopfte. Es schien ihm wunderlich und wollte ihm leid tun, daß er sich in der Frau so hatte täuschen können. Aber sooft er sie wiedersah und einen Gruß mit ihr wechselte, schwand aller Verdacht wieder dahin. Er entschloß sich und ging zum Stadtschultheiß, um etwas Sicheres zu erfahren. Er wurde mit Freundlichkeit aufgenommen; als er jedoch seine Frage vorbrachte, wie es denn mit der Frau Entriß und ihrer Schwägerin stehe, ob sie wirklich im Verdacht der Mißhandlung und unter Kontrolle sei, da meinte der Stadtschultheiß abweisend: »Es ist ja nett, daß Sie sich für Ihre Nachbarin so interessieren, aber ich glaube doch, daß diese Sachen Sie eigentlich wenig angehen. Ich denke, Sie können es uns ruhig überlassen, daß wir zum Rechten sehen. Oder haben Sie eine Beschwerde vorzubringen?«

Da wurde Schlotterbeck eiskalt und schneidig, wie er es in Amerika manchmal hatte sein müssen. Er ging leise und machte die Tür zu, setzte sich dann wieder und sagte: »Herr Stadtschultheiß, Sie wissen, wie über die Frau Entriß geredet wird, und da Sie selber bei ihr waren, müssen Sie auch wissen, was wahr daran ist. Ich brauche ja keine Antwort mehr, es ist alles verlogen und böswilliger Klatsch. Oder nicht? – Also. Warum dulden Sie das?«

Der Herr war anfangs erschrocken, hatte sich aber schnell wieder gefaßt. Er zuckte die Achseln und sagte: »Lieber Herr, ich habe anderes zu tun, als mich mit solchen Sachen zu befassen. Es kann sein, daß da und dort der Frau etwas nachgeredet wird, was nicht recht ist, aber dagegen muß sie sich selber wehren. Sie kann ja klagen.«

»Gut«, sagte Schlotterbeck, »das genügt mir. Sie geben mir also die Versicherung, daß die Kranke dort Ihres Wissens in guter Behandlung ist?«

»Ihretwegen, ja, Herr Schlotterbeck. Aber wenn ich Ihnen raten darf, lassen Sie die Finger davon! Sie kennen die Leute hier nicht und machen sich bloß mißliebig, wenn Sie sich in ihre Sachen mischen.«

»Danke, Herr Stadtschultheiß. Ich will mir's überlegen. Aber einstweilen, wenn ich wieder einen so über die Frau reden höre, werde ich ihn einen Ehrabschneider heißen und mich dabei auf Ihr Zeugnis berufen.«

»Tun Sie das nicht! Der Frau nutzen Sie damit doch nichts, und Sie haben nur Verdruß davon. Ich warne Sie, weil es mir leid täte, wenn –«

»Ja, ich danke schön.«

Die Folge dieses Besuches war zunächst, daß Schlotterbeck von seinem Vetter Pfrommer aufgesucht wurde. Es hatte sich herumgeredet, daß er ein merkwürdiges Interesse für die schlimme Witwe zeige, und Pfrommer war von einer Angst ergriffen worden, der verrückte Vetter möchte auf seine alten Tage noch Torheiten machen. Wenn es zum Schlimmsten käme und er die Frau heiratete, würden seine Kinder von den ganzen Millionen keinen Taler kriegen. Mit Vorsicht unterhielt er seinen Vetter von der hübschen Lage seiner Wohnung, kam langsam auf die Nachbarschaft zu sprechen und ließ vermuten, er wisse viel über die Frau Entriß zu erzählen, falls es den Vetter interessiere. Der winkte jedoch gleichmütig ab, bot dem Buchbinder einen vortrefflichen Kognak an und ließ ihn zu alledem, was er hatte sagen wollen, gar nicht kommen.

Aber noch am selben Nachmittag sah er seine Nachbarin im Garten erscheinen und ging hinüber. Zum erstenmal hatte er ein langes, vertrauliches Gespräch mit ihr. Sie ging klug und bescheiden darauf ein, des eigentlichen Plauderns ungewohnt und doch mit frauenhafter Anpassung und, wie es schien, auch Anmut.

Diese Unterhaltungen wiederholten sich von jetzt an täglich, immer über den Staketenzaun hinweg, denn seine Bitte, ihn auch einmal im Garten selber oder gar im Hause zu empfangen, lehnte sie mit Entschiedenheit ab.

»Das geht nicht«, sagte sie lächelnd. »Wir sind ja beide keine jungen Leute mehr, aber die Gerbersauer haben immer gern was zu plappern, und es wäre schnell ein dummes Gerede beieinander. Ich bin ohnehin übel angeschrieben, und Sie gelten auch für eine Art Sonderling, wissen Sie.«

Ja, das wußte er jetzt, im zweiten Monat seines Hierseins, und seine Freude an Gerbersau und den Landsleuten hatte schon bedeutend nachgelassen. Es belustigte ihn, daß man sein Vermögen weit überschätzte, und die ängstliche Beflissenheit seines Vetters Pfrommer und anderer Angelkünstler machte ihm einen gewissen Spaß, aber für die beginnende Enttäuschung konnte ihn das nicht entschädigen, und er hatte den Wunsch, sich dauernd hier niederzulassen, heimlich schon wieder zurückgenommen. Vielleicht wäre er einfach wieder abgereist und hätte nochmals wie in jungen Jahre die Wanderschaft gekostet, wovor ihm nicht bange war. Es hielt ihn aber jetzt ein feiner Dorn zurück, so daß er spürte, er werde nicht gehen können, ohne sich zu verletzen und ein Stücklein von sich hängenzulassen.

Darum blieb er, wo er war, und ging häufig an dem kleinen, weiß und braunen Nachbarhaus vorüber. Das Schicksal der Frau Entriß war ihm jetzt nimmer so dunkel, da er sie besser kannte und sie ihm auch manches erzählt hatte. Namentlich vermochte er sich den seligen Gerichtsvollzieher jetzt recht deutlich vorzustellen, von dem die Witwe ohne Tadel sprach, der aber doch ein Windbeutel gewesen sein mußte, daß er es nicht verstanden hatte, unter der Herbe und Strenge dieser Frau den köstlichen Kern aufzuspüren und ans Licht zu bringen: Herr Schlotterbeck war überzeugt, daß sie neben einem verständigen Manne, vollends in reichlichen Verhältnissen, eine Perle abgeben müßte.

Je mehr er die Frau kennenlernte, desto besser begriff er, daß sie in Gerbersau unmöglich verstanden werden konnte. Denn auch der Gerbersauer Charakter schien ihm nun verständlicher geworden, wenn auch dadurch nicht lieber. Jedenfalls erkannte er, daß er selber diesen Charakter nicht oder nicht mehr habe und hier ebensowenig gedeihen und sich entfalten könne wie die Frau Entriß. Diese Gedanken waren aber lauter spielende Paraphrasen zu seinem stillen Verlangen nach einem nochmaligen Ehebund und Versuch, sein einsam gebliebenes Leben doch noch fruchtbar und unsterblich zu machen.

Der Sommer hatte seine Höhe erreicht, und der Garten der Witwe duftete mitten in der sandigen und glühenden Umgebung triumphierend weit über seinen niederen Zaun hinaus, besonders am Abend, wenn vom nahen Waldrande die Vögel den schönen Tag lobten und aus dem Tale in der Stille nach dem Schluß der Fabriken der Fluß leise heraufrauschte. An einem solchen Abend kam August Schlotterbeck zu Frau Entriß und trat ungefragt nicht nur in den Garten, sondern auch in die Haustüre, wo eine dünne, erschrockene Glocke ihn anmeldete und die Hausfrau ihn verwundert und fast ein wenig ungehalten ansprach. Er erklärte aber, heute durchaus hereinkommen zu müssen, und ward denn von ihr in die Stube geführt, wo er sich umblickte und es allerdings etwas kahl und schmucklos, doch reinlich und abendsonnig fand. Die Frau legte schnell ihre Schürze ab, setzte sich auf einen Stuhl beim Fenster und hieß auch ihn sich setzen.

Da fing Herr Schlotterbeck eine lange, hübsche Rede an. Er erzählte sein ganzes Leben, seine erste kurze Ehe nicht ausgenommen, mit einfacher Trockenheit, schilderte dann etwas wärmer seine Heimkehr nach Gerbersau, seine erste Bekanntschaft mit ihr und erinnerte sich an manche Gespräche, in denen sie einander so gut verstanden hätten. Und nun sei er da, sie wisse schon warum, und hoffe, sie sei nicht gar zu sehr überrascht.

»Ich bin kein Millionär, wie die Leute hier herumreden, aber etwas wird schon da sein. Im übrigen meine ich, wir seien beide noch zu jung und kräftig, als daß es schon Zeit wäre, Verzicht zu leisten und sich einzuspinnen. Was soll eine Frau wie Sie schon allein sitzen und sich mit dem Gärtlein bescheiden, statt noch einmal anzufangen und vielleicht hereinzubringen, was früher am rechten Glück gefehlt hat?«

Die Frau Entriß hatte beide Hände still auf ihren Knien liegen und hörte aufmerksam dem Freier zu, der allmählich warm wurde und wiederholt seine rechte Hand ausstreckte, als fordere er sie auf, sie zu nehmen und festzuhalten. Sie tat aber nichts dergleichen, sie saß ganz still und genoß es, ohne es wirklich mit den Gedanken zu erfassen, daß hier jemand gekommen war, um ihr Freundlichkeit und Liebe zu zeigen. Da sie weder Antwort gab noch aus ihrem seltsamen Traumgefühle aufsah, fuhr Schlotterbeck nach einer Pause zu reden fort. Gütig und hoffnungsvoll stellte er ihr vor, wie es sein und werden könnte, wenn sie einverstanden wäre, wie da an einem andern, neuen Orte ohne unliebe Erinnerungen sich ein friedlich fleißiges Leben führen ließe, etwas mehr aus dem vollen, mit einem größeren Garten und einem reichlicheren Monatsgelde, wobei dennoch jährlich zurückgelegt würde. Er sprach, von ihrem Anblick besänftigt und von dem rotgelben Abenscheine leicht und wohlig geblendet, recht milde mit halber Stimme, zufrieden, daß sie wenigstens zuhörte. Und sie hörte und schwieg, von einer angenehmen Müdigkeit in der Seele leicht gelähmt. Es ward ihr nicht völlig bewußt, daß das eine Werbung und eine Entscheidung für ihr Leben bedeute, auch schuf dieser Gedanke ihr weder Erregung noch Qual, denn sie dachte keine Sekunde daran, das für ernst zu nehmen. Aber die Minuten gingen so gleitend und leicht und wie von einer Musik getragen, daß sie benommen lauschte und keines Entschlusses fähig war, auch nicht des kleinen, den Kopf zu schütteln oder aufzustehen.

Wieder hielt Schlotterbeck inne, sah sie fragend an und sah sie unverändert mit niedergeschlagenen Augen und fein geröteten Wangen verharren, als lausche sie einer Musik. Ihre Bewegung verstand er nicht, denn er deutete sie zu seinen Gunsten, aber er fühlte doch denselben hingenommenen und traumhaften Zustand und hörte gleich ihr die merkwürdigen Augenblicke wie auf wohllautend rauschenden Flügeln durch das abendhelle Stüblein und durch sein Gemüt reisen.

Beiden schien es später, sie seien eine lange Zeit so halbverzaubert beieinander gesessen, doch waren es nur Minuten, denn die Sonne stand noch immer nahe am Rande der jenseitigen Berge, als sie aus dieser Stille jäh erweckt wurden.

Im Nebenzimmer hatte sich die kranke Schwägerin aufgehalten und war, schon durch den ungewohnten Besuch in einige Angst geraten, bei dem langen, leisen Gespräch und Beisammensein der beiden von argen Ahnungen und Wahnvorstellungen befallen worden. Es schien ihr Ungewöhnliches und Gefährliches vorzugehen, und allmählich ergriff sie, die nur an sich selber zu denken vermochte, eine wachsende Furcht, der fremde Mann möchte gekommen sein, um sie fortzuholen. Denn eine argwöhnische Angst hiervor war das Ergebnis jenes Besuches der Magistratsherren gewesen, und seither konnte nichts noch so Geringes im Hause vorfallen, ohne daß die arme Jungfer mit Entsetzen an eine gewaltsame Hinwegführung denken mußte.

Darum kam sie jetzt, nachdem sie eine Weile gegen das Grauen gekämpft hatte, gewaltsam schluchzend in die Stube gelaufen, warf sich vor ihrer Schwägerin nieder und umfaßte ihre Knie unter Stöhnen und zuckendem Weinen, so daß Schlotterbeck erschrocken auffuhr und die Frau Entriß plötzlich aus ihrer Benommenheit gerissen alles wieder mit nüchternem Verstande wahrnahm und sich der vorigen Verlorenheit unwillig schämte.

Sie stand eilig auf, zog die Kniende mit sich empor, fuhr ihr mit tröstender Hand übers Haar und redete halblaut und eintönig auf sie ein wie auf ein heulendes Kind.

»Nein, nein Seelchen, nicht weinen! Gelt, du weinst jetzt nicht mehr? Komm, Kindelchen, komm, wir sind vergnügt und kriegen was Gutes zum Nachtessen. Hast gemeint, er will dich fortnehmen? Oh, Dummes du, es nimmt dich niemand fort; nein, nein, darfst mir's glauben, kein Mensch darf dir was tun. Nimmer weinen, Dummerlein, nimmer weinen!«

August Schlotterbeck sah mit Verlegenheit und auch mit Rührung zu, die Kranke weinte schon ruhiger und fast mit einem kindlichen Genuß, wiegte den Kopf hin und wider, klagte mit abnehmender Stimme und verzog ihr verzweifeltes Gesicht unter den noch laufenden Tränen unversehens zu einem blöden Kleinkinderlächeln. Doch kam sich der Besucher bei dem allem entbehrlich vor, er hustete darum ein wenig und sagte: »Das tut mir leid, Frau Entriß, hoffentlich geht es gut vorbei. Ich werde so frei sein und morgen wiederkommen, wenn ich darf.«

Erst in diesem Augenblick fiel der Frau alles aufs Herz, wie er um sie geworben und sie ihm zugehört und es geduldet habe, ohne daß sie doch willens war, ihn zu erhören. Sie erstaunte über sich selber, es konnte ja aussehen, als habe sie mit ihm gespielt. Nun durfte sie ihn nicht fortgehen und die Täuschung mitnehmen lassen, das sah sie ein, und sie sagte: »Nein, bleiben Sie da, es ist schon vorüber. Wir müssen reden.« Ihre Stimme war ruhig und ihr Gesicht unbewegt, aber die Röte der Sonne und die Röte der lieblichen Erregung war verglüht, und ihre Augen schauten klug und kühl, doch mit einem kleinen bangen Glanz von Trauer auf den Werber, der mit dem Hute in den Händen wieder niedersaß.

Sie setzte indessen die Schwägerin auf einen Stuhl und kehrte an ihren vorigen Platz zurück. »Wir müssen sie im Zimmer lassen«, sagte sie leise, »sonst wird sie wieder unruhig und macht Dummheiten. – Ich habe Sie vorher reden lassen, Herr Nachbar, ich weiß selber nicht warum, ich bin ein wenig müd gewesen. Hoffentlich haben Sie es nicht falsch gedeutet. Es ist nämlich schon lange mein fester Entschluß, mich nicht mehr zu verändern. Ich bin fast vierzig Jahre alt, und Sie werden gewiß reichlich fünfzig sein, in diesem Alter heiraten vorsichtige Leute nicht mehr. Daß ich Ihnen als einem freundlichen Nachbar gut und dankbar bin, wissen Sie ja, und wenn Sie wollen, können wir es weiter so haben. Aber damit wollen wir zufrieden sein, wir könnten sonst den Schaden haben.«

Herr Schlotterbeck sah sie betrübt, doch freundlich an. Unter Umständen, dachte er, würde er jetzt ruhig abziehen und ihr recht geben. Allein der Glanz, den sie vor einer Viertelstunde im Gesicht gehabt hatte, war ihm noch wie ein ernsthaft schöner Spätsommerflor im Gedächtnis und hielt sein Begehren mit Macht am Leben. Wäre der Glanz nicht gewesen, er wäre betrübt, doch ohne Stachel im Herzen seiner Wege gegangen; so aber schien ihm, er habe das Glück schon wie einen zutraulichen Vogel auf dem Finger sitzen gehabt und nur den Augenblick des Zugreifens verpaßt. Und Vögel, die man schon so nahe gehabt, läßt man nicht ohne grimmige Hoffnung auf eine neue Gelegenheit zum Fang entrinnen. Außerdem, und trotz des Ärgers über ihr Entwischen, nachdem sie schon so fromm über seine Freiersrede erglüht war, hatte er sie jetzt viel lieber als noch vor einer Stunde. Bis dahin war es seine Meinung gewesen, eine angenehme und ersprießliche Vernunftheirat zu betreiben, nun aber hatte diese Abendstunde ihn vollends wahrhaft verliebt gemacht.

»Frau Entriß«, sagte er deshalb entschlossen, »Sie sind jetzt erschreckt worden und vielleicht von meinem Vorschlag zu sehr überrascht. Ich habe Sie lieb, und da Sie nur mit dem Verstande Widerstand leisten, kann ich mich nicht zufrieden geben wie ein Handelsmann, den man um ein Haus weiterschickt. Sondern es ist meine Meinung, diesen Krieg weiterzuführen und Sie nach meinen Kräften zu belagern, damit es sich zeigt, wer der Stärkere ist.«

Auf diesen Ton war sie nicht gefaßt gewesen, er klang warm und schmeichelhaft in ihr Frauengemüt und tat ihr im Innern wohl wie ein erster Amselruf im Februar, wenn sie es auch nicht wahrhaben wollte. Doch war sie nicht gewohnt, so dunklen Regungen Macht zu gönnen, und fest entschlossen, den Angriff abzuwehren und ihre liebgewordene Freiheit zu behalten.

Sie sagte: »Sie machen mir ja Angst, Herr Nachbar! Die Männer bleiben eben länger jung als unsereine, und es tut mir leid, daß Sie mit meinem Bescheide nicht zufrieden sein wollen. Ich kann mich nicht wieder jung machen und verliebt tun, es käme nicht von Herzen. Auch ist mir mein Leben, so wie es jetzt ist, lieb und gewohnt geworden, ich habe meine Freiheit und keine Sorgen. Und da ist auch das arme Ding, meine Schwägerin, die mich braucht und die ich nicht im Stich lasse, das hab ich ihr versprochen und will dabei bleiben. – Aber was rede ich lang, wo nichts zu sagen ist! Ich will nicht, und ich kann nicht, und wenn Sie es gut mir mir meinen, so lassen Sie mir meinen Frieden und drohen mir nicht mit Belagerungen und dergleichen. Wenn Sie wollen, so vergessen wir das Heutige und bleiben gute Nachbarn. Im andern Fall kann ich Sie nimmer sehen.«

Schlotterbeck stand auf, verabschiedete sich jedoch noch nicht, sondern ging in erregten Gedanken, als wäre er im eigenen Hause, heftig auf und ab, um einen Weg aus dieser Not zu finden. Sie sah ihm eine Weile zu, ein wenig belustigt, ein wenig gerührt und ein wenig beleidigt, bis es ihr zu viel ward. Da rief sie ihn an: »Seien Sie nicht töricht, Herr Nachbar: wir wollen jetzt zu Nacht essen, und für Sie wird es auch Zeit sein.«

Aber er hatte eben jetzt seinen Entschluß gefunden. Er nahm

seinen Hut, den er in der Aufregung weggelegt hatte, manierlich in die linke Hand, verbeugte sich und sagte: »Gut, ich gehe jetzt, Frau Entriß. Ich sage Ihnen jetzt adieu und werde Sie eine Zeitlang nimmer belästigen. Sie sollen mich nicht für gewalttätig halten. Aber ich komme wieder, sagen wir in vier, fünf Wochen, und ich bitte um nichts, als daß Sie in der Zeit sich diese Sache noch einmal in Gedanken betrachten. Ich reise fort, wenn ich wiederkomme, ist es nur, um Ihre Antwort zu holen. Wenn Sie dann nein sagen, verspreche ich, damit zufrieden zu sein und werde dann Sie auch von meiner Nachbarschaft befreien. Sie sind das einzige, was mich noch in Gerbersau halten könnte. Also leben Sie recht wohl, und auf Wiedersehen!«

Er nahm den Türgriff in die Hand, warf einen Blick ins Zimmer zurück, den nur die Schwägerin erwiderte, und trat unbegleitet aus dem Hause in die noch lichte Dämmerung. Er schüttelte seine Faust gegen die schwach heraufönende Stadt, welcher er alle Schuld an Frau Entrißens Verstocktheit zuschrieb, und beschloß, sie so bald wie möglich für immer zu verlassen, sei es nun mit oder ohne Frau. Langsam tat er den kurzen Gang zu seiner Wohnung hinüber, nicht ohne mehrmals nach dem Nachbarhäuschen zurückzuschauen. Ganz fern stand am verglühten Himmel noch eine kleine Wolke, kaum ein Hauch, und blühte hinsterbend in einem sanften rosigen Goldduft dem ersten Stern entgegen. Bei ihrem Anblick fühlte der Mann noch einmal die feine Erregung der vergangenen Stunde vorüberziehen und schüttelte lächelnd den alten Kopf zu den Wünschen seines Herzens. Dann betrat er sein einsames Haus und fing noch am selben Abend an, sich für die Reise zu rüsten.

Am Nachmittag des andern Tages war er fertig, übergab die Schlüssel seiner Aufwärterin und den Koffer einem Dienstmann, seufzte befreit und ging davon, in die Stadt hinunter und dem Bahnhof zu, ohne im Vorbeigehen einen Blick in den Garten und die Fenster der Frau Entriß zu wagen. Sie aber sah ihn wohl, wie er vom Kofferträger begleitet dahinging. Er tat ihr leid, und sie wünschte ihm von Herzen gute Erholung.

Für Frau Entriß begannen nun stille Tage. Ihr bescheidenes Leben glitt wieder in die vorige Einsamkeit zurück, es kam niemand zu ihr, und es schaute niemand mehr über ihren Gartenzaun herein. In der Stadt wußte man genau, daß sie mit allen Künsten nach dem reichen Rußländer geangelt habe, und gönnte ihr seine Abreise, die natürlich keinen Tag verborgen blieb. Sie kümmerte sich nach ihrer Art um das alles nicht, sondern ging ruhig ihren Pflichten und Gewohnheiten nach. Es tat ihr leid, daß es mit Herrn Schlotterbeck so gegangen war. Doch war sie sich keiner Schuld bewußt und in langen Jahren an das Alleinleben so gewöhnt, daß sein Fortgehen ihr keinen ernstlichen Kummer machte. Sie sammelte Blumensamen von den verblühenden Beeten, goß am Morgen und Abend, erntete das Beerenobst, machte ein und tat mit zufriedener Emsigkeit die vielen Sommerarbeiten. Und dann machte ihr die Schwägerin unverhofft zu schaffen.

Diese hatte sich seit jenem Abend still verhalten, schien aber seither noch mehr als früher mit einer Angst zu kämpfen, welche eine Art von Verfolgungswahnsinn war und in einem mißtrauischen Träumen von Entführung und Gewalttaten bestand. Der heiße Sommer, der ungewöhnlich viel Gewitter brachte, tat ihr auch nicht gut, und schließlich konnte Frau Entriß kaum mehr auf eine halbe Stunde zu Einkäufen ausgehen, da die Kranke das Alleinbleiben nimmer ertrug. Das elende Wesen fühlte sich nur in der nächsten Nähe der Pflegerin sicher und umgab die geplagte Frau mit Seufzen, Händeringen und scheuen Blicken einer grundlosen Furcht. Am Ende mußte sie den Arzt holen, vor dem die Kranke in neues Entsetzen geriet und der nun alle paar Tage zur Beobachtung wiederkam. Für die Gerbersauer war das wieder ein Grund, von erneuter Mißhandlung und behördlicher Kontrolle zu erzählen.

Unterdessen war August Schlotterbeck nach Wildbad gefahren, wo es ihm jedoch zu heiß und zu lebhaft wurde, so daß er bald wieder aufpackte und weiterfuhr, diesmal nach Freudenstadt, das ihm von jungen Zeiten her bekannt war. Dort gefiel es ihm recht wohl, er fand die Gesellschaft eines schwäbischen Fabrikanten, mit dem er gut Freund wurde und über technische und kaufmännische Dinge seiner Erfahrung reden konnte. Mit diesem Manne, der Viktor Trefz hieß und gleich ihm selber weit in der Welt herumgekommen war, machte er täglich lange Spaziergänge in den kühlen Wäldern. Herr Trefz besaß im Osten des Landes eine Lederwarenfabrik von altem und bekanntem Ruf. Es entstand zwischen den beiden eine höfliche Vertraulichkeit und gegenseitige Hochschätzung, denn Schlotterbeck zeigte in der Lederbranche vortreffliche Kenntnisse und außerdem eine Bekanntschaft mit dem Weltmarkt, die für einen Privatier erstaunlich war. So währte es nicht lange, bis er dem Fabrikanten seine Geschichte und Lage genauer mitteilte, und es wollte beiden scheinen, sie könnten unter Umständen einmal auch in Geschäften recht gute Kameraden werden.

Die erhoffte Erholung fand Schlotterbeck also reichlich, er vergaß sogar für halbe Tage seinen schwebenden Handel mit der Witwe in Gerbersau. Den alten Geschäftsmann belebte und erregte die Unterhaltung mit einem gewiegten Kollegen und die Aussicht auf etwaige neue Unternehmungen nicht wenig, und die Bedürfnisse seines Herzens zogen sich, da er ihnen nie allzuvielen Raum gegönnt hatte, bescheidentlich zurück. Nur wenn er allein war, etwa abends vor dem Einschlafen, suchte ihn das Bild der Frau Entriß heim und machte ihn wieder warm. Doch auch dann schien ihm die Angelegenheit nicht mehr gar so gewichtig. Er dachte an jenen Abend im Häuschen der Nachbarin und fand schließlich, sie habe nicht völlig unrecht gehabt. Er sah ein, daß der Mangel an Arbeit und das Alleinhausen zu einem großen Teil an seinen Heiratsgedanken schuld gewesen seien.

Auf einem Spaziergang wurde er von Herrn Trefz eingeladen, diesen Herbst ihn zu besuchen und seinen Betrieb anzuschauen. Es war noch mit keinem Wort von geschäftlichen Beziehungen die Rede gewesen, doch wußten beide, wie es stand und daß der Besuch sehr wohl zu einer Teilhaberschaft und Vergrößerung des Geschäfts führen könnte. Schlotterbeck nahm dankend an und nannte dem Freunde die Bank, bei der er sich über ihn erkundigen könne.

»Danke, es ist gut«, sagte Trefz, »das Weitere besprechen wir dann, falls Sie Lust haben, an Ort und Stelle.«

Damit fühlte sich August Schlotterbeck dem Leben wiedergewonnen. Fröhlich stieg er an jenem Tag in sein Bett und schlief ein, ohne heut ein einziges Mal an seine Witwe gedacht zu haben. Er ahnte nicht, daß diese eben jetzt recht üble Zeit habe und seinen Beistand hätte brauchen können. Die Schwägerin war unter der Beobachtung des Oberamtsarztes noch scheuer und unheimlicher geworden und machte das kleine Häuschen zu einem Orte des Jammers, indem sie bald schrie wie am Spieß, bald rastlos und schwer seufzend die Treppen auf und ab stieg und durch die Stuben wanderte, bald auch sich in ihrer Kammer einschloß und eingebildete Belagerungen unter Gebet und Winseln bestand. Das arme Geschöpf mußte immerfort bewacht werden, und der geängstigte Doktor drängte zur Fortschaffung und Versorgung in einer Anstalt. Frau Entriß widersetze sich dem, solange sie konnte. Sie hatte sich an die Nähe der schwermütigen Jungfer in langen Jahren gewöhnt, auch hoffte sie, es werde dieser schlimme Zustand nicht lange dauern, und schließlich fürchtete sie die bedenklichen Kosten, die ihr entstehen könnten. Sie wollte gern der Unglücklichen ihr Leben lang kochen, waschen und aufwarten, ihre Launen ertragen und sich um sie sorgen; aber die Aussicht, es möchte für dies zerstörte Leben vielleicht jahrelang ihr Erspartes dahingehen und in einen Sack ohne Boden rinnen, war ihr furchtbar. So hatte sie außer der täglichen Sorge um die Gemütskranke auch noch diese Angst und Last zu tragen, und sie fing trotz ihrer Zähigkeit an, etwas vom Fleisch zu fallen und im Gesicht ein wenig zu altern.

Von dem allem wußte Schlotterbeck kein Wort. Er war der Meinung, die Witwe sitze vergnügt in ihrem kleinen Hause und sei womöglich froh, den lästigen Bewerber für eine Weile loszusein.

Dies stimmte aber nun schon nicht mehr. Zwar hatte die Abreise des Herrn Schlotterbeck nicht die Folge gehabt, ihr nach dem Entfernten Sehnsucht zu wecken und ihr sein Bild zärtlich zu verklären, doch wäre sie jetzt in ihrer Not ganz froh gewesen, einen Freund und Berater zu haben. Ja sie hätte, falls es mit der Schwägerin schlimm gehen sollte, sich wohl auch die Bewerbung des reichen Mannes noch einmal näher und freundlicher angesehen.

In Gerbersau war unterdessen das Gespräch über die Abreise Schlotterbecks und ihre vermutliche Bedeutung und Dauer verstummt, da man jetzt an der Witwe Entriß wieder für eine Weile die Mäuler voll hatte. Und während unter den Tannenbäumen von Freudenstadt die beiden Geschäftsleute sich immer besser verstanden und schon deutlicher von künftigen gemeinsamen Unternehmungen miteinander plauderten, saß daheim in der Spitalgasse der Buchbinder Pfrommer zwei lange Abende an einem Schreiben an seinen Vetter, dessen Wohl und Zukunft ihm gar sehr am Herzen lag. Einige Tage später hielt August Schlotterbeck diesen Brief, der auf das beste Papier mit einem goldenen Rande geschrieben war, verwundert in den Händen und las ihn langsam zweimal durch. Er lautete:

»Lieber und werter Vetter Schlotterbeck!

Der Herr Aktuar Schwarzmantel, der neulich eine Schwarzwaldtour gemacht hat, hat uns berichtet, daß er Dich in Freudenstadt gesehen und daß Du wohl bist und in der Linde logierst. Das hat uns gefreut, und möchte ich Dir an diesem schönen Ort eine gute Erholung wünschen. Wenn man es vermag, ist ja eine solche Sommerkur immer sehr gut, ich war auch einmal ein paar Tage in Herrenalb, weil ich krank gewesen war, und hat mir vorzügliche Dienste getan. Wünsche also nochmals besten Erfolg, und wird unser heimatlicher Schwarzwald mit seinem Tannenrauschen auch Dir gewiß nur gut gefallen.

Lieber Vetter, wir haben alle lange Zeit nach Dir, und wenn Du nach guter Erholung wieder heimkommst, wird es Dir gewiß in Gerbersau wieder recht gut gefallen. Der Mensch hat doch nur eine Heimat, und wenn es auch draußen in der Welt viel Schönes geben mag, kann man doch bloß in der Heimat wirklich glücklich sein. Du hast Dich auch in der Stadt sehr beliebt gemacht, alle freuen sich, bis Du wiederkommst.

Es ist nur gut, daß Du gerade jetzt verreist bist, wo es in Deiner Nachbarschaft wieder so arg zugeht. Ich weiß es nicht, ob es Dir schon bekannt ist. Die Frau Entriß hat jetzt also doch ihre kranke Schwägerin hergeben müssen. Sie war so mit ihr umgegangen, daß das unglückliche Geschöpf es nimmer hat aushalten können und hat Tag und Nacht um Hilfe gerufen, bis man den Oberamtsarzt geholt hat. Da hat sich gezeigt, daß es mit der kranken Jungfer furchtbar stand, und trotzdem hat die Entriß darauf bestehen und sie um jeden Preis dabehalten wollen, man kann sich denken warum. Aber jetzt ist ihr das Handwerk gelegt, man hat ihr die Schwägerin weggenommen, und vielleicht muß sie sich noch anderswo verantworten. Dieselbe ist im Narrenhaus in Zwiefalten untergebracht worden, und die Entriß muß tüchtig für sie zahlen. Warum hat sie früher so an der Kranken gespart!

Wie man das arme Ding fortgebracht hat, das hättest Du sehen sollen, es war ein Jammer. Sie hatten einen Wagen genommen, da saß die Entriß, der Oberamtsarzt, ein Wärter aus Zwiefalten drin und die Patientin. Da fing sie an und hat den ganzen Weg geschrien wie verrückt, daß alles nachgelaufen ist, bis auf den Bahnhof. Auf dem Heimweg hat die Entriß dann allerlei zu hören gekriegt, ein Bub hat ihr sogar einen Stein nachgeworfen.

Lieber Vetter, falls ich Dir hier irgend etwas besorgen kann, tue ich es sehr gern. Du bist ja dreißig Jahre lang von der Heimat fortgewesen, aber das macht nichts, und für meine Verwandten ist mir, wie Du weißt, nichts zuviel. Meine Frau läßt Dich auch grüßen.

Ich wünsche Dir gutes Wetter für Deine Sommerfrische. In dem Freudenstadt droben wird es schon kühler sein als hier in dem engen Loch, wir haben sehr heiß und viel Gewitter. Im Bayrischen Hof hat es vorgestern eingeschlagen, aber kalt.

Wenn Du etwas brauchst, stehe ich ganz zur Verfügung. In alter Treue Dein Vetter und Freund *Lukas Pfrommer.*«

Herr Schlotterbeck las diesen Brief aufmerksam durch, steckte ihn in die Tasche, zog ihn wieder heraus und las ihn nochmals, übersetzte ihn aus dem Gerbersauerischen ins Deutsche und suchte sich die geschilderten Begebenheiten vor Augen zu denken. Dabei ergriff ihn Scham und Zorn, er sah das arme Frauchen verhöhnt und preisgegeben, mit Tränen kämpfen und ohne Trost allein sitzen. Je mehr er es überlegte und je deutlicher er alles sah und begriff, desto mehr schwand sein stilles Schmunzeln über den briefschreibenden Vetter dahin. Er war über ihn und über ganz Gerbersau herzlich empört und wollte schon Rache beschließen, da fiel ihm allmählich ein, wie wenig er selber in dieser letzten Zeit an die Frau Entriß gedacht hatte. Er hatte Pläne geschmiedet und sich gute Tage gegönnt, und währenddessen war es der lieben Frau übel gegangen, sie hatte es schwer gehabt und vielleicht auf seinen Beistand gehofft.

Indem er das bedachte, begann er sich zu schämen. Was war jetzt zu tun? Jedenfalls wollte er sofort heimreisen. Ohne Verzug rief er den Wirt, ordnete für morgen früh seine Abreise an und teilte dies auch dem Herrn Trefz mit. Während er seinen Koffer packte, vergaß er die Scham und den Zorn und alle Bedenken und verfiel in eine Heiterkeit, die ihn den ganzen Abend nimmer verließ. Es war ihm klargeworden, daß alle diese Geschichten nur Wasser auf seine Mühle seien. Die Schwägerin war fort, Gott sei Dank, die Frau Entriß saß vereinsamt und traurig und hatte wohl auch Geldsorgen, da war es Zeit, daß er nochmals vor sie trat und in dem abendsonnigen Stüblein ihr sein Angebot wiederholte. Vergnügt verbrachte er den Abend mit Herrn Trefz bei einem guten Markgräfler Wein. Die Männer stießen auf ein gutes Wiedersehen und eine weiterdauernde Freundschaft an, der Wirt trank ein Glas mit und hoffte, beide gute Gäste im nächsten Jahr wiederzusehen.

Am anderen Morgen stand Schlotterbeck zeitig an der Eisenbahn und erwartete den Zug. Der Wirt hatte ihn begleitet und drückte ihm nochmals die Hand, der Hausknecht hob den Koffer in den Wagen und bekam sein Trinkgeld, der Zug fuhr dahin, und nach einigen ungeduldigen Stunden war die Reise getan und Schlotterbeck wandelte an dem grüßenden Stationsvorstande vorbei in die Stadt hinein.

Er nahm nur ein kurzes Frühstück im Adler, der am Wege lag, ließ sich dort den Rock abbürsten und ging alsdann geraden Weges zu Frau Entriß hinauf. Das Tor war verschlossen, und er mußte ein paar Augenblicke warten, bis die Hausfrau daherkam und mit einem fragenden Gesicht – denn sie hatte ihn nicht kommen sehen – die Tür auftat. Da sie ihn erkannte, wurde sie rot und versuchte, ein strenges Gesicht zu machen, er trat aber mit freundlichem Gruß herein, und sie führte ihn in die Stube.

Sein Kommen hatte sie überrascht. Sie hatte in der vergangenen Zeit wenig an ihn denken können, doch war seine Wiederkunft ihr immerhin kein Schrecken mehr, sondern eher ein Trost. Er sah das auch, trotz ihrer Stille und künstlichen Kühle, sehr wohl und machte ihr und sich selber die Sache leicht, indem er sie herzhaft an beiden Schultern faßte, ihr halb lachend ins rote Gesicht schaute und fragte: »Es ist jetzt recht, nicht wahr?«

Da wollte sie lächeln und noch ein wenig sprödeln und Worte machen; aber unversehens übernahm sie die Bewegung, die Erinnerung an so viel Sorge und Bitterkeit dieser Wochen, die sie bis zum Augenblick tapfer und trocken durchgemacht hatte, und sie brach zu seinem und ihrem eigenen Schrecken plötzlich in Tränen aus. Bald hernach aber erschien auf ihren Wangen wieder der schüchterne Glücksschein, den Herr Schlotterbeck vom letztenmal her kannte, sie lehnte sich an ihn, ließ sich von ihm umfangen, und als nach einem sanften Kusse der Bräutigam sie auf einen Stuhl niedersetzte, sagte er wohlgemut: »Gott sei Dank, das stimmt also. Aber auf den Herbst wird das Häusel verkauft, oder willst du um jeden Preis in dem Nest hier bleiben?«

(1909)

Hans Dierlamms Lehrzeit

1

Der Lederhändler Ewald Dierlamm, den man seit längerer Zeit nicht mehr als Gerber anreden durfte, hatte einen Sohn namens Hans, an den er viel rückte und der die höhere Realschule in Stuttgart besuchte. Dort nahm der kräftige und muntere junge Mensch zwar an Jahren, aber nicht an Weisheit und Ehren zu. Indem er jede Klasse zweimal absitzen mußte, sonst aber ein zufriedenes Leben mit Theaterbesuchen und Bierabenden führte, erreichte er schließlich das achtzehnte Jahr und war schon zu einem ganz stattlichen jungen Herrn gediehen, während seine derzeitigen Mitschüler noch bartlose und unreife Jünglinglein waren. Da er nun aber auch mit diesem Jahrgang nicht lange Schritt hielt, sondern den Schauplatz seines Vergnügens und Ehrgeizes durchaus in einem unwissenschaftlichen Welt- und Herrenleben suchte, ward seinem Vater nahegelegt, er möge den leichtsinnigen Jungen von der Schule nehmen, wo er sich und andre verderbe. So kam Hans eines Tages im schönsten Frühjahr mit seinem betrübten Vater heim nach Gerbersau gefahren, und es war nun die Frage, was mit dem Ungeratenen anzufangen sei. Denn um ihn ins Militär zu stecken, wie der Familienrat gewünscht hatte, dazu war es für diesen Frühling schon zu spät.

Da trat der junge Hans selber zu der Eltern Erstaunen mit dem Wunsche hervor, man solle ihn als Praktikanten in eine Maschinenwerkstätte gehen lassen, da er Lust und Begabung zu einem Ingenieur in sich verspüre. In der Hauptsache war es ihm damit voller Ernst, daneben hegte er aber noch die verschwiegene Hoffnung, man werde ihn in eine Großstadt tun, wo die besten Fabriken wären und wo er außer dem Beruf auch noch manche angenehme Gelegenheiten zum Zeitvertreib und Vergnügen zu finden dachte. Damit hatte er sich jedoch verrechnet. Denn nach den nötigen Beratungen teilte der Vater ihm mit, er sei zwar gesonnen, ihm seinen Wunsch zu erfüllen, halte es aber für rätlich, ihn einstweilen hier am Orte zu behalten, wo es vielleicht nicht die allerbesten Werkstätten und Lehrplätze, dafür aber auch keine Versuchungen und Abwege gebe. Das letztere war nun freilich auch nicht vollkommen richtig, wie sich später zeigen sollte, aber es war wohlgemeint, und so mußte Hans Dierlamm sich entschließen, den neuen Lebensweg unter väterlicher Beaufsichtigung im Heimatstädtchen anzutreten. Der Mechaniker Haager fand sich bereit, ihn aufzunehmen, und etwas befangen ging jetzt der flotte Jüngling täglich seinen Arbeitsweg von der Münzgasse bis zur unteren Insel, angetan mit einem blauen Leinenanzug, wie alle Schlosser einen tragen. Diese Gänge machten ihm anfangs einige Beschwerde, da er vor seinen Mitbürgern bisher in ziemlich feinen Kleidern zu erscheinen gewohnt gewesen war. Doch wußte er sich bald dareinzufinden und tat, als trage er sein Leinenkleid gewissermaßen zum Spaß wie einen Maskenanzug. Die Arbeit selbst aber tat ihm, der so lange Zeit unnütz in Schulen herumgesessen war, sehr gut, ja sie gefiel ihm sogar und regte erst die Neugierde, dann den Ehrgeiz, schließlich eine ehrliche Freude in ihm auf.

Die Haagersche Werkstatt lag dicht am Flusse, zu Füßen einer größeren Fabrik, deren Maschinen mit Instandhalten und Reparaturen dem jungen Meister Haager hauptsächlich zu arbeiten und zu verdienen gaben. Die Werkstätte war klein und alt, bis vor wenigen Jahren hatte der Vater Haager dort geherrscht und gutes Geld verdient, ein beharrlicher Handwerksmann ohne jede Schulbildung. Der Sohn, der jetzt das Geschäft besaß und führte, plante wohl Erweiterungen und Neuerungen, fing jedoch als vorsichtiger Sohn eines altmodisch strengen Handwerkers bescheiden beim Kleinen an und redete zwar gerne von Dampfbetrieb, Motoren und Maschinenhallen, werkelte aber fleißig im alten Stile weiter und hatte außer einer englischen Eisendrehbank noch keine nennenswerten neuen Einrichtungen angeschafft. Er arbeitete mit zwei Gesellen und einem Lehrbuben und hatte für den neuen Volontär gerade noch einen Platz an der Werkbank und einen Schraubstock frei. Mit den fünf Leuten war der enge Raum reichlich angefüllt, und durchwandernde landfahrende Kollegen brauchten beim Zuspruch um Arbeit nicht zu fürchten, daß man sie beim Wort nehme.

Der Lehrling, um von unten auf anzufangen, war ein ängstliches und gutwilliges Bürschlein von vierzehn Jahren, das der neueintretende Volontär kaum zu beachten nötig fand. Von den Gehilfen hieß einer Johann Schömbeck, ein schwarzhaariger magerer Mensch und sparsamer Streber. Der andre Gehilfe war ein schöner, gewaltiger Mensch von achtundzwanzig Jahren, er hieß Niklas Trefz und war ein Schulkamerad des Meisters, zu dem er daher »du« sagte. Niklas führte in aller Freundschaftlichkeit, als könne es nicht anders sein, das Regiment im Hause mit dem Meister gemeinsam; denn er war nicht bloß stark und ansehnlich von Gestalt und Auftreten, sondern auch ein gescheiter und fleißiger Mechaniker, der wohl das Zeug zum Meister hatte. Haager selber, der Besitzer, trug ein sorgenvoll-geschäftiges Wesen zur Schau, wenn er unter Leute kam, fühlte sich aber ganz zufrieden und machte auch an Hans sein gutes Geschäft, denn der alte Dierlamm mußte ein recht anständiges Lehrgeld für seinen Sohn erlegen.

So sahen die Leute aus, deren Arbeitsgenosse Hans Dierlamm geworden war, oder so erschienen sie ihm wenigstens. Zunächst nahm ihn die neue Arbeit mehr in Anspruch als die neuen Menschen. Er lernte ein Sägblatt hauen, mit Schleifstein und Schraubstock umgehen, die Metalle unterscheiden, er lernte die Esse feuern, den Vorhammer schwingen, die erste grobe Feile führen. Er zerbrach Bohrer und Meißel, würgte mit der Feile an schlechtem Eisen herum, beschmutzte sich mit Ruß, Feilspänen und Maschinenöl, hieb sich mit dem Hammer den Finger wund oder verklemmte sich an der Drehbank, alles unter dem spöttischen Schweigen seiner Umgebung, die den schon erwachsenen Sohn eines reichen Mannes mit Vergnügen zu solcher Anfängerschaft verurteilt sah. Aber Hans blieb ruhig, schaute den Gesellen aufmerksam zu, stellte in den Vesperpausen Fragen an den Meister, probierte und regte sich, und bald konnte er einfache Arbeiten sauber und brauchbar abliefern, zum Vorteil und Erstaunen des Herrn Haager, der wenig Vertrauen zu den Fähigkeiten des Praktikanten gehabt hatte.

»Ich meinte allweil, Sie wollten bloß eine Weile Schlosser spielen«, sagte er einst anerkennend. »Aber wenn Sie so weitermachen, können Sie wirklich einer werden.«

Hans, dem in seinen Schulzeiten Lob und Tadel der Lehrer ein leeres Geräusch gewesen waren, kostete diese erste Anerkennung wie ein Hungriger einen guten Bissen. Und da auch die Gesellen ihn allmählich gelten ließen und nimmer wie einen Hanswurst anschauten, wurde ihm frei und wohl, und er fing an, seine Umgebung mit menschlicher Teilnahme und Neugierde zu betrachten.

Am besten gefiel ihm Niklas Trefz, der Obergesell, ein ruhiger dunkelblonder Riese mit gescheiten grauen Augen. Es dauerte aber noch einige Zeit, bis dieser den Neuen an sich herankommen ließ. Einstweilen war er still und ein wenig mißtrauisch gegen den Herrensohn. Desto zugänglicher zeigte sich der zweite Gesell Johann Schömbeck. Er nahm von Hans je und je eine Zigarre und ein Glas Bier an, wies ihm zuweilen kleine Vorteile bei der Arbeit und gab sich Mühe, den jungen Mann für sich einzunehmen, ohne doch seiner Gesellenwürde etwas zu vergeben.

Als Hans ihn einmal einlud, den Abend mit ihm zu verbringen, nahm Schömbeck herablassend an und bestellte ihn auf acht Uhr in eine kleine Beckenwirtschaft an der mittleren Brücke. Dort saßen sie dann, durch die offenen Fenster hörte man das Flußwehr brausen, und beim zweiten Liter Unterländer wurde der Gesell gesprächig. Er rauchte zu dem hellen, milden Rotwein eine gute Zigarre und weihte Hans mit gedämpfter Stimme in die Geschäfts- und Familiengeheimnisse der Haagerschen Werkstatt ein. Der Meister tue ihm leid, sagte er, daß er so vor dem Trefz unterducke, vor dem Niklas. Das sei ein Gewalttätiger, und früher habe er einmal bei einem Streit den Haager, der damals noch unter seinem Vater arbeitete, windelweich gehauen. Ein guter Arbeiter sei er schon, wenigstens wenn es ihm gerade darum zu tun sei, aber er tyrannisiere die ganze Werkstatt und sei stolzer als ein Meister, obwohl er keinen Pfennig besitze.

»Aber er wird wohl einen hohen Lohn kriegen«, meinte Hans.

Schömbeck lachte und schlug sich aufs Knie. »Nein«, sagte er blinzelnd, »er hat nur eine Mark mehr als ich, der Niklas. Und das hat seinen guten Grund. Kennen Sie die Maria Testolini?«

»Von den Italienern im Inselviertel?«

»Ja, von der Bagage. Die Maria hat schon lang ein Verhältnis mit dem Trefz, wissen Sie. Sie schafft in der Weberei uns gegenüber. Ich glaube nicht einmal, daß sie ihm gar so anhänglich ist. Er ist ja ein fester großer Kerl, das haben die Mädel alle gern, aber extra heilig hat sie's nicht mit der Verliebtheit.«

»Aber was hat das mit dem Lohn zu tun?«

»Mit dem Lohn? Ja so. Nun, der Niklas hat also ein Verhältnis mit ihr und könnte schon längst eine viel bessere Stellung haben, wenn er nicht ihretwegen hier bliebe. Und das ist des Meisters Vorteil. Mehr Lohn zahlt er nicht, und der Niklas kündigt nicht, weil er nicht von der Testolini fort will. In Gerbersau ist für einen Mechaniker nicht viel zu holen, länger als dies Jahr bleib' ich auch nimmer da, aber der Niklas hockt und geht nicht weg.

Im weiteren erfuhr Hans Dinge, die ihn weniger interessierten. Schömbeck wußte gar viel über die Familie der jungen Frau Haager, über ihre Mitgift, deren Rest der Alte nicht herausgeben wolle, und über die daraus entstandene Ehezwietracht. Das alles hörte Hans Dierlamm geduldig an, bis es ihm an der Zeit schien, aufzubrechen und heimzugehen. Er ließ Schömbeck bei dem Rest des Weines sitzen und ging fort.

Auf dem Heimweg durch den lauen Maiabend dachte er an das, was er soeben von Niklas Trefz erfahren hatte, und es fiel ihm nicht ein, diesen für einen Narren zu halten, weil er einer Liebschaft wegen angeblich sein Fortkommen versäume. Vielmehr schien ihm das sehr einleuchtend. Er glaubte nicht alles, was der schwarzhaarige Gesell ihm erzählt hatte, aber er glaubte an diese Mädchengeschichte, weil sie ihm gefiel und zu seinen Gedanken paßte. Denn seit er nicht mehr so ausschließlich mit den Mühen und Erwartungen seines neuen Berufes beschäftigt war wie in den ersten Wochen, plagte ihn an den stillen Frühlingsabenden der heimliche Wunsch, eine Liebschaft zu haben, nicht wenig. Als Schüler hatte er auf diesem Gebiete einige erste Weltmannserfahrungen gesammelt, die freilich noch recht unschuldig waren. Nun aber, da er einen blauen Schlosserkittel trug und zu den Tiefen des Volkstums hinabgestiegen war, schien es ihm gut und verlockend, auch von den einfachen und kräftigen Lebenssitten des Volkes seinen Teil zu haben. Aber damit wollte es nicht vorwärtsgehen. Die Bürgermädchen, mit denen er durch seine Schwester Bekanntschaft hatte, waren nur in Tanzstuben und etwa auf einem Vereinsball zu sprechen und auch da unter der Aufsicht ihrer strengen Mütter. Und in dem Kreis der Handwerker und Fabrikleute hatte Hans es bis jetzt noch nicht dahin gebracht, daß sie ihn als ihresgleichen annahmen.

Er suchte sich auf jene Maria Testolini zu besinnen, konnte sich ihrer aber nicht erinnern. Die Testolinis waren eine komplizierte Familiengemeinschaft in einer traurigen Armutgegend und bewohnten mit mehreren Familien welschen Namens zusammen in einer unzählbaren Schar ein altes, elendes Häuschen an der Insel. Hans erinnerte sich aus seinen Knabenjahren, daß es dort von kleinen Kindern gewimmelt hatte, die an Neujahr und manchmal auch zu andern Zeiten bettelnd in seines Vaters Haus gekommen waren. Eines von jenen verwahrlosten Kindern war nun wohl die

Maria, und er malte sich eine dunkle, großäugige und schlanke Italienerin aus, ein wenig zerzaust und nicht sehr sauber gekleidet. Aber unter den jungen Fabrikmädchen, die er täglich an der Werkstatt vorübergehen sah und von denen manche ihm recht hübsch erschienen waren, konnte er sich diese Maria Testolini nicht denken.

Sie sah auch ganz anders aus, und es vergingen kaum zwei Wochen, so machte er unerwartet ihre Bekanntschaft.

Zu den ziemlich baufälligen Nebenräumen der Werkstatt gehörte ein halbdunkler Verschlag an der Flußseite, wo allerlei Vorräte lagerten. An einem warmen Nachmittag im Juni hatte Hans dort zu tun, er mußte einige hundert Stangen nachzählen und hatte nichts dagegen, eine halbe oder ganze Stunde hier abseits von der warmen Werkstatt im Kühlen zu verbringen. Er hatte die Eisenstangen nach ihrer Stärke geordnet und fing nun das Zählen an, wobei er von Zeit zu Zeit die Summe mit Kreide an die dunkle Holzwand schrieb. Halblaut zählte er vor sich hin: dreiundneunzig, vierundneunzig––. Da rief eine leise, tiefe Frauenstimme mit halbem Lachen: »Fünfundneunzig – hundert – tausend –«

Erschrocken und unwillig fuhr er herum. Da stand am niederen, scheibenlosen Fenster ein stattliches blondes Mädchen, nickte ihm zu und lachte.

»Was gibt's?« fragte er blöde.

»Schön Wetter«, rief sie. »Gelt, du bist der neue Volontär da drüben?«

»Ja. Und wer sind denn Sie?«

»Jetzt sagt er ›Sie‹ zu mir! Muß es immer so nobel sein?«

»Oh, wenn ich darf, kann ich schon auch ›du‹ sagen.«

Sie trat zu ihm hinein, schaute sich in dem Loche um, netzte ihren Zeigefinger und löschte ihm seine Kreidezahlen aus.

»Halt!« rief er. »Was machst du?«

»Kannst du nicht so viel im Kopf behalten?«

»Wozu, wenn es Kreide gibt? Jetzt muß ich alles noch einmal durchzählen.«

»O je! Soll ich helfen?«

»Ja, gern.«

»Das glaub ich dir, aber ich hab andres zu tun.«

»Was denn? Man merkt wenig davon.«

»So? Jetzt wird er auf einmal grob. Kannst du nicht auch ein bißchen nett sein?«

»Ja, wenn du mir zeigst, wie man's macht.«

Sie lächelte, trat dicht zu ihm, fuhr ihm mit ihrer vollen, warmen Hand übers Haar, streichelte seine Wange und sah ihm nahe und immer lächelnd in die Augen. Ihm war so etwas noch nie geschehen und es wurde ihm beklommen und schwindlig.

»Bist ein netter Kerl, ein lieber«, sagte sie.

Er wollte sagen: »Und du auch.« Aber er brachte vor Herzklopfen kein Wort heraus. Er hielt ihre Hand und drückte sie.

»Au, nicht so fest!« rief sie leise. »Die Finger tun einem ja weh.«

Da sagte er: »Verzeih.« Sie aber legte für einen kurzen Augenblick ihren Kopf mit dem blonden, dichten Haar auf seine Schulter und schaute zärtlich schmeichelnd zu ihm auf. Dann lachte sie wieder mit ihrer warmen, tiefen Stimme, nickte ihm freundlich und unbefangen zu und lief davon. Als er vor die Tür trat, ihr nachzusehen, war sie schon verschwunden.

Hans blieb noch lange zwischen seinen Eisenstangen. Anfangs war er so verwirrt und heiß und befangen, daß er nichts denken konnte und schwer atmend vor sich hin stierte. Bald aber war er über das hinweg, und nun kam eine erstaunte, unbändige Freude über ihn. Ein Abenteuer! Ein schönes großes Mädchen war zu ihm gekommen, hatte ihm schöngetan, hatte ihn liebgehabt! Und er hatte sich nicht zu helfen gewußt, er hatte nichts gesagt, wußte nicht einmal ihren Namen, hatte ihr nicht einmal einen Kuß gegeben! Das plagte und erzürnte ihn noch den ganzen Tag. Aber er beschloß grimmig und selig, das alles wiedergutzumachen und das nächste Mal nicht mehr so dumm und blöde zu sein.

Er dachte jetzt an keine Italienerinnen mehr. Er dachte beständig an »das nächste Mal«. Und am folgenden Tage benutzte er jede Gelegenheit, auf ein paar Minuten vor die Werkstatt zu treten und sich überall umzusehen. Die Blonde zeigte sich aber nirgends. Statt dessen kam sie gegen Abend mit einer Kameradin zusammen ganz unbefangen und gleichgültig in die Werkstatt, brachte eine kleine Stahlschiene, das Stück einer Webmaschine, und ließ sie abschleifen. Den Hans schien sie weder zu kennen noch zu sehen, scherzte dagegen ein wenig mit dem Meister und trat dann zu Niklas Trefz, der das Schleifen besorgte und mit dem sie sich leise unterhielt. Erst als sie wieder ging und schon Adieu gesagt hatte, schaute sie unter der Türe nochmals zurück und warf Hans einen kurzen warmen Blick zu. Dann runzelte sie die Stirn ein wenig und zuckte mit den Lidern, wie um zu sagen, sie habe ihr Geheimnis mit ihm nicht vergessen und er solle es gut verwahren. Und fort war sie.

Johann Schömbeck ging gleich darauf an Hansens Schraubstock vorüber, grinste still und flüsterte:

»Das war die Testolini.«

»Die Kleine?« fragte Hans.

»Nein, die große Blonde.«

Der Volontär beugte sich über seine Arbeit und feilte heftig drauflos. Er feilte, daß es pfiff und daß die Werkbank zitterte. Das war also sein Abenteuer! Wer war jetzt betrogen, der Obergesell oder er? Und was jetzt tun? Er hätte nicht gedacht, daß eine Liebesgeschichte gleich so verwickelt anfangen könne. Den Abend und die halbe Nacht konnte er an nichts andres denken.

Eigentlich war seine Meinung von Anfang an, er müsse nun verzichten. Aber nun hatte er sich vierundzwanzig Stunden mit lauter verliebten Gedanken an das hübsche Mädchen beschäftigt, und das Verlangen, sie zu küssen und sich von ihr liebhaben zu lassen, war mächtig groß in ihm geworden. Ferner war es das erste Mal, daß eine Frauenhand ihn so gestreichelt und ein Frauenmund ihm so schön getan hatte. Verstand und Pflichtgefühl erlagen der jungen Verliebtheit, die durch den Beigeschmack eines schlechten Gewissens nicht schöner, aber auch nicht schwächer ward. Mochte es nun gehen, wie es wollte, die Maria hatte ihn gern und er wollte sie wieder gernhaben.

Wohl war ihm allerdings nicht dabei. Als er das nächste Mal mit Maria zusammentraf im Treppenhaus der Fabrik, sagte er sogleich: »Du, wie ist das mit dem Niklas und dir? Ist er wirklich dein Schatz?«

»Ja«, meinte sie lachend. »Fällt dir sonst nichts ein, was du mich fragen kannst?«

»Doch, gerade. Wenn du ihn gernhast, kannst du doch nicht auch noch mich gernhaben.«

»Warum nicht? Der Niklas ist mein Verhältnis, verstehst du, das ist schon lang so und soll so bleiben. Aber dich hab ich gern, weil du so ein netter kleiner Bub bist. Der Niklas ist gar streng und herb, weißt du, und ich will dich zum Küssen und Liebsein haben, kleiner Bub. Hast du was dagegen?«

Nein, er hatte nichts dagegen. Er legte still und andächtig seine Lippen auf ihren blühenden Mund, und da sie seine Unerfahrenheit im Küssen bemerkte, lachte sie zwar, schonte ihn aber und gewann ihn noch lieber.

2

Bis jetzt war Niklas Trefz, als Obergesell und Duzfreund des jungen Meisters, aufs beste mit diesem ausgekommen, ja er hatte eigentlich in Haus und Werkstatt meistens das erste Wort gehabt. Neuerdings schien dies gute Einvernehmen etwas gestört zu sein, und gegen den Sommer hin wurde Haager in seinem Benehmen gegen den Gesellen immer spitziger. Er kehrte zuweilen den Meister gegen ihn heraus, fragte ihn nicht mehr um Rat und ließ bei jeder Gelegenheit merken, daß es das frühere Verhältnis nicht fortzusetzen wünsche.

Trefz war gegen ihn, dem er sich überlegen fühlte, nicht empfindlich. Anfangs wunderte ihn diese kühle Behandlung als eine ungewohnte Schrulle des Meisters. Er lächelte und nahm es ruhig hin. Als aber Haager ungeduldiger und launischer wurde, legte Trefz sich aufs Beobachten und glaubte bald hinter die Ursache der Verstimmung gekommen zu sein.

Er sah nämlich, daß zwischen dem Meister und seiner Frau nicht alles in Ordnung war. Es gab keine lauten Händel, dafür war die Frau zu klug. Aber die Eheleute wichen einander aus, die Frau ließ sich nie in der Werkstatt blicken, und der Mann war abends selten zu Hause. Ob die Uneinigkeit, wie Johann Schömbeck wissen wollte, daher rührte, daß der Schwiegervater sich nicht bereden ließ, mehr Geld herauszurücken, oder ob persönliche Zwistigkeiten dahinterstaken, jedenfalls war eine schwüle Luft im Hause, die Frau sah oft verweint und verärgert aus, und der Mann schien auch vom Baume einer schlimmen Erkenntnis gekostet zu haben.

Niklas war überzeugt, daß dieser häusliche Unfrieden an allem schuld sei und ließ den Meister seine Reizbarkeit und Grobheit nicht entgelten. Was ihn heimlich plagte und zornig machte, war die leise schlaue Art, mit der Schömbeck sich die Verstimmung zunutze machte. Dieser war nämlich, seit er den Obergesellen in Ungnade gefallen sah, mit einer unterwürfig-süßen Beflissenheit bemüht, sich dem Meister zu empfehlen, und daß Haager darauf einging und den Schleicher sichtlich begünstigte, war für Trefz ein empfindlicher Stich.

In dieser unbehaglichen Zeit nahm Hans Dierlamm entschieden für Trefz Partei. Einmal imponierte ihm Niklas durch seine gewaltige Kraft und Männlichkeit, alsdann war ihm der schmeichlerische Schömbeck allmählich verdächtig und zuwider geworden, und schließlich hatte er das Gefühl, durch sein Verhalten eine uneingestandene Schuld gegen Niklas gutzumachen. Denn wenn auch sein Verkehr mit der Testolini sich auf kurze hastige Zusammenkünfte beschränkte, wobei es über einiges Küssen und Streicheln nicht hinausging, wußte er sich doch auf verbotenem Wege und hatte kein sauberes Gewissen. Desto entschiedener wies er dafür Schömbecks Klatschereien zurück und trat mit ebensoviel Bewunderung wie Mitleid für Niklas ein. Es dauerte denn auch nicht lange, bis dieser das fühlte. Er hatte sich bisher kaum um den Volontär gekümmert und in ihm einfach ein unnützes Herrensöhnchen gesehen. Jetzt schaute er ihn freundlicher an, richtete zuweilen das Wort an ihn und duldete, daß Hans in den Vesperpausen sich zu ihm setzte.

Schließlich lud er ihn sogar eines Abends zum Mitkommen ein. »Heut ist mein Geburtstag«, sagte er, »da muß ich doch mit jemand eine Flasche Wein trinken. Der Meister ist verhext, den Schömbeck kann ich nicht brauchen, den Lump. Wenn Sie wollen, Dierlamm, so kommen Sie heut mit mir. Wir könnten uns nach dem Nachtessen an der Allee treffen. Wollen Sie?«

Hans war hocherfreut und versprach, pünktlich zu kommen.

Es war ein warmer Abend zu Anfang Juli. Hans aß daheim sein Abendbrot mit Hast, wusch sich ein wenig und eilte zur Allee, wo Trefz schon wartete.

Dieser hatte seinen Sonntagsanzug angelegt, und als er Hans im blauen Arbeitskleid kommen sah, fragte er mit gutmütigem Vorwurf:

»So, Sie sind noch in der Uniform?«

Hans entschuldigte sich, er habe es so eilig gehabt, und Niklas lachte: »Nun, keine Redensarten! Sie sind halt Volontär und haben Spaß an dem dreckigen Kittel, weil Sie ihn doch nicht lang tragen. Unsereiner legt ihn gern ab, wenn er am Feierabend ausgeht.«

Sie schritten nebeneinander die dunkle Kastanienallee hinunter vor die Stadt hinaus. Hinter den letzten Bäumen tritt plötzlich eine hohe Mädchengestalt hervor und hängte sich an des Gesellen Arm. Es war Maria. Trefz sagte kein Wort des Grußes zu ihr und nahm sie ruhig mit, und Hans wußte nicht, war sie von ihm herbestellt oder unaufgefordert gekommen. Das Herz schlug ihm ängstlich.

»Da ist auch der junge Herr Dierlamm«, sagte Niklas.

»Ach ja«, rief Maria lachend, »der Volontär. Kommen Sie auch mit?«

»Ja, der Niklas hat mich eingeladen.«

»Das ist lieb von ihm. Und auch von Ihnen, daß Sie kommen. So ein feiner junger Herr!«

»Dummes Zeug!« rief Niklas. »Der Dierlamm ist mein Kollege. Und jetzt wollen wir Geburtstag feiern.«

Sie hatten das Wirtshaus zu den drei Raben erreicht, das dicht am Flusse in einem kleinen Garten lag. Drinnen hörte man Fuhrleute sich unterhalten und Karten spielen, draußen war kein Mensch. Trefz rief dem Wirt durchs Fenster hinein, er solle Licht bringen. Dann setzte er sich an einen der vielen ungehobelten Brettertische. Maria nahm neben ihm und Hans gegenüber Platz. Der Wirt kam mit einer schlecht brennenden Flurlampe heraus, die er überm Tisch an einem Draht aufhängte. Trefz bestellte einen Liter vom besten Wein, Brot, Käse und Zigarren.

»Hier ist's aber öd«, sagte das Mädchen enttäuscht. »Wollen wir nicht hineingehen? Es sind ja gar keine Leute da.«

»Wir sind Leute genug«, meinte Niklas ungeduldig.

Er schenkte Wein in die dicken Kübelgläser, schob Maria Brot und Käse zu, bot Hans Zigarren hin und zündete sich selber eine an. Sie stießen miteinander an. Darauf spann Trefz, als wäre das Mädchen gar nicht da, ein weitläufiges Gespräch über technische Dinge mit Hans an. Er saß vorgebeugt, den einen Ellbogen auf dem Tische, Maria aber lehnte sich neben ihm ganz in die Bank zurück, verschränkte die Arme vor der Brust und schaute aus der Dämmerung unverwandt, mit ruhigen, zufriedenen Augen in Hansens Gesicht. Dem wurde dadurch nicht behaglicher, und er umgab sich aus Verlegenheit mit dicken Rauchwolken. Daß sie drei einmal an einem Tisch beieinandersitzen würden, hätte er nicht gedacht. Er war froh, daß die beiden vor seinen Augen keine Zärtlichkeiten wechselten, und er vertiefte sich geflissentlich in die Unterhaltung mit dem Gesellen.

Über den Garten schwammen blasse Nachtwolken durch den gestirnten Himmel, im Wirtshause klang zuweilen Gespräch und Gelächter, nebenzu lief mit leisem Rauschen der dunkle Fluß talab. Maria saß regungslos im Halbdunkel, hörte die Reden der beiden dahinrinnen und hielt den Blick auf Hans geheftet. Er empfand ihn, auch wenn er nicht hinübersah, und bald schien er ihm verlockend zu winken, bald spöttisch zu lachen, bald kühl zu beobachten.

So verging wohl eine Stunde, und die Unterhaltung war allmählich langsamer und träger, endlich schlief sie ein, und eine kurze Weile redete niemand ein Wort. Da richtete die Testolini sich auf. Trefz wollte ihr einschenken, sie zog aber ihr Glas weg und sagte kühl: »Ist nicht nötig, Niklas.«

»Was gibt's denn?«

»Einen Geburtstag gibt's. Und dein Schatz sitzt dabei und kann einschlafen. Kein Wort, keinen Kuß, nichts als ein Glas Wein und ein Stück Brot! Wenn mein Schatz der steinerne Mann wär, könnt es nicht schöner sein.«

»Ach, geh weg!« lachte Niklas unzufrieden.

»Ja, geh weg! Ich geh auch noch weg. Am Ende gibt's andre, die mich noch ansehen mögen.«

Niklas fuhr auf. »Was sagst?«

»Ich sag, was wahr ist.«

»So? Wenn's wahr ist, dann sag lieber gleich alles. Ich will jetzt wissen, wer das ist, der nach dir schaut.«

»Oh, das tun manche.«

»Ich will den Namen wissen. Du gehörst mir, und wenn einer dir nachläuft, ist er ein Lump und hat's mit mir zu tun.«

»Meinetwegen. Wenn ich dir gehör, mußt du aber auch mir gehören und nicht so ruppig sein. Wir sind nicht verheiratet.«

»Nein, Maria, leider nicht, und ich kann nichts dafür, das weißt du wohl.«

»Gut denn, so sei auch wieder freundlicher und nicht gleich so wild. Weiß Gott, was du seit einer Zeit hast!«

»Ärger hab ich, nichts als Ärger. Aber wir wollen jetzt noch ein Glas austrinken und vergnügt sein, sonst meint der Dierlamm, wir seien immer so ungattig. He, Rabenwirt! Heda! Noch eine Flasche!«

Hans war ganz ängstlich geworden. Nun sah er erstaunt den plötzlich aufgeflammten Streit ebenso schnell wieder beruhigt und hatte nichts dagegen, noch ein letztes Glas in fröhlichem Frieden mitzutrinken.

»Also prosit!« rief Niklas, stieß mit beiden an und leerte in einem langen Zug sein Glas. Dann lachte er kurz und sagte mit verändertem Ton: »Nun ja, nun ja. Aber ich kann euch sagen, an dem Tag, wo mein Schatz sich mit einem andern einläßt, gibt's ein Unglück.«

»Dummerle«, rief Maria leise, »was fällt dir auch ein?«

»Es ist nur so geredet«, meinte Niklas ruhig. Er lehnte sich wohlig zurück, knöpfte die Weste auf und fing zu singen an:

»A Schlosser hot an G'sella g'het…«

Hans fiel eifrig ein. Im stillen aber hatte er beschlossen, er wolle mit Maria nichts mehr zu tun haben. Er hatte Furcht bekommen.

Auf dem Heimweg blieb das Mädchen an der unteren Brücke stehen.

»Ich geh heim«, sagte sie. »Kommst du mit?«

»Also denn«, nickte der Geselle und gab Hans die Hand.

Dieser sagte Gutenacht und ging aufatmend allein weiter. Ein peinliches Grauen war diesen Abend in ihn gefahren. Er mußte sich immer wieder ausmalen, wie es gegangen wäre, wenn ihn der Obergeselle einmal mit Maria überrascht hätte. Nachdem diese gräßliche Vorstellung seine Entschlüsse bestimmt hatte, wurde es ihm leicht, sie sich selber in einem verklärenden moralischen Lichte darzustellen. Er bildete sich schon nach einer Woche ein, er habe auf die Spielerei mit Maria nur aus Edelmut und aus Freundschaft für Niklas verzichtet. Die Hauptsache war, daß er nun das Mädchen wirklich mied. Erst nach mehreren Tagen traf er sie unvermutet allein, und da beeilte er sich, ihr zu sagen, er könne nicht mehr zu ihr kommen. Sie schien darüber betrübt zu sein, und ihm wurde das Herz schwer, als sie sich an ihn hängte und ihn mit Küssen zu bekehren suchte. Doch gab er ihr keinen zurück, sondern machte sich mit erzwungener Ruhe los. Sie aber ließ ihn nicht eher los, bis er in seiner Herzensangst drohte, dem Niklas alles zu sagen. Da schrie sie auf und sagte:

»Du, das tust du nicht. Das wär mein Tod.«

»Hast du ihn also doch lieb?« fragte Hans bitter.

»Ach was!« seufzte sie. »Dummer Bub, du weißt wohl, daß ich dich viel lieber hab. Nein, aber der Niklas würde mich umbringen. So ist er. Gib mir die Hand darauf, daß du ihm nichts sagst!«

»Gut, aber du mußt mir auch versprechen, daß du mich in Ruhe lassen willst.«

»Hast mich schon so satt?«

»Ach, laß! Aber ich kann die Heimlichkeit vor ihm nimmer haben, ich kann nicht, begreif doch. Also versprich's mir, gelt.«

Da gab sie ihm die Hand, aber er sah ihr dabei nicht in die Augen. Er ging still davon, und sie sah ihm mit Kopfschütteln und innigem Ärger nach. »So ein Hanswurst!« dachte sie.

Für den kamen jetzt wieder schlimme Tage. Sein durch Maria heftig erregtes und immer nur für den Augenblick beschwichtigtes Liebesbedürfnis ging nun wieder heiße, unbefriedigte Wege aufwühlender Sehnsucht, und nur die strenge Arbeit half ihm von Tag zu Tag durch. Sie machte ihn jetzt bei der zunehmenden Sommerhitze doppelt müde. In der Werkstatt war es heiß und schwül, anstrengende Arbeiten wurden halbnackt ausgeführt, und den dumpfen ewigen Ölgeruch durchdrang der scharfe Dunst des Schweißes. Am Abend nahm Hans, zuweilen mit Niklas zusammen, ein Bad oberhalb der Stadt im kühlen Fluß, nachher fiel er todmüde ins Bett, und morgens hatte man Mühe, ihn zur Zeit wachzubringen.

Auch für die andern, Schömbeck vielleicht ausgenommen, war es jetzt in der Werkstatt ein böses Leben. Der Lehrling bekam Scheltworte und Ohrfeigen, der Meister war fortwährend barsch und erregt, und Trefz hatte Mühe, sein launisch-hastiges Wesen zu ertragen. Er fing allmählich auch an, brummig zu werden. Eine kurze Weile noch ließ er es gehen, wie es mochte, dann war seine Geduld erschöpft, und er stellte eines Mittags nach dem Essen den Meister im Hof.

»Was willst?« fragte Haager unfreundlich.

»Mit dir reden will ich einmal. Du weißt schon warum. Ich tue meine Arbeit, so gut du's verlangen kannst, oder nicht?«

»Ja, schon.«

»Also. Und du behandelst mich fast wie einen Lehrbuben. Es muß doch etwas dahinterstecken, daß ich dir auf einmal nichts mehr gelte. Sonst sind wir doch immer gut ausgekommen.«

»Lieber Gott, was soll ich sagen? Ich bin halt, wie ich bin, und kann mich nicht anders machen. Du hast auch deine Schrullen.«

»Jawohl, Haager, aber bei der Arbeit nicht, das ist der Unterschied. Ich kann dir nur sagen, du verdirbst dir selber dein Geschäft.«

»Das sind meine Sachen, nicht deine.«

»Na, dann tust du mir leid. Da will ich nicht weiterreden. Vielleicht wird's einmal von selber wieder anders.«

Er ging fort. An der Haustür traf er auf Schömbeck, der zugehört zu haben schien und leise lachte. Er hatte Lust, den Kerl zu verprügeln, aber er nahm sich zusammen und ging ruhig an ihm vorbei.

Er verstand jetzt, daß zwischen Haager und ihm etwas andres stehen müsse als nur eine Verstimmung, und er nahm sich vor, dem auf die Spur zu kommen. Freilich, am liebsten hätte er noch heute gekündigt, statt unter solchen Verhältnissen weiterzuarbeiten. Aber er konnte und mochte Gerbersau nicht verlassen, Marias wegen. Dagegen sah es aus, als läge dem Meister wenig daran, ihn zu behalten, obgleich sein Weggang ihm schaden mußte. Ärgerlich und traurig ging er, als es ein Uhr schlug, in die Werkstatt hinüber.

Am Nachmittag war in der Webfabrik drüben eine kleine Reparatur zu machen. Das kam häufig vor, da der Fabrikant mit einigen umgebauten alten Maschinen Versuche anstellte, an denen Haager beteiligt war. Früher waren diese Reparaturen und Änderungen meistens von Niklas Trefz ausgeführt worden. Neuerdings aber ging der Meister immer selbst hinüber, und wenn ein Gehilfe nötig war, nahm er Schömbeck oder den Volontär mit. Niklas hatte nichts dawider gesagt, doch kränkte es ihn wie ein Zeichen von Mißtrauen. Er hatte drüben bei diesen Gelegenheiten immer die Testolini getroffen, die in jenem Saal arbeitete, und nun mochte er sich nicht zur Arbeit drängen, damit es nicht aussehe, als tue er es ihretwegen.

Auch heute ging der Meister mit Schömbeck hin und überließ dem Niklas die Beaufsichtigung der Werkstatt. Eine Stunde verging, dann kam Schömbeck mit einigen Werkzeugen zurück.

»An welcher Maschine seid ihr?« fragte Hans, den die Versuche dort interessierten.

»An der dritten, beim Eckfenster«, sagte Schömbeck und sah zu Niklas hinüber. »Ich hab alles allein machen müssen, weil sich der Meister so gut unterhalten hat.«

Niklas wurde aufmerksam, denn an jener Maschine hatte die Testolini Dienst. Er wollte an sich halten und sich mit dem Gesellen nicht einlassen, doch fuhr ihm wider seinen Willen die Frage heraus: »Mit wem denn? Mit der Maria?«

»Richtig geraten«, lachte Schömbeck. »Er macht ihr nach Noten den Hof. Es ist ja auch kein Wunder, so nett wie sie ist.«

Trefz gab ihm keine Antwort mehr. Er mochte Marias Namen aus diesem Munde und in diesem Ton nicht hören. Wuchtig setzte er die Feile wieder ein und maß, als er absetzen mußte, mit dem Kaliber so peinlich nach, als sei er mit allen Gedanken bei seiner Arbeit. Es lag ihm jedoch andres im Sinn. Ein böser Verdacht plagte ihn, und je mehr er daran herumsann, desto besser schien ihm alles Vergangene zu dem Verdacht zu passen. Der Meister stellte Maria nach, darum ging er seit einiger Zeit immer selber in die Fabrik hinüber und duldete ihn nimmer dort. Darum hatte er ihn so sonderbar grob und gereizt behandelt. Er war eifersüchtig, und er wollte es dahin treiben, daß er kündige und fortginge.

Aber er wollte nicht gehen, jetzt gerade nicht.

Am Abend suchte er Marias Wohnung auf. Sie war nicht da, und er wartete vor dem Hause bis zehn Uhr auf der Bank unter den Weibern und Burschen, die sich da den Abend vertrieben. Als sie kam, ging er mit ihr hinauf.

»Hast du gewartet?« fragte sie unterwegs auf der Treppe.

Er gab aber keine Antwort. Stillschweigend ging er hinter ihr her bis in ihre Kammer und machte die Türe hinter ihr zu.

Sie drehte sich um und fragte: »Na, bist wieder letz? Wo fehlt's denn?«

Er sah sie an. »Wo kommst du her?«

»Von draußen. Ich bin mit der Lina und der Christiane gewesen.«

»So.«

»Und du?«

»Ich hab drunten gewartet. Ich muß was mit dir reden.«

»Auch schon wieder! Also red.«

»Wegen meinem Meister, du. Ich glaub, er lauft dir nach.«

»Der? Der Haager? Liebe Zeit, so laß ihn laufen.«

»Das laß ich ihn nicht, nein. Ich will wissen, was damit ist. Er geht jetzt immer selber, wenn's bei euch zu tun gibt, und heut war er wieder den halben Nachmittag bei dir an der Maschine. Jetzt sag, was hat er mit dir?«

»Nichts hat er. Er schwätzt mit mir, und das kannst du ihm nicht verbieten. Wenn's auf dich ankäme, müßt ich immer in einem Glaskasten sitzen!«

»Ich mache keinen Spaß, du. Gerade was er schwätzt, wenn er bei dir ist, möcht ich wissen.«

Sie seufzte gelangweilt und setzte sich aufs Bett.

»Laß doch den Haager!« rief sie ungeduldig. »Was wird's mit ihm sein? Verliebt ist er ein bißchen und macht mir den Hof.«

»Hast du ihm keine Maulschelle gegeben?«

»Herrgott, warum soll ich ihn nicht lieber gleich zum Fenster rausgeworfen haben! Ich laß ihn halt reden und lach' ihn aus. Heut hat er gesagt, er wolle mir eine Brosche schenken –«

»Was? Hat er? Und du, was hast du ihm gesagt?«

»Daß ich keine Broschen brauche, und er solle zu seiner Frau heimgehen. – Jetzt aber Punktum! Ist das eine Eifersucht! Du glaubst doch selber nicht im Ernst an das Zeug.«

»Ja, ja. Also denn gut Nacht, ich muß heim.«

Er ging, ohne sich mehr aufhalten zu lassen. Aber er war nicht beruhigt, obwohl er dem Mädchen eigentlich nicht mißtraute. Allein er wußte nicht, fühlte es aber dunkel, daß ihre Treue zur Hälfte Furcht vor ihm sei. Solange er da war, konnte er vielleicht sicher sein. Aber wenn er wandern mußte, nicht. Maria war eitel und hörte gern schöne Worte, sie hatte auch gar jung schon mit der Liebe angefangen. Und Haager war Meister und hatte Geld. Er konnte ihr Broschen anbieten, so sparsam er sonst war.

Niklas lief wohl eine Stunde lang in den Gassen herum, wo ein Fenster ums andre dunkel ward und schließlich nur noch die Wirtshäuser Licht hatten. Er suchte daran zu denken, daß ja noch gar nichts Schlimmes geschehen war. Aber es war ihm angst vor der Zukunft, vor morgen und vor jedem Tag, an dem er neben dem Meister stehen und mit ihm arbeiten und reden mußte, während er wußte, daß der Mensch Maria nachstellte. Wie sollte das werden?

Müde und verstört trat er in eine Wirtschaft, bestellte eine Flasche Bier und trank Kühlung und Linderung mit jedem rasch geleerten Glase. Er trank selten, meistens nur im Zorn oder wenn er ungewöhnlich heiter war, und er hatte wohl ein Jahr lang keinen Rausch mehr gehabt. Jetzt überließ er sich halb unbewußt einem rechenschaftslosen Kneipen, und er war stark betrunken, als er das Wirtshaus wieder verließ. Doch hatte er noch so viel Besinnung, daß er es vermied, in diesem Zustande ins Haagersche Haus zu gehen. Er wußte unterhalb der Allee eine Wiese, die gestern geschnitten worden war. Dorthin ging er mit ungleichen Schritten und warf sich in das zur Nacht in Haufen getürmte Heu, wo er sogleich einschlief.

3

Als Niklas am folgenden Morgen müde und bleich, doch pünktlich zur rechten Zeit in die Werkstatt kam, war der Meister mit Schömbeck zufällig schon da. Trefz ging still an seinen Platz und griff nach der Arbeit. Da rief der Meister ihm zu:

»So, kommst auch endlich?«

»Ich bin auf die Minute dagewesen wie immer«, sagte Niklas mit mühsam gespielter Gleichgültigkeit. »Da droben hängt die Uhr.«

»Und wo bist die ganze Nacht gesteckt?«

»Geht's dich was an?«

»Ich will's meinen. Du wohnst bei mir im Haus, und da will ich Ordnung haben.«

Niklas lachte laut. Jetzt war es ihm einerlei, was kommen würde. Er hatte Haager und sein dummes Rechthabenwollen und alles satt.

»Was lachst du?« rief der Meister zornig.

»Ich muß eben lachen, Haager. Das kommt mir so, wenn ich was Lustiges höre.«

»Hier gibt's nichts Lustiges. Nimm dich in acht.«

»Vielleicht doch. Weißt du, Herr Meister, das mit der Ordnung hast du gut gesagt. ›Ich will Ordnung im Hause haben!‹ Schneidig hast du's gesagt. Aber es macht mich halt lachen, wenn einer von Ordnung redet und hat selber keine.«

»Was? Was hab ich?«

»Keine Ordnung im Haus. Mit uns zankst du und tust wüst um jedes Nichtslein. Aber wie ist's denn mit deiner Frau zum Beispiel?«

»Halt! Hund du! Hund, sag ich.«

Haager war herbeigesprungen und stand drohend vor dem Gesellen. Trefz aber, der dreimal stärker war, blinzelte ihn beinahe freundlich an.

»Ruhig!« sagte er langsam. »Beim Reden muß man höflich sein. Du hast mich vorher nicht ausreden lassen. Deine Frau geht mich freilich nichts an, wenn sie mir auch leid tut –«

»Dein Maul hältst du, oder –«

»Später dann, wenn ich fertig bin. Also deine Frau, sag ich, geht mich nichts an, und es geht mich auch nichts an, wenn du den Fabrikmädchen nachläufst, du geiler Aff. Aber die Maria geht mich was an, das weißt du so gut wie ich. Und wenn du mir die mit einem Finger anrührst, geht's dir elend schlecht, darauf kannst du dich verlassen. – So, jetzt hab ich meine Sache gesagt.«

Der Meister war blaß vor Erregung, aber er wagte es nicht, Hand an Niklas zu legen.

Auch waren mittlerweile Hans Dierlamm und der Lehrling gekommen und standen am Eingang, erstaunt über das Geschrei und die bösen Worte, die hier schon in den ersten nüchternen Morgenstunden tobten. Er hielt es für besser, keinen Skandal aufkommen zu lassen. Darum kämpfte und schluckte er eine kleine Weile, um seiner zitternden Stimme Herr zu werden.

Dann sagte er laut und ruhig: »Also genug jetzt. Du kannst nächste Woche gehen, ich habe schon einen neuen Gesellen in Aussicht. – Ans Geschäft, Leute, vorwärts!«

Niklas nickte nur und gab keine Antwort. Sorgfältig spannte er eine blanke Stahlwelle in die Drehbank, probierte den Drehstahl, schraubte ihn wieder ab und ging zum Schleifstein. Auch die andern gingen mit großer Beflissenheit ihren Geschäften nach, und den ganzen Vormittag wurden in der Werkstatt keine zehn Worte gewechselt. Nur in der Pause suchte Hans den Obergesellen auf und fragte ihn leise, ob er wirklich gehen werde.

»Versteht sich«, sagte Niklas kurz und wandte sich ab.

Die Mittagsstunde verschlief er, ohne zu Tische zu gehen, auf einem Hobelspansack in der Lagerkammer. Die Kunde von seiner Entlassung kam aber durch Schömbeck über Mittag unter die Arbeiter aus der Weberei, und die Testolini erfuhr sie gleich am Nachmittag von einer Freundin.

»Du, der Niklas geht weg. Es ist ihm gekündigt worden.«

»Der Trefz? Nein!«

»Jawohl, der Schömbeck hat's brühwarm herumerzählt. 's ist schad um ihn, nicht?«

»Ja, wenn's wahr ist. Aber der Haager ist doch ein Hitziger, der! Er hat ja schon lang mit mir anbändeln wollen.«

»Geh, dem würd ich auf die Hand spucken. Mit einem Verheirateten soll eine überhaupt nicht gehen, das gibt bloß dumme Geschichten und nachher nimmt dich keiner mehr.«

»Das wär das wenigste. Heiraten hätt ich schon zehnmal können, sogar einen Aufseher. Wenn ich nur möchte!«

Mit dem Meister wollte sie es drauf ankommen lassen, der war ihr einstweilen sicher. Aber den jungen Dierlamm wollte sie haben, wenn der Trefz fort war. Der Dierlamm war so nett und frisch und hatte so gute Manieren. Daß er auch noch eines reichen Mannes Sohn war, daran dachte sie nicht. Geld konnte sie dann schon von Haager oder sonstwo bekommen. Aber den Volontär hatte sie gern, der war hübsch und stark und doch noch fast ein Bub. Niklas tat ihr leid, und sie fürchtete sich vor den nächsten Tagen, bis er fort wäre. Sie hatte ihn liebgehabt und fand ihn noch immer wundervoll stattlich und schön, aber er hatte gar viel Launen und unnötige Sorgen, träumte immerfort vom Heiraten und war neuerdings so eifersüchtig, daß sie eigentlich wenig an ihm verlor.

Am Abend wartete sie auf ihn in der Nähe des Haagerschen Hauses. Gleich nach dem Abendessen kam er gegangen, sie grüßte und hängte bei ihm ein, und sie spazierten langsam vor die Stadt hinaus.

»Ist's wahr, daß er dir gekündigt hat?« fragte sie, da er nicht davon anfing.

»So, du weißt es auch schon?«

»Ja. Und was hast du im Sinn?«

»Ich fahre nach Eßlingen, dort ist mir schon lange eine Stelle angeboten. Und wenn's dort nichts ist, auf die Wanderschaft.«

»Und denkst nicht auch an mich?«

»Mehr als gut ist. Ich weiß nicht, wie ich's aushalten soll. Ich meine immer, du solltest halt mitkommen.«

»Ja, das wäre schon recht, wenn's ginge.«

»Warum geht's denn nicht?«

»Ach, sei doch gescheit! Du kannst doch nicht mit einem Frauenzimmer wandern gehen wie die Vagabunden.«

»Das nicht, aber wenn ich die Stelle habe –.«

»Ja, wenn du sie hast. Das ist's gerade. Wann willst du denn verreisen?«

»Am Sonntag.«

»Also dann schreibst du vorher noch und meldest dich an. Und wenn du dort unterkommst und es geht dir gut, dann schreibst du mir einen Brief und wir schauen dann weiter.«

»Du mußt dann nachkommen, gleich.«

»Nein, zuerst mußt du dort schauen, ob die Stelle gut ist und ob du bleiben kannst. Und dann geht es vielleicht, daß du mir auch eine Stelle dort besorgst, gelt? Und dann kann ich ja kommen und dich wieder trösten. Wir müssen halt jetzt eine Weile Geduld haben.«

»Ja, wie's in dem Lied heißt: ›Was steht den jungen Burschen wohl an? Geduld, Geduld, Geduld!‹ – Der Teufel hol's! Aber du hast recht, das ist wahr.«

Es gelang ihr, ihn zuversichtlicher zu machen, sie sparte die guten Worte nicht. Zwar dachte sie nicht daran, ihm jemals nachzureisen, aber einstweilen mußte sie ihm recht Hoffnung machen, sonst wurden diese nächsten Tage unerträglich. Und während sie ihn eigentlich schon fahren gelassen hatte und während sie überzeugt war, er werde in Eßlingen oder anderswo sie bald vergessen und eine andere finden, ward sie dennoch im Vorgefühl des Abschiednehmens in ihrem beweglichen Herzen zärtlicher und wärmer, als sie seit langer Zeit gegen ihn gewesen war. Er wurde schließlich beinahe vergnügt.

Das dauerte jedoch nur so lange, als Maria bei ihm war. Kaum saß er daheim auf dem Rand seiner Bettstatt, so war alle Zuversicht verflogen. Wieder quälte er sich mit angstvoll mißtrauischen Gedanken. Es fiel ihm plötzlich auf, daß sie eigentlich über die Nachricht von der Kündigung gar nicht betrübt gewesen war. Sie hatte es ganz leichtgenommen und nicht einmal gefragt, ob er nicht doch noch dableiben könne. Zwar konnte er das nicht, aber sie hätte doch fragen sollen. Und ihre Zukunftspläne schienen ihm jetzt auch nimmer so einleuchtend.

Er hatte den Brief nach Eßlingen heute noch schreiben wollen. Aber sein Kopf war jetzt leer und elend und die Müdigkeit übernahm ihn so plötzlich, daß er beinahe in den Kleidern eingeschlafen wäre. Er stand willenlos auf, zog sich aus und legte sich ins Bett. Doch hatte er keine ruhige Nacht. Die Schwüle, die schon seit mehreren Tagen in dem engen Flußtal zögerte, wuchs von Stunde zu Stunde, ferne Donnerwetter zankten jenseits der Berge, und der Himmel zuckte im beständigen Wetterleuchten, ohne daß doch ein Gewitter oder Platzregen Luft und Kühle bringen wollte.

Am Morgen war Niklas müde, nüchtern und mißvergnügt. Auch sein gestriger Trotz war zum größeren Teil vergangen. Ein jämmerliches Vorgefühl von Heimweh fing an, ihn zu beklemmen. Überall sah er Meister, Gesellen, Lehrlinge, Fabrikler und Fabrikweiber gleichmütig in ihre Geschäfte und abends wieder heraus laufen, ja ein jeder Hund schien sich seines Rechtes auf Heimat und Haus zu freuen. Er aber sollte wider seinen Willen und wider alle Vernunft seine Arbeit, die ihm lieb war, und sein Städtchen verlassen und anderwärts um das bitten und sich bemühen, was er hier so lange Zeit unangefochten besessen hatte.

Der starke Mensch wurde weichmütig. Still und gewissenhaft ging er seiner Arbeit nach, sagte dem Meister und sogar Schömbeck freundlich guten Morgen, und wenn Haager an ihm vorüberging, sah er ihn beinahe flehentlich an und meinte jeden Augenblick, es tue dem Haager leid und er werde die Kündigung zurücknehmen, da er sich so willfährig zeigte. Allein Haager wich seinen Blicken aus und tat, als sei er schon nimmer da und zu Haus und zu Werkstatt gehörig. Nur Hans Dierlamm hielt sich zu ihm und gab durch ein revolutionäres Gebärdenspiel zu verstehen, daß er auf den Meister und auf Schömbeck pfeife und mit den Zuständen durchaus nicht einverstanden sei. Aber damit war dem Niklas nicht geholfen.

Auch die Testolini, zu der Trefz am Abend traurig und mißmutig ging, gab ihm keinen Trost. Zwar hätschelte sie ihn mit Liebkosungen und guten Worten, aber auch sie redete von seinem Fortgehen recht gleichmütig als von einer beschlossenen und unabänderlichen Sache; und als er auf die Trostgründe und auf die Vorschläge und Pläne zu sprechen kam, die sie gestern selber vorgebracht hatte, ging sie zwar darauf ein, schien aber doch alles nicht so ernst genommen zu haben und hatte sogar einige ihrer eignen Vorschläge offenbar schon wieder vergessen. Er hatte die Nacht bei ihr bleiben wollen, änderte aber seinen Sinn und ging zeitig weg.

In seiner Betrübnis wanderte er ziellos in der Stadt umher. Beim Anblick des kleinen Vorstadthauses, in dem er als Waisenkind bei fremden Leuten aufgewachsen war und wo jetzt eine andre Familie wohnte, fiel ihm flüchtig die Schulzeit und die Lehrlingszeit und manches Schöne von damals ein, aber es schien unendlich weit zurück zu liegen und berührte ihn nur mit leisem Anklang an Verlorenes und Fremdgewordenes. Schließlich ward die ungewohnte Hingabe an solche Gefühlsregungen ihm selber zuwider. Er zündete sich eine Zigarre an, machte ein unbekümmertes Gesicht und trat in eine Gartenwirtschaft, wo er sogleich von einigen Arbeitern aus der Weberei erkannt und angerufen wurde.

»Was ist« rief ihm einer entgegen, der schon angeheitert war,

»du wirst doch auch einen Abschied feiern und was zahlen, nicht?«

Niklas lachte und setzte sich unter die kleine Gesellschaft. Er versprach, für jeden zwei Schoppen Bier zu spenden, und bekam dafür von allen Seiten zu hören, wie schade es um ihn sei, daß er fort wolle, so ein netter und beliebter Kerl, und ob er nicht doch noch am Ende dableibe. Er tat nun auch, als sei die Kündigung von ihm ausgegangen, und prahlte mit guten Stellungen, die er in Aussicht habe. Ein Lied wurde gesungen, man stieß mit den Gläsern an, lärmte und lachte, und Niklas geriet in eine künstliche laute Fröhlichkeit hinein, die ihm übel anstand und deren er sich eigentlich schämte. Doch wollte er nun einmal den munteren Bruder spielen, und um ein übriges zu tun, ging er ins Haus und kaufte drinnen ein Dutzend Zigarren für seine Kameraden.

Wie er wieder in den Wirtsgarten trat, hörte er an jenem Tisch seinen Namen nennen. Die meisten dort waren leicht betrunken, sie schlugen beim Reden auf den Tisch und lachten unbändig. Niklas merkte, daß von ihm die Rede war, er blieb hinter einem Baum verborgen stehen und hörte zu. Als er das wüste Gelächter, das ihm zu gelten schien, gehört hatte, war seine Ausgelassenheit unversehens verdampft. Aufmerksam und bitter stand er im Dunkeln und horchte, wie über ihn geredet wurde.

»Ein Narr ist er schon«, meinte einer von den Stilleren, »aber vielleicht ist der Haager doch der Dümmere. Der Trefz ist vielleicht froh, daß er bei der Gelegenheit die Welsche los wird.«

»Da kennst du den schlecht«, meinte ein andrer. »Der hängt an der Person wie eine Klette. Und so vernagelt wie er ist, weiß er vielleicht nicht einmal, wohin der Hase läuft. Nachher wollen wir's mal probieren und ihn ein bißchen kitzeln.«

»Paß aber auf! Der Niklas kann ungemütlich werden.«

»Ach, der! Der merkt ja nichts. Gestern abend ist er mit ihr spazierengelaufen, und kaum ist er heim in's Bett, so kommt der Haager und geht mit ihr. Die nimmt ja einen jeden. Ich möcht nur wissen, wen sie heut bei sich hat.«

»Ja, mit dem Dierlamm hat sie auch angebändelt, mit dem Volontärbuben. Es muß scheint's doch allemal ein Schlosser sein.«

»Oder er muß Geld haben! Aber von dem kleinen Dierlamm hab ich's nicht gewußt. Hast du's selber gesehen?«

»Und ob. In der Sackkammer und einmal auf der Stiege. Sie haben einander verküßt, daß mir's ganz gegraust hat. Der Bube fängt beizeiten an, gerade wie sie auch.«

Niklas hatte genug. Wohl spürte er Lust, mit einem Donnerwetter zwischen die Kerle zu fahren. Doch tat er es nicht, sondern ging still davon.

Auch Hans Dierlamm hatte in den letzten Nächten nicht gut geschlafen. Die Liebesgedanken, der Ärger in der Werkstatt und die schwüle Hitze plagten ihn, und morgens kam er öfters eine Weile zu spät ins Geschäft.

Am folgenden Tage, nachdem er hastig Kaffee getrunken hatte und die Treppe hinabgeeilt war, kam ihm zu seinem Erstaunen Niklas Trefz entgegen.

»Grüß Gott«, rief Hans, »was gibt's Neues?«

»Arbeit in der Sägemühle draußen, du sollst mitkommen.«

Hans war verwundert, teils über den ungewohnten Auftrag, teils darüber, daß Trefz ihn auf einmal duzte. Er sah, daß dieser einen Hammer und einen kleinen Werkzeugkasten trug. Er nahm ihm den Kasten ab, und sie gingen miteinander flußaufwärts, zur Stadt hinaus, zuerst an Gärten, dann an Wiesen hin. Der Morgen war dunstig und heiß, in der Höhe schien ein Westwind zu gehen, unten im Tal aber herrschte völlige Windstille.

Der Geselle war finster und sah mitgenommen aus, wie nach einer argen Kneipnacht. Hans fing nach einer Weile zu plaudern an, bekam aber keine Antwort. Niklas tat ihm leid, doch wagte er nichts mehr zu sagen.

Auf halbem Wege zur Sägmühle, wo der gewundene Flußlauf eine kleine, mit jungen Erlen bestandene Halbinsel umschloß, machte Niklas plötzlich halt. Er ging zu den Erlen hinab, legte sich ins Gras und winkte Hans, er solle auch kommen. Der folgte gern, und sie lagen nun eine längere Zeit nebeneinander ausgestreckt, ohne ein Wort zu reden.

Am Ende schlief Dierlamm ein. Niklas beobachtete ihn, und als er eingeschlafen war, beugte er sich über ihn und schaute ihm mit großer Aufmerksamkeit ins Gesicht, eine gute Weile. Er seufzte dazu und sprach murmelnd mit sich selber.

Schließlich sprang er zornig auf und gab dem Schläfer einen Fußtritt. Erschreckt und verwirrt taumelte Hans auf.

»Was ist?« fragte er unsicher. »Hab ich so lang geschlafen?«

Niklas sah ihn an, wie er ihn vorher angesehen hatte, mit merkwürdig verwandelten Augen. Er fragte: »Bist du wach?« Hans nickte ängstlich.

»Also, paß auf! Da neben mir liegt ein Hammer. Siehst du ihn?«

»Ja.«

»Weißt du, für was ich ihn mitgenommen hab?«

Hans sah ihm in die Augen und erschrak unsäglich. Furchtbare Ahnungen drängten in ihm auf. Er wollte fortlaufen, aber Trefz hielt ihn mit einem mächtigen Griff fest.

»Nicht fortlaufen! Du mußt mir zuhören. Also den Hammer, den hab ich mitgenommen, weil ich––. Oder so... den Hammer...«

Hans begriff alles und schrie in Todesangst auf. Niklas schüttelte den Kopf.

»Mußt nicht schreien. Willst du mir jetzt zuhören?«

»Ja –.«

»Du weißt ja schon, von was ich rede. Also ja, den Hammer hab ich dir auf den Kopf hauen wollen. – Sei ruhig! Hör mich! – Aber es ist nicht gegangen. Ich kann's nicht. Und es ist auch nicht recht ehrlich, vollends im Schlaf! Aber jetzt bist du wach, und den Hammer hab ich dahin gelegt. Und jetzt sag ich dir: Wir wollen miteinander ringen, du bist ja auch stark. Wir ringen, und wer den andern drunten hat, der kann den Hammer nehmen und zuschlagen. Du oder ich, einer muß dran glauben.«

Aber Hans schüttelte den Kopf. Die Todesangst war von ihm gewichen, er fühlte nur eine schneidend herbe Trauer und ein beinahe unerträgliches Mitleid.

»Warten Sie noch«, sagte er leise. »Ich will vorher reden. Wir können ja noch einmal hinsitzen, nicht?«

Und Niklas folgte. Er fühlte, daß Hans etwas zu sagen habe und daß nicht alles so sei, wie er es gehört und sich ausgedacht hatte.

»Es ist wegen der Maria?« fing Hans an, und Trefz nickte. Nun erzählte Hans alles. Er verschwieg nichts und suchte nichts von sich abzuwälzen, er schonte aber auch das Mädchen nicht, denn er fühlte wohl, daß alles darauf ankam, ihn von ihr abzubringen. Er sprach von jenem Abend, da Niklas Geburtstag gefeiert hatte, und von seiner letzten Zusammenkunft mit Maria.

Als er schwieg, gab Niklas ihm die Hand und sagte: »Ich weiß, daß Sie nicht gelogen haben. Sollen wir jetzt in die Werkstatt zurück?«

»Nein«, meinte Hans, »ich schon, aber Sie nicht. Sie sollten gleich jetzt verreisen, das wär am besten.«

»Ja schon. Aber ich brauche mein Arbeitsbuch und ein Zeugnis vom Meister.«

»Das besorge ich. Kommen Sie am Abend zu mir, da bring ich Ihnen alles. Sie können einstweilen Ihre Sachen einpacken, nicht?«

Niklas besann sich. »Nein«, sagte er dann, »es ist doch nicht das Richtige. Ich gehe mit in die Werkstatt und bitte den Haager, daß er mich schon heute gehen läßt. Ich danke schön, daß Sie das alles für mich haben ausfressen wollen, aber es ist besser, ich geh selber.«

Sie kehrten miteinander um. Als sie zurückkamen, war mehr als der halbe Vormittag verstrichen, und Haager empfing sie mit heftigen Vorwürfen. Niklas bat ihn aber, zum Abschied noch einmal in Güte und Ruhe mit ihm zu reden, und nahm ihn mit vor die Türe. Als sie wiederkamen, gingen sie beide ruhig an ihre Plätze und nahmen eine Arbeit vor. Aber am Nachmittag war Niklas nimmer da, und in der nächsten Woche stellte der Meister einen neuen Gesellen ein.

(1909)

Die Stadt

»Es geht vorwärts!« rief der Ingenieur, als auf der gestern neugelegten Schienenstrecke schon der zweite Eisenbahnzug voll Menschen, Kohlen, Werkzeugen und Lebensmitteln ankam. Die Prärie glühte leise im gelben Sonnenlicht, blaudunstig stand am Horizont das hohe Waldgebirge. Wilde Hunde und erstaunte Präriebüffel sahen zu, wie in der Einöde Arbeit und Getümmel anhob, wie im grünen Lande Flecken von Kohlen und von Asche und von Papier und von Blech entstanden. Der erste Hobel schrillte durch das erschrockene Land, der erste Flintenschuß donnerte auf und verrollte am Gebirge hin, der erste Amboß klang helltönig unter raschen Hammerschlägen auf. Ein Haus aus Blech entstand, und am nächsten Tage eines aus Holz, und andere, und täglich neue, und bald auch steinerne. Die wilden Hunde und Büffel blieben fern, die Gegend wurde zahm und fruchtbar, es wehten schon im ersten Frühjahr Ebenen voll grüner Feldfrucht, Höfe und Ställe und Schuppen ragten daraus auf, Straßen schnitten durch die Wildnis.

Der Bahnhof wurde fertig und eingeweiht, und das Regierungsgebäude, und die Bank, mehrere kaum um Monate jüngere Schwesterstädte erwuchsen in der Nähe. Es kamen Arbeiter aus aller Welt, Bauern und Städter, es kamen Kaufleute und Advokaten, Prediger und Lehrer, es wurde eine Schule gegründet, drei religiöse Gemeinschaften, zwei Zeitungen. Im Westen wurden Erdölquellen gefunden, es kam großer Wohlstand in die junge Stadt. Noch ein Jahr, da gab es schon Taschendiebe, Zuhälter, Einbrecher, ein Warenhaus, einen Alkoholgegnerbund, einen Pariser Schneider, eine bayrische Bierhalle. Die Konkurrenz der Nebenstädte beschleunigte das Tempo. Nichts fehlte mehr, von der Wahlrede bis zum Streik, vom Kinotheater bis zum Spiritistenverein. Man konnte französischen Wein, norwegische Heringe, italienische Würste, englische Kleiderstoffe, russischen Kaviar in der Stadt haben. Es kamen schon Sänger, Tänzer und Musiker zweiten Ranges auf ihren Gastreisen in den Ort.

Und es kam auch langsam die Kultur. Die Stadt, die anfänglich nur eine Gründung gewesen war, begann eine Heimat zu werden. Es gab hier eine Art, sich zu grüßen, eine Art, sich im Begegnen zuzunicken, die sich von den Arten in andern Städten leicht und zart unterschied. Männer, die an der Gründung der Stadt teilgehabt hatten, genossen Achtung und Beliebtheit, ein kleiner Adel strahlte von ihnen aus. Ein junges Geschlecht wuchs auf, dem erschien die Stadt schon als eine alte, beinahe von Ewigkeit stammende Heimat. Die Zeit, da hier der erste Hammerschlag erschollen, der erste Mord geschehen, der erste Gottesdienst gehalten, die erste Zeitung gedruckt worden war, lag ferne in der Vergangenheit, war schon Geschichte.

Die Stadt hatte sich zur Beherrscherin der Nachbarstädte und zur Hauptstadt eines großen Bezirkes erhoben. An breiten, heiteren Straßen, wo einst neben Aschenhaufen und Pfützen die ersten Hütten aus Brettern und Wellblech gestanden hatten, erhoben sich ernst und ehrwürdig Amtshäuser und Banken, Theater und Kirchen, Studenten gingen schlendernd zur Universität und Bibliothek, Krankenwagen fuhren leise zu den Kliniken, der Wagen eines Abgeordneten wurde bemerkt und begrüßt, in zwanzig gewaltigen Schulhäusern aus Stein und Eisen wurde jedes Jahr der Gründungstag der ruhmreichen Stadt mit Gesang und Vorträgen gefeiert. Die ehemalige Prärie war von Feldern, Fabriken, Dörfern bedeckt und von zwanzig Eisenbahnlinien durchschnitten, das Gebirge war nahegerückt und durch eine Bergbahn bis ins Herz der Schluchten erschlossen. Dort, oder fern am Meer, hatten die Reichen ihre Sommerhäuser.

Ein Erdbeben warf, hundert Jahre nach ihrer Gründung, die Stadt bis auf kleine Teile zu Boden. Sie erhob sich von neuem, und alles Hölzerne ward nun Stein, alles Kleine groß, alles Enge weit. Der Bahnhof war der größte des Landes, die Börse die größte des ganzen Erdteils, Architekten und Künstler schmückten die verjüngte Stadt mit öffentlichen Bauten, Anlagen, Brunnen, Denkmälern. Im Laufe dieses neuen Jahrhunderts erwarb sich die Stadt den Ruf, die schönste und reichste des Landes und eine Sehenswürdigkeit zu sein. Politiker und Architekten, Techniker und Bürgermeister fremder Städte kamen gereist, um die Bauten, Wasserleitungen, die Verwaltung und andere Einrichtungen der berühmten Stadt zu studieren. Um jene Zeit begann der Bau des neuen Rathauses, eines der größten und herrlichsten Gebäude der Welt, und da diese Zeit beginnenden Reichtums und städtischen Stolzes glücklich mit einem Aufschwung des allgemeinen Geschmacks, der Baukunst und Bildhauerei vor allem, zusammentraf, ward die rasch wachsende Stadt ein keckes und wohlgefälliges Wunderwerk. Den innern Bezirk, dessen Bauten ohne Ausnahme aus einem edlen, hellgrauen Stein bestanden, umschloß ein breiter grüner Gürtel herrlicher Parkanlagen, und jenseits dieses Ringes verloren sich Straßenzüge und Häuser in weiter Ausdehnung langsam ins Freie und Ländliche. Viel besucht und bewundert wurde ein ungeheures Museum, in dessen hundert Sälen, Höfen und Hallen die Geschichte der Stadt von ihrer Entstehung bis zur letzten Entwicklung dargestellt war. Der erste, ungeheure Vorhof dieser Anlage stellte die ehemalige Prärie dar, mit wohlgepflegten Pflanzen und Tieren und genauen Modellen der frühesten elenden Behausungen, Gassen und Einrichtungen. Da lustwandelte die Jugend der Stadt und betrachtete den Gang ihrer Geschichte, vom Zelt und Bretterschuppen an, vom ersten unebenen Schienenpfad bis zum Glanz der großstädtischen Straßen. Und sie lernten daran, von ihren Lehrern geführt und unterwiesen, die herrlichen Gesetze der Entwicklung und des Fortschritts begreifen, wie aus dem Rohen das Feine, aus dem Tier der Mensch, aus dem Wilden der Gebildete, aus der Not der Überfluß, aus der Natur die Kultur entstehe.

Im folgenden Jahrhundert erreichte die Stadt den Höhepunkt ihres Glanzes, der sich in reicher Üppigkeit entfaltete und eilig steigerte, bis eine blutige Revolution der unteren Stände dem ein Ziel setzte. Der Pöbel begann damit, viele von den großen Erdölwerken, einige Meilen von der Stadt entfernt, anzuzünden, so daß ein großer Teil des Landes mit Fabriken, Höfen und Dörfern teils verbrannte, teils verödete. Die Stadt selbst erlebte zwar Gemetzel und Greuel jeder Art, blieb aber bestehen und erholte sich in nüchternen Jahrzehnten wieder langsam, ohne aber das frühere flotte Leben und Bauen je wieder zu vermögen. Es war während ihrer üblen Zeit ein fernes Land jenseits der Meere plötzlich aufgeblüht, das lieferte Korn und Eisen, Silber und andere Schätze mit der Fülle eines unerschöpften Bodens, der noch willig hergibt. Das neue Land zog die brachen Kräfte, das Streben und Wünschen der alten Welt gewaltsam an sich, Städte blühten dort über Nacht aus der Erde, Wälder verschwanden, Wasserfälle wurden gebändigt.

Die schöne Stadt begann langsam zu verarmen. Sie war nicht mehr Herz und Gehirn einer Welt, nicht mehr Markt und Börse vieler Länder. Sie mußte damit zufrieden sein, sich am Leben zu erhalten und im Lärme neuer Zeiten nicht ganz zu erblassen. Die müßigen Kräfte, soweit sie nicht nach der fernen neuen Welt fortschwanden, hatten nichts mehr zu bauen und zu erobern und wenig mehr zu handeln und zu verdienen. Statt dessen keimte in dem nun alt gewordenen Kulturboden ein geistiges Leben, es gingen Gelehrte und Künstler von der stillwerdenden Stadt aus, Maler und Dichter. Die Nachkommen derer, welche einst auf dem jungen Boden die ersten Häuser erbaut hatten, brachten lächelnd ihre Tage in stiller, später Blüte geistiger Genüsse und Bestrebungen hin, sie malten die wehmütige Pracht alter moosiger Gärten mit verwitternden Statuen und grünen Wassern und sangen in zarten Versen vom fernen Getümmel der alten heldenhaften Zeit oder vom stillen Träumen müder Menschen in alten Palästen.

Damit klangen der Name und Ruhm dieser Stadt noch einmal durch die Welt. Mochten draußen Kriege die Völker erschüttern und große Arbeiten sie beschäftigen, hier wußte man in verstummter Abgeschiedenheit den Frieden walten und den Glanz versunkener Zeiten leise nachdämmern: stille Straßen, von Blütenzweigen überhangen, wetterfarbene Fassaden mächtiger Bauwerke über lärmlosen Plätzen träumend, moosbewachsene Brunnenschalen in leiser Musik von spielenden Wassern überronnen.

Manche Jahrhunderte war die alte träumende Stadt für die jüngere Welt ein ehrwürdiger und geliebter Ort, von Dichtern besungen und von Liebenden besucht. Doch drängte das Leben der Menschheit immer mächtiger nach anderen Erdteilen hin. Und in der Stadt selbst begannen die Nachkommen der alten einheimischen Familien auszusterben oder zu verwahrlosen. Es hatte auch die letzte geistige Blüte ihr Ziel längst erreicht, und übrig blieb nur verwesendes Gewebe. Die kleineren Nachbarstädte waren seit längeren Zeiten ganz verschwunden, zu stillen Ruinenhaufen geworden, zuweilen von ausländischen Malern und Touristen besucht, zuweilen von Zigeunern und entflohenen Verbrechern bewohnt.

Nach einem Erdbeben, das indessen die Stadt selbst verschonte, war der Lauf des Flusses verschoben und ein Teil des verödeten Landes zu Sumpf, ein anderer dürr geworden. Und von den Bergen her, wo die Reste uralter Steinbrücken und Landhäuser zerbröckelten, stieg der Wald, der alte Wald, langsam herab. Er sah die weite Gegend öde liegen und zog langsam ein Stück nach dem andern in seinen grünen Kreis, überflog hier einen Sumpf mit flüsterndem Grün, dort ein Steingeröll mit jungem, zähem Nadelholz.

In der Stadt hausten am Ende keine Bürger mehr, nur noch Gesindel, unholdes, wildes Volk, das in den schiefen, einsinkenden Palästen der Vorzeit Obdach nahm und in den ehemaligen Gärten und Straßen seine mageren Ziegen weidete. Auch diese letzte Bevölkerung starb allmählich in Krankheiten und Blödsinn aus, die ganze Landschaft war seit der Versumpfung von Fieber heimgesucht und der Verlassenheit anheimgefallen.

Die Reste des alten Rathauses, das einst der Stolz seiner Zeit gewesen war, standen noch immer sehr hoch und mächtig, in Liedern aller Sprachen besungen und ein Herd unzähliger Sagen der Nachbarvölker, deren Städte auch längst verwahrlost waren und deren Kultur entartete. In Kinder-Spukgeschichten und melancholischen Hirtenliedern tauchten entstellt und verzerrt noch die Namen der Stadt und der gewesenen Pracht gespenstisch auf, und Gelehrte ferner Völker, deren Zeit jetzt blühte, kamen zuweilen auf gefährlichen Forschungsreisen in die Trümmerstädte, über deren Geheimnisse die Schulknaben entfernter Länder sich begierig unterhielten. Es sollten Tore von reinem Gold und Grabmäler voll von Edelsteinen dort sein, und die wilden Nomadenstämme der Gegend sollten aus alten fabelhaften Zeiten her verschollene Reste einer tausendjährigen Zauberkunst bewahren.

Der Wald aber stieg weiter von den Bergen her in die Ebene, Seen und Flüsse entstanden und vergingen, und der Wald rückte vor und ergriff und verhüllte langsam das ganze Land, die Reste der alten Straßenmauern, der Paläste, Tempel, Museen, und Fuchs und Marder, Wolf und Bär bevölkerten die Einöde.

Über einem der gestürzten Paläste, von dem kein Stein mehr am Tage lag, stand eine junge Kiefer, die war vor einem Jahr noch der vorderste Bote und Vorläufer des heranwachsenden Waldes gewesen. Nun aber schaute auch sie schon wieder weit auf jungen Wuchs hinaus.

»Es geht vorwärts!« rief ein Specht, der am Stamme hämmerte, und sah den wachsenden Wald und den herrlichen, grünenden Fortschritt auf Erden zufrieden an.

(1910)

Doktor Knölges Ende

Herr Doktor Knölge, ein ehemaliger Gymnasiallehrer, der sich früh zur Ruhe gesetzt und privaten philologischen Studien gewidmet hatte, wäre gewiß niemals in Verbindung mit den Vegetariern und dem Vegetarismus gekommen, wenn nicht eine Neigung zu Atemnot und Rheumatismen ihn einst zu einer vegetarischen Diätkur getrieben hätte. Der Erfolg war so ausgezeichnet, daß der Privatgelehrte von da an alljährlich einige Monate in irgendeiner vegetarischen Heilstätte oder Pension zubrachte, meist im Süden, und so trotz seiner Abneigung gegen alles Ungewöhnliche und Sonderbare in einen Verkehr mit Kreisen und Individuen geriet, die nicht zu ihm paßten und deren seltene, nicht ganz zu vermeidende Besuche in seiner Heimat er keineswegs liebte.

Manche Jahre hatte Doktor Knölge die Zeit des Frühlings und Frühsommers oder auch die Herbstmonate in einer der vielen freundlichen Vegetarierpensionen an der südfranzösischen Küste oder am Lago Maggiore hingebracht. Er hatte vielerlei Menschen an diesen Orten kennengelernt und sich an manches gewöhnt, an Barfußgehen und langhaarige Apostel, an Fanatiker des Fastens und an vegetarische Gourmands. Unter den letzteren hatte er manche Freunde gefunden, und er selbst, dem sein Leiden den Genuß schwerer Speisen immer mehr verbot, hatte sich zu einem bescheidenen Feinschmecker auf dem Gebiete der Gemüse und des Obstes ausgebildet. Er war keineswegs mit jedem Endiviensalat zufrieden und hätte niemals eine kalifornische Orange für eine italienische gegessen. Im übrigen kümmerte er sich wenig um den Vegetarismus, der für ihn nur ein Kurmittel war, und interessierte sich höchstens gelegentlich für alle die famosen sprachlichen Neubildungen auf diesem Gebiete, die ihm als einem Philologen merkwürdig waren. Da gab es Vegetarier, Vegetarianer, Vegetabilisten, Rohkostler, Frugivoren und Gemischtkostler!

Der Doktor selbst gehörte nach dem Sprachgebrauch der Eingeweihten zu den Gemischtkostlern, da er nicht nur Früchte und Ungekochtes, sondern auch gekochte Gemüse, ja auch Speisen aus Milch und Eiern zu sich nahm. Daß dies den wahren Vegetariern, vor allem den reinen Rohkostlern strenger Observanz, ein Greuel war, entging ihm nicht. Doch hielt er sich den fanatischen

Bekenntnisstreitigkeiten dieser Brüder fern und gab seine Zugehörigkeit zur Klasse der Gemischtkostler nur durch die Tat zu erkennen, während manche Kollegen, namentlich Österreicher, sich ihres Standes auf den Visitenkarten rühmten.

Wie gesagt, Knölge paßte nicht recht zu diesen Leuten. Er sah schon mit seinem friedlichen, roten Gesicht und der breiten Figur ganz anders aus als die meist hageren, asketisch blickenden, oft phantastisch gekleideten Brüder vom reinen Vegetarismus, deren manche die Haare bis über die Schultern hinab wachsen ließen und deren jeder als Fanatiker, Bekenner und Märtyrer seines speziellen Ideals durchs Leben ging. Knölge war Philolog und Patriot, er teilte weder die Menschheitsgedanken und sozialen Reformideen noch die absonderliche Lebensweise seiner Mitvegetarier. Er sah so aus, daß an den Bahnhöfen und Schiffhaltestellen von Locarno oder Pallanza ihm die Diener der weltlichen Hotels, die sonst jeden »Kohlrabiapostel« von weitem rochen, vertrauensvoll ihre Gasthäuser empfahlen und ganz erstaunt waren, wenn der so anständig aussehende Mensch seinen Koffer dem Diener einer Thalysia oder Ceres oder dem Eselsführer des Monte Verità übergab.

Trotzdem fühlte er sich mit der Zeit in der ihm fremden Umgebung ganz wohl. Er war ein Optimist, ja beinahe ein Lebenskünstler, und allmählich fand er unter den Pflanzenessern aller Länder, die jene Orte besuchten, namentlich unter den Franzosen, manchen friedliebenden und rotwangigen Freund, an dessen Seite er seinen jungen Salat und seinen Pfirsich ungestört in behaglichen Tischgesprächen verzehren konnte, ohne daß ihm ein Fanatiker der strengen Observanz seine Gemischtkostlerei oder ein reiskauender Buddhist seine religiöse Indifferenz vorwarf.

Da geschah es, daß Doktor Knölge erst durch die Zeitungen, dann durch direkte Mitteilungen aus dem Kreise seiner Bekannten von der großen Gründung der Internationalen Vegetarier-Gesellschaft hörte, die ein gewaltiges Stück Land in Kleinasien erworben hatte und alle Brüder der Welt bei mäßigsten Preisen einlud, sich dort besuchsweise oder dauernd niederzulassen. Es war eine Unternehmung jener idealistischen Gruppe deutscher, holländischer und österreichischer Pflanzenesser, deren Bestrebungen eine Art von vegetarischem Zionismus waren und dahin zielten, den Anhängern und Bekennern ihres Glaubens ein eigenes Land mit eigener Verwaltung irgendwo in der Welt zu erwerben, wo die natürlichen Bedingungen zu einem Leben vorhanden wären, wie es ihnen als Ideal vor Augen stand. Ein Anfang dazu war diese Gründung in Kleinasien. Ihre Aufrufe wandten sich »an alle Freunde der vegetarischen und vegetabilistischen Lebensweise, der Nacktkultur und Lebensreform«, und sie versprachen so viel und klangen so schön, daß auch Herr Knölge dem sehnsüchtigen Ton aus dem Paradiese nicht widerstand und sich für den kommenden Herbst als Gast dort anmeldete.

Das Land sollte Obst und Gemüse in wundervoller Zartheit und Fülle liefern, die Küche des großen Zentralhauses wurde vom Verfasser der »Paradiese« geleitet, und als besonders angenehm empfanden viele den Umstand, daß es sich dort ganz ungestört ohne den Hohn der argen Welt würde leben lassen. Jede Art von Vegetarismus und von Kleidungsreformbestrebung war zugelassen, und es gab kein Verbot als das des Genusses von Fleisch und Alkohol.

Und aus allen Teilen der Welt kamen flüchtige Sonderlinge, teils, um dort in Kleinasien endlich Ruhe und Behagen in einem ihrer Natur gemäßen Leben zu finden, teils, um von den dort zusammenströmenden Heilsbegierigen ihren Vorteil und Unterhalt zu ziehen. Da kamen flüchtig gegangene Priester und Lehrer aller Kirchen, falsche Hindus, Okkultisten, Sprachlehrer, Masseure, Magnetopathen, Zauberer, Gesundbeter. Dieses ganz kleine Volk exzentrischer Existenzen bestand weniger aus Schwindlern und bösen Menschen als aus harmlosen Betrügern im Kleinen, denn große Vorteile waren nicht zu gewinnen, und die meisten suchten denn auch nichts anderes als ihren Lebensunterhalt, der für einen Pflanzenesser in südlichen Ländern sehr wohlfeil ist.

Die meisten dieser in Europa und Amerika entgleisten Menschen trugen als einziges Laster die so vielen Vegetariern eigene Arbeitsscheu mit sich. Sie wollten nicht Gold und Genuß, Macht und Vergnügen, sondern sie wollten vor allem ohne Arbeit und Belästigung ihr bescheidenes Leben führen können. Mancher von ihnen hatte zu Fuß ganz Europa wiederholt durchmessen als bescheidener Türklinkenputzer bei wohlhabenden Gesinnungsgenossen oder als predigender Prophet oder als Wunderdoktor, und Knölge fand bei seinem Eintreffen in Quisisana manchen alten Bekannten, der ihn je und je in Leipzig als harmloser Bettler besucht hatte.

Vor allem aber traf er Größen und Helden aus allen Lagern des

Vegetariertums. Sonnenbraune Männer mit langwallenden Haaren und Bärten schritten alttestamentlich in weißen Burnussen auf Sandalen einher, andere trugen Sportkleider aus heller Leinwand. Einige ehrwürdige Männer gingen nackt mit Lendentüchern aus Bastgeflecht eigener Arbeit. Es hatten sich Gruppen und sogar organisierte Vereine gebildet, an gewissen Orten trafen sich die Frugivoren, an anderen die asketischen Hungerer, an anderen die Theosophen oder Lichtanbeter. Ein Tempel war von Verehrern des amerikanischen Propheten Davis erbaut, eine Halle diente dem Gottesdienst der Neoswedenborgisten.

In diesem merkwürdigen Gewimmel bewegte sich Doktor Knölge anfangs nicht ohne Befangenheit. Er besuchte die Vorträge eines früheren badischen Lehrers namens Klauber, der in reinem Alemannisch die Völker der Erde über die Geschehnisse des Landes Atlantis unterrichtete, und bestaunte den Yogi Vishinanda, der eigentlich Beppo Cinari hieß und es in jahrzehntelangem Streben dahin gebracht hatte, die Zahl seiner Herzschläge willkürlich um etwa ein Drittel vermindern zu können.

In Europa zwischen den Erscheinungen des gewerblichen und politischen Lebens hätte diese Kolonie den Eindruck eines Narrenhauses oder einer phantastischen Komödie gemacht. Hier in Kleinasien sah das alles ziemlich verständig und gar nicht unmöglich aus. Man sah zuweilen neue Ankömmlinge in Verzückung über diese Erfüllung ihrer Lieblingsträume mit geisterhaft leuchtenden Gesichtern oder in hellen Freudentränen umhergehen, Blumen in den Händen, und jeden Begegnenden mit dem Friedenskuß begrüßend.

Die auffallendste Gruppe war jedoch die der reinen Frugivoren. Diese hatten auf Tempel und Haus und Organisation jeder Art verzichtet und zeigten kein anderes Streben als das, immer natürlicher zu werden und, wie sie sich ausdrückten, »der Erde näher zu kommen«. Sie wohnten unter freiem Himmel und aßen nichts, als was von Baum oder Strauch zu brechen war. Sie verachteten alle anderen Vegetarier unmäßig, und einer von ihnen erklärte dem Doktor Knölge ins Gesicht, das Essen von Reis und Brot sei genau dieselbe Schweinerei wie der Fleischgenuß, und zwischen einem sogenannten Vegetarier, der Milch zu sich nehme, und irgendeinem Säufer und Schnapsbruder könne er keinen Unterschied finden.

Unter den Frugivoren ragte der verehrungswürdige Bruder Jonas hervor, der konsequenteste und erfolgreichste Vertreter dieser Richtung. Er trug zwar ein Lendentuch, doch war es kaum von seinem behaarten braunen Körper zu unterscheiden, und er lebte in einem kleinen Gehölz, in dessen Geäste man ihn mit gewandter Hurtigkeit sich bewegen sah. Seine Daumen und große Zehen waren in einer wunderbaren Rückbildung begriffen, und sein ganzes Wesen und Leben stellte die beharrlichste und gelungenste Rückkehr zur Natur vor, die man sich denken konnte. Wenige Spötter nannten ihn unter sich den Gorilla, im übrigen genoß Jonas die Bewunderung und Verehrung der ganzen Provinz.

Auf den Gebrauch der Sprache hatte der große Rohkostler Verzicht getan. Wenn Brüder oder Schwestern sich am Rande seines Gehölzes unterhielten, saß er zuweilen auf einem Aste zu ihren Häupten, grinste ermunternd oder lachte mißbilligend, gab aber keine Worte von sich und suchte durch Gebärden anzudeuten, seine Sprache sei die unfehlbare der Natur und werde später die Weltsprache aller Vegetarier und Naturmenschen sein. Seine nächsten Freunde waren täglich bei ihm, genossen seinen Unterricht in der Kunst des Kauens und Nüsseschälens und sahen einer fortschreitenden Vervollkommnung mit Ehrfurcht zu, doch hegten sie die Besorgnis, ihn bald zu verlieren, da er vermutlich binnen kurzem, ganz eins mit der Natur, sich in die heimatliche Wildnis der Gebirge zurückziehen werde.

Einige Schwärmer schlugen vor, diesem wundersamen Wesen, das den Kreislauf des Lebens vollendet und den Weg zum Ausgangspunkt der Menschwerdung zurückgefunden hatte, göttliche Ehren zu erweisen. Als sie jedoch eines Morgens bei Aufgang der Sonne in dieser Absicht das Gehölz aufsuchten und ihren Kult mit Gesang begannen, erschien der Gefeierte auf seinem großen Lieblingsaste, schwang sein gelöstes Lendentuch höhnisch in Lüften und bewarf die Anbeter mit harten Pinienzapfen.

Dieser Jonas der Vollendete, dieser »Gorilla«, war unserem Doktor Knölge im Innersten seiner bescheidenen Seele zuwider. Alles, was er in seinem Herzen je gegen die Auswüchse vegetarischer Weltanschauung und fanatisch-tollen Wesens schweigend bewegt hatte, trat ihm in dieser Gestalt schreckhaft entgegen und schien sogar sein eigenes maßvolles Vegetariertum grell zu verhöhnen. In der Brust des anspruchslosen Privatgelehrten erhob sich gekränkt die Würde des Menschen, und er, der so viele Andersmeinende gelassen und duldsam ertragen hatte, konnte an dem Wohnort des Vollkommenen nicht vorübergehen, ohne Haß und Wut gegen ihn zu empfinden. Und der Gorilla, der auf seinem Aste alle Arten von Gesinnungsgenossen, Verehrern und Kritikern mit Gleichmut betrachtet hatte, fühlte ebenfalls wider diesen Menschen, dessen Haß sein Instinkt wohl witterte, eine zunehmende tierische Erbitterung. Sooft der Doktor vorüber kam, maß er den Baumbewohner mit vorwurfsvoll beleidigten Blicken, die dieser mit Zähnefletschen und zornigem Fauchen erwiderte.

Schon hatte Knölge beschlossen, im nächsten Monat die Provinz zu verlassen und nach seiner Heimat zurückzukehren, da führte ihn, beinahe wider seinen Willen, in einer strahlenden Vollmondnacht ein Spaziergang in die Nähe des Gehölzes. Mit Wehmut dachte er früherer Zeiten, da er noch in voller Gesundheit als ein Fleischesser und gewöhnlicher Mensch unter seinesgleichen gelebt hatte, und im Gedächtnis schöner Jahre begann er unwillkürlich ein altes Studentenlied vor sich hin zu pfeifen.

Da brach krachend aus dem Gebüsch der Waldmensch hervor, durch die Töne erregt und wild gemacht. Bedrohlich stellte er sich vor dem Spaziergänger auf, eine ungefüge Keule schwingend. Aber der überraschte Doktor war so erbittert und erzürnt, daß er nicht die Flucht ergriff, sondern die Stunde gekommen fühlte, da er sich mit seinem Feinde auseinandersetzen müsse. Grimmig lächelnd verbeugte er sich und sagte mit so viel Hohn und Beleidigung in der Stimme, als er aufzubringen vermochte: Sie erlauben, daß ich mich vorstelle. Doktor Knölge.

Da warf der Gorilla mit einem Wutschrei seine Keule fort, stürzte sich auf den Schwachen und hatte ihn im Augenblick mit seinen furchtbaren Händen erdrosselt. Man fand ihn am Morgen, manche ahnten den Zusammenhang, doch wagte niemand etwas gegen den Affen Jonas zu tun, der gleichmütig im Geäste seine Nüsse schälte. Die wenigen Freunde, die sich der Fremde während seines Aufenthaltes im Paradiese erworben hatte, begruben ihn in der Nähe und steckten auf sein Grab eine einfache Tafel mit der kurzen Inschrift: Dr. Knölge, Gemischtkostler aus Deutschland.

(ca. 1910)

Emil Kolb

Die geborenen Dilettanten, aus welchen ein so großer Teil der Menschheit zu bestehen scheint, könnte man als Karikaturen der Willensfreiheit bezeichnen. Indem sie nämlich die ursprüngliche Fähigkeit jedes originellen Menschen entbehren, den Ruf der Natur im eigenen Innern zu vernehmen, treiben sie leichtsinnig und unentschlossen in einem Leben scheinbarer Willkür dahin.

Zu diesen Vielen gehörte auch der Knabe Emil Kolb in Gerbersau, und der Zufall (da man bei solchen Menschen doch wohl nicht vom Schicksal reden darf) brachte es dahin, daß er mit seinem Dilettantentum nicht gleich vielen anderen zu Ehren und Wohlstande, sondern zu Unehre und Elend kam, obwohl er um nichts schlimmer war als tausend seiner Art.

Emil Kolbs Vater war ein Flickschuster. Es war diesem Manne die Gabe versagt, im Walten der Natur und in der Entfaltung menschlicher Schicksale das unabänderlich Notwendige zu erkennen und anzuerkennen; deshalb hielt er denn auch, was seinem Tun und Leben versagt war, wenigstens seinen Wünschen und müßigen Träumen für erlaubt und schwelgte gerne in Vorstellungen eines anderen, reicheren, schöneren Lebens, soweit seine auf das Materielle gerichtete Phantasie dessen fähig war.

Kaum hatte diesem Flickschuster sein Weib einen leidlich rüstigen Knaben geboren, so übertrug er seine Schwärmereien auf dessen Zukunft, und damit rückte dies alles, was bisher nur Gedankensünde und Fabelvergnügen gewesen war, in ein bestimmtes Licht des Möglichen. Der junge Emil Kolb spürte diese väterlichen Wünsche und Träume schon früh als eine warme und treibende Luft um sich und gedieh darin wie der Kürbis im Dünger, er nahm sich gleich in den ersten Schuljahren vor, der Messias seiner armen Familie zu werden und später einmal unerbittlich alles zu ernten, was das Glück ihm nach so langen Entbehrungen der Eltern und Vorfahren schuldete. Emil Kolb fühlte den Mut in sich, einmal das Schicksal eines Gewaltigen auf sich zu nehmen, eines Bürgesmeisters oder Millionärs, und wäre heute schon eine goldene Kutsche mit vier Schimmeln bei seines Vaters Hause vorgefahren, so hätte keine Schüchternheit ihn abgehalten, sich hineinzusetzen und die ehrerbietigen Grüße der Mitbürger einzustreichen.

Schon früh erschienen ihm die wenigen originellen Menschen, die er kennenlernte, lächerlich und geradezu närrisch, daß sie es vorzogen, Idealen zu opfern und einen nutzlosen Ehrgeiz zu pflegen, statt ihre Gaben einem glatten baren Lohne dienstbar zu machen. So zeigte er auch für alle jene Fächer der Schulwissenschaft reichlichen Eifer, die von den Dingen dieser Erde handeln, wogegen ihm die Beschäftigung mit Geschichten und Sagen der Vorzeit, mit Gesang, Turnen und anderen ähnlichen Dingen als ein reiner Zeitvertreib erschien.

Eine besondere Hochachtung jedoch hatte der junge Streber vor der Kunst der Sprache, worunter er aber nicht die Torheiten der Dichter verstand, sondern die Pflege des Ausdruckes zugunsten realer geschäftlicher Handlungen und Vorteile. Er las alle Dokumente geschäftlicher oder rechtlicher Natur, von der einfachen Rechnung oder Quittung bis zum öffentlichen Anschlag oder Zeitungsaufruf, mit reiner Bewunderung. Denn er sah gar wohl, daß die Sprache solcher Kunsterzeugnisse, von der gemeinen Sprache der Gasse ebenso weit entfernt wie nur irgendeine tolle Dichtung, geeignet sei, Eindruck zu machen, Macht zu üben und über Unverständige Vorteile zu erlangen. In seinen Schulaufsätzen strebte er diesen Vorbildern beharrlich nach und brachte manche Blüte hervor, die einer Kanzlei kaum unwürdig gewesen wäre.

Eben diese Vorliebe für den feinen Kanzleistil gab den Anlaß und Ankergrund für Emil Kolbs einzige Freundschaft. Der Lehrer hatte seine Klasse einst einen Aufsatz über den Frühling verfassen und mehrere dieser Arbeiten von ihren Urhebern vorlesen lassen. Da tat mancher zwölfjährige Schüler seine ersten scheuen Flüge in das Land der schaffenden Phantasie, und frühe Bücherleser schmückten ihre Aufsätze mit begeisterten Nachbildungen der Frühlingsschilderungen gangbarer Dichter. Es war von Amselruf und von Maifesten die Rede, und ein besonders Belesener hatte sogar das Wort Philomele gebraucht. Alle diese Schönheiten aber hatten den zuhörenden Emil nicht zu rühren vermocht, er fand das alles blöd und töricht. Da kam, vom Lehrer aufgerufen, der Sohn des Kannenwirts, Franz Remppis, an die Reihe, seinen Aufsatz vorzulesen. Und gleich bei den ersten Worten: »Es ist nicht zu bestreiten, daß der Frühling immerhin eine sehr angenehme Jahreszeit genannt zu werden verdient« – merkte Kolb mit entzücktem Ohre den Klang einer ihm verwandten

Seele, lauschte scharf und beifällig und ließ sich kein Wort entgehen. Dies war der Stil, in welchem das Wochenblatt seine Berichte aus Stadt und Land abzufassen pflegte und den Emil selbst schon mit einiger Sicherheit anzuwenden wußte.

Nach dem Schluß der Schule sprach Kolb dem Mitschüler seine Anerkennung aus, und von der Stunde ab hatten die beiden Knaben das Gefühl, einander zu verstehen und zueinander zu gehören.

Emil begann damit, daß er die Gründung einer gemeinschaftlichen Sparkasse vorschlug. Er wußte die Vorteile des Zusammenlegens und der gegenseitigen Ermunterung zur Sparsamkeit so beredt darzulegen, daß Franz Remppis darauf einging und sich bereit erklärte, sein Erspartes dieser Kasse anzuvertrauen. Doch war er klug genug, darauf zu bestehen, daß das Geld so lange in seinen Händen bleibe, bis auch der Freund eine bare Einlage gemacht habe, und da es hierzu niemals kommen wollte, versank der Plan, ohne daß Emil an ihn erinnert oder Franz ihm den Versuch der Überlistung übelgenommen hätte. Ohnehin fand Kolb sehr bald einen Weg, seine kümmerlichen Umstände vorteilhaft mit den weit besseren des Wirtssohnes zu verknüpfen, indem er seinen Kameraden gegen kleine Geschenke und eßbare Gaben in manchen Schulfächern mit seinen Fähigkeiten aushalf. Das dauerte bis zum Ende der Schulzeit, und gegen das Versprechen eines Honorars von fünfzig Pfennigen lieferte Emil Kolb dem Franz die mathematische Arbeit im Abgangsexamen, welches sie auf diese Weise beide wohl bestanden. Emil hatte sogar so gute Zeugnisse eingeheimst, daß sein Vater darauf schwor, an dem Jungen sei ein Gelehrter verlorengegangen. Allein an fernere Studien war nicht zu denken. Doch gab sich der Vater Kolb jede Mühe und tat manchen sauren Bittgang, um seinem Sohne einen besonderen Platz im Leben zu verschaffen und seine Hoffnungen auf eine glänzende Zukunft nach Kräften zu fördern. Und es gelang ihm, seinen Knaben als Lehrling im Bankgeschäft der Brüder Dreiß unterzubringen. Damit schien ihm ein bedeutender Schritt nach oben hin getan und eine Gewähr für die Erfüllung weit kühnerer Träume gegeben.

Für junge Gerbersauer, die sich dem Kaufmannsberufe widmen wollten, gab es keine hoffnungsreichere Eröffnung dieser Laufbahn als die Lehrlingsschaft bei den Brüdern Dreiß. Deren Bank und Warengeschäft war alt und hochangesehen, und die Herren hatten jedes Jahr die Wahl unter den besten Schülern der obersten Klassen, deren sie jährlich einen oder zwei als Lehrlinge in ihr Geschäft aufnahmen. So hatten sie stets, da die Lehrzeit dreijährig war, zwischen vier und sechs junger Leute in der Lehre, welche zwar die Kost, sonst aber für ihre Arbeit keine Entschädigung erhielten. Dafür konnten sie dann den Lehrbrief des alten ehrwürdigen Hauses als eine überall im Lande gültige Empfehlung ins Leben mitnehmen.

Dieses Jahr war Emil Kolb der einzige neu eintretende Lehrling. Er fand jedoch die Ehre gering und recht teuer bezahlt; denn als jüngster Lehrbub war er derjenige, an welchem alle älteren, auch schon die vom vorigen Jahr, die Stiefel glaubten abreiben zu müssen. Wo etwas im Hause zu tun war, das zu tun sich jeder scheute und zu gut hielt, da rief man nach Emil, dessen Name immerzu gleich einer Dienstbotenglocke durchs Haus erschallte, so daß der junge Mensch nur selten Zeit fand, in einer Kellerecke hinter den Erdölfässern oder auf dem Dachboden bei den leeren Kisten eine kurze Weile seinen Träumen vom Glanz der Zukunft nachzuhängen. Es entschädigte ihn für dies rauhe Leben nur die Rechnung auf den Glanz späterer Tage und die gute reichliche Kost des Hauses. Die Brüder Dreiß, die mit ihrem Lehrlingswesen gute Geschäfte machten und sich außerdem noch einen gut zahlenden Volontär hielten, pflegten an allem zu sparen, nur am Essen für ihre Leute nicht. So konnte der junge Kolb sich jeden Tag dreimal vollständig satt essen, was er mit Eifer tat, und wenn er trotzdem in Bälde lernte, über die Verpflegung zu schimpfen, so war das nur eine zum Brauch der Lehrlinge gehörende Übung, welcher er mit derselben Treue oblag wie dem Stiefelwichsen am Morgen und dem Rauchen gestohlener Zigaretten am Abend.

Ein Kummer war es ihm gewesen, daß er beim Eintritt in diese Vorhölle seines Berufes sich von dem Freund hatte trennen müssen. Franz Remppis wurde von seinem Vater in eine auswärtige Lehrstelle verdingt und erschien eines Tages, um von Emil Abschied zu nehmen. Franzens Trost, daß sie beide einander fleißig schreiben wollten, leuchtete dem armen Emil wenig ein; denn er wußte nicht, woher er das Geld für die Briefmarken hätte nehmen sollen.

Wirklich kam schon bald ein Brief aus Lächstetten, worin Remppis von seinem Einstand am neuen Ort berichtete. Dieses Schreiben regte Emil zu einer langen, sorgfältigen Antwort an, mit deren Abfassung er mehrere Abende hinbrachte, deren Absendung ihm jedoch fürs erste nicht möglich war. Endlich gelang es ihm doch, und er sah es vor sich selbst als eine halbe Rechtfertigung an, daß sein erster Fehltritt dem edlem Gefühle der Freundschaft entsprang. Er mußte nämlich einige Briefe zur Post tragen, und da es eben eilte, gab der Oberlehrling ihm die Briefmarken dazu in die Hand, die er unterwegs aufkleben solle. Diese Gelegenheit nahm Emil wahr. Er beklebte den Brief an Franz, den er in der Brusttasche bei sich trug, mit einer der hübschen neuen Briefmarken und steckte dafür einen von den Geschäftsbriefen ohne Marke in den Postkasten.

Mit dieser Tat begab er sich über eine Grenze, die für ihn besonders gefährlich und lockend war. Wohl hatte er auch zuvor schon je und je, gleich den anderen Lehrbuben, Kleinigkeiten zu sich gesteckt, die seinen Herren angehörten, etwa ein paar gedörrte Zwetschgen oder eine Zigarre. Allein diese Näschereien verübte ein jeder mit heilem Gewissen, sie stellten eine flotte Gebärde dar, womit der Täter vor sich selber prahlte und seine Zugehörigkeit zum Hause und dessen Vorräten dartat. Hingegen war mit dem Diebstahl der Briefmarke etwas anderes geschehen, etwas Schwereres, ein heimlicher Raub an Geldeswert, den keine Gewohnheit und kein Beispiel entschuldigten. Es schlug denn auch dem jungen Missetäter das Herz, und einige Tage lang war er zu jeder Stunde darauf gefaßt, daß sein Vergehen entdeckt werde. Es ist selbst für leichtsinnige Menschen und auch für solche, die schon im Vaterhaus genascht haben, dennoch der erste richtige Diebstahl ein unheimliches Erlebnis, und mancher trägt schwerer daran als an weit größeren Sünden.

Emil litt einige Angst vor der möglichen Entdeckung, aber als die Tage gingen und die Sonne wieder schien und die Geschäfte ihren Gang dahinliefen, als wäre nichts geschehen und als habe er nichts zu verantworten, da erschien ihm diese Möglichkeit, in allem Frieden aus fremder Tasche Nutzen zu ziehen, als ein Ausweg aus hundert Nöten, ja vielleicht als der ihm bestimmte Weg zum Glücke. Denn da ihn die Arbeit und Geschäfte nur als ein mühsamer Umweg zum Erwerb und Vergnügen zu freuen vermochten, da er stets nur das Ziel und nie den Weg bedachte, mußte die Erfahrung, daß man unter Umständen sich ungestraft allerlei Vorteile erstehlen könne, ihn gewaltig in Versuchung führen.

Und dieser Versuchung widerstand er nicht. Es gibt für ein Männlein seines Alters hundert kleine schwer entbehrte Dinge, welchen ein Kind armer Eltern stets einen doppelten Wert beimißt. Sobald Emil Kolb begonnen hatte, mit der Vorstellung weiteren unredlichen Erwerbs zu spielen, sobald der Besitz eines Nickelstücks, ja einer Silbermünze ihm keine Unmöglichkeit mehr schien, richtete sich sein Verlangen lüstern auf viele kleine Sachen, an die er zuvor kaum gedacht hatte. Da besaß sein Mitlehrling Färber ein Taschenmesser mit einer Säge und einem Stahlrädchen zum Glasschneiden daran, und obwohl das Sägen und Glasschneiden ihm durchaus kein Bedürfnis war, wollte ihm doch der Besitz eines solchen Prachtstücks überaus wünschenswert vorkommen. Und nicht übel wäre es auch, am Sonntag eine solche blau und braun gefärbte Krawatte zu tragen, wie sie jetzt bei den feineren Lehrjungen die Mode waren. Sodann war es ärgerlich genug zu sehen, wie die vierzehnjährigen Fabrikbuben am Feierabend schon zum Bier gingen, während ein Kaufmannslehrling, schon um ein Jahr älter und an Stande so viel höher als jene, jahraus jahrein kein Wirtshaus von innen zu sehen bekam. Und war es nicht ebenso mit den Mädchen? Sah man nicht manchen halbwüchsigen Stricker oder Weber aus den Fabriken schon am Sonntag mit den Kolleginnen Arm in Arm gehen? Und ein junger Kaufmann sollte seine ganze drei- oder vierjährige Lehrzeit erst abwarten müssen, ehe er imstande wäre, einem hübschen Mädel das Karussellfahren zu bezahlen und eine Brezel anzubieten?

Diesen Übelständen beschloß der junge Kolb ein Ende zu machen. Es war weder sein Gaumen für die herbe Würze des Bieres noch sein Herz und Auge für die Reize der Mädchen reif, aber er strebte selbst im Vergnügen fremden Zielen nach und wünschte nichts, als so zu sein und zu leben wie die angesehenen und flotten unter seinen Kollegen.

Bei aller Torheit war Emil aber gar nicht dumm. Er bedachte seine Diebeslaufbahn nicht minder sorgfältig, als er zuvor seine erste Berufswahl bedacht hatte, und es blieb seinem Nachdenken nicht verborgen, daß auch dem besten Dieb stets ein Feind am Wege lauere. Es durfte durchaus nicht geschehen, daß er je erwischt wurde, darum wollte er lieber einige Mühe daran wenden und die Sache weitläufig vorbereiten, als einem verfrühtem Genusse zulieb den Hals wagen. So überlegte und untersuchte er alle Wege zum verbotenen Gelde, die ihm etwa offenstanden, und fand am Ende, daß er sich bis zum nächsten Jahre gedulden müsse. Er wußte nämlich, wenn er sein erstes Lehrjahr tadelfrei abdiene, so würden die Herren ihm die sogenannte Portokasse übertragen, welche stets der zweitjüngste Lehrling zu führen hatte. Um also seine Herren im kommenden Jahre bequemer bestehlen zu können, diente ihnen der Jüngling nun mit der größten Aufmerksamkeit. Er wäre darüber beinahe seinem Entschlusse untreu und wieder ehrlich geworden; denn der ältere von seinen Prinzipalen, der seinen Eifer bemerkte und mit dem armen Schustersöhnlein Mitleid hatte, gab ihm gelegentlich einen Zehner oder wandte ihm solche Besorgungen zu, welche ein Trinkgeld abzuwerfen versprachen. So kam er zuweilen in den Besitz kleinen Geldes und brachte es dazu, noch mit ehrlich verdientem Geld sich eine von den braun und blau gescheckten Krawatten zu kaufen, womit die Feinen unter seinen Kollegen sich am Sonntag schmückten.

Mit dieser Halsbinde angetan tat der junge Herr seinen ersten Schritt in die Welt der Erwachsenen und feierte sein erstes Fest. Bisher hatte er sich wohl des Sonntags manchmal den Kameraden angeschlossen, wenn sie langsam und unentschlossen durch die sonnigen Gassen bummelten, vorübergehenden Kollegen ein Witzwort nachriefen und recht heimatlos und verstoßen sich umhertrieben, aus der farbigen Kinderwelt ohne Gnade entlassen und in die Welt der Männer noch nicht aufgenommen.

Nun aber sollte auch er zum erstenmal seit der Schulzeit einen festlichen Sonntag mitfeiern. Sein Freund Remppis hatte in Lächstetten, wie es schien, mehr Glück gehabt als Emil daheim. Und neulich hatte er einen Brief geschrieben, der den Freund Kolb zum Kauf der feinen Halsbinde veranlaßt hatte.

»*Lieber, sehr geehrter Freund!*

Im Besitz Deines Werten vom 12. hujus bin in der angenehmen Lage, Dich für kommenden Sonntag, 23. hj., zu kleiner Fidelität einzuladen. Unser Verein jüngerer Angehöriger des Handelsstandes macht am Sonntag seinen Jahresausflug und möchte nicht verfehlen, Dich dazu herzlich einzuladen. Erwarte Dich bald nach Mittag, da erst noch bei meinem Chef essen muß. Werde Sorge tragen, daß alles Deine Anerkennung findet, und bitte, Dich sodann ganz als meinen Gast betrachten zu dürfen. Selbstverständlich sind auch Damen eingeladen! Zusagendenfalls erbitte Antwort wie sonst poste restante Merkur 01137. Deinem Werten mit Vergnügen entgegensehend empfiehlt sich mit Gruß Dein *Franz Remppis, Mitglied des V.j.A.d.H.*«

Sofort hatte Emil Kolb geantwortet:

»*Lieber, sehr geehrter Freund!*

In umgehender Beantwortung Deines Geschätzten von gestern sage für Deine gütige Einladung besten Dank, und wird es mir ein Vergnügen sein, derselben Folge zu leisten. Die Aussicht auf die Bekanntschaft mit den werten Herren und Damen Eures löblichen Vereins ist mir so wertvoll wie schmeichelhaft, und kann ich nicht umhin, Dich zu dem regen gesellschaftlichen Leben von Lächstetten zu beglückwünschen. Alles Weitere auf unser demnächstiges mündliches Zusammentreffen verschiebend, verbleibe mit besten Grüßen Dein ergebener Freund *Emil Kolb.*

P. S. In Eile erlaube mir noch speziellen Dank für die geschäftliche Seite Deiner Einladung, von welcher dankbar Gebrauch machen werde, da zur Zeit meine Kasse größeren Ansprüchen nicht gewachsen sein dürfte. *Dein treuer Obiger.*«

Nun war dieser Sonntag gekommen. Es war gegen Ende Juni, und da seit einigen Tagen heißes Sommerwetter eingetreten war, sah man überall die Heuernte im vollem Gange. Emil hatte für den ganzen Tag ohne Schwierigkeit Urlaub, jedoch kein Geld für die kleine Eisenbahnfahrt nach Lächstetten erhalten. Darum machte er sich zeitig am Vormittag auf den Weg und war bis zur verabredeten Stunde lang genug unterwegs, um sich die bevorstehenden Freuden und Ehren in reichlicher Fülle und Schönheit ausdenken zu können. Daneben tat er an günstigen Orten auch den eben reifenden Kirschen Ehre an und kam bequemlich zur rechten Zeit in Lächstetten an, das er noch nie gesehen hatte. Nach den Schilderungen seines Freundes Remppis hatte er sich diese Stadt in vollem Gegensatz zu dem schlechten, spießigen Gerbersau als einen glänzenden Ort herrlichster Lebenslust vorgestellt und war nun etwas enttäuscht, die Gassen, Plätze, Häuser und Brunnen eher geringer und schmuckloser zu finden als in der Vaterstadt. Auch das Geschäftshaus Johann Löhle, in welchem sein Freund die Geheimnisse des Handels erlernen sollte, konnte sich mit dem stattlichen Hause der Brüder Dreiß in Gerbersau nicht messen. Dies alles stimmte Emils Erwartungen und Freudebereitschaft einigermaßen herab, doch stärkten diese kritischen Wahrnehmungen seinen Mut und seine Hoffnung, er würde neben der weltgewandten Jugend dieser Stadt bestehen können.

Eine Weile umstrich der Ankömmling das Handelshaus, ging hin und wider und wagte nur hie und da schüchtern einen Liedanfang zu pfeifen, der in früheren Zeiten als Signal zwischen Remppis und ihm gegolten hatte. Nach einiger Zeit erschien der Gesuchte denn auch in einem Mansardenfensterchen, winkte hinab und wies den Freund durch Zeichen an, ihn nicht vor dem Hause, sondern unten am Marktplatz zu erwarten.

Bald kam Franz daher, und sogleich sank Emils Kritiklust zusammen, da er den Schulfreund in einem neuen Anzug mit einem steifen, unmäßig hohen Hemdkragen und sogar mit Manschetten geschmückt sah.

»Servus!« rief der junge Remppis fröhlich. »Jetzt kann es also losgehen, Hast du Zigarren?«

Und da Emil keine hatte, schob er ihm eine kleine Handvoll in die Brusttasche.

»Schon recht, du bist ja mein Gast. Ums Haar hätte ich heut nicht freigekriegt, der Alte war verflucht scharf. Aber jetzt wollen wir marschieren.«

So sehr das flotte Wesen Emil gefiel, so konnte er eine Enttäuschung doch nicht verbergen. Er war zu einem Vereinsausflug eingeladen, er hatte Fahnen und vielleicht sogar Musik erwartet.

»Ja, wo ist denn euer Verein jüngerer Angehöriger des Handelsstandes?« fragte er mißtrauisch.

»Der wird schon kommen. Wir können doch nicht unter den Fenstern der Prinzipale ausrücken! Die gönnen einem sowieso kein Vergnügen. Nein, wir treffen uns vor der Stadt.«

Bald hatten sie ein kleines Gehölz und ein altes schäbiges Wirtshaus erreicht, wo sie rasch eintraten, nachdem Franz sich scharf umgesehen hatte, ob niemand ihn beobachte. Drinnen wurden sie von sechs oder sieben anderen Lehrlingen empfangen, die alle vor hohen Biergläsern saßen und Zigarren rauchten. Remppis stellte seinen Landsmann den Kameraden vor, und Emil ward feierlich willkommen geheißen.

»Sie gehören wohl alle zu dem Verein?« fragte er.

»Gewiß«, wurde ihm geantwortet. »Wir haben diesen Verein

ins Leben gerufen, um die Interessen unseres Standes zu fördern, vor allem aber, um unter uns die Geselligkeit zu pflegen. Wenn Sie einverstanden sind, Herr Kolb, so wollen wir jetzt aufbrechen.«

Schüchtern fragte Emil seinen Freund nach den Damen, die doch eingeladen seien, und erfuhr, daß man diese später im Walde zu treffen hoffe.

Munter wanderten die jungen Leute in den glänzenden Sommertag hinein. Es fiel Emil auf, mit welchem Eifer Franz sich seiner Vaterstadt rühmte, die er in seinen Briefen beinahe verleugnet hatte.

»Ja, unser Gerbersau!« pries der Freund. »Nicht wahr, Emil, da geht es anders zu als hierzuland! Und was es dort für schöne Mädchen gibt!«

Emil stimmte etwas befangen zu, wurde dann gesprächig und erzählte freimütig, wie wenig groß und schön er Lächstetten im Vergleich mit Gerbersau finde. Einige von den jungen Leuten, die schon in Gerbersau gewesen waren, gaben ihm recht. Bald sprach ein jeder drauf los, rühmte ein jeder seine Stadt und Herkunft, wie es da ein anderes und flotteres Leben sei als in diesem verdammten Nest, und die paar geborenen Lächstettener, die dabei waren, gaben ihnen recht und schimpften auf die eigene Heimat. Sie alle waren voll unerlöster Kindlichkeit und zielloser Freiheitsliebe, sie rauchten ihre Zigarren und rückten an ihren hohen Stehkragen und taten so männlich und wild, als sie konnten. Emil Kolb fand sich rasch in diesen Ton, den er daheim wohl auch schon gehört und ein wenig geübt hatte, und wurde mit allen gut Freund.

Eine halbe Stunde weiter draußen erwartete sie eine kleine Gesellschaft von vier halbwüchsigen Mädchen in hellen Sonntagskleidern. Es waren Töchter geringer Häuser, denen es an Beaufsichtigung fehlte und die zum Teil schon als Schulmädel mit Schülern oder Lehrbuben zärtliche Verhältnisse unterhielten. Sie wurden dem Emil Kolb als Fräulein Berta, Luise, Emma und Agnes vorgestellt. Zwei von ihnen hatten schon feste Verhältnisse und hängten sich sofort an ihre Verehrer, die beiden anderen gingen lose nebenher und gaben sich Mühe, die ganze Gesellschaft zu unterhalten. Es war nämlich nach dem Hinzutritt der Damen die frühere lärmende Gesprächigkeit der Jünglinge plötzlich erkaltet und an deren Stelle eine verlegen schweigsame

Liebenswürdigkeit getreten, in deren Bann auch Franz und Emil fielen. Alle diese jungen Leute waren eigentlich noch Kinder, und ihnen allen fiel es leichter, die Manieren von Männern nachzuahmen, als sich ihrem eigenen Alter und Wesen gemäß zu benehmen. Sie alle wären im Grunde lieber ohne Mädchen gewesen oder hätten doch mit diesen wie mit ihresgleichen geschwatzt und gescherzt, aber das schien nicht anzugehen, und da sie alle wohl wußten, daß die Mädchen ohne Erlaubnis ihrer Eltern und unter Gefahren für ihren Ruf diese Wege gingen, suchte ein jeder von diesen jungen Handelsleuten das zu spielen, was er sich nach Hörensagen und Lektüre unter einem Kavalier vorstellte. Die Mädchen waren überlegen und gaben den Ton an, der auf eine empfindsame Schwärmerei gestimmt war, und sie alle, die nach Verlust der Kindesunschuld doch der Liebe noch nicht fähig waren, bewegten sich recht ängstlich und befangen in einer phantastisch verlorenen Sphäre zierlicher Sentimentalität.

Emil genoß als Fremder besondere Aufmerksamkeit, und Fräulein Emma verstrickte ihn bald in ein Gespräch über seine Herkunft und Lebensumstände, wobei Emil sich nicht übel bewährte, da er nur Fragen zu beantworten hatte. Bald wußte das Mädchen alles Wissenswerte über den jungen Mann, den sie sich zum Kavalier für diesen Tag erlesen hatte; nur war freilich des Jünglings Auskunft über sich und sein Leben nur ein poetischer Zeitvertreib. Denn wenn Fräulein Emma nach dem Stande seines Vaters fragte, schien ihm das Wort Flickschuster gar zu schroff, und er umschrieb die Sache, indem er erklärte, sein Papa habe ein Schuhgeschäft. Alsbald sah des Fräuleins Phantasie ein glänzendes Schaufenster voll schwarzer und farbiger Schuhwaren, dem ein solcher Duft von Wohlhabenheit entstieg, daß ihre weiteren Fragen immer schon einen guten Teil solchen Glanzes als vorhanden voraussetzten und den Schusterssohn unvermerkt zu immer kräftigeren Beschönigungen der Wirklichkeit nötigten. Es entstand aus Fragen und Antworten eine angenehme Legende. Nach derselben war Emil der etwas streng gehaltene, doch geliebte Sohn wohlhabender Eltern, den seine Neigung und Begabung früh von den Schulstunden zum Handel hingeführt hatte. Er erlernte als Volontär, welches Wort auf Rechnung der Emma kam, in einem mächtigen alten Handelshause die Obliegenheiten seines künftigen Berufes und war heute, durch das herrliche Wetter verlockt, herübergekommen, um seinen Schulfreund Franz zu besuchen. Was die Zukunft betraf, so konnte Emil ohne Gefahr die Farben verschwenden, und je weniger von Wirklichkeit und Gegenwart, je mehr von Zukunft und Hoffnung die Rede war, desto mehr kam er ins Feuer, und desto besser gefiel er dem Fräulein Emma. Diese hatte von ihrer Abstammung nichts und von ihren übrigen Verhältnissen nur so viel erzählt, daß sie als zartfühlende Tochter einer wenig begüterten und leider auch etwas herrischen Witwe manches zu leiden habe, das sie jedoch kraft eines tapferen Herzens zu ertragen wisse.

Auf den jungen Kolb machten sowohl diese moralischen Eigenschaften wie auch das Äußere des Fräuleins einen starken Eindruck. Vielleicht und vermutlich hätte er sich in irgendeine andere, sofern sie nicht gerade häßlich war, ebenso verliebt. Es war das erstemal, daß er so mit einem Mädchen ging und daß ein Mädchen solches Interesse für ihn zeigte. Feierlich lauschte er den Erzählungen der Emma und gab sich Mühe, keine Höflichkeit zu versäumen. Es blieb ihm nicht verborgen, daß sein Auftreten und sein Erfolg bei Emma ihm Ansehen verlieh und daß es namentlich dem Franz imponierte.

Da man der Damen wegen nicht wagte, in einer Herberge einzukehren, wurden in der Nähe eines Dorfes zwei von den Jünglingen auf Proviant ausgeschickt. Sie kehrten mit Brot und Käse, Bierflaschen und Gläsern wieder, und es ergab sich ein heiteres Gelage im Grünen. Emil, der den ganzen Tag auf den Beinen und ohne Mittagbrot gewesen war, griff nun mit eifrigem Hunger nach den guten Sachen und war der fröhlichste von allen. Doch mußte er die bittere Erfahrung machen, daß nicht alles Wohlschmekkende auch wohltut und daß seine Kräfte im Schlürfen männlicher Genüsse noch die eines Kindes waren. Er erlag mit Schmach dem dritten oder vierten Glase Bier und mußte den Heimweg nach Lächstetten als Nachzügler unter des Freundes Obhut zurücklegen.

Wehmütig nahm er am Abend von dem Franz Abschied und trug ihm Grüße an die Kameraden und an die lieben Fräulein auf, die er nicht mehr zu Gesicht bekommen hatte. Großmütig hatte ihm Franz Remppis ein Billett für die Eisenbahn geschenkt, und während er im Fahren durchs Fenster die Landschaft abendlich werden und verglühen sah, empfand er alle Ernüchterung der Rückkehr zur Arbeit und Entbehrung voraus.

Nach vier Tagen schrieb er seinem Freunde.

»Lieber Freund!

In Anbetracht des verflossenen Sonntags möchte nicht unterlassen, Dir nochmals meinen Dank auszusprechen. Zu meinem lebhaften Bedauern ist mir unterwegs jenes Versehen passiert, und hoffe ich sehr, es möchte Dir und den Herren und Damen den schönen Festtag nicht gestört haben. Namentlich wäre Dir äußerst verpflichtet, wenn Du die Güte haben wolltest, dem Fräulein Emma einen Gruß von mir und meine Bitte um Entschuldigung für jenes Unglück zu bestellen. Zugleich wäre ich sehr gespannt, Deine Ansicht über Fräulein Emma erfahren zu dürfen, da ich nicht verhehlen kann, daß ebendiese mir völlig zugesagt und ich eventuell nicht abgeneigt wäre, bei späterem Anlaß an selbe mit ernsteren Anträgen heranzutreten. Diesbezüglich Deine strengste Diskretion erbittend und voraussetzend verbleibe mit besten Grüßen in freundschaftlicher Ergebenheit

Dein *Emil Kolb.«*

Franz gab hierauf nie eine richtige Antwort. Er ließ wissen, daß der Gruß ausgerichtet sei und daß die Herren vom Verein sich freuen würden, Emil bald einmal wieder bei sich zu sehen. Der Sommer ging hin, und die Freunde sahen sich in Monaten nur ein einziges Mal, bei einer Zusammenkunft im Dorfe Walzenbach, das in der Mitte zwischen Lächstetten und Gerbersau lag und wohin Emil den Schulfreund bestellt hatte. Es kam jedoch keine richtige Wiedersehensfreude auf, denn Emil hatte keinen anderen Gedanken, als etwas über das Fräulein Emma zu erfahren, und Franz wußte seinen Fragen nach ihr immer wieder auszuweichen. Er hatte nämlich seit jenem Sonntage selbst seine Blicke auf diese Jungfer gerichtet und seinen Freund bei ihr auszustechen versucht. Unschönerweise hatte er damit begonnen, daß er dessen Legende zerstört und seine geringe Herkunft ohne Schonung dargetan hatte. Zum Teil wegen dieses Verrates am Freunde, noch mehr aber wegen einer sogenannten Hasenscharte, welche Franz am Munde hatte und die der Emma mißfiel, wies sie ihn sehr kühl ab, wovon Emil jedoch nichts erfuhr. Und nun saßen die alten Freunde einander unoffen und enttäuscht gegenüber und waren beim Auseinandergehen am Abend nur darin einig, daß keiner von beiden eine baldige Wiederholung dieser Zusammenkunft für notwendig hielt.

Im Geschäft der Brüder Dreiß hatte sich Emil indessen nützlich gemacht und so viel Vertrauen erworben, daß im Herbst, nach dem Avancement des ältesten Lehrlings und dem Eintritt eines neuen, die Prinzipale dem Jüngling die Portokasse übergaben. Es wurde ihm ein Stehpult angewiesen und zugleich Büchlein und Kasse übergeben, ein flaches Kästlein aus grünem Drahtgeflechte, worin oben die Bogen mit Briefmarken, unten aber das bare Geld lagen.

Der Jüngling, am Ziele langer Wünsche und Pläne angelangt, verwaltete in der ersten Zeit die paar Taler seiner Kasse mit Gewissenhaftigkeit. Seit Monaten mit dem Gedanken vertraut, aus dieser Quelle zu schöpfen, nahm er nun doch keinen Pfennig an sich. Diese Ehrlichkeit wurzelte nur zum Teil in der Furcht und in der klugen Voraussetzung, man werde seine Führung in dieser ersten Zeit besonders genau beobachten. Vielmehr war es ein Gefühl von Feierlichkeit und innerer Befriedigung, das ihn gut machte und vom Bösen abhielt. Emil sah sich, im Besitz eines eigenen Stehpultes im Kontor und als Verwalter baren Geldes, in die Reihe der Erwachsenen und Geachteten emporgerückt; er genoß diese Stellung mit Andacht und sah auf den soeben neu eingetretenen jüngsten Lehrling mit Mitleid hernieder. Diese gütige und weiche Stimmung hielt ihn gefangen. Allein wie den schwachen Burschen eine Stimmung vom Bösen abzuhalten vermochte, so genügte auch eine Stimmung, ihn an seine üblen Vorsätze zu erinnern und diese zur Ausführung zu bringen.

Es begann, wie alle Sünden junger Geschäftsleute, an einem Montage. Dieser Tag, an welchem nach kurzer Sonntagsfreiheit und mancher Lustbarkeit die Nebel des Dienstes, des Gehorchenmüssens und der Arbeit sich wieder für so lange Tage senken, ist auch für fleißige und tüchtige junge Menschen eine Prüfung, zumal wenn auch die Vorgesetzten den Sonntag der Lust geweiht und alle gute Laune einer Woche im voraus verbraucht haben.

Es war ein Montag zu Anfang des November. Die beiden älteren Lehrlinge waren tags zuvor samt dem Volontär in der Vorstellung einer durchreisenden Theatergruppe gewesen und hatten nun, durch das gemeinsame seltne Erlebnis heimlich verbunden, viel untereinander zu flüstern. Der Volontär, ein junger Lebemann aus der Hauptstadt, ahmte an seinem Stehpult Grimassen und Gebärden eines Komikers nach und weckte die Erinnerung an gestrige Genüsse jeden Augenblick von neuem. Emil, der den regnerischen Sonntag zu Hause hingebracht hatte, horchte mit Neid und Ärger hinüber. Der jüngere Chef hatte ihn am frühen Morgen schon in bitterer Montagslaune angebrummt, allein und ausgeschlossen stand er an seinem Platz, während die anderen ans Theater dachten und ihn ohne Zweifel bemitleideten.

In diesem Augenblick erschallte draußen auf dem Marktplatz ein schmetternder Trompetenstoß, der sich zweimal wiederholte. Das Signal, seit einigen Tagen der ganzen Stadt vertraut, kündete den Ausrufer der Schauspielerfamilie an, der auch sogleich auf dem Platz erschien, sich auf die Vortreppe des Rathauses schwang und mit rollender Stimme verkündete: »Meine Herrschaften! Damen und Herren! Es findet heute abend die unwiderruflich letzte Vorstellung der bekannten Truppe Elvira statt. Zur Aufführung gelangt das berühmte Stück ›Der Graf von Felsheim oder Vaterfluch und Brudermord‹. Zu dieser unwiderruflich allerletzten Hauptgalavorstellung wird alt und jung hiermit ergebenst eingeladen. Trara! Trara! Am Schlusse findet eine Verlosung wertvoller Gegenstände statt! Jeder Inhaber einer Karte zum ersten und zweiten Rang erhält vollständig gratis ein Los. Trara! Trara! Letztes Auftreten der berühmten Truppe! Letztes Auftreten auf Wunsch zahlreicher Kunstfreunde! Heute abend halb acht Uhr Kassenöffnung!«

Dieser Lockruf mitten in der Trübe des nüchternen Montagmorgens traf den Lehrling ins Herz. Die Gebärden und Gesichter des Volontärs, das Tuscheln der Kollegen, bunte, wirre Vorstellungen von Glanz und Genuß flossen zu dem glühenden Verlangen zusammen, endlich auch einmal dies alles zu sehen und zu genießen, und das Verlangen ward alsbald zum Vorsatz, denn die Mittel waren ja in seiner Hand.

An diesem Tage schrieb Emil Kolb zum erstenmal falsche Zahlen in sein kleines sauberes Kassabüchlein und nahm einige Nikkelstücke von dem ihm Anvertrauten weg. Aber obwohl dies schlimmer war als vor Monaten jener Diebstahl einer Briefmarke, blieb doch diesmal sein Herz ruhig. Er hatte sich seit langem an den Gedanken dieser Tat gewöhnt, er fürchtete keine Entdeckung, ja er fühlte einen leisen Triumph, als er sich abends vom Prinzipal verabschiedete. Da ging er nun hinweg, das Geld des Mannes in seiner Tasche, und er würde es noch oft so machen, und der dumme Kerl würde nichts merken.

Das Theater machte ihn sehr glücklich. In großen Städten, hatte er sagen hören, gab es noch weit größere und glänzendere Theater, und da gab es Leute, die jeden Abend hineingingen, immer auf die besten Plätze. So wollte er es auch einmal haben.

Von da an hatte die Portokasse des Hauses Dreiß ein unsichtbares Loch, durch welches immerzu ein kleiner dünner Geldfluß entwich und dem Lehrling Kolb gute Tage machte. Das Theater freilich zog hinweg in andere Städte, und ähnliches kam sobald nicht wieder. Aber da war bald eine Kirchweih in Hängstett, bald auf dem Brühel ein Karussell, und außer dem Fahrgeld und Bier oder Kuchen war meistens dazu auch ein neuer Hemdkragen oder Schlips unentbehrlich. Ganz allmählich wurde der arme junge Mensch zu einem verwöhnten Manne, der sich überlegt, wo er am kommenden Sonntag vergnügt sein will. Er hatte bald gelernt, daß es beim Vergnügen auf anderes ankommt, als aufs Notwendige, und tat mit Genuß Dinge, die er früher für Sünde und Dummheit gehalten hätte. Beim Bier schrieb er an die jungen Herren in Lächstetten Ansichtskarten, und wo er sonst ein trokkenes Brot verzehrt hatte, fragte er nun nach Wurst und Käse dazu, er lernte in Wirtschaften herrisch nach Senf und Zündhölzern verlangen und den Zigarettenrauch durch die Nase blasen.

Immerhin mußte er in solchem Verbrauch seines Wohlstandes vorsichtig sein und durfte nicht immer auftreten, wie es ihm gerade Spaß gemacht hätte. Die paar ersten Male spürte er auch vor dem Monatsende und der Kontrolle seiner Kasse ziemliches Bangen. Aber stets ging alles gut, und nirgends fand sich eine Nötigung, den begonnenen Unfug einzustellen. So wurde Kolb, wie jeder Gewohnheitsdieb, trotz aller Vorsicht am Ende sicher und blind.

Und eines Tages, da er wieder das Portogeld für sieben Briefe statt für vier aufgeschrieben hatte und da sein Herr ihm den falschen Eintrag vorhielt, blieb er frech dabei, es müßten sieben Briefe gewesen sein. Und da der Herr Dreiß sich dabei zu beruhigen schien, ging Emil friedlich seiner Wege. Am Abend aber setzte sich der Herr, ohne daß der Schelm davon wußte, hinter sein Büchlein und studierte es sorgsam durch. Denn es war ihm nicht nur der größere Portoverbrauch in letzter Zeit aufgefallen, sondern es hatte ihm heute ein Gastwirt aus der Vorstadt erzählt, der junge Kolb komme neuerdings am Sonntag öfter zu ihm und scheine mehr für Bier auszugeben, als der Vater ihm dafür geben könne. Und nun hatte der Kaufherr geringe Mühe, das Übel zu übersehen und die Ursache mancher Veränderung im Wesen und Treiben seines jungen Kassierers zu erkennen.

Da der ältere Bruder Dreiß gerade auf Reisen war, ließ der jüngere der Sache zunächst ihren Lauf, indem er nur täglich in der Stille die kleinen Unterschlagungen betrachtete und notierte. Er sah, daß sein Verdacht dem jungen Manne nicht Unrecht getan hatte, und wunderte sich ärgerlich über die geschickte Sachlichkeit, mit der ihn der Bursche eine so lange Zeit hintergangen und bestohlen hatte.

Der Bruder kehrte zurück, und am folgenden Morgen beriefen die beiden Herren den Sünder in ihr Privatkontor. Da versagte denn doch die erworbene Sicherheit des Gewissens; kaum hatte Emil Kolb die beiden ernsten Gesichter der Prinzipale und in des einen Händen sein Kassenbüchlein erblickt, so wurde er weiß im Gesicht und verlor den Atem.

Hier begannen Emils schlimme Tage. Als würde ein schmucker Marktplatz durchsichtig und man sähe unterm Boden Kloaken und trübe Wasser rinnen, von Gewürm bevölkert und übel riechend, so lag der unreine Grund dieses scheinbar harmlosen jungen Lebens häßlich aufgedeckt vor seinen und seiner Herren Augen da. Das Schlimmste, was er je gefürchtet, war hereingebrochen, und es war übler, als er gedacht hätte. Alles Saubere, Ehrliche, das bisher in seinem Leben gewesen war, versank und war weg, sein Fleiß und Gehorsam war nicht gewesen, es blieb von einem fleißigen Leben zweier Jahre nichts übrig als die Schmach seines Vergehens.

Emil Kolb, der bis dahin einfach ein kleiner Schelm und bescheidener Hausdieb gewesen war, wurde nun zu dem, was die Zeitungen ein Opfer der Gesellschaft nennen.

Denn die beiden Brüder Dreiß waren nicht darauf eingerichtet, in ihren vielen Lehrbuben junge Menschen mit jungen wartenden Schicksalen zu sehen, sondern nur eben Arbeiter, deren Unterhalt wenig kostete und die für Jahre eines nicht leichten Dienstes noch dankbar sein mußten. Sie konnten nicht sehen, daß hier ein verwahrlostes junges Leben an der Wende stand, wo es ins Dunkel hinabgeht, wenn nicht ein guter Mensch zu helfen bereit ist. Einem jungen Diebe zu helfen wäre ihnen im Gegenteil als Sünde und Torheit erschienen. Sie hatten einem Buben aus armem Hause Vertrauen geschenkt und ihr Haus geöffnet, nun hatte dieser Mensch sie hintergangen und ihr Vertrauen gemißbraucht

– das war eine klare Sache. Die Herren Dreiß waren sogar edel und kamen überein, den armen Kerl nicht der Polizei zu übergeben. Sie entließen ihn vielmehr, ausgescholten und zerschmettert, und trugen ihm auf, er möge zu seinem Vater gehen und ihm selber sagen, weshalb man ihn in einem anständigen Handelshause nicht mehr brauchen könne.

Die Brüder Dreiß waren ehrenwerte Männer und auf ihre Art wohlmeinend, sie waren nur gewohnt, in allem Geschehenden »Fälle« zu sehen, auf welche sie je nachdem eine der Regeln bürgerlichen Tuns anwenden mußten. So war auch Emil Kolb für sie nicht ein gefährdeter und untersinkender Mensch, sondern ein bedauerlicher Fall, welchen sie nach allen Regeln ohne Härte erledigten.

Sie waren sogar über das notwendige Maß pflichtbewußt und gingen am folgenden Tage selber zu Emils Vater, um mit ihm zu reden, die Sache zu erzählen und etwa mit einem Rate zu dienen. Aber der Vater Kolb wußte noch gar nichts von dem Unglück. Sein Sohn war gestern nicht nach Hause gekommen, er war davongelaufen und hatte die Nacht im Freien hingebracht. Zur Stunde, da seine Prinzipale ihn beim Vater suchten, stand er frierend und hungrig überm Tale am Waldrande und hatte sich, im Selbsterhaltungsdrang gegen die Versuchung freiwilligen Untergangs, so hart und trotzig gemacht, wie es dem schwachen Jungen sonst in Jahren nicht möglich gewesen wäre.

Sein erster Gedanke war gewesen, sich nur zu flüchten, sich zu verbergen und die Augen zu schließen, da er die Schande wie einen giftigen Schatten über sich fühlte. Erst allmählich, da er einsah, er müsse zurückkehren und irgendwie das Leben weiterführen, hatte sein Lebenswille sich zu Trotz verhärtet, und er hatte sich vorgenommen, den Brüdern Dreiß das Haus anzuzünden. Indessen war auch diese Rachelust vergangen. Emil sah ein, wie sehr er sich den weiteren Weg zu jedem Glück erschwert habe, und kam mit seinen Gedanken zu dem Schlusse, es sei ihm nun doch jeder lichte Pfad verbaut und er müsse nun erst recht und mit verdoppelten Kräften den Weg des Bösen gehen, um doch noch auf seine Weise recht zu behalten und das Schicksal zu zwingen.

Der entsetzte kleine Flüchtling von gestern kehrte nach einer durchfrorenen Nacht als ein junger Bösewicht nach der Heimat zurück, auf Schmach und üble Behandlung gefaßt und zum Krieg gegen die Gesetze dieser schnöden Welt gewillt.

Nun wäre es an seinem Vater gewesen, ihn in eine ernsthafte Kur zu nehmen und den geschwächten Willen nicht vollends zu brechen, sondern langsam wieder zu erheben und zum Guten zu wenden. Das war indessen mehr, als der Schuster Kolb vermochte. So wenig wie sein Sohn vermochte dieser Mann das Gesetz des Zusammenhanges von Ursache und Wirkung zu erkennen oder doch zu fühlen. Statt die Entgleisung seines Sprößlings als eine Folge seiner schlechten Erziehung zu nehmen und den Versuch einer Besserung an sich und dem Kinde zu beginnen, tat Herr Kolb so, als sei von seiner Seite her alles in Ordnung und als habe er Grund gehabt, von seinem Söhnlein nur Gutes zu erwarten. Freilich, Vater Kolb hatte nie gestohlen, doch war in seinem Hause der Geist nie gewesen, der allein in den Seelen der Kinder das Gewissen wecken und der Lust zur Entartung trotzen kann.

Der zornige, gekränkte Mann empfing den heimkehrenden Sünder wie ein Höllenwächter bellend und fauchend, er rühmte ohne Grund den guten Ruf seines Hauses, ja er rühmte seine redliche Armut, die er sonst hundertmal verwünscht hatte, und lud alles Elend, alle Last und Enttäuschung seines Lebens auf den halbwüchsigen Sohn, der sein Haus in Schande gebracht und seinen Namen in den Schmutz gezogen habe. Alle diese Ausdrücke kamen nicht aus seinem erschrockenen und völlig ratlosen Herzen, sondern er befolgte damit eine Regel und erledigte einen Fall, ähnlich und trauriger, als es die Dreiß getan hatten.

Emil hielt den Kopf gesenkt und schwieg, er fühlte sich elend, aber doch dem ohnmächtig wetternden Alten überlegen. Alles was der Vater von der ehrlichen Armut, vom besudelten Namen und vom Zuchthause schrie, kam ihm nichtig vor; wenn er irgendeine andere Unterkunft in der Welt gewußt hätte, wäre er ohne Antwort hinweggegangen. Er war in der überlegenen Lage dessen, dem alles einerlei ist, weil er soeben von dem bitteren Wasser der Verzweiflung und des Grauens getrunken hat. Dagegen verstand er die Mutter wohl, die hinten am Tische saß und stille weinte; aber er fand keinen Weg zu ihr, der er am wehesten getan hatte und von der er doch am ehesten Mitleid erwartete.

Das Haus Kolb war nicht in der Lage, einen nahezu erwachsenen Sohn unbeschäftigt herumsitzen zu haben.

Der Meister Kolb, als er sich vom ersten Schrecken aufgerafft hatte, hatte zwar noch alles versucht, dem Schlingel trotz allem eine Zukunft zu ermöglichen. Aber ein Lehrling, den die Brüder Dreiß weggejagt hatten, fand in Gerbersau keinen Boden mehr. Nicht einmal der Schreinermeister Kiderle, der doch im Blatt einen Lehrbuben bei freier Kost gesucht hatte, konnte sich entschließen, den Emil aufzunehmen.

Schließlich, als eine Woche nutzlos verstrichen war, sagte der Vater: »Ja, wenn alles nicht hilft, mußt du halt in die Fabrik!«

Er war auf Widerstand gefaßt, aber Emil sagte: »Mir ist's recht. Aber den Hiesigen mach ich die Freude nicht, daß sie mich in die Fabrik gehen sehen.«

Daraufhin fuhr Herr Kolb mit seinem Sohne nach Lächstetten hinüber. Da sprach er beim Fabrikanten Erler vor, der tannene Faßspunden herstellte, fand aber kein Gehör, und dann beim Walkmüller, der ebenfalls dankte, und ging schließlich auch noch in die Maschinenstrickerei, wo er im Werkführer zu seiner Überraschung einen alten Bekannten fand, der nach wenig Worten den jungen Menschen auf Probe zu nehmen einwilligte.

Vater Kolb war froh, als am folgenden Montag sein Sohn das Haus verließ, um sein Fabriklerleben in Lächstetten zu beginnen. Auch dem Sohn war es wohl, daß er aus den Augen der Eltern kam. Er nahm Abschied, als wäre es für wenige Tage, und hatte doch fest im Sinne, sich daheim nicht mehr zu zeigen.

Der Eintritt in die Fabrik fiel ihm trotz aller desperaten Vorsätze doch nicht leicht. Wer einmal gewohnt war, über den Pöbel die Nase zu rümpfen, dem ist es ein saurer Bissen, wenn er selber den guten Rock ausziehen und zu den Verachteten zählen soll.

Emil hatte sich darauf verlassen, daß er an seinem Freunde Remppis einen Trost finden werde. Er hatte nicht gewagt, seinen Freund im Hause des Prinzipals aufzusuchen, begegnete ihm aber gleich am zweiten Abend auf der Gasse. Erfreut trat er auf ihn zu und rief ihn beim Namen.

»Grüß Gott, Franz, das freut mich aber! Denk, ich bin jetzt auch in Lächstetten!«

Der Freund aber machte gar kein frohes Gesicht. »Ich weiß schon«, sagte er kühl, »man hat es mir geschrieben.«

Sie gingen miteinander die Gasse hinab. Emil suchte einen leichten Ton anzustimmen, aber die Mißachtung, die der Freund ihm zeigte, drückte ihn nieder. Er versuchte zu erzählen, zu fragen, ein Zusammentreffen am Sonntag zu verabreden; aber auf alles antwortete Franz Remppis kühl und vorsichtig. Er habe jetzt so wenig Zeit, und gerade heut erwarte ihn ein Kamerad in einer wichtigen Angelegenheit, und auf einmal war er weg, und Emil ging allein durch den Abend zu seiner ärmlichen Schlafstelle, erzürnt und traurig. Er nahm sich vor, dem Freunde bald seine Untreue in einem beweglichen Briefe vorzuhalten, und fand in diesem Vorsatz einigen Trost.

Allein auch hierin kam ihm Franz zuvor. Schon am folgenden Tage erhielt der junge Fabrikler beim abendlichen Nachhausekommen einen Brief, den er mit Sorgen öffnete und mit Schrekken las:

»*Geehrter Emil!*

Unter Bezugnahme auf unser Mündliches von gestern möchte ich Dir nahelegen, künftighin auf unsere bisherigen angenehmen Beziehungen zu verzichten. Ohne Dir zu nahe treten zu wollen, dürfte es doch angezeigt sein, daß jeder von uns seinen Umgang im Kreise seiner Standesgenossen sucht. Ebendaher erlaube mir auch vorzuschlagen, uns künftig gegebenenfalls lieber mit dem höflichen Sie anzureden.

Ergebenst grüßend Ihr ehemaliger *Franz Remppis.*«

Auf dem Wege des jungen Kolb, der von da an stetig abwärts führte, war hier der Punkt des letzten Zurückschauens, der letzten Besinnung, ob es nicht auch anders hätte gehen können, ja ob nicht jetzt noch eine Wandlung möglich wäre. Nach einigen Tagen lag dies alles abgetan dahinten, und der junge Mensch lief vollends blindlings in der engen Sackgasse seines Schicksals weiter.

Die Arbeit in der Fabrik war nicht so schlimm, wie sie ihm geschildert worden war. Er hatte zu Anfang nur Handlangerdienste zu tun, Kisten zu öffnen und zu vernageln, Körbe mit Wolle in die Säle zu tragen, Gänge zum Magazin und zur Reparaturwerkstätte zu besorgen. Es dauerte jedoch nicht lange, so bekam er probeweise einen Strickstuhl zu besorgen, und da er sich anstellig zeigte, saß er in Bälde an seinem eigenen Stuhl und arbeitete im Akkord, so daß es ganz von seinem Fleiß und Willen abhing, wieviel Geld er in der Woche verdienen wollte. Dieses Verhältnis gefiel dem jungen Burschen sehr wohl, und er genoß seine Freiheit mit grimmigem Behagen, indem er am Feierabend und Sonntag mit den wildesten Kameraden aus der Fabrik bummeln ging. Da gab es keinen Prinzipal mehr, der in häßlicher Nähe kontrollierend saß, und keine Hausordnung eines alten strengen Handelshauses, keine Eltern und nicht einmal ein Standesbewußtsein, das störende Forderungen machen konnte. Geld verdienen und Geld verbrauchen war des Lebens Sinn, und das Vergnügen bestand neben Bier und Tanzen und Zigarren vor allem im Gefühl frecher Unabhängigkeit, womit man am Sonntag den schwarzgekleideten Kaufleuten und anderen Philistern ins Gesicht grinsen konnte, ohne daß es jemand gab, der einem verbieten und befehlen durfte.

Dafür, daß es ihm mißlungen war, aus seinem geringen Vaterhause in die höheren Stände emporzugelangen, rächte sich Emil Kolb nun an diesen höheren Ständen. Er fing, wie billig, oben an und ließ den lieben Gott seine Verachtung fühlen, indem er weder Predigt noch Katechese je besuchte und dem Pfarrer, den er zu grüßen gewohnt gewesen war, beim Begegnen auf der Straße vergnügt den Rauch seiner Zigarre ins Gesicht blies. Schön war es auch, am Abend sich vor das beleuchtete Schaufenster zu stellen, hinter welchem der Lehrling Remppis noch saure Abendstunden an der Arbeit war, oder in den Laden selbst hineinzugehen und mit dem baren Gelde in der Hosentasche eine gute Wurst zu verlangen.

Das Schönste aber waren ohne Zweifel die Mädchen. In der ersten Zeit hielt sich Emil den Frauensälen der Fabrik fern, bis er eines Tages in der Mittagspause aus dem Saal der Sortiererinnen eine junge Mädchengestalt hervortreten sah, die er alsbald wiedererkannte. Er lief hinüber und rief sie an.

»Fräulein Emma! Kennen Sie mich noch?«

Erst in diesem Augenblicke fiel ihm ein, unter welch anderen Umständen er das Mädchen im vorigen Jahre kennengelernt hatte und wie wenig sein jetziger Zustand dem entsprach, was er ihr damals von sich erzählt hatte.

Auch sie schien sich jener Unterhaltungen noch wohl zu erinnern, denn sie grüßte ihn ziemlich kalt und meinte: »So, Sie sind's? Ja, was tun denn Sie hier?«

Doch gewann er das Spiel, indem er mit lebhafter Galanterie antwortete: »Es versteht sich doch von selbst, daß ich nur Ihretwegen hier bin!«

Das Fräulein Emma hatte seit dem Sonntagsausflug mit dem Verein jüngerer Angehöriger des Handelsstandes ein wenig an

Anmut verloren, hingegen sehr an Lebenserfahrung und Kühnheit gewonnen. Nach einer kurzen Prüfungszeit bemächtigte sie sich des jungen Liebhabers entschieden, der nun seine Sonntage stolz und herrisch am Arm der Schönen verbummelte und an Tanzplätzen und Ausflugsorten seine junge Mannheit sehen ließ.

Genug Geld zu haben und ohne lästige Kontrolle nach seinem Belieben ausgehen zu dürfen, war für Kolb ein lang ersehntes Vergnügen, dessen er jetzt schwelgerisch genoß. Trotzdem aber und trotz seines Liebesfrühlings war es ihm nicht völlig wohl. Was ihm fehlte, war die Lust des unrechtmäßigen Besitzes und der Kitzel des schlechten Gewissens. Zum Stehlen gab es in seinem jetzigen Leben kaum eine Gelegenheit. Nichts ist dem Menschen schwerer zu entbehren als ein Laster, und wenige Laster sind so zäh wie das der Diebe. Außerdem hatte der junge Mensch einen Haß gegen die Reichen und Angesehenen in sich gebildet, aus deren Reihen er ausgestoßen war, und mit dem Hasse ein Verlangen, diese Leute nach Möglichkeit zu überlisten und zu schädigen. Das Gefühl, am Samstagabend mit einigen wohlverdienten Talern im Beutel aus der Fabrik zu gehen, war ganz angenehm. Aber jenes Gefühl, heimlich über fremde Gelder zu verfügen und einen dummen Kerl von Prinzipal beliebig prellen zu können, war doch köstlicher gewesen.

Darum sann Emil Kolb mitten in seinem Glücke immer gieriger auf neue Möglichkeiten zu unehrlichem Erwerb. Es kam neuerdings manchmal vor, daß er ohne Geld war, obwohl er über seinen Bedarf verdiente. Die Energie eines planmäßigen Denkens, welche er zu redlichen Zwecken kaum aufbrachte, fand er in seinen Diebesplänen wieder. Geduldig suchte er Gelegenheit und Ort eines größeren Unternehmens ausfindig zu machen, und da er durch die heimatlichen Erfahrungen gewitzigt war, schien es ihm richtig, diesmal das eigene Geschäft zu schonen und etwas Entlegeneres zu suchen. Da stach ihm der Laden ins Auge, wo Franz Remppis als Lehrling diente, das größte Geschäft des Städtchens.

Das Haus Johann Löhle in Lächstetten entsprach etwa dem der Brüder Dreiß in Gerbersau. Es führte außer Kolonialwaren und landwirtschaftlichen Geräten alle Artikel des täglichen Gebrauches, vom Briefpapier und Siegellack bis zu Kleiderstoffen und eisernen Öfen, und hielt nebenher eine kleine Bank. Den Laden kannte Emil Kolb genau, er war oft genug darin gewesen und über die Standorte mancher Kiste und Lade sowie über Ort und Beschaffenheit der Kasse wohl unterrichtet. Über die sonstigen Räume des Hauses wußte er durch frühere Erzählungen seines Freundes einigermaßen Bescheid, und was ihm zu wissen noch unentbehrlich schien, erfragte er bei gelegentlichen Besuchen des Ladens. Er sagte etwa, wenn er abends gegen sieben Uhr den Laden betrat, zum Hausknecht oder jüngsten Lehrling: »Na, jetzt ist bald Feierabend!« Sagte er dann: »Noch lange nicht, es kann halb neune werden«, so fragte Emil weiter: »So, so; aber dann kannst du wenigstens gleich weglaufen, das Ladenschließen wird nicht deine Sache sein.« Und dann erfuhr er, daß der Prokurist oder der Sohn des Prinzipals immer als letzter das Geschäft verlasse, und richtete nach alledem seine Pläne ein.

Darüber verging die Zeit, und es war seit seinem Eintritt in die Fabrik schon ein Jahr vergangen. Diese lange Zeit war auch an dem Fräulein Emma nicht spurlos vorübergegangen. Sie begann etwas gealtert und unfrisch auszusehen; was aber ihren Liebhaber am meisten erschreckte, war der nicht mehr zu verbergende Umstand, daß sie ein Kind erwartete. Das verdarb ihm die Lächstettener Luft, und je näher die Niederkunft heranrückte, desto fester wurde in Kolb der Vorsatz, noch vor diesem Ereignis den Ort zu verlassen. Er erkundigte sich daher fleißig nach auswärtigen Arbeitsgelegenheiten und stellte fest, daß er gute Aussichten habe, wenn er sich der Schweiz zuwendete.

Auf den Plan einer Erleichterung des Johann Löhleschen Ladens jedoch dachte er deswegen nicht zu verzichten. Es schien ihm gut und schlau, seinen Abgang aus der Stadt mit der Tat zu verbinden. Darum hielt er eine letzte Übersicht über alle seine Mittel und Aussichten, schloß die Rechnung befriedigt ab und vermißte zur Ausführung seines Unternehmens nichts als ein wenig Mut. Der kam ihm jedoch während einer sehr unfrohen Unterredung mit der Emma, so daß er im Ärger der Stunde ungesäumt den Weg des Schicksals betrat und beim Aufseher für die nächste Woche kündigte. Es wurde ihm ohne Erfolg zum Dableiben geraten, und da er vom Wandern nicht abzubringen war, versprach ihm der Aufseher ein gutes Zeugnis und eine Empfehlung an mehrere Schweizer Fabriken mitzugeben.

So setzte er denn den Tag seiner Abreise fest, und am Abend zuvor beschloß er den Handstreich bei Johann Löhle auszuführen. Er war auf den Einfall gekommen, sich am Abend in das Haus einschließen zu lassen. So suchte er denn, gegen Abend vor dem Haus lungernd, schon mit seinem Zeugnis und Wanderpaß in der Tasche, einen Eingang und fand ihn in einem Augenblick, da niemand in der Nähe schien, durch das große, weit offen stehende Hoftor. Vom Hof schlich er sich still in das Magazin hinüber, das mit dem Laden in unmittelbarer Verbindung stand, und blieb zwischen Fässern und hohen Kisten verborgen, bis es nachtete und das Leben im Geschäfte erlosch. Gegen acht Uhr war es in dem Raume schon völlig dunkel, eine Stunde später verließ der junge Herr Löhle das Geschäft, schloß hinter sich ab und verschwand nach dem oberen Stockwerk, wo seine Wohnung lag.

Der im finstern Magazin versteckte Dieb wartete zwei ganze Stunden, ehe er den Mut fand, einen Schritt zu tun. Dann wurde es ringsum stille, auch von Straße und Marktplatz her war kaum ein Ton mehr zu hören, und Emil trat vorsichtig im Finstern aus seinem Loche hervor. Die Stille des großen, verödeten Raumes beengte ihm das Herz, und als er an der Türe zum Laden hin den Riegel zurückschob, kam ihm plötzlich zum Bewußtsein, daß Einbruch ein schweres Verbrechen sei und schwer bestraft werde. Nun aber, im Laden drinnen, nahm die Fülle der guten und schönen Dinge seine Aufmerksamkeit ganz gefangen. Es wurde ihm feierlich zumute, da er die Laden und Wandfächer voller Waren ansah. Da lagen in einem Glaskasten, nach Sorten geordnet, Hunderte von schönen Zigarren; Zuckerhüte und Feigenkränze, geräucherte lange Würste schauten ihn heiter an, und er konnte nicht widerstehen, fürs erste wenigstens eine Handvoll feiner Zigarren in seine Brusttasche zu stopfen.

Beim schwachen Schein seiner winzigen Laterne suchte er alsdann die Kasse auf, eine einfache Holzschieblade im Ladentisch, die jedoch verschlossen war. Aus Vorsicht, damit es ihn nicht verriete, hatte er keinerlei Werkzeuge mitgebracht und suchte sich nun im Laden selbst Stemmeisen, Zange und Schraubenzieher aus. Damit machte er das Schloß der Lade los und hatte bald die Kasse geöffnet. Begierig schaute er beim schwachen Lichte hinein und sah in kleinen Abteilungen geordnet die Münzen liegen, leise glänzend, Zehner bei Zehner und Pfennig bei Pfennig. Er begann das Ausräumen mit den größeren Münzstücken, deren aber sehr wenige da waren, und hatte bald zu seiner zornigen Enttäuschung überrechnet, daß der ganze Inhalt höchstens zwanzig Mark betrage. Mit so wenigem hatte er nicht gerechnet und kam sich nun elend betrogen vor. Sein Zorn war so groß, daß er das Haus hätte anzünden mögen. Da war er nun, so sorgfältig vorbereitet, zum erstenmal in seinem Leben eingebrochen, hatte seine Freiheit riskiert und sich in schwere Gefahr begeben, um die paar elenden Geldstückchen zu erbeuten! Den Haufen Kupfergeld ließ er verächtlich liegen, tat das andere in seinen Geldbeutel und hielt nun Umschau, was etwa sonst noch des Mitnehmens wert sein möchte. Da war nun genug des Begehrenswerten, aber lauter große und schwere Sachen, die ohne Hilfe nicht hinwegzubringen waren. Wieder kam er sich betrogen vor und war vor Enttäuschung und Kränkung dem Weinen nahe, als er, ohne mehr etwa dabei zu denken, noch einige Zigarren und von einem großen Vorrat, der auf dem Tische gestapelt lag, eine Handvoll Ansichtskarten zu sich steckte und den Laden verließ. Ängstlich suchte er, ohne Licht, den Weg durch das Magazin in den Hof zurück und erschrak nicht wenig, als das schwere Hoftor seinen Bemühungen nicht gleich nachgeben wollte. Verzweifelt arbeitete er am großen Riegel, der in seiner Steinritze am Boden spannte, und atmete tief auf, als er nachgab und das Tor langsam aufging. Er zog es hinter sich notdürftig zu und schritt nun mit einem merkwürdig kühlen Gefühl von Ernüchterung und Bangigkeit durch die toten nächtigen Gassen zu seiner Schlafstelle. Hier lag er ohne Schlaf, bis der Morgen graute. Da sprang er auf, wusch sich die Augen klar und trat mit dem alten kecken Gesicht bei den Hauswirten ein, um adieu zu sagen. Er bekam einen Kaffee eingeschenkt und viele gute Reisewünsche, nahm sein Bündel am Stock über die Schulter und ging zum Bahnhof. Und als im Städtchen der Tag erwachte und der Löhlesche Hausknecht beim Ladenöffnen die Kasse aufgebrochen fand, da fuhr Emil Kolb schon ein paar Meilen weiter durch ein schönes Waldland, das er vom Wagenfenster mit Neugierde betrachtete, denn es war die erste Reise seines Lebens.

Im Hause Johann Löhle erregte die Entdeckung des Verbrechens großen Sturm, und auch nachdem der Schaden festgestellt und als geringfügig erkannt war, summte die lüsterne Aufregung weiter und verbreitete sich durch die ganze Stadt. Polizei und Landjägerschaft erschien, nahm die übliche Reihe von symbolischen Handlungen vor und stieß die vor dem Hause sich drängende Menschenmenge hin und wider.

Auch der Amtsrichter erschien und besah sich die Sache, aber auch er konnte den Täter nicht finden noch ahnen. Es ward der Hausknecht und der Packer und die ganze Reihe der erschrockenen und dennoch über das Unerhörte heimlich entzückten Lehrlinge ins Verhör genommen, es wurde nach allen Käufern gefragt, die gestern den Laden beehrt hatten, doch alles war vergebens. An Emil Kolb dachte niemand.

Indessen dachte dieser selbst sehr häufig an das Haus Löhle zurück. Er las mit tiefem Bangen, hernach mit Genugtuung die heimatlichen Zeitungen, deren mehrere sich mit dem Fall beschäftigten, und da er sah, daß auf ihn gar kein Verdacht gefallen sei, freute er sich geschmeichelt seiner Geriebenheit und war trotz der kleinen Beute mit seinem ersten Einbruch zufrieden.

Noch war er auf der Wanderschaft und hielt sich gerade in der Gegend des Bodensees auf, denn er hatte wenig Eile und wollte unterwegs auch etwas sehen. Seine erste Empfehlung lautete nach Winterthur, wo er erst einzutreffen gedachte, wenn sein Geld knapp werden würde.

Behaglich saß er im Wirtshause bei einer Wurst, deren Scheiben er bedachtsam und reichlich mit Senf bestrich, dessen Schärfe er sodann mit einem kühlen guten Bier bekämpfte. Darüber ward ihm wohl und fast wehmütig vor Erinnerung, so daß er ohne Groll an seine Emma denken konnte. Es schien ihm nun, sie habe es doch gut mit ihm gemeint. Je länger er daran kaute, desto mehr tat ihm das Mädel leid, und während er das dritte oder vierte Glas von dem guten Bier bestellte und erwartete, kam er zu dem Entschlusse, ihr einen Gruß zu schreiben.

Vergnügt griff er in die Tasche, wo noch ein kleiner Vorrat von den Löhleschen Zigarren übrig war, und zog das kleine steife Päcklein heraus, worin die Lächstettener Ansichtspostkarten waren. Die Kellnerin lieh ihm einen Bleistift, und während er ihn mit der Zungenspitze befeuchtete, schaute er das Bildchen auf der Karte zum erstenmal genauer an. Es stellte die untere Brücke in Lächstetten vor und war auf eine ganz neue Manier mit glänzenden Farben gedruckt, wie sie die arme Wirklichkeit nicht hat.

Mit Deutlichkeit malte er die Adresse, wobei ihm der Stift abbrach. Doch ließ er sich die Laune dadurch nicht verderben, schnitzte den Bleistift wieder zurecht und schrieb dann unter das schönfarbene Bild: »Gedenke Deiner in der Fremde und bin mit viel Grüßen Dein getreuer E. K.«

Diese zärtliche Karte bekam Emma zwar zu Gesicht, jedoch nicht ohne Verzögerung und nicht aus den Händen des Briefboten, sondern aus denen des Amtsrichters, der das Mädchen durch die plötzliche Vorladung auf sein Amtszimmer nicht wenig erschreckt hatte.

Es waren nämlich jene Ansichtskarten erst vor ganz wenigen Tagen in den Löhleschen Laden gekommen, und von dem ganzen Vorrat waren erst drei oder vier Stück verkauft worden, deren Käufer man hatte feststellen können. Es war daher auf die vom Diebe mitgenommenen Karten die Hoffnung seiner Entdeckung gesetzt worden, und die davon unterrichteten Postbeamten hatten die vom Bodensee her eintreffende Postkarte sofort erkannt und angehalten.

Damit ist die Geschichte Emil Kolbs zu Ende. Seine Einlieferung in Lächstetten verlief wie ein Volksfest, wobei der Triumph der Einwohnerschaft über den gefesselt einhergeführten achtzehnjährigen Dieb einer kleinen Ladenkasse alle jene Züge zeigt, welche dem Leser solcher Berichte den Verbrecher bemitleidenswert und die Einwohnerschaft verächtlich machen. Sein Prozeß dauerte nicht lange. Ob er nun aus dem Gefängnis, das ihn aufgenommen hat, zu längerem Aufenthalt in unsere Welt zurückkehren oder den Rest seines Lebens mit kleinen Pausen vollends in solchen Strafanstalten hinbringen wird, jedenfalls wird seine Geschichte uns wenig mehr zu sagen und zu lehren haben.

(1911)

Pater Matthias

1

An der Biegung des grünen Flusses, ganz in der Mitte der hügeligen alten Stadt, lag im Vormittagslicht eines sonnigen Spätsommertages das stille Kloster. Von der Stadt durch den hoch ummauerten Garten, vom ebenso großen und stillen Nonnenkloster durch den Fluß getrennt, ruhte der dunkle breite Bau in behaglicher Ehrwürdigkeit am gekrümmten Ufer und schaute mit vielen blinden Fensterscheiben hochmütig in die entartete Zeit. In seinem Rücken an der schattigen Hügelseite stieg die fromme Stadt mit Kirchen, Kapellen, Kollegien und geistlichen Herrenhäusern bergan bis zum hohen Dom; gegenüber aber jenseits des Wassers und des einsam stehenden Schwesterklosters lag helle Sonne auf der steilen Halde, deren lichte Matten und Obsthänge da und dort von goldbraun schimmernden Geröllwällen und Lehmgruben unterbrochen wurden.

An einem offenen Fenster des zweiten Stockwerkes saß lesend der Pater Matthias, ein blondbärtiger Mann im besten Alter, der im Kloster und anderwärts den Ruf eines freundlichen, wohlwollenden und sehr achtbaren Herrn genoß. Es spielte jedoch unter der Oberfläche seines hübschen Gesichtes und ruhigen Blickes ein Schatten von verheimlichter Dunkelheit und Unordnung, den die Brüder, sofern sie ihn wahrnahmen, als einen gelinden Nachklang der tiefen Jugendmelancholie betrachteten, welche vor zwölf Jahren den Pater in dieses stille Kloster getrieben hatte und seit geraumer Zeit immer mehr untergesunken und in liebenswürdige Gemütsruhe verwandelt schien. Aber der Schein trügt, und Pater Matthias selbst war der einzige, der um die verborgenen Ursachen dieses Schattens wußte.

Nach heftigen Stürmen einer leidenschaftlichen Jugend hatte ein Schiffbruch diesen einst glühenden Menschen in das Kloster geführt, wo er Jahre in zerstörender Selbstverleugnung und Schwermut hinbrachte, bis die geduldige Zeit und die ursprüngliche kräftige Gesundheit seiner Natur ihm Vergessen und neunen Lebensmut brachte. Er war ein beliebter Bruder geworden und stand im gesegneten Ruf, er habe eine besondere Gabe, auf Missionsreisen und in frommen Häusern ländlicher Gemeinden die

Herzen zu rühren und die Hände zu öffnen, so daß er von solchen Zügen stets mit reichlichen Erträgen an barem Gut und rechtskräftigen Legaten in das beglückte Kloster heimkehrte.

Ohne Zweifel war dieser Ruf wohlerworben, sein Glanz jedoch und der des klingenden Geldes hatte die Väter für einige andere Züge im Bild ihres lieben Bruders blind gemacht. Denn wohl hatte Pater Matthias die Seelenstürme jener dunklen Jugendzeiten überwunden und machte den Eindruck eines ruhig gewordenen, doch vorwiegend frohgesinnten Mannes, dessen Wünsche und Gedanken im Frieden mit seinen Pflichten beisammen wohnten; wirkliche Seelenkenner aber hätten doch wohl sehen müssen, daß die angenehme Bonhommie des Paters nur einen Teil seines inneren Zustandes wirklich ausdrückte, über manchen verschwiegenen Unebenheiten aber nur als eine hübsche Maske lag. Der Pater Matthias war nicht ein Vollkommener, in dessen Brust alle Schlacken des Ehemals untergegangen waren; vielmehr hatte mit der Gesundung seiner Seele auch der alte, eingeborene Kern dieses Menschen wieder eine Genesung begangen und schaute, wenn auch aus veränderten und beherrschten Augen, längst wieder mit heller Begierde nach dem funkelnden Leben der Welt.

Um es ohne Umschweife zu sagen: Der Pater hatte schon mehrmals die Klostergelübde gebrochen. Seiner reinlichen Natur widerstrebte es zwar, unterm Mantel der Frömmigkeit Weltlust zu suchen, und er hatte seine Kutte nie befleckt. Wohl aber hatte er sie, wovon kein Mensch etwas wußte, schon mehrmals beiseite getan, um sie säuberlich zu erhalten und nach einem Ausflug ins Weltliche wieder anzulegen.

Pater Matthias hatte ein gefährliches Geheimnis. Er besaß, an sicherem Orte verborgen, eine angenehme, ja elegante Bürgerkleidung samt Wäsche, Hut und Schmuck, und wenn er auch neunundneunzig von hunderten seiner Tage durchaus ehrbar in Kutte und Pflichtübung hinbrachte, so weilten seine heimlichen Gedanken doch allzuoft bei jenen seltenen, geheimnisvollen Tagen, die er da und dort als Weltmann unter Weltmenschen verlebt hatte.

Dieses Doppelleben, dessen Ironie auszukosten des Paters Gemüt viel zu redlich war, lastete als ungebeichtetes Verbrechen auf seiner Seele. Wäre er ein schlechter, uneifriger und unbeliebter Pater gewesen, so hätte er längst den Mut gefunden, sich des Ordenskleides unwürdig zu bekennen und eine ehrliche Freiheit zu gewinnen. So aber sah er sich geachtet und geliebt und tat seinem Orden die trefflichsten Dienste, neben welchen ihm sogar zuweilen seine Verfehlungen beinahe verzeihlich erscheinen wollten. Ihm war wohl und frei ums Herz, wenn er in ehrlicher Arbeit für die Kirche und seinen Orden wirken konnte. Wohl war ihm auch, wenn er auf verbotenen Wegen den Begierden seiner Natur Genüge tun und lang unterdrückte Wünsche ihres Stachels berauben konnte. In allen müßigen Zwischenzeiten jedoch erschien in seinem guten Blick der unliebliche Schatten, da schwankte seine nach Sicherheit begehrende Seele zwischen Reue und Trotz, Mut und Angst hin und wider, und bald beneidete er jeden Mitbruder um seine Unschuld, bald jeden Städter draußen um seine Freiheit.

So saß er auch jetzt, vom Lesen nicht erfüllt, an seinem Fenster und sah häufig vom Buche weg ins Freie hinaus. Indem er mit müßigem Auge den lichten frohen Hügelhang gegenüber betrachtete, sah er einen merkwürdigen Menschenzug dort drüben erscheinen, der von der Höhenstraße her auf einem Fußpfad näher kam.

Es waren vier Männer, von denen der eine fast elegant, die anderen schäbig und kümmerlich gekleidet waren, ein Landjäger in glitzernder Uniform ging ihnen voraus, und zwei andere Landjäger folgten hinten nach. Der neugierig zuschauende Pater erkannte bald, daß es Verurteilte waren, welche vom Bahnhofe her auf diesem nächsten Wege dem Kreisgefängnis zugeführt wurden, wie er es öfter gesehen hatte.

Erfreut durch die Ablenkung, beschaute er sich die betrübte Gruppe, jedoch nicht ohne in seinem heimlichen Mißmut unzufriedene Betrachtungen daran zu knüpfen. Er empfand zwar wohl ein Mitleid mit diesen armen Teufeln, von welchen namentlich einer den Kopf hängen ließ und jeden Schritt voll Widerstrebens tat; doch meinte er, es ginge ihnen eigentlich nicht gar so übel wie ihre augenblickliche Lage andeute.

»Jeder von diesen Gefangenen«, dachte er, »hat als ersehntes Ziel den Tag vor Augen, da er entlassen und wieder frei wird. Ich aber habe keinen solchen Tag vor mir, nicht nah noch ferne, sondern eine endlose bequeme Gefangenschaft, nur durch seltene gestohlene Stunden einer eingebildeten Freiheit unterbrochen. Der eine oder andere von den armen Kerlen da drüben mag mich jetzt hier sitzen sehen und mich herzlich beneiden. Sobald sie aber wieder frei sind und ins Leben zurückkehren, hat der Neid ein Ende, und sie halten mich lediglich für einen armen Tropf, der wohlgenährt hinterm zierlichen Gitter sitzt.«

Während er noch, in den Anblick der Dahingeführten und Soldaten verloren, solchen Gedanken nachhing, trat ein Bruder bei ihm ein und meldete, er werde vom Guardian in dessen Amtszimmer erwartet. Freundlich kam der gewohnte Gruß und Dank von seinen Lippen, lächelnd erhob er sich, tat das Buch an seinen Ort, wischte über den braunen Ärmel seiner Kutte, auf dem ein Lichtreflex vom Wasser herauf in rostfarbenen Flecken tanzte, und ging sogleich mit seinem unfehlbar anmutig-würdigen Schritt über die langen kühlen Korridore zum Guardian hinüber.

Dieser empfing ihn mit gemessener Herzlichkeit, bot ihm einen Stuhl an und begann ein Gespräch über die schlimme Zeit, über das scheinbare Abnehmen des Gottesreiches auf Erden und die zunehmende Teuerung. Pater Matthias, der dieses Gespräch seit langem kannte, gab ernsthaft die erwarteten Antworten und Einwürfe von sich und sah mit froher Erregung dem Endziel entgegen, welchem sich denn auch der würdige Herr ohne Eile näherte. Es sei, so schloß er seufzend, eine Ausfahrt ins Land sehr notwendig, auf welcher Matthias den Glauben treuer Seelen ermuntern, den Wankelmut ungetreuer vermahnen solle und von welcher er, wie man hoffe, eine erfreuliche Beute von Liebesgaben heimbringen werde. Der Zeitpunkt sei nämlich ungewöhnlich günstig, da ja soeben in einem fernen südlichen Lande bei Anlaß einer politischen Revolution Kirchen und Klöster mörderlich heimgesucht worden, wovon alle Zeitungen meldeten. Und er gab dem Pater eine sorgfältige Auswahl von teils schrecklichen, teils rührenden Einzelheiten aus diesen neuesten Martyrien der kämpfenden Kirche.

Dankend zog sich der erfreute Pater zurück, schrieb Notizen in sein kleines Taschenbüchlein, überdachte mit geschlossenen Augen seine Aufgabe und fand eine glückliche Wendung und Lösung um die andere, ging zur gewohnten Stunde munter zu Tische und brachte alsdann den Nachmittag mit den vielen kleinen Vorbereitungen zur Reise hin. Sein unscheinbares Bündel war bald beisammen; weit mehr Zeit und Sorgfalt erforderten die Anmeldungen in Pfarrhäusern und bei treuen gastfreien Anhängern, deren er manche wußte. Gegen Abend trug er eine Handvoll

Briefe zur Post und hatte dann noch eine ganze Weile auf dem Telegrafenamt zu tun. Schließlich legte er noch einen tüchtigen Taschenvorrat von kleinen Traktaten, Flugblättern und frommen Bildchen bereit und schlief danach fest und friedevoll als ein Mann, der wohlgerüstet einer ehrenvollen Arbeit entgegengeht.

2

Am Morgen gab es, gerade vor seiner Abreise, noch eine kleine unerfreuliche Szene. Es lebte im Kloster ein junger Laienbruder von geringem Verstand, der früher an Epilepsie gelitten hatte, aber seiner zutraulichen Unschuld und rührenden Dienstwilligkeit wegen von allen im Hause geliebt wurde. Dieser einfältige Bursche begleitete den Pater Matthias zur Eisenbahn, seine kleine Reisetasche tragend. Schon unterwegs zeigte er ein etwas erregtes und gestörtes Wesen, auf dem Bahnhofe aber zog er plötzlich mit flehenden Mienen den reisefertigen Pater in eine menschenleere Ecke und bat ihn mit Tränen in den Augen, er möge doch um Gottes willen von dieser Reise abstehen, deren unheilvollen Ausgang ihm eine sichere Ahnung vorausverkünde.

»Ich weiß, Ihr kommt nicht wieder!« rief er weinend mit verzerrtem Gesicht. »Ach, ich weiß gewiß, Ihr werdet nimmer wiederkommen!«

Der gute Matthias hatte alle Mühe, dem Trostlosen, dessen Zuneigung er kannte, zuzureden; er mußte sich am Ende beinahe mit Gewalt losreißen und sprang in den Wagen, als der Zug schon die Räder zu drehen begann. Und im Wegfahren sah er von draußen das angstvolle Gesicht des Halbklugen mit Wehmut und Sorge auf sich gerichtet. Der unscheinbare Mensch in seiner schäbigen und verflickten Kutte winkte ihm noch lange nach, Abschied nehmend und beschwörend, und es ging dem Abreisenden noch eine Weile ein leiser kühler Schauder nach.

Bald indessen überkam ihn die hintangehaltene Freude am Reisen, das er über alles liebte, so daß er die peinliche Szene rasch vergaß und mit zufriedenem Blick und gespannten Seelenkräften den Abenteuern und Siegen seines Beutezuges entgegenfuhr. Die hügelige und waldreiche Landschaft leuchtete ahnungsvoll einem glänzenden Tag entgegen, schon von ersten herbstlichen Feuern überflogen, und der reisende Pater ließ bald das Brevier wie das kleine wohlgerüstete Notizbuch ruhen und schaute in wohliger Erwartung durchs offne Wagenfenster in den siegreichen Tag, der über Wälder hinweg und aus noch nebelverschleierten Tälern emporwuchs und Kraft gewann, um bald in Blau und Goldglanz makellos zu erstehen. Seine Gedanken gingen elastisch zwischen diesem Reisevergnügen und den ihm bevorstehenden Aufgaben hin und wider. Wie wollte er die fruchtbringende Schönheit dieser Erntetage hinmalen, und den nahen sicheren Ertrag an Obst und Wein, und wie würde sich von diesem paradiesischen Grunde das Entsetzliche abheben, das er von den heimgesuchten Gläubigen in dem fernen gottlosen Lande zu berichten hatte!

Die zwei oder drei Stunden der Eisenbahnfahrt vergingen schnell. An dem bescheidenem Bahnhofe, an welchem Pater Matthias ausstieg und welcher einsam neben einem kleinen Gehölz im freien Felde lag, erwartete ihn ein hübscher Einspänner, dessen Besitzer den geistlichen Gast mit Ehrerbietung begrüßte. Dieser gab leutselig Antwort, stieg vergnügt in das bequeme Gefährt und fuhr sogleich an Ackerland und schöner Weide vorbei dem stattlichen Dorfe entgegen, wo seine Tätigkeit beginnen sollte und das ihn bald einladend und festlich anlachte, zwischen Weinbergen und Gärten gelegen. Der fröhliche Ankommende betrachtete das hübsche gastliche Dorf mit Wohlwollen. Da wuchs Korn und Rübe, gedieh Wein und Obst, stand Kartoffel und Kohl in Fülle, da war überall Wohlsein und feiste Gedeihlichkeit zu spüren; wie sollte nicht von diesem Born des Überflusses ein voller Opferbecher auch dem anklopfenden Gaste zugut kommen?

Der Pfarrherr empfing ihn und bot ihm Quartier im Pfarrhause an, teilte ihm auch mit, daß er schon auf den heutigen Abend des Paters Gastpredigt in der Dorfkirche angekündigt habe und daß, bei dem Ruf des Herrn Paters, ein bedeutender Zulauf auch aus dem Filialdorfe zu erwarten sei. Der Gast nahm die Schmeichelei mit Liebenswürdigkeit auf und gab sich Mühe, den Kollegen mit Höflichkeit einzuspinnen, da er die Neigung kleiner Landpfarrer wohl kannte, auf wortgewandte und erfolgreiche Gastspieler ihrer Kanzeln eifersüchtig zu werden.

Hinwieder hielt der Geistliche mit einem recht üppigen Mittagessen im Hinterhalt, das alsbald nach der Ankunft im Pfarrhause aufgetragen wurde. Und auch hier wußte Matthias die Mittelstraße zwischen Pflicht und Neigung zu finden, indem er unter schmeichelnder Anerkennung hiesiger Küchenkünste dem Dargebotenen mit gesunder Begierde zusprach, ohne doch – zumal beim Weine – ein ihm bekömmliches Maß zu überschreiten und seiner Aufgabe zu vergessen. Gestärkt und fröhlich konnte er schon nach einer ganz kurzen Ruhepause dem Gastgeber mitteilen, er fühle sich nun ganz in der Stimmung, seine Arbeit im Weinberge des Herrn zu beginnen. Hatte also der Wirt etwa den schlimmen Plan gehabt, unseren Pater durch die so reichliche Bewirtung lahmzulegen, so war er ihm völlig mißlungen.

Dafür hatte nun allerdings der Pfarrer dem Gast eine Arbeit eingefädelt, welche an Schwierigkeit und Delikatesse nichts zu wünschen ließ. Seit kurzem lebte im Dorf, als am Heimatorte ihres Mannes, in einem neu erbauten Landhause die Witwe eines reichen Bierbrauers, die wegen ihres skeptischen Verstandes und ihrer anmutig gewandten Zunge nicht minder bekannt und mit Scheu geachtet war als wegen ihres Geldes. Diese Frau Franziska Tanner stand zuoberst auf der Liste derer, deren spezielle Heimsuchung der Pfarrer dem Pater Matthias ans Herz legte.

So erschien, auf das zu Gewärtigende vom geistlichen Kollegen wenig vorbereitet, der satte Pater zu guter Nachmittagsstunde im Landhause und begehrte mit der Frau Tanner zu sprechen. Eine nette Magd führte ihn in das Besuchszimmer, wo er eine längere Weile warten mußte, was ihn als eine ungewohnte Respektlosigkeit verwirrte und warnte. Alsdann trat zu seinem Erstaunen nicht eine ländliche Person und schwarzgekleidete Witwe, sondern eine grauseidene damenhafte Erscheinung in das Zimmer, die ihn gelassen willkommen hieß und nach seinem Begehren fragte.

Und nun versuchte er der Reihe nach alle Register, und jedes versagte, und Schlag um Schlag ging ins Leere, während die geschickte Frau lächelnd entglitt und von Satz zu Satz neue Angeln auslegte. War er weihevoll, so begann sie zu scherzen; neigte er zu geistlichen Bedrohungen, so ließ sie harmlos ihren Reichtum und ihre Lust zu mildtätigen Werken glänzen, so daß er aufs neue Feuer fing und ins Disputieren kam, denn sie ließ ihn deutlich merken, sie kenne seine Endabsicht genau und sei auch bereit, Geld zu geben, wenn es ihm nur gelänge, ihr die tatsächliche Nützlichkeit einer solchen Gabe zu beweisen. War es ihr kaum gelungen, den gar nicht ungeschickten Herrn in einen leichten geselligen Weltton zu verstricken, so redete sie ihn plötzlich wieder devot mit Hochwürden an, und begann er sie wieder geistlicherweise als Tochter zu ermahnen, so war sie unversehens eine kühle Dame.

Trotz dieser Maskenspiele und Redekämpfe hatten die beiden ein Gefallen aneinander. Sie schätzte an dem hübschen Pater die männliche Aufmerksamkeit, mit der er ihrem Spiel zu folgen und sie im Besiegen zu schonen suchte, und er hatte mitten im Schweiß der Bedrängnis eine heimliche natürliche Freude an dem Schauspiel weiblich beweglicher Koketterie, so daß es trotz schwieriger Augenblicke zu einer ganz guten Unterhaltung kam und der lange Besuch in gutem Frieden verlief, wobei unausgesprochenerweise freilich der moralische Sieg auf der Seite der Dame blieb. Sie übergab zwar dem Pater am Ende eine Banknote und sprach ihm und seinem Orden ihre Anerkennung aus, doch geschah es in ganz gesellschaftlichen Formen und beinahe mit einem Hauch von Ironie, und auch sein Dank und Abschied fiel so diskret und weltmännisch aus, daß er sogar den üblichen feierlichen Segensspruch vergaß.

Die weiteren Besuche im Dorf wurden etwas abgekürzt und verliefen nach der Regel. Pater Matthias zog sich noch eine halbe Stunde in seine Stube zurück, aus welcher er wohlbereitet und frisch zur Abendpredigt wieder hervorging.

Diese Predigt gelang vortrefflich. Zwischen den im entlegenen Süden geplünderten Altären und Klöstern und dem Bedürfnis des eigenen Klosters nach einigen Geldern entstand ganz zauberhaft ein inniger Zusammenhang, der weniger auf kühlen logischen Folgerungen als auf einer mit Kunst erzeugten und gesteigerten Stimmung des Mitleids und unbestimmter frommer Erregung beruhte. Die Frauen weinten, und die Opferbüchsen klangen, und der Pfarrer sah mit Erstaunen die Frau Tanner unter den Andächtigen sitzen und dem Vortrage zwar ohne Aufregung, doch mit freundlichster Aufmerksamkeit lauschen.

Damit hatte der feierliche Beutezug des beliebten Paters seinen glänzenden Anfang genommen. Auf seinem Angesicht glänzte Pflichteifer und herzliche Befriedigung, in seiner verborgenen Brusttasche ruhte und wuchs der kleine Schatz, in einige gefällige Banknoten und Goldstücke umgewechselt. Daß inzwischen die größeren Zeitungen draußen in der Welt berichteten, es stehe um die bei jener Revolution geschädigten Klöster bei weitem nicht so übel, als es im ersten Wirrwarr geschienen habe, das wußte der

Pater nicht und hätte sich dadurch wohl auch wenig stören lassen.

Sechs, sieben Gemeinden hatten die Freude, ihn bei sich zu sehen, und die ganze Reise verlief aufs erfreulichste. Nun, indem er sich schon gegen die protestantische Nachbargegend hin dem letzten kleinen Weiler näherte, den zu besuchen ihm noch oblag, nun dachte er mit Stolz und Wehmut an den Glanz dieser Triumphtage und daran, daß nun für eine ungewisse Weile Klosterstille und mißmutige Langeweile den genußreichen Erregungen seiner Fahrt nachfolgen würden.

Diese Zeiten waren dem Pater stets verhaßt und gefährlich gewesen, da das Geräusch und die Leidenschaft einer frohen außerordentlichen Tätigkeit sich legte und hinter den prächtigen Kulissen der klanglose Alltag hervorschaute. Die Schlacht war geschlagen, der Lohn im Beutel, nun blieb nichts Lockendes mehr als die kurze Freude der Ablieferung und Anerkennung daheim, und diese Freude war auch schon keine richtige mehr.

Hingegen war von hier der Ort nicht weit entfernt, wo er sein merkwürdiges Geheimnis verwahrte, und je mehr die Feststimmung in ihm verglühte und je näher die Heimkehr bevorstand, desto heftiger ward seine Begierde, die Gelegenheit zu nützen und einen wilden frohen Tag ohne Kutte zu genießen. Noch gestern hätte er davon nichts wissen mögen, allein so ging es jedesmal, und er war es schon müde, dagegen anzukämpfen: am Schluß einer solchen Reise stand immer der Versucher plötzlich da, und fast immer war er ihm unterlegen.

So ging es auch dieses Mal. Der kleine Weiler wurde noch besucht und gewissenhaft erledigt, dann wanderte Pater Matthias zu Fuße nach dem nächsten Bahnhof, ließ den nach seiner Heimat führenden Zug trotzig davonfahren und kaufte sich ein Billett nach der nächsten größeren Stadt, welche in protestantischem Lande lag und für ihn sicher war. In der Hand aber trug er einen kleinen hübschen Reisekoffer, den gestern noch niemand bei ihm gesehen hatte.

3

Am Bahnhof eines lebhaften Vorortes, wo beständig viele Züge aus- und einliefen, stieg Pater Matthias aus, den Koffer in der Hand, und bewegte sich ruhig, von niemandem beachtet, einem kleinen hölzernen Gebäude zu, auf dessen weißem Schilde in Inschrift »Für Männer« stand. An diesem Ort verhielt er sich wohl eine Stunde, bis gerade wieder mehrere ankommende Züge ein Gewühl von Menschen ergossen, und da er in diesem Augenblicke wieder hervortrat, trug er wohl noch denselben Koffer bei sich, war aber nicht der Pater Matthias mehr, sondern ein angenehmer, blühender Herr in guter, wennschon nicht ganz modischer Kleidung, der sein Gepäck am Schalter in Verwahrung gab und alsdann ruhig der Stadt entgegenschlenderte, wo er bald auf der Plattform eines Trambahnwagens, bald vor einem Schaufenster zu sehen war und endlich im Straßengetöse sich verlor.

Mit diesem vielfach zusammengesetzten, ohne Pause schwingenden Getöne, mit dem Glanz der Geschäfte, dem durchsonnten Staub der Straßen atmete Herr Matthias die berauschende Vielfältigkeit und liebe Farbigkeit der törichten Welt, für welche seine wenig verdorbenen Sinne empfänglich waren, und gab sich jedem frohen Eindruck willig hin. Es schien ihm herrlich, die eleganten Damen in Federhüten spazieren oder in feinen Equipagen fahren zu sehen, und köstlich, als Frühstück in einem schönen Laden von marmornem Tische eine Tasse Schokolade und einen zarten, süßen französischen Likör zu nehmen. Und daraufhin, innerlich erwärmt und erheitert, hin und wider zu gehen, sich an Plakatsäulen über die für den Abend versprochenen Unterhaltungen zu unterrichten und darüber nachzudenken, wo es nachher sich am besten zu Mittag werde speisen lassen; das tat ihm in allen Fasern wohl. Allen diesen größeren und kleineren Genüssen ging er ohne Eile in dankbarer Kindlichkeit nach, und wer ihn dabei beobachtet hätte, wäre niemals auf den Gedanken gekommen, dieser schlichte, sympathische Herr könnte verbotene Wege gehen.

Ein treffliches Mittagessen zog Matthias beim schwarzen Kaffee und einer Zigarre weit in den Nachmittag hinein. Er saß nahe an einer der gewaltigen bis zum Fußboden reichenden Fensterscheiben des Restaurants und sah durch den duftenden Rauch seiner Zigarre mit Behagen auf die belebte Straße hinaus. Vom Essen und Sitzen war er ein wenig schwer geworden und schaute gleichmütig auf den Strom der Vorübergehenden. Nur einmal reckte er sich plötzlich auf, leicht errötend, und blickte aufmerksam einer schlanken Frauengestalt nach, in welcher er einen Augenblick lang die Frau Tanner zu erkennen glaubte. Er sah jedoch, daß er sich getäuscht habe, fühlte eine leise Ernüchterung und erhob sich, um weiterzugehen.

Unschlüssig stand er eine Stunde später vor den Reklametafeln eines kinematografischen Theaters und las die großgedruckten Titel der versprochenen Darbietungen. Dabei hielt er eine brennende Zigarre in der Hand und wurde plötzlich im Lesen durch einen jungen Mann unterbrochen, der ihn mit Höflichkeit um Feuer für seine Zigarette bat.

Bereitwillig erfüllte er die kleine Bitte, sah dabei den Fremden an und sagte: »Mir scheint, ich habe Sie schon gesehen. Waren Sie nicht heute früh im Café Royal?«

Der Fremde bejahte, dankte freundlich, griff an den Hut und wollte weitergehen, besann sich aber plötzlich anders und sagte lächelnd: »Ich glaube, wir sind beide fremd hier. Ich bin auf der Reise und suche hier nichts als ein paar Stunden gute Unterhaltung und vielleicht ein bißchen holde Weiblichkeit für den Abend. Wenn es Ihnen nicht zuwider ist, könnten wir ja zusammenbleiben.«

Das gefiel Herrn Matthias durchaus, und die beiden Müßiggänger flanierten nun nebeneinander weiter, wobei der Fremde sich dem Älteren stets höflich zur Linken hielt. Er fragte ohne Zudringlichkeit ein wenig nach Herkunft und Absichten des neuen Bekannten, und da er merkte, daß Matthias hierüber nur undeutlich und beinahe etwas befangen sich äußerte, ließ er die Frage lässig fallen und begann ein munteres Geplauder, das Herrn Matthias sehr wohl gefiel. Der junge Herr Breitinger schien viel gereist zu sein und die Kunst wohl zu verstehen, wie man in fremden Städten sich einen vergnügten Tag macht. Auch am hiesigen Ort war er schon je und je gewesen und erinnerte sich einiger Vergnügungslokale, wo er damals recht nette Gesellschaft gefunden und köstliche Stunden verlebt habe. So ergab es sich bald von selbst, daß er mit des Herrn Matthias dankbarer Einwilligung die Führung übernahm. Nur einen heiklen Punkt erlaubte sich Herr Breitinger im voraus zu berühren. Er bat, es ihm nicht zu verübeln, wenn er darauf bestehe, daß jeder von ihnen beiden überall seine Zeche sofort aus dem eigenen Beutel bezahle. Denn, so fügte er entschuldigend bei, er sei zwar kein Rechner und Knikker, habe jedoch in Geldsachen gern reinliche Ordnung und sei zudem nicht gesonnen, seinem heutigen Vergnügen mehr als ein paar Goldfüchse zu opfern, und wenn etwa sein Begleiter großartigere Gewohnheiten habe, so würde es besser sein, sich in Frieden zu trennen, statt etwaige Enttäuschungen und Ärgerlichkeiten zu wagen.

Auch dieser Freimut war ganz nach Matthias' Geschmack. Er erklärte, auf einen goldenen Zwanziger hin oder her komme es ihm allerdings nicht an, doch sei er gerne einverstanden und im voraus überzeugt, daß sie beide aufs beste miteinander auskommen würden.

Darüber hatte Breitinger, wie er sagte, einen kleinen Durst bekommen, und ohnehin war es jetzt nach seiner Meinung Zeit, die angenehme Bekanntschaft durch Anstoßen mit einem Glase Wein zu feiern. Er führte den Freund durch unbekannte Gassen nach einer kleinen, abseits gelegenen Gastwirtschaft, wo man sicher sein dürfe, einen raren Tropfen zu bekommen, und sie traten durch eine klirrende Glastüre in die enge niedere Stube, in der sie die einzigen Gäste waren. Ein etwas unfreundlicher Wirt brachte auf Breitingers Verlangen eine Flasche herbei, die er öffnete und woraus er den Gästen einen hellgelben kühlen, leicht prickelnden Wein einschenkte, mit welchem sie denn anstießen. Darauf zog sich der Wirt zurück, und bald erschien statt seiner ein großes hübsches Mädchen, das die Herrn lächelnd begrüßte und, da eben das erste Glas geleert war, das Einschenken übernahm.

»Prosit!« sagte Breitinger zu Matthias, und indem er sich zu dem Mädchen wandte: »Prosit, schönes Fräulein!«

Sie lachte und hielt scherzweise dem Herrn ein Salzfaß zum Anstoßen hin.

»Ach, Sie haben ja nichts zum Anstoßen«, rief Breitinger und holte selbst von der Kredenz ein Glas für sie. »Kommen Sie, Fräulein, und leisten Sie uns ein bißchen Gesellschaft!«

Damit schenkte er ihr Glas voll und hieß sie, die sich nicht sträubte, zwischen ihm und seinem Bekannten sitzen. Diese zwanglose Leichtigkeit der Anknüpfung machte Herrn Matthias Eindruck. Er stieß nun auch seinerseits mit dem Mädchen an und rückte seinen Stuhl dem ihren nahe. Es war indessen in dem unfrohen Raume schon dunkel geworden, die Kellnerin zündete ein paar Gasflammen an und bemerkte nun, daß kein Wein mehr in der Flasche sei.

»Die zweite Bouteille geht auf meine Kosten!« rief Herr Breitinger. Aber der andere wollte das nicht dulden, und es gab einen kleinen Wortkrieg, bis er sich unter der Bedingung fügte, daß nachher auf seine Rechnung noch eine Flasche Champagner getrunken werde. Fräulein Meta hatte inzwischen die neue Flasche herbeigebracht und ihren Platz wieder eingenommen, und während der Jüngere mit dem Korkziehen beschäftigt war, streichelte sie unterm Tische leise die Hand des Herrn Matthias, der alsbald mit Feuer auf diese Eroberung einging und sie weiter verfolgte, indem er seinen Fuß auf ihren setzte. Nun zog sie den Fuß zwar zurück, liebkoste dafür aber wieder seine Hand, und so blieben sie in stillem Einverständnis triumphierend beieinander sitzen. Matthias ward jetzt gesprächig, er redete vom Wein und erzählte von Zechgelagen, die er früher mitgemacht habe, stieß immer wieder mit den beiden an, und der erhitzende falsche Wein machte seine Augen glänzen.

Als eine Weile später Fräulein Meta meinte, sie habe in der Nachbarschaft eine sehr nette und lustige Freundin, da hatte keiner von den Kavalieren etwas dagegen, daß sie diese einlade, den Abend mitzufeiern. Eine alte Frau, die inzwischen den Wirt abgelöst hatte, wurde mit dem Auftrag weggeschickt. Als nun Herr Breitinger sich für Minuten zurückzog, nahm Matthias die hübsche Meta an sich und küßte sie heftig auf den Mund. Sie ließ es still und lächelnd geschehen, da er aber stürmisch ward und mehr begehrte, leuchtete sie ihn aus feurigen Augen an und wehrte: »Später, du, später!«

Die klappernde Glastüre mehr als ihre beschwichtigende Gebärde hielt ihn zurück, und es kam mit der Alten nicht nur die erwartete Freundin herein, sondern auch noch eine zweite mit ihrem Bräutigam, einem halbeleganten Jüngling mit steifem Hütchen und glatt in der Mitte gescheiteltem schwarzem Haar, dessen Mund unter einem gezwickelten Schnauzbärtchen hervor hochmütig und gewalttätig ausschaute. Zugleich trat auch Breitinger wieder ein, es entstand eine Begrüßung und man rückte zwei Tische aneinander, um gemeinsam zu Abend zu essen. Matthias sollte bestellen und war für einen Fisch mit nachfolgendem Rindsbraten, dazu kam auf Metas Vorschlag noch eine Platte mit Kaviar, Lachs und Sardinen, sowie auf den Wunsch ihrer Freundin eine Punschtorte. Der Bräutigam aber erklärte mit merkwürdig gereizter Verächtlichkeit, ohne Geflügel tauge ein Abendessen nichts, und wenn auf das Rindfleisch nicht ein Fasanenbraten folge, so esse er schon lieber gar nicht mit. Meta wollte ihm zureden, aber Herr Matthias, der inzwischen zu einem Burgunderwein übergegangen war, rief munter dazwischen: »Ach was, man soll doch den Fasan bestellen! Die Herrschaften sind doch hoffentlich alle meine Gäste?«

Das wurde angenommen, die Alte verschwand mit dem Speisezettel, der Wirt tauchte auch wieder auf. Meta hatte sich nun ganz an Matthias angeschlossen, ihre Freundin saß gegenüber neben Herrn Breitinger. Das Essen, das nicht im Hause gekocht, sondern über die Straße herbeigeholt schien, wurde rasch aufgetragen und war gut. Beim Nachtisch machte Fräulein Meta ihren Verehrer mit einem neuen Genusse bekannt: er bekam in einem großen fußlosen Glase ein delikates Getränk dargereicht, das sie ihm eigens zubereitet hatte und das, wie sie erzählte, aus Champagner, Sherry und Kognak gemischt war. Es schmeckte gut, nur etwas schwer und süß, und sie nippte jedesmal selber am Glase, wenn sie ihn zum Trinken einlud. Matthias wollte nun auch Herrn Breitinger ein solches Glas anbieten. Der lehnte jedoch ab, da er das Süße nicht liebe, auch habe dies Getränk den leidigen Nachteil, daß man darauf hin nur noch Champagner genießen könne.

»Hoho, das ist doch kein Nachteil!« rief Matthias überlaut. »Ihr Leute, Champagner her!«

Er brach in ein heftiges Gelächter aus, wobei ihm die Augen voll Wasser liefen, und war von diesem Augenblick an ein hoffnungslos betrunkener Mann, der beständig ohne Ursache lachte, Wein über den Tisch vergoß und rechenschaftslos auf einem breiten Strome von Rausch und Wohlleben dahintrieb. Nur zuweilen besann er sich für eine Minute, blickte verwundert in die Lustbarkeit und griff nach Metas Hand, die er küßte und streichelte, um sie bald wieder loszulassen und zu vergessen. Einmal erhob er sich, um einen Trinkspruch auszubringen, doch fiel ihm das schwankende Glas aus der Hand und zersprang auf dem überschwemmten Tische, worüber er wieder ein herzliches, doch schon ermüdetes Gelächter begann. Meta zog ihn in seinen Stuhl zurück, und Breitinger bot ihm mit ernsthafter Zurede ein Glas Kirschwasser an, das er leerte und dessen scharfer brennender Geschmack das Letzte war, was ihm von diesem Abend dunkel im Gedächtnis blieb.

4

Nach einem todschweren Schlaf erwachte Herr Matthias blinzelnd zu einem schauderhaften Gefühl von Leere, Zerschlagenheit, Schmerz und Ekel. Kopfweh und Schwindel hielten ihn nieder, die Augen brannten trocken und entzündet, an der Hand schmerzte ihn ein breiter verkrusteter Riß, an dessen Herkunft er keine Erinnerung hatte. Nur langsam erholte sich sein Bewußtsein, da richtete er sich plötzlich auf, sah an sich nieder und suchte Stützen für sein Gedächtnis zu gewinnen. Er lag, nur halb entkleidet, in einem fremden Zimmer und Bett, und da er erschreckend aufsprang und zum Fenster trat, blickte er in eine morgendliche unbekannte Straße hinab. Stöhnend goß er ein Waschbecken voll und badete das entstellte heiße Gesicht, und während er mit dem Handtuch darüber fuhr, schlug ihm plötzlich ein böser Argwohn wie ein Blitz ins Gehirn. Hastig stürzte er sich auf seinen Rock, der am Boden lag, riß ihn an sich, betastete und wendete ihn, griff in alle Taschen und ließ ihn erstarrt aus zitternden Händen sinken. Er war beraubt. Die schwarzlederne Brustmappe war fort.

Er besann sich, er wußte alles plötzlich wieder. Es waren über tausend Kronen in Papier und Gold gewesen.

Still legte er sich wieder auf das Bett und blieb wohl eine halbe Stunde wie ein Erschlagener liegen. Weindunst und Schlaftrunkenheit waren völlig verflogen, auch die Schmerzen spürte er nicht mehr, nur eine große Müdigkeit und Trauer. Langsam erhob er sich wieder, wusch sich mit Sorgfalt, klopfte und schabte seine beschmutzten Kleider nach Möglichkeit zurecht, zog sich an und schaute in den Spiegel, wo ein gedunsenes trauriges Gesicht ihm fremd entgegensah. Dann faßte er alle Kraft mit einem heftigen Entschluß zusammen und überdachte seine Lage. Und dann tat er ruhig und bitter das Wenige, was ihm zu tun übrigblieb.

Vor allem durchsuchte er seine ganze Kleidung, auch Bett und Fußboden genau. Der Rock war leer, im Beinkleid jedoch fand sich ein zerknitterter Schein von fünfzig Kronen und zehn Kronen in Gold. Sonst war kein Geld mehr da.

Nun zog er die Glocke und fragte den erscheinenden Kellner, um welche Zeit er heute Nacht angekommen sei. Der junge Mensch sah ihm lächelnd ins Gesicht und meinte, wenn der Herr selber sich nimmer erinnern könne, so werde einzig der Portier

Bescheid wissen.

Und er ließ den Portier kommen, gab ihm das Goldstück und fragte ihn aus. Wann er ins Haus gebracht worden sei? – Gegen zwölf Uhr. – Ob er bewußtlos gewesen? – Nein, nur anscheinend bezecht. – Wer ihn hergebracht habe? – Zwei junge Männer. Sie hätten erzählt, der Herr habe sich bei einem Gastmahl übernommen und begehre hier zu schlafen. Er habe ihn zuerst nicht aufnehmen wollen, sei jedoch durch ein schönes Trinkgeld doch dazu bestimmt worden. – Ob der Portier die beiden Männer wiedererkennen würde? – Ja, das heißt wohl nur den einen, den mit dem steifen Hut.

Matthias entließ den Mann und bestellte seine Rechnung samt einer Tasse Kaffee. Den trank er heiß hinunter, bezahlte und ging weg.

Er kannte den Teil der Stadt, in dem sein Gasthaus lag, nicht, und ob er wohl nach längerem Gehen bekannte und halbbekannte Straßen traf, so gelang es ihm doch in mehreren Stunden angestrengter Wanderung nicht, jenes kleine Wirtshaus wiederzufinden, wo das Gestrige passiert war.

Doch hatte er sich ohnehin kaum Hoffnung gemacht, etwas von dem Verlorenen wiederzugewinnen. Von dem Augenblick an, da er in plötzlich aufzuckendem Verdacht seinen Rock untersucht und die Brusttasche leer gefunden hatte, war er von der Erkenntnis durchdrungen, es sei nicht das Kleinste mehr zu retten. Dieses Gefühl hatte durchaus mit der Empfindung eines ärgerlichen Zufalls oder Unglücks nichts zu tun, sondern war frei von jeder Auflehnung und glich mehr einer zwar bitteren, doch entschiedenen Zustimmung zu dem Geschehenen. Dies Gefühl vom Einklang des Geschehens mit dem eigenen Gemüt, der äußeren und inneren Notwendigkeit, dessen ganz geringe Menschen niemals fähig sind, rettete den armen betrogenen Pater vor der Verzweiflung. Er dachte nicht einen Augenblick daran, sich etwa durch List reinzuwaschen und wieder in Ehre und Achtung zurückzustehlen, noch auch trat ihm der Gedanke nahe, sich ein Leid anzutun. Nein, er fühlte nichts als eine völlig klare und gerechte Notwendigkeit, die ihn zwar traurig machte, gegen welche er jedoch mit keinem Gedanken protestierte. Denn stärker als Bangnis und Sorge, wenn auch noch verborgen und außerhalb des Bewußtseins, war in ihm die Empfindung einer großen Erlösung vorhanden, da jetzt unzweifelhaft seiner bisherigen Unzufriedenheit und dem unklaren, durch Jahre geführten und verheimlichten Doppelleben ein Ende gesetzt war. Er fühlte wie früher zuweilen nach kleineren Verfehlungen die schmerzliche innere Befreitheit eines Mannes, der vor dem Beichtstuhl kniet und dem zwar eine Demütigung und Bestrafung bevorsteht, dessen Seele aber die beklemmende Last verheimlichter Taten schon weichen fühlt.

Dennoch aber war er über das, was nun zu tun sei, keineswegs im klaren. Hatte er innerlich seinen Austritt aus dem Orden schon genommen und Verzicht auf alle Ehren getan, so schien es ihm doch ärgerlich und recht unnütz, nun alle häßlichen und schmerzenden Szenen einer feierlichen Ausstoßung und Verurteilung auskosten zu sollen. Schließlich hatte er, weltlich gedacht, kein gar so schändliches Verbrechen begangen, und das viele Klostergeld hatte ja nicht er gestohlen, sondern offenbar jener Herr Breitinger.

Klar war ihm zunächst nur, daß noch heute etwas Entscheidendes zu geschehen habe; denn blieb länger als noch diesen Tag dem Kloster fern, so entstand Verdacht und Untersuchung und ward ihm die Freiheit des Handelns abgeschnitten. Ermüdet und hungrig suchte er ein Speisehaus, aß einen Teller Suppe und schaute alsdann, rasch gesättigt und von verwirrten Erinnerungsbildern gequält, mit müden Augen durchs Fenster auf die Straße hinaus, genau wie er es gestern ungefähr um dieselbe Zeit getan hatte.

Indem er seine Lage hin und her bedachte, fiel es ihm grausam auf die Seele, daß er auf Erden keinen einzigen Menschen habe, dem er mit Vertrauen und Hoffnung seine Not klagen könnte, der ihm hülfe und riete, der ihn zurechtweise, rette oder doch tröste. Ein Auftritt, den er erst vor einer Woche erlebt und schon völlig wieder vergessen hatte, stieg unversehens rührend und wunderlich in seinem Gedächtnis auf; der junge halbgescheite Laienbruder in seiner verflickten Kutte, wie er am heimischen Bahnhofe stand und ihm nachschaute, angstvoll und beschwörend.

Heftig wendete er sich von diesem Bilde ab und zwang seinen Blick, dem Straßenleben draußen zu folgen. Da trat ihm, auf seltsamen Umwegen der Erinnerung, mit einem Male ein Name und eine Gestalt vor die Seele, woran sie sich sofort mit instinktivem Zutrauen klammerte.

Diese Gestalt war die der Frau Franziska Tanner, jener reichen jungen Witwe, deren Geist und Takt er erst kürzlich bewundert und deren anmutig strenges Bild ihn heimlich begleitet hatte. Er schloß die Augen und sah sie, im grauseidenen Kleide, mit dem klugen und beinahe spöttischen Mund im hübschen blassen Gesicht, und je genauer er zuschaute und je deutlicher nun auch der kräftig entschlossene Ton ihrer hellen Stimme und der feste, ruhig beobachtende Blick ihrer grauen Augen ihm wieder vorschwebte, desto leichter, ja selbstverständlicher schien es ihm, das Vertrauen dieser ungewöhnlichen Frau in seiner ungewöhnlichen Lage anzurufen.

Dankbar und froh, das nächste Stück seines Weges endlich klar vor sich zu sehen, machte er sich sofort daran, seinen Entschluß auszuführen. Von dieser Minute an bis zu jener, da er wirklich vor Frau Tanner stand, tat er jeden Schritt sicher und rasch, nur ein einzigesmal geriet er ins Zaudern. Das war, als er jenen Bahnhof des Vorortes wieder erreichte, wo er gestern seinen Sündenwandel begonnen hatte und wo seither sein Köfferchen in Verwahrung stand. Er war des Sinnes gewesen, wieder als Pater in der Kutte vor die hochgeschätzte Frau zu treten, schon um sie nicht allzusehr zu erschrecken, und hatte deshalb den Weg hierher genommen. Nun jedoch, da er nur eines Schrittes bedurfte, um am Schalter sein Eigentum wiederzufordern, kam diese Absicht ihm plötzlich töricht und unredlich vor, ja er empfand, wie nie zuvor, vor der Rückkehr in die klösterliche Tracht einen wahren Schreck und Abscheu, so daß er seinen Plan im Augenblick änderte und vor sich selber schwor, die Kutte niemals wieder anzulegen, es komme, wie es wolle.

Daß mit den übrigen Wertsachen ihm auch der Gepäckschein entwendet worden war, wußte und bedachte er dabei gar nicht.

Darum ließ er sein Gepäck liegen, wo es lag, und reiste denselben Weg, den er gestern in der Frühe noch als Pater gefahren, im schlichten Bürgerrocke zurück. Dabei schlug ihm das Herz immerhin, je näher er dem Ziele kam, desto peinlicher; denn er fuhr nur schon wieder durch die Gegend, welcher er vor Tagen noch gepredigt hatte, und mußte in jedem neu einsteigenden Fahrgaste den beargwöhnen, der ihn erkennen und als erster seine Schande sehen würde. Doch war der Zufall und der einbrechende Abend ihm günstig, so daß er die letzte Station unerkannt und unbelästigt erreichte.

Bei sinkender Nacht wanderte er auf müden Beinen den Weg zum Dorfe hin, den er zuletzt bei Sonnenschein im Einspänner gefahren war, und zog, da er noch überall Licht hinter den Läden bemerkte, noch am selben Abend die Glocke am Tore des Tannerschen Landhauses.

Die gleiche Magd wie neulich tat ihm auf und fragte nach seinem Begehren, ohne ihn zu erkennen. Matthias bat, die Hausfrau noch heute abend sprechen zu dürfen, und gab dem Mädchen ein verschlossenes Billett mit, das er vorsorglich noch in der Stadt geschrieben hatte. Sie ließ ihn, der späten Stunde wegen ängstlich, im Freien warten, schloß das Tor wieder ab und blieb eine bange Weile aus. Dann aber schloß sie rasch wieder auf, hieß ihn mit verlegener Entschuldigung ihrer vorigen Ängstlichkeit eintreten und führte ihn in das Wohnzimmer der Frau, die ihn dort allein erwartete.

»Guten Abend, Frau Tanner«, sagte er mit etwas befangener Stimme, »darf ich Sie nochmals für eine kleine Weile stören?«

Sie grüßte gemessen und sah ihn an.

»Da Sie, wie Ihr Billett mir sagt, in einer sehr wichtigen Sache kommen, stehe ich gerne zur Verfügung. – Aber wie sehen Sie denn aus?«

»Ich werde Ihnen alles erklären, bitte, erschrecken Sie nicht! Ich wäre nicht zu Ihnen gekommen, wenn ich nicht das Zutrauen hätte, Sie werden mich in einer sehr schlimmen Lage nicht ohne Rat und Teilnahme lassen. Ach, verehrte Frau, was ist aus mir geworden!«

Seine Stimme brach, und es schien, als würgten ihn Tränen. Doch hielt er sich tapfer, entschuldigte sich mit großer Erschöpfung und begann alsdann, in einem bequemen Sessel ruhend, seine Erzählung. Er fing damit an, daß er schon seit mehreren Jahren des Klosterlebens müde sei und sich mehrere Verfehlungen vorzuwerfen habe. Dann gab er eine kurze Darstellung seines früheren Lebens und seiner Klosterzeit, seiner Predigtreisen und auch seiner letzten Mission. Und darauf berichtete er ohne viel Einzelheiten, aber ehrlich und verständlich sein Abenteuer in der Stadt.

5

Es folgte auf seine Erzählung eine lange Pause. Frau Tanner hatte aufmerksam und ohne jede Unterbrechung zugehört, zuweilen gelächelt und zuweilen den Kopf geschüttelt, schließlich aber jedes Wort mit einem gleichbleibenden gespannten Ernst verfolgt. Nun schwiegen sie beide eine Weile.

»Wollen Sie jetzt nicht vor allem andern einen Imbiß nehmen?« fragte sie endlich. »Sie bleiben jedenfalls die Nacht hier und können in der Gärtnerwohnung schlafen.«

Die Herberge nahm der Pater dankbar an, wollte jedoch von Essen und Trinken nichts wissen.

»Was wollen Sie nun von mir haben?« fragte sie langsam.

»Vor allem Ihren Rat. Ich weiß selber nicht genau, woher mein Vertrauen zu Ihnen kommt. Aber in allen diesen schlimmen Stunden ist mir niemand sonst eingefallen, auf den ich hätte hoffen mögen. Bitte, sagen Sie mir, was ich tun soll!«

Nun lächelte sie ein wenig.

»Es ist eigentlich schade«, sagte sie, »daß Sie mich das nicht neulich schon gefragt haben. Daß Sie für einen Mönch zu gut oder doch zu lebenslustig sind, kann ich wohl begreifen. Es ist aber nicht schön, daß Sie Ihre Rückkehr ins Weltleben so heimlich betreiben wollten. Dafür sind Sie nun gestraft. Denn Sie müssen den Austritt aus Ihrem Orden, den Sie freiwillig und in Ehren hätten suchen sollen, jetzt eben unfreiwillig tun. Mir scheint, Sie können gar nichts anderes tun, als Ihre Sache mit aller Offenheit Ihren Oberen anheimstellen. Ist das nicht Ihre Meinung?«

»Ja, das ist sie; ich habe es mir nicht anders gedacht.«

»Gut also. Und was wird dann aus Ihnen werden?«

»Das ist es eben! Ich werde ohne Zweifel nicht im Orden behalten werden, was ich auch keinesfalls annehmen würde. Mein Wille ist, ein stilles Leben als ein fleißiger und ehrlicher Mensch anzufangen; denn ich bin zu jeder anständigen Arbeit bereit und habe manche Kenntnisse, die mir nützen können.«

»Recht so, das habe ich von Ihnen erwartet.«

»Ja. Aber nun werde ich nicht nur aus dem Kloster entlassen werden, sondern muß auch für die mir anvertrauten Summen, die dem Kloster gehören, mit meiner Person eintreten. Da ich diese Summen in der Hauptsache nicht selber veruntreut, sondern an Schelme verloren habe, wäre es mir doch gar bitter, für sie wie ein gemeiner Betrüger zur Rechenschaft gezogen zu werden.«

»Das verstehe ich wohl. Aber wie wollen Sie das verhüten?«

»Das weiß ich noch nicht. Ich würde, wie es selbstverständlich ist, das Geld so bald und so vollkommen als möglich zu ersetzen suchen. Wenn es möglich wäre, dafür eine einstweilige Bürgschaft zu stellen, so könnte wohl ein gerichtliches Verfahren ganz vermieden werden.«

Die Frau sah ihn forschend an.

»Was wären in diesem Falle Ihre Pläne?« fragte sie dann ruhig.

»Dann würde ich außer Landes eine Arbeit suchen und mich bemühen, vor allem jene Summe abzutragen. Sollte jedoch die Person, welche für mich bürgt, mir anders raten und mich anders zu verwenden wünschen, so wäre mir natürlich dieser Wunsch Befehl.«

Frau Tanner erhob sich und tat einige erregte Schritte durchs Zimmer. Sie blieb außerhalb des Lichtkreises der Lampe in der Dämmerung stehen und sagte leise von dort herüber: »Und die Person, von der Sie reden und die für Sie bürgen soll, die soll ich sein?«

Herr Matthias war ebenfalls aufgestanden.

»Wenn Sie wollen – ja«, sagte er tief atmend. »Da ich mich Ihnen, die ich noch kaum kannte, so weit eröffnet habe, mag auch das gewagt sein. Ach, liebe Frau Tanner, es ist mir wunderlich, wie ich in meiner elenden Lage zu solcher Kühnheit komme. Aber ich weiß keinen Richter, dem ich mich so leicht und gerne zu jedem Urteilsspruch überließe, wie Ihnen. Sagen Sie ein Wort, so gehe ich heute noch für immer aus Ihren Augen.«

Sie trat an den Tisch zurück, wo vom Abend her noch eine feine Stickarbeit und eine umgefalzte Zeitung lag, und verbarg ihre leicht zitternden Hände hinter ihrem Rücken. Dann lächelte sie ganz leicht und sagte: »Danke für Ihr Vertrauen, Herr Matthias, es soll in guten Händen sein. Aber Geschäfte tut man nicht so in einer Abendstimmung ab. Wir wollen jetzt zur Ruhe gehen, die Magd wird Sie ins Gärtnerhaus führen. Morgen früh um sieben wollen wir hier frühstücken und weiterreden, dann können Sie noch leicht den ersten Bahnzug erreichen.«

In dieser Nacht hatte der flüchtige Pater einen weit besseren Schlaf als seine gütige Wirtin. Er holte in einer tiefen achtstündigen Ruhe das Versäumte zweier Tage und Nächte ein und erwachte zur rechten Zeit ausgeruht und helläugig, so daß ihn die Frau Tanner beim Frühstück erstaunt und wohlgefällig betrachten mußte.

Diese verlor über der Sache Matthias den größeren Teil ihrer Nachtruhe. Die Bitte des Paters hätte, soweit sie nur das verlorene Geld betraf, ihr dies nicht angetan. Aber es war ihr sonderbar zu Herzen gegangen, wie da ein fremder Mensch, der nur ein einzigesmal zuvor flüchtig ihren Weg gestreift, in der Stunde peinlicher Not so voll Vertrauen zu ihr gekommen war, fast wie ein Kind zur Mutter. Und daß ihr selber dies doch eigentlich nicht erstaunlich gewesen war, daß sie es ohne weiteres verstanden und beinahe wie etwas Erwartetes aufgenommen hatte, während sie sonst eher zum Mißtrauen neigte, das schien ihr darauf zu deuten, daß zwischen ihr und dem Fremden ein Zug von Geschwisterlichkeit und heimlicher Harmonie bestehe.

Der Pater hatte ihr schon bei seinem ersten Besuche neulich einen angenehmen Eindruck gemacht. Sie mußte ihn für einen lebenstüchtigen, harmlosen Menschen halten, dazu war er ein hübscher und gebildeter Mann. An diesem Urteil hatte das seither Erfahrene nichts geändert, nur daß die Gestalt des Paters dadurch in ein etwas schwankendes Licht von Abenteuer gerückt und in seinem Charakter immerhin eine gewisse Schwäche enthüllt schien.

Dies alles hätte hingereicht, dem Mann ihre Teilnahme zu gewinnen, wobei sie die geforderte Bürgschaft oder Geldsumme gar nicht beachtet haben würde. Durch die merkwürdige Sympathie jedoch, die sie mit dem Fremden verband und die auch in den sorgenvollen Gedanken dieser Nacht nicht abgenommen hatte, war alles in eine andere Beleuchtung getreten, wo das Geschäftliche und Persönliche gar eng aneinanderhing und wo sonst harmlose Dinge ein bedeutendes, ja schicksalhaftes Aussehen gewannen. Wenn wirklich dieser Mann so viel Macht über sie hatte und so viel Anziehung zwischen ihnen beiden bestand, so war es mit einem Geschenke nicht getan, sondern es mußten daraus dauernde Verhältnisse und Beziehungen entstehen, die immerhin auf ihr Leben großen Einfluß gewinnen konnten.

Dem gewesenen Pater schlechthin mit einer Geldgabe aus der Not und ins Ausland zu helfen, unter Ausschluß aller weiteren Beteiligung an seinem Schicksal als einfache Abfindung, das ging nicht an, dazu stand ihr der Mann zu hoch. Andererseits trug sie Bedenken, ihn auf seine immerhin seltsamen Geständnisse hin ohne weiteres in ihr Leben aufzunehmen, dessen Freiheit und Übersicht sie liebte. Und wieder tat es ihr weh und schien ihr unmöglich, den Armen ganz ohne Hilfe zu lassen.

So sann sie mehrere Stunden hin und wider, und als sie nach

kurzem Schlaf in guter Toilette das Frühstückszimmer betrat, sah sie ein wenig geschwächt und müde aus. Matthias begrüßte sie und blickte ihr so klar in die Augen, daß ihr Herz sich rasch wieder erwärmte. Sie sah, es war ihm mit allem, was er gestern gesagt, vollkommen ernst, und er würde zuverlässig dabei bleiben.

Sie schenkte ihm Kaffee und Milch ein, ohne mehr als die notwendigen geselligen Worte dazu zu sagen, und gab Auftrag, daß später für ihren Gast der Wagen angespannt werde, da er zum Bahnhof müsse. Zierlich aß sie aus silbernem Becherlein ein Ei und trank eine Schale Milch dazu, und erst als sie damit und der Gast ebenfalls mit seinem Morgenkaffee fertig war, begann sie zu sprechen.

»Sie haben mir gestern«, sagte sie, »eine Frage und Bitte vorgelegt, über die ich mich nun besonnen habe. Sie haben auch ein Versprechen gegeben, nämlich in allem und jedem es so zu halten, wie ich es gutfinden werde. Ist das Ihr Ernst gewesen und wollen Sie sich noch dazu bekennen?«

Er sah sie ernsthaft und innig an und sagte einfach: »Ja.«

»Gut, so will ich Ihnen sagen, was ich mir zurechtgelegt habe. Sie wissen selbst, daß Sie mit Ihrer Bitte nicht nur mein Schuldner werden, sondern mir und meinem Leben auf eine Weise nähertreten wollen, deren Bedeutung und Folgen für uns beide wichtig werden können. Sie wollen nicht ein Geschenk von mir haben, sondern mein Vertrauen und meine Freundschaft. Das ist mir lieb und ehrenvoll, doch müssen Sie selbst zugeben, daß Ihre Bitte in einem Augenblick an mich gekommen ist, wo Sie nicht völlig tadelfrei dastehen und wo manches Bedenken wider Sie erlaubt und möglich ist.«

Matthias nickte errötend, lächelte aber ein klein wenig dazu, weshalb sie ihren Ton sofort um einen Schatten strenger werden ließ.

»Eben darum kann ich leider Ihren Vorschlag nicht annehmen, werter Herr. Es ist mir für die Zuverlässigkeit und Dauer Ihrer guten Gesinnung zu wenig Gewähr vorhanden. Wie es mit Ihrer Freundschaft und Treue beschaffen ist, das kann nur die Zeit lehren, und was aus meinem Gelde würde, kann ich auch nicht wissen, seit Sie mir das mit Ihrem Freunde Breitinger erzählt haben. Ich bin daher gesonnen, Sie beim Wort zu nehmen. Sie sind mir zu gut, als daß ich Sie mit Geld abfinden möchte, und Sie sind mir wieder zu fremd und unsicher, als daß ich Sie ohne weiteres in meinen Lebenskreis aufnehmen könnte. Darum stelle ich Ihre Treue auf eine vielleicht schwere Probe, indem ich Sie bitte: Reisen Sie heim, übergeben Sie Ihren ganzen Handel dem Kloster, fügen Sie sich in alles, auch in eine Bestrafung durch die Gerichte! Wenn Sie das tapfer und ehrlich tun wollen, ohne mich in der Sache irgend zu nennen, so verspreche ich Ihnen dagegen, nachher keinen Zweifel mehr an Ihnen zu haben und Ihnen zu helfen, wenn Sie mit Mut und Fröhlichkeit ein neues Leben anfangen wollen. – Haben Sie mich verstanden und soll es gelten?«

Herr Matthias nahm ihre ausgestreckte Hand, blickte ihr mit Bewunderung und tiefer Rührung in das schön erregte bleiche Gesicht und machte eine sonderbare stürmische Bewegung, beinahe als wollte er sie in die Arme schließen. Statt dessen verbeugte er sich sehr tief und drückte auf die schmale Damenhand einen festen Kuß. Dann ging er aufrecht aus dem Zimmer, ohne weiteren Abschied zu nehmen, und schritt durch den Garten und stieg in das draußen wartende Kabriolett, während die überraschte Frau seiner großen Gestalt und entschiedenen Bewegung in sonderbar gemischter Empfindung nachschaute.

6

Als der Pater Matthias in seinem städtischen Anzug und mit einem merkwürdig veränderten Gesicht wieder in sein Kloster gegangen kam und ohne Umweg den Guardian aufsuchte, da zuckte Schrecken, Erstaunen und lüsterne Neugierde durch die alten Hallen. Doch erfuhr niemand etwas Gewisses. Hingegen fand schon nach einer Stunde eine geheime Sitzung der Oberen statt, in welcher die Herren trotz manchen Bedenken schlüssig wurden, den übeln Fall mit aller Sorgfalt geheimzuhalten, die verlorenen Gelder zu verschmerzen und den Pater lediglich mit einer längeren Buße in einem ausländischen Kloster zu bestrafen.

Da er hereingeführt und ihm dieser Entscheid mitgeteilt wurde, setzte er die milden Richter durch seine Weigerung, ihren Spruch anzuerkennen, in kein geringes Erstaunen. Allein es half kein Drohen und kein gütiges Zureden, Matthias blieb dabei, um seine Entlassung aus dem Orden zu bitten. Wolle man ihm, fügte er hinzu, die durch seinen Leichtsinn verlorengegangene Opfersumme als persönliche Schuld stunden und deren allmähliche Abtragung erlauben, so würde er dies dankbar als eine große

Gnade annehmen, andernfalls jedoch ziehe er es vor, daß seine Sache vor einem weltlichen Gericht ausgetragen werde.

Da war guter Rat teuer, und während Matthias Tag um Tag einsam in strengem Zellenarrest gehalten wurde, beschäftigte seine Angelegenheit die Vorgesetzten bis nach Rom hin, ohne daß der Gefangene über den Stand der Dinge das Geringste erfahren konnte.

Es hätte auch noch viele Zeit darüber hingehen können, wäre nicht durch einen unvermuteten Anstoß von außen her plötzlich alles in Fluß gekommen und nach einer ganz anderen Entwicklung hin gedrängt worden.

Es wurde nämlich, zehn Tage nach des Paters unseliger Rückkehr, amtlich und eilig von der Behörde angefragt, ob etwa dem Kloster neuestens ein Insasse oder doch eine so und so beschriebene Ordenskleidung abhanden gekommen, da diese Gewandung soeben als Inhalt eines auf dem und dem Bahnhofe abgegebenen rätselhaften Handkoffers festgestellt worden sei. Es habe dieser Koffer, der seit genau zwölf Tagen in jener Station lagerte, infolge eines schwebenden Prozesses geöffnet werden müssen, da ein unter schwerem Verdacht verhafteter Gauner neben anderem gestohlenen Gute auch den auf obigen Koffer lautenden Gepäckschein bei sich getragen habe.

Eilig lief nun einer der Väter zur Behörde, bat um nähere Auskünfte und reiste, da er diese nicht erhielt, unverweilt in die benachbarte Provinzhauptstadt, wo er sich viele, doch vergebliche Mühe gab, die Person und die Spuren des guten Pater Matthias als mit dem Gaunerprozesse unzusammenhängend darzustellen. Der Staatsanwalt zeigte im Gegenteil für diese Spuren ein lebhaftes Interesse und eine große Lust, den einstweilen als krankliegend entschuldigten Pater Matthias selber kennenzulernen.

Durch diese Ereignisse kam plötzlich eine schroffe Änderung in die Taktik der Väter. Es wurde nun, um zu retten, was noch zu retten wäre, der Pater Matthias mit aller Feierlichkeit aus dem Orden ausgestoßen, der Staatsanwaltschaft übergeben und wegen Veruntreuung von Klostergeldern angeklagt. Und von dieser Stunde an füllte der Prozeß des Paters nicht nur die Aktenmappen der Richter und Anwälte, sondern auch als Skandalgeschichte alle Zeitungen, so daß sein Name im ganzen Lande widerhallte.

Da niemand sich des Mannes annahm, da sein Orden ihn völlig

preisgab und die öffentliche Meinung, dargestellt durch die Artikel der liberalen Tagesblätter, den Pater keineswegs schonte und den Anlaß zu einer kleinen frohen Hetze wider die Klöster benutzte, kam der Angeklagte in eine wahre Hölle von Verdacht und Verleumdung und bekam eine schlimmere Suppe auszuessen, als er sich eingebrockt zu haben meinte. Er hielt sich aber in aller Bedrängnis brav und tat keine einzige Aussage, die sich nicht bewährt hätte.

Im übrigen nahmen die beiden ineinander verwickelten Prozesse ihren raschen Verlauf. Mit wunderlichen Gefühlen sah sich Matthias bald als Angeklagter den Pfarrern und Mesnern jener Missionsgegend, bald als Zeuge der hübschen Meta und dem Herrn Breitinger gegenübergestellt, der gar nicht Breitinger hieß und in weiten Kreisen als Gauner und Zuhälter unter dem Namen des dünnen Jakob bekannt war. Sobald sein Anteil an der Breitingerschen Affäre klargestellt war, entschwand dieser und seine Gefolgschaft aus des Paters Augen, und es wurde in wenigen kräftigen Verhandlungen sein eigenes Urteil vorbereitet.

Er war auf eine Verurteilung von allem Anfang an gefaßt gewesen. Inzwischen hatte die Enthüllung der Einzelheiten jenes Tages in der Stadt, das Verhalten seiner Oberen und die öffentliche Stimmung auf seine allgemeine Beurteilung gedrückt, so daß die Richter auf sein unbestrittenes Vergehen den gefährlichsten Paragraphen anwendeten und ihn zu einer recht langen Gefängnisstrafe verurteilten.

Das war ihm nun doch ein empfindlicher Schlag, und es wollte ihm scheinen, eine so harte Buße habe sein in keiner eigentlichen Bosheit beruhendes Vergehen doch nicht verdient. Am meisten quälte ihn dabei der Gedanke an die Frau Tanner und ob sie ihn, wenn er nach Verbüßung einer so langwierigen Strafe und überhaupt nach diesem unerwartet viel beschriebenen Skandal sich ihr wieder vorstelle, noch überhaupt werde kennen wollen.

Zu gleicher Zeit bekümmerte und empörte sich Frau Tanner kaum weniger über diesen Ausgang der Sache und machte sich Vorwürfe darüber, daß sie ihn doch eigentlich ohne Not da hineingetrieben habe. Sie schrieb auch ein Brieflein an ihn, worin sie ihn ihres unveränderten Zutrauens versicherte und die Hoffnung aussprach, er werde gerade in der unverdienten Härte seines Urteils eine Mahnung sehen, sich innerlich ungebeugt und unverbittert für bessere Tage zu erhalten. Allein dann fand sie wieder, es sei kein Grund vorhanden, an Matthias zu zweifeln, und sie müsse es nun erst recht darauf ankommen lassen, wie er die Probe bestche. Und sie legte den geschriebenen Brief, ohne ihn nochmals anzusehen, in ein Fach ihres Schreibtisches, das sie sorgfältig verschloß.

Über alledem war es längst völlig Herbst geworden und der Wein schon gekeltert, als nach einigen trüben Wochen der Spätherbst noch einmal warme, blaue, zart verklärte Tage brachte. Friedlich lag, vom Wasser in gebrochenen Linien gespiegelt, an der Biegung des grünen Flusses das alte Kloster und schaute mit vielen Fensterscheiben in den zartgolden blühenden Tag. Da zog in dem schönen Spätherbstwetter wieder einmal ein trauriges Trüpplein unter der Führung einiger bewaffneter Landjäger auf dem hohen Weg überm steilen Ufer dahin.

Unter den Gefangenen war auch der ehemalige Pater Matthias, der zuweilen den gesenkten Kopf aufrichtete und in die sonnige Weite des Tales und zum stillen Kloster hinunter sah. Er hatte keine guten Tage, aber seine Hoffnung stand immer wieder, von allen Zweifeln unzerstört, auf das Bild der hübschen blassen Frau gerichtet, deren Hand er vor dem bitteren Gang in die Schande gehalten und geküßt hatte. Und indem er unwillkürlich jenes Tages vor seiner Schicksalsreise gedachte, da er noch aus dem Schutz und Schatten des Klosters in Langeweile und Mißmut hier herübergeblickt hatte, da ging ein feines Lächeln über sein mager gewordenes Gesicht, und es schien ihm das halbzufriedene Damals keineswegs besser und wünschenswerter als das hoffnungsvolle Heute.

(1911)

Seenacht

Seit wenigen Tagen hatte der Sommer seine volle Höhe erreicht und brannte in prächtigen Farben mit der leidenschaftlichen Glut schöner Vergänglichkeit. Tag um Tag stieg blau und heiß in zartem Dunste herauf, leuchtete in kristallenen Morgenstunden, loderte in der Mittagspracht und prangte gegen den Abend hin, in sehnsüchtig weichen, seligen Farben verblutend, indes die Nächte schon mit scharfer Kühle und in der ersten Frühe mit dichten Nebeln den Herbst heranführten. Tag um Tag stieg auf und verglühte, jeder blau und prangend und seinen Brüdern wie ein Zwilling ähnlich, doch jeder um einen unmerklichen Schatten herbstlicher gestimmt und jeder um schöne, ungefühlte Augenblicke ärmer als der vorige.

Es kam der Tag heran, an welchem jedes Jahr das Land sich der Begründung seiner Verfassung in festlicher Dankbarkeit erinnert. Am Abend dieses Tages brennen auf allen Höhen die großen, schlichten Reisigfeuer der Dorfgemeinden, die reicheren Städte tun sich durch Beleuchtungen und Musik hervor. Am heftigsten jedoch brennt Festbegier und Prachtliebe an diesem Abend an den berühmten Gestaden der herrlichen Seen, wo reiche Bürger und eifrige Gastwirte einander mit Lustbarkeiten überbieten und große Scharen von ausländischen Sommergästen den Festlichkeiten beiwohnen. Es fällt alsdann unter diesen müßiggehenden Fremden manches Witzwort über das kleine Volk und Land, dessen Selbstgefühl sich am liebsten in bunten Festen äußere, deren goldener Niederschlag in den Beuteln der Wirte dann wieder die auf Wohlhabenheit ruhende Sicherheit und Ehre des Landes festige, und mancher Kluge, der das Land nur von seiner Schauseite her kennt, glaubt damit etwas Bedeutendes und Zutreffendes gesagt zu haben. Alle die müßigen Sommergäste, und auch die meisten der prachtliebenden festlichen Städter, hören niemals den schönen, einfältigen Ruf der kleinen Kirchenglocken armer Alpendörfer, der an diesem Abend durch Finsternis und Nebel von Alp zu Alp über Schluchten und Steinwüsten hin Friede läutet und Einigkeit verkündet; und sie sehen niemals oder nur aus gleichgültiger Ferne die still glimmenden Feuer auf hohen Bergen, die Feuer, deren Holz von Dorfbuben, Sennen und Geißhirten stundenweit über Stein und Geröll herzugetragen wurde und bei deren Schein einfache, starke und genügsame Menschen, der Kern des Volkes, mit wenig Lärm ihr bescheidenes Jahresfest begehen.

Am Ufer eines berühmten Sees, wo in stattlichen alten Häusern und Gärten viele wohlig lebende Bürger, dazu in guten Gasthöfen Tausende von Fremden wohnten, war der vaterländische Ehrenabend mit besonderer Pracht, ja Verschwendung vorbereitet worden. Schon seit dem Beginn der Dämmerung waren allerorten einzelne verfrühte Schüsse ertönt, und als nun mit der sinkenden Nacht, hier wie auf jedem Turm des Landes, die Kirchenglocken feierlich zu läuten anfingen, strahlte der schon zuvor aus vielen Fenstern her erhellte Strand plötzlich in reichem Lichte auf, Schüsse fielen überall, bengalische Flammen erstanden in dunstigem Rot oder geisterhaft bleichem Grün, und kaum waren die vielen Glocken verstummt, so brach große und kleine Musik überall aus den gastlichen Gärten.

Um diese Stunde bestieg, wohl eine Stunde von der Stadt entfernt, an der Gartentreppe eines bescheidenen Landhauses eine kleine Gesellschaft ihr Boot, eine leichte Gondel mit zwei Ruderpaaren. Die beiden jungen Männer, ein Student und ein Maler aus Deutschland, hatten quer über dem Steuersitz des kleinen Bootes einen Bogen aus Haselnußgerten befestigt und ihn leicht mit hellrot blühenden Schlingrosen umwunden; in der Mitte des leise schwankenden Bogens hing eine sanft leuchtende runde Laterne aus rotem Papier. Auf den Ehrenplatz unter diesem laubigen Schmuckgerüst wurde das junge Mädchen gebeten, eine zwanzigjährige Blonde aus der Steiermark, ein stillfrohes Geschöpf mit dicken, dicht um das schöne Haupt gewundenen Zöpfen, mit klaren, kindlich erstaunten Augen und einem kleinen, kindlichen, herzförmigen Mund. Sie tat ihren großen weißen Strohhut ab und legte ihn hinter sich auf die tiefe Bank, setzte sich lächelnd unter die schaukelnde Laterne und blickte erstaunt und erwartungsvoll in die seltsam unruhige, von tausend Lichtern und Lichtspiegeln flackernde Seenacht.

Den letzten Sitz, in der Spitze des Kahnes, nahm ihr Bruder ein. Er war ein schöner, bräunlich blonder Mann von bald dreißig Jahren, schlank und hoch von Gestalt, und trug an einem alten, frohfarbigen Bande die Gitarre mit sich.

Die beiden Jüngeren tauchten die Ruder ein, und das geschmückte Boot schwamm still aus der Bucht in den weiten, schwarzen See hinaus und der von ferne zauberhaft schimmernden Stadt entgegen. Die mächtige Wasserfläche lag windstill in vollkommener Glätte und spiegelte jedes von den vieltausend Lichtern treulich wider. Vom fernen Gestade her liefen unzählige schmale Stege aus weißem, rotem, blauem, gelbem, grünem Lichte in den dunkeln See, zitternd von dem Ruderschlag der Boote, im Kielwasser jedes Schiffes zerbrechend, tausendmal in Funken zersplittert und immer wieder erstehend. Und unermüdlich stiegen in jedem Augenblick aus dem Lichtmeer hoch und freudig die Raketen. Manche zischten rasch und wunderlich schräg über den Himmel, dessen matte Sterne niemand betrachtete, und erloschen plötzlich mit leisem, fernem Knall. Andere sandten in schlanken Bogen glühende Kugeln empor, die in schönen, tiefen Farben wie feurige Edelsteine erglühten und allzufrühe lautlos vergingen. Noch andere stiegen schmal empor, schwebten für Sekunden wie ermüdet in der Höhe und entfalteten im Niedersinken große Sterne, Ringe und Riesenblumenkelche aus goldig träufelndem Lichte. Und einige, von unzufriedenen Strebern ersonnene, durchschnitten die Nacht in völlig unerwarteten, grotesken Bahnen, wie die Wünsche haltloser Menschen sinnlos und taumelnd in der Zukunft wühlen.

Lange Zeit wurde in dem rasch und gleichmäßig bewegten Boot kein Wort gesprochen. Die drei jungen Männer, die sich in wenigen Sommerwochen herzlich aneinander geschlossen hatten, waren alle, ein jeder auf besondere Weise, der ungetrübten Jugendfröhlichkeit entfremdet und zur Stille genötigt worden. Dem ältesten, dem Offizier aus der Steiermark, war im ersten glücklichen Ehejahr die langbegehrte und umworbene Frau gestorben. Der Student wiederum war von Natur wenig froh und hatte sich in einsamen Jünglingsjahren der Resignation eines vorzeitigen Pessimismus überlassen. Und der Maler, ein dankbarer, zarter Mensch mit feinen Sinnen, trug eine unheilbare Krankheit als Bleigewicht im jungen Leben. Er hatte gelernt, mit Heiterkeit zu entsagen und das Schöne unbegehrlich zu lieben, und er war, obwohl der Jüngste, den beiden andern zum Lehrer geworden.

So saßen die vier im Nachen, und von allen blickte einzig das junge Mädchen unbekümmert in reiner Lebenshoffnung auf die Schönheit der glänzenden Nacht. Sie saß, allein im kleinen Lichtkreis der Laterne, lässig und beglückt unter ihrem Rosenbogen, im weißen Kleide matt leuchtend, zufrieden im Schimmer der guten Stunde und im dämmerhaften, noch kindlichen Gefühl der eigenen Schönheit. Alle drei Männer sahen sie mit froher Rührung an und empfanden, jeder auf seine Art, die schöne, lichte Gestalt im Rosenbogen als ein Bild aller Jugendunschuld und ahnungslosen Lebenskraft, die ihnen selbst verlorengegangen und zu Ferne und Sehnsucht geworden war.

In der Nähe des strahlenden Hafens, noch ein wenig abseits vom Getümmel der hundert Boote und Schiffe, machten sie Halt und zogen die Ruder ein. Der Österreicher hatte die Gitarre gestimmt und begann zu singen. Er sang ein altes, geistliches Trinklied der frommen Nonnen, dessen Text und Melodie in verhaltener Sinnenkraft und bangem Himmelsheimweh tiefgolden leuchten wie die farbigen Bilder in alten Kirchenfenstern. Es glüht darin eine zur Lust geschaffene Lebensfülle, die sich hinweg ins Unsinnliche wendet und dennoch alle Bilder der ersehnten Seligkeit aus dem frohen Kreise der natürlichen Sinnenwelt entleihen muß. Der schöne, geheimnisvolle Gesang, der zwischen dem Getöse der vielfältigen Lustbarkeit wie eine Blumeninsel aufblühte, zog manche Hörer herauf, die leise in kleinen Gondeln das Rosenboot umkreisten, und wen das Lied nicht bewegte, den freute und zog doch der Anblick des schönen Mädchens in der Laube, dessen Schifflein in rosigem Halblicht mit leiser Musik dahinschwamm.

Indessen kamen sie dem Getriebe näher, als ihre Absicht gewesen war, und der hübsche Anblick zog auch unholde Gäste an. Aus manchen Gondeln waren Blumen in das kleine Boot geworfen worden, nun aber drängten sich Barken hinzu, deren Gäste schon trunken waren und einen schönen Anblick nicht ertragen konnten, ohne ihm gröblich mit plumpen Scherzen und Huldigungen nahezurücken. Ein mächtiges Feuerwerk flammte allzu nahe mit Geprassel empor, und das ganze Festgestade, das von ferne so verklärt und herrlich zu schauen gewesen war, verwandelte sich in eine Stätte lärmender Lust und ungezügelter Volkslaune.

Enttäuscht hatte des Mädchens Bruder längst zu singen aufgehört und die Gitarre verborgen. Da trotzdem die Neugierde nicht abzuwehren und aus dem Wirrwarr so vieler Boote auch ein rasches Entrinnen unmöglich war, gab er dem Maler einen Wink, worauf dieser die Laterne rasch auslöschte.

Die Zudringlichen waren nun um ihre Lust gebracht und verschwanden bald, und die viere trachteten zurück in den freien See zu gelangen. Da jedoch das Gedränge groß war und ihrem lampenlosen Boote niemand richtig auswich, kamen sie nur langsam weiter.

Unter mancherlei unerfreulichen Erscheinungen des Festgetriebes war ihnen längst ein großes Maschinenboot aufgefallen, dessen am hohen Bord zechende Insassen den allgemeinen Lärm in trunkenem Behagen zu vermehren trachteten. Sie führten in ihrem raschen Schiffe einen jener vom Teufel erfundenen Mechnismen mit sich, die man Grammophone nennt, und ließen die grelle Musik eines Militärorchesters, eines Jodlerquartetts und anderer solcher Stücke abwechselnd unter Gelächter ertönen.

»O die Schweine!« rief der Student am Ende, ernstlich erzürnt.

»Lassen Sie sie«, sagte der Offizier. »Es ist unser Fehler, daß wir uns dahinein gewagt haben.«

Jenes große Vergnügungsboot war eben in der Nähe, und nun wendete es und schien gegen den offenen See zu steuern. Die beiden Ruderer nahmen dieselbe Richtung, um hinter dem Schiffe her alsdann leichter ins Freie zu kommen. So kamen die beiden Fahrzeuge einander ganz nahe, daß die in der dunkeln Gondel die roten Gesichter der Zecher auf dem erleuchteten Verdeck sehen konnten.

In diesem Augenblick machte das große Boot eine unerwartete Wendung, seine Maschine tickte plötzlich ganz nahe, Gondeln wichen überall zur Seite. Das kleine Boot ohne Laterne aber, das der Mann am Steuerrad nicht sehen konnte, stand unversehens quer vor dem großen; der Offizier tat einen raschen Warnungsruf, den niemand hörte. Das Ruder des Malers, der erschrocken ausgriff, um eilig zu wenden, stieß schon an die Wand des Motorbootes, welches in der nächsten Sekunde schon über die umgeworfene Gondel hinwegfuhr, indessen auf seinem Verdeck noch das Grammophon eine kecke Musik schmetterte.

Im Nu war Schrecken und hastige Bewegung ringsum: Ein junger Mensch sprang, ohne nur den Hut abzuwerfen, vom Boot ins Wasser hinab. Ruderboote eilten von allen Seiten herbei, Signale schrillten, die niemand verstand, Schwimmende tauchten auf und wurden von den Bootsführern herausgezogen. In wenigen Minuten, noch ehe die Kunde von einem Unglücksfall das Ufer erreicht hatte, war alles schon vorbei, die Schwimmer gerettet, die lecke Gondel beiseite geschleppt, sogar die Gitarre und des Malers Mütze gefunden.

Längere Zeit aber dauerte es, bis die Verunglückten, die von verschiedenen Booten aufgenommen worden waren, zueinander fanden. Da waren sie endlich, an Bord des Motorschiffes, dessen Musikwerk nun endlich schwieg. Da waren sie, naß und bleich, doch unbeschädigt: Der Maler, der Student, der Offizier. Da war die Gitarre, der Hut des Studenten, die Mütze des Malers, und schließlich fand auch der breite, lichte Strohhut des Fräuleins sich dazu.

Es fehlte nichts als das Fräulein selbst. Noch zwar gab niemand die Hoffnung verloren, von Boot zu Boot gingen Fragen und Rufe, ihr Name lief erwartungsvoll durch den ganzen Hafen. Sie selbst indessen, die schöne, noble Blonde im Rosenbogen, sie war zwischen Musik und Pulverdunst, zwischen Raketengefunkel und selig erblühenden Leuchtkugeln still und schnell versunken und hinweggekommen aus dem Lande der Lust und Jugendfülle, dessen lachende Farbenlichter sie allein von allen vieren mit ungetrübten Augen und ungebrochenen Hoffnungen begrüßt hatte. Und von den drei Männern war keiner, der nicht gerne selber in der Tiefe verschwunden wäre, um ihre liebe, leichte Gestalt und ihre frohen kindlichen Augen wieder oben am Lichte zu wissen.

Auf dem Verdeck des Zecherschiffes, dessen laute Gäste sich verloren hatten, fuhren spät in der Nacht die drei nach dem Landhause zurück. Sie sprachen wenig, sie standen, ein jeder für sich allein, an Bord und schauten in die Seenacht. Der Himmel stand voll heller Sterne, die ferne Stadt erlosch allmählich, Licht um Licht. Nur selten klang verspätet und vereinsamt der schwache Knall eines letztes Freudenschusses herüber, und im letzten Augenblicke, da sie schon zur Gartenbucht ins Dunkle einbogen, stieg eine letzte Rakete einsam in den Himmel. Sie wuchs in einem wunderschlanken Bogen hinan, ruhte einen Augenblick wie ermüdet in der Höhe, entfaltete im Niedersinken eine große, stille Blume aus golden tropfendem Feuer und erlosch lautlos in der Nachtstille wie das ganze Fest.

(1911)

Mein Gast und Freund Heinrich Mohr war von seinem Abendspaziergang heimgekehrt und saß nun bei mir im Studierzimmer, noch beim letzten Tageslicht. Vor den Fenstern lag weit hinaus der bleiche See, scharf vom hügeligen Ufer gesäumt. Wir sprachen, da eben mein kleiner Sohn uns gute Nacht gesagt hatte, von Kindern und von Kindererinnerungen.

»Seit ich Kinder habe«, sagte ich, »ist schon manche Liebhaberei der eigenen Knabenzeit wieder bei mir lebendig geworden. Seit einem Jahr etwa habe ich sogar wieder eine Schmetterlingssammlung angefangen. Willst du sie sehen?«

Er bat darum, und ich ging hinaus, um zwei oder drei von den leichten Pappkästen hereinzuholen. Als ich den ersten öffnete, merkten wir beide erst, wie dunkel es schon geworden war; man konnte kaum noch die Umrisse der aufgespannten Falter erkennen.

Ich griff zur Lampe und strich ein Zündholz an, und augenblicklich versank die Landschaft draußen, und die Fenster standen voll von undurchdringlichem Nachtblau.

Meine Schmetterlinge aber leuchteten in dem hellen Lampenlicht prächtig aus dem Kasten. Wir beugten uns darüber, betrachteten die schönfarbigen Gebilde und nannten ihre Namen.

»Das da ist ein gelbes Ordensband«, sagte ich, »lateinisch *fulminea,* das gilt hier für selten.«

Heinrich Mohr hatte vorsichtig einen der Schmetterlinge an seiner Nadel aus dem Kasten gezogen und betrachtete die Unterseite seiner Flügel.

»Merkwürdig«, sagte er, »kein Anblick weckt die Kindheitserinnerungen so stark in mir wie der von Schmetterlingen.«

Und, indem er den Falter wieder an seinem Ort ansteckte und den Kastendeckel schloß: »Genug davon!«

Er sagte es hart und rasch, als wären diese Erinnerungen ihm unlieb. Gleich darauf, da ich den Kasten weggetragen hatte und wieder hereinkam, lächelte er mit seinem braunen, schmalen Gesicht und bat um eine Zigarette.

»Du mußt mir's nicht übelnehmen«, sagte er dann, »wenn ich deine Sammlung nicht genauer angeschaut habe. Ich habe als Junge natürlich auch eine gehabt, aber leider habe ich mir selber die Erinnerung daran verdorben. Ich kann es dir ja erzählen, obwohl es eigentlich schmählich ist.«

Er zündete seine Zigarette über dem Lampenzylinder an, setzte den grünen Schirm über die Lampe, so daß unsre Gesichter in Dämmerung sanken, und setzte sich auf das Gesimse des offenen Fensters, wo seine schlanke hagere Figur sich kaum von der Finsternis abhob. Und während ich eine Zigarette rauchte und draußen das hochtönige ferne Singen der Frösche die Nacht erfüllte, erzählte mein Freund das Folgende.

Das Schmetterlingssammeln fing ich mit acht oder neun Jahren an und trieb es anfangs ohne besonderen Eifer wie andre Spiele und Liebhabereien auch. Aber im zweiten Sommer, als ich etwa zehn Jahre alt war, da nahm dieser Sport mich ganz gefangen und wurde zu einer solchen Leidenschaft, daß man ihn mir mehrmals meinte verbieten zu müssen, da ich alles darüber vergaß und versäumte. War ich auf dem Falterfang, dann hörte ich keine Turmuhr schlagen, sei es zur Schule oder zum Mittagessen, und in den Ferien war ich oft, mit einem Stück Brot in der Botanisierbüchse, vom frühen Morgen bis zur Nacht draußen, ohne zu einer Mahlzeit heimzukommen.

Ich spüre etwas von dieser Leidenschaft noch jetzt manchmal, wenn ich besonders schöne Schmetterlinge sehe. Dann überfällt mich für Augenblicke wieder das namenlose, gierige Entzücken, das nur Kinder empfinden können, und mit dem ich als Knabe meinen ersten Schwalbenschwanz beschlich. Und dann fallen mir plötzlich ungezählte Augenblicke und Stunden der Kinderzeit ein, glühende Nachmittage in der trockenen, stark duftenden Heide, kühle Morgenstunden im Garten oder Abende an geheimnisvollen Waldrändern, wo ich mit meinem Netz auf der Lauer stand wie ein Schatzsucher und jeden Augenblick auf die tollsten Überraschungen und Beglückungen gefaßt war. Und wenn ich dann einen schönen Falter sah, er brauchte nicht einmal besonders selten zu sein, wenn er auf einem Blumenstengel in der Sonne saß und die farbigen Flügel atmend auf und ab bewegte und mir die Jagdlust den Atem verschlug, wenn ich näher und näher schlich und jeden leuchtenden Farbenfleck und jede kristallene Flügelader und jedes feine braune Haar der Fühler sehen konnte, das war eine Spannung und Wonne, eine Mischung von zarter Freude mit wilder Begierde, die ich später im Leben selten mehr empfunden habe.

Meine Sammlung mußte ich, da meine Eltern arm waren und mir nichts dergleichen schenken konnten, in einer gewöhnlichen alten Kartonschachtel aufbewahren. Ich klebte runde Korkscheiben, aus Flaschenpfropfen geschnitten, auf den Boden, um die Nadeln darein zu stecken, und zwischen den zerknickten Pappdeckelwänden dieser Schachtel hegte ich meine Schätze. Anfangs zeigte ich gern und häufig meine Sammlung den Kameraden, aber andere hatten Holzkästen mit Glasdeckeln, Raupenschachteln mit grünen Gazewänden und anderen Luxus, so daß ich mit meiner primitiven Einrichtung mich nicht eben brüsten konnte. Auch war mein Bedürfnis darnach nicht groß und ich gewöhnte mir an, sogar wichtige und aufregende Fänge zu verschweigen und die Beute nur meinen Schwestern zu zeigen. Einmal hatte ich den bei uns seltenen blauen Schillerfalter erbeutet und aufgespannt, und als er trocken war, trieb mich der Stolz, ihn doch wenigstens meinem Nachbarn zu zeigen, dem Sohn eines Lehrers, der überm Hof wohnte. Dieser Junge hatte das Laster der Tadellosigkeit, das bei Kindern doppelt unheimlich ist. Er besaß eine kleine unbedeutende Sammlung, die aber durch ihre Nettigkeit und exakte Erhaltung zu einem Juwel wurde. Er verstand sogar die seltene und schwierige Kunst, beschädigte und zerbrochene Falterflügel wieder zusammenzuleimen, und war in jeder Hinsicht ein Musterknabe, weshalb ich ihn denn mit Neid und halber Bewunderung haßte.

Diesem jungen Idealknaben zeigte ich meinen Schillerfalter. Er begutachtete ihn fachmännisch, anerkannte seine Seltenheit und sprach ihm einen Barwert von etwa zwanzig Pfennigen zu; denn der Knabe Emil wußte alle Sammelobjekte, zumal Briefmarken und Schmetterlinge, nach ihrem Geldwert zu taxieren. Dann fing er aber an zu kritisieren, fand meinen Blauschiller schlecht aufgespannt, den rechten Fühler gebogen, den linken ausgestreckt, und entdeckte richtig auch noch einen Defekt, denn dem Falter fehlten zwei Beine. Ich schlug zwar diesen Mangel nicht hoch an, doch hatte mir der Nörgler die Freude an meinem Schiller einigermaßen verdorben und ich habe ihm nie mehr meine Beute gezeigt.

Zwei Jahre später, wir waren schon große Buben, aber meine Leidenschaft war noch in voller Blüte, verbreitete sich das Gerücht, jener Emil habe ein Nachtpfauenauge gefangen. Das war nun für mich weit aufregender als wenn ich heute höre, daß ein Freund von mir eine Million geerbt oder die verlorenen Bücher des Livius gefunden habe. Das Nachtpfauenauge hatte noch keiner von uns gefangen, ich kannte es überhaupt nur aus der Abbildung eines alten Schmetterlingsbuches, das ich besaß und dessen mit der Hand kolorierte Kupfer unendlich viel schöner und eigentlich auch exakter waren als alle modernen Farbendrucke. Von allen Schmetterlingen, deren Namen ich kannte und die in meiner Schachtel noch fehlten, ersehnte ich keinen so glühend wie das Nachtpfauenauge. Oft hatte ich die Abbildung in meinem Buch betrachtet, und ein Kamerad hatte mir erzählt: Wenn der braune Falter an einem Baumstamm oder Felsen sitze und ein Vogel oder anderer Feind ihn angreifen wolle, so ziehe er nur die gefalteten dunkleren Vorderflügel auseinander und zeige die schönen Hinterflügel, deren große helle Augen so merkwürdig und unerwartet aussähen, daß der Vogel erschrecke und den Schmetterling in Ruhe lasse.

Dieses Wundertier sollte der langweilige Emil haben! Als ich es hörte, empfand ich im ersten Augenblick nur die Freude, endlich das seltene Tier zu Gesicht zu bekommen und eine brennende Neugierde darauf. Dann stellte sich freilich der Neid ein, und es schien mir schnöde zu sein, daß gerade dieser Langweiler und Mops den geheimnisvollen kostbaren Falter hatte erwischen müssen. Darum bezwang ich mich auch und tat ihm die Ehre nicht an, hinüberzugehen und mir seinen Fang zeigen zu lassen. Doch brachte ich meine Gedanken von der Sache nicht los, und am nächsten Tage, als das Gerücht sich in der Schule bestätigte, war ich sofort entschlossen, doch hinzugehen.

Nach Tische, sobald ich vom Hause wegkonnte, lief ich über den Hof und in den dritten Stock des Nachbarhauses hinauf, wo neben Mägdekammern und Holzverschlägen der Lehrerssohn ein oft von mir beneidetes kleines Stübchen für sich allein bewohnen durfte. Niemand begegnete mir unterwegs, und als ich oben an die Kammertür klopfte, erhielt ich keine Antwort. Emil war nicht da, und als ich die Türklinke versuchte, fand ich den Eingang offen, den er sonst während seiner Abwesenheit peinlich verschloß.

Ich trat ein, um das Tier doch wenigstens zu sehen, und nahm sofort die beiden großen Schachteln vor, in welchen Emil seine Sammlung verwahrte. In beiden suchte ich vergebens, bis mir einfiel, der Falter werde noch auf dem Spannbrett sein. Da fand ich ihn denn auch: die braunen Flügel mit schmalen Papierstreifen überspannt, hing das Nachtpfauenauge am Brett, ich beugte mich darüber und sah alles aus nächster Nähe an, die behaarten hellbraunen Fühler, die eleganten und unendlich zart gefärbten Flügelränder, die feine wollige Behaarung am Innenrand der unteren Flügel. Nur gerade die Augen konnte ich nicht sehen, die waren vom Papierstreifen verdeckt.

Mit Herzklopfen gab ich der Versuchung nach, die Streifen loszumachen, und zog die Stecknadel heraus. Da sahen mich die vier großen merkwürdigen Augen an, weit schöner und wunderlicher als auf der Abbildung, und bei ihrem Anblick fühlte ich eine so unwiderstehliche Begierde nach dem Besitz des herrlichen Tieres, daß ich unbedenklich den ersten Diebstahl meines Lebens beging, indem ich sachte an der Nadel zog und den Schmetterling, der schon trocken war und die Form nicht verlor, in der hohlen Hand aus der Kammer trug. Dabei hatte ich kein Gefühl als das einer ungeheuren Befriedigung.

Das Tier in der rechten Hand verborgen, ging ich die Treppe hinab. Da hörte ich, daß von unten mir jemand entgegenkam, und in dieser Sekunde wurde mein Gewissen wach, ich wußte plötzlich, daß ich gestohlen hatte und ein gemeiner Kerl war; zugleich befiel mich eine ganz schreckliche Angst vor der Entdeckung, so daß ich instinktiv die Hand, die den Raub umschlossen hielt, in die Tasche meiner Jacke steckte. Langsam ging ich weiter, zitternd und mit einem kalten Gefühl von Verworfenheit und Schande, ging angstvoll an dem heraufkommenden Dienstmädchen vorbei und blieb an der Haustüre stehen, mit klopfendem Herzen und schwitzender Stirn, fassungslos und vor mir selbst erschrocken.

Alsbald wurde mir klar, daß ich den Falter nicht behalten könne und dürfe, daß ich ihn zurücktragen und alles nach Möglichkeit ungeschehen machen müsse. So kehrte ich denn, trotz aller Angst vor einer Begegnung und Entdeckung, schnell wieder um, sprang mit Eile die Stiege hinan und stand eine Minute später wieder in Emils Kammer. Vorsichtig zog ich die Hand aus der Tasche und legte den Schmetterling auf den Tisch, und ehe ich ihn wieder sah, wußte ich das Unglück schon und war dem Weinen nah, denn das Nachtpfauenauge war zerstört. Es fehlte der rechte Vorderflügel und der rechte Fühler, und als ich den abgebrochenen Flügel vorsichtig aus der Tasche zu ziehen suchte, war er zerschlissen und an kein Flicken mehr zu denken.

Beinahe noch mehr als das Gefühl des Diebstahls peinigte mich nun der Anblick des schönen seltenen Tieres, das ich zerstört hatte. Ich sah an meinen Fingern den zarten braunen Flügelstaub hängen und den zerrissenen Flügel daliegen, und hätte jeden Besitz und jede Freude gern hingegeben, um ihn wieder ganz zu wissen.

Traurig ging ich nach Hause und saß den ganzen Nachmittag in unsrem kleinen Garten, bis ich in der Dämmerung den Mut fand, meiner Mutter alles zu erzählen. Ich merkte wohl, wie sie erschrak und traurig wurde, aber sie mochte fühlen, daß schon dies Geständnis mich mehr gekostet habe als die Erduldung jeder Strafe.

»Du mußt zum Emil hinübergehen«, sagte sie bestimmt, »und es ihm selber sagen. Das ist das einzige, was du tun kannst, und ehe das nicht geschehen ist, kann ich dir nicht verzeihen. Du kannst ihm anbieten, daß er sich irgend etwas von deinen Sachen aussucht, als Ersatz, und du mußt ihn bitten, daß er dir verzeiht.«

Das wäre mir nun bei jedem anderen Kameraden leichter gefallen als bei dem Musterknaben. Ich fühlte im voraus genau, daß er mich nicht verstehen und mir womöglich gar nicht glauben würde, und es wurde Abend und beinahe Nacht, ohne daß ich hinzugehen vermochte. Da fand mich meine Mutter unten im Hausgang und sagte leise: »Es muß heut noch sein, geh jetzt!«

Und da ging ich hinüber und fragte im untern Stock nach Emil, er kam und erzählte sofort, es habe ihm jemand das Nachtpfauenauge kaputt gemacht, er wisse nicht, ob ein schlechter Kerl oder vielleicht ein Vogel oder die Katze, und ich bat ihn, mit mir hinaufzugehen und es mir zu zeigen. Wir gingen hinauf, er schloß die Kammertür auf und zündete eine Kerze an, und ich sah auf dem Spannbrett den verdorbenen Falter liegen. Ich sah, daß er daran gearbeitet hatte, ihn wieder herzustellen, der kaputte Flügel war sorgfältig ausgebreitet und auf ein feuchtes Fließpapier gelegt, aber er war unheilbar, und der Fühler fehlte ja auch.

Nun sagte ich, daß ich es gewesen sei, und versuchte zu erzählen und zu erklären.

Da pfiff Emil, statt wild zu werden und mich anzuschreien, leise durch die Zähne, sah mich eine ganze Weile still an und sagte dann: »So so, also so einer bist du.«

Ich bot ihm alle meine Spielsachen an, und als er kühl blieb und mich immer noch verächtlich ansah, bot ich ihm meine ganze Schmetterlingssammlung an. Er sagte aber:

»Danke schön, ich kenne deine Sammlung schon. Man hat ja heut wieder sehen können, wie du mit Schmetterlingen umgehst.«

In diesem Augenblicke fehlte nicht viel, so wäre ich ihm an die Gurgel gesprungen. Es war nichts zu machen, ich war und blieb ein Schuft, und Emil stand kühl in verächtlicher Gerechtigkeit vor mir wie die Weltordnung. Er schimpfte nicht einmal, er sah mich nur an und verachtete mich.

Da sah ich zum erstenmal, daß man nichts wieder gut machen kann, was einmal verdorben ist. Ich ging weg und war froh, daß die Mutter mich nicht ausfragte, sondern mir einen Kuß gab und mich in Ruhe ließ. Ich sollte zu Bett gehen, es war schon spät für mich. Vorher aber holte ich heimlich im Eßzimmer die große braune Schachtel, stellte sie aufs Bett und machte sie im Dunkeln auf. Und dann nahm ich die Schmetterlinge heraus, einen nach dem andern, und drückte sie mit den Fingern zu Staub und Fetzen.

(1911)

Der schöne Traum

Als der Gymnasiast Martin Haberland im Alter von siebzehn Jahren an einer Lungenentzündung starb, sprach jedermann von ihm und seinen reichen Talenten mit Bedauern und hielt ihn für sehr unglücklich, daß er gestorben war, ehe er aus diesen Talenten hatte Erfolge und Zinsen und bares Geld lösen können.

Es ist wahr, der Tod des hübschen, begabten Jünglings hat auch mir leid getan, und ich dachte mir mit einem gewissen Bedauern: wie unheimlich viel Talent muß es doch in der Welt geben, daß die Natur damit so um sich werfen kann! Aber es ist der Natur einerlei, was wir über sie denken, und was das Talent angeht, so ist es ja tatsächlich in solchem Überfluß vorhanden, daß unsre Künstler bald nur noch Kollegen und gar kein Publikum mehr haben werden.

Indessen kann ich den Tod des jungen Mannes nicht in dem Sinne bedauern, als sei ihm selbst dadurch ein Schaden zugefügt und sei er des Besten und Schönsten grausam beraubt worden, das noch für ihn bestimmt gewesen wäre.

Wer mit Glück und in Gesundheit siebzehn Jahre alt geworden ist und gute Eltern hatte, der hat ohnehin in gar vielen Fällen gewiß den schöneren Teil des Lebens hinter sich, und wenn sein Leben so früh endet und aus Mangel an großem Schmerz und grellem Erlebnis und wilder Lebensweite kein Beethovensches Symphoniestück geworden ist, so kann es doch eine kleine Haydnsche Kammermusik gewesen sein, und das kann man nicht von vielen Menschenleben sagen.

Im Falle Haberland bin ich meiner Sache ganz sicher. Der junge Mensch hat tatsächlich das Schönste erlebt, was ihm zu erleben möglich war, er hat ein paar Takte von so unirdischer Musik geschlürft, daß sein Tod notwendig war, weil kein Leben daraufhin etwas anderes als einen Mißklang ergeben hätte. Daß der Schüler sein Glück nur im Traum erlebt hat, ist gewiß keine Abschwächung, denn die meisten Menschen erleben ihre Träume viel heftiger als ihr Leben.

Am zweiten Tag seiner Krankheit, drei Tage vor seinem Tode, hatte der Gymnasiast bei schon beginnendem Fieber folgenden Traum:

Sein Vater legte ihm die Hand auf die Schulter und sagte: »Ich begreife ganz gut, daß du bei uns nicht mehr viel lernen kannst. Du mußt ein großer und guter Mann werden und ein besonderes Glück gewinnen, das findet man nicht daheim im Nest. Paß auf: du mußt jetzt zuerst auf den Berg der Erkenntnis steigen, dann mußt du Taten tun, und dann mußt du die Liebe finden und glücklich werden.«

Während der Vater die letzten Worte sagte, schien sein Bart länger und sein Auge größer, er sah für einen Augenblick wie ein greiser König aus. Dann gab er dem Sohn einen Kuß auf die Stirne und hieß ihn gehen, und der Sohn ging eine breite schöne Treppe hinab wie aus einem Palast, und als er über die Straße ging und gerade das Städtlein verlassen wollte, begegnete ihm seine Mutter und rief ihn an: »Ja Martin, willst du denn fortgehen und mir nicht einmal Adieu sagen?« Bestürzt sah er sie an und schämte sich, zu sagen, er habe gemeint, sie sei schon lang gestorben, denn er sah sie ja lebend vor sich stehen, und sie war schöner und jünger, als er sie in Erinnerung gehabt hatte, ja sie hatte fast etwas Mädchenhaftes an sich, so daß er, als sie ihn küßte, rot wurde und sie nicht wiederzuküssen wagte. Sie sah ihm in die Augen mit einem hellen, blauen Blick, der wie ein Licht in ihn überging, und nickte ihm zu, als er verwirrt und in Hast davonging.

Vor der Stadt fand er ohne Erstaunen statt der Landstraße und dem Tal mit der Eschenallee einen Meerhafen liegen, wo ein großes altmodisches Schiff mit bräunlichen Segeln bis in den goldenen Himmel ragte, wie auf seinem Lieblingsbilde von Claude Lorrain, und wo er sich alsbald nach dem Berge der Erkenntnis einschiffte.

Das Schiff und der goldene Himmel entschwanden jedoch unvermerkt wieder aus der Sichtbarkeit, und nach einer Weile fand sich der Schüler Haberland doch auf der Landstraße wandern, schon weit von daheim, und einem Berge entgegen gehen, der in der Ferne abendrot glühte und nicht näher zu kommen schien, so lange er auch wanderte. Zum Glück schritt neben ihm der Professor Seidler und sagte väterlich: »Hier ist keine andere Konstruktion am Platze als der *Ablativus absolutus,* nur mit seiner Benützung kommen Sie plötzlich *medias in res.*« Er folgte alsbald, und es fiel ihm ein *Ablativus absolutus* ein, der gewissermaßen die ganze Vergangenheit seiner selbst und der Welt in sich begriff und mit jeder Art von Vergangenheit so gründlich aufräumte, daß alles hell voll Gegenwart und Zukunft wurde. Und damit stand er plötzlich auf dem Berge, aber neben ihm auch der Professor Seidler, und dieser sagte auf einmal Du zu ihm, und Haberland duzte auch den Professor, und der vertraute ihm an, er sei eigentlich sein Vater, und, indem er sprach, wurde er dem Vater immer ähnlicher, und die Liebe zum Vater und die Liebe zur Wissenschaft wurde in dem Schüler eins, und beide wurden stärker und schöner, und während er saß und sann und von lauter ahnender Verwunderung umgeben war, sagte sein Vater neben ihm: »So, jetzt sieh um dich!«

Da war eine unsägliche Klarheit rings umher, und alles auf der Welt war in bester Ordnung und sonnenklar; er begriff vollkommen, warum seine Mutter gestorben war und doch noch lebte; er begriff bis ins Innerste, warum die Menschen an Aussehen, Gebräuchen und Sprachen so verschieden und doch aus *einem* Wesen und nahe Brüder waren; er begriff Not und Leid und Häßlichkeit so sehr als notwendig und von Gott gewollt oder gemußt, daß sie schön und hell wurden und laut von der Ordnung und Freude der Welt sprachen. Und ehe er noch ganz klar darüber war, daß er nun auf dem Berg der Erkenntnis gewesen und weise geworden sei, fühlte er sich zu einer Tat berufen, und obwohl er seit zwei Jahren immerzu über verschiedene Berufe nachgedacht und sich nie für einen entschieden hatte, wußte er jetzt ganz genau und fest, daß er ein Baumeister war, und es war herrlich, das zu wissen und nicht den kleinsten Zweifel mehr zu haben.

Alsbald lag da weißer und grauer Stein, lagen Balken und standen Maschinen, viele Menschen standen umher und wußten nicht, was tun; er aber wies mit den Händen und erklärte und befahl, hielt Pläne in Händen und brauchte nur zu winken und zu deuten, so liefen die Menschen und waren glücklich, eine verständige Arbeit zu tun, hoben Steine und schoben Karren, richteten Stangen auf und meißelten an Blöcken, und in allen Händen und in jedem Auge war der Wille des Baumeisters tätig. Das Haus aber entstand und wurde ein Palast, der mit Giebelfeldern und Vorhallen, mit Höfen und Bogenfenstern eine ganz selbstverständliche, einfache, freudige Schönheit verkündigte, und es war klar, daß man nur noch einige solche Sachen zu bauen brauchte, damit Leid und Not, Unzufriedenheit und Verdruß von der Erde verschwänden.

Mit der Vollendung des Bauwerks war Martin schläfrig geworden und hatte nimmer genau auf alles acht, er hörte etwas wie

Musik und Festlichkeit um sich tosen und gab sich mit Ernsthaftigkeit und seltsamer Befriedigung einer tiefen, schönen Müdigkeit hin. Aus ihr tauchte sein Bewußtsein erst dann empor, als wieder seine Mutter vor ihm stand und ihn an der Hand nahm. Da wußte er, daß sie nun mit ihm in das Land der Liebe gehen wolle, und er wurde still und erwartungsvoll und vergaß alles, was er auf dieser Reise schon erlebt und getan hatte; nur glänzte ihm vom Berge der Erkenntnis und von seinem Palastbau her eine Helligkeit und ein bis in den Grund hinab gereinigtes Gewissen nach.

Die Mutter lächelte und hielt ihn an der Hand, sie ging bergabwärts in eine abendliche Landschaft hinein, ihr Kleid war blau, und im wohligen Gehen entschwand sie ihm, und was ihr blaues Kleid gewesen war, das war das Blau der tiefen Talferne, und indem er das erkannte und nimmer wußte, war die Mutter wirklich bei ihm gewesen oder nicht, befiel ihn eine Traurigkeit, er setzte sich in die Wiese und begann zu weinen, ohne Schmerzen, hingegeben und ernsthaft wie er vorher im Schaffensdrang gebaut und in der Müdigkeit geruht hatte. In seinen Tränen fühlte er, daß ihm nun das Süßeste begegnen solle, was ein Mensch erleben kann, und wenn er darüber nachzusinnen versuchte, wußte er zwar wohl, daß das die Liebe sei, aber er konnte sie sich nicht recht vorstellen und endete mit dem Gefühl, die Liebe sei wie der Tod, sie sei eine Erfüllung und ein Abend, auf welchen nichts mehr folgen dürfe.

Er hatte es noch nicht zu Ende gedacht, da war wieder alles anders, es spielte unten im blauen Tal eine köstliche ferne Musik, und es kam über die Wiese her Fräulein Voßler gegangen, die Tochter des Stadtschultheißen, und plötzlich wußte er, daß er diese lieb habe. Sie hatte dasselbe Gesicht wie immer, aber sie trug ein ganz einfaches, edles Kleid wie eine Griechin, und kaum war sie da, so war es Nacht, und man sah nichts mehr als einen Himmel voll großer, heller Sterne.

Das Mädchen blieb vor Martin stehen und lächelte. »So, bist du da?« sagte sie freundlich, als habe sie ihn erwartet.

»Ja«, sagte er, »die Mutter hat mir den Weg gezeigt. Ich bin jetzt mit allem fertig, auch mit dem großen Haus, daß ich bauen mußte. Da mußt du drin wohnen.«

Sie lächelte aber nur und sah fast mütterlich aus, überlegen und ein wenig traurig, wie eine Erwachsene.

»Was soll ich jetzt tun?« fragte Martin und legte seine Hände auf die Schultern des Mädchens. Sie neigte sich vor und sah ihm aus solcher Nähe in die Augen, daß er ein wenig erschrak, und er sah jetzt nichts mehr als ihre großen ruhigen Augen, und darüber in einem Goldnebel die vielen Sterne. Sein Herz schlug heftig und tat weh.

Das schöne Mädchen legte seinen Mund auf Martins Mund, und indessen sein Wesen schmolz und aller Wille von ihm wich, begannen oben in der blauen Finsternis die Sterne leise zu tönen, und während Martin fühlte, daß er jetzt die Liebe und den Tod und das Süßeste koste, was ein Mensch erleben kann, hörte er die Welt um ihn her in einem feinen Reigen klingen und sich bewegen, und ohne seine Lippen vom Mund des Mädchens zu lösen, und ohne mehr irgend etwas in der Welt zu wollen und zu begehren, fühlte er sich und sie und alles in den Reigen mitgenommen, er schloß die Augen und flog mit sanftem Schwindel eine tönende, ewig vorbestimmte Straße dahin, auf welcher keine Erkenntnis und keine Tat und nichts Zeitliches mehr auf ihn wartete.

(1912)

Robert Aghion

Im Laufe des achtzehnten Jahrhunderts wuchs in Großbritannien eine neue Art von Christentum und christlicher Betätigung heran, die sich aus einer winzigen Wurzel ziemlich rasch zu einem großen exotischen Baume auswuchs und welche einem jeden heute unter dem Namen der evangelischen Heidenmission bekannt ist.

Für die von England ausgehende protestantische Missionsbewegung war äußerlich nicht wenig Grund und Anlaß vorhanden. Seit dem glorreichen Zeitalter der Entdeckungen hatte man allerwärts auf Erden entdeckt und erobert, und es war das wissenschaftliche Interesse an der Form entfernter Inseln und Gebirge ebenso wie das seefahrende und abenteuernde Heldentum überall einem modernen Geist gewichen, der sich in den entdeckten exotischen Gegenden nicht mehr für aufregende Taten und Erlebnisse, für seltsame Tiere und romantische Palmenwälder interessierte, sondern für Pfeffer und Zucker, für Seide und Felle, für Reis und Sago, kurz für die Dinge, mit denen der Welthandel Geld verdient. Darüber war man häufig etwas einseitig und hitzig geworden und hatte manche Regeln vergessen und verletzt, die im christlichen Europa Geltung hatten. Man hatte eine Menge von erschrockenen Eingeborenen da draußen wie Raubzeug verfolgt und niedergeknallt, und der gebildete christliche Europäer hatte sich in Amerika, Afrika und Indien benommen wie der in den Hühnerstall eingebrochene Marder. Es war, auch wenn man die Sache ohne besondere Empfindsamkeit betrachtete, recht scheußlich hergegangen und recht grob und säuisch geräubert worden, und zu den Regungen der Scham und Entrüstung im Heimatvolke gehörte auch die Missionsbewegung, fußend auf dem schönen Wunsche, es möchte den Heidenvölkern von Europa her doch auch etwas anderes, Besseres und Höheres mitgebracht werden als nur Schießpulver und Branntwein.

Es kam in der zweiten Hälfte des vorvorigen Jahrhunderts in England nicht allzuselten vor, daß wohlmeinende Privatleute sich dieses Missionsgedankens tätig annahmen und Mittel zu seiner Ausführung hergaben. Geordnete Gesellschaften und Betriebe dieses Behufes aber, wie sie heute blühen, gab es zu jener Zeit noch nicht, sondern es versuchte eben ein jeder nach eigenem

Vermögen und auf eigenem Wege die gute Sache zu fördern, und wer damals als Missionar in ferne Länder auszog, der fuhr nicht wie ein heutiger gleich einem wohladressierten Poststück durch die Meere und einer geregelten und organisierten Arbeit entgegen, sondern er reiste mit Gottvertrauen und ohne viel Anleitung geradenwegs in ein zweifelhaftes Abenteuer hinein.

In den neunziger Jahren entschloß sich ein Londoner Kaufherr, dessen Bruder in Indien reich geworden und dort ohne Kinder gestorben war, eine bedeutende Geldsumme für die Ausbreitung des Evangeliums in jenem Lande zu stiften. Ein Mitglied der mächtigen Ostindischen Kompagnie sowie mehrere Geistliche wurden als Ratgeber herbeigezogen und ein Plan ausgearbeitet, nach welchem zunächst drei oder vier junge Männer, mit einer hinlänglichen Ausrüstung und gutem Reisegeld versehen, als Missionare ausgesandt werden sollten.

Die Ankündigung dieses Unternehmens zog alsbald einen Schwarm von abenteuerlustiger Mannheit heran, erfolglose Schauspieler und entlassene Barbiergehilfen glaubten sich zu der verlockenden Reise berufen, und das fromme Kollegium hatte alle Mühe, über die Köpfe dieser Zudringlichen hinweg nach würdigen Männern zu fahnden. Unter der Hand suchte man vor allem junge Theologen zu gewinnen, doch war die englische Geistlichkeit durchweg keineswegs der Heimat müde oder auf anstrengende, ja gefährliche Unternehmungen erpicht; die Suche zog sich in die Länge, und der Stifter begann schon ungeduldig zu werden.

Da verlor sich die Kunde von seinen Absichten und Mißerfolgen endlich auch in ein Bauerndorf in der Gegend von Lancaster und in das dortige Pfarrhaus, dessen ehrwürdiger Herr seinen jungen Bruderssohn namens Robert Aghion als Amtsgehilfen bei sich in Kost und Wohnung hatte. Robert Aghion war der Sohn eines Schiffskapitäns und einer frommen fleißigen Schottin, er hatte den Vater früh verloren und kaum gekannt und war als ein Knabe von guten Gaben durch seinen Onkel auf Schulen geschickt und ordnungsgemäß auf den Beruf eines Geistlichen vorbereitet worden, dem er nunmehr so nahestand, als ein Kandidat mit guten Zeugnissen, aber ohne Vermögen, es eben konnte. Einstweilen stand er seinem Oheim und Wohltäter als Vikarius bei und hatte auf eine eigene Pfarre bei dessen Lebzeiten nicht zu rechnen. Da nun der Pfarrer Aghion noch ein rüstiger Mann war, sah des Neffen Zukunft nicht allzu glänzend aus. Als ein armer Jüngling, der nach aller Voraussicht nicht vor dem mittleren Mannesalter auf ein eigenes Amt und Einkommen zu rechnen hatte, war er für junge Mädchen kein begehrenswerter Mann, wenigstens nicht für ehrbare, und mit anderen als solchen war er nie zusammengetroffen.

Als Sohn einer herzlich frommen Mutter hatte er einen schlichten Christensinn und Glauben, welchen als Prediger zu bekennen ihm eine Freude war. Seine eigentlichen geistigen Vergnügungen aber fand er im Betrachten der Natur, wofür er ein feines Auge besaß. Als ein bescheidener frischer Junge mit tüchtigen Augen und Händen fand er Befriedigung im Sehen und Kennen, Sammeln und Untersuchen der natürlichen Dinge, die sich ihm darboten. Als Knabe hatte er Blumen gezüchtet und botanisiert, hatte dann eine Weile sich eifrig mit Steinen und Versteinerungen abgegeben, und neuerdings, zumal seit seinem Aufenthalt in der ländlichen Umgebung, war ihm die vielfarbige Insektenwelt vor allem andern lieb geworden. Das Allerliebste aber waren ihm die Schmetterlinge, deren glänzende Verwandlung aus dem Raupen- und Puppenstande ihn immer wieder innig entzückte und deren Zeichnung und Farbenschmelz ihm ein so reines Vergnügen bereiteten, wie es geringer befähigte Menschen nur in den Jahren der frühen Kindheit erleben können.

So war der junge Theologe beschaffen, der als erster auf die Kunde von jener Stiftung hin alsbald aufhorchte und ein Verlangen in seinem Innersten gleich einem Kompaßzeiger gegen Indien hinweisen fühlte. Seine Mutter war vor wenigen Jahren gestorben, ein Verlöbnis oder auch nur ein heimlicher Verspruch mit einem Mädchen bestand nicht. Er schrieb nach London, bekam ermunternde Antwort und das Reisegeld für die Fahrt nach der Hauptstadt zugestellt und fuhr gleich darauf mit einer kleinen Bücherkiste und einem Kleiderbündel getrost nach London, wobei ihm nur leid tat, daß er seine Herbarien, Versteinerungen und Schmetterlingskästen nicht mitnehmen konnte.

Bänglich betrat in der düstern brausenden Altstadt von London der Kandidat das hohe ernste Haus des frommen Kaufherrn, wo ihm im düsteren Korridor eine gewaltige Wandkarte der östlichen Erdhälfte und gleich im ersten Zimmer ein großes fleckiges Tigerfell das ersehnte Land vor Augen führte. Beklommen und verwirrt ließ er sich von dem vornehmen Diener in das Zimmer führen, wo ihn der Hausherr erwartete. Es empfing ihn ein großer, ernster, schön rasierter Herr mit eisblauen scharfen Augen und strengen alten Mienen, dem der schüchterne Bewerber jedoch nach wenigen Reden recht wohl gefiel, so daß er ihn zum Sitzen einlud und sein Examen mit Vertrauen und Wohlwollen zu Ende führte. Darauf ließ der Herr sich seine Zeugnisse übergeben und schellte den Diener herbei, der den Theologen stillschweigend hinwegführte und in ein Gastzimmer brachte, wo unverweilt ein zweiter Diener mit Tee, Wein, Schinken, Butter und Brot erschien. Mit diesem Imbiß ward der junge Mann allein gelassen und tat seinem Hunger und Durst Genüge. Dann blieb er beruhigt in dem blausamtenen Armstuhl sitzen, dachte über seine Lage nach und musterte mit müßigen Augen das Zimmer, wo er nach kurzem Umherschauen zwei weitere Entgegenkömmlinge aus dem fernen heißen Lande entdeckte, nämlich in einer Ecke neben dem Kamin einen ausgestopften rotbraunen Affen und über ihm aufgehängt an der blauen Seidentapete das gegerbte Fell einer riesig großen Schlange, deren augenloser Kopf blind und schlaff herabhing. Das waren Dinge, die er schätzte und die er sofort aus der Nähe zu betrachten und zu befühlen eilte. War ihm auch die Vorstellung der lebendigen Boa, die er durch das Zusammenbiegen der glänzend silbrigen Haut zu einem Rohre zu unterstützen versuchte, einigermaßen grauenvoll und zuwider, so ward doch seine Neugierde auf die geheimnissolle Ferne durch ihren Anblick noch geschürt. Er dachte sich weder von Schlangen noch von Affen schrecken zu lassen und malte sich mit Wollust die fabelhaften Blumen, Bäume, Vögel und Schmetterlinge aus, die in solchen gesegneten Ländern gedeihen mußten.

Es ging indessen schon gegen Abend, und ein stummer Diener trug eine angezündete Lampe herein. Vor dem hohen Fenster stand neblige Dämmerung. Die Stille des vornehmen Hauses, das ferne schwache Wogen der großen Stadt, die Einsamkeit des hohen kühlen Zimmers, in dem er sich wie gefangen fühlte, der Mangel an jeder Beschäftigung und die Ungewißheit seiner romanhaften Lage verbanden sich mit der zunehmenden Dunkelheit der Londoner Herbstnacht und stimmten die Seele des jungen Menschen von der Höhe seiner Hoffnung immer weiter herab, bis er nach zwei Stunden, die er horchend und wartend in seinem Lehnstuhl hingebracht hatte, für heute jede Erwartung aufgab und sich kurzerhand müde in das vortreffliche Gastbett legte, wo er in kurzem einschlief.

Es weckte ihn, wie ihm schien, mitten in der Nacht, ein Diener mit der Nachricht, der junge Herr werde zum Abendessen erwartet und möge sich beeilen. Verschlafen kroch Aghion in seine Kleider und taumelte mit blöden Augen hinter dem Manne her durch Zimmer und Korridore und eine Treppe hinab bis in das große, grell von Kronleuchtern erhellte Speisezimmer, wo ihn die in Sammet gekleidete und von Schmuck funkelnde Hausfrau durch ein Augenglas betrachtete und der Herr ihn zwei Geistlichen vorstellte, die ihren jungen Bruder gleich während der Mahlzeit in eine scharfe Prüfung nahmen und vor allem sich über die Echtheit seiner christlichen Gesinnung zu unterrichten suchten. Der schlaftrunkene Apostel hatte Mühe, alle Fragen zu verstehen und gar zu beantworten; aber die Schüchternheit kleidete ihn gut, und die Männer, die an ganz andere Aspiranten gewöhnt waren, wurden ihm alle wohlgesinnt. Nach Tische wurden im Nebenzimmer Landkarten vorgelegt, und Aghion sah zum ersten Male die Gegend, der er Gottes Wort verkündigen sollte, auf der indischen Karte als einen gelben Fleck südlich von der Stadt Bombay liegen.

Am folgenden Tage wurde er zu einem ehrwürdigen alten Herrn gebracht, der des Kaufherrn oberster geistlicher Berater war. Dieser Greis fühlte sich sofort von dem harmlosen jungen Menschen angezogen. Er wußte Roberts Sinn und Wesen rasch zu erkennen, und da er wenig geistlichen Unternehmungsgeist in ihm wahrnahm, wollte der Junge ihm leid tun, und er stellte ihm die Gefahren der Seereise und die Schrecken der südlichen Zonen eindringlich vor Augen; denn es schien ihm sinnlos, daß ein junger Mensch sich da draußen opfere und zugrunde richte, wenn er nicht durch besondere Gaben und Neigungen zu einem solchen Dienst bestimmt schien. So legte er denn dem Kandidaten die Hand auf die Schulter, sah ihm mit eindringlicher Güte in die Augen und sagte: »Was Sie mir sagen, ist gut und mag richtig sein; aber ich kann noch immer nicht ganz verstehen, was Sie nun eigentlich nach Indien zieht. Seien Sie offen, lieber Freund, und sagen Sie mir ohne Hinterhalt: ist es irgendein weltlicher Wunsch und Drang, der Sie treibt, oder ist es lediglich der innige Wunsch, den armen Heiden unser liebes Evangelium zu bringen?« Auf diese Anrede wurde Robert Aghion so rot wie ein ertappter Schwindler. Er schlug die Augen nieder und schwieg eine Weile, dann aber bekannte er freimütig, mit jenem frommen Willen sei es ihm zwar völlig ernst, doch wäre er wohl nie auf den Gedanken gekommen, sich für Indien zu melden und überhaupt Missionar zu werden, wenn nicht ein Gelüste nach den herrlichen seltenen Pflanzen und Tieren der tropischen Lande, zumal nach deren Schmetterlingen, ihn dazu verlockt hätte. Der alte Mann sah wohl, daß der Jüngling ihm nun sein letztes Geheimnis preisgegeben und nichts mehr zu bekennen habe. Lächelnd nickte er ihm zu und sagte freundlich: »Nun, mit dieser Sünde müssen Sie selber fertigwerden. Sie sollen nach Indien fahren, lieber Junge!« Und alsbald ernst werdend, legte er ihm beide Hände aufs Haupt und segnete ihn feierlich mit den Worten des biblischen Segens.

Drei Wochen später reiste der junge Missionar, mit Kisten und Koffern wohl ausgerüstet, auf einem schönen Segelschiff als Passagier hinweg, sah sein Heimatland im grauen Meer versinken und lernte in der ersten Woche, noch ehe Spanien erreicht war, die Launen und Gefahren des Meeres kennen. In jenen Zeiten konnte ein Indienfahrer noch nicht so grün und unerprobt sein Ziel erreichen wie heute, wo man in Europa seinen bequemen Dampfer besteigt, sich auf dem Suezkanal um Afrika drückt und nach kurzer Zeit, verwundert und träg vom vielen Schlafen und Essen, die indische Küste erblickt. Damals mußten die Segelschiffe sich um das ungeheure Afrika herum monatelang quälen, von Stürmen gefährdet und von toten langen Windstillen gelähmt, und es galt zu schwitzen und zu frieren, zu hungern und des Schlafes zu entbehren, und wer die Reise siegreich vollendet hatte, der war nun längst kein unerprobter Neuling mehr, sondern hatte gelernt, sich einigermaßen auf den Beinen zu halten. So ging es auch dem Missionar. Er war zwischen England und Indien huntertsechsundfünfzig Tage unterwegs und stieg in der Hafenstadt Bombay als ein gebräunter und gemagerter Seefahrer an Land.

Indessen hatte er seine Freude und Neugierde nicht verloren, obwohl sie stiller geworden war, und wie er schon auf der Reise jeden Strand mit Forschersinn betreten und jede fremde Palmeninsel mit ehrfürchtiger Neugierde betrachtet hatte, so betrat er das indische Land mit begierig offenen Augen und hielt seinen Einzug in der schönen leuchtenden Stadt mit ungebrochenem Mut.

Zunächst suchte und fand er das Haus, an das er empfohlen war; es lag in einer stillen vorstädtischen Gasse, von Kokospalmen überragt. Im Eintreten streifte sein Blick den kleinen Vorgarten und fand, obwohl jetzt eben Wichtigeres zu tun und zu betrachten war, gerade noch Zeit, einen dunkelbelaubten Strauch mit großen goldgelben Blüten zu bemerken, der von einer zierlichen Schar weißer Falter auf das fröhlichste umgaukelt wurde. Dies Bild noch im leicht geblendeten Auge, trat er über einige flache Stufen in den Schatten der breiten Veranda und durch die offenstehende Haustüre. Ein dienender Hindu in einem weißen Kleide mit nackten dunkelbraunen Beinen lief über den kühlen roten Ziegelboden herbei, machte eine ergebene Verbeugung und begann in singendem Tonfall hindostanische Worte zu näseln, merkte aber rasch, daß der Fremde ihn nicht verstehe, und führte ihn mit neuen weichen Verbeugungen und schlangenhaften Gebärden der Ergebenheit und Einladung tiefer ins Haus und vor eine Türöffnung, die statt der Tür mit einer lose herabhängenden Bastmatte verschlossen war. Zur gleichen Zeit ward diese Matte von innen beiseite gezogen, und es erschien ein großer, hagerer, herrisch aussehender Mann in weißen Tropenkleidern und mit Strohsandalen an den nackten Füßen. Er richtete in einer unverständlichen indischen Sprache eine Reihe von Scheltworten an den Diener, der sich klein machte und der Wand entlang davonschlich, dann wandte er sich an Aghion und hieß ihn auf Englisch eintreten.

Der Missionar suchte zuerst seine unangemeldete Ankunft zu entschuldigen und den armen Diener zu rechtfertigen, der nichts verbrochen habe. Aber der andere winkte ungeduldig ab und sagte: »Mit den Schlingeln von Dienern werden Sie ja bald umzugehen lernen. Treten Sie ein! Ich erwarte Sie.«

»Sie sind wohl Mister Bradley?« fragte der Ankömmling höflich, während doch bei diesem ersten Schritt in die exotische Wirtschaft und beim Anblick des Ratgebers, Lehrers und Mitarbeiters eine Fremdheit und Kälte in ihm aufstieg.

»Ich bin Bradley, gewiß, und Sie sind ja wohl Aghion. Also, Aghion, kommen Sie nun endlich herein! Haben Sie schon Mittagbrot gehabt?«

Der große knochige Mann nahm alsbald mit aller kurz angebundenen, herrischen Praxis eines bewährten Überseers und Handelsagenten den Lebenslauf seines Gastes in seine braunen, dunkelbehaarten Hände. Er ließ ihm eine Reismahlzeit mit Hammelfleisch und brennendem Curry bringen, er wies ihm ein Zimmer an, zeigte ihm das Haus, nahm ihm seine Briefe und Aufträge ab, beantwortete seine ersten neugierigen Fragen und gab ihm die ersten notwendigen indischen Lebensregeln. Er setzte die vier braunen Hindudiener in Bewegung, befahl und schnauzte in seiner kalten Zornigkeit durch das schallende Haus, ließ auch einen indischen Schneidermeister kommen, der sofort ein Dutzend landesüblicher Kleidungen für Aghion machen mußte. Dankbar und etwas eingeschüchtert nahm der Neuling alles hin, obwohl es seinem Sinne mehr entsprochen hätte, seinen Einzug in Indien stiller und friedlicher zu begehen, sich erst einmal ein bißchen heimisch zu machen und sich in einem freundlichen Gespräch seiner ersten Eindrücke und seiner vielen starken Reiseerinnerungen zu entladen. Indessen lernt man auf einer halbjährigen Seereise sich bescheiden und sich in viele Lagen finden, und als gegen Abend Mister Bradley wegging, um seiner kaufmännischen Arbeit in der Stadt nachzugehen, atmete der evangelische Jüngling fröhlich auf und dachte nun allein in stillem Behagen seine Ankunft zu feiern und das Land Indien zu begrüßen.

Feierlich verließ er sein luftiges Zimmer, das weder Tür noch Fenster, sondern nur leere geräumige Öffnungen in allen Wänden hatte, und ging ins Freie, einen großrandigen Hut mit langem Sonnenschleier auf dem blonden Kopf und einen tüchtigen Stock in der Hand. Beim ersten Schritt in den Garten blickte er mit einem tiefen Atemzug ringsum und sog mit witterndem Sinnen die Lüfte und Düfte, Lichter und Farben des fremden, sagenhaften Landes, das er als ein bescheidener Mitarbeiter erobern helfen sollte und dem er sich willig hinzugeben gesonnen war.

Was er um sich sah und verspürte, gefiel ihm alles wohl und kam ihm wie eine tausendfältige strahlende Bestätigung vieler Träume und Ahnungen vor. Dichte hohe Gebüsche standen im heftigen Sonnenlicht und strotzten von großen, wunderlich starkfarbigen Blumen; auf säulenschlanken, glatten Stämmen ragten in erstaunlicher Höhe die stillen runden Wipfel der Kokospalmen, eine Fächerpalme stand hinter dem Hause und hielt ihr sonderbar strenges, gleichmäßiges Riesenrad von gewaltigen mannslangen Blättern steif in die Lüfte, am Rand des Weges aber nahm sein naturfreundliches Auge ein kleines lebendiges Wesen wahr, dem er sich vorsichtig näherte. Es war ein grünes Chamäleon mit einem dreieckigen Kopf und boshaften kleinen Augen. Er beugte sich darüber und fühlte sich wie ein Knabe beglückt.

Eine fremdartige Musik weckte ihn aus seiner andächtigen Versunkenheit. Aus der flüsternden Stille der tiefen grünen Baum- und Gartenwildnis brach der rhythmische Lärm metallener Trommeln und Pauken und schneidend helltöniger Blasinstrumente. Erstaunt lauschte der fromme Naturfreund hinüber und machte sich, da nichts zu sehen war, neugierig auf den Weg, die Art und Herkunft dieser barbarisch-festlichen Klänge auszukundschaften. Immer den Tönen folgend, verließ er den Garten, dessen Tor weit offen stand, und verfolgte den grasigen Fahrweg durch eine freundliche Landschaft von Hausgärten, Palmenpflanzungen und lachend hellgrünen Reisfeldern, bis er, um die hohe Ecke eines Gartens biegend, in eine dörflich anmutende Gasse von indischen Hütten gelangte. Die kleinen Häuschen waren aus Lehm oder auch nur aus Bambusgestänge erbaut, die Dächer mit trockenen Palmblättern gedeckt, in allen Türöffnungen standen und hockten braune Hindufamilien. Mit Neugierde sah er die Leute an und tat den ersten Blick in das dörfliche Leben des fremden Naturvolkes, und vom ersten Augenblick an gewann er die braunen Menschen lieb, deren schöne kindliche Augen wie in einer unbewußten und unerlösten Traurigkeit blickten. Schöne Frauen schauten aus mächtigen Flechten langen, tiefschwarzen Haares hervor, still und rehhaft; sie trugen mitten im Gesicht sowie an den Hand- und Fußgelenken silbernen Schmuck und Ringe an den Fußzehen. Kleine Kinder standen vollkommen nackt und trugen nichts am Leibe als an dünner Bastschnur ein seltsames Amulett aus Silber oder aus Horn.

Noch immer schallte die tolle Musik, nun ganz in der Nähe, und an der Ecke der nächsten Gasse hatte er gefunden, was er suchte. Da stand ein unheimlich sonderbares Gebäude von äußerst phantastischer Form und beängstigender Höhe, ein ungeheures Tor in der Mitte, und indem er daran empor staunte, fand er die ganze riesengroße Fläche des Bauwerks aus lauter steinernen Figuren von fabelhaften Tieren, Menschen und Göttern oder Teufeln zusammengesetzt, die sich zu Hunderten bis an die ferne schmale Spitze des Tempels hinantürmten, ein Wald und wildes Geflecht von Leibern, Gliedern und Köpfen. Dieser erschrekkende Steinkoloß, ein großer Hindutempel, leuchtete heftig in den waagrechten Strahlen der späten Abendsonne und erzählte dem verblüfften Fremdling deutlich, daß diese tierhaft sanften, halbnackten Menschen eben doch keineswegs ein paradiesisches Naturvolk waren, sondern seit einigen tausend Jahren schon Gedanken und Götter, Künste und Religionen besaßen.

Die schallende Paukenmusik war soeben verstummt, und es kamen aus dem Tempel viele fromme Inder in weißen und farbigen Gewändern, voran und vornehm abgetrennt eine kleine feierliche Schar von Brahmanen, hochmütig in tausendjährig erstarrter Gelehrsamkeit und Würde. Sie schritten an dem weißen Manne so stolz vorüber wie Edelleute an einem Handwerksburschen, und weder sie noch die bescheideneren Gestalten, die ihnen folgten, sahen so aus, als hätten sie die geringste Neigung, sich von einem zugereisten Fremdling über göttliche und menschliche Dinge des Rechten belehren zu lassen.

Als der Schwarm verlaufen und der Ort stiller geworden war, näherte sich Robert Aghion dem Tempel und begann in verlegener Teilnahme das Figurenwerk der Fassade zu studieren, ließ jedoch bald mit Betrübnis und Schrecken davon wieder ab; denn die groteske Allegoriensprache dieser Bildwerke verwirrte und ängstigte ihn nicht minder als der Anblick einiger Szenen von schamloser Obszönität, die er naiv mitten zwischen dem Göttergewimmel dargestellt fand.

Während er sich abwandte und nach einem Rückweg ausblickte, erloschen der Tempel und die Gassen plötzlich; ein kurzes zukkendes Farbenspiel lief über den Himmel, und rasch brach die Nacht herein. Das unheimlich schnelle Eindunkeln, obwohl er es längst kannte, überfiel den jungen Missionar mit einem leichten Schauder. Zugleich mit dem Anbruch der Dämmerung begann aus allen Bäumen und Gebüschen ringsum ein grelles Singen und Lärmen von tausenden Insekten, und in der Ferne erhob sich das Wut- oder Klagegeschrei eines Tieres mit fremden wilden Tönen. Eilig suchte Aghion seinen Heimweg, fand ihn glücklich wieder und hatte die kleine Strecke Weges noch nicht völlig zurückgelegt, als schon das ganze Land in tiefer Nachtfinsternis und der hohe schwarze Himmel voll von Sternen stand.

Im Hause, wo er nachdenklich und zerstreut ankam und sich dem ersten erleuchteten Raume näherte, empfing ihn Mister Bradley mit den Worten: »So, da sind Sie. Sie sollten aber fürs erste so spät am Abend nicht mehr ausgehen, es ist nicht ohne

Gefahr. Übrigens, können Sie gut mit Schießgewehr umgehen?«

»Mit Schießgewehr? Nein, das habe ich nicht gelernt.«

»Dann lernen Sie es bald... Wo waren Sie denn heut abend?«

Aghion erzählte voll Eifer. Er fragte begierig, welcherlei Religion jener Tempel angehöre und welcherlei Götter- oder Götzendienst darin getrieben werde, was die vielen Figuren bedeuteten und was die seltsame Musik, ob die schönen stolzen Männer in weißen Kleidern Priester seien und wie denn ihre Götter hießen. Allein hier erlebte er die erste Enttäuschung. Von allem, was er da fragte, wollte sein Ratgeber gar nichts wissen. Er erklärte, daß kein Mensch sich in dem scheußlichen Wirrwarr und Unflat dieser Götzendienste auskenne, daß die Brahmanen eine heillose Bande von Ausbeutern und Faulenzern seien und daß überhaupt diese Inder alle zusammen ein schweinisches Pack von Bettlern und Unholden wären, mit denen ein anständiger Engländer lieber gar nichts zu tun habe.

»Aber«, meinte Aghion zaghaft, »meine Bestimmung ist es doch gerade, diese verirrten Menschen auf den rechten Weg zu führen! Dazu muß ich sie kennen und lieben und alles von ihnen wissen...«

»Sie werden bald mehr von ihnen wissen, als Ihnen lieb sein wird. Natürlich müssen Sie Hindostani und später vielleicht noch andere von diesen infamen Niggersprachen lernen. Aber mit der Liebe werden Sie nicht weit kommen.«

»Oh, die Leute sehen aber doch recht gutartig aus!«

»Finden Sie? Nun, Sie werden ja sehen. Von dem, was Sie mit den Hindus vorhaben, verstehe ich nichts und will nicht darüber urteilen. Unsere Aufgabe ist es, diesem gottlosen Pack langsam ein wenig Kultur und einen schwachen Begriff von Anständigkeit beizubringen; weiter werden wir vielleicht niemals kommen!«

»Unsere Moral, oder was Sie Anständigkeit heißen, ist aber die Moral Christi, mein Herr!«

»Sie meinen die Liebe. Ja, sagen Sie nur einmal einem Hindu, daß Sie ihn lieben. Dann wird er Sie heute anbetteln und Ihnen morgen das Hemd aus dem Schlafzimmer stehlen!«

»Das ist möglich.«

»Das ist sogar ganz sicher, lieber Herr. Sie haben es hier gewissermaßen mit Unmündigen zu tun, die noch keine Ahnung von Ehrlichkeit und Recht haben, nicht mit gutartigen englischen

Schulkindern, sondern mit einem Volk von schlauen braunen Lausbuben, denen jede Schändlichkeit einen Hauptspaß macht. Sie werden noch an mich denken!«

Aghion verzichtete traurig auf ein weiteres Fragen und nahm sich vor, nun einmal vor allem fleißig und gehorsam alles zu lernen, was hier zu lernen wäre. Doch ob nun der strenge Bradley recht hatte oder nicht, schon seit dem Anblick des ungeheuern Tempels und der unnahbar stolzen Brahmanen war ihm sein Vorhaben und Amt in diesem Lande unendlich viel schwieriger erschienen, als er je zuvor gedacht hätte.

Am nächsten Morgen wurden die Kisten ins Haus gebracht, in denen der Missionar sein Eigentum aus der Heimat mit sich geführt hatte. Sorglich packte er aus, legte Hemden zu Hemden und Bücher zu Büchern und fand sich durch manche Gegenstände nachdenklich gestimmt. Es fiel ihm ein kleiner Kupferstich in schwarzem Rahmen in die Hände, dessen Glas unterwegs zerbrochen war und der ein Bildnis des Herrn Defoe, des Verfassers von Robinson Crusoe, darstellte, und das alte, ihm von der frühen Kindheit an vertraute Gebetbuch seiner Mutter, alsdann aber als ermunternder Wegweiser in die Zukunft eine Landkarte von Indien, die ihm sein Oheim geschenkt, und zwei stählerne Netzbügel für den Schmetterlingsfang, die er sich selber noch in London hatte machen lassen. Einen von diesen legte er sogleich zum Gebrauch in den nächsten Tagen beiseite.

Am Abend war seine Habe verteilt und verstaut, der kleine Kupferstich hing über seinem Bette, und das ganze Zimmer war in saubere Ordnung gebracht. Die Beine seines Tisches und seiner Bettstatt hatte er, wie es ihm empfohlen worden war, in kleine irdene Näpfe gestellt und die Näpfe mit Wasser gefüllt, zum Schutz gegen die Ameisen. Mister Bradley war den ganzen Tag in Geschäften abwesend, und es war dem jungen Manne sonderbar, vom ehrfürchtigen Diener durch Zeichen zu den Mahlzeiten gelockt und dabei bedient zu werden, ohne daß er ein einziges Wort mit ihm reden konnte.

In der Frühe des folgenden Tages begann Aghions Arbeit. Es erschien und wurde ihm von Bradley vorgestellt der schöne dunkeläugige Jüngling Vyardenya, der sein Lehrmeister in der Hindostani-Sprache werden sollte. Der lächelnde junge Inder sprach nicht übel Englisch und hatte die besten Manieren; nur schreckte er ängstlich zurück, als der arglose Engländer ihm freundlich die

Hand zur Begrüßung entgegenstreckte, und vermied auch künftighin jede körperliche Berührung mit dem Weißen, die ihn verunreinigt haben würde, da er einer hohen Kaste angehörte. Er wollte sich auch niemals auf einen Stuhl setzen, den vor ihm ein Fremder benutzt hatte, sondern brachte jeden Tag zusammengerollt unterm Arm seine eigene hübsche Bastmatte mit, die er auf dem Ziegelboden ausbreitete und auf welcher er mit gekreuzten Beinen edel und aufrecht saß. Sein Schüler, mit dessen Eifer er zufrieden sein konnte, suchte auch diese Kunst von ihm zu lernen und kauerte während seiner Lektionen stets auf einer ähnlichen Matte am Boden, obwohl ihm dabei in der ersten Zeit alle Glieder weh taten, bis er daran gewöhnt wurde. Fleißig und geduldig lernte er Wort für Wort, mit den alltäglichen Begrüßungsformeln beginnend, die ihm der Jüngling unermüdet und lächelnd vorsprach, und stürzte sich jeden Tag mit neuem Mut in den Kampf mit den indischen Girr- und Gaumenlauten, die ihm zu Anfang als ein unartikuliertes Röcheln erschienen waren und die er nun alle zu unterscheiden und nachzuahmen lernte.

So merkwürdig das Hindostani war und so rasch die Vormittagsstunden mit dem höflichen Sprachlehrer vergingen, so waren doch die Nachmittage und gar die Abende lang genug, um den strebsamen Herrn Aghion die Einsamkeit fühlen zu lassen, in der er lebte. Sein Wirt, zu dem er in einem unklaren Verhältnisse stand und der ihm halb als Gönner, halb als eine Art Vorgesetzter entgegentrat, war wenig zu Hause; er kam meistens gegen Mittag zu Fuß oder zu Pferde aus der Stadt zurück, präsidierte als Hausherr beim Essen, zu dem er manchmal einen englischen Schreiber mitbrachte, und legte sich dann zwei, drei Stunden zum Rauchen und Schlafen auf die Veranda, um gegen Abend nochmals für einige Stunden in sein Kontor oder Magazin zu gehen. Zuweilen mußte er für mehrere Tage verreisen, um Produkte einzukaufen, und sein neuer Hausgenosse hatte wenig dagegen, da er mit dem besten Willen sich dem rauhen und wortkargen Geschäftsmann nicht befreunden konnte. Auch gab es manches in der Lebensführung Mister Bradleys, was dem Missionar nicht gefallen konnte. Unter anderem kam es zuweilen vor, daß Bradley am Feierabend mit jenem Schreiber zusammen bis zur Trunkenheit eine Mischung von Wasser, Rum und Limonadensaft genoß; dazu hatte er in der ersten Zeit den jungen Geistlichen mehrmals eingeladen, aber stets von ihm eine sanfte Absage erhalten.

Bei diesen Umständen war Aghion tägliches Leben nicht gerade kurzweilig. Er hatte versucht, seine ersten schwachen Sprachkenntnisse anzuwenden, indem er an den langen öden Nachmittagen, wo das hölzerne Haus ringsum von der stechenden Hitze belagert lag, sich zur Dienerschaft in die Küche begab und sich mit den Leuten zu unterhalten suchte. Der mohammedanische Koch zwar gab ihm keine Antwort und war so hochmütig, daß er ihn gar nicht zu sehen schien, der Wasserträger aber und der Hausjunge, die beide stundenlang müßig auf ihren Matten hockten und Betel kauten, hatten nichts dagegen, sich an den angestrengten Sprechversuchen des Masters zu belustigen.

Eines Tages erschien aber Bradley in der Küchentür, als gerade die beiden Schlingel sich über einige Irrtümer und Wortverwechslungen des Missionars vor Vergnügen auf die mageren Schenkel klatschten. Bradley sah der Lustbarkeit mit verbissenen Lippen zu, gab blitzschnell dem Boy eine Ohrfeige, dem Wasserträger einen Fußtritt und zog den erschrockenen Aghion stumm mit sich davon. In seinem Zimmer sagte er dann ärgerlich: »Wie oft muß ich Ihnen noch sagen, daß Sie sich nicht mit den Leuten einlassen sollen! Sie verderben mir die Burschen, selbstverständlich in der besten Absicht, und ohnehin geht es nicht an, daß ein Engländer sich vor diesen braunen Schelmen zum Hanswurst macht!«

Er war wieder davongegangen, noch ehe der beleidigte Aghion sich rechtfertigen konnte.

Unter Menschen kam der vereinsamte Missionar nur am Sonntag, wo er regelmäßig zur Kirche ging, auch selbst einmal für den wenig arbeitsamen englischen Pfarrer die Predigt übernahm. Aber er, der daheim vor den Bauern und Wollwebern seiner Gegend mit Liebe gepredigt hatte, fand sich hier, vor einer kühlen Gemeinde von reichen Geschäftsleuten, müden, kränklichen Damen und lebenslustigen jungen Angestellten, fremd und ernüchtert.

Wenn er nun über dem Betrachten seiner Lage zuweilen recht betrübt wurde und sich erbarmenswert vorkam, so gab es einen Trost für sein Gemüt, der niemals versagte. Dann rüstete er sich zu einem Ausflug, hängte die Botanisierbüchse um und nahm das Netz zur Hand, das er mit einem langen schlanken Bambusstab versehen hatte. Gerade das, worüber die meisten anderen Engländer sich bitter zu beklagen pflegten, die glühende Sonnenhitze und das ganze indische Klima, war ihm lieb und schien ihm herrlich; denn er hielt sich an Leib und Seele frisch und ließ keine Erschlaffung aufkommen. Für seine Naturstudien und Liebhabereien vollends war dieses Land eine unermeßliche Weide, auf Schritt und Tritt hielten unbekannte Bäume, Blumen, Vögel, Insekten ihn auf, die er mit der Zeit alle namentlich kennenzulernen beschloß. Seltsame Eidechsen und Skorpione, riesengroße dicke Tausendfüßler und anderes Koboldzeug erschreckte ihn selten mehr, und seit er eine dicke Schlange in der Badekammer mutig mit dem hölzernen Eimer erschlagen hatte, fühlte er seine Bangnis vor unheimlicher Tiergefahr immer mehr dahinschwinden.

Als er zum erstenmal mit seinem Netz nach einem großen prächtigen Schmetterling schlug, als er ihn gefangen sah und mit vorsichtigen Fingern das stolze strahlende Tier an sich nahm, dessen breite Flügel alabastern glänzten und mit dem duftigsten Farbenflaum behaucht waren, da schlug ihm das Herz in einer unbändigen Freude, wie er sie nicht mehr empfunden hatte, seit er als Knabe seinen ersten Schwalbenschwanz erbeutet hatte. Fröhlich gewöhnte er sich an die Unbequemlichkeiten des Dschungels und verzagte nicht, wenn er im Urwald tief in versteckte Schlammgruben einbrach, von heulenden Affenherden verhöhnt und von wütenden Ameisenvölkern überfallen wurde. Nur einmal lag er zitternd und betend hinter einem ungeheuren Gummibaum auf den Knien, während in der Nähe wie ein Gewitter und Erdbeben ein Trupp von Elefanten durchs dichte Gehölz brach. Er gewöhnte sich daran, in seinem luftigen Schlafzimmer frühmorgens vom rasenden Affengebrüll aus dem nahen Walde geweckt zu werden und bei Nacht das heulende Schreien der Schakale zu hören. Seine Augen glänzten hell und wachsam aus dem gemagerten, braun und männlich gewordenen Gesicht.

Auch in der Stadt und noch lieber in den friedlichen gartenartigen Außendörfern sah er sich immer besser um, und die Hinduleute gefielen ihm desto mehr, je mehr er von ihnen sah. Störend und äußerst peinlich war ihm nur die Sitte der unteren Stände, ihre Frauen mit nacktem Oberkörper laufen zu lassen. Nackte Frauenhälse und -arme und Frauenbrüste auf der Gasse zu sehen, daran konnte der Missionar sich schwer gewöhnen, obgleich es häufig sehr hübsch aussah.

Nächst dieser Anstößigkeit machte nichts ihm so viel zu schaffen und zu denken wie die Rätsel, die ihm das geistige Leben dieser

Menschen entgegenhielt. Wohin er blicken mochte, überall war Religion. In London konnte man gewiß am höchsten kirchlichen Feiertag nicht so viel Frömmigkeit wahrnehmen wie hier an jedem Werktag und in jeder Gasse; überall waren Tempel und Bilder, war Gebet und Opfer, waren Umzüge und Zeremonien, Büßer und Priester zu sehen. Aber wer wollte sich jemals in diesem wirren Knäuel von Religionen zurechtfinden? Da waren Brahmanen und Mohammedaner, Feueranbeter und Buddhisten, Diener des Schiwa und des Krischna, Turbanträger und Gläubige mit glattrasierten Köpfen, Schlangenanbeter und Diener heiliger Schildkröten. Wo war der Gott, dem alle diese Verirrten dienten? Wie sah er aus, und welcher Kultus von den vielen war der ältere, heiligere, reinere? Das wußte niemand, und namentlich den Indern selber war dies vollkommen einerlei; wer von dem Glauben seiner Väter nicht befriedigt war, der ging zu einem andern über oder zog als Büßer dahin, um eine neue Religion zu finden oder gar zu schaffen. Göttern und Geistern, deren Namen niemand wußte, wurden Speisen in kleinen Schalen geopfert, und alle diese hundert Gottesdienste, Tempel und Priesterschaften lebten vergnügt nebeneinander hin, ohne es den Anhängern des einen Glaubens einfiel, die anderen zu hassen oder totzuschlagen, wie es daheim in den Christenländern Sitte war. Vieles sogar sah sich hübsch und lieblich an, Flötenmusik und zarte Blumenopfer, und auf gar vielen frommen Gesichtern wohnte ein Friede und heiter stiller Glanz, den man in den Gesichtern der Engländer vergeblich suchte. Schön und heilig schien ihm auch das von den Hindus streng gehaltene Gebot, kein Tier zu töten, und er schämte sich zuweilen und suchte Rechtfertigung vor sich selbst, wenn er ohne Erbarmen einige schöne Schmetterlinge und Käfer umgebracht und auf Nadeln gespießt hatte. Andererseits waren unter diesen selben Völkern, denen jeder Wurm als Geschöpf Gottes heilig galt und die sich innig in Gebeten und Tempeldienst hingaben, Diebstahl und Lüge, falsches Zeugnis und Vertrauensbruch ganz alltägliche Dinge, über die keine Seele sich empörte oder nur wunderte. Je mehr es der wohlmeinende Glaubensbote bedachte, desto mehr schien ihm dieses Volk zum undurchdringlichen Rätsel zu werden, das jeder Logik und Theorie hohnsprach. Der Diener, mit dem er trotz Bradleys Verbot bald wieder Gespräche pflog und der soeben ein Herz und eine Seele mit ihm zu sein schien, stahl ihm eine Stunde später ein baumwollenes Hemd, und als er ihn mit liebreichem Ernst zur Rede stellte, leugnete er zuerst unter Schwüren, gab dann lächelnd alles zu, zeigte das Hemd her und sagte zutraulich, es habe ja schon ein kleines Loch, und so habe er gedacht, der Master werde es gewiß nimmer tragen mögen.

Ein anderes Mal setzte ihn der Wasserträger in Erstaunen. Dieser Mann erhielt seinen Lohn und sein Essen dafür, daß er täglich die Küche und die Badekammer aus der nächsten Zisterne her mit Wasser versorgte. Er tat diese Arbeit stets am frühen Morgen und am Abend, den ganzen übrigen Tag saß er in der Küche oder in der Dienerhütte und kaute entweder Betel oder ein Stückchen Zuckerrohr. Einmal, da der andere Diener ausgegangen war, gab ihm Aghion ein Beinkleid zum Ausbürsten, das von einem Spaziergang her voll von Grassamen hing. Der Mann lachte nur und streckte die Hände auf den Rücken, und als der Missionar unwillig wurde und ihm streng befahl, sofort die kleine Arbeit zu tun, folgte er zwar endlich, tat die Verrichtung aber unter Murren und Tränen, setzte sich dann trostlos in die Küche und schalt und tobte eine Stunde lang wie ein Verzweifelter. Mit unendlicher Mühe und nach Überwindung vieler Mißverständnisse brachte Aghion an den Tag, daß er den Menschen schwer beleidigt habe durch den Befehl zu einer Arbeit, die nicht zu seinem Amte gehörte.

Alle diese kleinen Erfahrungen traten, sich allmählich verdichtend, wie zu einer Glaswand zusammen, die den Missionar von seiner Umgebung abtrennte und in eine immer peinlichere Einsamkeit verwies. Desto heftiger, ja mit einer gewissen verzweifelten Gier lag er seinen Sprachstudien ob, in denen er gute Fortschritte machte und die ihm, wie er sehnlichst hoffte, dies fremde Volk doch noch erschließen sollten. Immer häufiger konnte er es nun wagen, Eingeborene auf der Straße anzureden, er ging ohne Dolmetscher zum Schneider, zum Krämer, zum Schuhmacher. Manchmal gelang es ihm, mit einfachen Leuten ins Geplauder zu kommen, etwa indem er einem Handwerker sein Werk, einer Mutter ihren Säugling freundlich betrachtete und lobte, und aus Worten und Blicken dieser Heidenmenschen, namentlich aber aus ihrem guten, kindlichen, seligen Lachen, sprach ihn oft die Seele des fremden Volkes so klar und brüderlich an, daß für Augenblicke alle Schranken fielen und das Gefühl der Fremdheit sich verlor.

Schließlich meinte er entdeckt zu haben, daß Kinder und einfache Leute vom Lande ihm fast immer zugänglich seien, ja, daß alle Schwierigkeiten, alles Mißtrauen und alle Verderbnis der Städter nur von der Berührung mit den europäischen Schiffs- und Handelsleuten herkomme. Von da an wagte er sich, häufig zu Pferde, auf Ausflügen immer weiter ins Land hinein. Er trug Kupfermünzen und manchmal auch Zuckerstücke für die Kinder in der Tasche, und wenn er weit drinnen im hügeligen Lande vor einer bäuerlichen Lehmhütte sein Pferd an eine Palme band und, unter das Schilfdach tretend, grüßte und um einen Trunk Wasser oder Kokosmilch bat, so ergab sich fast jedesmal eine harmlos freundliche Bekanntschaft und ein Geplauder, bei dem Männer, Weiber und Kinder über seine noch mangelhafte Kenntnis der Sprache oft im fröhlichsten Erstaunen hellauf lachten, was er gar nicht ungerne sah.

Noch machte er keinerlei Versuche, den Leuten bei solchen Anlässen vom lieben Gott zu erzählen. Es schien ihm das nicht nur nicht eilig, sondern auch überaus heikel und fast unmöglich zu sein, da er für alle die geläufigen Ausdrücke des biblischen Glaubens durchaus keine indischen Worte finden konnte. Außerdem fühlte er kein Recht, sich zum Lehrer dieser Leute aufzuwerfen und sie zu wichtigen Änderungen in ihrem Leben aufzufordern, ehe er dieses Leben genau kannte und fähig war, mit den Hindus einigermaßen auf gleichem Fuße zu leben und zu reden.

Dadurch dehnten seine Studien sich weiter aus. Er suchte Leben, Arbeit und Erwerb der Eingeborenen kennenzulernen, er ließ sich Bäume und Früchte zeigen und benennen, Haustiere und Geräte, er erforschte nach und nach die Geheimnisse des nassen und des trockenen Reisbaues, der Gewinnung des Bastes und der Baumwolle, er betrachtete Hausbau und Töpferei, Strohflechten und Webearbeiten, worin er von der Heimat her Bescheid wußte. Er sah dem Pflügen schlammiger Reisfelder mit rosenroten fetten Wasserbüffeln zu, er lernte die Arbeit des gezähmten Elefanten kennen und sah zahme Affen für ihre Herren die Kokosnüsse von den Bäumen holen.

Auf einem seiner Ausflüge, in einem friedvollen Tal zwischen hohen grünen Hügeln, überraschte ihn einst ein wilder Gewitterregen, vor welchem er in der nächsten Hütte, die er erreichen konnte, einen Unterstand suchte. Er fand in dem engen Raum zwischen lehmbekleideten Bambuswänden eine kleine Familie versammelt, die den hereintretenden Fremdling mit scheuem Erstaunen begrüßte. Die Hausmutter hatte ihr graues Haar mit Henna feurigrot gefärbt und zeigte, da sie zum Empfang aufs freundlichste lächelte, einen Mund voll ebenso roter Zähne, die ihre Leidenschaft für das Betelkauen verrieten. Ihr Mann war ein großer, ernst blickender Mensch mit langen, noch dunkeln Haaren. Er erhob sich vom Boden und nahm eine königlich aufrechte Haltung an, tauschte Begrüßungsworte mit dem Gast und bot ihm alsbald eine frisch geöffnete Kokosnuß an, von deren süßlichem Safte der Engländer einen Schluck genoß. Ein kleiner Knabe, der bei seinem Eintritt still in die Ecke hinter der steinernen Feuerstelle geflohen war, blitzte von dort unter einem Wald von glänzend schwarzen Haaren hervor mit ängstlich neugierigen Augen; auf seiner dunkeln Brust schimmerte ein messingenes Amulett, das seinen einzigen Schmuck und seine einzige Kleidung bildete. Einige große Bananenbündel schwebten über der Türe zur Nachreife aufgehängt; in der ganzen Hütte, die all ihr Licht nur durch die offene Tür erhielt, war keine Armut, wohl aber die äußerste Einfachheit und eine hübsche, reinliche Ordnung zu bemerken.

Ein leises, aus allerfernsten Kindererinnerungen emporduftendes Heimatgefühl, das den Reisenden so leicht beim Anblick zufriedener Häuslichkeit übernimmt, ein leises Heimatgefühl, das er in dem Bungalow des Herrn Bradley niemals gespürt hatte, kam über den Missionar, und es schien ihm beinahe so, als sei seine Einkehr hier nicht nur die eines vom Regen überfallenen Wanderers, sondern als wehe ihm, der sich in trüben Lebenswirrsalen verlaufen, endlich einmal wieder Sinn und Frohmut eines richtigen, natürlichen, in sich begnügten Lebens entgegen. Auf dem dichten Schilfblätterdach der Hütte rauschte und trommelte leidenschaftlich der wilde Regen und hing vor der Tür dick und blank wie eine Glaswand.

Die Alten unterhielten sich mit ihrem ungewöhnlichen Gaste, und als sie am Ende mit Höflichkeit die natürliche Frage stellten, was denn seine Ziele und Absichten in diesem Lande seien, kam er in Verlegenheit und begann von anderem zu reden. Wieder, wie schon oft, wollte es dem bescheidenen Aghion als eine ungeheurerliche Frechheit und Überhebung erscheinen, daß er als Abgesandter eines fernen Volkes hierhergekommen sei mit der Absicht, diesen Menschen ihren Gott und Glauben zu nehmen und einen anderen dafür aufzunötigen. Immer hatte er gedacht, diese Scheu würde sich verlieren, sobald er nur die Hindusprache besser beherrsche; aber heute ward ihm unzweifelhaft klar, daß dies eine Täuschung gewesen war und daß er, je besser er das braune Volk verstand, desto weniger Recht und Lust in sich verspürte, herrisch in das Leben dieses Volkes einzugreifen.

Der Regen ließ nach, und das mit der fetten roten Erde durchsetzte Wasser in der hügeligen Gasse lief davon, Sonnenstrahlen drangen zwischen den naß glänzenden Palmenstämmen hervor und spiegelten sich grell und blendend in den blanken Riesenblättern der Pisangbäume. Der Missionar bedankte sich bei seinen Wirten und machte Miene sich zu verabschieden, da fiel ein Schatten auf den Boden, und der kleine Raum verfinsterte sich. Schnell wandte er sich um und sah durch die Tür eine Gestalt lautlos auf nackten Sohlen hereintreten, eine junge Frau oder ein Mädchen, die bei seinem unerwarteten Anblick erschrak und zu dem Knaben hinter die Feuerstatt floh.

»Sag dem Herrn guten Tag!« rief ihr der Vater zu, und sie trat schüchtern zwei Schritte vor, kreuzte die Hände vor der Brust und verneigte sich mehrmals. In ihrem dicken tiefschwarzen Haar schimmerten Regentropfen; der Engländer legte freundlich und befangen seine Hand darauf und sprach einen Gruß, und während er das weiche geschmeidige Haar lebendig in seinen Fingern fühlte, hob sie das Gesicht zu ihm auf und lächelte freundlich aus wunderschönen Augen. Um den Hals trug sie eine Korallenkette und am einen Fußgelenk einen schweren goldenen Ring, sonst nichts als das dicht unter den Brüsten gegürtete rotbraune Untergewand. So stand sie in ihrer Schönheit vor dem erstaunten Fremden; die Sonnenstrahlen spiegelten sich matt in ihrem Haar und auf ihren braunen blanken Schultern, blitzend funkelten die Zähne aus dem jungen Munde. Robert Aghion sah sie mit Entzücken an und suchte tief in ihre stillen sanften Augen zu blicken, wurde aber schnell verlegen; der feuchte Duft ihrer Haare und der Anblick ihrer nackten Schultern und Brüste verwirrten ihn, so daß er bald von ihrem unschuldigen Blick die Augen niederschlug. Er griff in die Tasche und holte eine kleine stählerne Schere hervor, mit der er sich Nägel und Bart zu schneiden pflegte und die ihm auch beim Pflanzensammeln diente; die schenkte er dem schönen Mädchen und wußte wohl, daß dies eine recht kostbare Gabe sei. Sie nahm das Ding denn auch befangen und in beglücktem Erstaunen an sich, während die Eltern sich in Dankesworten erschöpften, und als er nun Abschied nahm und ging, da folgte sie ihm bis unter das Vordach der Hütte, ergriff seine linke Hand und küßte sie. Die laue, zärtliche Berührung dieser blumenhaften Lippen rann dem Manne ins Blut, am liebsten hätte er sie auf den Mund geküßt. Statt dessen nahm er ihre beiden Hände in seine Rechte, sah ihr in die Augen und sagte: »Wie alt bist du?«

»Das weiß ich nicht«, gab sie zur Antwort.

»Und wie heißt du denn?«

»Naissa.«

»Leb wohl, Naissa, und vergiß mich nicht!«

»Naissa vergißt den Herrn nicht.«

Er ging von dannen und suchte den Heimweg, tief in Gedanken, und als er spät in der Dunkelheit ankam und in seine Kammer trat, bemerkte er erst jetzt, daß er heute keinen einzigen Schmetterling oder Käfer, nicht Blatt noch Blume von seinem Ausflug mitgebracht hatte. Seine Wohnung aber, das öde Junggesellenhaus mit den herumlungernden Dienern und dem kühlen mürrischen Herrn Bradley, war ihm noch nie so unheimlich und trostlos erschienen wie in dieser Abendstunde, da er bei seiner kleinen Öllampe am wackligen Tischlein saß und in der Bibel zu lesen versuchte.

In dieser Nacht, als er nach langer Gedankenunruhe und trotz der singenden Moskitos endlich den Schlaf gefunden hatte, wurde der Missionar von sonderbaren Träumen heimgesucht.

Er wandelte in einem dämmernden Palmenhain, wo gelbe Sonnenflecken auf dem rotbraunen Boden spielten. Papageien riefen aus der Höhe, Affen turnten tollkühn an den unendlich hohen Baumsäulen, kleine edelsteinblitzende Vögel leuchteten kostbar auf, Insekten jeder Art gaben durch Töne, Farben oder Bewegungen ihre Lebensfreude kund. Der Missionar spazierte dankbar und beglückt inmitten dieser Pracht; er rief einen seiltanzenden Affen an, und siehe, das flinke Tier kletterte gehorsam zur Erde und stellte sich wie ein Diener mit Gebärden der Ergebenheit vor Aghion auf. Dieser sah ein, daß er in diesem seligen Bezirk der Kreatur zu gebieten habe, und alsbald berief er die Vögel und Schmetterlinge um sich, und sie kamen in großen glänzenden Scharen, er winkte und taktierte mit den Händen, nickte mit dem Kopf, befahl mit Blicken und Zungenschnalzen, und gefügig ordneten sich alle die herrlichen Tiere in der goldigen Luft zu schönen schwebenden Reigen und Festzügen, pfiffen und summten, zirpten und rollten in feinen Chören, suchten und flohen, verfolgten und haschten einander, beschrieben feierliche Kreise und schalkhafte Spiralen in der Luft. Es war ein glänzendes herrliches Ballett und Konzert und ein wiedergefundenes Paradies, und der Träumer verweilte in dieser harmonischen Zauberwelt, die ihm gehorchte und zu eigen war, mit einer beinahe schmerzlichen Lust; denn in all dem Glück war doch schon ein leises Ahnen oder Wissen enthalten, ein Vorgeschmack von Unverdientheit und Vergänglichkeit, wie ihn ein frommer Missionar ohnehin bei jeder Sinnenlust auf der Zunge haben muß.

Dieser ängstliche Vorgeschmack trog dann auch nicht. Noch schwelgte der entzückte Naturfreund im Anblick einer Affenquadrille und liebkoste einen ungeheuren blauen Sammetfalter, der sich vertraulich auf seine linke Hand gesetzt hatte und sich wie ein Täubchen streicheln ließ, aber schon begannen Schatten der Angst und Auflösung in dem Zauberhain zu flattern und das Gemüt des Träumers zu umhüllen. Einzelne Vögel schrien plötzlich grell und angstvoll auf, unruhige Windstöße erbrausten in den hohen Wipfeln, das frohe warme Sonnenlicht wurde fahl und siech, die Vögel huschten nach allen Seiten davon, und die schönen großen Falter ließen sich in wehrlosem Schrecken vom Winde davonführen. Regentropfen klatschten erregt auf den Baumkronen, ein ferner leiser Donner rollte langsam austönend über das Himmelsgewölbe.

Da betrat Mister Bradley den Wald. Der letzte bunte Vogel war entflogen. Hühnenhaft groß von Gestalt und finster wie der Geist eines erschlagenen Königs kam Bradley heran, spuckte verächtlich vor dem Missionar aus und begann ihm in verletzenden, höhnischen, feindseligen Worten vorzuwerfen, er sei ein Gauner und Tagedieb, der sich von seinem Londoner Patron für die Bekehrung der Heiden anstellen und bezahlen lasse, statt dessen aber nichts tue als müßig gehen, Käfer fangen und spazierenlaufen. Und Aghion mußte in Zerknirschung eingestehen, jener habe recht und er sei all dieser Versäumnis schuldig.

Es erschien nun jener mächtige reiche Patron aus England, Aghions Brotgeber, sowie mehrere englische Geistliche, und diese zusammen mit Bradley trieben und hetzten den Missionar vor sich her durch Busch und Dorn, bis sie auf eine volkreiche Straße und in jene Vorstadt von Bombay kamen, wo der turmhohe groteske Hindutempel stand. Hier flutete eine bunte Menschenmenge aus und ein, nackte Kulis und weißgekleidete stolze Brahmanen, dem Tempel gegenüber aber war eine christliche Kirche errichtet, und über ihrem Portal war Gottvater in Stein gebildet, in Wolken schwebend mit ernstem Vaterauge und fließendem Bart.

Auf die Stufen des Gotteshauses schwang sich der bedrängte Missionar, winkte mit den Armen und begann den Hinduleuten zu predigen. Mit lauter Stimme forderte er sie auf, herzuschauen und zu vergleichen, wie anders der wahre Gott beschaffen sei als ihre armen Fratzengötter mit den vielen Armen und Rüsseln. Mit ausgestrecktem Finger wies er auf das verschlungene Figurenwerk der indischen Tempelfassade, und dann wies er einladend auf das Gottesbild seiner Kirche. Aber wie sehr erschrak er da, als er seiner eigenen Gebärde folgend emporblickte; denn Gottvater hatte sich verändert, er hatte drei Köpfe und sechs Arme bekommen und hatte statt des etwas blöden und machtlosen Ernstes ein überlegen vergnügtes Lächeln in den Gesichtern, genau wie es die indischen Götterbilder nicht selten zeigten. Verzagend sah sich der Prediger nach Bradley, nach dem Patron und der Geistlichkeit um; sie waren aber alle verschwunden, er stand allein und kraftlos auf den Stufen der Kirche, und nun verließ ihn auch Gottvater selbst, denn er winkte mit seinen sechs Armen zu dem Tempel hinüber und lächelte den Hindugöttern mit göttlicher Heiterkeit zu.

Vollständig verlassen, geschändet und verloren stand Aghion auf seiner Kirchentreppe. Er schloß die Augen und blieb aufrecht stehen, jede Hoffnung war in seiner Seele erloschen, und er wartete mit verzweifelter Ruhe darauf, von den Heiden gesteinigt zu werden. Statt dessen aber fühlte er sich, nach einer furchtbaren Pause, von einer starken, doch sanften Hand beiseite geschoben, und als er die Augen aufriß, sah er den steinernen Gottvater groß und ehrwürdig die Stufen herabschreiten, während gegenüber die Götterfiguren des Tempels in ganzen Scharen von ihren Schauplätzen herabstiegen. Sie alle wurden von Gottvater begrüßt, der sodann in den Hindutempel eintrat und mit freundlicher Gebärde die Huldigung der weißgekleideten Brahmanen entgegennahm. Die Heidengötter aber mit ihren Rüsseln, Ringellocken und Schlitzaugen besuchten einmütig die Kirche, fanden alles gut und hübsch und zogen viele Beter nach sich, und so entstand ein Umzug der Götter und Menschen zwischen Kirche und Tempel; Gong und Orgel tönten geschwisterlich ineinander, und stille dunkle Inder brachten auf nüchternen englisch-christlichen Altären Lotosblumen dar.

Mitten im festlichen Gedränge aber schritt mit den glatten, glänzend schwarzen Haaren und den großen kindlichen Augen die schöne Naissa. Sie kam zwischen vielen anderen Gläubigen vom Tempel herübergegangen, stieg die Stufen zur Kirche empor und blieb vor dem Missionare stehen. Sie sah ihm ernst und lieblich in die Augen, nickte ihm zu und bot ihm eine Lotosblüte hin. Er aber, in überwallendem Entzücken, beugt sich über ihr klares stilles Gesicht herab, küßt sie auf die Lippen und schließt sie in seine Arme.

Noch ehe er hatte sehen können, was Naissa dazu sagte, erwachte Aghion aus seinem Traume und fand sich müde und erschrocken in tiefer Dunkelheit auf seinem Lager hingestreckt. Eine schmerzliche Verwirrung aller Gefühle und Triebe quälte ihn bis zur Verzweiflung. Der Traum hatte ihm sein eigenes Selbst unverhüllt gezeigt, seine Schwäche und Verzagtheit, den Unglauben an seinen Beruf, seine Verliebtheit in die braune Heidin, seinen unchristlichen Haß gegen Bradley, sein schlechtes Gewissen dem englischen Brotgeber gegenüber.

Eine Weile lag er traurig und bis zu Tränen erregt im Dunkeln. Er versuchte zu beten und vermochte es nicht, er versuchte sich die Naissa als Teufelin vorzustellen und seine Neigung als verworfen zu erkennen und konnte auch das nicht. Am Ende erhob er sich, einer halbbewußten Regung folgend und noch von den Schatten und Schauern des Traumes umgeben; er verließ sein Zimmer und suchte Bradleys Stube auf, ebensosehr im triebhaften Bedürfnis nach Menschenanblick und Trost wie in der frommen Absicht, sich seiner Abneigung gegen diesen Mann zu schämen und durch Offenheit ihn zum Freunde zu machen.

Leise schlich er auf dünnen Bastsohlen die dunkle Veranda entlang bis zum Schlafzimmer Bradleys, dessen leichte Tür aus Bambusgestäbe nur bis zur halben Höhe der Türöffnung reichte und den hohen Raum schwach erleuchtet zeigte; denn jener pflegte, gleich vielen Europäern in Indien, die ganze Nacht hindurch ein kleines Öllicht zu brennen. Behutsam drückte Aghion die dünnen Türflügel nach innen und ging hinein.

Der kleine Öldocht schwelte in einem irdenen Schüsselchen am

Boden des Gemachs und warf schwache ungeheure Schatten an den kahlen Wänden aufwärts. Ein brauner Nachtfalter umsurrte das Licht in kleinen Kreisen. Um die umfangreiche Bettstatt her war der große Moskitoschlcier sorgfältig zusammengezogen. Der Missionar nahm die Lichtschale in die Hand, trat ans Bett und öffnete den Schleier eine Spanne weit. Eben wollte er des Schläfers Namen rufen, da sah er mit heftigem Erschrecken, daß Bradley nicht allein sei. Er lag, vom dünnen, seidenen Nachtkleide bedeckt, auf dem Rücken, und sein Gesicht mit dem emporgereckten Kinn sah um nichts zarter oder freundlicher aus als am Tage. Neben ihm aber lag nackt eine zweite Gestalt, eine Frau mit langen schwarzen Haaren. Sie lag auf der Seite und wendete dem Missionar das schlafende Gesicht zu, und er erkannte sie: es war das starke große Mädchen, das jede Woche die Wäsche abzuholen pflegte.

Ohne den Vorhang wieder zu schließen, floh Aghion hinaus und in sein Zimmer zurück. Er versuchte wieder zu schlafen, doch gelang es ihm nicht; das Erlebnis des Tages, der seltsame Traum und endlich der Anblick der nackten Schläferin hatten ihn gewaltig erregt. Zugleich war seine Abneigung gegen Bradley viel stärker geworden, ja er scheute sich vor dem Augenblick des Wiedersehens und der Begrüßung beim Frühstück. Am meisten aber quälte und bedrückte ihn die Frage, ob es nun seine Pflicht sei, dem Hausgenossen wegen seiner Lebensführung Vorwürfe zu machen und seine Besserung zu versuchen. Aghions ganze Natur war dagegen, aber sein Amt schien es von ihm zu fordern, daß er seine Feigheit überwinde und dem Sünder unerschrocken ins Gewissen rede. Er zündete seine Lampe an und las, von den singenden Mücken umschwärmt und gepeinigt, stundenlang im Neuen Testament, ohne doch Sicherheit und Trost zu gewinnen. Beinahe hätte er ganz Indien fluchen mögen oder doch seiner Neugierde und Wanderlust, die ihn hierher und in diese Sackgasse geführt hatte. Nie war ihm die Zukunft so düster erschienen, und nie hatte er sich so wenig zum Bekenner und Märtyrer geschaffen gefühlt wie in dieser Nacht.

Zum Frühstück kam er mit unterhöhlten Augen und müden Zügen, rührte unfroh mit dem Löffel im duftenden Tee und schälte in verdrossener Spielerei lange Zeit an einer Banane herum, bis Herr Bradley erschien. Dieser grüßte kurz und kühl wie sonst, setzte den Boy und den Wasserträger durch laute Befehle in Trab, suchte sich mit langwieriger Umsicht die goldigste Frucht aus dem Bananenbüschel und aß dann rasch und herrisch, während im sonnigen Hof der Diener sein Pferd vorführte.

»Ich hatte noch etwas mit Ihnen zu besprechen«, sagte der Missionar, als der andere eben aufbrechen wollte. Argwöhnisch blickte Bradley auf.

»So? Ich habe sehr wenig Zeit. Muß es gerade jetzt sein?«

»Ja, es ist besser. Ich fühle mich verpflichtet, Ihnen zu sagen, daß ich von dem unerlaubten Umgange weiß, den Sie mit einem Hinduweib haben. Sie können sich denken, wie peinlich es mir ist...«

»Peinlich!« rief Bradley aufspringend und brach in ein zorniges Gelächter aus. »Herr, Sie sind ein größerer Esel, als ich je gedacht hätte! Was Sie von mir halten, ist mir natürlich durchaus einerlei, daß Sie aber in meinem Hause herumschnüffeln und spionieren, finde ich niederträchtig. Machen wir die Sache kurz! Ich lasse Ihnen Zeit bis Sonntag. Bis dahin suchen Sie sich freundlichst eine neue Unterkunft in der Stadt; denn in diesem Haus werde ich Sie keinen Tag länger dulden!«

Aghion hatte eine barsche Abfertigung, nicht aber diese Antwort erwartet. Doch ließ er sich nicht einschüchtern.

»Es wird mir ein Vergnügen sein«, sagte er mit guter Haltung, »Sie von meiner lästigen Einquartierung zu befreien. Guten Morgen, Herr Bradley!«

Er ging weg, und Bradley sah ihm aufmerksam nach, halb betroffen, halb belustigt. Dann strich er sich den harten Schnurrbart, rümpfte die Lippen, pfiff seinem Hunde und stieg die Holztreppe zum Hof hinab, um in die Stadt zu reiten.

Beiden Männern war die kurze gewitterhafte Aussprache und Klärung der Lage willkommen. Aghion allerdings sah sich unerwartet vor Sorgen und Entschlüsse gestellt, die ihm bis vor einer Stunde noch in angenehmer Ferne geschwebt hatten. Aber je ernstlicher er seine Angelegenheiten bedachte und je deutlicher es ihm wurde, daß der Streit mit Bradley eine Nebensache, die Lösung seines ganzen verworrenen Zustandes aber nun eine unerbittliche Notwendigkeit geworden sei, desto klarer und wohler wurde ihm in den Gedanken. Das Leben in diesem Hause, das Brachliegen seiner Kräfte, alle die ungestillten Begierden und toten Stunden waren ihm zu einer Qual geworden, die seine einfältige Natur ohnehin nicht lange mehr ertragen hätte.

Es war noch früh am Morgen, und eine Ecke des Gartens, sein Lieblingsplatz, lag noch kühl im Schatten. Hier hingen die Zweige verwilderter Gebüsche über einen ganz kleinen, gemauerten Weiher nieder, der einst als Badestelle angelegt, aber verwahrlost und nun von einem Völkchen gelber Schildkröten bewohnt war. Hierher trug er seinen Bambusstuhl, legte sich nieder und sah den schweigsamen Tieren zu, welche träg und wohlig im lauen grünen Wasser schwammen und still aus klugen kleinen Augen blickten. Jenseits im Wirtschaftshofe kauerte in seinem Winkel der unbeschäftigte Stalljunge und sang; sein eintöniges näselndes Lied klang wie Wellenspiel herüber und zerfloß in der warmen Luft, und unversehens überfiel nach der schlaflosen erregten Nacht den Liegenden die Müdigkeit, er schloß die Augen, ließ die Arme sinken und schlief ein.

Als ein Mückenstich ihn weckte, sah er mit Beschämung, daß er fast den ganzen Vormittag verschlafen hatte. Aber er fühlte sich nun frisch und ging ungesäumt daran, seine Gedanken und Wünsche zu ordnen und die Wirrnis seines Lebens sachte auseinander zu falten. Da wurde ihm unzweifelhaft klar, was unbewußt seit langem ihn gelähmt und seine Träume beängstigt hatte, daß nämlich seine Reise nach Indien zwar durchaus gut und klug gewesen war, daß aber zum Missionar ihm der richtige innere Beruf und Antrieb fehle. Er war bescheiden genug, darin eine Niederlage und einen betrübenden Mangel zu sehen; aber zur Verzweiflung war kein Grund vorhanden. Vielmehr schien ihm jetzt, da er entschlossen war, sich eine angemessenere Arbeit zu suchen, das reiche Indien erst recht eine gute Zuflucht und Heimat zu sein. Mochte es traurig sein, daß alle diese Eingeborenen sich falschen Göttern verschrieben hatten – sein Beruf war es nicht, das zu ändern. Sein Beruf war, dieses Land für sich zu erobern und für sich und andere das Beste daraus zu holen, indem er sein Auge, seine Kenntnis, seine zur Tat gewillte Jugend darbrachte und überall bereitstand, wo eine Arbeit für ihn sich böte.

Noch am Abend desselben Tages wurde er, nach einer kurzen Besprechung, von einem in Bombay wohnhaften Herrn Sturrock als Sekretär und Aufseher für eine benachbarte Kaffeepflanzung angestellt. Einen Brief an seine bisherigen Brotgeber, worin Aghion sein Tun erklärte und sich zum spätern Ersatz des Empfangenen verpflichtete, versprach Sturrock nach London zu besorgen. Als der neue Aufseher in seine Wohnung zurückkehrte, fand er Bradley in Hemdärmeln allein beim Abendessen sitzen. Er teilte ihm, noch ehe er neben ihm Platz nahm, das Geschehene mit.

Bradley nickte mit vollem Munde, goß etwas Whisky in sein Trinkwasser und sagte fast freundlich: »Sitzen Sie, und bedienen Sie sich, der Fisch ist schon kalt. Nun sind wir ja eine Art von Kollegen. Na, ich wünsche Ihnen Gutes. Kaffee bauen ist leichter als Hindus bekehren, das ist gewiß, und möglicherweise ist es ebenso wertvoll. Ich hätte Ihnen nicht so viel Vernunft zugetraut, Aghion!«

Die Pflanzung, die er beziehen sollte, lag zwei Tagereisen weit landeinwärts, und übermorgen sollte Aghion in Begleitung einer Kulitruppe dorthin aufbrechen; so blieb ihm zum Besorgen seiner Angelegenheiten nur ein einziger Tag. Zu Bradleys Verwunderung erbat er sich für morgen ein Reitpferd, doch enthielt sich jener aller Fragen, und die beiden Männer saßen, nachdem sie die von tausend Insekten umflügelte Lampe hatten wegtragen lassen, in dem lauen, schwarzen indischen Abend einander gegenüber und fühlten sich einander näher als in all diesen vielen Monaten eines gezwungenen Zusammenlebens.

»Sagen Sie«, fing Aghion nach einem langen Schweigen an, »Sie haben sicher von Anfang an nicht an meine Missionspläne geglaubt?«

»O doch«, gab Bradley ruhig zurück. »Daß es Ihnen damit Ernst war, konnte ich ja sehen.«

»Aber Sie konnten gewiß auch sehen, wie wenig ich zu dem paßte, was ich hier tun und vorstellen sollte! Warum haben Sie mir das nie gesagt?«

»Ich war von niemand dazu angestellt. Ich liebe es nicht, wenn mir jemand in meine Sachen hineinredet; so tue ich das auch bei anderen nicht. Außerdem habe ich hier in Indien schon die verrücktesten Dinge unternehmen und gelingen sehen. Das Bekehren war Ihr Beruf, nicht meiner. Und jetzt haben Sie ganz von selber einige Ihrer Irrtümer eingesehen! So wird es Ihnen auch noch mit anderen gehen...«

»Mit welchen zum Beispiel?«

»Zum Beispiel in dem, was Sie heut morgen mir an den Kopf geworfen haben.«

»Oh, wegen des Mädchens!«

»Gewiß. Sie sind ein Geistlicher gewesen; trotzdem werden Sie zugeben, daß ein gesunder Mann nicht jahrelang leben und arbeiten und gesund bleiben kann, ohne gelegentlich eine Frau bei sich zu haben. Mein Gott, darum brauchen Sie doch nicht rot zu werden! Nun sehen Sie: als Weißer in Indien, der sich nicht gleich eine Frau mit aus England herübergebracht hat, hat man wenig Auswahl. Es gibt keine englischen Mädchen hier. Die hier geboren werden, die schickt man schon als Kinder nach Europa heim. Es bleibt nur die Wahl zwischen den Matrosendirnen und den Hindufrauen, und die sind mir lieber. Was finden Sie daran schlimm?«

»Oh, hier verstehen wir uns nicht, Herr Bradley! Ich finde, wie es die Bibel und unsere Kirche vorschreibt, jede uneheliche Verbindung schlimm und unrecht!«

»Wenn man aber nichts anderes haben kann?«

»Warum sollte man nicht können? Wenn ein Mann ein Mädchen wirklich lieb hat, so soll er es heiraten.«

»Aber doch nicht ein Hindumädchen?«

»Warum nicht?«

»Aghion, Sie sind weitherziger als ich! Ich will mir lieber einen Finger abbeißen als eine Farbige heiraten, verstehen Sie? Und so werden Sie später auch einmal denken!«

»O bitte, das hoffe ich nicht. Da wir so weit sind, kann ich es Ihnen ja sagen: ich liebe ein Hindumädchen, und es ist meine Absicht, sie zu meiner Frau zu machen.«

Bradleys Gesicht wurde ernsthaft. »Tun Sie das nicht!« sagte er fast bittend.

»Doch, ich werde es tun«, fuhr Aghion begeistert fort. »Ich werde mich mit dem Mädchen verloben und sie dann so lange erziehen und unterrichten, bis sie die christliche Taufe erhalten kann; dann lassen wir uns in der englischen Kirche trauen.«

»Wie heißt sie denn?« fragte Bradley nachdenklich.

»Naissa.«

»Und ihr Vater?«

»Das weiß ich nicht.«

»Na, bis zur Taufe hat es ja noch Zeit; überlegen Sie sich das lieber noch einmal! Natürlich kann sich unsereiner in ein indisches Mädel verlieben, sie sind oft hübsch genug. Sie sollen auch treu sein und zahme Frauen abgeben. Aber ich kann sie doch immer nur wie eine Art Tierchen ansehen, wie lustige Ziegen oder schöne Rehe, nicht wie meinesgleichen.«

»Ist das nicht ein Vorurteil? Alle Menschen sind Brüder, und die Inder sind ein altes edles Volk.«

»Ja, das müssen Sie besser wissen, Aghion. Was mich betrifft, ich habe sehr viel Achtung vor Vorurteilen.«

Er stand auf, sagte gute Nacht und ging in sein Schlafzimmer, in dem er gestern die hübsche große Wäscheträgerin bei sich gehabt hatte. »Wie eine Art Tierchen«, hatte er gesagt, und Aghion lehnte sich nachträglich in Gedanken dagegen auf.

Früh am andern Tage, noch ehe Bradley zum Frühstück gekommen war, ließ Aghion das Reitpferd vorführen und ritt davon, während noch in den Baumwipfeln die Affen ihr Morgengeschrei verübten. Und noch stand die Sonne nicht hoch, als er schon in der Nähe jener Hütte, wo er die hübsche Naissa kennengelernt hatte, sein Tier anband und zu Fuß sich der Behausung näherte. Auf der Türschwelle saß nackt der kleine Sohn und spielte mit einer jungen Ziege, von der er sich lachend immer wieder vor die Brust stoßen ließ.

Eben als der Besucher vom Wege abbiegen wollte, um in die Hütte zu treten, stieg über den kauernden Jungen hinweg vom Innern der Hütte her ein junges Mädchen, das er sofort als Naissa erkannte. Sie trat auf die Gasse, einen hohen irdenen Wasserkrug leer in der losen Rechten tragend, und ging, ohne ihn zu beachten, vor Aghion her, der ihr mit Entzücken folgte. Bald hatte er sie eingeholt und rief ihr einen Gruß zu. Sie hob den Kopf, indem sie das Grußwort leise erwiderte, und sah aus den schönen braungoldenen Augen kühl auf den Mann, als kenne sie ihn nicht, und als er ihre Hand ergriff, zog sie sie erschrocken zurück und lief mit beschleunigten Schritten weiter. Er begleitete sie bis zu dem gemauerten Wasserbehälter, wo das Wasser einer schwachen Quelle dünn und sparsam über moosig-alte Steine rann; er wollte ihr helfen, den Krug zu füllen und emporzuziehen, aber sie wehrte ihn schweigend ab und machte ein trotziges Gesicht. Er war über so viel Sprödigkeit erstaunt und enttäuscht, und jetzt suchte er aus seiner Tasche das Geschenk hervor, das er für sie mitgebracht hatte, und es tat ihm nun doch ein wenig weh, zu sehen, wie sie alsbald die Abwehr vergaß und nach dem Dinge griff, das er ihr anbot. Es war eine emaillierte kleine Dose mit hübschen Blumenbildchen darauf, und die innere Seite des runden Deckels bestand aus einem kleinen Spiegel. Er zeigte ihr, wie man ihn öffne, und gab ihr das Ding in die Hand.

»Für mich?« fragte sie mit Kinderaugen.

»Für dich!« sagte er, und während sie mit der Dose spielte, streichelte er ihren sammetweichen Arm und ihr langes schwarzes Haar.

Da sie ihm nun Dank sagte und mit unentschlossener Gebärde den vollen Wasserkrug ergriff, versuchte er, ihr etwas Liebes und Zärtliches zu sagen, was sie jedoch offenbar nur halb verstand, und indem er sich auf Worte besann und unbeholfen neben ihr stand, schien ihm plötzlich die Kluft zwischen ihm und ihr ungeheuer, und er dachte mit Trauer, wie wenig doch vorhanden sei, das ihn mit ihr verbinde, und wie lange, lange es dauern mochte, bis sie einmal seine Braut und seine Freundin sein, seine Sprache verstehen, sein Wesen begreifen, seine Gedanken teilen könnte.

Mittlerweile hatte sie langsam den Rückweg angetreten, und er ging neben ihr her, der Hütte entgegen. Der Knabe war mit der Ziege in einem atemlosen Jagdspiel begriffen; sein schwarzbrauner Rücken glänzte metallisch in der Sonne, und sein geblähter Reisbauch ließ die Beine zu dünn erscheinen. Mit einem Anflug von Befremdung dachte der Engländer daran, daß, wenn er Naissa heirate, dieses Naturkind sein Schwager sein würde. Um sich diesen Vorstellungen zu entziehen, sah er das Mädchen wieder an. Er betrachtete ihr entzückend feines, großäugiges Gesicht mit dem kühlen kindlichen Munde und mußte denken, ob es ihm wohl glücken werde, heute noch von diesen Lippen den ersten Kuß zu erhalten.

Aus diesem lieblichen Gedanken schreckte ihn eine Erscheinung, die plötzlich aus der Hütte trat und wie ein Spuk vor seinen ungläubigen Augen stand. Es erschien im Türrahmen, schritt über die Schwelle und stand vor ihm eine zweite Naissa, ein Spiegelbild der ersten, und das Spiegelbild lächelte ihm zu und grüßte ihn, griff in ihr Hüftentuch und zog etwas hervor, das sie triumphierend über ihrem Haupte schwang, das blank in der Sonne glitzerte und das er nach einer Weile denn auch erkannte. Es war die kleine Schere, die er kürzlich Naissa geschenkt hatte, und das Mädchen, dem er heute die Spiegeldose gegeben, in dessen schöne Augen er geblickt und dessen Arm er gestreichelt hatte, war gar nicht Naissa, sondern deren Schwester, und wie die beiden Mädchen nebeneinander standen, noch immer kaum voneinander zu unterscheiden, da kam sich der verliebte Aghion unsäglich betrogen und irregegangen vor. Zwei Rehe konnten einander nicht ähnlicher sein, und wenn man ihm in diesem Augenblick freigestellt hätte, eine von ihnen zu wählen und mit sich zu nehmen und für immer zu behalten, er hätte nicht gewußt, welche von beiden es war, die er liebte. Wohl konnte er allmählich erkennen, daß die wirkliche Naissa die ältere und ein wenig kleinere sei; aber seine Liebe, deren er vor Augenblicken noch so sicher zu sein gemeint hatte, war ebenso auseinandergebrochen und zu zwei Hälften zerfallen wie das Mädchenbild, das sich vor seinen Augen so unerwartet und unheimlich verdoppelt hatte.

Bradley erfuhr nichts von dieser Begebenheit, er stellte auch keine Fragen, als zu Mittag Aghion heimkehrte und schweigsam beim Essen saß. Und am nächsten Morgen, als Aghions Kuli anrückten und seine Kisten und Säcke aufpackten und wegtrugen und als der Abreisende dem Dableibenden noch einmal Dank sagte und die Hand hinbot, da faßte Bradley die Hand kräftig und sagte: »Gute Reise, mein Junge! Es wird später eine Zeit kommen, wo Sie vor Sehnsucht vergehen werden, statt der süßen Hinduschnauzen wieder einmal einen ehrlichen ledernen Engländerkopf zu sehen! Dann kommen Sie zu mir, und dann werden wir über alles Mögliche einig sein, worüber wir heute noch verschieden denken!«

(1911)

Der Zyklon

Es war in der Mitte der neunziger Jahre, und ich tat damals Volontärdienst in einer kleinen Fabrik meiner Vaterstadt, die ich noch im selben Jahre für immer verließ. Ich war etwa achtzehn Jahre alt und wußte nichts davon, wie schön meine Jugend sei, obwohl ich sie täglich genoß und um mich her fühlte wie der Vogel die Luft. Ältere Leute, die sich der Jahrgänge im einzelnen nimmer besinnen mögen, brauchte ich nur daran zu erinnern, daß in dem Jahre, von dem ich erzähle, unsere Gegend von einem Zyklon oder Wettersturm heimgesucht wurde, dessengleichen in unserm Lande weder vorher noch später gesehen worden ist. In jenem Jahre ist es gewesen. Ich hatte mir vor zwei oder drei Tagen einen Stahlmeißel in die linke Hand gehauen. Sie hatte ein Loch und war geschwollen, ich mußte sie verbunden tragen und durfte nicht in die Werkstatt gehen.

Es ist mir erinnerlich, daß jenen ganzen Spätsommer hindurch unser enges Tal in einer unerhörten Schwüle lag und daß zuweilen tagelang ein Gewitter dem andern folgte. Es war eine heiße Unruhe in der Natur, von welcher ich freilich nur dumpf und unbewußt berührt wurde und deren ich mich doch noch in Kleinigkeiten entsinne. Abends zum Beispiel, wenn ich zum Angeln ging, fand ich von der wetterschwülen Luft die Fische seltsam aufgeregt, sie drängten unordentlich durcheinander, schlugen häufig aus dem lauen Wasser empor und gingen blindlings an die Angel. Nun war es endlich ein wenig kühler und stiller geworden, die Gewitter kamen seltener, und in der Morgenfrühe roch es schon ein wenig herbstlich.

Eines Morgens verließ ich unser Haus und ging meinem Vergnügen nach, ein Buch und ein Stück Brot in der Tasche. Wie ich es in der Bubenzeit gewohnt gewesen war, lief ich zuerst hinters Haus in den Garten, der noch im Schatten lag. Die Tannen, die mein Vater gepflanzt und die ich selber noch ganz jung und stangendünn gekannt hatte, standen hoch und stämmig, unter ihnen lagen hellbraune Nadelhaufen, und es wollte dort seit Jahren nichts mehr wachsen als Immergrün. Daneben aber in einer langen, schmalen Rabatte standen die Blumenstauden meiner Mutter, die leuchteten reich und fröhlich, und es wurden von ihnen auf jeden Sonntag große Sträuße gepflückt. Da war ein Gewächs mit zinnoberroten Bündeln kleiner Blüten, das hieß brennende Liebe, und eine zarte Staude trug an dünnen Stengeln hängend viele herzförmige rote und weiße Blumen, die nannte man Frauenherzen, und ein anderer Strauch hieß die stinkende Hoffart. Nahebei standen hochstielige Astern, welche aber noch nicht zur Blüte gekommen waren, und dazwischen kroch am Boden mit weichen Stacheln die fette Hauswurz und der drollige Portulak, und dieses lange schmale Beet war unser Liebling und unser Traumgarten, weil da so vielerlei seltsame Blumen beieinander standen, welche uns merkwürdiger und lieber waren als alle Rosen in den beiden runden Beeten. Wenn hier die Sonne schien und auf der Efeumauer glänzte, dann hatte jede Staude ihre ganz eigene Art und Schönheit, die Gladiolen prahlten fett mit grellen Farben, der Heliotrop stand grau und wie verzaubert in seinen schmerzlichen Duft versunken, der Fuchsschwanz hing ergeben welkend herab, die Akelei aber stellte sich auf die Zehen und läutete mit ihren vierfältigen Sommerglocken. An den Goldruten und im blauen Phlox schwärmten laut die Bienen, und über dem dicken Efeu rannten kleine braune Spinnen heftig hin und wider; über den Levkoien zitterten in der Luft jene raschen, launisch schwirrenden Schmetterlinge mit dicken Leibern und gläsernen Flügeln, die man Schwärmer oder Taubenschwänze heißt.

In meinem Feiertagsbehagen ging ich von einer Blume zur andern, roch da und dort an einer duftenden Dolde oder tat mit vorsichtigem Finger einen Blütenkelch auf, um hineinzuschauen und die geheimnisvollen bleichfarbenen Abgründe und die stille Ordnung von Adern und Stempeln, von weichhaarigen Fäden und kristallenen Rinnen zu betrachten. Dazwischen studierte ich den wolkigen Morgenhimmel, wo ein sonderbar verwirrtes Durcheinander von streifigen Dunstfäden und wollig flockigen Wölkchen herrschte. Mir schien, es werde gewiß heute wieder einmal ein Gewitter geben, und ich nahm mir vor, am Nachmittag ein paar Stunden zu angeln. Eifrig wälzte ich, in der Hoffnung, Regenwürmer zu finden, ein paar Tuffsteine aus der Wegeinfassung beiseite, aber es krochen nur Scharen von grauen, trockenen Mauerasseln hervor und flüchteten verstört nach allen Seiten.

Ich besann mich, was nun zu unternehmen sei, und es wollte mir nicht sogleich etwas einfallen. Vor einem Jahre, als ich zum letztenmal Ferien gehabt hatte, da war ich noch ganz ein Knabe gewesen. Was ich damals am liebsten getrieben hatte, mit Haselnußbogen ins Ziel schießen, Drachen steigen lassen und die Mauslöcher auf den Feldern mit Schießpulver sprengen, das hatte alles den damaligen Reiz und Schimmer nicht mehr, als sei ein Teil meiner Seele müde geworden und antworte nimmer auf die Stimmen, die ihr einst lieb waren und Freude brachten.

Verwundert und in einer stillen Beklemmung blickte ich in dem wohlbekannten Bezirk meiner Knabenfreuden umher. Der kleine Garten, die blumengeschmückte Altane und der feuchte sonnenlose Hof mit seinem moosgrünen Pflaster sahen mich an und hatten ein anderes Gesicht als früher, und sogar die Blumen hatten etwas von ihrem unerschöpflichen Zauber eingebüßt. Schlicht und langweilig stand in der Gartenecke das alte Wasserfaß mit der Leitungsröhre; da hatte ich früher zu meines Vaters Pein halbe Tage lang das Wasser laufen lassen und hölzerne Mühlräder eingespannt, ich hatte auf dem Wege Dämme gebaut und Kanäle und mächtige Überschwemmungen veranstaltet. Das verwitterte Wasserfaß war mir ein treuer Liebling und Zeitvertreiber gewesen, und indem ich es ansah, zuckte sogar ein Nachhall jener Kinderwonne in mir auf, allein sie schmeckte traurig, und das Faß war kein Quell, kein Strom und kein Niagara mehr.

Nachdenklich kletterte ich über den Zaun, eine blaue Windenblüte streifte mir das Gesicht, ich riß sie ab und steckte sie in den Mund. Ich war nun entschlossen, einen Spaziergang zu machen und vom Berg herunter auf unsere Stadt zu sehen. Spazierengehen war auch so ein halbfrohes Unternehmen, das mir in früheren Zeiten niemals in den Sinn gekommen wäre. Ein Knabe geht nicht spazieren. Er geht in den Wald als Räuber, als Ritter oder Indianer, er geht an den Fluß als Flößer und Fischer oder Mühlenbauer, er läuft in die Wiesen zur Schmetterlings- und Eidechsenjagd. Und so erschien mir mein Spaziergang als das würdige und etwas langweilige Tun eines Erwachsenen, der nicht recht weiß, was er mit sich anzufangen hat.

Meine blaue Winde war bald welk und weggeworfen, und ich nagte jetzt an einem Buchsbaumzweig, den ich mir abgerissen hatte, er schmeckte bitter und gewürzig. Beim Bahndamm, wo der hohe Ginster stand, lief mir eine grüne Eidechse vor den Füßen weg, da wachte doch das Knabentum wieder in mir auf, und ich ruhte nicht und lief und schlich und lauerte, bis ich das ängstliche Tier sonnenwarm in meinen Händen hielt. Ich sah ihm in die blanken kleinen Edelsteinaugen und fühlte mit einem Nachhall ehemaliger Jagdseligkeit den geschmeidigen kräftigen Leib und die harten Beine zwischen meinen Fingern sich wehren und stemmen. Dann aber war die Lust erschöpft, und ich wußte nimmer, was ich mit dem gefangenen Tier beginnen sollte. Es war nichts damit, es war kein Glück mehr dabei. Ich bückte mich nieder und öffnete meine Hand, die Eidechse hielt verwundert einen Augenblick mit heftig atmenden Flanken still und verschwand eifrig im Grase. Ein Zug fuhr auf den glänzenden Eisenschienen daher und an mir vorbei, ich sah ihm nach und fühlte einen Augenblick ganz klar, daß mir hier keine wahre Lust mehr blühen könne, und wünschte inbrünstig, mit diesem Zuge fort und in die Welt zu fahren.

Ich hielt Umschau, ob nicht der Bahnwärter in der Nähe sei, und da nichts zu sehen noch zu hören war, sprang ich schnell über die Geleise und kletterte jenseits an den hohen roten Sandsteinfelsen empor, in welchen da und dort noch die geschwärzten Sprenglöcher vom Bahnbau her zu sehen waren. Der Durchschlupf nach oben war mir bekannt, ich hielt mich an den zähen, schon verblühten Ginsterbesen fest. In dem roten Gestein atmete eine trockene Sonnenwärme, der heiße Sand rieselte mir beim Klettern in die Ärmel, und wenn ich über mich sah, stand über der senkrechten Steinwand erstaunlich nah und fest der warme leuchtende Himmel. Und plötzlich war ich oben, ich konnte mich an dem Steinrande aufstemmen, die Knie nachziehen, mich an einem dünnen, dornigen Akazienstämmchen festhalten und war nun auf einem verlorenen, steil ansteigenden Graslande.

Diese stille kleine Wildnis, unter welcher in steiler Verkürzung die Eisenbahnzüge wegfahren, war mir früher ein lieber Aufenthalt gewesen. Außer dem zähen, verwilderten Grase, das nicht gemäht werden konnte, wuchsen hier kleine, feindornige Rosensträucher und ein paar vom Winde ausgesäte, kümmerliche Akazienbäumchen, durch deren dünne, transparente Blätter die Sonne schien. Auf dieser Grasinsel, die auch von oben her durch ein rotes Felsenband abgeschnitten war, hatte ich einst als Robinson gehaust, der einsame Landstrich gehörte niemandem, als wer den Mut und die Abenteuerlaune hatte, ihn durch senkrechtes Klettern zu erobern. Hier hatte ich als Zwölfjähriger mit dem Meißel meinen Namen in den Stein gehauen, hier hatte ich einst die Rosa von Tannenburg gelesen und ein kindliches Drama gedichtet, das vom tapferen Häuptling eines untergehenden

Indianerstammes handelte.

Das sonnverbrannte Gras hing in bleichen, weißlichen Strähnen an der steilen Halde, das durchglühte Ginsterlaub roch stark und bitter in der windstillen Wärme. Ich streckte mich in die trockene Dürre, sah die feinen Akazienblätter in ihrer peinlich zierlichen Anordnung grell durchsonnt in dem satten blauen Himmel ruhen und dachte nach. Es schien mir die rechte Stunde zu sein, um mein Leben und meine Zukunft vor mir auszubreiten.

Doch vermochte ich nichts Neues zu entdecken. Ich sah nur die merkwürdige Verarmung, die mich von allen Seiten bedrohte, das unheimliche Erblassen und Hinwelken erprobter Freuden und liebgewordener Gedanken. Für das, was ich widerwillig hatte hingeben müssen, für die ganze verlorene Knabenseligkeit war mein Beruf mir kein Ersatz, ich liebte ihn wenig und bin ihm auch nicht lange treu geblieben. Er war für mich nichts als ein Weg in die Welt hinaus, wo ohne Zweifel irgendwo neue Befriedigungen zu finden wären. Welcher Art konnten diese sein?

Man konnte die Welt sehen und Geld verdienen, man brauchte Vater und Mutter nimmer zu fragen, ehe man etwas tat und unternahm, man konnte sonntags Kegel schieben und Bier trinken. Dieses alles aber, sah ich wohl, waren nur Nebensachen und keineswegs der Sinn des neuen Lebens, das mich erwartete. Der eigentliche Sinn lag anderswo, tiefer, schöner, geheimnisvoller, und er hing, so fühlte ich, mit den Mädchen und mit der Liebe zusammen. Da mußte eine tiefe Lust und Befriedigung verborgen sein, sonst wäre das Opfer der Knabenfreuden ohne Sinn gewesen.

Von der Liebe wußte ich wohl, ich hatte manches Liebespaar gesehen und wunderbar berauschende Liebesdichtungen gelesen. Ich hatte mich auch selber schon mehrere Male verliebt und in Träumen etwas von der Süßigkeit empfunden, um die ein Mann sein Leben einsetzt und die der Sinn seines Tuns und Strebens ist. Ich hatte Schulkameraden, die schon jetzt mit Mädchen gingen, und ich hatte in der Werkstatt Kollegen, die von den sonntäglichen Tanzböden und von nächtlich erstiegenen Kammerfenstern ohne Scheu zu erzählen wußten. Mir selbst indessen war die Liebe noch ein verschlossener Garten, vor dessen Pforte ich in schüchterner Sehnsucht wartete.

Erst in der letzten Woche, kurz vor meinem Unfall mit dem Meißel, war der erste klare Ruf an mich ergangen, und seitdem war ich in diesem unruhig nachdenklichen Zustande eines Abschiednehmenden, seitdem war mein bisheriges Leben mir zur Vergangenheit und war der Sinn der Zukunft mir deutlich geworden. Unser zweiter Lehrbube hatte mich eines Abends beiseite genommen und mir auf dem Heimwege berichtet, er wisse mir eine schöne Liebste, sie habe noch keinen Schatz gehabt und wolle keinen andern als mich, und sie habe einen seidenen Geldbeutel gestrickt, den wolle sie mir schenken. Ihren Namen wollte er nicht sagen, ich werde ihn schon selber erraten können. Als ich dann drängte und fragte und schließlich geringschätzig tat, blieb er stehen – wir waren eben auf dem Mühlensteg überm Wasser – und sagte leise: »Sie geht gerade hinter uns.« Verlegen drehte ich mich um, halb hoffend und halb fürchtend, es sei doch alles nur ein dummer Scherz. Da kam hinter uns die Brückenstufen herauf ein junges Mädchen aus der Baumwollspinnerei gegangen, die Berta Vögtlin, die ich vom Konfirmandenunterricht her noch kannte. Sie blieb stehen, sah mich an und lächelte und wurde langsam rot, bis ihr ganzes Gesicht in Flammen stand. Ich lief schnell weiter und nach Hause.

Seither hatte sie mich zweimal aufgesucht, einmal in der Spinnerei, wo wir Arbeit hatten, und einmal abends beim Heimgehen, doch hatte sie nur grüß Gott gesagt und dann: »Auch schon Feierabend?« Das bedeutet, daß man ein Gespräch anzuknüpfen willens ist; ich hatte aber nur genickt und ja gesagt und war verlegen fortgegangen.

An dieser Geschichte hingen nun meine Gedanken fest und fanden sich nicht zurecht. Ein hübsches Mädchen liebzuhaben, davon hatte ich schon oft mit tiefem Verlangen geträumt. Da war nun eine, hübsch und blond und etwas größer als ich, die wollte von mir geküßt sein und in meinen Armen ruhen. Sie war groß und kräftig gewachsen, sie war weiß und rot und hübsch von Gesicht, an ihrem Nacken spielte schattiges Haargekräusel, und ihr Blick war voll Erwartung und Liebe. Aber ich hatte nie an sie gedacht, ich war nie in sie verliebt gewesen, ich war ihr nie in zärtlichen Träumen nachgegangen und hatte nie mit Zittern ihren Namen in mein Kissen geflüstert. Ich durfte sie, wenn ich wollte, liebkosen und zu eigen haben, aber ich konnte sie nicht verehren und nicht vor ihr knien und anbeten. Was sollte daraus werden? Was sollte ich tun?

Unmutig stand ich von meinem Graslager auf. Ach, es war eine üble Zeit. Wollte Gott, mein Fabrikjahr wäre schon morgen um und ich könnte wegreisen, weit von hier, und neu anfangen und das alles vergessen.

Um nur etwas zu tun und mich leben zu fühlen, beschloß ich, vollends auf den Berg zu steigen, so mühsam es von hier aus war. Da droben war man hoch über dem Städtchen und konnte in die Ferne sehen. Im Sturm lief ich die Halde hinan bis zum oberen Felsen, klemmte mich zwischen den Steinen empor und zwängte mich auf das hohe Gelände, wo der unwirtliche Berg in Gesträuch und lockeren Felstrümmern verlief. In Schweiß und Atemklemme kam ich hinan und atmete befreiter im schwachen Luftzug der sonnigen Höhe. Verblühende Rosen hingen locker an den Ranken und ließen müde blasse Blätter sinken, wenn ich vorüberstreifte. Grüne kleine Brombeeren wuchsen überall und hatten nur an der Sonnenseite den ersten schwachen Schimmer von metallischem Braun. Distelfalter flogen ruhig in der stillen Wärme einher und zogen Farbenblitze durch die Luft, auf einer bläulich überhauchten Schafgarbendolde saßen zahllose rot und schwarz gefleckte Käfer, eine sonderbare lautlose Versammlung, und bewegten automatenhaft ihre langen, hageren Beine. Vom Himmel waren längst alle Wolken verschwunden, er stand in reinem Blau, von den schwarzen Tannenspitzen der nahen Waldberge scharf durchschnitten.

Auf dem obersten Felsen, wo wir als Schulknaben stets unsere Herbstfeuer angezündet hatten, hielt ich an und wendete mich um. Da sah ich tief im halbschattigen Tal den Fluß aufglänzen und die weißschaumigen Mühlenwehre blitzen, und eng in die Tiefe gebettet unsere alte Stadt mit braunen Dächern, über denen still und steil der blaue mittägliche Herdrauch in die Lüfte stieg. Da stand meines Vaters Haus und die alte Brücke, da stand unsere Werkstatt, in der ich klein und rot das Schmiedefeuer glimmen sah, und weiter flußab die Spinnerei, auf deren flachem Dache Gras wuchs und hinter deren blanken Scheiben mit vielen andern auch die Berta Vögtlin ihrer Arbeit nachging. Ach die! Ich wollte nichts von ihr wissen.

Die Vaterstadt sah wohlbekannt in der alten Vertrautheit zu mir herauf mit allen Gärten, Spielplätzen und Winkeln, die goldenen Zahlen der Kirchenuhr glänzten listig in der Sonne auf, und im schattigen Mühlkanal standen Häuser und Bäume klar in kühler Schwärze gespiegelt. Nur ich selber war anders geworden, und nur an mir lag es, daß zwischen mir und diesem Bilde ein gespenstischer Schleier der Entfremdung hing. In diesem kleinen Bezirk von Mauern, Fluß und Wald lag mein Leben nicht mehr sicher und zufrieden eingeschlossen, es hing wohl noch mit starken Fäden an diese Stätten geknüpft, war aber nicht mehr eingewachsen und umfriedet, sondern schlug überall mit Wogen der Sehnsucht über die engen Grenzen ins Weite. Indem ich mit einer eigentümlichen Trauer hinuntersah, stiegen alle meine geheimen Lebenshoffnungen feierlich in meinem Gemüte auf, Worte meines Vaters und Worte der verehrten Dichter zusammen mit meinen eigenen heimlichen Gelübden, und es schien mir eine ernsthafte, doch köstliche Sache, ein Mann zu werden und mein eigenes Schicksal bewußt in Händen zu halten. Und alsbald fiel dieser Gedanke wie ein Licht in die Zweifel, die mich wegen der Angelegenheit mit Berta Vögtlin bedrängten. Mochte sie hübsch sein und mich gern haben; es war nicht meine Sache, das Glück so fertig und unerworben mir von Mädchenhänden schenken zu lassen.

Es war nicht mehr lange bis Mittag. Die Lust am Klettern war mir verflogen, nachdenklich stieg ich den Fußweg nach der Stadt hinab, unter der kleinen Eisenbahnbrücke durch, wo ich in früheren Jahren jeden Sommer in den dichten Brennesseln die dunkeln pelzigen Raupen der Pfauenaugen erbeutet hatte, und an der Friedhofmauer vorbei, vor deren Pforte ein moosiger Nußbaum dichten Schatten streute. Das Tor stand offen, und ich hörte von drinnen den Brunnen plätschern. Gleich nebenan lag der Spiel- und Festplatz der Stadt, wo beim Maienfest und am Sedanstag gegessen und getrunken, geredet und getanzt wurde. Jetzt lag er still und vergessen im Schatten der uralten, mächtigen Kastanien, mit grellen Sonnenflecken auf dem rötlichen Sande.

Hier unten im Tal, auf der sonnigen Straße den Fluß entlang, brannte eine erbarmungslose Mittagshitze, hier standen, auf der Flußseite den grell bestrahlten Häusern gegenüber, die spärlichen Eschen und Ahorne dünnlaubig und schon spätsommerlich angegilbt. Wie es meine Gewohnheit war, ging ich auf der Wasserseite und schaute nach den Fischen aus. Im glashellen Flusse wedelte mit langen, wallenden Bewegungen das dichte bärtige Seegras, dazwischen in dunkeln, mir genau bekannten Lücken stand da und dort vereinzelt ein dicker Fisch träge und regungslos, die Schnauze gegen die Strömung gerichtet, und obenhin jagten zuweilen in kleinen dunkeln Schwärmen die jungen Weißfische hin. Ich sah, daß es gut gewesen war, diesen Morgen nicht zum Angeln zu gehen, aber die Luft und das Wasser und die Art, wie zwischen zwei großen runden Steinen eine dunkle alte Barbe ausruhend im klaren Wasser stand, sagte mir verheißungsvoll, es werde heut am Nachmittag wahrscheinlich etwas zu fangen sein. Ich merkte es mir und ging weiter und atmete tief auf, als ich von der blendenden Straße durch die Einfahrt in den kellerkühlen Flur unseres Hauses trat.

»Ich glaube, wir werden heute wieder ein Gewitter haben«, sagte bei Tische mein Vater, der ein zartes Wettergefühl besaß. Ich wandte ein, daß kein Wölkchen am Himmel und kein Hauch von Westwind zu spüren sei, aber er lächelte und sagte: »Fühlst du nicht, wie die Luft gespannt ist? Wir werden sehen.«

Es war allerdings schwül genug, und der Abwasserkanal roch heftig wie bei Föhnbeginn. Ich spürte von dem Klettern und von der eingeatmeten Hitze nachträglich eine Müdigkeit und setzte mich gegen den Garten auf die Veranda. Mit schwacher Aufmerksamkeit und oft von leichtem Schlummer unterbrochen las ich in der Geschichte des Generals Gordon, des Helden von Chartum, und immer mehr schien es nun auch mir, es müsse bald ein Gewitter kommen. Der Himmel stand nach wie vor im reinsten Blau, aber die Luft wurde immer bedrückender, als lägen durchglühte Wolkenschichten vor der Sonne, die doch klar in der Höhe stand. Um zwei Uhr ging ich in das Haus zurück und begann mein Angelzeug zu rüsten. Während ich meine Schnüre und Haken untersuchte, fühlte ich die innige Erregung der Jagd voraus und empfand mit Dankbarkeit, daß doch dieses eine, tiefe, leidenschaftliche Vergnügen mir geblieben sei.

Die sonderbar schwüle, gepreßte Stille jenes Nachmittags ist mir unvergeßlich geblieben. Ich trug meinen Fischeimer flußabwärts bis zum unteren Steg, der schon zur Hälfte im Schatten der hohen Häuser lag. Von der nahen Spinnerei hörte man das gleichmäßige, einschläfernde Surren der Maschinen, einem Bienenfluge ähnlich, und von der Obermühle her schnarrte jede Minute das böse, schartige Kreischen der Kreissäge. Sonst war es ganz still, die Handwerker hatten sich in den Schatten der Werkstätten zurückgezogen, und kein Mensch zeigte sich auf der Gasse. Auf der Mühlinsel watete ein kleiner Bub nackt zwischen den nassen Steinen umher. Vor der Werkstatt des Wagnermeisters lehnten rohe Holzdielen an der Wand und dufteten in der Sonne überstark, der trockene Geruch kam bis zu mir herüber und war durch den satten, etwas fischigen Wasserduft hindurch deutlich zu spüren.

Die Fische hatten das ungewöhnliche Wetter auch bemerkt und verhielten sich launisch. Ein paar Rotaugen gingen in der ersten Viertelstunde an die Angel, ein schwerer breiter Kerl mit schönen roten Bauchflossen riß mir die Schnur ab, als ich ihn schon beinahe in Händen hatte. Gleich darauf kam eine Unruhe in die Tiere, die Rotaugen gingen tief in den Schlamm und sahen keinen Köder mehr an, oben aber wurden Schwärme von jungem, jährigem Fischzeug sichtbar und zogen in immer neuen Scharen wie auf einer Flucht flußaufwärts. Alles deutete darauf, daß anderes Wetter im Anzug sei, aber die Luft stand still wie Glas, und der Himmel war ohne Trübung.

Mir schien, es müsse irgendein schlechtes Abwasser die Fische vertrieben haben, und da ich noch nicht nachzugeben gesonnen war, besann ich mich auf einen neuen Standort und suchte den Kanal der Spinnerei auf. Kaum hatte ich dort einen Platz bei dem Schuppen gefunden und meine Sachen ausgepackt, so tauchte an einem Treppenfenster der Fabrik die Berta auf, schaute herüber und winkte mir. Ich tat aber, als sähe ich es nicht, und bückte mich über meine Angel.

Das Wasser strömte dunkel in dem gemauerten Kanal, ich sah meine Gestalt darin mit wellig zitternden Umrissen gespiegelt, sitzend, der Kopf zwischen den Fußsohlen. Das Mädchen, das noch drüben am Fenster stand, rief meinen Namen herüber, ich starrte aber regungslos ins Wasser und wendete den Kopf nicht um.

Mit dem Angeln war es nichts, auch hier trieben sich die Fische hastig wie in eiligen Geschäften umher. Von der bedrückenden Wärme ermüdet, blieb ich auf dem Mäuerlein sitzen, nichts mehr von diesem Tag erwartend, und wünschte, es möchte schon Abend sein. Hinter mir summte in den Sälen der Spinnerei das ewige Maschinengetöne, der Kanal rieb sich leise rauschend an den grünbemoosten, feuchten Mauern. Ich war voll schläfriger Gleichgültigkeit und blieb nur sitzen, weil ich zu träge war, meine Schnur schon wieder aufzuwickeln.

Aus dieser faulen Dämmerung erwachte ich, vielleicht nach einer halben Stunde, plötzlich mit einem Gefühl von Sorge und tiefem Unbehagen. Ein unruhiger Windzug drehte sich gepreßt und widerwillig um sich selber, die Luft war dick und schmeckte fad, ein paar Schwalben flogen erschreckt dicht über dem Wasser hinweg. Mir war schwindlig, und ich meinte, vielleicht einen Sonnenstich zu haben, das Wasser schien stärker zu riechen, und mir begann ein übles Gefühl, wie vom Magen her, den Kopf einzunehmen und den Schweiß zu treiben. Ich zog die Angelschnur heraus, um meine Hände an den Wassertropfen zu erfrischen, und begann mein Zeug zusammenzupacken.

Als ich aufstand, sah ich auf dem Platz vor der Spinnerei den Staub in kleinen spielenden Wölckchen wirbeln, plötzlich stieg er hoch und in eine einzige Wolke zusammen, hoch oben in den erregten Lüften flohen Vögel wie gepeitscht davon, und gleich darauf sah ich talherabwärts die Luft weiß werden wie in einem dikken Schneesturm. Der Wind, sonderbar kühl geworden, sprang wie ein Feind auf mich herab, riß die Fischleine aus dem Wasser, nahm meine Mütze und schlug mich wie mit Fäusten ins Gesicht.

Die weiße Luft, die eben noch wie eine Schneewand über fernen Dächern gestanden hatte, war plötzlich um mich her, kalt und schmerzhaft, das Kanalwasser spritzte hoch auf wie unter schnellen Mühlradschlägen, die Angelschnur war fort, und um mich her tobte schnaubend und vernichtend eine weiße brüllende Wildnis, Schläge trafen mir Kopf und Hände, Erde spritzte an mir empor, Sand und Holzstücke wirbelten in der Luft.

Alles war mir unverständlich; ich fühlte nur, daß etwas Furchtbares geschehe und daß Gefahr sei. Mit einem Satz war ich beim Schuppen und drinnen, blind vor Überraschung und Schrecken. Ich hielt mich an einem eisernen Träger fest und stand betäubte Sekunden atemlos in Schwindel und animalischer Angst, bis ich zu begreifen begann. Ein Sturm, wie ich ihn nie gesehen oder für möglich gehalten hatte, riß teuflisch vorüber, in der Höhe klang ein banges oder wildes Sausen, auf das flache Dach über mir und auf den Erdboden vor dem Eingang stürzte weiß in dicken Haufen ein grober Hagel, dicke Eiskörner rollten zu mir herein. Der Lärm von Hagel und Wind war furchtbar, der Kanal schäumte gepeitscht und stieg in unruhigen Wogen an den Mauern auf und nieder.

Ich sah, alles in einer Minute, Bretter, Dachschindeln und Baumzweige durch die Luft dahingerissen, fallende Steine und Mörtelstücke, alsbald von der Masse der darüber geschleuderten Hagelschloßen bedeckt; ich hörte wie unter raschen Hammerschlägen Ziegel brechen und stürzen, Glas zersplittern, Dachrinnen stürzen.

Jetzt kam ein Mensch dahergelaufen, von der Fabrik her quer über den eisbedeckten Hof, mit flatternden Kleidern schräg wider den Sturm gelegt. Kämpfend taumelte die Gestalt näher, mir entgegen, mitten aus der scheußlich durcheinandergewühlten Sintflut. Sie trat in den Schuppen, lief auf mich zu, ein stilles fremd-bekanntes Gesicht mit großen liebevollen Augen schwebte mit schmerzlichem Lächeln dicht vor meinem Blick, ein stiller warmer Mund suchte meinen Mund und küßte mich lange in atemloser Unersättlichkeit, Hände umschlangen meinen Hals, und blondes feuchtes Haar preßte sich an meine Wangen, und während ringsum der Hagelsturm die Welt erschütterte, überfiel ein stummer, banger Liebessturm mich tiefer und schrecklicher.

Wir saßen auf einem Bretterstoß, ohne Worte, eng umschlungen, ich streichelte scheu und verwundert Bertas Haar und drückte meine Lippen auf ihren starken, vollen Mund, ihre Wärme umschloß mich süß und schmerzlich. Ich tat die Augen zu, und sie drückte meinen Kopf an ihre klopfende Brust, in ihren Schoß und strich mit leisen, irren Händen über mein Gesicht und Haar.

Da ich die Augen aufschlug, von einem Sturz in Schwindelfinsternis erwachend, stand ihr ernstes, kräftiges Gesicht in trauriger Schönheit über mir, und ihre Augen sahen mich verloren an. Von ihrer hellen Stirne lief, unter den verwirrten Haaren hervor, ein schmaler Streifen hellroten Blutes über das ganze Gesicht und bis in den Hals hinab.

»Was ist? Was ist denn geschehen?« rief ich angstvoll.

Sie sah mir tiefer in die Augen und lächelte schwach.

»Ich glaube, die Welt geht unter«, sagte sie leise, und der dröhnende Wetterlärm verschlang ihre Worte.

»Du blutest«, sagte ich.

»Das ist vom Hagel. Laß nur! Hast du Angst?«

»Nein. Aber du?«

»Ich habe keine Angst. Ach du, jetzt fällt die ganze Stadt zusammen. Hast du mich denn gar nicht lieb, du?«

Ich schwieg und schaute gebannt in ihre großen, klaren Augen, die waren voll betrübter Liebe, und während sie sich über meine senkten und während ihr Mund so schwer und zehrend auf meinem lag, sah ich unverwandt in ihre ernsten Augen, und am linken Auge vorbei lief über die weiße, frische Haut das dünne hellrote Blut. Und indessen meine Sinne trunken taumelten, strebte mein

Herz davon und wehrte sich mit Verzweiflung dagegen, so im Sturm und wider seinen Willen weggenommen zu werden. Ich richtete mich auf, und sie las in meinem Blick, daß ich Mitleid mit ihr habe.

Da bog sie sich zurück und sah mich wie zürnend an, und da ich ihr in einer Bewegung von Bedauern und Sorge die Hand hinstreckte, nahm sie die Hand mit ihren beiden, senkte ihr Gesicht darein, sank kniend nieder und begann zu weinen, und ihre Tränen liefen warm über meine zuckende Hand. Verlegen schaute ich zu ihr nieder, ihr Kopf lag schluchzend über meiner Hand, auf ihrem Nacken spielte schattig ein weicher Haarflaum. Wenn das nun eine andere wäre, dachte ich heftig, cine, die ich wirklich liebte und der ich meine Seele hingeben könnte, wie wollte ich in diesem süßen Flaum mit liebenden Fingern wühlen und diesen weißen Nacken küssen! Aber mein Blut war stiller geworden, und ich litt Qualen der Scham darüber, diese da zu meinen Füßen knien zu sehen, welcher ich nicht gewillt war, meine Jugend und meinen Stolz hinzugeben.

Dieses alles, das ich durchlebte wie ein verzaubertes Jahr und das mir heute noch mit hundert kleinen Regungen und Gebärden wie ein großer Zeitraum im Gedächtnis steht, hat in der Wirklichkeit nur wenige Minuten gedauert. Eine Helligkeit brach unvermutet herein, Stücke blauen Himmels schienen feucht in versöhnlicher Unschuld hervor, und plötzlich, messerscharf abgeschnitten, fiel das Sturmgetöse in sich zusammen, und eine erstaunliche, unglaubhafte Stille umgab uns.

Wie aus einer phantastischen Traumhöhle trat ich aus dem Schuppen hervor an den wiedergekehrten Tag, verwundert, daß ich noch lebte. Der öde Hof sah übel aus, die Erde zerwühlt und wie von Pferden zertreten, überall Haufen von großen eisigen Schloßen, mein Angelzeug war fort und auch der Fischeimer verschwunden. Die Fabrik war voll Menschengetöse, ich sah durch hundert zerschlagene Scheiben in die wogenden Säle, aus allen Türen drängten Menschen hervor. Der Boden lag voll von Glasscherben und zerborstenen Ziegelsteinen, eine lange blecherne Dachrinne war losgerissen und hing schräg und verbogen über das halbe Haus herab.

Nun vergaß ich alles, was eben noch gewesen war, und fühlte nichts als eine wilde, ängstliche Neugierde, zu sehen, was eigentlich passiert wäre und wieviel Schlimmes das Wetter angerichtet habe. Alle die zerschlagenen Fenster und Dachziegel der Fabrik sahen im ersten Augenblick recht wüst und trostlos aus, aber schließlich war doch das alles nicht gar so gräßlich und stand nicht recht im Verhältnis zum furchtbaren Eindruck, den der Zyklon mir gemacht hatte. Ich atmete auf, befreit und halb auch wunderlich enttäuscht und ernüchtert: die Häuser standen wie zuvor, und zu beiden Seiten des Tales waren auch die Berge noch da. Nein, die Welt war nicht untergegangen.

Indessen, als ich den Fabrikhof verließ und über die Brücke in die erste Gasse kam, gewann das Unheil doch wieder ein schlimmeres Ansehen. Das Sträßlein lag voll von Scherben und zerbrochenen Fensterläden, Schornsteine waren herabgestürzt und hatten Stücke der Dächer mitgerissen, Menschen standen vor allen Türen, bestürzt und klagend, alles, wie ich es auf Bildern belagerter und eroberter Städte gesehen hatte. Steingeröll und Baumäste versperrten den Weg. Fensterlöcher starrten überall hinter Splittern und Scherben, Gartenzäune lagen am Boden oder hingen klappernd über Mauern herab. Kinder wurden vermißt und gesucht, Menschen sollten auf den Feldern vom Hagel erschlagen worden sein. Man zeigte Hagelstücke herum, groß wie Talerstücke und noch größere.

Noch war ich zu erregt, um nach Hause zu gehen und den Schaden im eigenen Hause und Garten zu betrachten; auch fiel mir nicht ein, daß man mich vermissen könnte, es war mir ja nichts geschehen. Ich beschloß, noch einen Gang ins Freie zu tun, statt weiter durch die Scherben zu stolpern, und mein Lieblingsort kam mir verlockend in den Sinn, der alte Festplatz neben dem Friedhof, in dessen Schatten ich alle großen Feste meiner Knabenjahre gefeiert hatte. Verwundert stellte ich fest, daß ich erst vor vier, fünf Stunden auf dem Heimweg von den Felsen dort vorübergegangen sei; es schienen mir lange Zeiten seither vergangen.

Und so ging ich die Gasse zurück und über die untere Brücke, sah unterwegs durch eine Gartenlücke unsern roten sandsteinernen Kirchturm wohlerhalten stehen und fand auch die Turnhalle nur wenig beschädigt. Weiter drüben stand einsam ein altes Wirtshaus, dessen Dach ich von weitem erkannte. Es stand wie sonst, sah aber doch sonderbar verändert aus, ich wußte nicht gleich warum. Erst als ich mir Mühe gab, mich genau zu besinnen, fiel mir ein, daß vor dem Wirtshaus immer zwei hohe Pappeln gestanden waren. Diese Pappeln waren nicht mehr da. Ein uralt vertrauter Anblick war zerstört, eine liebe Stelle geschändet.

Da stieg mir eine böse Ahnung auf, es möchte noch mehr und noch Edleres verdorben sein. Mit einemmal fühlte ich mit beklemmender Neuheit, wie sehr ich meine Heimat liebte, wie tief mein Herz und Wohlsein abhängig war von diesen Dächern und Türmen, Brücken und Gassen, von den Bäumen, Gärten und Wäldern. In neuer Erregung und Sorge lief ich rascher, bis ich drüben bei dem Festplatze war.

Da stand ich still und sah den Ort meiner liebsten Erinnerungen namenlos verwüstet in völliger Zerstörung liegen. Die alten Kastanien, in deren Schatten wir unsere Festtage gehabt hatten und deren Stämme wir als Schulknaben zu dreien und vieren kaum hatten umarmen können, die lagen abgebrochen, geborsten, mit den Wurzeln ausgerissen und umgestülpt, daß hausgroße Löcher im Boden klafften. Nicht einer stand mehr an seinem Platze, es war ein schauerhaftes Schlachtfeld, und auch die Linden und die Ahorne waren gefallen, Baum an Baum. Der weite Platz war ein ungeheurer Trümmerhaufen von Ästen, gespaltenen Stämmen, Wurzeln und Erdblöcken, mächtige Stämme standen noch im Boden, aber ohne Baum, abgeknickt und abgedreht mit tausend weißen, nackten Splittern.

Es war nicht möglich weiterzugehen, Platz und Straße waren haushoch von durcheinandergeworfenen Stämmen und Baumtrümmern gesperrt, und wo ich seit den ersten Kinderzeiten nur tiefen heiligen Schatten und hohe Baumtempel gekannt hatte, starrte der leere Himmel über der Vernichtung.

Mir war, als sei ich selber mit allen geheimen Wurzeln ausgerissen und in den unerbittlich grellen Tag gespien worden. Tagelang ging ich umher und fand keinen Waldweg, keinen vertrauten Nußbaumschatten, keine von den Eichen der Bubenkletterzeit mehr wieder, überall weit um die Stadt nur Trümmer, Löcher, gebrochene Waldhänge wie Gras hingemäht, Baumleichen klagend mit entblößtem Wurzelwerk zur Sonne gekehrt. Zwischen mir und meiner Kindheit war eine Kluft aufgebrochen, und meine Heimat war nicht die alte mehr. Die Lieblichkeit und die Torheit der gewesenen Jahre fielen von mir ab, und bald darauf verließ ich die Stadt, um ein Mann zu werden und das Leben zu bestehen, dessen erste Schatten mich in diesen Tagen gestreift hatten.

(1913)

Die Braut

Signora Ricciotti, die mit ihrer Tocher Margherita vor kurzem im Waldstätterhof in Brunnen abgestiegen war, gehörte zu jenen blonden, weichen, etwas trägen Italienerinnen, die man in der Gegend von Venedig und in der Lombardei häufig antrifft. Sie trug viele schöne Ringe an ihren fetten Fingerchen, und ihr höchst charakteristischer Gang, der zur Zeit noch ein elastisch-üppiges Wiegen genannt werden konnte, entwickelte sich sichtlich mehr und mehr zu jenem Typ von Fortbewegung, den man Watscheln heißt. Elegant und offenbar einst an Huldigungen gewöhnt, machte sie eine gute, repräsentative Figur; sie trug schicke Toiletten und manchmal sang sie am Abend zum Klavier, mit einer wohlgebildeten, kleinen, ein wenig schmalzigen Stimme, wobei sie mit den kurzen, vollen Armen und stark auswärts gebogenen Handgelenken die Noten von sich weg hielt. Sie stammte aus Padua, wo ihr verstorbener Mann einst ein bekannter Geschäftsmann und Politiker gewesen war. Bei ihm hatte sie in einer Atmosphäre von blühender Bonhomie und stark über ihre Verhältnisse gelebt, was sie nach seinem Tode mit verzweifeltem Mut fortsetzte.

Trotz alledem würde sie uns kaum interessieren, hätte sie nicht ihre hübsche, kleine Tochter bei sich gehabt, Margherita, die kaum über das Backfischalter hinaus war und von der Pensionszeit her noch mit ein wenig Bleichsucht und Appetitlosigkeit zu tun hatte. Sie war ein entzückend schlankes, stilles, blasses Wesen mit dunkelblonden dichten Haaren, und jedermann sah ihr mit Vergnügen nach, wenn sie in ihren einfachen, weißen oder blaßblauen Sommertoiletten durch den Garten und über die Straße ging. Es war das erste Jahr, daß Frau Ricciotti das Mädchen mit sich in die Welt nahm – denn in Padua lebten sie ziemlich zurückgezogen –, und der Schimmer von Resignation, mit dem sie sich in den meisten Hotelbekanntschaften gegenüber von ihrer Tochter in den Schatten gestellt sah, stand ihr recht gut. Frau Ricciotti war bisher zwar stets eine gute Mutter, jedoch nicht ohne geheimen Anspruch auf ein eigenes Schicksal, ja vielleicht noch auf eine eigene Zukunft gewesen; jetzt begann sie diese stillen Hoffnungen von sich abzutun und ihre Kleine damit zu schmücken, wie eine gute Mutter etwa den Schmuck, den sie von der eigenen

Hochzeit her besaß, vom Halse nimmt und der herangewachsenen Tochter umhängt.

Von allem Anfange an fehlte es nicht an Männern, die sich für die schlanke, blonde Paduanerin interessierten. Die Mutter aber war auf der Wacht und umgab sich mit einem Wall von Achtbarkeit und soliden Ansprüchen, der manchen Abenteurer erschreckte. Ihre Tochter sollte einen Mann bekommen, bei dem sie es gut hätte, und da nun einmal die Schönheit ihre einzige Mitgift war, galt es doppelt auf der Hut zu sein.

Es tauchte jedoch schon nach kürzester Zeit der zukünftige Held dieses Romans in Brunnen auf, und alles ging viel rascher und einfacher, als die besorgte Mutter je gedacht hätte. Eines Tages traf im Waldstätterhof ein junger Herr aus Deutschland ein, der sich auf den ersten Blick in Margherita verliebte und alsbald seine Absichten so entschieden zum Ausdruck brachte, wie es nur Leute tun, die wenig Zeit haben und keine Umwege machen können. Herr Statenfoß hatte in der Tat sehr wenig Zeit. Er war Manager einer Teeplantage auf Ceylon und auf Urlaub in Europa, das er in zwei Monaten wieder würde verlassen müssen und wohin er dann frühestens wieder in drei, vier Jahren zurückkehren konnte.

Dieser hagere, braungebrannte, herrisch auftretende junge Mann gefiel Frau Ricciotti nicht besonders, er gefiel aber der schönen Margherita, die er von der ersten Stunde an mit dringlicher Werbung umgab. Er sah nicht übel aus, und er hatte die sorglos herrschaftliche Art des Auftretens, die sich der Europäer in den Tropen aneignet, war übrigens erst sechsundzwanzig Jahre alt. Daß er von dem fernen Wundereilande Ceylon kam, war schon ein Stück Romantik, und sein Überseegefühl verlieh ihm auch eine tatsächliche Überlegenheit über den Durchschnitt des hiesigen täglichen Lebens. Statenfoß trug sich vollkommen englisch; vom Smoking bis zum Tennisanzug, vom Frack bis zur Bergausrüstung waren seine Sachen alle von erster Qualität, er führte für einen Junggesellen erstaunlich viele und große Koffer mit sich und schien in jeder Hinsicht an ein Leben erster Klasse gewöhnt zu sein. Er widmete sich den Beschäftigungen und Vergnügungen der Sommerfrische mit ruhiger Sachlichkeit, er tat sachlich und gut, was getan werden mußte, aber er schien nirgends mit Leidenschaft dabei zu sein, nicht beim Bergsteigen und nicht beim Rudern, nicht beim Tennis und nicht beim Whist, sondern schien in dieser Umgebung nur als ein flüchtiger Gast zu weilen, ein Gast aus einer fernen, fabelhaften Welt, wo es Palmen und Krokodile gibt, und wo Leute seiner Art sich in weißen, sauberen Landhäusern von ameisenhaft zahlreichen farbigen Dienern fächeln und mit Eiswasser bedienen ließen. Einzig Margherita gegenüber verließ ihn seine Ruhe und exotische Überlegenheit, er sprach mit ihr in einem leidenschaftlichen Gemisch von Deutsch, Italienisch, Französisch und Englisch, er belauerte die Damen Ricciotti vom Morgen bis zum Abend, er las ihnen Zeitungen vor und trug ihnen Strandstühle nach, und er gab sich so wenig Mühe, seine Verehrung für Margherita vor anderen Leuten zu verbergen, daß bald jedermann seinen Bemühungen um die schöne Italienerin mit Spannung zusah. Man verfolgte seinen Roman mit sportlichem Interesse und schloß gelegentlich Wetten darüber ab.

Das alles mißfiel der Mutter Ricciotti nicht wenig, und es gab Tage, an denen sie in beleidigter Majestät einherrauschte, während Margherita verweint aussah und Herr Statenfoß mit verschlossener Miene auf der Veranda Sodawasser mit Whisky trank. Indessen war er bald mit dem Mädchen einig, daß sie nicht mehr voneinander lassen wollten, und als Frau Ricciotti an einem schwülen Morgen ihrer Tochter zornig vorstellte, daß ihr vertrauter Umgang mit dem jungen Teepflanzer ihren Ruf beflecke und daß überhaupt ein Mann ohne großes Vermögen für sie nicht in Betracht komme, da schloß sich die reizende Margherita in ihr Zimmer ein und trank ein Fläschchen mit Fleckenwasser aus, das sie für giftig hielt und das in der Tat ihren kaum etwas gehobenen Appetit wieder völlig verdarb und ihr Gesicht noch um einen Schatten bleicher und geistiger machte.

Noch am selben Tage, nachdem Margherita stundenlang leidend auf einem Diwan verharrt war und ihre Mama in einem dazu gemieteten Ruderboot eine ebensolange Unterredung mit Herrn Statenfoß gehabt hatte, fand die Verlobung statt, und andern Tages sah man den energischen Überseer sein Frühstück am Tische der beiden Damen einnehmen. Margherita war glücklich; ihre Mutter hingegen betrachtete diese Verlobung als ein zwar notwendiges, doch hoffentlich vorübergehendes Übel. ›Schließlich‹, dachte sie, ›wußte daheim niemand davon, und wenn sich nächstens eine bessere Gelegenheit fände, so säße der Bräutigam weit fort in Ceylon und brauchte nicht gefragt zu werden.‹ So bestand sie denn auch darauf, daß Statenfoß seine Rückreise nicht verschiebe, und drohte mit Abreise und völligem Bruch, als der Verlobte sein Verlangen aussprach, noch diesen Sommer getraut zu werden und seine junge Frau gleich mit nach Indien zu nehmen.

Er mußte sich fügen, und er tat es knirschend, denn vom Augenblick der Verlobung an schienen die Damen Ricciotti wie zusammengewachsen und er mußte Listen über Listen aufwenden, um auch nur für Minuten mit seiner Braut allein zu sein. Er kaufte ihr in Luzern die schönsten Brautgeschenke, bald darauf riefen ihn geschäftliche Telegramme nach England, und er sah seine schöne Braut erst wieder, als sie in Begleitung ihrer Mutter ihn am Bahnhof in Genua abholte, um noch einen Abend mit ihm zusammen zu sein und ihn in der Frühe des nächsten Morgens zum Hafen zu begleiten.

»In längstens drei Jahren komme ich zurück, und dann ist Hochzeit«, rief er noch von der Landungstreppe herab, die hinter ihm weggezogen wurde. Dann spielte die Schiffsmusik, und langsam schob sich der Lloyddampfer aus dem Hafen.

Die Hinterbliebenen reisten stille nach Padua zurück und nahmen ihr gewohntes Leben wieder auf. Frau Ricciotti gab noch nichts verloren; ›übers Jahr‹, dachte sie, ›würde alles anders aussehen, und dann würden sie wieder einen feinen Kurort aufsuchen, und ohne Zweifel würden alsdann bald neue und glänzendere Aussichten sich zeigen.‹ Inzwischen schrieb der ferne Verlobte häufig lange Briefe, und Margherita war glücklich. Sie erholte sich von den Anstrengungen dieses unruhigen Sommers vollkommen, sie blühte sichtlich auf, und von Bleichsucht und schlechtem Appetit war nicht mehr die Rede. Ihr Herz war gebunden, ihr Schicksal gesichert, und in der bescheidenen Behaglichkeit ihres ruhigen Lebens gab sie sich angenehmen Träumen hin, lernte ein wenig Englisch und legte ein schönes Album an, worein sie die prächtigen Photographien von Palmen, Tempeln und Elefanten klebte, die der Bräutigam ihr schickte.

Im nächsten Sommer reiste man nicht ins Ausland, sondern weilte nur wenige Wochen in einer bescheidenen Sommerfrische in den euganäischen Bergen, und allmählich ergab sich auch die Mutter und gab es auf, über das Herzensglück ihrer standhaften Tochter hinweg ehrgeizige Pläne zu bauen. Zuweilen kamen Sendungen aus Indien mit feinem Musselin und hübschen Spitzen, Schachteln aus Stachelschweinborsten und kleine Elfenbeinspielereien; die zeigte man den Bekannten und hatte bald die gute Stube voll davon stehen. Und als einmal die Nachricht kam, Statenfoß liege krank und müsse sich zur Erholung ins Gebirge transportieren lassen, da knüpfte Mutter Riccotti keine Hoffnungen mehr daran und betete gemeinsam mit der Tochter für die Genesung des lieben Fernen, die denn auch glücklich zustande kam.

Für beide Damen war dieses stille Zufriedensein ein ungewohnter Zustand. Die Signora wurde bürgerlicher als sie in ihrem Leben je gewesen war, sie alterte ein wenig und wurde so fett, daß das Singen ihr beschwerlich wurde. Es lag keine Veranlassung mehr vor, sich zu zeigen und den Anschein der Wohlhabenheit zu erwecken, man gab wenig mehr für Toiletten aus und gefiel sich in einer zwanglosen Häuslichkeit, man sparte nicht mehr für kostbare Reisen und tat dafür mehr für das tägliche Behagen.

Dabei zeigte sich, ohne daß die Beteiligten es sonderlich beachtet hätten, wie sehr Margherita die Tochter ihrer Mutter war. Seit dem Fleckenwasser und dem Abschied in Genua hatte kaum mehr eine ernstliche Trübsal an ihr gezehrt, sie war aufgeblüht und nahm beständig zu, und da weder seelische Trübungen noch körperliche Anstrengungen – auch das Tennis war längst aufgegeben – ihre Entwicklung mehr störten, verlor sich nicht nur der Zug von Schwermut oder Schwärmerei aus ihrem blassen, hübschen Gesicht, sondern es veränderte sich auch ihre schlanke Gestalt mehr und mehr und wuchs sich zu einer friedlichen Fülle aus, die niemand ihr einstmals zugetraut hätte. Noch immer erschien, was bei der Mutter drollig und grotesk aussah, bei der Jungfrau frisch und von Jugendanmut gemildert, aber es war kein Zweifel, sie neigte zum Fettwerden und war im Begriffe, sich zu einer respektablen Kolossaldame auszuwachsen.

Drei Jahre waren vergangen und der Bräutigam schrieb verzweifelt, es sei ihm unmöglich, dieses Jahr einen Urlaub zu erhalten. Hingegen habe sein Einkommen sich vergrößert und er fordere, falls ihm auch im nächsten Jahre kein Besuch in Europa möglich werden sollte, sein liebes Mädchen auf, alsdann zu ihm hinüber zu kommen und als Herrin in das hübsche Landhaus einzuziehen, das er eben zu erbauen im Begriffe sei.

Man überwand die Enttäuschung und ging auf den Vorschlag ein. Signora Ricciotti konnte sich nicht verhehlen, daß ihr Kind an äußerem Reize einiges verloren habe und daß es sinnlos gewesen wäre, durch Einwände ihre sichere Zukunft zu gefährden.

Soweit ist diese Geschichte mir später erzählt worden; den Rest habe ich zufällig als Augenzeuge mit angesehen.

Ich bestieg eines Tages in Genua ein Schiff des Norddeutschen Lloyd, das nach Ostasien ausfuhr. Unter den nicht sehr zahlreichen Passagieren der ersten Klasse fiel eine junge Italienerin auf, die mit mir in Genua an Bord gegangen war und als Braut nach Colombo fuhr. Sie sprach ein wenig Englisch, und da noch andere Bräute an Bord waren, die nach Penang, nach Schanghai und Manila reisten, bildeten diese jungen, tapferen Mädchen eine angenehme und beliebte Gruppe, an der jedermann seine harmlose Freude hatte. Noch ehe wir durch den Suezkanal waren, hatten wir jungen Leute uns freundschaftlich zusammengeschlossen, und häufig probierten wir an der stattlichen Paduanerin, die wir den Koloß nannten, unser Italienisch.

Leider wurde sie, als hinter dem Kap Guardafui die See etwas rauh zu werden begann, hoffnungslos seekrank und sie, die wir bisher durchaus als ein komisches Naturspiel angesehen hatten, lag tagelang so jammervoll hingemäht in ihrem Deckstuhl, daß wir sie in allgemeinem Mitleid lieb gewannen und ihr alle Aufmerksamkeit zuteil werden ließen, wobei wir manchmal ein Lächeln über ihr erstaunliches Gewicht nicht unterdrücken konnten. Wir brachten ihr Tee und Bouillon, wir lasen ihr italienisch vor, was sie gelegentlich zum Lächeln brachte, und trugen sie jeden Morgen und jeden Mittag in ihrem Rohrstuhl an die schattigste und ruhigste Stelle des Decks. Doch kam sie erst kurz vor Colombo wieder einigermaßen in Ordnung und lag auch dann noch teilnahmslos und ermattet da, mit einem kindlichen Zug von Leiden und Schwäche in dem dicken, gutmütigen Gesicht.

Ceylon kam in Sicht, und wir alle hatten mitgeholfen, die Koffer des Kolosses zu packen, sie standen schon mitschiffs zum Ausladen bereit, und nun kam, nach vierzehntägiger Fahrt, über das ganze Schiff jene wilde Unruhe, mit der man den ersten wichtigen Hafen erwartet.

Jedermann begehrte an Land, man hatte Tropenhelme und Sonnenschirme ausgepackt, hielt Karten und Reisebücher in Händen, schaute mit Fernrohren nach der nahenden Küste und vergaß die Menschen, von denen man vor einer Stunde mit Herzlichkeit Abschied genommen hatte, noch während ihrer Anwesenheit vollständig. Niemand hatte mehr einen anderen Gedanken als an Land zu kommen, möglichst rasch an Land, sei es, um nach langer Reise zu Arbeit und Heim zurückzukehren, sei es, um mit Neugierde den ersten tropischen Strand, die ersten Kokospalmen und dunklen Eingeborenen zu sehen, sei es auch nur, um das plötzlich ganz uninteressant gewordene Schiff für Stunden zu verlassen und auf festem Boden in einem komfortablen Hotel seinen Whisky zu trinken. Und jeder war eifrig beschäftigt, seine Kabine abzuschließen oder seine Rauchsalonrechnung zu bezahlen, nach der eben an Bord gebrachten Post zu fragen und die ersten wichtigen Nachrichten aus Welt und Politik anzuhören und weiterzugeben.

Mitten in diesem lieblosen Getümmel lag die fette Paduanerin scheinbar uninteressiert an ihrem Platze, noch übel aussehend und vom Fasten geschwächt, mit eingefallenen Wangen und schläfrigen Augen. Je und je trat jemand, der längst von ihr Abschied genommen hatte, nochmals zu ihr, wie das Gedränge ihn schob, gab ihr nochmals die Hand und gratulierte ihr zur Ankunft. Und nun schmetterte die Musik gewaltig los, der zweite Offizier stellte sich kommandierend an die Falltreppe, der Kapitän erschien, wunderlich fremd und verwandelt, in einem grauen Straßenanzug mit steifem Hütchen, das Boot des Agenten nahm ihn und wenige bevorzugte Gäste auf, die anderen drängten hinterher nach den Motorbooten und Ruderbarken, die sich zur Überfahrt anboten.

In diesem Augenblick erschien ein Herr im weißen Tropenanzug mit silbernen Knöpfen, der von Land gekommen war.

Er sah nicht übel aus, das verbrannte junge Gesicht unter dem Sonnenhelm hatte jene stille Härte und Selbständigkeit, die man bei den meisten Überseern findet. In der Hand trug dieser Mann einen ungeheuren Blumenstrauß von mächtigen indischen Blumen, der ihm vom Bauch bis zum Kinn reichte. Er stürzte mit dem Schritt eines Menschen, der sich auf diesen Schiffen auskennt, durch die Menge, mit erregten Blicken suchend, und als er mich anrannte, fiel mir einen Augenblick ein, dies sei ohne Zweifel der Bräutigam des Kolosses. Er eilte weiter, auf und ab und zweimal an seiner Braut vorbei, verschwand im Rauchzimmer, kehrte atemlos wieder, rief nach dem Gepäckmeister und stieß endlich auf den Obersteward, den er festhielt und dringlich in Anspruch nahm. Ich sah ihn ein Trinkgeld geben und eifrig flüsternd fragen, und der Obersteward lächelte, nickte fröhlich und deutete auf den Stuhl, wo unsere Paduanerin noch immer mit halbgeschlossenen Augen ausgestreckt lag. Der Fremde kam näher. Er betrachtete die liegende Gestalt, lief zum Steward zurück, der bestätigend nickte, kehrte wieder und warf aus kleiner Entfernung nochmals einen prüfenden Blick auf das dicke Mädchen. Dann biß er die Zähne zusammen, drehte sich langsam um und ging unschlüssig weg.

Er ging ins Rauchzimmer, das eben geschlossen werden sollte. Er gab dem Rauchzimmersteward ein Trinkgeld und erhielt einen ›großen Whisky‹, zu dem setzte er sich und trank ihn sinnend aus. Dann drängte der Steward ihn höflich hinaus und schloß seine Bude.

Der Fremde marschierte, bleich und teuflisch aussehend, um das Vorderdeck, wo die Bläser ihre Instrumente zusammenpackten. Er trat an die Reling, ließ sachte seinen großen Blumenstrauß hinab ins schmutzige Wasser fallen, lehnte sich über und spuckte hinterher.

Nun schien er zu einem Entschluß gekommen zu sein. Langsam schritt er nochmals rund um das Deck bis zum Platz der Paduanerin, die inzwischen aufgestanden war und nun müde und etwas verängstigt um sich blickte. Er näherte sich, nahm den Helm vom Kopf, dessen Stirn nun weiß über dem braunen Gesicht leuchtete, und gab dem Koloß die Hand.

Aufschluchzend fiel sie ihm um den Hals und blieb eine Weile da liegen, während er gespannt und finster über ihren hingebend gebeugten Nacken hinweg nach der Küste starrte. Dann lief er zur Reling, brüllte eine grimmige Flut von Befehlen in gurgelnd singhalesischer Sprache hinab und nahm nun schweigend den Arm seiner Braut, um sie zu seinem Boot hinabzuführen.

Wie es ihnen geht, weiß ich nicht. Aber daß die Hochzeit vollzogen wurde, erfuhr ich bei meiner Rückreise auf dem Konsulat von Colombo.

(1912)

Autorenabend

Als ich gegen Mittag in dem Städtchen Querburg ankam, empfing mich am Bahnhof ein Mann mit einem breiten grauen Backenbart. »Mein Name ist Schievelbein«, sagte er, »ich bin der Vorstand des Vereins.«

»Freut mich«, sagte ich. »Es ist großartig, daß es hier in dem kleinen Querburg einen Verein gibt, der literarische Abende veranstaltet.«

»Na, wir leisten uns hier allerlei«, bestätigte Herr Schievelbein. »Im Oktober war zum Beispiel ein Konzert, und im Karneval geht es schon ganz toll zu. – Und Sie wollen uns also heut abend durch Vorträge unterhalten?«

»Ja, ich lese ein paar von meinen Sachen vor, kürzere Prosastücke und Gedichte, wissen Sie.«

»Ja, sehr schön. Sehr schön. Wollen wir einen Wagen nehmen?«

»Wie Sie meinen. Ich bin hier ganz fremd; vielleicht zeigen Sie mir ein Hotel, wo ich absteigen kann.«

Der Vereinsvorstand musterte jetzt den Koffer, den der Träger hinter mir herbrachte. Dann ging sein Blick prüfend über mein Gesicht, über meinen Mantel, meine Schuhe, meine Hände, ein ruhig prüfender Blick, so wie man etwa einen Reisenden ansieht, mit dem man eine Nacht das Coupé teilen soll.

Seine Prüfung fing eben an, mir aufzufallen und peinlich zu werden, da verbreiteten sich wieder Wohlwollen und Höflichkeit über seine Züge.

»Wollen Sie bei mir wohnen?« fragte er lächelnd. »So gut wie im Gasthaus finden Sie es da auch und sparen die Hotelkosten.«

Er begann mich zu interessieren; seine Patronatsmiene und wohlhabende Würde waren drollig und lieb, und hinter dem etwas herrischen Wesen schien viel Gutmütigkeit verborgen. Ich nahm also die Einladung an; wir setzten uns in einen offenen Wagen, und nun konnte ich wohl sehen, neben wem ich saß, denn in den Straßen von Querburg war beinahe kein Mensch, der meinen Patron nicht mit Ergebenheit gegrüßt hätte. Ich mußte beständig die Hand am Hute haben und bekam eine Vorstellung davon, wie es Fürsten zumute ist, wenn sie sich durch ihr Volk hindurchsalutieren müssen.

Um ein Gespräch zu beginnen, fragte ich: »Wieviel Plätze hat wohl der Saal, in dem ich sprechen soll?«

Schievelbein sah mich beinahe vorwurfsvoll an: »Das weiß ich wirklich nicht, lieber Herr; ich habe mit diesen Sachen gar nichts zu tun.«

»Ich dachte nur, weil Sie ja doch Vorstand--«

»Gewiß; aber das ist nur so ein Ehrenamt, wissen Sie. Das Geschäftliche besorgt alles unser Sekretär.«

»Das ist wohl der Herr Giesebrecht, mit dem ich korrespondiert habe?«

»Ja, der ist's. Jetzt passen Sie auf, da kommt das Kriegerdenkmal, und dort links, das ist das neue Postgebäude. Fein, nicht?«

»Sie scheinen hier in der Gegend keinen eigenen Stein zu haben«, sagte ich, »da Sie alles aus Backstein machen?«

Herr Schievelbein sah mich mit runden Augen an, dann brach er in ein Gelächter aus und schlug mir kräftig aufs Knie.

»Aber Mann, das ist ja eben unser Stein! Haben Sie nie vom Querburger Backstein gehört? Ist ja berühmt. Von dem leben wir hier alle.«

Da waren wir schon vor seinem Hause. Es war mindestens ebenso schön wie das Postgebäude. Wir stiegen aus, und über uns ging ein Fenster auf und eine Frauenstimme rief herunter: »So, hast du also den Herrn doch mitgebracht? Na, schön. Komm nur, wir essen gleich.«

Bald darauf erschien die Dame an der Haustür und war ein vergnügtes rundes Wesen, voll von Grübchen und mit kleinen, dikken, kindlichen Wurstfingern. Wenn man gegen den Herrn Schievelbein etwa noch Bedenken hätte hegen können, diese Frau zerstreute jeden Zweifel, sie atmete nichts als wohligste Harmlosigkeit. Erfreut nahm ich ihre warme, gepolsterte Hand.

Sie musterte mich wie ein Fabeltier und sagte dann halb lachend: »Also Sie sind der Herr Hesse! Na, ist schön, ist schön. Nein, aber daß Sie eine Brille tragen!«

»Ich bin etwas kurzsichtig, gnädige Frau.«

Sie schien die Brille trotzdem sehr komisch zu finden, was ich nicht recht begriff. Aber sonst gefiel mir die Hausfrau sehr. Hier war solides Bürgertum; es würde gewiß ein vorzügliches Essen geben.

Einstweilen wurde ich in den Salon geführt, wo eine Palme einsam zwischen unechten Eichenmöbeln stand. Die ganze Einrichtung zeigte sich lückenlos in jenem schlechtbürgerlichen Stil unserer Väter und älteren Schwestern, den man selten mehr in solcher Reinheit antrifft. Mein Auge blieb gebannt an einem gleißenden Gegenstande hängen, den ich bald als einen ganz und gar mit Goldbronze bestrichenen Stuhl erkannte.

»Sind Sie immer so ernst?« fragte die Dame mich nach einer flauen Pause.

»O nein«, rief ich schnell, »aber entschuldigen Sie: warum haben Sie eigentlich diesen Stuhl vergolden lassen?«

»Haben Sie das noch nie gesehen? Es war eine Zeitlang sehr in Mode, natürlich nur als Ziermöbel, nicht zum Draufsitzen. Ich finde es sehr hübsch.«

Herr Schievelbein hustete: »Jedenfalls hübscher als das verrückte moderne Zeug, was man jetzt bei jungverheirateten Leuten sehen muß. – Aber können wir noch nicht essen?«

Die Hausfrau erhob sich, und eben kam das Mädchen, uns zum Essen zu bitten. Ich bot der Gnädigen den Arm, und wir wandelten durch ein ähnlich prunkvoll aussehendes Gemach in das Speisezimmer und einem kleinen Paradies von Frieden, Stille und guten Sachen entgegen, das zu beschreiben ich mich nicht fähig fühle.

Ich sah bald, daß man hier nicht gewohnt war, sich neben dem Essen her mit Unterhaltung anzustrengen, und meine Furcht vor etwaigen literarischen Gesprächen fand sich angenehm enttäuscht. Es ist undankbar von mir, aber ich lasse mir ungern ein gutes Essen von den Wirten dadurch verderben, daß man mich fragt, ob ich den Jörn Uhl auch schon gelesen habe und ob ich Tolstoi oder Ganghofer hübscher finde. Hier war Sicherheit und Friede. Man aß gründlich und gut, sehr gut, und auch den Wein muß ich loben, und unter sachlichen Tafelgesprächen über Weinsorten, Geflügel und Suppen verrann selig die Zeit. Es war herrlich, und nur einmal gab es eine Unterbrechung. Man hatte mich um meine Meinung über das Füllsel der jungen Gans gefragt, an der wir aßen, und ich sagte so etwas wie: das seien Gebiete des Wissens, mit welchen wir Schriftsteller meist allzuwenig zu tun bekämen.

Da ließ Frau Schievelbein ihre Gabel sinken und starrte mich aus großen runden Kinderaugen an:

»Ja, sind Sie denn auch Schriftsteller?«

»Natürlich«, sagte ich ebenfalls verwundert. »Das ist ja mein

Beruf. Was hatten Sie denn geglaubt?«

»Oh, ich dachte, Sie reisen eben immer so herum und halten Vorträge. Es war einmal einer hier – Emil, wie hieß er gleich? Weißt du, der, der damals diese bayrischen Volkslieder vorgetragen hat.«

»Ach, der mit den Schnadahüpferln––« Aber auch er konnte sich des Namens nimmer erinnern. Und auch er sah mich verwundert an und gewissermaßen mit etwas mehr Respekt, und dann nahm er sich zusammen, erfüllte seine gesellschaftliche Pflicht und fragte vorsichtig: »Ja, und was schreiben Sie da eigentlich? Wohl fürs Theater?«

Nein, sagte ich, das hätte ich noch nie probiert. Nur so Gedichte, Novellen und solche Sachen.

»Ach so«, seufzte er erleichtert. Und sie fragte: »Ist das nicht furchtbar schwer?«

Ich sagte nein, es ginge an. Herr Schievelbein aber hegte noch immer irgendein Mißtrauen.

»Aber nicht wahr«, fing er nochmals zögernd an, »ganze Bücher schreiben Sie doch nicht?«

»Doch«, mußte ich bekennen, »ich habe auch schon ganze Bücher geschrieben.« Das stimmte ihn sehr nachdenklich. Er aß eine Weile schweigend fort, dann hob er sein Glas und rief mit etwas angestrengter Munterkeit: »Na, prosit!«

Gegen den Schluß der Tafel wurden die Leute beide zusehends stiller und schwerer, sie seufzten verschiedene Male tief und ernst, und Herr Schievelbein legte eben die Hände über der Weste zusammen und wollte einschlafen, da mahnte ihn seine Frau: »Erst wollen wir noch den schwarzen Kaffee trinken.« Aber auch sie hatte schon ganz kleine Augen.

Der Kaffee war nebenan serviert; man saß in blauen Polstermöbeln zwischen zahlreichen stillblickenden Familienphotographien. Nie hatte ich eine Einrichtung gesehen, welche dem Wesen der Bewohner so vollkommen entsprach und Ausdruck verlieh. Mitten im Zimmer stand ein ungeheurer Vogelkäfig, und drinnen saß regungslos ein großer Papagei.

»Kann er sprechen?« fragte ich.

Frau Schievelbein verkniff ein Gähnen und nickte. »Sie werden ihn vielleicht bald hören. Nach Tisch ist er immer am muntersten.«

Es hätte mich interessiert zu wissen, wie er sonst aussah, denn weniger munter hatte ich noch nie ein Tier gesehen. Er hatte die Lider halb über die Augen gezogen und sah aus wie von Porzellan.

Aber nach einer Weile, als der Hausherr entschlummert war und auch die Dame bedenklich im Sessel nickte, da tat der versteinerte Vogel wahrhaftig den Schnabel auf und sprach in gähnendem Tonfall mit gedehnter und äußerst menschenähnlicher Stimme die Worte, die er konnte: »O Gott ogott ogott ogott – –«

Frau Schievelbein wachte erschrocken auf; sie glaubte, es sei ihr Mann gewesen, und ich benutzte den Augenblick, um ihr zu sagen, ich möchte mich jetzt gern ein wenig in mein Zimmer zurückziehen.

»Vielleicht geben Sie mir irgend etwas zu lesen mit«, setzte ich hinzu.

Sie lief und kam mit einer Zeitung wieder. Aber ich dankte und sagte: »Haben Sie nicht irgendein Buch? Einerlei was.«

Da stieg sie seufzend mit mir die Treppe zum Gastzimmer hinauf, zeigte mir meine Stube und öffnete dann mit Mühe einen kleinen Schrank im Korridor. »Bitte, bedienen Sie sich hier«, sagte sie und zog sich zurück. Ich glaubte, es handle sich um einen Likör, aber vor mir stand die Bibliothek des Hauses, eine kleine Reihe staubiger Bücher. Begierig griff ich zu, man findet in solchen Häusern oft ungeahnte Schätze. Es waren aber nur zwei Gesangbücher, drei alte Bände von »Über Land und Meer«, ein Katalog der Weltausstellung in Brüssel von Anno soundso und ein Taschenlexikon der französischen Umgangssprache.

Eben war ich nach einer kurzen Siesta am Waschen, da wurde geklopft, und das Dienstmädchen führte einen Herrn herein. Es war der Vereinssekretär, der mich sprechen wollte. Er klagte, der Vorverkauf sei sehr schlecht, sie schlügen kaum die Saalmiete heraus. Und ob ich nicht mit weniger Honorar zufrieden wäre. Aber er wollte nichts davon wissen, als ich vorschlug, die Vorlesung lieber zu unterlassen. Er seufzte nur sorgenvoll, und dann meinte er: »Soll ich für etwas Dekoration sorgen?«

»Dekoration? Nein, ist nicht nötig.«

»Es wären zwei Fahnen da«, lockte er unterwürfig. Endlich ging er wieder, und meine Stimmung begann sich erst wieder zu heben, als ich mit meinen nun wieder munter gewordenen Gastgebern beim Tee saß. Es gab Buttergebackenes dazu und Rum und Benediktiner.

Am Abend gingen wir dann alle drei in den »Goldenen Anker«. Das Publikum strömte in Scharen nach dem Hause, so daß ich ganz erstaunt war; aber die Leute verschwanden alle hinter den Flügeltüren eines Saales im Parterre, während wir in die zweite Etage hinaufstiegen, wo es viel stiller zuging.

»Was ist denn da unten los?« fragte ich den Sekretär.

»Ach, die Biermusik. Das ist jeden Samstag.«

Ehe Schievelbeins mich verließen, um in den Saal zu gehen, ergriff die gute Frau in einer plötzlichen Wallung meine Hand, drückte sie begeistert und sagte leise: »Ach, ich freue mich ja so furchtbar auf diesen Abend.«

»Warum denn?« konnte ich nur sagen, denn mir war ganz anders zumute.

»Nun«, rief sie herzlich, »es gibt doch nichts Schöneres, als wenn man sich wieder einmal so richtig auslachen kann!«

Damit eilte sie davon, froh wie ein Kind am Morgen seines Geburtstages.

Das konnte gut werden.

Ich stürzte mich auf den Sekretär. »Was denken sich die Leute eigentlich unter diesem Vortrag?« rief ich hastig. »Mir scheint, sie erwarten etwas ganz anderes als einen Autoren-Abend.«

Ja, stammelte er kleinlaut, das könne er unmöglich wissen. Man nehme an, ich werde lustige Sachen vortragen, vielleicht auch singen, das andere sei meine Sache – und überhaupt, bei diesem miserablen Besuch – –

Ich jagte ihn hinaus und wartete allein in bedrückter Stimmung in einem kalten Stübchen, bis der Sekretär mich wieder abholte und in den Saal führte. Da standen etwa zwanzig Stuhlreihen, von denen drei oder vier besetzt waren. Hinter dem kleinen Podium war eine Vereinsfahne an die Wand genagelt. Es war scheußlich. Aber ich stand nun einmal da, die Fahne prunkte, das Gaslicht blitzte in meiner Wasserflasche, die paar Leute saßen und warteten, ganz vorne Herr und Frau Schievelbein. Es half alles nichts; ich mußte beginnen.

So las ich denn in Gottes Namen ein Gedicht vor. Alles lauschte erwartungsvoll – aber als ich glücklich im zweiten Vers war, da brach unter unseren Füßen mit Pauken und Tschinellen die große Biermusik los. Ich war so wütend, daß ich mein Wasserglas umwarf. Man lachte herzlich über diesen Scherz.

Als ich drei Gedichte vorgelesen hatte, tat ich einen Blick in den

Saal. Eine Reihe von grinsenden, fassungslosen, enttäuschten, zornigen Gesichtern sah mich an, etwa sechs Leute erhoben sich verstört und verließen diese unbehagliche Veranstaltung. Ich wäre am liebsten mitgegangen. Aber ich machte nur eine Pause und sagte dann, soweit ich gegen die Musik ankam, es scheine leider hier ein Mißverständnis zu walten, ich sei kein humoristischer Rezitator, sondern ein Literat, eine Art von Sonderling und Dichter, und ich wolle ihnen jetzt, da sie doch einmal da seien, eine Novelle vorlesen.

Da standen wieder einige Leute auf und gingen fort.

Aber die Übriggebliebenen rückten jetzt aus den lichtgewordenen Reihen näher beim Podium zusammen; es waren immer noch etwa zwei Dutzend Leute, und ich las weiter und tat meine Schuldigkeit, nur kürzte ich das Ganze tüchtig ab, so daß wir nach einer halben Stunde fertig waren und gehen konnten. Frau Schievelbein begann mit dicken Händchen wütend zu klatschen, aber es klang so allein nicht gut, und so hörte sie errötend wieder auf.

Der erste literarische Abend von Querburg war zu Ende. Mit dem Sekretär hatte ich noch eine kurze ernste Unterredung; dem Mann standen Tränen in den Augen. Ich warf einen Blick in den leeren Saal zurück, wo das Gold der Fahne einsam leuchtete, dann ging ich mit meinen Wirten nach Hause. Sie waren so still und feierlich wie nach einem Begräbnis, und plötzlich, als wir so blöd und schweigend nebeneinander hergingen, mußte ich laut hinauslachen, und nach einer kleinen Weile stimmte Frau Schievelbein mit ein. Daheim stand ein ausgesuchtes kleines Essen bereit, und nach einer Stunde waren wir drei in der besten Stimmung. Die Dame sagte mir sogar, meine Gedichte seien herzig und ich möchte ihr eins davon abschreiben.

Das tat ich zwar nicht, aber vor dem Schlafengehen schlich ich mich ins Nebenzimmer, drehte Licht an und trat vor den großen Vogelkäfig. Ich hätte gerne den alten Papagei noch einmal gehört, dessen Stimme und Tonfall dies ganze liebe Bürgerhaus sympathisch auszudrücken schien. Denn was irgendwo drinnen ist, will sich zeigen; Propheten haben Gesichte, Dichter machen Verse, und dieses Haus ward Klang und offenbarte sich im Ruf dieses Vogels, dem Gott eine Stimme verlieh, daß er die Schöpfung preise.

Der Vogel war beim Aufblitzen des Lichtes erschrocken und sah mich aus verschlafenen Augen starr und glasig an. Dann fand er sich zurecht, dehnte den Flügel mit einer unsäglich schläfrigen Gebärde und gähnte mit fabelhaft menschlicher Stimme: »O Gott ogott ogott ogott--«

(1912)

Im Presselschen Gartenhaus

Eine Erzählung aus dem alten Tübingen

Es war in den zwanziger Jahren des vorigen Jahrhunderts, und wenn die Weltläufte damals andere waren als heute, so schien doch die Sonne und lief der Wind nicht anders über das grüne, friedevolle Tal des Neckars als heute und gestern. Ein schöner, freudiger Frühsommertag war über die Alb heraufgestiegen und stand festlich über der Stadt Tübingen, über Schloß und Weinbergen, Neckar und Ammer, über Stift und Stiftskirche, spiegelte sich im frischen, blanken Flusse und schickte spielende, zarte Wolkenschatten über das grellsonnige Pflaster des Marktplatzes.

Im theologischen Stift war die lärmende Jugend soeben vom Mittagstisch aufgestanden. In plaudernden, lachenden, streitenden Gruppen schlenderten die Studenten durch die alten hallenden Gänge und über den gepflasterten Hof, den eine zackige Schattenlinie in der Quere teilte. Freundespaare standen in Fenstern und offenen Stubentüren beieinander; aus frohen, ernsten, heiteren oder träumerischen Jünglingsgesichtern leuchtete der schöne warme Sonnentag wider, und in ahnungsvoll durchglühter Jugend strahlte da manche noch so knabenhafte Stirn, deren Träume noch heute lebendig sind, und deren Namen heute wieder von dankbaren und schwärmerischen Jünglingen verehrt werden.

An einem Korridorfenster, gegen den Neckar hinausgelehnt, stand der junge Student Eduard Mörike und blickte zufrieden in die grüne, mittägliche Gegend hinüber; ein Schwalbenpaar schwang sich jauchzend in launisch spielerischen Bogen durch die sonnige Luft vorbei, und der junge Mensch lächelte gedankenlos mit den eigenwillig hübschen, gekräuselten Lippen.

Dem etwa Zwanzigjährigen, den seine Freunde einer unerschöpflich frohsprudelnden Laune wegen liebten, begegnete es nicht selten, daß in frohen, guten Augenblicken ihm plötzlich die ganze Umgebung zu einem verzauberten Bilde erstarrte, in dem er mit staunenden Augen stand und die rätselhafte Schönheit der Welt wie eine Mahnung und beinahe wie einen feinen, heimlichen Schmerz empfand. Wie eine bereitstehende Salzlösung oder ein kaltes, stilles Wintergewässer nur einer leisen Berührung bedarf, um plötzlich in Kristallen zusammenzuschießen und gebannt zu erstarren, so war mit jenem Schwalbenfluge dem jungen Dichtergemüt plötzlich der Neckar, die grüne Zeile der stillen Baumwipfel und die schwachdunstige Berglandschaft dahinter zu einem verklärten und geläuterten Bild erstarrt, das mit der erhobenen, feierlich-milden Stimme einer höheren, dichterischen Wirklichkeit zu seinen zarten Sinnen sprach. Schöner und herzlicher spielte nun das frohe Licht in den schweren, laubigen Wipfeln, seelischer und bedeutsamer floß die Kette der Berge in die verschleierte Ferne hinüber, geistiger lächelte vom Ufer Gras und Gebüsch herauf, und dunkler, mächtiger redete der strömende Fluß wie aus urwelthaften Götterträumen her, als werbe Baumgrün und Gebirge, Flußrauschen und Wolkenzug dringlich um Erlösung und ewigen Fortbestand in der Seele des Dichters.

Noch verstand der befangene Jüngling die flehenden Stimmen nicht ganz, noch ruhte der innere Beruf, ein verklärender Spiegel für die Schönheit der Welt zu sein, erst halb bewußt in den Ahnungen dieser schönen, heiter-nachdenklichen Stirn, und noch war das Wissen um eine vereinsamende Auszeichnung nicht mit seinen Schmerzen in des Dichters Seele gedrungen. Wohl floh er oft aus solchen geisterhaft gebannten Stunden plötzlich mit ausbrechendem Weh und Trostbedürfnis wie ein erschrecktes Kind zu seinen Freunden, verlangte in nervöser Einsamkeit heftig nach Musik und Gespräch und innigster Geselligkeit, doch war noch die unter hundert Launen verborgene Schwermut und das in allen Freuden weiterdürstende Ungenügen seinem Bewußtsein fremd geblieben. Und noch lächelten Mund und Auge in ungebrochener Lebensfrische, und von jenen geheimen Zügen der Gebundenheit und Lebensscheu, die wir im Bilde des geliebten Dichters kennen, war noch keiner in das reine Gesicht gekommen, es sei denn als ein flüchtig vorübergleitender Schatten.

Indem er stand und schaute und mit zarten, witternden Sinnen den jungen Sommertag einsog, für Augenblicke ganz allein und abgerückt und außerhalb der Zeit, kam ein Student in lärmender Wildheit die Treppe herabgerannt. Er sah den Versunkenen stehen, kam mit stürmischen Sätzen einhergesprungen und schlug dem Träumer heftig beide Hände auf die schmalen Schultern.

Erschrocken und aus tiefen Träumen gerüttelt, wendete Mörike sich um, Abwehr und einen Schatten von Beleidigung im Gesicht, die großen, milden Augen noch vom Glanz der kurzen Entrükkung überflogen. Doch alsbald lächelte er wieder, griff eine der um seinen Hals gelegten Hände und hielt sie fest.

»Waiblinger! Ich hätte mir's denken können. Was machst du? Wo rennst du wieder hin?«

Wilhelm Waiblinger blitzte ihn aus hellblauen Augen an, und sein voller, aufgeworfener Mund verzog sich schmollend wie ein verwöhnter und etwas blasierter Weibermund.

»Wohin?« rief er in seiner heftigen und rastlosen Art. »Wohin soll ich denn fliehen, von euch prädestinierten Pfaffenbäuchen weg, wenn nicht zu meinem chinesischen Refugium draußen im Weinberg, oder vielleicht lieber gleich in irgendeine Kneipe, um meine Seele mit Bier und Wein zu überschwemmen, bis nur die höchsten Gebirge noch aus dem Dreck und Schlamm hinausragen? O Meerigel, du wärst ja noch der einzige, mit dem ich gehen könnte, aber weißt du, am Ende bist vielleicht auch du bloß so ein Heimtücker und fauler Philister. Nein, ich habe niemand mehr hier in dieser Hölle, ich habe keinen Freund, es wird nächstens gar keiner mehr mit mir gehen wollen! Bin ich nicht ein Hanswurst, ein räudiger Egoist und wüster Saufbold! Bin ich nicht ein Verräter, der die Seelen seiner Freunde verkauft, jede arme Seele für einen Dukaten an den Verleger Franckh in Stuttgart?«

Mörike lächelte und sah dem Freunde in das erregte, wilde Gesicht, das ihm so vertraut und so merkwürdig war mit seiner Mischung von brutaler Offenheit und pathetischer Schauspielerei. Die langen, wehenden Locken, mit denen Waiblinger in Tübingen aufgetreten war und die ihm so viel Ruhm und Spott eingebracht hatten, waren seit einiger Zeit gefallen. Er hatte sie sich in einer gerührten Stunde von der Frau eines Bekannten mit der Schere abschneiden lassen.

»Ja, Waiblinger«, sagte Mörike langsam, »du machst es einem eigentlich nicht leicht. Deine Locken hast du damals geopfert, aber daß du dir vorgenommen hast, vor Mittag kein Bier mehr zu trinken, das hast du, scheint's, wieder vergessen.«

Mit einer übertriebenen Gebärde der Verachtung sah der andere ihn an und warf den Athletenkopf zurück.

»Ach du! Jetzt fängst auch du noch das Predigen an! Das ist gerade, was mir noch gefehlt hat. Es ist ein Elend. Ich aber sage dir, du Gesalbter des Herrn, du wirst eines Tages in einer stinkigen Landpfarre sitzen und wirst sieben Jahre um die saure Tochter deines Brotherrn dienen und einen Bauch dabei bekommen und wirst das Gedächtnis deiner besseren Tage verkaufen um ein Linsengericht, und wirst deinen Jugendfreund verleugnen um einer Gehaltsaufbesserung willen. Denn siehe, es wird eine Schande und Todsünde sein, für den Freund des Waiblinger zu gelten, und sein Name soll ausgetilgt werden im Gedächtnis der Guten und Frommen. Meerigel, du bist ein Heimlichtuer, und es ist mein Fluch, daß ich dein Freund sein muß, denn auch du hältst mich für einen Verworfenen, und wenn ich in der Verzweiflung meiner Seele zu dir komme und mich an dein Herz werfe, dann wirfst du mir vor, daß ich Bier getrunken habe! Nein, ich habe nur noch einen Freund, einen einzigen, und zu dem will ich gehen. Der ist meinesgleichen, und das Hemd hängt ihm aus den Hosen, und er ist seit zwanzig Jahren so verrückt, wie ich es bald auch sein werde.«

Er hielt inne, nestelte heftig an seinem lang herabhängenden Halstuch, das er unter die Weste stopfte, und fuhr plötzlich viel sanfter und beinahe bittend fort: »Du, ich will zum Hölderlin gehen. Gelt, du kommst mit?«

Mörike zeigte mit der Hand durchs offene Fenster, mit einer unbestimmten, weiten Gebärde. »Da guck einmal hinaus! Das ist so schön, wie das alles im Frieden liegt und in der Sonne atmet. So hat es der Hölderlin auch einmal gesehen, wie er seine Ode vom Neckartal gedichtet hat. Ja, ich komme mit, natürlich.«

Er ging voran, Waiblinger aber blieb einen Augenblick stehen und blickte hinaus, als habe wirklich erst Mörike ihm die Schönheit des vertrauten Bildes gezeigt. Dann legte er im Nacheilen dem Freunde die Hand auf den Arm und nickte mehrmals nachdenklich, und sein unstetes Gesicht war still und gespannt geworden.

»Bist du mir bös?« fragte er kurz.

Mörike lachte nur und ging weiter.

»Ja, es ist schön da draußen«, fuhr Waiblinger fort, »und da hat der Hölderlin vielleicht seine schönsten Sachen gedichtet, wie er anfing, das Griechenland seiner Seele in der Heimat zu suchen. Du verstehst das auch besser als ich, du kannst so ein Stück Schönheit ganz still aufnehmen und wegtragen und dann einmal wieder ausstrahlen. Das kann ich nicht, noch nicht, ich kann nicht so ruhig und still und so verflucht geduldig sein. Vielleicht einmal später, wenn ich kühl und ausgetobt und alt geworden bin.«

Sie traten auf den Stiftshof hinaus und überschritten die Schattengrenze. Waiblinger nahm den Hut vom Kopf und atmete begierig die warme Sonnenluft. An alten, stillen Häusern vorbei, deren grüne Holzläden auf der Mittagsseite gegen die Hitze geschlossen waren, gingen sie die Gasse hinab bis zum Hause des Schreinermeisters Zimmer, wo eine saubergeschichtete Ladung von frischen tannenen Brettern in der blanken Wärme glänzte und duftete. Die Haustür stand offen, und alles war still, der Meister hielt noch Mittagspause.

Als die Jünglinge ins Haus traten und sich zur Treppe wandten, die zu des wahnsinnigen Dichters Erkerzimmer hinaufführte, öffnete sich in dem dunklen Hausflur eine Türe, aus einem durchsonnten Wohnraum her drang weiches Licht in Strahlenbündeln heraus, und darin erschien ein junges Mädchen, die Tochter des Schreiners.

»Grüß Gott, Jungfer Lotte!« sagte Mörike freundlich.

Sie schaute einen Augenblick lichtblind in den schattigen Raum, dann kam sie näher. »Grüß Gott, ihr Herren! Ach, Sie sind's? Grüß Gott, Herr Waiblinger! Ja, er ist droben.«

»Wir wollen ihn mit spazieren nehmen, wenn wir dürfen?« sagte Waiblinger mit einer einschmeichelnden Stimme, die er gegen alle jungen und hübschen Mädchen im Gebrauch hatte.

»Das ist recht, bei dem schönen Wetter. Gehen die Herren wieder ins Presselsche Gartenhaus?«

»Jawohl, Jungfer Lotte. Kann ihn vielleicht später jemand dort abholen? Ich frage nur. Wenn's nicht gut geht, bringen wir ihn selber wieder her. Man kommt immer gern zu Ihnen ins Haus, Jungfer.«

»Ei was! Nein, ich komme dann schon und hole ihn. Daß er nur nicht zu lange in der heißen Sonne bleibt, es tut ihm nicht gut.«

»Danke, ich will daran denken. Also auf Wiedersehen!«

Sie verschwand, und mit ihr floh die Lichtflut hinter die Stubentür zurück. Die beiden Studenten stiegen die Treppe hinauf und fanden die Tür zu Hölderlins Zimmer halb offenstehen. Mit der leichten Scheu und Befangenheit, die er trotz wiederholter Besuche jedesmal vor dieser Schwelle empfand, näherte Mörike sich langsam. Waiblinger ging rascher voraus und pochte an den Türpfosten, und da keine Antwort herauskam, schob er die leise in den Angeln reibende Tür behutsam weiter auf, und beide traten ein.

Sie sahen in dem sehr einfachen, aber hübschen und lichten Raume, dessen Fenster auf den Neckar gingen, die hohe Gestalt des Unglücklichen in ein Fenster gelehnt, auf den unmittelbar unter dem Erker dahinströmenden Fluß blickend. Hölderlin stand ohne Rock in Hemdärmeln, den schlanken Hals bloß, das Haupt leicht gegen den Fluß hinabgebeugt. Nahe beim Fenster stand sein Schreibtisch; Gänsefedern staken in einem Behältnis, eine lag quer über mehrere beschriebene Papiere hinweggelegt. Ein schwacher Luftzug lief vom Fenster her und raschelte in den Blättern.

Bei dem Geräusch wendete der Dichter sich um, er nahm die Eingetretenen wahr und blickte ihnen aus seinen schönen, reinen Augen entgegen, indem sein Blick zuerst auf Mörike fiel, den er nicht zu erkennen schien.

Verlegen machte dieser einen kleinen Bückling und sagte schüchtern: »Guten Tag, Herr Bibliothekar! Wie geht es Ihnen?«

Der Dichter schlug den Blick zu Boden, ließ die noch auf dem Fenstersims ruhende Hand sinken und verneigte sich sehr tief, indem er unverständliche demütige Worte murmelte. Wieder und wieder verneigte er sich in schauerlich mechanischer Ergebenheit, bückte sein schönes, schwach ergrautes Haupt tief hinab und legte die Hände über der Brust zusammen.

Waiblinger trat vor, legte ihm die Hand auf den Arm und sagte: »Lassen Sie's gut sein, verehrter Herr Bibliothekar!«

Nochmals bückte Höderlin sich tief und murmelte halblaut: »Ja, Königliche Majestät. Wie Eure Majestät befehlen.«

Und indem er Waiblinger in die Augen sah, erkannte er ihn, der sein Freund und häufiger Besucher war; er hörte auf, seine Verbeugungen zu machen, ließ sich die Hand schütteln und wurde ruhig.

»Wir wollen spazierengehen!« rief der Student ihm zu, der diesem Kranken gegenüber etwas von seinem reizbar ungleichen Wesen verlor und im Umgang mit dem verehrten Schatten eine ihm sonst kaum eigene Güte und sanfte Überlegenheit zeigte, wie er denn überhaupt zu keinem Menschen in einem so gleichmäßigen und liebenden Verhältnis lebte wie zu dem geisteskranken Dichter, der mehr als dreißig Jahre älter war und den er bald sanft und schonend wie ein gutes Kind, bald ernst und verehrend wie einen edlen Freund anzufassen wußte.

Mit Verwunderung und verlegener Rührung sah nun der Studiosus Mörike zu, wie sein ungestümer und hochfahrender Freund sich mit seltsam zarter Teilnahme und mit einer gewissen Übung und Geschicklichkeit des kranken Menschen annahm.

Waiblinger schien sich in Hölderlins Zimmer genau auszukennen. Von einem Nagel hinter der Tür brachte er des Wahnsinnigen Gehrock, aus einer Schublade sein wollenes Halstuch hervor und half dem folgsamen Kranken in seine Kleider wie eine Mutter dem Kinde. Er wischte mit seinem Taschentuch den Staub von Hölderlins Knien, er suchte dessen großen schwarzen Hut hervor und bürstete ihn sorglich rein, und dazwischen redete er ihm zu und ermunterte ihn beständig: »So, so, Herr Bibliothekar, jetzt haben wir's gleich, jawohl. So, so ist's recht, so ist's gut. Dann gehen wir an die Luft hinaus und zu den Bäumen und Blumen, es ist schön Wetter heut. So, jetzt noch den Hut auf, s'il vous plaît.« Worauf der alte Dichter nichts erwiderte als etwa einmal in höflich zerstreutem Tone die Worte: »Euer Gnaden befehlen es. Je vous remercie mille fois, Herr von Waiblinger.« Er ließ sich betreuen und hielt willig stand, und sein ehrwürdiges Gesicht mit den nur teilweise zerstörten adlig schönen Zügen schien bald voll zerstreuter Gleichgültigkeit, bald in einer heimlich belustigten hohen Überlegenheit zuzuschauen.

Mörike war unterdessen an den Schreibtisch getreten und las, ohne das Blatt jedoch in die Hände zu nehmen, stehend in einem der offenliegenden Manuskripte. In metrisch tadellosen, wohlgebauten Versen stand da ein Stück von des zerstörten Dichtergeistes Schattenleben aufgezeichnet: flüchtige, oft von Unsinn unterbrochene Gedanken und sanfte Klagen, dazwischen Bilder voll reiner Anschaulichkeit, in einer empfindlichen, feingepflegten Sprache voll Musik, aber immer wieder gestört und vernichtet durch plötzlich hineingeflossene Worte und Sätze eines harmlos ledernen Kanzleistils.

»So, jetzt können wir ja gehen«, rief Waiblinger, als sie fertig waren, und Hölderlin folgte ihm willig, nicht ohne noch im Gehen zu wiederholen: »Der Herr Baron befehlen. Euer Gnaden untertänig zu Diensten.«

Hager und groß schritt Friedrich Hölderlin hinter Waiblinger her die Treppe hinab, über den umzäunten Hof und durch die Gasse, den großen Hut bis dicht über die Augen herabgezogen, leise vor sich hinmurmelnd und scheinbar ohne einen Blick für die Welt. Bei der Neckarbrücke aber, wo zwei kleine barfüßige Büblein kauerten und mit einer toten Eidechse spielten, blieb die schlanke, würdevolle Gestalt einen Augenblick stehen, um vor den beiden Kindern tief den Hut zu ziehen. Mörike ging neben ihm und da und dort blickte man aus Fenstern und Haustüren dem grotesken kleinen Zuge nach, jedoch ohne viel Erregung und Neugierde, denn jedermann kannte den verrückten Dichter und wußte von seinem Schicksal.

Sie stiegen an hübschen buschigen Gartenhängen und Weinbergmäuerchen vorbei den sonnigen Österberg hinan. Voraus ging stattlich die kraftvolle Gestalt Waiblingers, welcher längst aus Erfahrung wußte, daß Hölderlin niemals vorangehe und einer Führung bedürfe. Dieser schritt langsam und ernsthaft, den Blick meist am Boden, und neben ihm ging der zarte Mörike her, gleich seinem Kameraden schwarz gekleidet. In den Ritzen der Rebbergmauern blühte da und dort blauroter Storchschnabel und weiße Schafgarbe, davon riß Hölderlin zuweilen einige Stengel ab und nahm sie mit sich. Die Hitze schien ihn nicht anzufechten, und als sie oben haltmachten, blickte er befriedigt um sich.

Hier stand das chinesische Gartenhäuschen des Oberhelfers Pressel, das im Sommer stets an Studenten abgetreten wurde und jetzt schon seit längerer Zeit, solange es die Witterung erlaubte, tagsüber von Waiblinger bewohnt wurde. Dieser zog einen großen geschmiedeten Schlüssel aus der Tasche, stieg die paar Steinstufen zum Eingang empor, schloß die Türe auf und wandte sich mit einer feierlich einladenden Gebärde an den Gast: »Treten Sie ein, Herr Bibliothekar, und seien Sie willkommen!«

Der Dichter nahm seinen Hut ab, stieg hinan und trat in das kleine putzige Häuschen, das er längst kannte und liebte. Kaum war auch Waiblinger hereingekommen, so wandte sich Hölderlin an diesen mit einer tiefen, respektvollen Verbeugung und sprach mit mehr Lebhaftigkeit als sonst: »Euer Gnaden haben befohlen. Ich empfehle mich Ihnen, Herr Baron. Eure Herrlichkeit wird mich in dero Schutz nehmen. Votre très humble serviteur.«

Darauf trat er vor den Schreibtisch und starrte mit angelegentlichem Interesse nach der Wand empor, wo Waiblinger in großen griechischen Schriftzeichen den geheimnisvollen Spruch »Ein und All« angebracht hatte. Vor diesen Zeichen verweilte er minutenlang in gespannter Nachdenklichkeit. Mörike, in der leisen Hoffnung, ihn jetzt einem Gespräch zugänglich zu finden, näherte sich ihm und fragte behutsam: »Sie scheinen diesen Spruch zu kennen, Herr Bibliothekar?«

Dieser wich aber alsbald zurück und verschanzte sich in sein undurchdringliches Hofzeremoniell. »Majestät«, sagte er mit großer Feierlichkeit, »dieses kann und darf ich nicht beantworten.«

Er trug den unordentlich zusammengerafften Blumenstrauß noch in der Hand, den er nun langsam mit den Fingern zerpflückte und in die Taschen seines Rockes stopfte. Währenddessen war er an das breite, niedere Fenster getreten, das über den lichten Weinberg und die tieferliegenden Gärten hinweg eine weite stille Aussicht auf das Flußtal und auf die hohen Berge der Alb darbot. In den Anblick der hellen, friedevollen Sommerlandschaft versunken, blieb er stehen, tief die reine, von Sonnenschein und Rebenblüte erfüllte Luft atmend, und an seinen entspannten und beglückten Mienen war zu merken, daß diesem schönen Bilde seine Seele noch in der alten Zartheit und heiligen Empfänglichkeit offenstehe und Antwort gebe.

Waiblinger nahm ihm den Hut aus der Hand und sprach ihm zu, sich aufs Gesims des Fensters zu setzen, was er sogleich tat. Darauf erhielt erst Hölderlin, dann Mörike vom Hausherrn eine wohlzubereitete Tabakspfeife überreicht, und nun saß der kranke Dichter begnügt und zufrieden rauchend, schwieg und blickte ruhig in das sommerliche Tal hinaus. Sein rastloses Murmeln war verstummt, und vielleicht hatte sein ermüdeter Geist zu den hohen Sternbildern seiner Erinnerung zurückgefunden, unter welchen er einst die kurze herrliche Blüte seines Lebens gefeiert und deren Namen seit zwei Jahrzehnten niemand mehr ihn hatte nennen hören.

Schweigend hatten die Freunde eine Weile den Rauch aus ihren Pfeifen gesogen und dem stillen Manne am Fenster zugeschaut. Dann erhob sich Waiblinger, nahm ein Schreibheft zu Händen, das auf dem Tische lag, und begann mit feierlicher Stimme zu reden: »Verehrter Gast, es ist Ihnen wohl bekannt, daß wir drei ein Kollegium von Dichtern vorstellen, wenn auch keiner von uns jungen Anfängern sich mit dem Dichter des unsterblichen Hyperion vergleichen darf. Was könnte nun natürlicher und schöner sein, als daß ein jeder von uns etwas von seinen Gedichten oder Gedanken vortrage? In diesem Hefte hier habe ich allerlei aus Ihren neueren Schriften gesammelt, Herr Bibliothekar, und ich bitte Sie herzlich, lesen Sie uns etwas daraus vor!«

Er gab Hölderlin das Schreibheft in die Hand, das dieser sogleich wiederzuerkennen schien. Er stand auf, begann in dem kleinen Raum hin und wider zu schreiten, und plötzlich hob er mit lauter Stimme und mit einer gewissen ergreifenden Leidenschaftlichkeit an, folgendes vorzulesen: »Wenn einer in den Spiegel siehet, ein Mann, und siehet darin sein Bild wie abgemalt: es gleicht dem Manne. Augen hat des Menschen Bild, hingegen Licht der Mond. Der König Ödipus hat ein Auge zuviel vielleicht. Die Leiden dieses Mannes, sie scheinen unbeschreiblich, unaussprechlich, unausdrücklich. Wenn das Schauspiel ein solches darstellt, kommt's daher. Wie ist mir's aber, gedenk ich deiner jetzt? Wie Bäche reißt das Ende von etwas mich dahin, welches sich wie Asien ausdehnet. Natürlich, dieses Leiden, das hat Ödipus. Natürlich ist's darum. Hat auch Herkules gelitten? Wohl. Die Dioskuren in ihrer Freundschaft, haben sie Leiden nicht auch getragen? Nämlich, wie Herkules mit Gott streiten, das ist Leiden. Doch das ist auch ein Leiden, wenn mit Sommerflecken ist bedeckt ein Mensch, mit manchen Flecken ganz überdeckt zu sein! Das tut die schöne Sonne. Die Jünglinge führt sie die Bahn mit Reizen ihrer Strahlen wie mit Rosen. Die Leiden scheinen so, die Ödipus getragen, als wie ein armer Mann klagt, daß ihm etwas fehle. Sohn Laios', armer Fremdling in Griechenland! Leben ist Tod, und Tod ist auch ein Leben…«

Während des Lesens hatte sein Pathos sich noch immer gesteigert, und die Studenten waren den seltsamen, zuweilen tief und schrecklich bedeutsam lautenden Worten nicht ohne Bangigkeit und geheimen Schauder gefolgt.

»Wir danken Ihnen!« sagte Mörike. »Wann haben Sie das geschrieben?«

Allein der Kranke liebte es nicht, gefragt zu werden, er ging nicht darauf ein. Statt dessen hielt er dem Jüngling das Schreibheft vor die Augen. »Sehen Sie, Hoheit, hier steht ein Semikolon. Euer Hoheit Wunsch ist mir Befehl. Non, votre Altesse, die Gedichte bedürfen des Kommas und des Punktes. Euer Gnaden befehlen, daß ich mich zurückziehe.« Damit setzte er sich wieder ins Fenster, begann an der erloschenen Pfeife zu saugen und richtete seinen Blick auf den fernen Roßberg, über dem eine lange, schmale Wolke mit goldenen Rändern stand.

»Du hast doch auch etwas zum Vorlesen?« fragte Waiblinger seinen Freund.

Mörike schüttelte den Kopf und fuhr mit den Fingern durch sein blondes, frauenhaft zartes Haar. In seinem kleinen Stehpult verborgen, bewahrte er daheim in seiner Stiftsstube seit kurzem zwei neue Gedichte auf, welche »An Peregrina« überschrieben waren und von denen keiner seiner Freunde wußte. Wohl wußten einige von ihnen um die sonderbare romantische Liebe, deren schönes Zeugnis jene Lieder waren; vor Waiblinger aber hatte er nie davon gesprochen. »Du bist doch ein Querkopf!« rief Waiblinger enttäuscht. »Warum hältst du dich eigentlich vor mir so verborgen? Von deinen Gedichten höre ich nichts mehr, und hier oben hat man den Herrn auch seit Wochen nimmer gesehen. Der Louis Bauer macht es gerade so. Ihr seid verfluchte Feiglinge, ihr Tugendhelden!«

Mörike wiegte unruhig seinen Kopf hin und wider. »Wir wollen uns lieber vor dem da nicht zanken«, sagte er leise mit einer Gebärde gegen das Fenster. »Was indessen den Tugendhelden betrifft, da hast du dich getäuscht. Mein Werter, ich habe letzte Woche wieder einmal acht Stunden im Karzer gesessen. Das sollte mich bei dir rehabilitieren. Und nächstens kann ich dir auch wieder etwas vorlesen.«

Waiblinger hatte seinen Hemdkragen weit aufgeknöpft und den Rock ausgezogen, seine mächtige, dunkelbehaarte Brust schaute durch den Hemdspalt. »Du bist ein Diplomat!« rief er feindselig, und alles, woran er seit Wochen litt und womit er nicht fertig wurde, stieg wieder mit neu ausbrechender Heftigkeit in ihm auf. »Man weiß nie, wie man bei dir steht. Aber ich will es jetzt wissen, du. Warum weicht ihr mir alle aus. Warum kommt keiner mehr zu mir in den Weinberg da heraus? Warum läuft mir der Gfrörer davon, wenn ich ihn anreden will? Ach, ich weiß ja alles! Angst habt ihr, elende lumpige Stiftlerangst! Ihr seid genau wie die Ratten, die ein Schiff vor dem Untergang verlassen! Denn daß ich nächstens einmal aus dem Stift hinausgeworfen werde, das wißt ihr ja besser als ich selber. Ich bin gezeichnet wie ein Baum, der gefällt werden soll, und ihr zieht euch zurück und seht zu, die Hände in den Taschen, wie lang ich's wohl noch treibe. Und wenn sie mich dann absägen, dann seid ihr die Schlauen und könnt sagen: haben wir's nicht schon lang gesagt? Wenn der Bürgersmann einen rechten Spaß haben soll, dann muß einer gehenkt werden, und der bin diesmal ich. Und du, du stehst auch bei denen drüben, und von dir ist es nicht recht, du bist doch bei Gott mehr wert als die ganze Rotte. Du und ich, wir könnten miteinander das ganze Pack in die Luft sprengen. Aber nein, du hast deinen Bauer und deinen Hartlaub, die laufen dir nach und bilden sich ein, sie wären auch so eine Art von Genies, wenn sie sich an deinem Feuer wärmen. Und ich kann allein herumlaufen und an mir selber erstikken, bis ich kaputtgehe! Es ist nur gut, daß ich den Hölderlin habe. Ich glaube, dem haben sie auch seinerzeit im Tübinger Stift das Rückgrat gebrochen.«

»Ja, da muß ich beinahe lachen«, fing Mörike besänftigend an. »Du schimpfst, ich käme nimmer zu dir ins Gartenhaus. Aber wo sitzen wir denn gerade jetzt? Und ich bin auch ein paarmal schon den Österberg heraufgestiegen, aber der Waiblinger war nicht da, der Waiblinger hatte in der Beckei und beim Lammwirt und in andern Kneipen zu tun. Vielleicht hat er auch hier drinnen gesessen und hat bloß nicht auftun mögen, wie ich geklopft habe, so wie er's einmal dem Ludwig Uhland auch gemacht hat.« Er streckte dem Kameraden die Hand hinüber. »Sieh, Wilhelm, du weißt, daß ich nicht immer mit dir einverstanden sein kann – du bist es ja selber nicht. Aber wenn du meinst, ich habe dich nimmer gern, oder wenn du gar behauptest, mir sei mein Plätzlein im Stift zu lieb und ich habe Angst, für deinen Freund zu gelten, dann muß ich einfach lachen. Lieber soll man mich acht Tage in den Karzer stecken, als daß ich an einem Freunde den Judas mache. Weißt du's jetzt?«

Waiblinger drückte die hingebotene Hand so heftig, daß sein Freund schmerzlich den Mund verzog. Stürmisch fiel er ihm um den Hals, der sich seiner kaum erwehren konnte, und plötzlich hatte er die Augen voll Tränen stehen, und seine umschlagende Stimme klang hoch und knabenhaft. »Ich weiß ja«, rief er schluchzend, »ach, ich weiß, ich bin deiner gar nicht wert. Das dumme Saufen hat mich heruntergebracht. Du weißt ja nicht, wie elend ich bin, du kennst das alles nicht, was ich durchmache und was mich noch tötet, du kennst das Weib nicht, diese wunderbare, rätselhafte Frau, an der ich mich verblute.«

»Ich kenne sie schon!« meinte Eduard trocken, und er dachte, mit einer kleinen Erbitterung gegen den Freund, an seine eigenen Schmerzen um Peregrina.

»Du kennst sie nicht, sag ich, wenn du sie auch schon gesehen hast und ihren Namen weißt. Du, ist sie nicht wahnsinnig schön? Kann sie denn etwas dafür, daß sie eine Jüdin ist, und könnte sie so rasend schön sein, wenn sie's nicht wäre? Ich verbrenne an ihr, ich kann nicht lesen mehr, nicht schlafen, nicht dichten; erst seit ich ihren Busen geküßt und an ihrem Hals geweint habe, weiß ich, was Schicksal ist.«

»Schicksal ist immer Liebe«, sagte Mörike leise und dachte mehr an Peregrina als an den Freund, dessen stürmende Selbstentblößung ihm quälend war.

»Ach du«, rief jener schmerzlich und sank in seinen Sitz zurück, »du bist ein Heiliger! Du stehst überall nur wie ein Wächter dabei und hast überall nur teil am Schönen und Zarten und nicht am Giftigen und Häßlichen. Du bist so ein stiller guter Stern, aber ich, ich bin eine wilde nutzlose Fackel und verbrenne in der Nacht. Und ich will es auch so, ich will verflackern und verbrennen, es ist gut so und ist nicht schade um mich. Wenn ich nur vorher noch einmal etwas Gutes und Großes schaffen könnte, nur ein einziges edles, reifes Werk. Es ist ja alles nichts, was ich gemacht habe, alles schwach und eitel und in mir selbst befangen! Der hat es gekonnt, der dort drüben am Fenster! Der hat seinen Hyperion hingestellt, ein Sternbild und ein Denkmal seiner großen Seele! Und du kannst es auch, du wirst in aller Stille große und gute Werke schaffen, du Unheimlicher, dem ich nie ganz ins Herz sehen kann! Oh, ich kenne sie alle durch und durch, die Freunde, den Pfizer in Stuttgart und den Bauer und alle miteinander, ich habe sie durchschaut und ausgeleert und verbraucht – wie Nüsse, wie Nüsse! Nur du hast immer standgehalten, nur du hast dein Geheimnis in dir bewahrt. Dich kenn ich noch immer nicht, dich kann ich nicht aufknacken und verbrauchen! Mit mir geht es schon abwärts, und du stehst noch im Anfang. Mir wird es gehen wie unserm Hölderlin, und die Kinder werden mich auslachen. Aber ich habe keinen Hyperion gedichtet!«

Mörike war sehr ernst geworden. »Du hast den Phaethon gedichtet«, sagte er zart.

»Den Phaethon! Da wollte ich griechisch sein, und wie verlogen, wie widerlich ist das Zeug geworden! Sprich mir nimmer vom Phaethon! Dir kann ich's nicht glauben, wenn du ihn noch lobst, du stehst so hoch über dieser Spottgeburt! Nein, er ist nichts wert, und ich bin ein Stümper, ein jammervoller Stümper! Es geht mir immer so, ich fange eine Dichtung in heller Freude an, und es blüht und sprudelt in mir und läßt mich Tag und Nacht nicht los, bis ich den Strich unters letzte Kapitel gemacht habe. Dann meine ich wunder was ich geleistet hätte, und nach einer Weile, wenn ich's wieder ansehe, ist alles fad und grau oder alles grell und falsch und übertrieben. Ich weiß, bei dir ist das ganz anders, du machst wenig und brauchst Zeit dazu, aber dann ist es auch gut und kann sich sehen lassen. Bei mir wird aus jedem Einfall immer gleich ein Buch, und ich muß sagen, es gibt nichts Herrlicheres, als so sich hinzustürmen und auszugießen, im Rausch und Feuer des Schaffens. Aber nachher, nachher! Da steht der Satan da und grinst und zeigt den Pferdefuß, und die Begeisterung war Schwindel, und der edle Rausch war Einbildung! Es ist ein Fluch!«

»Du mußt nicht so reden«, fing Mörike gütig an, die Stimme voll von Trost. »Wir sind ja noch fast Kinder, du und ich, wir dürfen noch jeden Tag das wegwerfen, was wir gestern gemacht und schöngefunden haben. Wir müssen noch probieren und lernen und warten. Der Goethe hat auch Sachen geschrieben, von denen er nichts mehr wissen will.«

»Natürlich, der Goethe!« rief Waiblinger gereizt. »Das ist auch so ein Ritter von der Geduld, vom Abwarten und Zusammensparen! Ich mag ihn nicht!«

Plötzlich hielt er inne, und beide Jünglinge schauten verwundert auf. Hölderlin hatte seinen Fensterplatz verlassen, durch die laute, heftige Unterhaltung beunruhigt, nun stand er und schaute Mörike an; sein Gesicht zuckte unruhig, und seine hagere, lange Figur sah bedürftig und leidend aus.

Da beide betroffen schwiegen, neigte sich Hölderlin über Mörikes Stuhl, berührte ihn vorsichtig an der Schulter und sagte mit sonderbar hohler Stimme: »Nein, Euer Gnaden, der Herr von Goethe in Weimar, der Herr von Goethe – ich kann und darf mich darüber nicht äußern.«

Das gespenstische Dazwischentreten des Wahnsinnigen und sein scheinbares Eingehen auf ihr Gespräch, was bei ihm äußerst selten war, hatte die Freunde unheimlich berührt und beinahe erschreckt.

Jetzt fing Hölderlin wieder an, durch die kleine Stube zu wandern, traurig und geängstet hin und her zu wandern wie ein gefangener großer Vogel, und unverständliche Worte vor sich hin zu sagen.

»Wir hatten ihn ganz vergessen!« rief Waiblinger voll Reue und war wie verwandelt. Wieder nahm er sich des Dichters wie ein sanfter Pfleger an, führte ihn ans Fenster zurück, lobte die Aussicht und die herrliche Luft, brachte die am Boden liegende Pfeife wieder in Ordnung, tröstete und begütigte mütterlich. Und wieder gewann Mörike den anspruchsvollen und unbequemen Freund, da er ihn so herzlich und gütevoll bemüht sah, von neuem seltsam lieb und machte sich stille Vorwürfe, ihn seit langem wirklich vernachlässigt zu haben. Er kannte Waiblingers phantastische Übertreibungssucht und das unheimlich rasche Auf und Nieder seiner Stimmungen, aber was Mörike von jener gefährlichen Jüdin durch Hörensagen wußte, war freilich bedenklich, und des Freundes voriger Ausbruch hatte ihn ernstlich geängstigt. Der zarte und empfindliche Mörike hatte in Waiblinger stets ein Urbild unverwüstlichen Jugendübermuts und üppig schwellender Kraft gesehen; nun aber machte der von Trunk und seelischer Selbstzerstörung beschädigte und entstellte Mensch auch ihm einen beklemmenden Eindruck, als gehe er verzweifelnd auf einem abschüssigen Pfade tiefer und tiefer einem unholden Schicksal entgegen. Auch die seltsame Vertrautheit, ja Freundschaft des Freundes mit dem Geisteskranken erschien ihm heute in einer unheimlichen Bedeutsamkeit.

Friedlich saß indessen der Freund neben seinem armen Gast im Fenster, der strotzend junge neben dem ergrauten und erloschenen Manne; die tiefer gerückte Sonne strahlte wärmer und farbiger am Gebirge wider, im Tal fuhr ein langes Floß aus Tannenstämmen den Fluß abwärts, Studenten saßen darauf, schwangen blitzende Trinkkelche im Sonnenlicht und sangen ein kräftig frohes Lied, daß es bis in diese stille Höhe heraufschallte.

Mörike trat zu den beiden und blickte mit hinaus. Schön und milde lag die geliebte Gegend zu seinen Füßen, mit blanken Lichtern blitzte der Neckar herauf, und mit der satten lauen Luft wehte Gesang und ungebärdige Jugendlust wie mit warmem Lebensatem herauf. Warum saßen sie hier so arm und beraubt, diese Dichter des Überschwanges, der alte und der junge, und warum stand er selber, von schwankenden Freundschaften und von einer beschämend hoffnungslosen Liebe erschüttert, so unbefriedigt und traurig daneben? War das nur seine Empfindlichkeit und Schwäche, daß er trüben Stimmungen so oft unterlag? oder war es wirklich das Schicksal der Dichter, daß ihnen keine Sonne scheinen konnte, deren Schatten sie nicht in der eigenen Seele sammeln mußten?

Mitleidig dachte er dem Leben Hölderlins nach, der einst nicht nur ein Dichter, sondern auch ein begabter Philolog und hochgesinnter Erzieher gewesen war, mit Schiller in Verkehr gestanden und als Hofmeister im Hause der Frau von Kalb gelebt hatte. Hölderlin war, gerade wie Mörike auch, ein Zögling des theologischen Stifts gewesen und hätte Pfarrer werden sollen, und dagegen hatte er sich gesträubt, wie auch Mörike sich dagegen zu sträuben gedachte. Seinen Willen nun hatte jener durchgesetzt, aber er hatte die besten Kräfte dabei verbraucht! Und wie hatte die Welt den untreu gewordenen Stiftler, den zartherzigen, schüchternen Dichter empfangen! Nichts war ihm geworden als Armut, Demütigung, Hunger, Heimatlosigkeit, bis er aufgerieben war und der jahrzehntelangen Krankheit verfiel, welche weniger ein Wahnsinn zu sein schien als eine tiefe Ermüdung und hoffnungslose Resignation des verbrauchten Geistes und Herzens. Da saß er nun mit der göttlichen Stirn und den noch immer ergreifend rein blickenden Augen, das Gespenst seiner selbst, in eine taube, entwicklungslose Kindheit zurückgesunken; und wenn er noch Bogen Papiers vollschrieb, aus denen zuweilen ein wahrhaft schöner Vers wie ein helles Auge aufblickte, so war es doch nichts mehr als das Spiel eines Kindes mit bunten Mosaiksteinen.

Wie Mörike so ergriffen und nachsinnend hinter den beiden stand, wendete Hölderlin sich ihm zu und schaute eine Weile starr und suchend in das feinzügige, überaus zart belebte, etwas weiche Jünglingsgesicht, dessen Stirn und Augen voll von Geist und voll von seelischer Kindheit waren. Vielleicht fühlte der Alte, wie ähnlich dieser Junge ihm selbst sei; vielleicht erinnerte ihn die Reinheit und beseelte Helligkeit dieser Stirn und der tiefe, noch keines zartesten Hauches beraubte Jünglingstraum in diesen herrlichen Augen an seine eigene Jugend; doch ist es zweifelhaft, ob nicht auch diese einfache Gedankenfolge schon zu ermüdend für sein Denken war, vielleicht ruhte sein unergründlicher ernster Blick nur in rein sinnlichem Vergnügen auf dem Gesicht des Studenten.

Während sie alle drei eine Weile schwiegen und jeder den Nachhall der vorigen lebhaften Aussprache in sich fortschwingen fühlte, kam den Weinberg herauf die Jungfer Lotte Zimmer gestiegen. Waiblinger sah sie von weitem und schaute dem Herankommen der kräftigen Mädchengestalt mit stillem Vergnügen zu, und als sie näher kam und ihm, der sie mit lautem Zuruf begrüßte, mit Lächeln zunickte, tat er einen Sprung durchs niedrige Fenster und ging ihr die letzten Schritte entgegen.

»Es ist mir eine Ehre«, rief er überschwenglich und wies einladend die Steinstufen hinauf, »es ist mir eine Ehre, in dieser Klause auch einmal ein so hübsches Fräulein begrüßen zu dürfen. Kommen Sie herein, werte Jungfer Lotte, drei Dichter werden zu Ihren Füßen knien.«

Das Mädchen lachte, und ihr gesundes Gesicht glühte rot vom raschen Bergansteigen. Sie blieb auf der kleinen Treppe stehen und hörte dem Getöne des Studenten belustigt zu, schüttelte dann aber kurz den blonden Kopf. »Bleiben Sie lieber stehen, Herr Waiblinger, ich bin ans Knien nicht gewöhnt. Und geben Sie mir meinen Dichter heraus, ich habe genug an dem einen.«

»Aber Sie werden doch wenigstens einen Augenblick hereinkommen! Es ist ein Tempel, Fräulein, und keine Räuberhöhle. Sind Sie denn gar nicht neugierig?«

»Ich kann's aushalten, Herr Waiblinger. Eigentlich hab ich mir einen Tempel immer anders vorgestellt.«

»So? Und wie denn?«

»Ja, das weiß ich nicht. Jedenfalls feierlicher und ohne Tabaksrauch, wissen Sie. Nein, geben Sie sich keine Mühe mehr, es ist ja doch nicht Ihr Ernst. Ich komme nicht hinein, ich muß gleich wieder umkehren. Bringen Sie mir nur den Hölderlin heraus, bitte, daß ich ihn heimbringen kann.«

Nach einigen weiteren Scherzen und Umständlichkeiten ging er denn hinein und winkte dem Kranken zum Aufbruch, gab ihm seinen Hut in die Hand und führte ihn zur Tür. Hölderlin schien ungern wegzugehen, man sah es seinem Blick und seinen zögernden Bewegungen an, doch sagte er kein Wort der Bitte oder des Bedauerns.

Mit der tadellosen Artigkeit, hinter welcher er seit so vielen Jahren sich vor aller Welt verschanzte und verborgen hielt, wendete er sich mit Blick und Verneigung erst an Mörike, dann an Waiblinger, schritt folgsam zur Tür und wandte sich dort mit einer letzten Verbeugung um: »Empfehle mich Euer Exzellenz ganz ergebenst. Euer Exzellenz haben befohlen. Ergebenster Diener, dero Herrschaften.«

Freundlich nahm ihn draußen Lotte Zimmer bei der Hand und führte ihn hinweg, und die zwei Studenten blieben auf den Stufen stehen und sahen den Hinweggehenden nach, wie sie zwischen den Reben den Berg hinabgingen und rasch kleiner wurden, der lange feierliche Mann an der Hand seiner Pflegerin. Ihr blaues Kleid und sein großer schwarzer Hut waren noch lange zu sehen.

Mörike sah, wie sein Freund mit traurigen Blicken dem entschwindenden Unglücklichen folgte. Ihm lag daran, den empfindlichen und erregten Menschen erheiternd zu zerstreuen; auch wollte er selbst es vermeiden, in der Rührung einer unbewachten Stunde etwa allzuviel von seinem Innern zu enthüllen, denn Waiblinger hatte seit Monaten aufgehört, sein unbedingter Vertrauter zu sein. Mörike, der an einsamen Tagen stundenlang einer grundlosen Wehmut nachhängen konnte, liebte es nicht und hütete sich davor, diese Seite seines komplizierten Wesens anderen zu zeigen, am wenigsten diesem Freunde, der andern so gern in einer fast widerlichen Preisgabe seines Innersten zu schwelgen liebte.

Kurzentschlossen, den Bann zu brechen und sich selbst samt dem Kameraden auf die heitere Seite des Lebens hinüberzuretten, schlug er sich klatschend aufs Knie, setzte ein geheimnisvolles Gesicht auf und sagte im Ton schlecht geheuchelter Gleichgültigkeit: »Übrigens, dieser Tage habe ich einen alten Bekannten wiedergetroffen.«

Waiblinger sah ihn an und sah sein bewegliches Gesicht vom leise zuckenden Wetterleuchten hervorbrechenden Humors überflogen, die gekräuselten Mundwinkel spielten wie probend in sarkastischen Faltungen, die magern Wangen spannten sich über den starken Backenknochen in spitzbübischer Laune, und die eingekniffenen Augen schienen vor verhaltener Munterkeit zu knistern.

»Ja, wen denn?« fragte Waiblinger in froher Spannung. »Komm, wir wollen hineingehen.«

Im Stübchen zog Mörike die Fensterladen halb zu, daß sie in wohlig warmer Dämmerung saßen. Er ging elastisch hin und her, plötzlich blieb er vor Waiblinger stehen, lachte lustig auf und fing an: »Ja, weiß Gott, der Mann nannte sich Vogeldunst, Museumsdirektor Joachim Andreas Vogeldunst aus Samarkand, und er behauptete, auf einer wichtigen, äußerst wichtigen, folgenreichen Geschäftsreise zu sein. Er kam von Stuttgart mit Empfehlungen von Schwab und Matthisson – unmöglich, ihn abzuweisen! – und er wollte noch am selben Abend mit Extrapost nach Zürich weiterreisen, wo er von hochstehenden Gönnern mit Ungeduld erwartet werde. Nur der Ruf dieses entzückenden Musensitzes, sagte er, und der spezielle Ruhm und Glanz des theologischen Stifts, dieser ehrwürdigen Pflanzstätte der exzellentesten Geister, habe ihn veranlassen können, seine eilige Reise für wenige Stunden zu unterbrechen, und er bereue es nicht, nein, wahrlich, er hoffe es nie zu bereuen, obwohl seine Freunde in Zürich, Mailand und Paris ihm keine Stunde des Zuspätkommens verzeihen würden. In der Tat, Tübingen sei ganz charmant, und vornehmlich so gegen Abend in den Alleen am Neckar herrsche ein geradezu ravissantes Helldunkel von einer höchst pittoresken Delikatesse, sozusagen romantisch-poetisch. Der Emir von Belutschistan, von dem er beauftragt sei, die Abbildungen aller schönen Städte Europas in Kupferstich zu sammeln und seiner Hoheit mitzubringen, er werde entzückt sein, und wo denn ein guter Kupferstecher wohne, un bon graveur sur cuivre, aber versteht sich, ein Meister, ein rechter Künstler voll Esprit und Gemüt. Ja, ob es übrigens hier warme Quellen gebe? Nicht? Er glaube doch davon gehört zu haben – oder nein, das sei in Baden-Baden, das müsse ja von hier ganz nahe sein. Und ob der Dichter Schubart noch lebe – er meine jenen Unglücklichen, der von Friedrich dem Gütigen an die Hottentotten verkauft worden sei und dort die afrikanische Nationalhymne gedichtet habe. Oh, er sei gestorben? Hélas! der Beklagenswerte! Indessen war mir doch ganz sonderbar zumute, wie der Kerl seine Suada herunterrasselte und dazu mit den langen, dünnen Fingern an seinen silbernen Rockknöpfen drehte. Du hast ihn schon gesehen, dachte ich immer, diesen Direktorem Vogeldunst mit seinen warmen Quellen und seinen langen, dünnen Spinnenfingern! Da holt der Mann eine Dose aus seinem blauen, langen Tuchrock, der ihm hinten bis an die Schuhe hinabhing, eine hölzerne gedrechselte Dose, und wie er sie aufschraubt und in den gespenstischen Händen dreht und eine Prise nimmt und dazu in seiner heillos aufgeregten Vergnügtheit so hell und hoch zu meckern beginnt, und wie er dann so süß und äußerst angenehm zu lächeln weiß und mit den Fingernägeln auf der Dose den Pariser Marsch trommelt, da ist mir's wie im Traum, und ich quäle mich und rätsele herum wie ein Kandidat im Examen, wenn's brenzlig wird, daß ihm der Schweiß ausbricht und die Brillengläser anlaufen. Der Herr Joachim Andreas Vogeldunst aus Samarkand ließ mir aber keinen Augenblick zum Nachdenken, ordentlich als wisse er, wie mir zumute sei, und habe seine tückische Freude daran und wolle mich ja wohl recht lange schmoren lassen. Von Stuttgart erzählte er, und von den amönen Gedichten des Herrn Matthisson, die er ihm selber eigenhändig vorgelesen habe und welchen eine gewisse interessant-pikante Bleichsüchtigkeit von Kennern nicht abzusprechen sei, und im gleichen Atem fragt er aufs angelegentlichste, ob die direkte Postroute von hier nach Zürich nicht über Blaubeuren führe, er habe nämlich von einem Stück Blei gehört, das dort irgendwo liegen müsse und das vortrefflich in seine erstklassige Sammlung von Sehenswürdigkeiten passen möchte. Den Bodensee gedenke er dann auch aufzusuchen, um dort en passant am Grabe des Herrn Doktor Mesmer seine Andacht zu verrichten. Von dem tierischen Magnetismus nämlich sei er ein alter, treuer Anhänger, wie er denn auch dem Professor Schelling die Bekanntschaft mit dem Geiste des universi verdanke und überhaupt ein aufrichtiger Freund der Bildung dürfe genannt werden. Wenigstens habe er die Phantasiestücke von Hoffmann ins Persische übersetzt und lasse alle seine Kleider in Paris arbeiten, sei auch vom seligen Pascha von Assuan mit einem wertvollen Orden dekoriert worden. Er stelle einen Stern dar, dessen Zacken von Krokodilzähnen gebildet werden, und früher habe er ihn gern auf der Brust getragen, einst aber einer Berliner Hofdame damit beim Tanzen den Hals verwundet, weshalb er auf das Tragen dieser hübschen Dekoration seitdem resigniert habe. Aber indem er das sagt, fährt sich der Herr Museumsdirektor mit der flachen Hand sacht über den Scheitel, und das tat das Männlein so kosend und zephierhaft, daß ich um ein Haar laut hätte hinauslachen müssen. Denn jetzt kannte ich ihn – wer war's?«

»Wispel!« rief Waiblinger entzückt auf.

»Richtig geraten. Es war Wispel. Aber er hatte sich verändert, das muß ich sagen. Ganz leise begann ich also meine Entdeckung anzudeuten und sagte vorerst, mir sei, ich habe ihn schon früher einmal gesehen. Er lächelt. Er sei zum erstenmal in seinem Leben in diesem charmanten Lande und in dieser entzückenden Stadt, deren Bild in Kupferstich mitzunehmen er übrigens ja nicht vergessen dürfe, aber obschon er sehr bedaure, sich nicht erinnern zu können, möchte es ja doch immerhin wohl möglich sein, daß ich ihn schon gesehen hätte. In Berlin vielleicht? Oder am Ende in Petersburg? Nein? Oder in Venedig? Auf Korfu? Nicht? Ja, dann tue es ihm leid, es müsse wohl ein angenehmer Irrtum des

Herrn Magisters sein. Nein, sagte ich, jetzt eben fällt mir's ein, es ist in Orplid gewesen. Er stutzt einen Augenblick. Orplid? Ja, richtig, da sei er auch einmal gewesen, als Gesellschafter bei dem alten König Ulmon, der aber leider inzwischen gestorben sein solle. – Da kennen Sie vielleicht auch unsern Freund Wispel? frage ich jetzt und sehe ihm gerade in die Augen. Ich kann schwören, er war's, aber meinst du, er hätte mit einer Wimper gezuckt? Nichts dergleichen! Wi–Wips – Wipf – sagte er nachdenklich und tut, als könne er den wildfremden Namen absolut nicht aussprechen.«

»Großartig!« jubelte Waiblinger. »Das sieht ihm gleich, dem Windbeutel, dem Vogeldunst! Aber was hat er denn eigentlich von dir gewollt?«

»Ach, nichts Besonderes«, lachte Mörike, »Ich erzähl dir's dann. Aber jetzt muß ich einen Augenblick hinausgehen.«

Er stieß die Laden wieder auf, golden lag der Abend draußen und die Berge blau im Duft.

Er ging hinaus, kam aber schon nach einer Minute wieder zur Tür herein, vollkommen verwandelt, das Gesicht seltsam schlaff, mit süßlich zugespitztem Munde, die Augen leer und rastlos, das Haar ein wenig in die Stirn herabgestrichen, was ihn ungemein veränderte, mit schwebenden, vogelartigen Bewegungen der Arme und Hände, mit auswärts gespreizten Füßen auf den Zehenspitzen hüpfend, ganz Wispel. Dazu hatte er eine hohe, seltsam fade, flatterhafte Stimme angenommen.

»Schönen guten Abend, Herr Magister!« fing er an und machte ein weltmännisches Kompliment, den Hut mit den Fingerspitzen der Linken am Rande haltend. »Schönen guten Abend, ich habe die Ehre und das Vergnügen, mich Ihnen als den Museumsdirektor Vogeldunst aus Samarkand vorzustellen. Sie erlauben wohl, daß ich mich ein wenig bei Ihnen umsehe? Ein angenehmer Aufenthalt hier oben, en effet, erlauben Sie mir, Ihnen zu diesem deliziösen Tuskulum zu gratulieren.«

»Was führt Ihn denn her, Wispel?« fragte nun Waiblinger.

»Vogeldunst, bitte, Direktor Vogeldunst. Auch muß ich ergebenst bitten, mich nicht mit Er anzureden, nicht meiner unbedeutenden Person wegen, sondern aus Respekt vor den diversen hohen und distinguierten Herrschaften, in deren Dienst zu stehen ich die Ehre habe.«

»Also, Herr Direktor, womit kann ich dienen?«

»Sie sind der Herr Magister Waiblinger?«

»Jawohl.«

»Sehr gut. Sie sind Dichter. Sie sind ein poetisches Genie. Oh, bitte, keine überflüssige Bescheidenheit! Man ist von Ihren Meriten unterrichtet. Ich kenne Ihre unsterblichen Werke, mein Herr. Drei Tage im Phaethon oder die Griechenlieder in der Unterwelt. Wie? Nein, bemühen Sie sich nicht, ich bin vollkommen unterrichtet.«

»Also weiter, zum Teufel, Sie Direktor in der Oberwelt!«

»Der Herr Magister gehören in das Tübinger Stift? Da möchte ich ganz ergebenst recherchieren, ob der Herr denn dort auch zufrieden ist?«

»Zufrieden? Im Stift? Mann, da müßte ich ja ein Vieh sein. Indessen hat die Sache zwei Seiten: die Herren vom Stift sind nämlich mit mir ebensowenig zufrieden wie ich mit ihnen.«

»Sehr gut, très bien, Verehrtester! Ganz wie ich es mir gewünscht habe. Ich bin nämlich in der aimablen Lage, dem Herrn Magister eine recht angenehme Verbesserung seiner Umstände offerieren zu können.«

»Oh, sehr verbunden. Darf ich fragen –?«

Mörike-Wispel trat einen kleinen Schritt zurück, setzte vorsichtig seinen Hut auf ein Bücherbrett nieder, führte mit den Armen die sublimsten Flugbewegungen aus und flötete im höchsten Diskant, doch geheimnisvoll gedämpften Tons: »Sie sehen in mir, Verehrter, einen bescheidenen Mann, einen Mann von wenig Verdiensten vielleicht, aber einen Mann, mein Herr, der das Seine ohne Ruhmredigkeit zu tun weiß und der schon die höchsten Herrschaften zu dero Zufriedenheit bedient hat. Erlauben Sie mir, mich ganz kurz zu fassen, wie es einem Manne geziemt, dessen Zeit überaus kostbar ist. Ich trage die schmeichelhaftesten Empfehlungsbriefe von den Herren Matthisson und Schwab in meiner Tasche. Es handelt sich um eine nicht unwichtige Angelegenheit. Hören Sie, und achten Sie wohl auf meine Worte. Ich suche einen Ersatz für Friedrich Schiller.«

»Für Schiller! Ja, mein werter Mann –«

»Sie werden mich verstehen, ja ich schmeichle mir, Sie werden mich billigen. Hören Sie! Zu den hervorragenden Männern, denen ich gelegentlich meine schwachen Dienste widme, gehört der Herr Lord Fox in London, einer der distinguiertesten und reichsten Männer von England, Pair von Großbritannien, Freund und

Vertrauter Seiner Majestät des Königs, Schwager des Ministers der Finanzen, Pate des Prinzen Jakob von Cumberland, Besitzer der Grafschaften –«

»Ja, ja, schon recht. Und was ist's mit diesem Herrn Lord?«

»Der Lord weiß meine Talente zu schätzen, ja, ich darf mich seinen Freund nennen, Herr Magister. Es war einmal auf einer Hofjagd in Wales, da stellte er mich dem Baron Castlewood vor mit den wahrhaft jovialen Worten: Dieser Mann ist ein Juwel, lieber Baron! Ein andermal, als die Prinzessin Viktoria gerade zur Welt gekommen war – ich war damals von Spanien zurückgekehrt –«

»Gut, gut, aber fahren Sie fort! Der Lord Fox –«

»Der Lord Fox ist ein ungewöhnlicher Mann, Herr Magister. Ich hatte damals die Ehre, ihn in seinem eigenen Wagen zur Jagd begleiten zu dürfen. Es war eine Fuchsjagd, mein Herr, und der Fuchs wird in England zu Pferde gejagt, es ist das Lieblingsvergnügen des Adels, vous savez. Auch der berühmte Lord Chesterfield soll ein großer Fuchsjäger gewesen sein, ebenso Lord Bolingbroke. Er starb an Blutvergiftung.«

»Kommen Sie doch zur Sache, Herr!«

»Ich bin stets bei der Sache. Eine Fuchsjagd ist sogar eine ganz charmante Sache, wenn schon vielleicht eine russische Büffeljagd noch interessanter sein mag. Ich habe einer solchen Büffeljagd im Ural beigewohnt. Aber, um mich kurz zu fassen, die großen Herren in England haben sonderbare und, je vous assure, kostspielige Passionen. Ich kannte einen Herrn von der Ostindischen Kompagnie, der tat nichts anderes, als daß er wegen eines Schmerzes im linken Knie alle Ärzte von ganz Europa zu sich kommen ließ. Ich empfahl ihm damals den Leibarzt des Kurfürsten von Braunschweig – nun habe ich seinen Namen vergessen –«

»Welchen Namen? Des Kurfürsten –«

»Nein, des Leibarztes. Ich bin untröstlich, ich hätte es niemals für möglich gehalten; es ist in der Tat selten, daß mein Gedächtnis mich im Stiche läßt. Er war ein sehr geschickter Mensch, der sein Handwerk verstand. Übrigens hat er dem Herrn in England doch nicht helfen können, und er behauptete nachher, die Schmerzen jenes Mannes seien überhaupt nicht zu heilen, da sie lediglich in seiner Einbildung bestünden. Immerhin, der Engländer war unzufrieden, es war für mich ein rechter embarras. – Aber Sie haben mich unterbrochen. Also, es handelt sich darum, einen Ersatz für Friedrich Schiller zu finden. Der Lord Fox will nämlich einen deutschen Dichter in seiner Sammlung haben. Ich selbst habe ihn dazu überredet, und warum soll er nicht? Er besitzt einen tibetanischen Priester, einen japanischen Schwerttänzer, einen Zauberer aus dem Mondgebirge und zwei echte Hexen aus Salamanca. Sie wissen, ich bin gewissermaßen selbst ein Stück von einem homme de lettres, und da ich mancherlei Reisen mache und vielerlei Bekanntschaften habe, konnte ich die vielleicht nicht ganz uninteressante Beobachtung machen, daß sehr viele von den deutschen Dichtern Schwaben sind, und daß sehr viele von diesen schwäbischen Dichtern dem theologischen Stift angehören, und daß sehr viele von ihnen wenig mit ihren Glücksumständen zufrieden zu sein scheinen. Eh bien! da dachte ich mir, ich könnte dem Lord Fox einen schwäbischen Dichter besorgen. Er bezahlt die Reise und gibt zweitausend Taler jährlich. Es ist nicht eben viel, aber man kann davon leben. Meine Erkundigungen im Auslande haben zu dem Resultat geführt, daß Friedrich Schiller der berühmteste schwäbische Dichter ist, und ich bin nach Jena gereist, um ihm meine Reverenz zu machen. Leider erfuhr ich, daß Herr Schiller schon vor längerer Zeit gestorben sei. Lord Fox will aber einen lebendigen Dichter haben, vous comprenez –«

Mitten im Satz hielt Mörike plötzlich inne. Von der Stadt herauf schlug die Stiftskirchenuhr, die Sonne stand schon tief. Es war sieben Uhr.

»O weh, das gibt wieder eine Note!« rief Mörike ein wenig bekümmert. »Wir kommen nimmer rechtzeitig ins Stift heim, und ich habe eben erst im Karzer gesessen.«

»Ach was«, meinte Waiblinger ärgerlich, »es ist bloß schade um den Wispel. Die dumme Kirchenuhr! Komm, wir fangen noch einmal an!«

Aber Mörike schüttelte den Kopf; er war plötzlich ernüchtert. Bedächtig strich er seine Haare zurecht und schloß einen Augenblick die Augen; sein Gesicht sah müde aus. »Kommst du mit?« fragte er dann. »Wenn ich beim Torwart ein bißchen bettle, läßt er uns vielleicht doch noch hinein.«

Waiblinger stand unschlüssig. Jene schöne Jüdin, sein böses Schicksal, erwartete ihn auf den Abend. Er hatte sie seit einer Stunde ganz vergessen, seit langem war ihm nicht so wohl gewesen. Einstweilen begann er die Läden zu schließen, Mörike half mit, dann traten sie beide aus dem dunkelgewordenen Gartenhaus in den warmen Abend, der auf den steinernen Treppenstufen rötlich glühte.

Nun verschloß Waiblinger die Tür von außen. »Nein«, sagte er, während er den Schlüssel abzog, »ich bleibe heute abend draußen. Aber ich begleite dich noch in die Stadt. Es ist hübsch gewesen heute nachmittag, ich war schon lange nimmer so vergnügt. Weißt du, es geht mir schlecht, und du mußt mir's nicht nachtragen, wenn ich dich vielleicht ein wenig angeschrien habe. Es gilt alles mir selber, auch was etwa an dich adressiert war, und wenn du schlecht von mir denkst, so kannst du doch gewiß nicht schlechter von mir denken, als ich's selber tue.«

Sie gingen im Abendlicht bergabwärts der Stadt entgegen, die mit rauchenden Kaminen und schrägbesonnten Dächern bescheiden und eng um die mächtig ragende Stiftskirche her gedrängt lag.

»Du, komm lieber mit ins Stift!« fing Mörike nach einer langen Pause bittend an. »Es ist nicht wegen des Torwarts. Aber wir könnten dann den Abend etwas miteinander lesen, im Hyperion oder im Shakespeare, es wäre hübsch.«

»Ja, es wäre hübsch«, seufzte Waiblinger. »Aber ich habe schon eine Verabredung; es geht nicht. Wir wollen bald wieder einmal zusammen hier draußen sein, dann mußt du auch deine Gedichte mitbringen. Es sind doch gute Zeiten gewesen, wie der Louis Bauer und der Gfrörer noch kamen und wie wir da im Gartenhaus unsere Kindereien getrieben haben! Wer weiß, wie oft wir noch beieinander sein können, gar lang kann's nimmer dauern. Für mich ist in Tübingen keine Luft und kein Boden mehr.«

»So mußt du nicht denken. Du hast jetzt eine Zeitlang ein bißchen wüst gelebt und dir Feinde gemacht; das kann alles wieder anders werden.«

Seine Stimme klang leicht und tröstlich, aber der Freund schüttelte überzeugt den mächtigen Kopf, und sein eigenwilliges, etwas gedunsenes Gesicht wurde bitter.

»Sag selber: was hätte ich schließlich davon, wenn sie mich wirklich im Stift behielten? Am Ende müßte ich mein Examen machen und Pfarrer werden oder etwa Schulmeister. Vikar Waiblinger! Pfarrverweser Waiblinger! Ich weiß ja nicht, was einmal aus mir werden soll, aber das nicht, das ganz gewiß nicht! Zu lernen ist hier auch nicht gerade viel, unsere Professoren sind ja Leimsieder, der Haug vielleicht ausgenommen. Nein, ich lasse es jetzt vollends darauf ankommen! Ich muß es auf eigenen Füßen probieren, wie der arme Hölderlin seinerzeit auch, und ich bin stärker als er. Ich bin nicht so rein und nobel wie er, leider, aber ich habe mehr Kraft und ein heißeres Blut. Am besten wär's, ich ginge gleich jetzt davon, freiwillig, man kann nicht jung genug anfangen, wenn man sich sein eigenes Leben erobern will. Aber du weißt ja, was mich in Tübingen hält – an dieser Liebe will ich groß werden oder zugrunde gehen!«

Er schwieg plötzlich, als habe er zuviel gesagt, und an der nächsten Ecke bot er dem andern die Hand.

»Also gute Nacht, Mörike, und einen Gruß an den Wispel!«

»Den will ich ausrichten.«

Sie hatten sich die Hände geschüttelt, da wandte Mörike sich noch einmal zurück. Er blickte dem Freunde voll in die Augen und sagte mit ungewöhnlich ernsthaftem Ton: »Du darfst nicht vergessen, was für Gaben du hast! Glaub mir, man muß auf viel verzichten können, wenn man groß werden und etwas Rechtes schaffen will.«

Damit ging er, und sein Freund blieb stehen und sah ihm nach, wie der schmächtige Jüngling nun mit plötzlicher Hast gegen die Bursagasse und das Stift hineilte. Waiblinger, der sonst keine Ermahnungen vertrug, war für diese Worte unendlich dankbar, denn er fühlte wohl ihren heimlichsten, köstlichen Sinn: daß Mörike an ihn glaube. Das war für ihn, der so oft an sich selbst irre ward, ein Trost und eine tiefe Mahnung.

Langsam ging er weiter, nach dem Hause seiner schönen Jüdin, der fatalen Schwester des Professors Michaelis.

Zur selben Stunde ging Friedrich Hölderlin in seinem Erkerzimmer rastlos auf und nieder. Er hatte seine Abendsuppe verzehrt und den Teller, wie es seine Gewohnheit war, vor die Tür auf den Boden gestellt. Er mochte nichts in seiner Klause dulden, was nicht sein Eigentum war, und zur Enge seines in sich zurückgezogenen Daseins gehörte nicht Teller noch Glas, nicht Bild noch Buch.

Der Nachmittag klang stark in ihm nach: das geliebte stille Häuschen im Weinberg, die weite, sommersatte Landschaft, Flußblinken und Studentengesang, Anblick und Gespräch der beiden jungen Menschen, namentlich jenes schönen, zarten, dessen Namen er nicht wußte. Unruhe trieb ihn, obschon er müde war, immer wieder auf und ab, hin und her, und manchmal blieb er am Fenster stehen und schaute verloren in den Abend.

Wieder einmal hatte er heute die Stimme des Lebens vernommen, und sie klang fremd und aufreizend in seiner Schattenwelt nach. Jugend und Schönheit, geistiges Gespräch und ferne Gedankenwelten hatten zu ihm gesprochen, zu ihm, der einst Schillers Gast und ein Geladener an der Tafel der Götter gewesen war. Aber er war müde, er vermochte nicht mehr nach den goldenen Fäden zu greifen, nicht mehr dem vielstimmigen Gesange des Lebens zu folgen. Er vermochte nur noch die dünne, vereinzelte Melodie seiner eigenen Vergangenheit zu hören, und die war nichts als unendliche Sehnsucht ohne Erfüllung gewesen. Er war alt, er war alt und müde.

Beim letzten Lichte des hinsterbenden Tages nahm der kranke Mann nochmals die Feder zur Hand, und unter wirre, klanglose Verse, mit denen ein daliegender Bogen groben Papiers bedeckt war, schrieb er mit seiner schönen, eleganten Handschrift diese kurze, traurige Klage:

Das Angenehme dieser Welt hab ich genossen,
Der Jugend Freuden sind wie lang! wie lang! verflossen.
April und Mai und Julius sind ferne,
Ich bin nichts mehr, ich lebe nicht mehr gerne.

Nicht lange nach dieser Zeit mußte Wilhelm Waiblinger das Stift und Tübingen verlassen. Ihm war beschieden, das Glück und das Elend der Freiheit in raschen durstigen Zügen zu trinken und früh zu verlodern. Er wanderte nach Italien aus und hat die Heimat und die Freunde nicht wiedergesehen. Arm und verlassen ist er als ein gemiedener Abenteurer in Rom erloschen und verschollen.

Mörike blieb im Stift, konnte sich am Ende seiner Studienzeit aber nicht entschließen, Pfarrer zu werden. Nach mißglückten Versuchen in der Welt und hoffnungslosen Kämpfen mußte er endlich doch zu Kreuze kriechen. Aber wie er niemals ein ganzer Pfarrer wurde, so ist ihm nie ein ganzes Leben und Glück zuteil geworden. Unter Schmerzen beschied er sich und formte in erdarbten guten Stunden seine unverwelklichen Gedichte.

Friedrich Hölderlin blieb in seinem Tübinger Erkerzimmer und hat noch gegen zwanzig Jahre in seiner toten Dämmerung dahingelebt.

(1913)

Das Haus der Träume

Erster Teil

Krokus war vergangen, Schneeglöckchen war verschwunden, im erwartenden bangen Spätfrühling blühte allein die alte Magnolie. Aus dem großblätterigen, schwach silberscheinenden Laub des runden Baumes quoll Amselgesang, und die reinen weißen Blüten blickten sanft und befremdet wie schöne kränkliche Kinder. Rund und feierlich blühte der Magnolienbaum in der kleinen, ovalen Wiese, darüber stand in der Sonne freundlich mit dem gewölbten Vordach die Südseite des niederen Hauses, verwittert, grün und grauer Kalkbewurf, rundes Giebelgewölb und schmaler Ziegelrand des Daches im feuchten Blauen ruhend, breite Altane tausendmal vom leidenschaftlichen Astgeschlinge der großen Glyzine umarmt. Aber alles tief und innig in grüne und kahle Wipfel und Kronen gebettet, hoch überragt vom beschützenden Ulmenbaum, der mit greisen, ungeheuren Ästen weit über das ganze Dach hin griff, und zu Seiten die ausländischen Föhren mit den feierlichen und durchdachten Pyramiden ihrer langhaarigen Äste, wo vorjährige aufgesprungene Zapfenfrüchte harzig an der Wärme dufteten und im gefleckten Schatten kleine Baumläufer und Spechtmeisen um die dicken, roten Stämme liefen, jetzt grauschattig, jetzt edelsteinern aufglänzend.

Der Grasplatz mit der Magnolie, dem Wacholder und den Rosenstämmen lag zwischen Haus, Ulme, Föhren und der dicht verwirrten Buschwildnis hoher Fliedergesträuche vor Staub und Wind der Welt beschützt und tief in seinen grünen Schrein versenkt. Offen war er einzig nach Süden: da fiel der Garten in Stufen und kleinen Terrassen abwärts, der Sonne zugeneigt. Dahinter lag weit und grün das wellige Weideland, auf seine offene Tafel gezeichnet stand eine lange, launig gekrümmte Linie von breitkronigen Eichen, die Grenze des Nachbargutes. Das grüne Wiesenland war von einem unsichtbaren Flußtal begrenzt, jenseits lag grünes Waldgebirg in langen, stillen Zügen, dahinter ein neuer Zug von grünen Höhen, schon bläulich bedünstet, und hinter ihm ganz blau, mit herausleuchtenden, nackten Felsflühen, eine steile Vorbergkette. Und erst jenseits von diesem dritten blauen Gebirgszug, unendlich fern und hoch im Wechsel der Gewölke, schwebten die traumfarbenen Schneeberge, verklärt in vielfältig gedämpfter und entrückter Wirklichkeit, eine erinnerungslose, bleiche Geisterwelt, aber wahrer und beständiger als alle Nähe.

Der Alte stand bei den Rosenstämmen; es war Zeit, sie aufzubinden. In den Gürtel der grünen Schürze gesteckt trug er eine lange, blonde Locke von hellem Bast und in der Hand eine Schere. Mit zögernden Fingern suchte und wählte er in den braunen, dornigen Zweigen, schnitt mit Sorgfalt abgestorbene Spitzen ab und sammelte sie in einen flachen Weidenkorb. Abendliches Sonnenlicht floß warm in schrägen Strahlen zwischen den knospenden, hohen Sträuchern, Flieder und Hasel, herein. Der Alte hatte auf den Augenblick gewartet; nun tat er Korb und Schere beiseite, trat auf die Abendseite der kleinen Wiese und beging seine einfache Abendfeier, indem er still im strömenden Sonnenfeuer stand und den Magnolienbaum belauschte. Der hielt seine bleichen, weißen Blüten noch weit atmend geöffnet, und von den höchsten Zweigen abwärts überfloß ihn das satte späte Licht, und schnell und zart sprang das abendliche Rosenrot auf jede Blüte. Das müde Weiß glühte in heimlicher Zärtlichkeit auf, und minutenlang hing über dem verzauberten Baume ein magischer Schleier, dünn und wesenlos, und jede bleiche Blume schaute still und warm mit erwachter Seele aus dem sanften Kelch und feierte ihr kleines, banges Fest.

Mit den stillgewordenen Augen betrachtete der Blumenvater freundlich und forschend das bescheidene Wunder, ihm sandte jede Blüte errötend ihren Abendgruß ins Herz, und mit fühlender Teilnahme atmete er die Gerüche der drängenden Jahreszeit, spürte witternd ihre gespannte Bereitschaft und das süße, knospende Erwartungsfieber ungeduldiger Keime.

Die Welt ist kleiner geworden, dachte er mit einem Schein von Lächeln. Ein Leben lang war dieser alte Mensch in tausend tätigen Beziehungen und hohen Ämtern gestanden, hatte die Welt umreist und immer wieder die Sehnsucht in sich genährt, wie Goethe »allen Sonnenschein und alle Bäume, alles Meergestad und alle Träume in sein Herz zu fassen miteinander« – nun fand er sich auf den engen Bezirk seines Gartens beschränkt, wo Baum und Gras, Strauch und Beet ihm vertraut und zu eigen, von ihm gepflegt, von ihm erdacht, von ihm geschaffen, geformt und geleitet lebten, und die Fülle war nicht kleiner geworden, und ein

Beet Rosen war für Sinne und Gedanken so wenig auszuschöpfen als Meergestad und weite Welt. Alles Besitzen war Beschränkung, alles Verstehen war Verzicht, und alles Verzichtenmüssen suchte seine Verklärung in Lächeln und in Andacht.

Langsam schritt Neander um den Rasen bis zu der Stelle, wo der Kiesweg zwischen Gebüschen, die ihn dicht umschlossen, plötzlich gegen die Steintreppe nach dem untern Garten mündete. Da drang Himmel und grenzenlose Weite in die enge Weltflucht des buschigen Winkels, und über Gärten, Bäume, Hecken, Weiden, grüne Bergzüge und blaue Bergzüge hinweg stürzte der Blick in die luftige Welt, an deren Ende fern und ehrwürdig die Alpen standen. Dasselbe Licht, das im Magnolienbaum die armen Blumenschwestern verklärte, floß dort im Weiten mit demselben Zauber über Wolkenberge und Schneeberge. Jenseits der abendlichen Wiesenwelt und Bergwälder glühte diamanten das Gebirge in unirdischen Zaubern, Märchenbauten aus Glas und Edelstein, von wallenden Lichtfeuern durchströmt, nicht mit der Erde zusammenhängend, sondern hoch über den Dünsten der Ferne strahlend, Berghäupter brüderlich zwischen Wolkenhäuptern.

Oft gedachte Gedanken besuchten den Alten. Von suchender Unrast geistigen Erraffens einst bis weit in fremde Erdteile hinein auf schnellen, gierigen Reisen verschlagen, hatte er doch beinahe sein ganzes Leben nahe bei diesen verklärten Bergen hingebracht, ihre Schönheit und ihre Rätsel waren seit frühen Jugendzeiten seinem Gemüt heimisch geworden; der große Wall der Alpen war ihm ewiges Sinnbild des Zwiespaltes und Hemmnisses in der eigenen Seele, wo der sehnsüchtige Kampf von Süden und Norden zum Mittelpunkt aller Bewegung geworden war wie in der Geschichte der Menschheit.

Drüben hinter der gläsernen Zaubermauer wußte er die schönen Paradiese liegen, dort floß das Leben gut und leicht in der Unschuld angeborenen Reichtums; und das Schöne wuchs dort mit der kindlichen Natürlichkeit anmutiger Blumen empor, das der Norden nur aus Qualen der Sehnsucht und Abgründen grübelnden Trotzes gebar. Aber die nordische Schönheit klang inniger und erschütternder und flatterte kühner in göttlicher Trunkenheit.

Wieder umfaßte Neander im Anblick der vielfarbigen, fernschwebenden Gipfel den Umfang seines inneren Lebens. Er stand auf der Seite des Nordens, er stand auf der Seite des Verzichtes und der unstillbaren Sehnsucht. Der Kampf aber war eingeschlummert. Seit er die Lebenshöhe überschritten hatte und tiefer ins Tal der langen Schatten hinabgestiegen war, hatten seine Gedanken die Flucht vor dem Tode aufgegeben. Von wo er kam, und wohin er ging, schien ihm ein und dasselbe Land. Die lockende Stimme des Lebens, die ihn seit Kinderzeiten jeden Tag gerufen und seine Schritte vorwärts und vorwärts getrieben hatte, war ihm allmählich zur Stimme des Todes geworden, welche von jenseits rief und der zu folgen nicht minder schön und seltsam war. Leben oder Tod, das waren nur Namen, aber die lockende Stimme war da und sang und zog und hieß ihn im guten Takt der Tage schreiten, und der Weg führte nach der Heimat.

Abendatem wehte aus der Weite her, am Weiher rührte sich Schilfgesang. Nacht rief dem Tage, Tag rief der Nacht, ein und aus wehte ewig der Atem Gottes.

Mit aufmerksamen Blicken betrachtete der alte Mann, aus der farbigen Himmelsferne zurück ins Nahe kehrend, seinen Garten. Er sah ihn nicht in seiner augenblicklichen Wirklichkeit, ihn verband mit Bäumen und Gesträuch ein liebevoller Umgang seit vielen Jahren. Was hier stand und wuchs, in diesem kleinen, gepflegten Bezirk zwischen Haus und Holunderecke, in dieser grünen Garteninsel, die kein Blick von außen zu erreichen vermochte, das war alles von ihm gedacht und gewollt, auf Übernommenem weitergebaut und nirgends fertig, vielmehr voll von heranwachsenden Gedanken und Erfüllungen für die Zukunft. Daß an der Ecke zwischen Haselnuß und Holunder die hohen wilden Rosen mit langen Ranken schwebten, daß unter dem blühenden Palmkätzchenbaum der schwarze, dicke Efeu kroch, daß zwischen dem Gekräusel der Glyzinenranken nur zartes, spitzblättriges Fliederlaub sich wölben durfte, das war sein Werk, und es war nicht nur schön, es war in zärtlichen Jahren aus hundert besorgten Gärtnerträumen lebendig in langsamer Wahl und Ordnung entstanden. Wo jetzt durch dünne Äste frei der Himmel schaute, da wußte Neander aus Laub und Blüten, aus Früchten und Schlingpflanzen viel schöne, geistvolle Dinge für den Mai, für den Juli, für September heranwachsen und warten: Ebereschenbeeren blank im Blauen hängend, rote Blüten aus dunkelstem Grün aufglühend, Bienenwinkel und Schmetterlingsrastorte für alle Jahreszeiten vorbereitet, innige Pflanzenfreundschaften, von

Menschenhand geschützt und begünstigt. Sommermorgenfrühe und schwüle Augustnacht, Aprilmittag und Herbstabend fanden hier und dort ihren Lieblingsplatz und Rahmen bereitet, und im kleinen Treibhause grünte kein winziger Pflanzenkeim, der nicht in des Gartendichters Gedanken schon als Laub und Blume, als Lichtfleck oder Schattenecke, als satte, rote Blütenfarbe dort und da sein Amt und seine Bestimmung hatte.

Aber tiefer und inniger noch lebte der Greis in seinen grünen Träumen, ihm nur bekannt und deutbar wurzelten im Garten und überall Erinnerungen und Sinnbilder seines innern Lebens, Trauermale und Dankopfer, Gedenkzeichen der Jugend und hinausdeutende Ahnungen von Tod und Wiederkehr. Wie er die Zeiten des Jahres und Tages im Leben des Gartens inniger mitbeging, so fühlte er über die Jahre hinweg dieses tausendfältig lebende Gebilde als ein Bildnis seiner selbst, als das geheimnisvolle Werk und Abbild seiner Seele. Hier waren Lebensträume gestorben und verwandelt, hier war Gottesdienst begangen und Gefühl der Ewigkeit gepflegt, und wo dem fremden Auge nur ein schöner Wipfel, ein wohliges Gebüsch stand, da lebte ihm, dem Dichter, unvergessenes Sein und Kämpfen, Suchen und Überwinden fort. Wie ein einsamer Regierender in fernen Bewegungen der Menschen und ihrer Güter die Folgen und Früchte seiner Gedanken und Pläne erkennt, so fühlte der alte Gartenfreund jedes Wachstum, jedes stille Geschehen seines sanften Reiches als Fortklang und ferne fruchtbare Schwingung seines Inneren.

Wartend saß Neander auf der niedrigen Mauer, den Blick auf den Bergen. Schon gab es laue Abende und feuchtes Ferneblau, ein Winter und Vorfrühling war überwunden, und vor den Gedanken des Alten lag wieder ein wachsendes Jahr, ein neues, ahnungsreiches Gartenjahr: Sternblumen, Fliederzeit, Rosengehänge über der weißen Mauer!

Kräftige Schritte klangen auf dem Weg vom Hause her. Neander erhob sich, um entgegenzugehen, da stand frisch und lachend sein zweiter Sohn vor ihm, den Hut in der Linken, und griff nach seiner Hand, die er mit zärtlicher Ehrfurcht festhielt.

»Hans! Du bist schon da!«

»Ja, Vater, einen Tag früher als ich euch schrieb. Mama fand ich nicht, sie ist in die Stadt gegangen. Geht es dir gut, Vater?«

»Es geht uns allen gut, Hans. Ich bin vielleicht ein bißchen alt geworden, aber du wirst sehen, Mama ist noch so jung wie immer.«

»Ach, und der Garten, unser alter Garten! Die Magnolie blüht, ich sah es gleich. Du bist hier immer noch fleißig – ich glaube, ich habe mein Leben lang nie an dich gedacht, ohne daß ich dich im Garten sah, bei den Rosen oder mit der Gießkanne. Es ist so schön bei dir, schöner als ich wußte. Es gibt auf der Welt keinen solchen Garten mehr.«

Hans Neander stellte den Fuß auf die Mauer und blickte fröhlich umher.

»Es stimmt nicht ganz«, sagte der Vater, »unsereiner meint es ja gut, aber wir sind hierzulande keine Gärtner, leider. Man muß sehen, wie Japaner das verstehen! Aber für dich ist hier Heimat und Kindheit, da ist alles schön und vollkommen.«

»Es war mir ganz ernst damit«, rief Hans, »du hast deine Bäume und Beete und alles so merkwürdig richtig und lebendig verteilt und abgestimmt, ich glaube wirklich nicht, daß man es besser machen könnte.«

»Weil du die Fehler nicht siehst, mein Junge. Zum Beispiel da unten, neben dem Pavillon, habe ich zwischen die Akazien ein paar Ebereschen gepflanzt und den ganzen schönen Baumschlag damit verdorben. Die Bäumchen sind groß geworden, ehe ich das merkte, und jetzt stehen sie und hängen im Hochsommer ihre roten Beeren in den Himmel, es wäre grausam, sie wieder abzutun. Aber die Akazien allein wären viel, viel schöner und richtiger. Und so ist noch vieles, überall. Es ist nicht leicht, einen guten Garten zu pflanzen. Es ist so schwer wie ein Reich zu regieren. Man muß sich entschließen, auch die Unvollkommenheiten zu lieben, sonst ist man betrogen. Du hast das besser gekonnt als ich. Weißt du, wenn jemand die heikle Geschichte mit der Willensfreiheit ganz ausstudieren will, dann muß er sich auf Gärtnerei legen. Nicht bloß, daß kein Strauch so wächst, wie du ihn dir gedacht hast! Nein, nach Jahren siehst du erst, daß du den Strauch gar nicht frei gewählt und gepflanzt hast; es steckte ein unbewußter Wunsch, eine Erinnerung, ein Zwang dahinter. Auch mit den Eberschen war es so. Ich meinte sie damals zu wählen, weil Wuchs und Laub mir zu den Akazien zu passen schienen. Erst viel später ging mir auf, daß ich die Bäumchen bloß darum haben wollte, weil ihr Standort in der Pflanzschule, wo ich sie kaufte, mich an eine Ecke im Garten der Großeltern erinnerte. Als ich damals zum

Baumzüchter ging, war ich noch gar nicht für Eschen entschlossen. Erst dort, zwischen den jungen Stämmen, fand ich mich plötzlich an den Großvater und an ein Stück Kinderheimat erinnert und kaufte darum die Bäume.«

Er lachte still.

»Und dabei weiß ich nicht einmal, ob es wirklich die Eschen waren, die mir jene liebe Erinnerung weckten. Ich deutete es damals so. Es kann aber etwas ganz anderes gewesen sein, ein Geruch, oder die Beleuchtung, irgend etwas, vielleicht eine eigentümliche Wolke vor der Sonne. Aber ich dachte, es seien die Eschen, und da stehen sie nun seit zwanzig Jahren und sind groß geworden.«

Hans horchte mit Behagen auf die vertraute, ehrwürdige Stimme und dachte an keine Antwort.

»Nun ja«, sagte er langsam, »ich glaube auch, daß wir immerfort aus einem Dickicht von untergesunkenen Erinnerungen heraus leben und empfinden. Vielleicht ist das, was wir unsre Seele nennen, nichts als dieses Geschiebe von dunklem Erinnerungsgut. Ich bin kein Denker und ich bin froh, daß ich darüber nicht zu grübeln brauche. Aber eben, als ich durchs Haus gegangen war und hinten auf den Kiesplatz kam und den Brunnen sah, hat mich auch plötzlich solch eine frühe Erinnerung überfallen. Ich weiß nicht, ob du dich noch darauf besinnen kannst. Ich war fünf oder sechs Jahre alt und spielte im Hof bei der Ulme und wurde da zu laut und lästig, da riefst du mich zu dir und sagtest, ich möchte jetzt artig sein, dann würdest du mir etwas Merkwürdiges zeigen. Dann brachst du ein großes Blatt von einer Kapuzinerkresse ab und tauchtest es in den Brunnentrog, und ich sah mit einem unvergeßlichen Erstaunen und Entzücken, wie das breite, grüne Blatt sich ganz mit dickflüssigem Silber überzog. Ich konnte mich lange Zeit immer wieder mit diesem Wunder beschäftigen und fühlte dabei eine so merkwürdig satte, volle Kinderwonne, und lange Zeit schien mir so ein Kapuzinerblatt im Wasser das Schönste, was es auf der Welt geben könne.«

Der alte Mann wiegte den greisen Kopf hin und her und blickte über die erblaßten Berge hinweg in die noch braun und blaurötlich nachschimmernden Wolken. Er deutete hinüber: eine graue, lange Wolke, quer über den Horizont gezogen, schimmerte matt in hundert Farbenstufen wie ein Taubenhals.

»Da sitzen wir«, rief der Alte lachend, »und schwatzen, und du kommst von der Reise und bist am Ende hungrig. Oder magst du ein Glas Wein haben? Und erzählt hast du auch noch nichts, wir haben uns doch ein halbes Jahr nicht gesehen. Du bist ja jetzt so eine Art Beamter geworden?«

»O nein, Papa, der Regierungsbaumeister ist bloß ein Titel, ich bleibe natürlich selbständig und suche kein Amt. Aber ein Glas Wein nehme ich ganz gerne. Hast du noch von dem Elsässer?«

Sie gingen ins Haus, und überall traten dem Heimgekehrten die Andenken der Kindheit und Heimatzeit entgegen. Im Eßzimmer schimmerte der hellgelbe Wein in der geschliffenen Flasche auf dem großen Schiefertafeltisch, da setzte sich Hans, nahm einen Schluck Wein und aß ein Stück Brot dazu behaglich aus der Hand. Neben ihm saß lächelnd der Vater, mit seiner eigentümlich klaren Greisenfrische im weißen Haar, von den Wänden blickten die wohlbekannten Bilder, der holländische Nelkenstrauß und die kleine goldene Madonna aus Italien, auf den Fenstergesimsen standen Geraniumstöcke, durch die halboffene Schiebeluke hörte man nebenan in der Küche die Magd mit dem Messer auf Holz etwas schneiden und schaben. Hans sog alles tief mit dankbarer Wonne ein: Heimkehr, holder Erinnerungssturm, geliebte Räume, vertraute Gerüche, und inmitten der klaren, heimatlichen Welt still und allein der alte Vater, erfreut über seine Rückkunft, doch fest und unstörbar in seiner innern Welt beharrend.

»Und was macht Albert?« fragte der Baumeister, indem er sich im Sessel zurücklehnte. »Seht ihr euch oft?«

»Nein«, sagte Neander zögernd, »er sitzt manchmal einen Abend bei Mama, und dann kommt er ja sonntags immer zu uns zu Tische. Es macht mir etwas Mühe, mit ihm zu reden; daran sehe ich, daß ich alt geworden bin. Früher hatten wir oft lange Gespräche miteinander, es war mir interessant, ihm in seinen Gedanken zu folgen, er ist ja ein eigener Kopf. Aber seine Mythologie ist mir immer fremder geworden, die Schuld mag bei mir liegen. Ich schätze nichts höher als Frömmigkeit, aber Albert wird immer gleich dogmatisch. Merkwürdig ist es schon, wie das bei ihm mit den Jahren herausgekommen ist. Mamas Familie war ja ganz pietistisch, sowenig sie selber es ist. Das hat nun Albert geerbt. Nun, du weißt ja. Er hat sogar Wandsprüche in sein Arbeitszimmer gehängt. Sonst ist er ja ein guter, treuer Mensch, und auf mich nimmt er viel Rücksicht. Bist du eigentlich im Briefwechsel mit ihm?«

»Nein, geschrieben haben wir uns nur selten, bei Geburtstagen und so. Übrigens hat er für mich immer mehr Ähnlichkeit mit dir gehabt als mit der Mutter, auch äußerlich.«

»Wirklich? Es kann wohl sein. Als er ein kleiner Junge war, fand jedermann, er sei mir sehr ähnlich. Freilich nicht so ähnlich, wie du der Mutter. Darin hat er ja gewiß meine Art, daß er mehr in Gedanken lebt als in der Wirklichkeit. Nur die Neigung zum Fanatismus, die er doch wohl hat, kann ich bei mir nicht finden. Vielleicht auch Täuschung.«

»Nein, Vater, gewiß nicht. Du bist ja so frei, von dir habe ich ja alles, was ich von Freiheit weiß. Albert ist vielleicht doch ein wenig Pedant, ein wenig Schulmeister – mir war es immer etwas unheimlich, daß er ausgerechnet Gymnasiallehrer werden mußte. Und du, Vater, du bist ein Künstler, du bist ganz und gar ein Künstler. Nicht daß Albert gelehrter oder klüger wäre, o nein, aber bei dir wird aus den Gedanken immer ein Bild, etwas Schönes und Liebenswertes.«

Der alte Herr nickte dem Sohne freundschaftlich zu. »Geschmack hat dein Bruder aber doch«, sagte er munter. »Du wirst dir sehr Mühe geben müssen, Hans, wenn du mir einmal eine hübschere Schwiegertochter heimbringen willst.«

»Oh, diese Mühe will ich mir gern machen. Aber es ist wahr, Betty ist eine feine und aparte Frau. Schade, man lernt sie schwer kennen. Anfangs hielt ich sie für hochmütig, wie sie immer so schweigsam und kühl blieb. Das war ein Irrtum. Aber fremd ist sie mir immer noch.«

»Es war ein großer Irrtum«, bestätigte der Alte mit Wärme. »Sie ist das Gegenteil, sie ist schüchtern und fast demütig. Man würde sie besser kennen, wenn sie nicht so schön wäre. Sie bleibt hinter ihrer Schönheit versteckt. Und es bedrückt sie, daß sie keine Kinder hat.«

»Ja, das ist schade. Aber es kann ja noch kommen.«

Plötzlich sprang Hans auf, er hatte die Haustüre gehen hören. Im halbdunkeln Flur überraschte er die heimkommende Mutter und fiel ihr um den Hals.

»Mama, Mama!«

Zweiter Teil

Aufrecht und frisch saß die Mutter am Tisch, die hohe bronzene Erdöllampe brannte mit stillem, gelbem Licht, das Abendessen war abgetragen, und Hans hatte eine Zigarette angezündet.

»Papa wird wohl wieder herunterkommen?« fragte er, und sein Blick hing vergnügt am Gesicht der Mutter, wie sie mit emporgezogenen Brauen und weitab gestreckten Händen bemüht war, ihre Nadel einzufädeln.

Als sie fertig war, lächelte sie zu Hans hinüber, wurde aber alsbald wieder nachdenklich.

»Ich glaube nicht«, sagte sie, und schwieg und nähte eine Weile, dann legte sie die Arbeit von sich und stützte die Ellbogen auf den Tisch. Hans aber hatte seine Freude an jeder ihrer Bewegungen, an ihrer festen, strammen Haltung, an ihren langen, weißen Händen, am hellgrauen Seidenkleid mit den kleinen, gekräuselten Manschetten.

»Wie hast du Papa gefunden?« fragte sie plötzlich.

»Oh, ganz wie sonst. Er sieht prächtig aus. Ich fand ihn im Garten bei den Rosen.«

»Ja, er fühlt sich wohl. Bloß stiller ist er geworden. Fandest du nicht? Was habt ihr gesprochen?«

Hans besann sich. Er wußte sofort, was sie meinte.

»Er war recht gesprächig. Es war vom Garten die Rede, von Akazien und Ebereschen. Ich habe nie so deutlich gefühlt, wie seltsam er mit alledem verwachsen ist. Es ist wie ein Märchen, und er ist der Zauberer und geheimnisvolle Weise darin.«

»Und hat er dich ausgefragt? Nach deinem Examen, nach deinen Arbeiten? Nach deinen Freunden?«

»Das nicht, nein, aber ich hatte das auch nicht erwartet. Ich merkte doch, daß mein Kommen ihn freute. Sehr stark hat er sich ja nie für das interessiert, was nicht zu seinem engeren Kreis gehört. Er sagte das auch selber. Wir sprachen von Albert, und da meinte er, dem gehe es wie ihm selber, daß er mehr in Gedanken als in der Wirklichkeit lebe.«

Die Mutter nickte und sah ins Lampenlicht.

»Das ist richtig«, sagte sie und suchte nach den Worten. »Es war immer so, aber es ist mit der Zeit stärker geworden. Papa hat etwas Eigenes, etwas von einem Sonderling, und das ist ja ganz gut. Aber er ist in den letzten Jahren so einsam geworden. Er bringt fast den ganzen Tag im Garten zu, oder im Treibhaus, und läßt sich dort nicht gerne stören. Manchmal kann ich bei den Blumen helfen und eine Stunde dabeisein, aber eigentlich ist er immer am liebsten allein, und während er pflanzt oder Blumen schneidet, ist er in seinen Gedanken. Das war immer so, seit er damals sein Amt aufgegeben hat. Aber die Abende haben wir dann fast immer gemeinsam zugebracht, wir lasen einander vor oder er diktierte mir seine Briefe, oft haben wir auch musiziert oder Schach gespielt. Das alles hat nun so allmählich aufgehört, siehst du, und das macht mir manchmal Sorgen. Jetzt geht er jeden Tag bald nach dem Abendessen weg, meistens ins Studierzimmer oben oder in seine chinesische Stube, und ein paarmal hat er auch den ganzen Abend im Treibhaus im Dunkeln gesessen.«

Hans legte seine Hand auf die der Mutter.

»Da sitzest du also viel allein?«

»Ach, das ist es nicht. Oft kommt Albert oder sonst Besuch, und zu tun ist ja immer genug. Es quält mich nur manchmal, wenn ich Papa so viel allein und in seinen weltfernen Gedanken sehe. Denn siehst du, ganz kann ich es doch nicht begreifen, wie er immer so in seiner Stille leben mag. Ich weiß ja, daß er ein Gelehrter und Denker ist. Aber zuweilen wird es mir einfach traurig und beinah unheimlich, wie er so außerhalb der Welt leben mag. Er zieht seine Blumen, aber nicht um sie jemand zu zeigen oder zu schenken, und er denkt seine Gedanken, aber nicht um sie mitzuteilen.«

»Ganz so schlimm ist es nicht«, sagte der Sohn begütigend, »du weißt, Papa hat es sehr gern, wenn man sich seine Beete ansieht und sie lobt. Er ist eben ein Künstler, oder ein Dichter. Über dem, was seine Gedanken beschäftigt, vergißt er alles. Ich kann das gut begreifen, aber freilich auch dich. Wir wollen ihn schon zuweilen wieder herauslocken und aufmuntern! Und dich auch, Mama, und überhaupt bleibe ich jetzt unendlich lang daheim bei dir. Bei euch ist es so schön und gut, daß ich gar nicht daran glauben kann, es gebe auch hier Sorgen und Schwierigkeiten! Weißt du, wie ich heut abend zu Fuß von der Bahn herauskam, durch die Felder und an den Eichen und am Friedhof vorbei, und wie ich von weitem unsre Ulme sah und das Dach und dann den Zaun und die Treppe und die Haustür, und wie dann im Haus der alte, kühle Geruch wieder war, und die Lisa kam und meldete, die gnädige Frau sei ausgegangen, lieber Gott, ich hätte das korrekte alte Mädchen beinah vor Freude und Rührung umarmt! Und dann beschlich ich den Vater im Garten, bei der Magnolie, und die Fliederbüsche bei der Veranda streiften mir die Haare, und der Brunnen klang so alt und gut und war alle die Monate und Jahre immerzu treulich in sein altes Becken gelaufen, und dann stand

Papa bei der Treppe, wo die Aussicht ist, und gab mir die Hand und fing an, von der Magnolie zu sprechen, als wäre ich nie von Hause fort gewesen. Da wußte ich erst wieder so richtig, wie schön das alles ist und daß kein Mensch auf der Welt eine schönere Heimat hat als ich. Und Papa plauderte mit mir, und es gab gar kein Fragen und Besinnen, ich war einfach wieder bei ihm und hörte zu, wie er aus seiner stillen, noblen Welt heraus sprach – und ich wußte dabei, nachher kommt Mama, und dann ist für die Fragen und Sorgen und alles Zeitliche gesorgt! Ich kann dir gar nicht sagen, wie froh ich war!«

Jetzt lachte die Mutter leise, und wie ihre hellblauen Augen warm und strahlend wurden und der feste Mund im Lächeln weich und geschmeidig, sah sie dem Sohn ähnlich wie eine ältere Schwester.

»Jetzt möchte ich noch etwas zu naschen haben«, rief Hans lustig. »Wenn du lieb bist und ein Auge zudrückst, geh ich schnell einmal in die Speisekammer und hol mir noch ein Stück von dem schönen Kuchen. Darf ich?«

Sie schloß ein Auge und nickte unmerklich mit derselben Gebärde, mit der sie ihm in Kinderzeiten solche Wünsche gewährt hatte. Und er lief in die Küche, zündete die Kerze an und kam mit einem kleinen Teller wieder.

»Zum Dank will ich dir aber auch etwas Schönes erzählen«, sagte er im Essen. »Nämlich ich will bei euch nicht etwa auf der faulen Haut liegen, sondern fleißig sein. Ich habe eine schöne Arbeit vor.«

»Etwas zu bauen? Ja hast du denn schon einen Auftrag?«

»Das nicht, aber es kann vielleicht einer werden. Es ist ein Preisausschreiben, und zwar eins, das noch gar nicht ausgeschrieben ist. Man hat es mir verraten, weißt du, und das ist ein gutes Zeichen. Es soll ein Bankgebäude werden, in einer Stadt in der Schweiz.«

»Da wünsche ich Glück, Hans.«

»Ja, aber das Beste ist: es ist da wirklich etwas Feines zu machen. Nämlich ich bin vorgestern schnell dort gewesen, um zu sehen, ob ich überhaupt mitmachen soll. Nun denke dir, eine kleine, stille Seitenstraße, lauter alte, feine Häuser in einem bescheidenen, noblen Barock, und ein hübscher Baumgarten dazwischen, ganz entzückend. Der Garten freilich kommt weg, denn dort soll das Haus hingebaut werden. Man kann sich nichts Hübscheres ausdenken. Das ist etwas anderes, als in eine moderne Stadtstraße hinein ein beliebiges Haus mehr zu bauen.«

»Famos, Hans! Aber gewiß nicht leicht.«

»Doch, es ist leicht. Es ist ganz leicht. Es soll ja eine Bank werden, kein Warenhaus. Das kann man ganz fein und anständig zwischen die schönen alten Sachen hineinstellen, wahrscheinlich brauchen wir nicht einmal höher zu bauen als die Nebenhäuser, jedenfalls nicht viel. Ich nehme den Bau ein klein wenig zurück, hinter ein schmales Rasenplätzchen, und dann wird die Fassade ein ganz klein wenig geschweift, nur eine Idee, so –«

Er hatte sein Taschenbuch herausgenommen und zeichnete eifrig. Die Mutter stand darübergebeugt und fühlte sich wieder ganz mit ihrem Lieblingskind vereinigt. Es gab keine Sorgen mehr, es waren keine Mißklänge in der Welt. Hans war da, und es ging ihm gut, er war glücklich.

»Wie schön, mein Junge! Sieh, das habe ich mir oft in Gedanken ausgemalt, den Augenblick, wo du zum erstenmal einen schönen Bau beginnst. Aber stört dich das nicht, daß du dich an die Nachbarhäuser so sehr anpassen mußt?«

»Ach, das ist ja gerade fein! So ein maßvolles, bürgerliches, gar nicht theaterhaftes Barock, das ist etwas ganz Köstliches. Diese Art von moderner Bauerei, die bloß recht originell sein will, ist mir so unsäglich zuwider! Ich denke mir oft, wenn alle Häuser und Straßen hübsch und ruhig und edel aussehen würden, da müßten auch die Leute alle freundlich und liebenswürdig sein. Aber wenn da jeder kleine Frechling von Architekt so tun darf, wie wenn er Michelangelo wäre und eine neue Ära einleiten müsse, wenn das eine Haus fast ohne Fenster und das daneben fast ganz aus Glas ist, wenn man Stein und Holz und Eisen, Keramik und Mosaik und alles durcheinander schmeißt und einer den andern bloß mit recht heftigen Trümpfen stechen will, da kann ja die Welt nicht in Ordnung sein. Wir heißen das unter uns Freunden Konzert-Architektur. – Ich weiß ja nicht, wie weit ich es als Baumeister bringe und ob es mir gelingt, es so zu machen, wie ich möchte. Aber wenn ich einmal beim Bauen Einfälle habe und originell sein will, dann darf es keine Orginalität sein, die einem von weitem in die Augen schreit. Nichts auf der Welt ist so verleidig und wird einem so zuwider wie aufdringliche Architekturen.«

Er sah, wie die Mutter über seinen Eifer lächelte, und brach lachend ab.

»Also ich mache mein Barockhaus so gut ich kann, und häßlich wird es nicht, das kann ich versprechen. Ich glaube, sogar Papa wird einverstanden sein, wenn erst die Zeichnungen fertig sind. Und er ist sicher der strengste Richter, den ich mir suchen kann. Nur muß ich mit der Arbeit noch warten, bis die Bedingungen veröffentlicht sind; sonst fange ich schließlich etwas an, was die Bankleute nicht brauchen können, und hätte dann die schöne erste Schaffensfreude vergebens verpufft. Es gibt also zunächst eine kleine Weile Ferien! Ich will wieder einmal bei euch daheim sein wie in den Knabenzeiten, mit dir und Papa, ohne Besuche und Einladungen, und will gar nichts tun als spüren, wie schön es hier ist.«

Die große Uhr schlug zehn, und Frau Neander packte, wie der Sohn sie es tausendmal hatte tun sehen, ihre Nähsachen zusammen, tat die Brille ins Lederfutteral, schloß die hohen Schranktüren ab und schaute nach, ob in dem Hausflur auf dem Kaminsims die Leuchter bereitständen. Dann bat sie Hans, nach der Haustür zu sehen, ob sie geschlossen sei, und wünschte ihm gute Nacht.

»Geh nur ins Bett«, mahnte sie, »du findest in deinem Zimmer alles bereit. Wir haben halt immer noch die alte Wirtschaft mit den Lampen und Kerzen, Vater will das Elektrische nicht im Haus haben.«

Sie zündete zwei Leuchter an, den einfachen, messingenen für sich und den silbernen Gastleuchter mit drei dicken Kerzen für Hans, und löschte die Lampe aus.

Hans mochte noch nicht schlafen. Fröhlich stieg er die runde Steintreppe hinauf und sah im Kerzenlicht hier und dort die bekannten lieben Sachen grüßend funkeln, Bilderrahmen und hohe Vasen, blanke Türklinken und Zinngerät auf hohen Wandborden. In seinem Zimmer dufteten Veilchen, hinterm offnen Fenster stand schwarz das Geäst der Ulme.

Er stellte den Leuchter auf den Tisch neben den unausgepackten Koffer und ging langsam durchs Zimmer hin und her, darin er so viel Knabenjahre, Jünglingsjahre, Studentenferien verlebt hatte und wo alles vertraulich in der alten Ordnung stand, Bücherreihen und Tonmodelle, Schmetterlingssammlung und Windbüchse, Mappen voll Photographien von den Reisen seiner Schülerzeiten, die Büste Goethes und die Totenmaske von Beethoven, Notenschrank und Gitarre.

Aufmerksam blickte er in der warm durchfluteten Dämmerung

umher. O wie recht hatte der Vater, der kein elektrisches Licht in diesem Haus haben wollte! Alles Zarteste dieser Stunde wäre weg gewesen ohne den Gang durch die Finsternis des Flurs und der Treppe, ohne das launische Spiel kleiner Glanzlichter auf Metall und Glas, ohne das warme, milde Licht der drei Kerzen im hohen Leuchter.

Ihm fiel ein, wie verwandt er hierin seinem Vater sei, in der Liebe zur zarten Haut und Oberfläche der Dinge, im Sinn für das Magische alles Sichtbaren, des Lichtes, der Farben. Wie die messingnen Kofferbeschläge das Licht widerstrahlten, wie der geknickte Schatten des hohen Ofens über Wand und Stubendecke floh, das war ihm lieb und zauberhaft, das tat ihm wohl, reizte ihn und gab ihm Gedanken. Vielmehr nicht Gedanken, sondern ein reizendes, klangvolles Gefühl vom Lebendigsein der Welt, vom stillen, zähen Eigenleben der Sachen, ein gutes, nachdenkliches und zärtliches Gefühl, ohne das er nicht hätte leben mögen. Das hatte der Vater ebenso, mehr als alle anderen Menschen, die er kannte, dies gelegentliche Verlorensein an das selbstlose Schauen, diese Ahnung vom Lebendigsein aller Dinge, dazwischen die Bewußtheit eines Menschenlebens oft wie ein Unrecht, wie eine Härte, wie eine Schuld erschien. Eine nicht zu sühnende Schuld, zu sühnen nur für Augenblicke durch eine gesteigerte Liebe zu den Dingen, durch ein flüchtiges, schnell hinschauerndes Empfinden von Einsamkeit und Vergänglichkeit.

Ein Schritt auf der Terrasse neben seinem Fenster schreckte ihn empor. Hans lief hinüber. Da war der Vater aus dem Studierzimmer getreten und stand atemholend in der bleichen Nacht, zwischen den noch kahlen Glyzinenranken der Brüstung, und blickte mit emporgerecktem Gesicht in das dunkle Astgebäude der Ulme.

Hans wollte ihn nicht stören. Er wußte, der Vater kam aus der Einsamkeit seiner Gedanken und suchte nach seiner Gewohnheit am Ende des Tages noch einen Anblick, einen Duft, einen Ton, ein Stück unschuldiger Natur, um seine Sinne daran zu stillen und es mit in den Schlaf und Traum zu nehmen.

Doch bezwang ihn ein Nachklang aus den Gesprächen mit der Mutter und ein aufwallender Schauer von Liebe zu dem alten, stillen Mann, und er stieg wie in früheren Zeiten durchs Fenster zu ihm hinaus.

»Gut Nacht, Vater«, rief er behutsam.

Der Alte wendete sich um.
»Gut Nacht, mein Junge. Bist du zufrieden?«
Hans nahm seine hagere, noch seltsam kraftvolle Hand.
»Du bist so viel allein, Vater.«
Der alte Mann schüttelte den Kopf und lächelte. »Du täuschest dich, Hans, Ich bin nicht allein. Das ist man nur in der Jugend.«
»Aber Mutter wartet gewiß manchmal auf dich, denke ich, so am Abend.«
»Meinst du? Es ist gut, daß du mich erinnerst.«
Neander ließ die Hand seines Sohnes los und ging ein paar Schritte weiter, blieb stehen, kam zurück und sagte: »In der Jugend, Hans, ist man viel allein, und man spürt, daß das Alleinsein nicht gut ist. Darum sucht man Freunde, und verliebt sich, und entdeckt Familie und Vaterland. Das ist sehr gut, dabei gedeiht die Welt. Aber wenn man alt genug geworden ist, dann genügt das der Seele nicht mehr. Dann ist Freundschaft und Liebe und Vaterland auch bloß wieder eine Schale, die uns vom andern trennt, die uns vom Ganzen trennt. Dann wollen wir zum Ganzen. Das Ganze ist Gott. – Hast du nie chinesische Erzählungen gelesen?«
»Ich glaube nicht. Nein. Warum?«
»Einerlei. In den chinesischen Geschichten kommt immer und immer wieder derselbe Mann vor, in verschiedenen Gestalten. Als Jüngling gehorcht er den Eltern und lernt einen Beruf. Als Mann heiratet er und sorgt für seine Familie. Darüber lernt er das Vaterland lieben und bei allem an Ahnen und an Nachkommen denken. Er wird tätig und nützlich, er hilft den Staat leiten. Aber zuletzt, in der letzten Reife, da erkennt er, daß auch alles das noch Einsamkeit und Selbstsucht ist. Dann verläßt er eines Nachts seine Hütte und sein Feld, sein Weib und seine Untertanen, sein Amt und seine Bücher, und verschwindet. Seine Zeit ist gekommen. Er geht in die Berge, um von Tau und Blumenblättern zu leben und um alles abzustreifen, was noch Schale an ihm ist. Dann geht er zu den Unsterblichen ein.«
Wieder ging er einige ruhige Schritte auf und nieder, sein weißes Haar schimmerte blaß in der Nacht. Dann gab er Hans nochmals die Hand.
»Schlaf wohl, Hans. Du wirst einmal Freude an diesen Chinesenbüchern haben, es stehen gute Sachen drin. Das und der alte Goethe, der ganz alte Goethe, ist mir von allen Büchern jetzt am

liebsten. Aber das hat noch Zeit für dich, noch viel Zeit. Du bist noch kaum über den Werther hinaus, noch in den Lehrjahren.«

Damit ging er, und aus der Tür zum Studierzimmer, die er öffnete, drang Lichtflut und umströmte seine Gestalt. Gleich darauf ward es dunkel und Hans hörte ihn in sein Schlafzimmer gehen.

Dritter Teil

Auf stillgraue Tage mit lauem Regengeriesel war Südwind und feuchter Himmel mit greller Wolkenjagd gefolgt, rußig schwarze Schatten und weißes, stechendes Sonnenlicht, zwischen zornig ineinander verrannten Wolkenlagen sanfte Himmelsinseln von sehnsuchtsvollem Frühlingsblau. In der nassen, schwarzen Erde standen fett und grell die roten, drallen Tulpen in starren Reihen und Kreisen.

Hans stand beim Vater im Treibhaus, durch viele halbgeöffnete Scheiben trieb die kräftigfeuchte kühlere Luft herein, nur der Anbau mit den ausländischen Pflanzen stand noch fest verschlossen. Der Gärtner mischte Erde aus verschiedenen Behältern durch ein Sieb zusammen und füllte sie in kleine Töpfe, und in jeden Topf pflanzte der alte Neander mit zartem Fingerdruck eine kleine, junge Pflanze ein, die Sommerblumen für Fenster, Balkonbrüstung und Terrasse. Durch die schrägen Glasscheiben des Daches spielte das unruhige Licht des windigen Tages mit hastigen Wolkenschatten herein.

»Ich muß noch immer an das denken«, sagte Hans, »was du mir neulich am Abend von jenen alten Chinesen gesagt hast.«

Neander gab keine Antwort. Sorgfältig drückte er die dunkle Erde um die Wurzeln einer Pflanze fest.

»Glaubst du wirklich, daß sie dann von Blumenblättern gelebt haben?«

Der Vater griff nach einer neuen Pflanze.

»Ich weiß nicht«, sagte er. »Ich glaube, das ist nicht wichtig. Aber ich kann mich täuschen. Ich bin kein Chinese, und ich bin lange nicht so weit, wie die es waren, die sich in die Berge zurückzogen und zu den Unsterblichen eingingen. Wir haben es vielleicht schwerer, und über die Unsterblichen wissen wir so gut wie nichts. Unsre Zeit ist anders, wir haben leider keine Götter, und wir werden daran einmal zugrunde gehen. Aber wir haben viel in der Natur herum studiert, und es zeigt sich, daß die Welt doch nicht ärmer geworden ist. Gottheiten haben wir nicht, aber wir haben einige solche Geheimnisse wie die Röntgenstrahlen. Die reißen plötzlich ein Loch in die bekannte Welt und zeigen, daß alles noch viel wunderbarer ist als die uns bekannten Mythologien. Ärmer sind wir nicht geworden, nein, wir sind im Gegenteil etwas schnell reich geworden, darum fehlt uns die Hauptsache.«

Er hob den kleinen Topf empor und prüfte, ob die Pflanze schön aufrecht stehe.

»Und was wäre denn die Hauptsache?« fragte Hans zögernd.

»Die Einfachheit«, sagte der Vater kurz und bestimmt. Dann setzte er spielender hinzu: »Im Neuen Testament heißt es Einfalt.«

Ein Schatten fiel herein, und durchs nächste offne Fenster blickte mit braunen Augen ein schönes Frauengesicht.

»Da ist ja Hans«, rief Betty freundlich. »Du wolltest uns gestern besuchen, als wir spazierengegangen waren. Grüß Gott, Hans. Grüß Gott, Papa.«

Sie kam herein, etwas gebückt zwischen den herabhängenden Ranken der Ampelgewächse, und gab beiden die Hand.

»Es hat Albert sehr leid getan, wir kommen dafür heut abend her.«

Hans sah Betty neugierig an, die im hellbraunen Tuchkleid schmal auf dem nassen Laufbrett stand. Wieder fiel ihm ihr Haar auf, schwarzes, vom Nacken her straff hochgekämmtes Haar. Er erinnerte sich, daß auf berühmten Blättern von Utamaro und andern japanischen Meistern die Kenner besonders die regelmäßige Feinheit des Haaransatzes rühmten, er besaß selbst ein solches Blatt, und stellte nun mit stillem Vergnügen dieselbe Vollkommenheit an Betty fest.

»Aber ich störe dich, Papa«, sagte sie rasch, »ich will gleich wieder gehen.«

»Dann nimm Hans mit«, rief Neander, »er spricht mir zu viel. Ich muß hier noch arbeiten.«

»Laß uns noch einen Augenblick dableiben«, bat Hans. »Es ist so hübsch, wie die kleinen, strammen Pflanzen nebeneinander in ihren Töpfchen stehen. Sieh nur, Betty!«

Nun standen sie eine Weile, während der Vater in seiner zarten Arbeit fortfuhr, und sahen seinen geübten, kundigen Fingern zu und den kleinen Pflanzen, die aus dem Gedränge eines Saatkastens kamen und nun, jede plötzlich vereinzelt, mit einem Ausdruck von Ängstlichkeit und Verwunderung an ihren neuen Plätzen standen.

»Wie wenn sie sich fürchteten«, sagte Betty.

Der Alte nickte.

»Das tun sie auch.«

Dann ging Betty auf dem feuchten Brett voraus ins Freie, ihre Jacke zuknöpfend.

»Wie geht's, Frau Schwägerin?« fragte Hans, als sie draußen waren.

Sie ging auf den leichten Ton nicht ein.

»Danke, gut«, sagte sie ernsthaft. »Ich bin froh, daß ich dich traf. Ich möchte dir etwas sagen.«

Im Aufblicken sah er sie leicht erröten und sah über ihren Augen und in den Nasenflügeln einen sonderbaren Ausdruck, den er kannte und den er früher an ihr gar nicht hatte leiden mögen. Es sah aus wie Hochmut und drückte doch, wie er jetzt deutlicher als jemals fühlte, nichts anderes aus als die Anspannung, mit der Betty ihre eigene Schüchternheit bekämpfte.

Ohne zu sprechen, blickte er ihr einladend und ermunternd in die Augen, mit einem Ausdruck von Vertrauen, den er ihr gegenüber sonst nie gefunden hatte. Ihre Schüchternheit war ihm zum erstenmal nicht mehr hinderlich und störend, sondern lieb und rührend durch kindliche Reize.

Wie er alsbald spürte, empfand sie ohne weiteres aus Blick und Haltung seine Freundlichkeit, seinen guten Willen, und beide ahnten in diesem Augenblick, daß sie einander verwandt und einer dem andern zu Verständnis und Hilfe bestimmt seien. Von ihr wich die ängstliche Scheu; von ihm fiel die schlechte Gewohnheit ab, sie burschenhaft und ein wenig spöttisch zu behandeln.

Statt weiter gegen das Haus zu gehen, bog Betty in den Obstgang gegen das Wäldchen ein, an dessen Rand die Gesträuche schon lichtgrün schimmerten.

»Es ist wegen Albert«, begann sie mit freierer Stimme wieder. »Ich will dich nicht bitten, öfter als früher zu ihm zu kommen. Aber du weißt, er ist eigen und empfindlich, und vielleicht ist es gerade sein Bestes, was er immer verbirgt und verschweigt. Laß mich offen reden! Albert ist schwerer als du, weniger offen, weniger heiter, und was er geworden ist, hat ihn Mühe gekostet. Dir fiel alles leichter, schon in der Schule. Er leidet vielleicht nicht darunter, aber er empfindet es doch, und es quält ihn ernstlich, daß er zu Papa kein so freies und vertrauliches Verhältnis mehr hat.«

Hans nickte und schwieg. Er fühlte, sie wolle noch etwas anderes sagen. Im Wäldchen blieb sie stehen.

»Ich weiß nicht, Hans, ob du es richtig findest, daß ich dir davon sage. Es ist dir ja auch nicht neu. Aber du darfst nicht glauben, ich wolle irgend jemandem Schuld geben. Wenn jemand Schuld dabei hat, dann bin nur ich es.«

»Du?« rief Hans verwundert.

»Ja. Es wäre meine Aufgabe, Alberts Leben heiterer und leichter zu machen. Statt dessen bin ich selber behindert und ungeschickt. Er müßte jemand um sich haben, der alles leichternimmt, der fünfe grade sein lassen kann. Ich weiß, wie sehr er sich Kinder gewünscht hat, auch diese Enttäuschung drückt auf ihn. Er ist ja nicht so, wie er jetzt oft scheint, er hat auch viel von Papa in sich, aber das Grübeln und Quälen hat immer mehr die Oberhand gewonnen.«

»Er soll froh sein, daß er dich hat!« wollte Hans rufen. Aber er fühlte, wie töricht es klänge. Und er sagte nur: »Du sorgst ja so gut für ihn.«

Das war nicht, was sie hören wollte. Mit der gewohnten Gebärde reckte sie abwehrend den Kopf hoch und zog die Brauen empor.

»Was kann ich denn tun?« meinte Hans kleinlaut.

Sofort ließ sie den Kopf wieder sinken.

»Ich weiß nicht. Du solltest nur davon wissen.« Und nach einer Pause: »Damit du mir helfen kannst.«

Bei den Worten hatte er ein Gefühl, wie wenn eine kleine Kinderhand sich vertraulich in seine schöbe. Er lächelte froh und sagte, ohne zu überlegen: »Recht so, Betty. Natürlich will ich dir helfen.«

Von Hans begleitet, schlug sie den Feldweg ein. Er kam mit bis zum Rande der Stadt, wo die Trambahn hielt. Sie gaben sich die Hände nur flüchtig, aber beide empfanden ein Erlebnis. Sie waren Freunde geworden.

Am Abend kam sie mit Albert, sie saßen bei Tische Hans gegenüber, der den Bruder mit einer neuen Teilnahme beobachtete. Albert, wenig über dreißig Jahre alt, hatte nichts Jugendliches mehr im Äußeren, er trug in Stirnfalten und im schon leicht verfärbten Schläfenhaar die Spuren einer nervösen Schwäche und eines für seine Natur nicht leichten Amtes an sich. Aber er war heute gut gelaunt, gesprächig und leidlich heiter. Wieder beobachtete der Bruder an ihm die alte Gewohnheit, daß er unfrei und unbequem im Stuhle saß und beständig seine Haltung veränderte. Auch erkannte er gleich beim ersten Wortgeplänkel mit einem leichten Mißbehagen die Gebärde wieder, mit welcher Albert bei jeder ihm unerwarteten und unliebsamen Wendung des Gesprächs mit der Fläche der linken Hand über die Schläfe strich, wie um einen sich meldenden Schmerz zu beruhigen. Diese Gebärde war es vor allem gewesen, an welcher Hans in den Jahren knabenhafter Empfindlichkeit Anstoß genommen hatte, ihretwegen war ihm der unverstandene ältere Bruder zuzeiten völlig zuwider gewesen. Dies Schläfenstreichen sah so aus, als klage Albert über einen ungerechten Angriff auf seine Ruhe und mache den Angreifer für sein Wehgefühl verantwortlich. Hans sah es mit Lächeln, aber ein Nachgeschmack ehemaliger Ablehnung war doch in ihm vorhanden.

Im übrigen betrachtete er wieder mit Aufmerksamkeit Alberts auffallendes Gesicht, das von beiden Eltern eigenartige Züge übernommen hatte und übertrieb; namentlich trat bei ihm im Lächeln der Zug von leicht spöttischer Skepsis, der beim Vater liebenswerteste Geistigkeit ausdrückte, beinahe häßlich hervor. Vom Vater stammte auch Alberts Nase und Ohr, nur war bei ihm die reiche Formung, namtlich der Nüstern, bis zu einer unruhigen und leidenden Sensibilität gesteigert. Die hellblauen Augen, von Schnitt und Farbe genau die der Mutter, wohnten fremd in diesem Gesicht, in dem sie doch das Schönste waren.

Je weniger sich Hans den Bruder als Freund vorstellen konnte, desto schonender dachte er über ihn, desto stärker sprachen die elterlichen Züge in Alberts Gesicht zu ihm, desto magischer erschien ihm das Geheimnis des Blutes, das ihn mit jenem verband.

Nach dem Abendessen bat Hans seine Brudersfrau, etwas zu singen. Neander hatte es kaum gehört, als er die Bitte eifrig unterstützte. Ihm schlug Betty keinen Wunsch ab.

»Gerne«, sagte sie. »Was möchtest du hören, Vater?«

Sie wußte, daß Neander nur dann nach Musik begehrte, wenn er Verlangen nach dem Wiederhören eines ganz bestimmten Stückes trug.

»Wenn ihr einverstanden seid«, sagte der Alte höflich, »bitte ich um die Händel-Arie, die du im Winter einmal gesungen hast:

Quel fiore, che ride.«

»Die Noten sind nicht da«, sagte Betty zögernd, »ich muß es aus dem Gedächtnis versuchen und mich selber begleiten. Aber es ist nur ein Bruchstück, was ihr zu hören bekommt. Es ist ein Duett für zwei Soprane und eigentlich ist es eine Barbarei, wenn ich es so singe, wie ich es mir für mich allein aus dem zweistimmigen Satz heraus kombiniert habe.«

»Bitte sing nur«, rief Albert.

Sie setzte sich ans Klavier, einen kleinen, altmodischen Flügel, und suchte leise die Begleitung zusammen. Nun blickte sie den Alten an, sah dann vor sich nieder und sang mit einer leichten, klaren Mädchenstimme rein und korrekt das Lied von der Blume, die in der Morgenfrühe lacht und nur bis zum Abend lebt:

Quel fior che all'alba ride,
Il sole poi l'uccide,
E tomba ha nella sera.

E un fior la vita ancora:
L'occaso ha nell'aurora
E perde in un sol dì
La primavera.

»Wie schön!« sagte Hans nach einer Pause. »Und lauter Sachen, die kein Mensch kennt. Wo hast du das wieder gefunden?«

»Es war auf einer Reise. Ich war in Bern und kam im Spazierengehen gegen Abend vor das alte Münster, sah Leute hineingehen und erfuhr, daß ein Orgelkonzert darin sei. Da hörte ich das Lied von zwei Sängerinnen zur Orgel singen. – Magst du noch etwas hören, Papa?«

»Danke Kind, ich denke, es ist genug. Du mußt mit einem alten Mann Geduld haben, der nicht mehr viel Musik vertragen kann. Übrigens – darf ich sagen, daß das Lied mich beim zweiten Hören doch etwas enttäuscht? Es ist wie sein Text: Mehr hübsch als originell.«

»Du bist grausam«, rief Hans lebhaft. »Es kann doch nicht jedes kleine, hübsche Lied auch gleich eine Offenbarung sein.«

Neander ließ seine hellen, blauen Augen glänzen.

»Junge, da hast du vermutlich recht. Aber es ist ganz merkwürdig, wie entbehrlich die Kunst einem mit den Jahren werden kann. Tausend Kompositionen und Gemälde und Dichtungen, ohne die ich mir in alten Zeiten das Leben gar nicht mehr denken konnte, sind jetzt so gleichgültig geworden. Ich sehe mich noch dazu kommen, daß ein einziges Buch und ein einziges Musikstück meinem Bedarf an Kunst genügen.«

»Die möchte ich wohl kennen«, sagte Albert kritisch.

»Das Buch möchte ich lieber nicht nennen«, fuhr der Alte unbeirrt fort. »Aber das Musikstück wüßte ich schon.«

Albert sah ihn fragend an, und auch die andern blickten erwartungsvoll.

»Es ist der Actus Tragicus von Bach – aber freilich, während ich das sage, fällt mir schon ein andrer Gipfel dazu ein: das Ave verum corpus von Mozart. Darüber hinaus geht keine Musik.«

»Ich finde das aber doch ungerecht«, sagte Hans nachdenklich. »Du könntest schließlich grade so gut die Cherubin-Arie ›Voi che sapete‹ oder zwanzig andere Stücke vom gleichen Rang nennen.«

Neander strich seinen weißen Bart, und sein freundlicher Blick verlor sich zu Betty hinüber und über ihr schwarzglänzendes, hochfrisiertes Haar hinweg ins Ziellose.

»Zugegeben«, nickte er langsam. »Es war eine Sentimentalität von mir. Immer wieder klammert man sich ans Liebgewordene und meint, es sei Treue, es ist aber bloß Trägheit. – Natürlich muß es auch ohne Actus Tragicus gehen und ohne Mozart und ohne all das. Es muß überhaupt ohne Kunst gehen. Sie ist eine feine und sensible Haut zwischen uns und dem Herzen der Welt, und es ist gewiß besser, diese dünne Haut zu haben als einen Panzer – aber um ganz ins Herz der Welt hineinzukommen, muß man auch diese zarteste Haut schließlich durchstoßen.«

Er lachte aus seinen etwas weitsichtigen Augen…

Hier endet das Manuskript

Der Waldmensch

Im Anfang der ersten Zeitalter, noch ehe die junge Menschheit sich über die Erde verbreitet hatte, waren die Waldmenschen. Diese lebten eng und scheu in der Dämmerung der tropischen Urwälder, stets im Streit mit ihren Verwandten, den Affen, und über ihrem Tun und Sein stand als einzige Gottheit und einziges Gesetz: der Wald. Der Wald war Heimat, Schutzort, Wiege, Nest und Grab, und außerhalb des Waldes vermochte man sich kein Leben zu denken. Man vermied es, bis an seine Ränder vorzudringen, und wer je durch besondere Schicksale auf Jagd oder Flucht dorthin verschlagen worden war, der erzählte zitternd und geängstigt von der weißen Leere draußen, wo man das furchtbare Nichts im tödlichen Sonnenbrande gleißen sähe. Es lebte ein alter Waldmann, der war vor Jahrzehnten, durch wilde Tiere verfolgt, über den äußersten Rand des Waldes hinaus geflohen und alsbald blind geworden. Er war jetzt eine Art Priester und Heiliger und hieß mata dalam (der das Auge inwendig hat); er hatte das heilige Waldlied gedichtet, das bei großen Gewittern gesungen wurde, und auf ihn hörten die Waldleute. Daß er die Sonne mit Augen gesehen hatte, ohne daran zu sterben, das war sein Ruhm und sein Geheimnis.

Die Waldmenschen waren klein und braun und stark behaart, sie gingen vorgebückt und hatten scheue Wildaugen. Sie konnten wie Menschen und wie Affen gehen und fühlten sich hoch im Geäst des Waldes ebenso sicher wie am Boden. Häuser und Hütten kannten sie noch nicht, wohl aber mancherlei Waffen und Gerätschaften, auch Schmuck. Sie verstanden Bogen, Pfeile, Lanzen und Streitkolben aus harten Hölzern zu machen, Halsbänder aus Bast und mit getrockneten Beeren oder Nüssen behängt, auch trugen sie um den Hals oder im Haar ihre Kostbarkeiten: Eberzahn, Tigerkralle, Papageienfeder, Flußmuschel. Mitten durch den unendlichen Wald floß der große Strom, die Waldmenschen wagten sein Ufer aber nur in dunkler Nacht zu betreten, und viele hatten ihn nie gesehen. Die Mutigeren schlichen zuweilen des Nachts aus dem Dickicht hervor, scheu und lauernd, dann sahen sie im schwachen Schimmer die Elefanten baden, blickten durch die überhängenden Baumwipfel und sahen erschrocken im Netzwerk der vielarmigen Mangrovenbäume die glänzenden Sterne hängen. Die Sonne sahen sie niemals, und es galt schon für äußerst gefährlich, ihr Spiegelbild im Sommer zu erblicken.

Zu jenem Stamme der Waldleute, welchen der blinde mata dalam vorstand, gehörte auch der Jüngling Kubu, und er war der Führer und Vertreter der Jungen und Unzufriedenen. Es gab nämlich Unzufriedene, seit mata dalam älter und herrschsüchtiger geworden war. Bisher war es sein Vorrecht gewesen, daß er, der Blinde, von den andern mit Speise versorgt wurde, auch fragte man ihn um Rat und sang sein Waldlied. Allmählich aber führte er allerlei neue und lästige Bräuche ein, welche ihm, wie er sagte, von der Gottheit des Waldes im Traum waren geoffenbart worden. Ein paar Junge und Zweifler aber behaupteten, der Alte sei ein Betrüger und suche nur seinen eigenen Vorteil.

Das Neuste, was mata dalam eingeführt hatte, war eine Neumondfeier, wobei er in der Mitte eines Kreises saß und die Rindentrommel schlug. Die anderen Waldleute aber mußten so lange im Kreise tanzen und das Lied golo elah dazu singen, bis sie todmüde waren und in die Knie sanken. Dann mußte ein jeder sich das linke Ohr mit einem Dorn durchbohren, und die jungen Weiber mußten zu dem Priester geführt werden, und er durchbohrte einer jeden das Ohr mit einem Dorn.

Dieser Sitte hatte sich Kubu samt einigen seiner Altersgenossen entzogen, und ihr Bestreben war, auch die jungen Mädchen zum Widerstand zu überreden. Einmal hatten sie Aussicht, zu siegen und die Macht des Priesters zu brechen. Der Alte nämlich hielt wieder Neumondfest und durchbohrte den Weibchen das linke Ohr. Eine kräftige Junge aber schrie dabei furchtbar und leistete Widerstand, und darüber passierte es dem Blinden, daß er ihr mit dem Dorn ins Auge stach, und das Auge lief aus. Jetzt schrie das Mädchen so verzweifelt, daß alle herbeiliefen, und als man sah, was geschehen war, schwieg man betroffen und unwillig. Als aber die Jungen sich triumphierend darein mischten und als der Kubu den Priester an der Schulter zu packen wagte, da stand der Alte vor seiner Trommel auf und sagte mit krähend höhnischer Stimme einen so grauenhaften Fluch, daß alle entsetzt zurückflohen und dem Jüngling selber das Herz vor Entsetzen gefror. Der alte Priester sagte Worte, deren genauen Sinn niemand verstehen konnte, deren Art und Ton aber wild und grausig an die gefürchteten heiligen Worte der Gottesdienste anklang. Und er verfluchte des Jünglings Augen, die er dem Geier zum Fraße zusprach, und verfluchte seine Eingeweide, von welchen er prophezeite, sie werden eines Tages im freien Felde in der Sonne rösten. Dann aber befahl der Priester, der im Augenblick mehr Macht hatte als jemals, das junge Mädchen nochmals zu sich und stieß ihr den Dorn auch ins zweite Auge, und jedermann sah es mit Entsetzen, und niemand wagte zu atmen.

»Du wirst draußen sterben«, hatte der Alte dem Kubu geflucht, und seither mied man den Jüngling als einen Hoffnungslosen. »Draußen« – das hieß: außerhalb der Heimat, außerhalb des dämmernden Waldes! »Draußen«, das bedeutete Schrecken, Sonnenbrand und glühende, tödliche Leere.

Entsetzt war Kubu weit hinweg geflohen, und als er sah, daß jedermann vor ihm zurückwich, da verbarg er sich in einem hohlen Stamme und gab sich verloren. Tage und Nächte lag er, wechselnd zwischen Todesangst und Trotz, und ungewiß, ob nun die Leute seines Stammes kommen würden, ihn zu erschlagen, oder ob die Sonne selbst durch den Wald brechen, ihn belagern und erjagen und erlegen werde. Es kam aber weder Pfeil noch Lanze, weder Sonne noch Blitzstrahl, es kam nichts als eine tiefe Erschlaffung und die brüllende Stimme des Hungers.

Da stand Kubu wieder auf und kroch aus dem Baume, nüchtern und beinahe mit einem Gefühl von Enttäuschung.

»Es ist nichts mit dem Fluch des Priesters«, dachte er verwundert, und dann suchte er sich Speise, und als er gegessen hatte und wieder das Leben durch seine Glieder kreisen fühlte, da kam Stolz und Haß in seine Seele zurück. Jetzt wollte er nicht mehr zu den Seinen zurückkehren. Jetzt wollte er ein Einsamer und Ausgestoßener sein, einer, den man haßte und dem der Priester, das blinde Vieh, ohnmächtige Verfluchungen nachrief. Er wollte allein sein und allein bleiben, zuvor aber wollte er seine Rache nehmen.

Und er ging und sann. Er dachte über alles nach, was ihm jemals Zweifel erweckt hatte und als Trug erschienen war, und vor allem über die Trommel des Priesters und seine Feste, und je mehr er dachte und je länger er allein war, desto klarer konnte er sehen: ja, es war Trug, es war alles nur Trug und Lüge. Und da er schon so weit war, dachte er noch weiter und richtete sein wachsam gewordenes Mißtrauen vollends auf alles, was als wahr und heilig galt. Wie stand es zum Beispiel mit dem Waldgotte und mit dem heiligen Waldliede? Oh, auch damit war es nichts, auch das war

Schwindel! Und ein heimliches Entsetzen überwindend, stimmte er das Waldlied an, höhnisch mit verächtlicher Stimme und alle Worte verdrehend, und er rief dreimal den Namen der Waldgottheit, den außer dem Priester niemand bei Todesstrafe nennen durfte, und es blieb alles ruhig, und kein Sturm brach los, und kein Blitz zuckte nieder!

Manche Tage und Wochen irrte der Vereinsamte so umher, Falten über den Augen und mit stechendem Blick. Er ging auch, was noch niemand gewagt hatte, bei Vollmond an das Ufer des Stromes. Dort blickte er erst dem Spiegelbild des Mondes und dann dem Vollmond selber und allen Sternen lang und kühn in die Augen, und es geschah ihm kein Leid. Ganze Mondnächte saß er am Ufer, schwelgte im verbotenen Lichtrausch und pflegte seine Gedanken. Viele kühne und schreckliche Pläne stiegen in seiner Seele auf. Der Mond ist mein Freund, dachte er, und der Stern ist mein Freund, aber der alte Blinde ist mein Feind. Also ist das »Draußen« vielleicht besser als unser Drinnen, und vielleicht ist die ganze Heiligkeit des Waldes auch nur ein Gerede! Und er kam, um Generationen vor allen Menschen voraus, eines Nachts auf die verwegene und fabelhafte Idee, man könne ganz wohl einige Baumäste mit Bast zusammenbinden, sich darauf setzen und den Strom hinunterschwimmen. Seine Augen funkelten, und sein Herz schlug gewaltig. Aber es war nichts damit; der Strom war voll von Krokodilen.

Dann gab es also keinen anderen Weg in die Zukunft als den, den Wald an seinem Rande zu verlassen, falls es überhaupt ein Ende des Waldes gab, und sich alsdann der glühenden Leere, dem bösen »Draußen« anzuvertrauen. Jenes Ungeheuer, die Sonne, mußte aufgesucht und bestanden werden. Denn – wer weiß? – am Ende war auch die uralte Lehre von der Furchtbarkeit der Sonne nur so eine Lüge!

Dieser Gedanke, der letzte in einer kühnen, fiebrig wilden Reihe, machte den Kubu erzittern. Das hatte in allen Weltaltern noch niemals ein Waldmensch gewagt, freiwillig den Wald zu verlassen und sich der schrecklichen Sonne auszusetzen. Und wieder ging er Tage um Tage, seinen Gedanken tragend. Und endlich faßte er Mut. Er schlich mit Zittern am hellen Mittag gegen den Fluß, näherte sich lauernd dem glitzernden Ufer und suchte mit bangen Augen das Bildnis der Sonne im Wasser. Der Glanz schmerzte heftig in den geblendeten Augen, er mußte sie rasch wieder schließen, aber nach einer Weile wagte er es wieder und dann nochmals, und es gelang. Es war möglich, es war zu ertragen, und es machte sogar froh und mutig. Kubu hatte Vertrauen zur Sonne gefaßt. Er liebte sie, auch wenn sie ihn töten sollte, und er haßte den alten, finstern, faulen Wald, wo die Priester quäkten und wo er, der Junge und Mutige, verfemt und ausgestoßen worden war.

Jetzt war sein Entschluß reif geworden, und er pflückte die Tat wie eine süße Frucht. Mit einem neuen, zügigen Hammer aus Eisenholz, dem er einen ganz dünnen und leichten Stiel gegeben hatte, ging er in der nächsten Morgenfrühe dem mata dalam nach, fand seine Spur und fand ihn selbst, schlug ihm den Hammer auf den Kopf und sah seine Seele aus dem gekrümmten Maul entfliehen. Er legte ihm seine Waffe auf die Brust, damit man wisse, durch wen der Alte gestorben sei, und auf die glatte Fläche des Hammers hatte er mit einer Muschelscherbe mühsam eine Schilderung geritzt, einen Kreis mit mehreren geraden Strahlen: das Bildnis der Sonne.

Mutig trat er seine Wanderschaft nach dem fernen »Draußen« an und ging vom Morgen bis zur Nacht in gerader Richtung und schlief nachts im Gezweige und setzte in der Frühe sein Wandern fort, viele Tage lang, über Bäche und schwarze Sümpfe, und schließlich über ansteigendes Land und moosige Steinbänke, wie er sie nie gesehen hatte, und endlich steiler hinan, von Schluchten aufgehalten, ins Gebirge hinein, immer durch den ewigen Wald, so daß er am Ende zweifelhaft und traurig wurde und den Gedanken erwog, vielleicht möchte es doch den Geschöpfen des Waldes von einem Gotte verboten sein, ihre Heimat zu verlassen.

Und da kam er eines Abends, nachdem er seit langem immerzu gestiegen und in immer höhere, trocknere, leichtere Lüfte gekommen war, unversehens an ein Ende. Der Wald hörte auf, aber mit ihm auch der Erdboden, es stürzte hier der Wald ins Leere der Luft hinab, als wäre an dieser Stelle die Welt entzweigebrochen. Zu sehen war nichts als eine ferne schwache Röte und oben einige Sterne, denn die Nacht hatte schon begonnen.

Kubu setzte sich an den Rand der Welt und band sich an den Schlingpflanzen fest, daß er nicht hinunterfalle. In Grauen und wilder Erregung verbrachte er kauernd die Nacht, ohne ein Auge zu schließen, und beim ersten Grauen der Frühe sprang er ungeduldig auf seine Füße und wartete, über das Leere gebeugt, auf den Tag.

Gelbe Streifen schönen Lichtes erglommen in der Ferne, und der Himmel schien in Erwartung zu zittern, wie Kubu zitterte, der noch niemals das Werden des Tages im weiten Luftraum gesehen hatte. Und gelbe Lichtbündel flammten auf, und plötzlich sprang jenseits der ungeheuren Weltenschlucht die Sonne groß und rot in den Himmel. Sie sprang empor aus einem endlosen grauen Nichts, welches alsbald blauschwarz wurde: das Meer.

Und vor dem zitternden Waldmann lag entschleiert das »Draußen«. Vor seinen Füßen stürzte der Berg hinab bis in unkenntliche rauchende Tiefen, gegenüber sprang rosig und juwelenhaft ein Felsgebirge empor, zur Seite lag fern und riesig das dunkle Meer, und die Küste lief weiß und schaumig mit kleinen nickenden Bäumen darum her. Und über dies alles, über diese tausend neuen, fremden gewaltigen Formen zog die Sonne herauf und wälzte einen glühenden Strom von Licht über die Welt, die in lachenden Farben entbrannte.

Kubu vermochte nicht, der Sonne ins Gesicht zu sehen. Aber er sah ihr Licht in farbigen Fluten um die Berge und Felsen und Küsten und fernen blauen Inseln strömen, und er sank nieder und neigte sein Gesicht zur Erde vor den Göttern dieser strahlenden Welt. Ach, wer war er, Kubu?! Er war ein kleines schmutziges Tier, das sein ganzes dumpfes Leben im dämmerigen Sumpfloch des dicken Waldes hingebracht hatte, scheu und finster und niederträchtigen Winkelgottheiten untertan. Aber hier war die Welt, und ihr oberster Gott war die Sonne, und der lange schmähliche Traum seines Waldlebens lag dahinten und begann schon jetzt in seiner Seele zu erlöschen wie das fahle Bild des toten Priesters. Auf Händen und Füßen kletterte Kubu den steilen Abgrund hinab, dem Licht und dem Meere entgegen, und über seine Seele zitterte in flüchtigem Glücksrausch die traumhafte Ahnung einer hellen, von der Sonne regierten Erde, auf welcher helle, befreite Wesen im Lichte lebten und niemand untertan wären als der Sonne.

(1914)

In einer kleinen Stadt

Esser werden nicht alt. So wohl der Notar Trefz mit seinen sechzig Jahren aussah und so sehr er am Leben hing, eines Mittags im Mai traf ihn der Schlag, und am nächsten Morgen trug schon der Leichenbitter mit seinem Gehilfen die Nachricht von seinem Tode durch die erstaunte Stadt. »Ja lieber Gott, der Trefz«, hieß es überall. »Man darf doch keinem mehr trauen. Überhaupt, die alten guten Bürgersleute sterben halt allmählich weg, erst voriges Jahr noch der Schiffwirt, und jetzt der Notar Trefz!«

An diesem Vormittag hatte es die Witwe nicht ruhig. Zwei alte Freundinnen, die ihr beizustehen gekommen waren, brachten die verzagte Frau durch die Aufzählung aller Verpflichtungen und alles dessen, was durchaus nicht vergessen werden durfte, in Verwirrung und taten selber wenig als reden und trösten. Und eben dieses wäre entbehrlich gewesen, denn die Frau Notarin hatte keinen Grund, untröstlich zu sein, und war es auch nicht. Aber sie war vom schnellen Erleben betäubt, von den plötzlich erstandenen Witwenpflichten und Trauersorgen beängstigt und bewegte sich in der ungewohnten Freiheit nur schüchtern und traumbefangen, während nebenan im Schlafzimmer ihr Tyrann und Quälgeist stillelag, dessen Tod und Ungefährlichkeit sie immer wieder für Augenblicke vergaß und dessen ärgerlich befehlende Stimme wieder zu hören sie immerzu gewärtig war. Erschrocken und beklommen ging sie hin und wider, und so lebhaft es im Hause war, schien es ihr doch seltsam still zu sein. Der Notar war nicht leicht gestorben. Als ein kräftiger und stolzgesinnter Mensch, der sein Leben lang befohlen hatte und an gute Tage gewöhnt war, hatte er sich dem Tode nicht ohne Groll und Fluchen ergeben und war schließlich in wahrer Verzweiflung gestorben, da er nicht einsah, warum er nun, wo die wahrhaft guten Zeiten der Altersruhe bevorstanden, mitten aus seinem Leben und Besitz hinweg solle. Obwohl seine laute Stimme schon gebrochen und sein Blick schon getrübt war, hatte er bis zum letzten Augenblick gezürnt und gescholten und sein Weib für alles verantwortlich gemacht.

Im Erdgeschoß des zweistöckigen schönen Hauses war es feierlich still. Dort lag die Amtsstube des Verstorbenen, die nun geschlossen war, und der Gehilfe und der Lehrling gingen in Sonntagskleidern, verlegen-froh über den unerwartet eingetroffenen Feiertag, in der Stadt spazieren.

Die ganze Stadt wußte nun von dem Todesfall, und wer über den oberen Markt ging, unterließ es nicht, aufmerksam und neugierig nach dem Trauerhause zu schauen, das seit Jahrzehnten dastand und das alle tausendmal gesehen hatten und an dem heute doch jeder einen Schein von Ungewohntem, von Feierlichkeit und großem Ereignis wahrnehmen konnte. Im übrigen war an dem Hause nichts Auffallendes zu bemerken als die geschlossenen Läden des Erdgeschosses, die ihm etwas halbschlafend Sonntägliches gaben. Die helle, beinahe sommerliche Sonne schien klar und weiß auf den Marktplatz und auf die Häuser, auf die Brunnen und Bänke, und malte treulich neben jeden Fensterladen, neben jede Vortreppe, jedes Scharreisen einen kleinen Schatten. Der große Neufundländerhund von der oberen Apotheke hatte seinen vornehmen Platz neben dem alten, vorgeneigten Prellstein an der Marktecke inne, an den Läden des Buchhändlers und des Hutmachers waren die neumodischen Markisen herabgelassen, hoch vom Bühel herab aus den Schulhäusern klang Knabengesang dünn und leicht durch die fröhliche Luft.

Gegen Mittag, noch ehe die Schulen sich auftaten und den sonnigen, stillen Platz überfluteten, kam um die Ecke vom Flusse her ein Mann oder Herr in gutem Anzug mit einer hellbraunen Ledertasche in der Hand in ruhigem Schritte gegangen, schaute blinzelnd den lichten Platz hinauf, rückte spielend am steifen Hute und schritt sicher über den ganzen Markt dem Trefzischen Hause zu, in dessen Tor er verschwand. Im kühlen Flur rüttelte er an beiden Türen und schien ärgerlich darüber, daß keiner der Angestellten da war. Dann stieg er rasch die Treppe empor, läutete an der Glastüre und trat, als ihm aufgemacht war, sogleich ins Wohnzimmer, das eben erst von den beiden Trösterinnen verlassen war. Er nahm den Hut vom blonden Kopfe, blickte um sich und rief: »Mama, wo bist du denn?«

»Gleich, gleich!« rief sie von hinten her. »Ach grüß Gott, Hermann!«

»Grüß Gott.«

Er nahm die Hand, die sie ihm entgegengestreckt hatte, und nach einem verlegenen Husten fragte er mit veränderter, leiser Stimme: »Lebt er noch?«

Die Frau, die seit dem frühen Morgen im Zeuge und noch zu

keinem Seufzer gekommen war, sank plötzlich auf einen Sessel, brach in Tränen aus und schüttelte den kleinen Kopf. Verwirrt und etwas unmutig tat der Sohn ein paar Schritte. Die Frau war schnell wieder aufrecht.

»Willst du zu ihm?« fragte sie.

»Nachher. Wann ist er denn--?«

»Heut nacht, oder eigentlich, es war schon Morgen.« Und da sie ihn ärgerlich werden sah, fügte sie schnell hinzu: »Ich habe dir gleich nochmals telegraphiert.«

»So, so«, sagte er. »Ja, ich will einmal hinübergehen. Ist er im Schlafzimmer?«

Sie ging mit ihm, und als sie das verdunkelte Schlafzimmer betraten, nahm sie seine Hand. Leise führte sie ihn zu des Vaters Bett, wo er schweigend stehenblieb, und stieß alsdann einen Fensterladen auf. Da kam ein Streifen von goldenem Tageslicht in die Düsternis und schien bis zum Lager des Toten hinüber. Dieser lag steif mit geradegerichteten Gliedern und festem Gesicht, und der Sohn beugte sich über ihn. Er fühlte, daß ihm nun eine Traurigkeit wohl anstünde, und er hätte gern eine Träne gezeigt. Doch als er eine kleine Zeit in das väterliche Gesicht geblickt hatte, fand er es seinem eigenen so ähnlich, daß ihm war, er sehe sich selber alt und tot, und darüber faßte ihn ein Grauen, so daß er einige Zeit bewegungslos verharrte und den Blick nicht von dem Toten trennen konnte. Darauf ging er behutsam, zog den Laden wieder zu und winkte der Mutter, hinauszukommen.

Das heutige Mittagessen im Hause Trefz war nicht bedeutend, und der Sohn, der seines Vaters Natur hatte, mußte an sich halten, um nicht ein Wort des Tadels zu sagen. Und die Witwe spürte es und merkte wohl, daß sie statt des alten Tyrannen, der drüben lag, nun einen jungen habe. Freilich, sie konnte wegziehen, konnte sich losmachen, niemand konnte sie zwingen, die Magd im Hause zu bleiben. Allein sie wußte wohl, sie würde doch bleiben und das alte Leben würde weitergehen, nicht besser und nicht schlimmer. Wer einmal nachgegeben und ein halbes Leben lang einen fremden Willen über sich gehabt hatte, der muß stärker im Rückgrat sein als die Frau Trefz, wenn er nochmals ein eigenes und freies Leben beginnen will.

Nach Tische kam Besuch. Zuerst der Aktuar Kleinschmied, dann der Oberamtmann. Gegen den Aktuar benahm sich der Herr Dr. Trefz freundlich, doch würdevoll, für den Oberamtmann aber hüllte er sich in Verbindlichkeit und feine Lebensart. Er war gesonnen, seine Zugehörigkeit zum obersten Range der städtischen Gesellschaft von allem Anfange an zu betonen.

Am späteren Nachmittag erschienen, noch immer mit schwarzen Röcken angetan, der Gehilfe und der Schreiberknabe, die der Doktor hatte holen lassen. Sie mußten im Hinterstüblein die soeben vom Drucker gekommenen Todesanzeigen falzen, in schwarzrandige Umschläge stecken und adressieren. Sie taten ihre Feiertagsröcke ab, arbeiteten in Hemdärmeln und taten widerwillig und beschämt ihre Pflicht, wie Hündlein, die einen unerlaubten Ausgang taten und nun zurückgepfiffen sich ihrer Abhängigkeit erinnern. Unwillig durchlas der Gehilfe den ersten Trauerbogen, der ihm in die Finger kam: »Nach Gottes unerforschlichem Ratschluß entschlief heute früh gegen sechs Uhr unser heißgeliebter Gatte und Vater, Schwager und Oheim Anton Friedrich Trefz, Notar« usw.

Wenn der feierlich traurige Ton dieser Trauerbotschaft nicht völlig echt war, so waren es dafür auch die Kundgebungen der Besucher und Tröster nicht alle. Man wußte wohl, daß die kleine verblühte Frau Notar es unter dem harten Regiment des seligen Trefz nicht herrlich gehabt habe, und man wußte ebensowohl, wie günstig der unerwartet frühe Hingang des Vaters für die Pläne und Aussichten des Jungen war. Der war dreißig Jahre alt und hätte eigentlich der Mitarbeiter und Teilhaber seines Alten werden sollen. Aber der junge Trefz hatte an der Universität studiert und fühlte sich seinem altmodischen und weniger gebildeten Vater so sehr überlegen, daß die beiden nicht miteinander hatten auskommen können. So war der Sohn, künftiger Zeiten harrend, einstweilen fern von der Heimat im Bureau eines Advokaten untergeschlüpft und hatte darauf gewartet, daß sein Vater alt werde und ihn doch noch brauchen und holen müsse. Statt dessen konnte er nun, weit über die blühendsten Hoffnungen hinaus, sich geradezu ins warme Nest setzen.

Überaus prächtig war das Begräbnis des Notars am dritten Tag nach seinem Tode. Es gab wohl keinen, der den Verstorbenen geliebt hatte. Aber die Teilnahme und Neugier der Menschen drängen sich gerne zu so raschen, unerwarteten Todesfällen. Der gesunde, wenig nachdenkende Bürger, wenn er vernimmt, es sei der und der ganz plötzlich weggestorben, zuckt zusammen und fühlt, es könnte wohl auch ihm einmal so gehen. Er tritt zum Nachbar, sagt: »Weißt du schon?« und knüpft an den Todesfall ernsthaft einige gangbare Betrachtungen über die Hinfälligkeit des menschlichen Lebens.

Die meisten aber waren zum Begräbnis gekommen, weil sie heimlich fühlten, daß der Notar Trefz eine von den guten, weithin sichtbaren, unentbehrlichen Figuren ihrer Vaterstadt gewesen war. Es gibt in jeder Stadt ein Dutzend solche, ohne die man sich die Gasse und das Rathaus und die Kegelbahn gar nicht denken möchte, Männer von auffallender großer Statur mit großen Bärten, oder glattrasierte vornehme Gesichter, oder spitze, hagere Alte mit Schnupfdosen und Stöcken. Es sind nicht immer die tüchtigsten und für das gemeine Wohl besorgtesten Männer, aber es sind Charakterfiguren, deren Erscheinung zum Bilde der Stadt gehört, deren Anblick befriedigt und deren Gruß man schätzt. Ein solcher war Trefz gewesen, zudem ein demokratischer Parteimann und Besitzer eines stattlichen Vermögens. So kam es, daß seine Allernächsten wenig um ihn zu trauern fanden, während er der ganzen Stadt zu fehlen schien und niemand bei der Beerdigung eines so bedeutenden Mannes fehlen wollte.

Die bescheidene Mutter hatte kein Auge dafür, sie wünschte bang und ermüdet sich aus dem Lärm und Geschäft und Redenmüssen dieser Trauertage heraus. Desto stolzer blickte der junge Dr. Trefz auf die gewaltige Zahl der Leidtragenden und nahm den seinem Vater und seinem Haus dargebrachten Ehrenzoll wie ein Feldherr entgegen, zuerst heimlich vom Fenster aus, dann öffentlich und kühn, als er neben der Mutter feierlich hinter dem Sarge her aus dem Hause trat. Der Leichenwagen war glänzend geschmückt und der Sarg mit Kränzen ganz bedeckt. Angesichts der Menge und des langsam anziehenden und hinwegfahrenden Sargwagens fing die Witwe still zu weinen an, der Dekan trat an ihre Seite, und der Zug begann sich feierlich zu entfalten, während noch der halbe Markt voll Wartender stand.

Der nächste Weg zum Kirchhof wäre durch die Kronengasse gewesen, aber diese war gar steil, und es sah auch weit besser aus, daß der Zug, eine Schneckenlinie um den Ort seines Entstehens beschreibend, sich über den ganzen langen Marktplatz hin entwickelte, dessen mäßige Schräge das Übersehen erleichterte. Als der reichlich geschmückte Leichenwagen unten gegen die Gerbergasse hin um die Marktecke schwenkte, blickte der hinterherschreitende junge Notar einen Augenblick zurück und weidete sein ernstes Auge am Anblick des großen Platzes, der rings vom wogenden Trauerzuge umschritten und von schwarzer Feierlichkeit erfüllt war. Im Zuge schritten die Männer voran, fast alle mit Zylinderhüten bekleidet, deren manche sich im Sonnenschein ihrer Blankheit erfreuten, während andre, ältere von vergessenen Formen, in ihrer wohlmeinenden Rauheit dem spiegelnden Lichte trotzten und nur die vordrängenden Büschel ihrer Hasenhaare leise silbern erschimmern ließen.

Beim Durchwandeln des Kirchhofeinganges an der grasigen Mauer vorbei fing die Witwe abermals zu weinen an. Es erging ihr wie den meisten, daß hier beim Eintritt in die kühle Feierabendluft der Gräberstatt und beim Rauschen des vermoosten Friedhofbrunnens manche frühere Gänge zum selben traurigen Ziele ihr einfielen, vom Gang hinterm Sarge der Großmutter her bis zu dem mit dem eigenen Kinde.

Hoch über dieser ganzen Feierlichkeit aber, auf halber Höhe des Berges im Grase, lag derjenige, dem wir die meisten unserer Gerbersauer Kenntnisse verdanken, der junge Hermann Lautenschlager, und sah der ganzen Sache nachdenklich zu. Er nahm, trotz seiner Aufmerksamkeit für alle heimischen Ereignisse, selten an ihnen selber teil, da er sich unter vielen Leuten nicht wohlfühlte, auch mangelten ihm die für solche Gelegenheiten vom Brauche geforderten Kleider, die er sich als ein einsam lebender Mensch ohne Familie lediglich der Begräbnisse wegen nicht kaufen mochte. Desto genauer beobachtete er, was zu seinen Füßen vorging, und war vielleicht der einzige, der die ganze Bedeutung dieser Vorgänge kannte. Denn er liebte seine kleine Stadt und wußte wohl, was jeder alte Weißbart und jeder grünschillernde alte Gehrock in einem solchen Gemeinwesen bedeuteten. So nahm er an dem Begräbnis des alten Trefz in seiner Weise herzlich teil und hätte, wäre es darauf angekommen, wohl mehr als jeder andre Mitbürger dafür gegeben, den prächtigen Herrn wieder lebendig in den Straßen wandeln zu sehen. Es tat ihm leid um diese vortreffliche Figur, und da er sie dem Leben verloren wußte, tat er das Seine, sie dem Andenken zu retten, und zeichnete den Notar Trefz aus dem Gedächtnisse in sein Taschenbuch, worin schon viele solche Figuren standen und wandelten. Er nahm bei dieser Gelegenheit, da er den Alten fertig hatte, auch gleich den Jungen vor, der ihm in seiner Würde und ansehnlichen

Trauer kaum minder gefiel. Er zeichnete mit leichten Strichen, die ihm keine Arbeit waren, die breite Gestalt vom glänzenden Zylinder bis zu dem Faltenwurf der schwarzen Hose, vergaß den leichten Fettwulst am saftigen Nacken nicht und nicht das dicke, etwas schweinerne Augenlid; ja er tat diesen auszeichnenden Besonderheiten so viel Ehre an, daß sie bald die Hauptsache an dem Manne zu sein schienen. Und da nun die ganze Figur trotz der ernsttraurigen Haltung etwas durchaus Frohes, ja Feistglückliches erhalten hatte, gab er dem so gezeichneten Manne statt des Gesangbuches eine ungeheure Pfingstrose in die Hand. Es wird später Zeit sein, dem Zeichner diese Neigung zu gelegentlichen Roheiten näher anzumerken.

Inzwischen verlief unten im schattigen Gottesacker die schöne Feier mit allem Glanze. Es sprachen, nach der Rede des Dekans, der Stadtschultheiß und der Vorstand des demokratischen Gesangvereins, es sprach der Senior des Gemeinderates, und wer irgend sich zu den Berechtigten zählen durfte, versäumte die feierliche Handlung nicht, an das offene Grab zu treten, hinabzublicken und eine kleine Handvoll Tannenzweige hinunter zu werfen, worauf er mit erschütterten Mienen zurücktrat, um sich die grünen Nadeln vom Gehrock zu wischen. Manche zeigten in diesem Tun eine bedeutende Übung und Beherrschung der Formen, manche hatten auch Unglück und stolperten oder trugen die aufgerafften Zweige wieder mit sich hinweg. Der alte Seelsorger sah dem allem in seiner Güte ernsthaft zu, legte der Witwe tröstlich die Hand auf den Arm und ersah bald den Augenblick, zum Schlußverse zu ermahnen, der aus so vielen alten und jungen Kehlen schön und mächtig emporstieg und sich in der lauen Mailuft leise berganwärts verlor.

Für den in seiner grünen Höhe verweilenden Hermann Lautenschlager war es nun ein schöner Anblick, die dunkle Menge in Haufen und zögernden Gruppen den Friedhof verlassen und über den Brühel und die Brücke hin sich stadteinwärts verlieren zu sehen. Gar manche von den Trauergängern nahmen den Anlaß wahr, die Gräber der eigenen Angehörigen zu besuchen und noch ein wenig in dem vertrauten Raume zwischen den schiefen, grünen Mauern zu verweilen. Alte Frauen bückten sich über frische oder verwahrloste Kreuze, Kinder tasteten auf Grabsteinen den alten Inschriften nach, junge Frauen bogen an lieben Gräbern eine Rosenranke und einen verwilderten Efeuzweig zurecht und kamen darüber ins Gespräch mit dem Friedhofsgärtner, der sich während der Feier verloren hatte, nun aber wieder in der grünen Schürze mit dem Grasrechen seiner Tätigkeit oblag.

Schön war es auch zu sehen, wie nach dem Verlaufen der letzten Zögerer der alte Kirchhof wieder in seine schattige Ruhe versank, wie über dem frischen, gelben Grabhügel der Gärtner die vielen Kränze ordnete, wie die Meisen und Amseln zurückkehrten und der grüne Winkel sein altes, verzaubert schlafendes Aussehen wiedergewann. Auch der Brühel, die Brühelstraße und die untere Brücke lagen jetzt wieder in ihrer Stille, die Kastanien, schon zum Blühen gerüstet, hatten ihr Vogelleben in den Ästen und ihre schweren Schatten um sich her.

Lautenschlager war mit seiner heutigen Arbeit zufrieden und sonnte sich an seinem Grashange, sah über die spitzgieblige, steilgebaute Stadt und das enge Wiesental hinweg und blätterte zwischenein in seinem Taschenbuche, worin er das Leben dieser selben Stadt aufzuzeichnen pflegte. Der junge Mensch war sonderbarerweise einer von den ganz wenigen Gerbersauern, die von ihren Mitbürgern mit Mißtrauen und fast mit Gehässigkeit betrachtet wurden und nicht richtig mit ihnen zu leben und zu reden verstanden, obwohl er seine Heimatstadt besser kannte und mehr liebte als irgendeiner. Schon daß er ein Künstler geworden war, paßte der Stadt nicht; doch verzieh man es ihm, da er neuerdings als Zeichner in großen Zeitschriften einen gewissen Namen gewonnen hatte. Warum er aber, da er nun doch mit seiner Kunst Glück zu haben schien, immer hier daheim saß, statt in Neapel oder Spanien viel schönere Gegenden zu malen oder in Kunststädten mit seinesgleichen zu leben, das verstand man nicht und deutete daran mit Mißtrauen. Ferner schuf er sich Verächter und bittere Feinde dadurch, daß er seit mehreren Jahren keine großen, schönen Bilder mit Burgen und Rittern mehr malte, wie er früher mehrere hier ausgestellt hatte, sondern statt dessen nichts anderes trieb als die Winkel seiner Vaterstadt und die Figuren ihrer Bürger auf kleine Blätter zu zeichnen. Das Schlimmste freilich war aber, daß er diese Figuren mit einer leisen, grausamen Übertreibung ins Komische zog und schon ganze Reihen von grotesken Philisterkarikaturen, deren jede man in Gerbersau wohl kannte, in Blättern veröffentlicht hatte. Jeder Betroffene zwar hatte sich getröstet und dadurch gerettet gefühlt, daß bald nach ihm selber sein Nachbar daran gekommen war; aber man fand diese ganz unwürdige Tätigkeit weder für den Maler noch für die Stadt ehrenvoll und konnte diese seltsame Art von Anhänglichkeit und Heimatliebe nicht begreifen. Es war auch schwer mit ihm umzugehen. Oft sprach er wochenlang kaum mit einem Menschen und trieb sich in der Gegend umher, dann erschien er plötzlich wieder bei einem Abendschoppen, tat freundschaftlich und schien gar nicht zu wissen, wie wenig man ihn liebte.

In Wirklichkeit wußte er das wohl. Er wußte genau, daß Behagen und Gleichberechtigung für ihn hier in der Bürgerschaft niemals zu finden waren, daß seine Freuden und Gedanken niemand verstand und daß man seine Karikaturen für die Missetaten des Vogels ansah, der sein eigenes Nest beschmutzt. Dennoch kehrte er, sooft er es eine Zeitlang mit dem Leben anderwärts versucht hatte, immer wieder nach Gerbersau zurück. Er liebte die Stadt, er liebte die Landschaft, er liebte diese enggiebligen, alten Häuser und klobig gepflasterten Gassen, er liebte diese Bürger und ihre Frauen und Kinder, die Alten und Jungen, die Reichen und Armen. Hier in der Vaterstadt gab es keinen Stein und kein Gesicht, keinen Gruß und keine Gebärde, die er nicht im Innersten verstand. Hier hatte er seit frühen Knabenjahren gelernt, Menschen zu beobachten und die vielfältigen, lieben Wunderlichkeiten des Lebens mit Aufmerksamkeit zu betrachten, hier wußte er von jedem Hause und jeder Person hundert Geschichten, hier war alles kleinste Leben bis in die letzte Falte hinein ihm vertraut und durchsichtig. Er hatte auch an anderen Orten gelebt und Menschen und Städte angeschaut, er war in Rom und München und Paris gewesen, hatte sich an den Umgang mit gereisten und verwöhnten Menschen gewöhnt, deren hier keine zu finden waren. Er hatte auch in Rom und in Paris gezeichnet, und manches gute Blatt, aber nirgends ging sein Bleistift jeder launigen Geringfügigkeit so treu und aufmerksam und so beglückt nach, nirgends gewannen die Blätter einen so reinen, gesättigten Ausdruck, sprachen nirgends so rein und innig die besondere Mundart des Ortes. Er wußte nicht genau, wieviel Gerbersauer Philistertum in ihm selber stecke, doch wußte er wohl, daß seine unerbittliche und liebevolle Kenntnis des hiesigen Lebens gerade das war, was ihn von den Mitbürgern schied und ihnen fremd machte. Um es kurz zu sagen: sein ganzes Tun hier war Selbstbeobachtung und Selbstironie, und wenn er den alten Herrn Tapezierer Linkenheil oder den jungen Friseur Wackenhut karikierte, so schnitt er mit jedem Striche weit mehr ins eigene Fleisch als in das des Gezeichneten. Und so war dieser Sonderling von Künstler, der den Ruf eines erdkräftigen Autochthonen und naiven Heimatkünstlers besaß, in aller Heimlichkeit ein ganz verdorbener Mensch, da er sich über einen schönen und zufriedenen Lebenszustand lustig machte, den er im Herzen liebte und beneidete. Er hatte die feindselige Abneigung gegen alles intellektuelle Treiben, das nur die Gewohnheitssünder desselben Lasters haben.

Dieser junge Mann, der träg auf seiner Matte lag und das schöne, heitere Flußtal betrachtete, war dieses Genusses gar nicht wert, und doch war er leider der einzige Gerbersauer, der dieses selben Genusses wirklich fähig war. Und indem er die Karikatur des jungen Trefz nochmals begutachtete, blieb ihm nicht verborgen, daß dieser Mann ein ebenso echter und gesunder Gerbersauer war wie er selbst ein entarteter, und daß es der Zweck und der Wille der Natur sei, an diesem Orte Wesen zu erzeugen und zu hegen, die dem jungen Notarssohne glichen und nicht dem zeichnenden Ironiker. Und wenn er jeden Prellstein der Stadt aufs treulichste abzeichnete, er konnte sich mit alledem niemals das urtümliche Heimatrecht erwerben, das er heimlich entbehrte und das der Notar zu jeder Stunde seines Lebens besaß und unbedenklich ausübte.

Dem jungen Lautenschlager konnte, als heimlichem Beobachter und Chronisten des Lebens seiner Stadt, nicht verborgen bleiben, was ohnehin von der Bürgerschaft beachtet und viel besprochen wurde, daß nämlich der junge Dr. Trefz, noch über die Erbschaft des väterlichen Ansehens hinaus, mit Eifer darauf bedacht war, in der Vaterstadt Ehre zu gewinnen. Er übernahm seines Vaters Notariatsgeschäft. Das alte messingene Schildlein mit dem väterlichen Namen ließ er wegmachen und hängte dafür ein großes Emailschild mit seinem eigenen Namen auf, wobei er auf den Zusatz des Doktortitels verzichtete. Einige Kollegen und Mißgönner schlossen daraus, dieser Titel stehe dem Sohne Trefz' überhaupt nicht zu; doch fand sich niemand, der das untersucht hätte, und die seit Jahren daran gewöhnte Bürgerschaft redete nach wie vor den studierten Notar mit dem schönen Ehrentitel an.

Mochte er nun Doktor sein oder nicht, jedenfalls nahm er seine Sache in die Hand wie ein Mann, der Pläne hat und nicht gesonnen ist, auf den kleinsten davon zu verzichten. Vor allem gab er sich Mühe, seine bedeutende gesellschaftliche Stellung von allem Anfang an zu betonen und zu sichern. Das war nun keineswegs leicht und forderte manches Opfer, denn es gehörte zur Erbschaft seines Alten nicht nur das schöne Haus, Gut und Amt, sondern auch der alte Ruf eines heimlichen Königs in der demokratischen Partei, den jedermann bereit war, auch dem Sohne zu gönnen. Der aber neigte im Herzen weit mehr zur Beamtenschaft hinüber, er wäre sehr gerne Reserveoffizier geworden und hätte die Laufbahn eines Richters eingeschlagen, wäre er davon nicht kurzerhand durch seinen Vater abgehalten worden. Nun stand er am Scheidewege, heimlich voll Sehnsucht nach der Welt der Titel und Orden, von der Umgebung jedoch wie von der eigenen Vergangenheit auf eine bürgerliche Rolle hingewiesen. Diese wählte er denn auch und tat nichts dagegen, daß jedermann die achtundvierziger Taten seines Großvaters und die vielen Wahlreden seines seligen Vaters als ein selbstverständliches Guthaben auf seine Person übertrug. Dagegen gab er in seinem Auftreten eine unwandelbare Achtung vor Macht und Ehre kund, entfaltete eine mäßige, doch strenge Eleganz in der Kleidung und drückte nicht jede Hand, die sein Vater gedrückt hatte. Er wohnte bei der Mutter und genoß so den Vorteil, von Anfang an als Herr einer standesgemäßen Haushaltung dazustehen, wie er denn auch Besuche meist mit der Mutter gemeinsam machte und empfing. Ohne das Geschäft irgend zu vernachlässigen, tat er allen Anforderungen der Trauerzeit Genüge und brachte jedes Opfer, das die Sitte verlangte.

So lenkte Hermann Trefz die Augen seiner Mitbürger auf sich und umgab sich mit der schützenden Mauer eines tadellosen Rufes, während seine große und breite Gestalt gleich der seines Vaters Achtung gebot und baldige Unentbehrlichkeit ahnen ließ.

Mancher Altersgenosse sah mit Neid zu, wie er von Tag zu Tag gedieh und Glück hatte. Man sah: dies war ein Mann, dessen Weg zu städtischen und gesellschaftlichen Ehren führte, zur Mitgliedschaft vieler Vereinsvorstände und Ausschüsse, zum Hauptmann der Feuerwehr, zum Gemeinderat und vielleicht noch weiter hinauf. Neidlose Zuschauer hatten ihre Wonne an diesem Aufstieg eines künftigen Großen und genossen in seinem Anblick den Glanz der Heimat, sie empfanden diesen Sieger als ihresgleichen, als einen glänzenden Vertreter ihrer Rasse und Art, und bei dem großen Kreise dieser Gutgesinnten ward er mit den Jahren, wie es einst sein Vater gewesen war, zum Symbol und schönen Ausdruck echten Gerbersauertums.

Bedauerlicherweise ergab sich zwischen ihm und dem Künstler Lautenschlager, der ihn schätzte und beinahe bewunderte, kein freundschaftliches Verhältnis. Die beiden waren nahezu Altersgenossen, sie kannten sich von den Schuljahren her und hatten sich bei den seltenen Anlässen, da sie einander etwa wieder begegnet waren, geduzt und als Schulkameraden begrüßt. Nun aber, da Trefz diesen Menschen zum Mitbürger haben und ihm täglich auf der Gasse begegnen sollte, trat eine tiefe Abneigung gegen ihn zutage, wie er sie kaum gegen einen andern Landsmann empfand. Er hatte eine Begrüßung mit ihm vermieden und ihn, so oft sie sich unterwegs begegneten, mit gemessenem Gruß abgetan, und Lautenschlager war darauf eingegangen, er hatte genau in derselben Weise zurückgegrüßt, sogar mit einer Note von Hochachtung, aber er hatte dabei seinen kühlen, untersuchenden Malerblick nicht abstellen können, und eben dieser Blick war dem Notar im Herzen zuwider. Er fand ihn spöttisch oder doch zu prüfend und heimlich überlegen, obwohl er nicht so gemeint war, und er stellte sich öffentlich ohne Rückhalt zu denen, die den Künstler als einen meinetwegen begabten, aber verbummelten und nicht ernstzunehmenden Menschen bezeichneten.

Nun geschah es an einem Wintertage kurz vor Weihnachten, daß Dr. Trefz zur gewohnten Stunde den kleinen Salon des Barbiers Ölschläger betrat, sich in seinen Sessel niederließ und, da es Sonnabend war, den an diesem Tage stets aus der Hauptstadt eintreffenden ›Hans Sachs‹ verlangte, ein beliebtes Witzblatt, das zu halten in den guten Familien nicht wohl anging, das die jüngeren Herren aber im Wirtshause oder beim Friseur zu finden und zu betrachten gewohnt waren. Der Barbier, der dem vornehmen Kunden zuliebe einen Reisenden, dessen Bedienung er eben begonnen, dem Gehilfen überlassen hatte, riß lächelnd den grauen Papierumschlag von einer daliegenden Postsendung, schälte das Witzblatt heraus und übergab es dem Doktor. »Sie sind der erste, der es liest, Herr Doktor, es ist erst vor zehn Minuten angekommen.«

Trefz, dem diese Viertelstunde beim Friseur immer eine erwünschte Ruhepause war, legte seine Zigarette auf den Rand des marmornen Tisches und entfaltete, während Ölschläger ihm die

Serviette umband, mit Behagen den neuen ›Hans Sachs‹. Der Barbier arbeitete behende mit Seifenpinsel und Schale, stets bedacht, den Gast nicht zu stören, und dieser beschaute mit Vergnügen das Titelblatt, das einen bekannten Politiker als Wöchnerin karikiert darstellte. Weiter kam eine Gerichtsszene, die einen wider das Witzblatt schwebenden Prozeß darstellte und worin die Figur des Hans Sachs als Verurteilter zu sehen war, jämmerlich nach gefallenem Spruch sich zum Henker wendend, der ihn grinsend erwartete. Und wieder kam ein politisches Blatt, und dann kam eine Seite, darunter stand ›Eleganz in Krähwinkel‹, und kaum hatte Trefz das Blatt übersehen, so faltete er es zusammen und steckte es in seine Tasche. Der Barbier, über die heftige Bewegung erschrocken, wich mit dem Rasiermesser vorsichtig zurück und erlaubte sich einen fragenden Blick.

Herr Trefz aber erklärte sich nicht. Nur beim Weggehen bat er um die Erlaubnis, das Blatt mitzunehmen, die der Meister wohl oder übel gewähren mußte. Die Zeichnung aber, die von diesem Augenblicke an den Notar, den Barbier und die Stadt interessierte, stellte den Dr. Trefz dar, im Gehrock dekorativ allein in weißer Fläche stehend, in der linken Hand eine große Pfingstrose, in der rechten den Zylinderhut haltend. Als Witz war diese Zeichnung weiter nicht bedeutend, sie zeigte nur leise angedeutet in einigen komischen Falten einen stillen Widerstreit der sehr tadellosen Kleidung mit dem Körperbau und den Bewegungen ihres Trägers, dieser selbst aber war als Typus feister Bürgerlichkeit schön und lustig, mit mehr Liebe als Bosheit dargestellt, und das Blatt war von Hermann Lautenschlager gezeichnet.

Die Stadt hatte nun wieder eine Gelegenheit, sich über den frivolen Künstler zu erzürnen und dabei verschwiegen sich über den Streich zu freuen, der diesmal einen Angesehenen und Allbekannten traf, und die Nummer des ›Hans Sachs‹ ging überall von Hand zu Hand, wo der Betroffene nicht in der Nähe war. Dieser selbst bekam nichts davon zu hören und konnte mit aller Bemühung nicht feststellen, welches die Meinung der Mitbürger über die Ungeheuerlichkeit sei. Denn wagte er es, im Gespräch darauf leise anzuspielen, so wollte man entweder gar nichts wissen, oder man lächelte leicht und tat so, als sei diese Sache doch nicht wert, daß davon gesprochen werde.

Dennoch reiste Trefz eines Tages nach der Hauptstadt, unter Mitnahme der schlimmen Zeichnung, und sprach bei einem angesehenen Rechtsanwalt vor, der ihn kollegial empfing und dem er seinen Wunsch mitteilte, den Zeichner dieses ehrenrührigen Bildes wegen gerichtlich zu belangen. Der Rechtsanwalt lächelte ganz leicht, als er das Blatt betrachtete, und sagte: »Ja, das habe ich auch gesehen. Übrigens ein prachtvoller Zeichner. Und Sie meinen also, er habe Sie persönlich in beleidigender Absicht karikiert? Ein gewisser Anklang von Ähnlichkeit ist ja vorhanden, gewiß. Aber das kann für Sie ebensogut eine Ehre sein. Der Reichskanzler ist schon zwanzigmal im ›Hans Sachs‹ karikiert worden und hat noch nie geklagt.«

Der Anwalt schloß damit, daß er von der Klage ernstlich abriet, und Trefz als kluger Mann sah wohl, daß er durch öffentliches Verhandeln die Sache nicht besser machen könne. So ließ er davon ab, behielt aber im Herzen einen bitteren Haß gegen den schändlichen Maler, dessen höflichen Gruß er von nun an nicht mehr erwiderte. Mehrmals noch nahm der Künstler beim Begegnen seinen Hut vor dem Doktor ab, bald ehrfurchtsvoll, bald ironisch, dann gab auch er es auf, mit dem Manne in ein Verhältnis zu kommen, und ließ ihn laufen.

Es war Hochsommer geworden, und die in dem engen, tiefen Flußtal unbeweglich hängende Schwüle machte den empfindlichen Maler so krank, daß er tagelang zu Hause liegenblieb und kaum zu den Mahlzeiten ausging. Er litt häufig an solchen Depressionen, die ihn manchmal zum Wein in die Gasthäuser und zu einem recht unfeinen Zecherleben, manchmal auch auf ziellose Ausflüge ins Gebirge trieben, von welchen er verwahrlost und abgerissen wiederzukehren pflegte, und diese Unregelmäßigkeiten hatten viel zu seinem schlechten Ruf beigetragen.

Nach einigen schlaflosen Nächten und mutlos kranken Tagen raffte Lautenschlager sich eines Abends auf und verließ seine Wohnung in der hochgelegenen Vorstadt. Er trug seinen gewöhnlichen leichten Sommeranzug und hatte einen alten Lodenkragen auf dem Arme, dazu eine große blecherne Botanisierbüchse auf dem Rücken, und in der Hand einen altmodischen, seltsamen Spazierstock, den er von seinem Vater geerbt hatte und der, von oben bis unten aus einem gelben starken Holze geschnitzt, einen auf einem Bein stehenden schlanken Storch darstellte, welcher den Kopf nach unten bog und den spitzen Schnabel nachdenklich auf die Brust gedrückt hielt.

Mit dieser selben Ausrüstung hatte der Sonderling seit seinen einsamen und unbehüteten Jugendjahren viele seiner schönsten und auch übelsten Zeiten hingebracht. Stock und Blechbüchse, Mantel und Wanderhut waren ihm Freund und voll von Erinnerungen. Langsam und schwerfällig stieg er an den letzten Häusern der Stadt vorüber bergan und ins Freie, wo er bald im abendlichen Walde verschwand.

Er ging nicht den Wegen nach, sondern quer durch Wald und Schluchten, die er von Kind auf kannte, und im Bergansteigen fühlte er mit dem Tannengeruch und dem Abendwinde tröstlich die Erinnerungen an hundert solche Waldnächte heraufsteigen. Aufatmend sah er von der letzten Höhe auf die Stadt zurück, wie sie klein und gedrückt in ihrem engen Kessel lag, und er wußte wie jedesmal: ob seine Flucht ihn bis in ferne Länder oder nur bis zum nächsten Hügelzug führen werde, ob sie Tage oder Wochen dauerte, er würde doch wieder heimkehren, in Gerbersau leben und alle Kraft seines armen und unzufriedenen Lebens daran setzen, diese wunderliche Stadt und ihre Bürger abzuzeichnen. Auf die Wanderung aber hatte er keinerlei Malzeug und nicht einmal ein Skizzenbuch mitgenommen.

Während der zwei Wochen, die er ausblieb, ging in Gerbersau mancherlei vor, das ihn zu anderen Zeiten interessiert hätte. Unter anderem beging die Witwe Kimmerlen in der Diakonengasse ihre längst bekannte Quartalsfeier. Diese Frau lebte seit dem Tode ihres Mannes als Besitzerin eines kleinen Hauses in auskömmlichen, ja reichlichen Verhältnissen, die sie jedoch aus Vorsicht und anerzogener Sklaventugend nicht genoß. Vielmehr vermietete sie das Haus bis auf drei Zimmer und lebte wie eine arme Frau oder Dienstmagd, mit Waschen und anderen niederen Arbeiten beschäftigt und in alten, geringen Kleidern gehend. Sie war jedoch eine Art von Quartalsäuferin und bekam einigemal im Jahre ihren Anfall, wobei sie sich in plötzlich ausbrechendem Leichtsinn ihrer vergnüglichen Umstände erinnerte, die schönen Kleider ihrer besten Tage hervorsuchte und sich in eine Art von Dame verwandelte. Sie blieb alsdann am Morgen herrschaftlich lange liegen, legte dann die feinen Kleider an und frisierte sich mit Hoffart, darauf bereitete sie ein gutes Mittagsmahl und legte sich nach diesem auf dem Kanapee eine Stunde oder zwei zur Ruhe. Gestärkt trat sie sodann den Weg nach dem Keller an, trug zwei oder drei Flaschen Wein herauf und setzte in der sonntäglichen Suppenschüssel eine Bowle an, die sie reichlich zuckerte und stundenlang mit öfterem Kosten betreute, bis der höchste Wohlgeschmack erreicht war. Mit dieser Bowle setzte sie sich nun auf einen guten Platz am Fenster in den Lehnstuhl, trank langsam den Vorrat aus und schaute dazu hochmütig auf die Straße hinab, wo häufig die Kinder sich ansammelten, um sie bei ihrem einsamen Tun zu beobachten, wie sie dasaß, zuweilen ein Glas leerte und mit dem einbrechenden Abend allmählich rot und starr im Gesicht wurde. War die Schüssel leer, so war das Tagewerk beendet und die Witwe suchte ohne Licht ihr Lager auf, um den folgenden Tag genau auf dieselbe Weise zu beginnen und hinzubringen, bis sie genug hatte und mit Seufzen zum gewohnten ärmlichen Leben zurückkehrte. Lautenschlager hatte sie einmal gezeichnet, wie sie starr und gespenstisch an ihrem Fenster saß, schön gekleidet und hoch frisiert, einsam mit der großen Bowle beschäftigt. Er hatte eine Vorliebe für die sonderbare Frau, deren geheime Leiden und Fehler er wohl zu verstehen glaubte, und hatte sich schon oft vorgenommen, einmal bei ihr Wohnung zu nehmen und sie besser kennenzulernen. Es war aber nie dazu gekommen, denn der Künstler hatte zwar schon seit Jahren im Sinn, seine bisherige Wohnung zu verlassen, und hatte auch mehrmals gekündigt, war aber am Ende doch immer sitzengeblieben, wo er schon seit Jahren saß.

Der Dr. Trefz wurde während Lautenschlagers Abwesenheit in den Gemeinderat gewählt. Es hatte ihm wenig Mühe gemacht, das zu erreichen; eine andere Sache aber beschäftigte ihn zur Zeit sehr stark.

Es lebten in Gerbersau, neben anderen Nachklängen versunkener Zeiten, auch einige Reste des uralten Zunftwesens fort. Die Mehrzahl der alten Zünfte freilich war eingeschlafen oder in gewöhnliche Vereine verwandelt worden. Zwei wirkliche Zünfte aber waren noch vorhanden, direkte Erben solcher mittelalterlicher Institutionen. Davon war es die eine, die Zunft zu den Färbern, die dem Notar so viel zu denken und zu wünschen gab. Diese Zunft war vor Jahrhunderten eine patrizische und sehr vornehme gewesen, im Lauf der Zeiten aber nahezu ausgestorben, so daß sie zur Zeit nur noch aus drei ziemlich bejahrten Herren bestand, die zufällig alle drei Hagestolze waren. Diese drei hielten nach altem Brauch mehrmals im Jahre Zusammenkünfte, gaben jährlich ein Zunftessen und einen Fastnachtsball und hatten in ihrem eigenen Hause, das im übrigen vermietet war, eine besondere Zunftstube bewahrt, wo am alten Getäfel die Bildnisse, Wappen und Andenken verschollener Geschlechter hingen und wo die drei Spätlinge bei ihren seltenen Zusammenkünften an einem gewaltigen, eichenen Tische saßen, der Raum für dreißig Gedecke bot. Das Aussterben der Färberzunft war eine vielbesprochene Sache in Gerbersau, denn diese Gemeinschaft besaß außer ihrem Hause ein stattliches Vermögen, dessen jährliche Zinsen teils an die Erhaltung des Hauses und der Zunftstube, teils an den Ball und das berühmte üppige Jahresmahl, teils an Armenspenden und Unterstützungsgelder verwendet wurden; beim einstmaligen Aufhören der Zunft aber sollte das gesamte Kapital samt dem Hause der Stadt zufallen.

Dies unnütz lagernde Vermögen nun, dessen Zinsen auf eine so wenig zeitgemäße Art vergeudet wurden und dessen Verwaltung zu einem Teile in seinen Händen lag, hatte dem Notar Trefz längst in die Augen gestochen. Seit langem hatte er die Gesetze der Färberzunft studiert und eine Liste der wenigen Familien angelegt, deren Angehörige dort aufnahmefähig waren. Hielt man sich genau an den Wortlaut der Urkunden, so gab es zur Zeit außer den drei Mitgliedern in der ganzen Stadt nur einen einzigen Mann, dem das Recht des Beitrittes zugestanden wäre. Das war der reiche Fabrikant Werner, der aus Stolz sowohl, um nicht des Interesses an den Zunftgeldern verdächtigt zu werden, wie auch aus Abneigung gegen die derzeitigen Mitglieder auf sein Recht verzichtet hatte.

Dem Notar wollte es nun seltsam und ungeheuerlich scheinen, daß das uralte, schöne Zunftvermögen so lächerlich brachliege und die Zinsen von drei launigen Junggesellen alljährlich leichtfertig vergeudet würden. Er hegte längst den Plan, sich den Zutritt zur Zunft zu ermöglichen und alsdann Ordnung in deren Angelegenheiten zu bringen. Als Beirat in der Vermögensverwaltung kannte er die drei Zünftler wohl und hatte Gelegenheit gehabt zu beobachten, daß ihr Anführer der jüngste von ihnen, der ledige Rentier Julius Dreiß, war. Der hatte, entgegen der soliden Art seiner alten Familie, nicht nur nicht geheiratet und sehr früh sich als berufloser Privatmann zur Ruhe gesetzt, sondern leider auch seit seiner Knabenzeit eine Neigung zu Wohlleben und Bequemlichkeit an den Tag gelegt, welche in Gerbersau niemand gewillt war als ein Talent zu betrachten, und die man ihm nur darum halb und halb verzieh, weil er ein spaßiger Herr war und das besaß, was die Gerbersauer einen goldenen Humor nannten.

Diesem Julius Dreiß suchte sich der Dr. Trefz nun bei jeder Gelegenheit zu nähern und zu befreunden. Dreiß hatte nichts dagegen und ließ sich die Freundlichkeiten des geachteten Mannes gerne gefallen, doch meinte er schon nach kurzer Zeit diese Aufmerksamkeiten nicht mehr der Anziehungskraft seiner Person zuschreiben zu dürfen, sondern sah als Ziel der Trefzischen Bemühungen die Aufnahme in die Färberzunft und die Teilnahme an deren schönem Besitztum sich verbergen. Von dem Augenblick dieser Entdeckung an machte sich Dreiß ein Vergnügen daraus, den durchschauten Notar mehr und mehr mit einer gönnerhaften Leutseligkeit zu behandeln, die den Doktor zwar zuweilen aufs äußerste reizte, die er aber in Geduld ertrug. Häufig sah man die beiden Herren im Nebenzimmer des Adlers bei einer Flasche Pfälzer oder bei einem Kaffee und Kartenspiel zusammensitzen, den Doktor aufmerksam und schmeichlerisch um Dreißens Gunst bemüht, den frohen Junggesellen in wohlgespielter Ahnungslosigkeit.

Das Schauspiel dieser eigentümlichen Freundschaft zwischen dem korrekten, stolzen Notar und dem als Witzbold bekannten Zünftler dauerte lange genug, daß auch Hermann Lautenschlager sich dessen noch erfreuen konnte.

Der Maler kehrte eines Tages, da der Hochsommer sich abgekühlt hatte, mit sonnverbranntem Gesicht und staubigen Kleidern aus seiner Verwilderung heim. Wohlgemut zog er durch die Salzgasse und über den Marktplatz in der Heimat ein, suchte seine ebenfalls verstaubte und verwahrloste Wohnung auf und packte vor allem die große blecherne Botanisierbüchse aus. Der Hohlraum dieser Büchse war in zwei Hälften geteilt. In der einen waren Nachthemd, Schwamm, Seife und Zahnbürste des Wanderers untergebracht, die andre war erfüllt von einem geheimnisvollen Überfluß und Reichtum an Glasfläschchen, Korken, Papierschachteln, Wattepäckchen und anderen wunderlichen Geräten, zwischen denen einige auf Schnüre gezogene Kränze von getrockneten Apfelschnitzen auffielen. Alle diese Dinge legte der Maler sorglos beiseite, dann zog er aus den Brusttaschen seines Mantels und Rockes mehrere Schachteln, die er mit einer zärtlichen, juwelierhaften Sorglichkeit in die Finger nahm und der Reihe nach öffnete.

Da zeigte sich dann in den Schachteln, auf feine Nadeln gespießt, die gesamte Beute des sommerlichen Wanderzuges, ein paar Dutzend neu gefangener Schmetterlinge und Käfer, und einen um den andern hob Lautenschlager an seiner Nadel bedächtig heraus, drehte ihn begutachtend vor seinen Augen und legte ihn zur weiteren Behandlung beiseite. Dabei ging in seinem scharfen Malerblick eine knabenhafte Freude und beglückte Kindlichkeit auf, die niemand dem einsamen und oft boshaften Menschen zugetraut hätte, und über sein mageres, ironisches Gesicht lief wie Morgenlicht ein leiser Glanz von Güte und Dankbarkeit.

Wie es ein jeder rechte Künstler nötig hat, er sei sonst von welcher Art er möge, so hatte auch Lautenschlager durch alles Gestrüpp seines unbefriedigten und flackernden Lebens sich einen Weg bewahrt, auf dem er jederzeit für Augenblicke in das Land seiner Kinderjahre zurückkehren konnte, wo für ihn wie für jeden Menschen Morgenglanz und Quelle aller Kräfte verborgen lag, und das er niemals ohne Andacht betrat. Für ihn war es der zauberhafte Farbenschmelz frischer Schmetterlingsflügel und golden gleißender Käferschilder, der ihm mit Schlüsseln der Erinnerung das Paradiestor öffnete und dessen Anblick seinen Augen für Stunden die Frische und dankbare Empfänglichkeit der Knabenzeiten wiedergab.

Vorsichtig trug er seinen Schatz in das kleine Nebenzimmer, wo in zwei großen Wandschränken seine ganze Insektensammlung aufbewahrt ruhte und dessen Arbeitstisch mit Spannbrettern, Nadelkartons, Steckkissen, Papierstreifen, Pinzetten, Scheren, Benzingläschen, kleinsten Zangen und anderen Werkzeugen eines wohlausgerüsteten Insektensammlers bedeckt war. Er ging sogleich daran, die gespießten Käfer in die Kästen der Sammlung einzureihen, die Schmetterlinge aber mit geduldiger Sorgfalt auf Spannbrettern auszuspannen. Da blickten ihn entfaltet die wunderbaren Flügel an, braune und graue wollige mit matt gepuderten Farben, silbern weiße mit kristallenen Adern und frohfarbige mit metallen leuchtendem Email. Für seine Augen waren diese Schmetterlingsflügel das Schönste von allem, was ein Auge sehen kann, wie andre empfängliche Menschen etwa Blumen oder Moose oder die Farben der Meeresoberfläche allem anderen Augengenuß vorziehen, und bei ihrem Anblick gewann er das, was ihm seit Jahren fehlte, für Augenblicke wieder, nämlich das kindlich zufriedene Wohlgefallen an den Gegenständen der Natur, das Gefühl von Zugehörigkeit und Schöpfungsnähe, das man nur im Lieben und genauen Verstehen natürlicher Dinge zu finden vermag.

Als indessen der Abend kam, versorgte er seine Beute in einigen Blechkästen zwischen befeuchteten Papierblättern, um sie geschmeidig zu erhalten, dann holte er sich eine Flasche Wein aus dem Keller, Brot und Käse nebenan im Laden, aß auf dem Fensterbrett sitzend mit dem Blick auf die abendliche Gasse und zündete sodann die kleine Studierlampe an. Über ein volles Skizzenbuch gebeugt ging er künftigen Arbeitsplänen nach, wie ja solche gute Stunden nach der Heimkehr von einer befreienden Wanderung oft die besten Gedankenbringer sind.

In seinem Skizzenbuch fand sich die Gestalt des Dr. Trefz vier- oder fünfmal wieder, sie war ihm unvermeidlich geworden, und er fühlte mit Befriedigung, daß er in ihr den reinen Typ des Gersauer Philisters gefunden habe. Indem nun seine Gedanken, an keinem vereinzelten Bilde haftend und durch die friedliche Abendbeschäftigung gegen das Tal der Jugenderinnerungen gerichtet, die heimatlichen Figuren liebevoll umspielten, stand plötzlich mit überraschender Deutlichkeit das Bild des jungen Trefz vor ihm auf, wie er als Schulknabe gewesen war, ja er vermochte sich seiner noch aus der Zeit zu erinnern, da der jetzige Notar die ersten Hosen getragen hatte.

Oft schon hatte der Maler bis zur Verzweiflung darunter gelitten, daß eine zähe Anhänglichkeit ihn immer wieder und wieder nötigte, die kleinbürgerliche Welt seiner Vaterstadt in einzelnen Figuren festzuhalten, ohne daß es ihm je gelungen war, in einer irgendwie abschließenden Arbeit diese Welt für immer zu bezwingen und sich vom Halse zu schaffen, und mehrmals im Laufe der Jahre hatten ihn Pläne beschäftigt, die darauf zielten, ihn in einer gesteigerten Leistung von diesem Zwang zu befreien. Nun stand ein solcher Plan ungesucht vor seiner Vorstellung, aus hundert Quellen der Beobachtung und Erinnerung bis in Kinderjahre zurück genährt und bestimmt, verlockend und schwierig, und er griff alsbald mit ganzer Seele danach. Der Baumeister, der nach mühsamen Versuchen im guten Augenblick den klaren Grundriß des Hauses, das er bauen will, gefunden hat, und der Musiker, dem aus zwanzig wirren Skizzenblättern plötzlich das Gefüge einer Symphonie schön und organisch entgegenblickt, fühlt augenblicks alle Kräfte seines Wesens nach dieser Aufgabe hin drängen, sie sei groß oder klein, und sieht sich von einem süß quälenden Fieber ergriffen, das nicht zu stillen ist als durch die Vollendung des im Innern geschauten Werkes, und diese Ergriffenheit und quälende Begierde ist von derselben Art und aus derselben Quelle wie die Liebe eines jungen Mannes zu einer Frau. Gesteigert und überklar stehen Entschlüsse da wie Träume, in welchen unerfüllte heimliche Wünsche in der Tiefe des Unbewußten ihre Erlösung finden. So war der Zustand des Malers, als er beim Schein der Lampe ungesucht seinen Plan vor sich stehen sah. Er wollte in einer Reihe von Zeichnungen das Epos des Gerbersauer Bürgers erzählen, und dieser Bürger mußte der Notar Trefz sein.

Man sollte ihn sehen, wie er als Neugeborner seinem Papa dargereicht, vom Stadtpfarrer getauft, als Dreijähriger mit der ersten Hose geschmückt, als Sechsjähriger zur Schule gebracht wurde. Er sollte vom ersten Apfeldiebstahl bis zur ersten Liebschaft, von der Taufe bis zur Konfirmation und Hochzeit, er sollte als Schüler, als halbreifer Gymnasiast, als Student, als Kandidat, als Bräutigam, als Gemeinderat und Beamter, als Redner und als Jubilar, als Vereinsvorstand und schließlich als Bürgermeister dargestellt werden, stets derselbe Trefz, der Typus des strebsamen Bürgers, der mit großer Energie und großem Stolze kleinen Zielen nachgeht und sie alle erreicht, der beständig zu tun hat und niemals fertig und niemals begnügt ist und doch von der ersten Hose bis zum Begräbnis derselbe bleibt, dessen Unersetzlichkeit jeder tief empfindet und der doch als tröstlichen Ersatz einen Nachwuchs hinterläßt, in welchem von der Nasenwurzel bis zum Fuß, von der Mundart bis zur Denkart der aus Urzeiten heraufgezüchtete Typ des Vaters wohlerhalten und bedeutsam fortgebildet erscheint.

Als Hermann Lautenschlager, von der großen Idee bewegt und nach keinem Schlaf verlangend, ziemlich spät in guter Laune noch den Adler aufsuchte und sich zu einem Schoppen Traminer setzte, sah er dort den Dr. Trefz bei seinem neuen Freunde Julius Dreiß sitzen und hatte seine Freude an ihm, als sei er sein Eigentum und laufe lediglich zu seiner Belustigung auf der Welt umher. Trefz hatte sich bei seinem Eintreten verstimmt abgewandt. Desto vergnügter begrüßte ihn der Herr Dreiß, ja er bat, als merke er nichts von Trefzens Abneigung, den Ankömmling aufs freundschaftlichste, an seinem Tische Platz zu nehmen.

Der Maler fühlte einen Augenblick Lust, die Einladung anzunehmen und den gekränkten Jugendfreund in Verlegenheit zu bringen. Doch war er in allzu versöhnlicher Stimmung, als daß er es getan hätte.

»Die Herren haben miteinander zu reden«, sagte er dankend, »und ich bleibe ohnehin nicht lang. Prosit, Herr Dreiß!«

»Prosit, Herr Lautenschlager«, rief Dreiß herüber. »Ihre letzten Zeichnungen haben uns allen einen Heidenspaß gemacht – nicht wahr, Herr Doktor?«

Trefz gab keine Antwort. Er sog mißvergnügt an seinem Wein und spürte zum erstenmal eine Ahnung davon, daß dieser unsympathische Julius Dreiß ein Bundesgenosse des widerlichen Malers sei und daß beide, ohne es gerade zu wissen und zu wollen, seine Feinde seien. Und in der Tat kam Dreiß mit dem Maler zur Zeit recht häufig zusammen, und was der Notar heut abend mit Dreiß geplaudert hatte, kam morgen schon zu Lautenschlagers Ohren.

Als der Sommer zu Ende ging, begann Dr. Trefz auf die Früchte seines freundschaftlichen Umganges mit Herrn Dreiß ungeduldig zu werden. Er lud den Freund zu einem Sonntagsauflug ein und eröffnete ihm in der Goldenen Krone zu Krüglingen bei einer Flasche Affenthaler seine geheimen Wünsche.

»Sehen Sie«, sagte er eindringlich, »es wäre doch unverantwortlich, eine so altehrwürdige Vereinigung wie Ihre Färberzunft einfach aussterben zu lassen, nur weil von den eigentlich zunftfähigen Familien keine Nachkommenschaft mehr da ist. Sie sollten den einen und andern tüchtigen Mann zulassen, der Leben und Regsamkeit in die Zunft brächte, sich der Geschäfte annähme und die Geselligkeit anregte. So bin ich zum Beispiel, wie Sie wissen, mit einem Teil der Verwaltung Ihres Zunftvermögens betraut und habe einen Einblick in Ihre Geschäfte. Als Mitglied der Zunft nun würde ich nicht nur auf die Gebühren verzichten, die ich für die kleine Arbeit der Verwaltung anzusprechen habe, ich würde auch den etwas altmodischen Gang Ihrer Geschäfte zu verbessern wissen und die Rentabilität Ihrer Kapitalien bedeutend erhöhen können. Überhaupt, da ich in der letzten Zeit das Vergnügen hatte, Sie näher kennenzulernen und in einen so freundschaftlichen Umgang mit Ihnen zu kommen, wäre es mir eine Freude, auch Ihrer Zunft mit anzugehören, und ich darf doch wohl hoffen, daß mein Aufnahmegesuch Ihre Befürwortung fände?«

»Gewiß«, antwortete Dreiß nachdenklich, »aber Sie werden ja wohl wissen, welches die Vorbedingungen einer Aufnahme sind. Meines Wissens sind Sie mit keiner von den zunftberechtigten Familien nahe genug verwandt.«

»Das weiß ich«, gab Trefz ohne weiteres zu. »Aber immerhin ist meine Mutter eine Rothfuß und mit den Dreißen Ihres Stammes vervettert. Und außerdem weiß ich, daß im Laufe der Jahrhunderte zweimal die Zunftmitgliedschaft an Nichtberechtigte verliehen worden ist. Einmal sogar an einen Auswärtigen, der sich das Bürgerrecht nur erkauft hatte. Sie können doch nicht im Ernst eines Zufalls wegen Ihre ganze Zunft eingehen lassen.«

»Das haben wir noch nicht im Sinn. Zunächst sind wir noch drei lebende Mitglieder, mit deren Absterben es ja nicht so sehr pressiert. Und schließlich wäre das Aufhören der Zunft gar kein so großes Unglück. Einen rechten Sinn hat sie doch schon lange nicht mehr, und bei ihrer Auflösung ginge ihr Vermögen an die Stadt über, die es schon brauchen könnte. Wir zahlen Steuern genug, da würde eine kleine Aufbesserung nichts schaden.«

Das konnte Trefz als Mitglied des Gemeinderats nicht leugnen. Er wiederholte nur, wie schade es wäre, wenn man eine so alte und schöne Institution müßte erlöschen sehen, und bat, den andern seinen Antrag um Aufnahme zu überbringen.

Darauf nun hatte Dreiß schon lange gewartet. Er versprach eine schnelle Antwort und freute sich, diesen Philister in seinen Händen zu wissen und ihm einen Denkzettel zu geben. Denn als Philister erschien ihm der Notar, obwohl Dreiß selber kein kleinerer war. Er hatte als bequemer Junggeselle eine Abneigung gegen alle Streber und Umtriebler, es war jedoch nur seine Trägheit und seine Lust am Witzemachen, die ihn seine tüchtigeren Mitbürger als Philister verachten ließ. In den Jahren seiner Zugehörigkeit zur Zunft hatte er dort das große Wort geführt und sich namentlich als Veranstalter des jährlichen Fastnachtsfestes hervorgetan, und da ihn sonst keine Arbeit oder Sorge beschäftigte, war ihm das Spaßmachen allmählich zum Beruf geworden.

Nun war in der Zunft eine lange Weile nichts richtig Lustiges mehr passiert, und Dreiß begrüßte diesen Anlaß zu einem Narrenstreich mit Freuden. Gleich allen Müßiggängern und unernsten Menschen war ihm nichts willkommener, als gelegentlich einen andern von sich abhängig zu sehen und seine zufällige Macht zu mißbrauchen. So berief er alsbald eine Zunftsitzung ein, die er im Einverständnis mit den gleichgültigen Mitgliedern zu einem schönen, festlichen Abendessen gestaltete. Von einem Kellner sorgfältig bedient, unter demütiger Leitung des Hirschwirtes, saßen die drei nichtsnutzigen Junggesellen an dem zehnmal zu großen Zunfttische beisammen, aßen, was ihnen gut schien, und tranken Rotwein dazu, hatten die alten silbernen Becher der Väter vor sich stehen und kamen sich drollig und wichtig vor. In einer lustigen Rede erzählte Dreiß von dem Anliegen des Dr. Trefz, worüber wenig Verwunderung entstand, da ähnliche Gesuche nicht eben selten an sie gelangten. Statt jedoch den Antragsteller einfach und sachlich abzuweisen, beschloß Dreiß ihn erst ein wenig zum besten zu halten, und der Maler Lautenschlager gab ihm vortreffliche Ratschläge dazu. Und so erhielt denn nach einigen Tagen der Notar ein feierliches Schreiben von der Färberzunft, worin er bedeutet wurde, sein Anliegen schriftlich mit ausführlicher Begründung und unter Beifügung eines übersichtlichen Stammbaumes zu wiederholen. Die Aufforderung war übrigens so höflich abgefaßt, daß der Notar trotz einer leisen Witterung des Gegenteils sie ernstnahm und mit der Herstellung einer schönen Kopie seines Stammbaumes viele fleißige Abendstunden hinbrachte.

Diesen Stammbaum samt einem langen Schreiben ließ er dem ehrenwerten Vorstande der Zunft übergeben und wartete sodann eine gute Weile vergebens auf Antwort, indessen die Zunftherren den Anlaß zu mehreren Sitzungen, Frühstücken und kleinen Gelagen wahrnahmen.

Endlich aber bekam Trefz einen zierlichen, prachtvoll kalligraphierten Brief mit dem schweren Zunftsiegel. Begierig schloß er sich in seiner Schreibstube ein, entfaltete und las, und war selbst jetzt noch einen Augenblick im Ungewissen, ob es sich um Ernst oder Spaß handle. Dann aber wurde ihm klar, daß er zum Narren gehabt worden sei, und es gab fortan in Gerbersau keinen heftigeren Gegner der Zunft als ihn. Das Schreiben hatte gelautet:

»Hochgeehrter Herr Doktor!

Ihr Antrag ist der wohledlen Zunft von Färbern zu Händen gekommen und fühlen wir die Ehre wohl, die uns damit angetan wird. Mit großem Vergnügen wären wir bereit, Ihrem werten

Ansuchen zu entsprechen, wenn nicht früher gefaßte Entschließungen uns dies leider erschweren würden.

Unsre wohledle Zunft von Färbern besteht, wie Ihnen wohl bekannt, zur Zeit aus nur drei Mitgliedern, welche alle drei sich des Ehestandes enthalten haben, so daß nach ihrem einstigen Ableben die Zunft erlischt und ihre Habe der Stadt Gerbersau zufällt. Dies ist unser aller Meinung und Wille, und was nun Ihre werte Anfrage betrifft, so sind wir mit Freuden bereit, Sie, hochgeehrter Herr, in unsre Zunft aufzunehmen, wenn wir die Gewißheit haben, daß hierdurch unsere früheren Absichten nicht geschädigt werden.

Wir haben daher die Ehre Ihnen mitzuteilen, daß Ihrer Aufnahme nichts entgegensteht, sofern Sie bei erfolgendem Eintritt sich schriftlich und eidlich verpflichten, niemals in den Ehestand zu treten. Sollte diese einzige Bedingung Ihren Beifall nicht haben, so müßten wir allerdings zu unserem Bedauern auf die Ehre verzichten, die Ihr Beitritt uns andernfalls bedeuten würde.«

Seit im ›Hans Sachs‹ seine von Lautenschlager gezeichnete Karikatur erschienen war, hatte Trefz einen solchen Ärger nicht mehr erlebt. Den Gruß des Herrn Dreiß, der ihm andern Tags begegnete und mit dem freundlichsten Lächeln den Hut zog, hätte er am liebsten mit einem Faustschlag beantwortet.

Hier endet das Manuskript
(1917)

Wenn der Krieg noch zwei Jahre dauert

Seit meiner Jugend hatte ich die Gewohnheit, von Zeit zu Zeit zu verschwinden und zur Erfrischung in andere Welten unterzutauchen; man pflegte mich dann zu suchen und nach einiger Zeit als vermißt auszuschreiben, und wenn ich schließlich wiederkam, so war es mir stets ein Vergnügen, die Urteile der sogenannten Wissenschaft über mich und meine »Abwesenheit« – oder Dämmerzustände anzuhören. Während ich nichts anderes tat als das, was meiner Natur selbstverständlich war und was früher oder später die meisten Menschen werden tun können, wurde ich von diesen seltsamen Menschen für eine Art Phänomen angesehen, von den einen als Besessener, von den andern als ein mit Wunderkräften Begnadeter.

Kurz, ich war also wieder eine Weile fortgewesen. Nach zwei oder drei Kriegsjahren hatte die Gegenwart viel an Reiz für mich verloren, und ich drückte mich hinweg, um eine Weile andere Luft zu atmen. Auf dem gewohnten Wege verließ ich die Ebene, in der wir leben, und hielt mich gastweise auf anderen Ebenen auf. Ich war eine Zeitlang in fernen Vergangenheiten, jagte unbefriedigt durch Völker und Zeiten, sah den üblichen Kreuzigungen, Händeln, Fortschritten und Verbesserungen auf Erden zu und zog mich dann für einige Zeit ins Kosmische zurück.

Als ich wiederkam, war es 1920, und zu meiner Enttäuschung standen sich überall noch immer mit der gleichen geistlosen Hartnäckigkeit die Völker im Kriege gegenüber. Es waren einige Grenzen verschoben, einige ausgesuchte Regionen älterer höherer Kulturen mit Sorgfalt zerstört worden, aber alles in allem hatte sich äußerlich auf der Erde nicht viel geändert.

Groß war der erreichte Fortschritt in der Gleichheit auf Erden. Wenigstens in Europa sah es in allen Ländern, wie ich hörte, genau gleich aus, auch der Unterschied zwischen Kriegführenden und Neutralen war fast ganz verschwunden. Seit man die Beschießung der Zivilbevölkerung mechanisch durch Freiballons betrieb, welche aus Höhen von 15000 bis 20000 Metern im Dahintreiben ihre Geschosse fallenließen, seither waren die Landesgrenzen, obwohl nach wie vor scharf bewacht, so ziemlich illusorisch geworden. Die Streuung dieser vagen Schießerei aus der Luft herab war so groß, daß die Absender solcher Ballons ganz zufrieden waren, wenn sie nur ihr eigenes Gebiet nicht trafen, und sich nicht mehr darum kümmerten, wie viele ihrer Bomben auf neutrale Länder oder schließlich auch auf das Gebiet von Bundesgenossen fielen.

Dies war eigentlich der einzige Fortschritt, den das Kriegswesen selbst gemacht hatte; in ihm sprach sich endlich einigermaßen klar der Sinn des Krieges aus. Die Welt war eben in zwei Parteien geteilt, welche einander zu vernichten suchten, weil sie beide das gleiche begehrten, nämlich die Befreiung der Unterdrückten, die Abschaffung der Gewalttat und die Aufrichtung eines dauernden Friedens. Gegen einen Frieden, der möglicherweise nicht ewig währen könnte, war man überall sehr eingenommen – wenn der ewige Friede nicht zu haben war, so zog man mit Entschiedenheit den ewigen Krieg vor, und die Sorglosigkeit, mit welcher die Munitionsballons aus ungeheuren Höhen ihren Segen über Gerechte und Ungerechte regnen ließen, entsprach dem Sinn dieses Krieges vollkommen. Im übrigen wurde er jedoch auf die alte Weise mit bedeutenden, aber unzulänglichen Mitteln weitergeführt. Die bescheidene Phantasie der Militärs und Techniker hatte noch einige wenige Vernichtungsmittel erfunden – jener Phantast aber, der den mechanischen Streuballon ausgedacht hatte, war der letzte seiner Art gewesen; denn seither hatten die Geistigen, die Phantasten, Dichter und Träumer sich mehr und mehr vom Interesse für den Krieg zurückgezogen. Er blieb, wie gesagt, den Militärs und Technikern überlassen und machte also wenig Fortschritte. Mit ungeheurer Ausdauer standen und lagen sich überall die Heere gegenüber, und obwohl der Materialmangel längst dazu geführt hatte, daß die soldatischen Auszeichnungen nur noch aus Papier bestanden, hatte die Tapferkeit sich nirgends erheblich vermindert.

Meine Wohnung fand ich zum Teil durch Flugzeuggeschosse zertrümmert, doch ließ es sich noch darin schlafen. Immerhin war es kalt und unbehaglich, der Schutt am Boden und der feuchte Schimmel an den Wänden mißfielen mir, und ich ging bald wieder weg, um einen Spaziergang zu machen.

Ich ging durch einige Gassen der Stadt, die sich stark gegen früher verändert hatten. Vor allem waren keine Läden mehr zu sehen. Die Straßen waren ohne Leben. Ich war noch nicht lange unterwegs, da trat ein Mann mit einer Blechnummer am Hut auf mich zu und fragte, was ich da tue. Ich sagte, ich gehe spazieren.

Er: Haben Sie Erlaubnis? Ich verstand ihn nicht, es gab einen Wortwechsel, und er forderte mich auf, ihm in das nächste Amtshaus zu folgen.

Wir kamen in eine Straße, deren Häuser alle mit weißen Schildern behängt waren, auf denen ich Bezeichnungen von Ämtern mit Nummern und Buchstaben las.

»Beschäftigungslose Zivilisten« stand auf einem Schilde, und die Nummer 2487 B 4 dabei. Dort gingen wir hinein. Es waren die üblichen Amtsräume, Wartezimmer und Korridore, in welchen es nach Papier, nach feuchten Kleidern und Amtsluft roch. Nach manchen Fragen wurde ich auf Zimmer 72 d abgeliefert und dort verhört.

Ein Beamter stand vor mir und musterte mich. »Können Sie nicht strammstehen?« fragte er streng. Ich sagte: »Nein.« Er fragte: »Warum nicht?« »Ich habe es nie gelernt«, sagte ich schüchtern.

»Also Sie sind dabei festgenommen worden, wie Sie ohne Erlaubnisschein spazierengegangen sind. Geben Sie das zu?«

»Ja«, sagte ich, »das stimmt wohl. Ich hatte es nicht gewußt. Sehen Sie, ich war längere Zeit krank –«.

Er winkte ab. »Sie werden dadurch bestraft, daß Ihnen für drei Tage das Gehen in Schuhen untersagt wird. Ziehen Sie Ihre Schuhe aus!«

Ich zog meine Schuhe aus.

»Mensch!« rief der Beamte da entsetzt. »Mensch, Sie tragen ja Lederschuhe! Woher haben Sie die? Sind Sie denn völlig verrückt?«

»Ich bin geistig vielleicht nicht völlig normal, ich kann das selbst nicht genau beurteilen. Die Schuhe habe ich früher einmal gekauft.«

»Ja, wissen Sie nicht, daß das Tragen von Leder in jedweder Form den Zivilpersonen streng verboten ist? – Ihre Schuhe bleiben hier, die werden beschlagnahmt. Zeigen Sie übrigens doch einmal Ihre Ausweispapiere!«

Lieber Gott, ich hatte keine.

»Das ist mir doch seit einem Jahr nimmer vorgekommen!« stöhnte der Beamte und rief einen Schutzmann herein. »Bringen Sie den Mann ins Amt Nummer 194, Zimmer 8!«

Barfuß wurde ich durch einige Straßen getrieben, dann traten wir wieder in ein Amtshaus, gingen durch Korridore, atmeten den

Geruch von Papier und Hoffnungslosigkeit, dann wurde ich in ein Zimmer gestoßen und von einem andern Beamten verhört. Dieser trug Uniform.

»Sie sind ohne Ausweispapiere auf der Straße betroffen worden. Sie bezahlen zweitausend Gulden Buße. Ich schreibe sofort die Quittung.«

»Um Vergebung«, sagte ich zaghaft, »so viel habe ich nicht bei mir. Können Sie mich nicht statt dessen einige Zeit einsperren?«

Er lachte hell auf.

»Einsperren? Lieber Mann, wie denken Sie sich das? Glauben Sie, wir hätten Lust, Sie auch noch zu füttern? – Nein, mein Guter, wenn Sie die Kleinigkeit nicht zahlen können, bleibt Ihnen die härteste Strafe nicht erspart. Ich muß Sie zum provisorischen Entzug der Existenzbewilligung verurteilen! Bitte geben Sie mir Ihre Existenzbewilligungskarte!«

Ich hatte keine.

Der Beamte war nun ganz sprachlos. Er rief zwei Kollegen herein, flüsterte lange mit ihnen, deutete mehrmals auf mich, und alle sahen mich mit Furcht und tiefem Erstaunen an. Dann ließ er mich, bis mein Fall beraten wäre, in ein Haftlokal abführen.

Dort saßen oder standen mehrere Personen herum, vor der Tür stand eine militärische Wache. Es fiel mir auf, daß ich, abgesehen von dem Mangel an Stiefeln, weitaus der am besten Gekleidete von allen war. Man ließ mich mit einer gewissen Ehrfurcht sitzen, und sogleich drängte ein kleiner scheuer Mann sich neben mich, bückte sich vorsichtig zu meinem Ohr herab und flüsterte mir zu: »Sie, ich mache Ihnen ein fabelhaftes Angebot. Ich habe zu Hause eine Zuckerrübe! Eine ganze, tadellose Zuckerrübe! Sie wiegt beinahe drei Kilo. Die können sie haben. Was bieten Sie?«

Er bog sein Ohr zu meinem Munde, und ich flüsterte: »Machen Sie mir selbst ein Angebot! Wieviel wollen Sie haben?«

Leise flüsterte er mir ins Ohr: »Sagen wir hundertfünfzehn Gulden!«

Ich schüttelte den Kopf und versank in Nachdenken.

Ich sah, ich war zu lange weggewesen. Es war schwer, sich wieder einzuleben. Viel hätte ich für ein Paar Schuhe oder Strümpfe gegeben, denn ich hatte an den bloßen Füßen, mit denen ich durch die nassen Straßen hatte gehen müssen, schrecklich kalt. Aber es war niemand in dem Zimmer, der nicht barfuß gewesen wäre.

Nach einigen Stunden holte man mich ab. Ich wurde in das Amt Nr. 285, Zimmer 19f, geführt. Der Schutzmann blieb diesmal bei mir; er stellte sich zwischen mir und dem Beamten auf. Es schien mir ein sehr hoher Beamter zu sein.

»Sie haben sich in eine recht böse Lage gebracht«, fing er an. »Sie halten sich in hiesiger Stadt auf und sind ohne Existenzbewilligungsschein. Es wird Ihnen bekannt sein, daß die schwersten Strafen darauf stehen.«

Ich machte eine kleine Verbeugung.

»Erlauben Sie«, sagte ich, »ich habe eine einzige Bitte an Sie. Ich sehe vollkommen ein, daß ich der Situation nicht gewachsen bin und daß meine Lage nur immer schwieriger werden muß. – Ginge es nicht an, daß Sie mich zum Tode verurteilen? Ich wäre sehr dankbar dafür!«

Milde sah der hohe Beamte mir in die Augen.

»Ich begreife«, sagte er sanft. »Aber so könnte schließlich jeder kommen! Auf alle Fälle müßten Sie vorher eine Sterbekarte lösen. Haben Sie Geld dafür? Sie kostet viertausend Gulden.«

»Nein, so viel habe ich nicht. Aber ich würde alles geben, was ich habe. Ich habe großes Verlangen danach zu sterben.«

Er lächelte sonderbar.

»Das glaube ich gerne, da sind Sie nicht der einzige. Aber so einfach geht das mit dem Sterben nicht. Sie gehören einem Staate an, lieber Mann, und sind diesem Staate verpflichtet, mit Leib und Leben. Das dürfte Ihnen doch bekannt sein. Übrigens – ich sehe da eben, daß Sie als Sinclair, Emil, eingetragen sind. Sind Sie vielleicht der Schriftsteller Sinclair?«

»Gewiß, der bin ich.«

»Oh, das freut mich sehr. Ich hoffe, Ihnen gefällig sein zu können. Schutzmann, Sie können inzwischen abtreten.«

Der Schutzmann ging hinaus, der Beamte bot mir die Hand. »Ich habe Ihre Bücher mit viel Interesse gelesen«, sagte er verbindlich, »und ich will Ihnen gern nach Möglichkeit behilflich sein. – Aber sagen Sie mir doch, lieber Gott, wie Sie in diese unglaubliche Lage geraten konnten?«

»Ja, ich war eben eine Zeitlang weg. Ich flüchtete mich für einige Zeit ins Kosmische, es mögen so zwei, drei Jahre gewesen sein, und offen gestanden hatte ich so halb und halb angenommen, der Krieg würde inzwischen sein Ende gefunden haben. – Aber sagen Sie, können Sie mir eine Sterbekarte verschaffen? Ich wäre Ihnen fabelhaft dankbar.«

»Es wird vielleicht gehen. Vorher müssen Sie aber eine Existenzbewilligung haben. Ohne sie wäre natürlich jeder Schritt aussichtslos. Ich gebe Ihnen eine Empfehlung an das Amt 127 mit, da werden Sie auf meine Bürgschaft hin wenigstens eine provisorische Existenzkarte bekommen. Sie gilt allerdings nur zwei Tage.«

»Oh, das ist mehr als genug!«

»Nun gut! Kommen Sie dann, bitte, zu mir zurück.«

Ich drückte ihm die Hand.

»Noch eines!« sagte ich leise. »Darf ich noch eine Frage an Sie stellen? Sie können sich denken, wie schlecht orientiert ich in allem Aktuellen bin.«

»Bitte, bitte.«

»Ja, also – vor allem würde es mich interessieren, zu wissen, wie es möglich ist, daß bei diesen Zuständen das Leben überhaupt noch weitergeht. Hält denn ein Mensch das aus?«

»O ja. Sie sind ja in einer besonders schlimmen Lage, als Zivilperson, und gar ohne Papiere! Es gibt sehr wenig Zivilpersonen mehr. Wer nicht Soldat ist, der ist Beamter. Schon damit wird für die meisten das Leben viel erträglicher, viele sind sogar sehr glücklich. Und an die Entbehrungen hat man sich eben so allmählich gewöhnt. Als das mit den Kartoffeln allmählich aufhörte und man sich an den Holzbrei gewöhnen mußte – er wird jetzt leicht geteert und dadurch recht schmackhaft –, da dachte jeder, es sei nicht mehr auszuhalten. Und jetzt geht es eben doch. Und so ist es mit allem.«

»Ich verstehe«, sagte ich. »Es ist eigentlich weiter nicht erstaunlich. Nur eins begreife ich nicht ganz. Sagen Sie mir: wozu eigentlich macht nun die ganze Welt diese riesigen Anstrengungen? Diese Entbehrungen, diese Gesetze, diese tausend Ämter und Beamte – was ist es eigentlich, was man damit beschützt und aufrechterhält?«.

Erstaunt sah der Herr mir ins Gesicht.

»Ist das eine Frage!« rief er mit Kopfschütteln. »Sie wissen doch, daß Krieg ist, Krieg in der ganzen Welt! Und das ist es, was wir erhalten, wofür wir Gesetze geben, wofür wir Opfer bringen. Der Krieg ist es. Ohne diese enormen Anstrengungen und Leistungen könnten die Armeen keine Woche länger im Felde stehen. Sie würden verhungern – es wäre unausstehlich!«

»Ja«, sagte ich langsam, »das ist allerdings ein Gedanke! Also der Krieg ist das Gut, das mit solchen Opfern aufrechterhalten wird! Ja, aber – erlauben Sie eine seltsame Frage – warum schätzen Sie den Krieg so hoch? Ist er denn das alles wert? Ist denn der Krieg überhaupt ein Gut?«

Mitleidig zuckte der Beamte die Achseln. Er sah, ich verstand ihn nicht.

»Lieber Herr Sinclair«, sagte er, »Sie sind sehr weltfremd geworden. Aber bitte, gehen Sie durch eine einzige Straße, reden Sie mit einem einzigen Menschen, strengen Sie Ihre Gedanken nur ein klein wenig an und fragen Sie sich: Was haben wir noch? Worin besteht unser Leben? Dann müssen Sie doch sofort sagen: Der Krieg ist das einzige, was wir noch haben! Vergnügen und persönlicher Erwerb, gesellschaftlicher Ehrgeiz, Habgier, Liebe, Geistesarbeit – alles existiert nicht mehr. Der Krieg ist es einzig und allein, dem wir es verdanken, daß noch so etwas wie Ordnung, Gesetz, Gedanke, Geist in der Welt vorhanden ist. – Können Sie denn das nicht sehen?«

Ja, nun sah ich es ein, und ich dankte dem Herrn sehr.

Dann ging ich davon und steckte die Empfehlung an das Amt 127 mechanisch in meine Tasche. Ich hatte nicht im Sinne, von ihr Gebrauch zu machen, es war mir nichts daran gelegen, noch irgendeines dieser Ämter zu belästigen. Und noch ehe ich wieder bemerkt und zur Rede gestellt werden konnte, sprach ich den kleinen Sternensegen in mich hinein, stellte meinen Herzschlag ab, ließ meinen Körper im Schatten eines Gebüsches verschwinden und setzte meine vorherige Wanderung fort, ohne mehr an Heimkehr zu denken.

(1917)

Der Maler

Ein Maler namens Albert konnte in seinen jungen Jahren mit den Bildern, die er malte, den Erfolg und die Wirkung nicht erreichen, nach denen er begehrte. Er zog sich zurück und beschloß, sich selbst genug zu sein. Das versuchte er jahrelang. Aber es zeigte sich mehr und mehr, daß er sich nicht selbst genug war. Er saß und malte an einem Heldenbild, und während dem Malen fiel ihm je und je wieder der Gedanke ein: »Ist es eigentlich nötig, das zu tun, was du tust? Müssen eigentlich diese Bilder wirklich gemalt sein? Wäre es nicht für dich und für jedermann ebenso gut, wenn du bloß spazierengehen oder Wein trinken würdest? Tust du eigentlich für dich selbst etwas anderes mit deinem Malen, als daß du dich ein wenig betäubst, ein wenig vergißt, dir die Zeit ein wenig vertreibst?«

Diese Gedanken waren der Arbeit nicht förderlich. Mit der Zeit hörte Alberts Malerei fast ganz auf. Er ging spazieren, er trank Wein, er las Bücher, er machte Reisen. Aber zufrieden war er auch bei diesen Dingen nicht.

Oft mußte er darüber nachdenken, mit welchen Wünschen und Hoffnungen er einst die Malerei begonnen hatte. Er erinnerte sich: sein Gefühl und Wunsch war gewesen, daß zwischen ihm und der Welt eine schöne, starke Beziehung und Strömung entstehe, daß zwischen ihm und der Welt etwas Starkes und Inniges beständig schwinge und leise musiziere. Mit seinen Helden und heroischen Landschaften hatte er sein Inneres ausdrücken und befriedigen wollen, damit es ihm von außen her, im Urteil und Dank der Betrachter seiner Bilder, wieder lebendig und dankbar entgegenkomme und strahle.

Ja, das hatte er also nicht gefunden. Das war ein Traum gewesen, und auch der Traum war so allmählich schwach und dünn geworden. Jetzt, wo Albert durch die Welt schweifte, oder an entlegenen Orten einsam hauste, auf Schiffen fuhr oder über Gebirgspässe wanderte, jetzt kam der Traum häufiger und häufiger wieder, anders als früher, aber ebenso schön, ebenso mächtig lokkend, ebenso begehrend und strahlend in junger Wunschkraft.

O, wie sehnte er sich oft danach – Schwingung zu fühlen zwischen sich und allen Dingen der Welt! Zu fühlen, daß sein Atem und der Atem der Winde und Meere derselbe sei, daß Brüderschaft und Verwandtschaft, daß Liebe und Nähe, daß Klang und Harmonie zwischen ihm und allem sei!

Er begehrte nicht mehr Bilder zu malen, in denen er selbst und seine Sehnsucht dargestellt wären, welche ihm Verständnis und Liebe bringen, ihn erklären, rechtfertigen und rühmen sollten. Er dachte an keine Helden und Aufzüge mehr, die als Bild und Rauch sein eigenes Wesen ausdrücken und umschreiben sollten. Er begehrte nur nach dem Fühlen jener Schwingungen, jenes Kraftstroms, jener heimlichen Innigkeit, in der er selbst zu nichts werden und untergehen, sterben und wiedergeboren werden würde. Schon der neue Traum davon, schon die neue, erstarkte Sehnsucht danach machte das Leben erträglich, brachte etwas wie Sinn hinein, verklärte, erlöste.

Die Freunde Alberts, soweit er noch welche hatte, begriffen diese Phantasien nicht gut. Sie sahen bloß, daß dieser Mensch mehr und mehr in sich hinein lebte, daß er stiller und sonderbarer sprach und lächelte, daß er so viel fort war, und daß er keinen Teil an dem hatte, was anderen Leuten lieb und wichtig ist, nicht an Politik noch Handel, nicht an Schützenfest und Ball, nicht an klugen Gesprächen über die Kunst, und an nichts von dem, woran sie eine Freude fanden. Er war ein Sonderling und halber Narr geworden. Er lief durch eine graue kühle Winterluft und atmete hingegeben die Farben und Gerüche dieser Lüfte, er lief einem kleinen Kinde nach, das Lala vor sich hin sang, er starrte stundenlang in ein grünes Wasser, auf ein Blumenbeet, oder er versank, wie ein Leser in sein Buch, in die Linien, die er in einem durchschnittenen Stückchen Holz, in einer Wurzel oder Rübe fand.

Es kümmerte sich niemand mehr um ihn. Er lebte damals in einer kleinen ausländischen Stadt, und dort ging er eines Morgens durch eine Allee, und sah von da zwischen den Stämmen auf einen kleinen trägen Fluß, auf ein steiles, gelbes, lehmiges Ufer, wo über Erdrutschen und mineralischer Kahlheit Gebüsch und Dorngekräut sich staubig verzweigten. Da klang etwas in ihm auf, er blieb stehen, er fühlte in seiner Seele ein altes Lied aus sagenhaften Zeiten wieder angestimmt. Lehmgelb und staubiges Grün, oder träger Fluß und jähe Ufersteile, irgendein Verhältnis der Farben oder Linien, irgendein Klang, eine Besonderheit in dem zufälligen Bilde war schön, war unglaublich schön, rührend und erschütternd, sprach zu ihm, war ihm verwandt. Und er fühlte Schwingung und innigste Beziehung zwischen Wald und Fluß, zwischen Fluß und ihm selbst, zwischen Himmel, Erde und Gewächs, alles schien einzig und allein da zu sein, um in dieser Stunde so vereinigt in seinem Auge und Herzen sich zu spiegeln, sich zu treffen und zu begrüßen. Sein Herz war der Ort, wo Fluß und Kraut, Baum und Luft zueinander kommen, einswerden, sich aneinander steigern und Liebesfeste feiern konnten.

Als dieses herrliche Erlebnis sich wenigemal wiederholt hatte, umgab den Maler ein herrliches Glücksgefühl, dicht und voll wie ein Abendgold oder ein Gartenduft. Er kostete es, es war süß und schwer, aber er konnte es nicht lange dabei aushalten, es war zu reich, es wurde in ihm zu Fülle und Spannung, zu Erregung und beinahe zu Angst und Wut. Es war stärker als er, es nahm ihn hin, riß ihn weg, er fürchtete, darin unterzusinken. Und das wollte er nicht. Er wollte leben, eine Ewigkeit leben! Nie, nie hatte er so innig zu leben gewünscht wie jetzt!

Wie nach einem Rausche fand er sich eines Tages still und allein in einer Kammer. Er hatte einen Kasten mit Farbe vor sich stehen und ein Stückchen Karton ausgespannt – nach Jahren saß er nun wieder und malte.

Und dabei blieb es. Der Gedanke »Warum tue ich das?« kam nicht wieder. Er malte. Er tat nichts mehr als sehen und malen. Entweder ging er draußen an die Bilder der Welt verloren oder er saß in seiner Kammer und ließ die Fülle wieder abströmen. Bild um Bild dichtete er auf seine kleinen Kartons, einen Regenhimmel mit Weiden, eine Gartenmauer, eine Bank im Walde, eine Landstraße, auch Menschen und Tiere, und Dinge, die er nie gesehen hatte, vielleicht Helden oder Engel, die aber waren und lebten wie Mauer und Wald.

Als er wieder zu Menschen kam, wurde es bekannt, daß er wieder male. Man fand ihn ziemlich verrückt, aber man war neugierig, seine Bilder zu sehen. Er wollte sie niemand zeigen. Aber man ließ ihm keine Ruhe, man plagte ihn und zwang ihn. Da gab er einem Bekannten die Schlüssel zu seinem Zimmer, er selber aber reiste weg und wollte nicht dabei sein, wenn andere Leute seine Bilder ansahen.

Die Leute kamen, und es entstand ein großes Geschrei, man habe ein Mordsgenie von einem Maler entdeckt, einen Sonderling zwar, aber einen von Gottes Gnaden, und wie die Sprüche der Kenner und Redner alle heißen.

Der Maler Albert war inzwischen in einem Dorfe abgestiegen,

hatte ein Zimmer bei Bauern gemietet und seine Farben und Pinsel ausgepackt. Wieder ging er beglückt durch Tal und Berge, und strahlte später in seine Bilder zurück, was er erlebt und gefühlt hatte.

Da erfuhr er durch eine Zeitung davon, daß alle Welt zu Hause seine Bilder angesehen habe. Im Wirtshause bei einem Glas Wein las er einen langen, schönen Artikel in der Zeitung der Hauptstadt. Sein Name stand dick gedruckt darüber, und überall troffen feiste Lobwörter aus den Spalten. Aber je weiter er las, desto seltsamer wurde ihm.

»Wie herrlich leuchtet in dem Bild mit der blauen Dame das Gelb des Hintergrundes – eine neue, unerhört kühne, bezaubernde Harmonie!«

»Wunderbar ist auch die Plastik des Ausdrucks in dem Rosenstilleben. – Und gar die Reihe der Selbstbildnisse! Wir dürfen sie den besten Meisterwerken psychologischer Porträtkunst an die Seite stellen.«

Sonderbar, sonderbar! Er konnte sich nicht erinnern, je ein Rosenstilleben gemalt zu haben, noch eine blaue Dame, und nie hatte er seines Wissens ein Selbstporträt gemacht. Dagegen fand er weder das Lehmufer noch die Engel, weder den Regenhimmel noch die anderen ihm so lieben Bilder erwähnt.

Albert reiste in die Stadt zurück. Im Reisekleid ging er nach seiner Wohnung, die Leute gingen dort aus und ein. Ein Mann saß unter der Tür, und Albert mußte eine Karte lösen, um eintreten zu dürfen.

Da waren seine Bilder, wohlbekannt. Jemand aber hatte Zettel an sie gehängt, auf denen stand allerlei, wovon Albert nichts gewußt hatte. ›Selbstbildnis‹ stand auf manchen und andere Titel. Eine Weile stand er nachdenklich vor den Bildern und ihren unbekannten Namen. Er sah, man konnte diese Bilder auch ganz anders nennen, als er es getan hatte. Er sah, in der Gartenmauer hatte er etwas erzählt, was anderen eine Wolke schien, und die Klüfte seiner Steinlandschaft konnten für andere auch ein Menschengesicht bedeuten.

Schließlich lag nicht viel daran. Aber Albert zog es doch vor, still wieder fortzugehen und abzureisen und nicht mehr in diese Stadt zurückzukehren. Er malte noch viele Bilder und gab ihnen noch viele Namen, und war glücklich dabei; aber er zeigte sie niemandem.

(1918)

Der Europäer

Endlich hatte Gott der Herr ein Einsehen und machte dem Erdentage, der mit dem blutigen Weltkriege geendet, selber ein Ende, indem er die große Flut sandte. Mitleidig spülten die Wasserfluten hinweg, was das alternde Gestirn schändete, die blutigen Schneefelder und die von Geschützen starrenden Gebirge, die verwesenden Leichen zusammen mit denen, die um sie weinten, die Empörten und Mordlustigen zusammen mit den Verarmten, die Hungernden zusammen mit den geistig Irregewordenen.

Freundlich sah der blaue Weltenhimmel auf die blanke Kugel herab.

Übrigens hatte sich die europäische Technik bis zuletzt glänzend bewährt. Wochenlang hatte sich Europa gegen die langsam steigenden Wasser umsichtig und zäh gehalten. Erst durch ungeheure Dämme, an welchen Millionen von Kriegsgefangenen Tag und Nacht arbeiteten; dann durch künstliche Erhöhungen, die mit fabelhafter Schnelligkeit emporstiegen und anfangs das Aussehen riesiger Terrassen hatten, dann aber mehr und mehr zu Türmen gipfelten. Von diesen Türmen aus bewährte sich menschlicher Heldensinn mit rührender Treue bis zum letzten Tage. Während Europa und alle Welt versunken und ersoffen war, gleißten von den letzten ragenden Eisentürmen noch immer grell und unbeirrt die Scheinwerfer durch die feuchte Dämmerung der untergehenden Erde, und aus den Geschützen sausten in eleganten Bogen die Granaten hin und her. Zwei Tage vor dem Ende entschlossen sich die Führer der Mittelmächte, durch Lichtzeichen ein Friedensangebot an die Feinde zu richten. Die Feinde verlangten jedoch sofortige Räumung der noch stehenden befestigten Türme, und dazu konnten auch die entschlossensten Friedensfreunde sich nicht bereit erklären. So wurde heldenhaft geschossen bis zur letzten Stunde.

Nun war alle Welt überschwemmt. Der einzige überlebende Europäer trieb auf einem Rettungsgürtel in der Flut und war mit seinen letzten Kräften damit beschäftigt, die Ereignisse der letzten Tage aufzuschreiben, damit eine spätere Menschheit wisse, daß sein Vaterland es gewesen war, das den Untergang der letzten Feinde um Stunden überdauert und sich so für ewig die Siegespalme gesichert hatte.

Da erschien am grauen Horizont schwarz und riesig ein schwerfälliges Fahrzeug, daß sich langsam dem Ermatteten näherte. Er erkannte mit Befriedigung eine gewaltige Arche und sah, ehe er in Ohnmacht sank, den uralten Patriarchen groß mit wehendem Silberbart an Bord des schwimmenden Hauses stehen. Ein gigantischer Neger fischte den Dahintreibenden auf, er lebte und kam bald wieder zu sich. Der Patriarch lächelte freundlich. Sein Werk war geglückt, es war von allen Gattungen der irdischen Lebewesen je ein Exemplar gerettet.

Während die Arche gemächlich vor dem Winde lief und auf das Sinken der trüben Wasser wartete, entspann sich an Bord ein buntes Leben. Große Fische folgten dem Fahrzeug in dichten Schwärmen, in bunten traumhaften Geschwadern schwärmten die Vögel und Insekten über dem offenen Dache, jedes Tier und jeder Mensch war voll inniger Freude, gerettet und einem neuen Leben vorbehalten zu sein. Hell und schrill kreischte der bunte Pfau seinen Morgenruf über die Gewässer, lachend spritzte der frohe Elefant sich und sein Weib aus hochgerecktem Rüssel zum Bade, schillernd saß die Eidechse im sonnigen Gebälk; der Indianer spießte mit raschem Speerstoß glitzernde Fische aus der unendlichen Flut, der Neger rieb am Herde Feuer aus trockenen Hölzern und schlug vor Freude seiner fetten Frau in rhythmischen Taktfolgen auf die klatschenden Schenkel, mager und steil stand der Hindu mit verschränkten Armen und murmelte uralte Verse aus den Gesängen der Weltschöpfung vor sich hin. Der Eskimo lag dampfend in der Sonne und schwitzte, aus kleinen Augen lachend, Wasser und Fett von sich, beschnuppert von einem gutmütigen Tapir, und der kleine Japaner hatte sich einen dünnen Stab geschnitzt, den er sorgfältig bald auf seiner Nase, bald auf seinem Kinn balancieren ließ. Der Europäer verwendete sein Schreibzeug dazu, ein Inventar der vorhandenen Lebewesen aufzustellen.

Gruppen und Freundschaften bildeten sich, und wo je ein Streit ausbrechen wollte, wurde er von dem Patriarchen durch einen Wink beseitigt. Alles war gesellig und froh; nur der Europäer war mit seiner Schreibarbeit einsam beschäftigt.

Da entstand unter all den vielfarbigen Menschen und Tieren ein neues Spiel, indem jeder im Wettbewerb seine Fähigkeiten und Künste zeigen wollte. Alle wollten die ersten sein, und es mußte vom Patriarchen selber Ordnung geschaffen werden. Er stellte die großen Tiere und die kleinen Tiere für sich, und wieder für sich die Menschen, und jeder mußte sich melden und die Leistung nennen, mit welcher er zu glänzen dachte, dann kam einer nach dem andern an die Reihe.

Dieses famose Spiel dauerte viele Tage lang, da immer wieder eine Gruppe weglief und ihr Spiel unterbrach, um einer andern zuzusehen. Und jede schöne Leistung wurde von allen mit lautem Beifall bewundert. Wieviel Wundervolles gab es da zu sehen! Wie zeigte da jedes Geschöpf Gottes, was für Gaben in ihm verborgen waren! Wie tat sich da der Reichtum des Lebens auf! Wie wurde gelacht, wie wurde Beifall gerufen, gekräht, geklatscht, gestampft, gewiehert!

Wunderbar lief das Wiesel, und zauberhaft sang die Lerche, prachtvoll marschierte der geblähte Truthahn, und unglaublich flink kletterte das Eichhorn. Der Mandrill ahmte den Malaien nach, und der Pavian den Mandrill! Läufer und Kletterer, Schwimmer und Flieger wetteiferten unermüdlich, und jeder war in seiner Weise unübertroffen und fand Geltung. Es gab Tiere, die konnten durch Zauber wirken, und Tiere, die konnten sich unsichtbar machen. Viele taten sich durch Kraft hervor, viele durch List, manche durch Angriff, manche durch Verteidigung. Insekten konnten sich schützen, indem sie wie Gras, wie Holz, wie Moos, wie Felsgestein aussahen, und andere unter den Schwachen fanden Beifall und trieben lachende Zuschauer in die Flucht, indem sie sich durch grausame Gerüche vor Angriffen zu schützen wußten. Niemand blieb zurück, niemand war ohne Gaben. Vogelnester wurden geflochten, gekleistert, gewebt, gemauert. Raubvögel konnten aus grausiger Höhe das winzigste Ding erkennen.

Und auch die Menschen machten die Sache vortrefflich. Wie der große Neger leicht und mühelos am Balken in die Höhe lief, wie der Malaie mit drei Griffen aus einem Palmblatt ein Ruder machte und auf winzigem Brett zu steuern und zu wenden wußte, das war des Zuschauens wert. Der Indianer traf mit leichtem Pfeil das kleinste Ziel, und sein Weib flocht eine Matte aus zweierlei Bast, die hohe Bewunderung erregte. Alles schwieg lange und staunte, als der Hindu vortrat und einige Zauberkünste zeigte. Der Chinese aber zeigte, wie man die Weizenernte durch Fleiß verdreifachen konnte, indem man die ganz jungen Pflanzen auszog und in gleichen Zwischenräumen verpflanzte.

Mehrmals hatte der Europäer, der erstaunlich wenig Liebe genoß, den Unwillen seiner Menschenvettern erregt, da er die Taten anderer mit hartem und verächtlichem Urteil bemängelte. Als der Indianer seinen Vogel hoch aus dem Blau des Himmels herunterschoß, hatte der weiße Mann die Achseln gezuckt und behauptet, mit zwanzig Gramm Dynamit schieße man dreimal so hoch! Und als man ihn aufforderte, das einmal vorzumachen, hatte er es nicht gekonnt, sondern hatte erzählt, ja wenn er das und dies und jenes und noch zehn andere Sachen hätte, dann könnte er es schon machen. Auch den Chinesen hatte er verspottet und gesagt, daß das Umpflanzen von jungem Weizen zwar gewiß unendlichen Fleiß erfordere, daß aber doch wohl eine so sklavische Arbeit ein Volk nicht glücklich machen könne. Der Chinese hatte unter Beifall erwidert, glücklich sei ein Volk, wenn es zu essen habe und die Götter ehre; der Europamann aber hatte auch hierzu spöttisch gelacht.

Weiter ging das fröhliche Wettspiel, und am Ende hatten alle, Tiere und Menschen, ihre Talente und Künste gezeigt. Der Eindruck war groß und freudig, auch der Patriarch lachte in seinen weißen Bart und sagte lobend, nun möge das Wasser ruhig verlaufen und ein neues Leben auf dieser Erde beginnen; denn noch sei jeder bunte Faden in Gottes Kleid vorhanden, und nichts fehle, um ein unendliches Glück auf Erden zu begründen.

Einzig der Europäer hatte noch kein Kunststück gezeigt, und nun verlangten alle andern stürmisch, er möge vortreten und das Seine tun, damit man sehe, ob auch er ein Recht habe, Gottes schöne Luft zu atmen und in des Patriarchen schwimmendem Hause zu fahren.

Lange weigerte sich der Mann und suchte Ausflüchte. Aber nun legte ihm Noah selbst den Finger auf die Brust und mahnte ihn, ihm zu folgen.

»Auch ich«, so begann nun der weiße Mann, »auch ich habe eine Fähigkeit zu hoher Tüchtigkeit gebracht und ausgebildet. Nicht das Auge ist es, das bei mir besser wäre als bei andern Wesen, und nicht das Ohr oder die Nase oder die Handfertigkeit oder irgend etwas dergleichen. Meine Gabe ist von höherer Art. Meine Gabe ist der Intellekt.«

»Vorzeigen!« rief der Neger, und alle drängten näher hinzu.

»Da ist nichts zu zeigen«, sagte der Weiße mild. »Ihr habt mich wohl nicht recht verstanden. Das, wodurch ich mich auszeichne, ist der Verstand.«

Der Neger lachte munter und zeigte schneeweiße Zähne, der Hindu kräuselte spöttisch die dünnen Lippen, der Chinese lächelte schlau und gutmütig vor sich hin.

»Der Verstand?« sagte er langsam. »Also zeige uns bitte deinen Verstand. Bisher war nichts davon zu sehen.«

»Zu sehen gibt es da nichts«, wehrte sich der Europäer mürrisch. »Meine Gabe und Eigenart ist diese: ich speichere in meinem Kopf die Bilder der Außenwelt auf und vermag aus diesen Bildern ganz allein für mich neue Bilder und Ordnungen herzustellen. Ich kann die ganze Welt in meinem Gehirn denken, also neu schaffen.«

Noah fuhr sich mit der Hand über die Augen.

»Erlaube«, sagte er langsam, »wozu soll das gut sein? Die Welt noch einmal schaffen, die Gott schon erschaffen hat, und ganz für dich allein in deinem kleinen Kopf innen – wozu kann das nützen?«

Alle riefen Beifall und brachen in Fragen aus.

»Wartet!« rief der Europäer. »Ihr versteht mich nicht richtig. Die Arbeit des Verstandes kann man nicht so leicht vorzeigen wie irgendeine Handfertigkeit.«

Der Hindu lächelte.

»O doch, weißer Vetter, das kann man wohl. Zeige uns doch einmal eine Verstandesarbeit, zum Beispiel Rechnen. Laß uns einmal um die Wette rechnen! Also: ein Paar hat drei Kinder, von welchen jedes wieder eine Familie gründet. Jedes von den jungen Paaren bekommt jedes Jahr ein Kind. Wieviel Jahre vergehen, bis die Zahl 100 erreicht ist?«

Neugierig horchten alle zu, begannen an den Fingern zu zählen und krampfhaft zu blicken. Der Europäer begann zu rechnen. Aber schon nach einem Augenblick meldete sich der Chinese, der die Rechnung gelöst hatte.

»Sehr hübsch«, gab der Weiße zu, »aber das sind bloße Geschicklichkeiten. Mein Verstand ist nicht dazu da, solch kleine Kunststücke zu machen, sondern große Aufgaben zu lösen, auf denen das Glück der Menschheit beruht.«

»Oh, das gefällt mir«, ermunterte Noah. »Das Glück zu finden ist gewiß mehr als alle andern Geschicklichkeiten. Da hast du recht. Schnell sage uns, was du über das Glück der Menschheit zu lehren hast, wir werden dir alle dankbar sein.«

Gebannt und atemlos hingen nun alle an den Lippen des weißen Mannes. Nun kam es. Ehre sei ihm, der uns zeigen wird, wo das Glück der Menschheit ruht! Jedes böse Wort sei ihm abgebeten, dem Magier! Was brauchte er die Kunst und Geschicklichkeit von Auge, Ohr und Hand, was brauchte er den Fleiß und die Rechenkunst, wenn er solche Dinge wußte!

Der Europäer, der bisher eine stolze Miene gezeigt hatte, begann bei dieser ehrfürchtigen Neugierde allmählich verlegen zu werden.

»Es ist nicht meine Schuld!« sagte er zögernd, »aber ihr versteht mich immer falsch! Ich sagte nicht, daß ich das Geheimnis des Glückes kenne. Ich sagte nur, mein Verstand arbeitet an Aufgaben, deren Lösung das Glück der Menschheit fördern wird. Der Weg dahin ist lang, und nicht ich noch ihr werdet sein Ende sehen. Viele Geschlechter werden noch über diesen schweren Fragen brüten!«

Die Leute standen unschlüssig und mißtrauisch. Was redete der Mann? Auch Noah schaute zur Seite und runzelte die Stirn.

Der Hindu lächelte dem Chinesen zu, und als alle andern verlegen schwiegen, sagte der Chinese freundlich: »Liebe Brüder, dieser weiße Vetter ist ein Spaßvogel. Er will uns erzählen, daß in seinem Kopfe eine Arbeit geschieht, deren Ertrag die Urenkel unserer Urenkel vielleicht einmal zu sehen bekommen werden, oder auch nicht. Ich schlage vor, wir erkennen ihn als Spaßmacher an. Er sagt uns Dinge, die wir alle nicht recht verstehen können; aber wir alle ahnen, daß diese Dinge, wenn wir sie wirklich verstünden, uns Gelegenheit zu unendlichem Gelächter geben würden. Geht es euch nicht auch so? – Gut denn, ein Hoch auf unsern Spaßmacher!«

Die meisten stimmten ein und waren froh, diese dunkle Geschichte zu einem Schluß gebracht zu sehen. Einige aber waren ungehalten und verstimmt, und der Europäer blieb allein und ohne Zuspruch stehen.

Der Neger aber, begleitet vom Eskimo, vom Indianer und dem Malaien, kam gegen Abend zu dem Patriarchen und sprach also: – »Verehrter Vater, wir haben eine Frage an dich zu richten. Dieser weiße Bursche, der sich heut über uns lustig gemacht hat, gefällt uns nicht. Ich bitte dich, überlege dir: alle Menschen und Tiere, jeder Bär und jeder Floh, jeder Fasan und jeder Mistkäfer sowie wir Menschen, alle haben irgend etwas zu zeigen gehabt, womit wir Gott Ehre darbringen und unser Leben schützen, erhöhen oder verschönen. Wunderliche Gaben haben wir gesehen, und manche waren zum Lachen; aber jedes kleinste Vieh hatte doch irgend etwas Erfreuliches und Hübsches darzubringen – einzig und allein dieser bleiche Mann, den wir zuletzt auffischten, hat nichts zu geben als sonderbare und hochmütige Worte, Anspielungen und Scherze, welche niemand begreift und welche niemandem Freude machen können. – Wir fragen dich daher, lieber Vater, ob es wohl richtig ist, daß ein solches Geschöpf mithelfe, ein neues Leben auf dieser lieben Erde zu begründen? Könnte das nicht ein Unheil geben? Sieh ihn doch nur an! Seine Augen sind trüb, seine Stirn ist voller Falten, seine Hände sind blaß und schwächlich, sein Gesicht blickt böse und traurig, kein heller Klang geht von ihm aus! Gewiß, es ist nicht richtig mit ihm – weiß Gott, wer uns diesen Burschen auf unsere Arche geschickt hat!«

Freundlich hob der greise Erzvater seine hellen Augen zu den Fragenden.

»Kinder«, sagte er leise und voll Güte, so daß ihre Mienen sofort lichter wurden, »liebe Kinder! Ihr habt recht, und habt auch unrecht mit dem, was ihr sagt! Aber Gott hat schon seine Antwort darauf gegeben, noch ehe ihr gefragt habt. Ich muß euch zustimmen, der Mann aus dem Kriegslande ist kein sehr anmutiger Gast, und man sieht nicht recht ein, wozu solche Käuze dasein müssen. Aber Gott, der diese Art nun einmal geschaffen hat, weiß gewiß wohl, warum er es tat. Ihr alle habt diesen weißen Männern viel zu verzeihen, sie sind es, die unsere arme Erde wieder einmal bis zum Strafgericht verdorben haben. Aber seht, Gott hat ein Zeichen dessen gegeben, was er mit dem weißen Manne im Sinne hat. Ihr alle, du Neger und du Eskimo, habt für das neue Erdenleben, das wir bald zu beginnen hoffen, eure lieben Weiber mit, du deine Negerin, du deine Indianerin, du dein Eskimoweib. Einzig der Mann aus Europa ist allein. Lange war ich traurig darüber, nun aber glaube ich, den Sinn davon zu ahnen. Dieser Mann bleibt uns aufbehalten als eine Mahnung und ein Antrieb, als ein Gespenst vielleicht. Fortpflanzen aber kann er sich nicht, es sei denn, er tauche wieder in den Strom der vielfarbigen Menschheit unter.

Euer Leben auf der neuen Erde wird er nicht verderben dürfen. Seid getrost!«

Die Nacht brach ein, und am nächsten Morgen stand im Osten spitz und klein der Gipfel des heiligen Berges aus den Wassern.

(1917)

Der Mann mit den vielen Büchern

Es war ein Mann, der hatte schon in früher Jugend sich aus dem Lärm des Lebens, der ihm Furcht machte, zu den Büchern zurückgezogen. Er lebte in seinem Hause, dessen Zimmer mit Büchern angefüllt waren, und hatte kaum einen Umgang und Verkehr außer mit seinen Büchern. Es schien ihm, da er von der Leidenschaft für das Wahre und Schöne erfüllt war, weit richtiger zu sein, daß er mit den edelsten Geistern der Menschheit in nahem Umgang lebe, als sich den Zufälligkeiten und den zufälligen Menschen auszusetzen, die das Leben ihm sonst etwa zugeführt hätte.

Seine Bücher waren alle aus der alten Zeit, von den Weisen und Dichtern der Griechen und Römer, deren Sprachen er liebte und deren Welt ihm so klar und wohlgestaltet erschien, daß er oft kaum begriff, warum die Menschheit diese hohen Pfade längst verlassen und so viel Irrsale dafür eingetauscht habe. In allen Dingen des Wissens und des Dichtens hatten jene Alten das Beste schon getan, es war später weniges mehr hinzugekommen, Goethe etwa, und wenn die Menschheit inzwischen Fortschritte gemacht hatte, so war es nur auf den Gebieten, die ihn nicht berührten und ihm entbehrlich und oberflächlich schienen, im Bauen von Maschinen und Kriegswaffen und im Verwandeln des Lebenden in das Tote, im Verwandeln der Natur in Zahlen oder in Geld.

Ein klares, stilles, gleichmäßiges Leben führte dieser Leser. Er ging durch seinen kleinen Garten, Verse von Theokrit auf den Lippen, er sammelte Sprüche der Alten und ging ihre schönen Gedankenwege, namentlich die des Platon, nachgenießend mit. Manchmal empfand er in seinem Leben eine gewisse Armut und Einschränkung, allein er wußte von den alten Weisen, daß das Glück des Menschen nicht vom Vielerlei abhänge und daß in Treue und Selbstbeschränkung der Kluge sein Heil finde.

Einst erfuhr dies ungetrübte Leben eine Unterbrechung dadurch, daß der Leser auf einer Reise, die er nach einer Bibliothek des Nachbarstaates unternahm, einen Abend in einem Theater verbrachte. Es wurde ein Drama von Shakespeare aufgeführt, den er wohl von den Schulen her kannte, aber nur eben so, wie man die Dinge auf den Schulen lernen kann. Nun saß er in dem hohen dämmernden Hause, etwas bedrückt und gestört, denn er liebte Menschenansammlungen nicht, aber bald fand er sich angerufen und hingerissen durch den Geist dieser Dichtung. Er erkannte, daß die Darsteller ihre Sache nur mäßig machten, und war überhaupt kein Freund des Theaters, aber durch all diese Hemmnisse hindurch traf ihn dennoch ein Strahl, eine Kraft, ein mächtiger Reiz, den er noch nie gekostet hatte. Betäubt lief er nach dem Schluß des Dramas aus dem Hause, setzte pflichtgemäß seine Reise fort und brachte von ihr alle Werke des englischen Dichters mit nach Hause. Da las er nun, saß wie betäubt und las den »Lear«, den »Othello«, den »Romeo« und alle alle diese Stücke, und ein Sturm von Leidenschaft, Dämonie und phantastischem Leben drang auf ihn ein. Im Taumel vergingen ihm die Tage, glücklich empfand er, daß ein neues Stück Welt ihm erschlossen worden sei, und lange Zeit lebte er in Haus und Garten, beständig umgeben von den Gestalten dieses unbegreiflichen Dichters, der alles auf den Kopf zu stellen schien, was die Griechen festgestellt, und der dennoch recht hatte und jeden Widerspruch besiegte.

Zum erstenmal war die Welt des Lesers durchbrochen, war Luft von draußen in seine klassische Ruhe gedrungen – oder war es vielleicht eher etwas in ihm selber drinnen, das erwacht war und mit unruhigen Flügeln schlug? Wie war dies merkwürdig, wie war dies neu! Dieser Dichter, welcher doch auch schon lange tot war, schien gar keine Ideale zu haben, oder ganz andre als die der Alten, für diesen Shakespeare war anscheinend die Menschheit kein Gedankentempel, sondern ein Meer voll von Stürmen, auf welchem zuckende Menschen dahintrieben, selig in ihrem Hingenommensein, trunken von ihrem Schicksal! Diese Menschen bewegten sich wie Sternbilder, jeder im vorbestimmten Schwung seiner Bahn, mit unverminderter Wucht, mit ewigem Drang, auch wo die Bahn in Absturz und Untergang führte.

Als endlich der Leser, wie ein Erwachender nach einem Bacchanal, sich wieder auf sich selbst und das Ehemals besann und zu seinen Lateinern und Griechen zurückkehrte, da schmeckten sie anders, schmeckten ein wenig fade, ein wenig alt, ein wenig fremd. Darauf versuchte er es mit einigen Büchern von heutigen Dichtern. Die gefielen ihm aber nicht, es schien sich alles um kleine und belanglose Dinge zu drehen, und es schien alles nur halb ernstgemeint zu sein.

Den Hunger nach großen, neuen Reizen und Aufrüttelungen aber wurde der Mann nicht mehr los. Wer sucht, findet. Und so war das Nächste, was er fand, ein Buch von einem Norweger, namens Hamsun. Ein sonderbares Buch und ein sonderbarer Dichter. Dieser Mensch schien sein Leben lang – es hieß, er lebe noch – sich allein und stürmisch in der Welt umherzutreiben, ohne ein Ziel, ohne einen Glauben, halb verwöhnt und halb verwildert, auf ewiger Suche nach einem Gefühl, das er da und dort für Augenblicke im Zusammenklang seines Herzens mit der umgebenden Welt zu finden schien. Dieser Dichter gestaltete keine Menschenwelt wie Shakespeare, er sprach meistens von sich selbst. Aber an vielen Stellen überfiel den Leser eine tiefe Rührung und oft ein bitteres Weh, und manchmal mußte er auf einmal, und auf eine neue Art, plötzlich lachen. Welch ein Kind war dieser Dichter, welch ein trotziger Knabe war er! Aber er war herrlich, und wer ihn las, fühlte Sternschnuppen fallen und hörte ferne Brandungen donnern.

Weiter fand der Büchermann ein dickes Buch, das »Anna Karenina« hieß, und dann Gedichte von Richard Dehmel. Und er fand wenig später die Bücher von Dostojewski. Seit er mit Shakespeare begonnen hatte, war es, als liefe die Dichtung ihm nach, als käme ihm da und dort, sobald er eine Leere zu spüren begann, gerade das durch Magie entgegen, was jetzt zu ihm sprechen, was jetzt ihn hinreißen konnte. Er weinte und lag schlaflos über diesen russischen Büchern, er schleuderte den Horaz von sich und gab eine Menge von seinen alten Büchern weg. Eines fiel ihm dabei in die Hand, ein lateinisches, das er früher wenig geschätzt hatte. Jetzt legte er es beiseite und las es bald. Es waren die Bekenntnisse des Augustinus. Von ihm kehrte er wieder zu Dostojewski zurück.

Eines Tages gegen Abend, er hatte sich müde gelesen und fühlte Augenschmerzen, war auch nicht mehr jung, da fiel er in Nachdenken. Über einem seiner hohen Bücherschäfte stand von früher her in Goldschrift jenes griechische Wort, welches bedeutet: »Erkenne dich selbst!« Das arbeitete in ihm. Denn er kannte sich selbst nicht, seit langem wußte er nichts mehr von sich. Nun ging er jede erfühlbare Spur zurück, er suchte mit Inbrunst nach den Zeiten, da ihn ein Vers von Horaz entzückt, ein Gesang des Pindar ihn beseligt hatte. Damals hatte er, aus jenen alten Büchern her, in sich etwas gewußt, das Menschheit hieß, er war mit den

Dichtern Held, Herrscher, Weiser gewesen, er hatte Gesetze gegeben und Gesetze geachtet, und in herrlicher Würde war er, der Mensch, aus der Wirrnis der seelenlosen Natur hervorgetreten, dem klaren Licht entgegen. – Jetzt war dies alles zerstört und dahingeschmolzen. Er hatte nicht nur Räuber- und Liebesgeschichten gelesen und Freude daran gehabt, nein, er hatte mit geliebt, mit gemordet, mit geweint, mit gesündigt, mit gelacht, er war in Abgründe des Verbrechens, der Not, der irren, flatternden Instinkte und Gelüste geraten, er hatte mit zuckender Angst und Wonne im Gräßlichen und Verbotenen gewühlt!

Sein Nachdenken ergab keine Früchte. Bald hing er wieder fiebernd über seltsamen Büchern. Er schlürfte die lasterhafte Luft aufregender Geschichten von Oscar Wilde, er verlor sich in die wehmütig skeptischen Sucherwege Flauberts, er las Gedichte und Dramen junger und jüngster Dichter, welche allem Geordneten, allem Griechischen und Klassischen todfeind schienen, welche Auflehnung und Anarchie predigten, Häßlichstes verherrlichten, Furchtbarstes belächelten. Und er fand: auch sie hatten irgendwie recht, auch das war im Menschen, auch das mußte sein. Es war Lüge, es zu verheimlichen. Es war Lüge, sich um das ganze blutige Chaos des Lebens zu drücken.

Eine große Abspannung und Ermüdung folgte. Es gab keine Bücher mehr, die ihm entgegenkamen, in denen Neues, Mächtiges ihn anrief. Er war krank, er fühlte sich alt und betrogen. Ein Traum zeigte ihm seinen Zustand. Er träumte: Er war damit beschäftigt, eine hohe Mauer aus lauter Büchern aufzurichten. Sie wuchs empor, er sah nichts als sie, es war seine Aufgabe, alle Bücher der Welt hier zu einem großen Bau aufzustapeln. Da plötzlich geriet ein Teil des Gebäudes ins Wanken, Bücher glitten hinweg, rumpelten ins Bodenlose, ein seltsames Licht fiel durch klaffende Lücken herein, und jenseits der Büchermauer sah er etwas Ungeheures, sah er in Licht und Dunst ein riesiges Chaos, einen Knäuel von Gestalten und Bildungen, Menschen und Landschaften, Sterbende und Gebärende, Kinder und Tiere, Schlangen und Soldaten, brennende Städte und untergehende Schiffe, Schreie und wildes Jauchzen klang irr herüber, Blut floß, Wein strömte, Fackeln strahlten grell und frech, – und er erwachte und sprang auf, von einem schweren Druck auf dem Herzen gepeinigt, und wie er im Mondlicht verstört in seinem stillen Zimmer stand, die Bäume hinterm Fenster und das Buch auf dem

Nachttisch erkannte, da wußte und spürte er plötzlich alles:

Er war betrogen, er war um alles betrogen! Er hatte gelesen, er hatte Seiten umgedreht, er hatte Papier gefressen – ach, und dahinter, hinter der schändlichen Büchermauer, war das Leben gewesen, hatten Herzen gebrannt, Leidenschaften getobt, war Blut und Wein geflossen, war Liebe und Verbrechen geschehen. Und nichts von alledem hatte ihm gehört, nichts war sein gewesen, nichts hatte er in Händen gehabt, nichts als dünne flache Schatten und Papier, in Büchern!

Er ging nicht erst wieder zu Bett. Er rannte, flüchtig angekleidet, in die Stadt, lief durch hundert Straßen im Laternenschein, sah in tausend blinde schwarze Fenster, lauschte an hundert geschlossenen Türen. Der Morgen kam, die Gassen erwachten, wie ein übriggebliebner Trunkner irrte er durch das bleiche Morgenlicht, nahe am Zusammenbrechen. Ein bleiches, schwach und kränklich aussehendes Mädchen begegnete ihm, er sank vor ihr nieder, sie nahm ihn mit sich.

In ihrer Kammer saß er, auf einem ärmlichen Bett, über dem ein japanischer Fächer aufgespannt war, voller Staub und Spinnweb. Er saß und sah, wie sie mit seinen Talern spielte, und wieder nahm er ihre Hand und sagte: »Laß mich nicht allein, du! Hilf mir! Ich bin alt, ich habe niemand als dich. Bleib bei mir! Vielleicht habe ich nichts mehr zu erwarten als Krankheit und Tod, aber wenigstens das will ich auskosten, wenigstens leiden und sterben will ich selber, will ich mit meinem eigenen Blut und Herzen. Wie bist du schön! Tut es weh, wenn ich dich anfasse? Nein? Oh, du bist gütig. Denke, ich war mein Leben lang begraben, in lauter Papier begraben! Weißt du, wie das ist? Nicht? Desto besser! Oh, wir wollen noch leben, wir wollen leben. Ist die Sonne schon aufgegangen? Zum erstenmal werde ich die Sonne sehen.«

Das Mädchen lächelte, streichelte seine unruhigen Hände und hörte zu. Sie verstand ihn nicht, und sie sah im grauen Morgenlicht verfallen und elend aus, auch sie war die ganze Nacht auf den Gassen gegangen. Sie lächelte, und sie sagte: »Ja, ja, ich werde dir helfen. Sei nur ruhig, ich werde dir schon helfen.«

(1918)

Wenn der Krieg noch fünf Jahre dauert

Im »Regierungsblatt«, der einzigen Zeitung, welche im Jahre 1925 noch im Königreich Sachsen erschien (einmal in der Woche), stand im Herbst 1925 einst folgender kleiner Artikel mit der etwas gesuchten Überschrift:

»Ein neuer Kaspar Hauser.«

Im Vogtlande, in der Ronneburger Gegend, wurde kürzlich ein ebenso rätselhafter wie bedenklicher Fund gemacht, ein Fund, von dem sich erst zeigen muß, ob er nur als ein Kuriosum aufzufassen sei oder möglicherweise doch ein weitergreifendes Interesse habe.

Bei der »amtlichen Abschaffung der nicht zivildienstfähigen Bevölkerung«, die bei uns so wohlorganisiert und trotz unvermeidlicher Härten so human durchgeführt worden ist, kam in der Ronneburger Gegend einer der ja nicht allzu seltenen Fälle vor, in welchen eine Privatperson trotz erwiesener Unfähigkeit, dem Staate und Gemeinwohl irgendwie noch zu nützen, die ihr gesetzte Existenzzeit ganz wesentlich (es soll sich um Monate handeln) überschritt. Der Privatmann Philipp Gaßner, der in der Nähe eines Dorfes ein einsam gelegenes kleines Landhaus bewohnt, war schon vor Jahresfrist bei der Altersmusterung als unbrauchbar bezeichnet und in üblicher Weise durch stufenweise Herabsetzung seiner Rationen an seine Untertanenpflicht erinnert worden. Als nach Ablauf des letzten Termins weder sein Hingang gemeldet noch die kreisamtliche Chloroformstelle für ihn in Anspruch genommen worden war, begab sich der Unteroffizier Kille im Auftrag des Bezirkskommandos in die Wohnung des Gaßner, um ihn in der vorgeschriebenen Form unter Strafandrohung an die Erfüllung seiner Bürgerpflicht zu erinnern.

Obwohl nun diese Mahnung völlig ordnungsgemäß erfolgte, auch das übliche Angebot kostenloser Erleichterungen nicht versäumt wurde, geriet dennoch Gaßner, ein Mann von bald siebzig Jahren, in eine außergewöhnliche Erregung und weigerte sich hartnäckig, dem Gesetz Folge zu leisten. Vergeblich stellte der Unteroffizier ihm vor, welchen Mangel an vaterländischer Gesinnung er damit bekunde und wie betrübend es sei, wenn ein alter, in bürgerlichen Ehren ergrauter Mann sich sperre, das notwendige Opfer zu bringen, zu welchem täglich die gesamte hoffnungsvolle Jungmannschaft an der Front bereit sei. Gaßner setzte sich, als er abgeführt werden sollte, sogar tätlich zur Wehr. Der Unteroffizier, dem schon die auffallende Körperkraft des seit Jahresfrist auf abnehmende Rationen gesetzten Mannes auffiel, schritt nun zu einer Haussuchung. Und da ergab sich das Unglaubliche: In einem gegen den Garten gehenden Zimmer des ersten Stockwerks wurde eine junge Mannsperson entdeckt, die der Alte seit Jahren bei sich verborgen hielt!

Der junge Mensch, sechsundzwanzig Jahre alt und kerngesund, entpuppte sich als Alois Gaßner, Sohn des Hausbesitzers. Auf welche Weise es dem durchtriebenen Alten gelungen ist, seinen Sohn jahrelang der Dienstpflicht zu entziehen und bei sich verborgen zu halten, bleibt noch aufzuklären; es dürfte sich dabei eine verbrecherische Urkundenfälschung mit Wahrscheinlichkeit ergeben. Die einsame Lage des Hauses, die Vermöglichkeit des Vaters und ein großer und sehr sorgfältig angebauter Hausgarten, aus dessen Erträgen die beiden vorzugsweise lebten, erklären immerhin einiges.

Was uns hier interessiert, ist nicht so sehr der ungewöhnliche Fall einer schweren Hinterziehung und Dienstpflichtverletzung als eine psychologische Merkwürdigkeit, welche dabei zutage kam und zur Zeit von Sachverständigen untersucht wird. Es ist kaum zu glauben, aber die bisher vorliegenden Berichte lassen keinen Zweifel. Man höre:

Alois Gaßner scheint, nach übereinstimmender Aussage aller Fachleute, geistig vollkommen normal zu sein. Er schreibt, liest und rechnet nicht nur gewandt, er ist sogar geistig hoch gebildet und hat mit Hilfe einer recht guten Privatbibliothek sich dem Studium der Philosophie gewidmet. Er hat eine Reihe von Arbeiten aus verschiedenen Gebieten der Philosophiegeschichte und der Erkenntnistheorie verfaßt, außerdem Gedichte und belletristische Versuche, welche alle zumindest ein klares Denken und einen geschulten Geist bekunden.

Aber dieser seltsame Verborgene zeigt in seinem geistigen und seelischen Leben eine äußerst merkwürdige Lücke – er weiß nichts vom Kriege! Er hat alle diese Jahre außerhalb der Welt gelebt, die uns alle umgibt! Wie er bürgerlich für die Welt nicht vorhanden war, so lebte er geistig außerhalb unserer Zeit und Welt, in Europa wohl der einzige erwachsene Mensch, der bei voller Zurechnungsfähigkeit doch ohne jedes Wissen von seiner Zeit, vom Weltkriege, von den Geschehnissen und Umwälzungen dieser zehn Jahre geblieben ist!

So möchten wir diesen eigentümlichen Philosophen mit jenem Kaspar Hauser vergleichen, welcher einst die ganze Jugend außerhalb der Menschen- und Tageswelt in einer einsamen Dämmerung verlebte!

Der verhältnismäßig einfache Fall des Vaters G. wird vermutlich nicht lange auf seine Aufklärung und Aburteilung warten lassen. Er hat sich eines schweren Vergehens schuldig gemacht und wird die Folgen davon zu tragen haben. Über die Schuld oder Schuldbeteiligung des Sohnes hingegen gehen die Ansichten weit auseinander. Zur Zeit weilt er noch in einer Heilanstalt zur Untersuchung. Das wenige, was er bis jetzt dort vom Weltlauf, vom Staat und seinen staatsbürgerlichen Verpflichtungen erfahren hat, erregte bei ihm zunächst lediglich eine kindliche und etwas ängstliche Verwunderung. Es ist deutlich erkennbar, daß er die Versuche, ihn in diese Zusammenhänge einzuführen, nur teilweise ernst nimmt, er scheint in ihnen Fiktionen zu sehen, mit welchen er in Beziehung auf seinen Geisteszustand auf die Probe gestellt werden soll. Fragen und Assoziationsversuche mit den häufigsten, jedem Kinde geläufigen politischen Schlagwörtern blieben ohne jedes Ergebnis.

Wie wir in letzter Stunde noch erfahren, hat sich die philosophische Fakultät der Universität Leipzig soeben des Falles angenommen. Die Studien und Arbeiten Gaßners sollen dort einer Prüfung unterzogen werden. Aber auch abgesehen vom Werte oder Unwerte dieser Arbeiten legt die Fakultät großen Wert darauf, den Mann kennenzulernen, ja ihn unter Umständen gewissermaßen zu erwerben, als einziges Exemplar einer Spezies von Mensch, welche nicht mehr auf Erden existiert. Dieser »Vorkriegsmensch« soll einem gründlichen Studium unterzogen und womöglich der Wissenschaft erhalten werden.

(1918)

Das Reich

Es war ein großes, schönes, doch nicht eben reiches Land, darin wohnte ein braves Volk, bescheiden, doch kräftig, und war mit seinem Los zufrieden. Reichtum und gutes Leben, Eleganz und Pracht gab es nicht eben viel, und reichere Nachbarländer sahen zuweilen nicht ohne Spott oder spöttisches Mitleid auf das bescheidene Volk in dem großen Lande.

Einige Dinge jedoch, die man nicht für Geld kaufen kann und welche dennoch von den Menschen geschätzt werden, gediehen in dem sonst ruhmlosen Volke gut. Sie gediehen so gut, daß mit der Zeit das arme Land trotz seiner geringen Macht berühmt und geschätzt wurde. Es gediehen da solche Dinge wie Musik, Dichtung und Gedankenweisheit, und wie man von einem großen Weisen, Prediger oder Dichter nicht fordert, daß er reich, elegant und sehr gesellschaftsfähig sei, und ihn in seiner Art dennoch ehrt, so taten es die mächtigeren Völker mit diesem wunderlichen armen Volk. Sie zuckten die Achseln über seine Armut und sein etwas schwerfälliges und ungeschicktes Wesen in der Welt, aber sie sprachen gern und ohne Neid von seinen Denkern, Dichtern und Musikern.

Und allmählich geschah es, daß das Land der Gedanken zwar arm blieb und oft von seinen Nachbarn unterdrückt wurde, daß aber über die Nachbarn und über alle Welt hin ein beständiger, leiser, befruchtender Strom von Wärme und Gedanklichkeit sich ergoß.

Eines aber war da, ein uralter und auffallender Umstand, wegen dessen das Volk nicht bloß von den Fremden verspottet wurde, sondern auch selber litt und Pein empfand –: die vielen verschiedenen Stämme dieses schönen Landes konnten sich von alters her nur schlecht miteinander vertragen. Beständig gab es Streit und Eifersucht. Und wenn auch je und je der Gedanke aufstand und von den besten Männern des Volkes ausgesprochen wurde, man sollte sich einigen und sich in freundlicher, gemeinsamer Arbeit zusammentun, so war doch schon der Gedanke, daß dann einer der vielen Stämme, oder dessen Fürst, sich über die andern erheben und die Führung haben würde, den meisten so zuwider, daß es nie zu einer Einigung kam.

Der Sieg über einen fremden Fürsten und Eroberer, welcher das

Land schwer unterdrückt hatte, schien diese Einigung endlich doch bringen zu wollen. Aber man verzankte sich schnell wieder, die vielen kleinen Fürsten wehrten sich dagegen, und die Untertanen dieser Fürsten hatten von ihnen so viele Gnaden in Form von Ämtern, Titeln und farbigen Bändchen erhalten, daß man allgemein zufrieden und nicht zu Neuerungen geneigt war.

Inzwischen ging in der ganzen Welt jene Umwälzung vor sich, jene seltsame Verwandlung der Menschen und Dinge, welche wie ein Gespenst oder eine Krankheit aus dem Rauch der ersten Dampfmaschinen sich erhob und das Leben allüberall veränderte. Die Welt wurde voll von Arbeit und Fleiß, sie wurde von Maschinen regiert und zu immer neuer Arbeit angetrieben. Große Reichtümer entstanden, und der Weltteil, der die Maschinen erfunden hatte, nahm noch mehr als früher die Herrschaft über die Welt an sich, verteilte die übrigen Erdteile unter seine Mächtigen, und wer nicht mächtig war, ging leer aus.

Auch über das Land, von dem wir erzählen, ging die Welle hin, aber sein Anteil blieb bescheiden, wie es seiner Rolle zukam. Die Güter der Welt schienen wieder einmal verteilt, und das arme Land schien wieder einmal leer ausgegangen zu sein.

Da nahm plötzlich alles einen andern Lauf. Die alten Stimmen, die nach einer Einigung der Stämme verlangten, waren nie verstummt. Ein großer, kraftvoller Staatsmann trat auf, ein glücklicher, überaus glänzender Sieg über ein großes Nachbarvolk stärkte und einigte das Land, dessen Stämme sich nun alle zusammenschlossen und ein großes Reich begründeten. Das arme Land der Träumer, Denker und Musikanten war aufgewacht, es war reich, es war groß, es war einig geworden und trat seine Laufbahn als ebenbürtige Macht neben den großen älteren Brüdern an. Draußen in der weiten Welt war nicht mehr viel zu rauben und zu erwerben, in den fernen Weltteilen fand die junge Macht die Lose schon verteilt. Aber der Geist der Maschine, der bisher in diesem Land nur langsam zur Macht gekommen war, blühte nun erstaunlich auf. Das ganze Land und Volk verwandelte sich rasch. Es wurde groß, es wurde reich, es wurde mächtig und gefürchtet. Es häufte Reichtum an, und es umgab sich mit einer dreifachen Schutzwehr von Soldaten, Kanonen und Festungen, Bald kamen bei den Nachbarn, die das junge Wesen beunruhigte, Mißtrauen und Furcht auf, und auch sie begannen, Palisaden zu bauen und Kanonen und Kriegsschiffe bereitzustellen.

Dies war jedoch nicht das Schlimmste. Man hatte Geld genug, diese ungeheuren Schutzwälle zu bezahlen, und an einen Krieg dachte niemand, man rüstete nur so für alle Fälle, weil reiche Leute gern Eisenwände um ihr Geld sehen.

Viel schlimmer war, was innerhalb des jungen Reiches vor sich ging. Dies Volk, das so lang in der Welt halb verspottet, halb verehrt worden war, das so viel Geist und so wenig Geld besessen hatte – dies Volk erkannte jetzt, was für eine hübsche Sache es sei um Geld und Macht. Es baute und sparte, trieb Handel und lieh Geld aus, keiner konnte schnell genug reich werden, und wer eine Mühle oder Schmiede hatte, mußte jetzt schnell eine Fabrik haben, und wer drei Gesellen gehabt hatte, mußte jetzt zehn oder zwanzig haben, und viele brachten es schnell zu Hunderten und Tausenden. Und je schneller die vielen Hände und Maschinen arbeiteten, desto schneller häufte das Geld sich auf – bei jenen einzelnen, die das Geschick zum Aufhäufen hatten. Die vielen, vielen Arbeiter aber waren nicht mehr Gesellen und Mitarbeiter eines Meisters, sondern sanken in Fron und Sklaverei.

Auch in andern Ländern ging es ähnlich, auch dort wurde aus der Werkstatt die Fabrik, aus dem Meister der Herrscher, aus dem Arbeiter der Sklave. Kein Land der Welt konnte sich diesem Geschick entziehen. Aber das junge Reich hatte das Schicksal, daß dieser neue Geist und Trieb in der Welt mit seiner Entstehung zusammenfiel. Es hatte keine alte Zeit hinter sich, keinen alten Reichtum, es lief in diese rasche neue Zeit hinein wie ein ungeduldiges Kind, hatte die Hände voll Arbeit und voll Gold.

Mahner und Warner zwar sagten dem Volk, daß es auf Abwegen sei. Sie erinnerten an die frühere Zeit, an den stillen heimlichen Ruhm des Landes, an die Sendung geistiger Art, die es einst verwaltet, an den steten edlen Geistesstrom von Gedanken, von Musik und Dichtung, mit dem es einst die Welt beschenkt hatte. Aber dazu lachte man im Glück des jungen Reichtums. Die Welt war rund und drehte sich, und wenn die Großväter Gedichte gemacht und Philosophien geschrieben hatten, so war das ja sehr hübsch, aber die Enkel wollten zeigen, daß man hierzulande auch anderes könne und vermöge. Und so hämmerten und kesselten sie in ihren tausend Fabriken neue Maschinen, neue Eisenbahnen, neue Waren, und für alle Fälle auch stets neue Gewehre und Kanonen. Die Reichen zogen sich vom Volk zurück, die armen Arbeiter sahen sich alleingelassen und dachten auch nicht mehr an ihr Volk, dessen Teil sie waren, sondern sorgten, dachten und strebten auch wieder für sich allein. Und die Reichen und Mächtigen, welche gegen äußere Feinde all die Kanonen und Flinten angeschafft hatten, freuten sich über ihre Vorsorge, denn es gab jetzt im Innern Feinde, die vielleicht gefährlicher waren.

Dies alles nahm sein Ende in dem großen Kriege, der jahrelang die Welt so furchtbar verwüstete und zwischen dessen Trümmern wir noch stehen, betäubt von seinem Lärm, erbittert von seinem Unsinn und krank von seinen Blutströmen, die durch all unsere Träume rinnen.

Und der Krieg ging so zu Ende, daß jenes junge blühende Reich, dessen Söhne mit Begeisterung, ja mit Übermut in die Schlachten gegangen waren, zusammenbrach. Es wurde besiegt, furchtbar besiegt. Die Sieger aber verlangten, noch ehe von einem Frieden die Rede war, schweren Tribut von dem besiegten Volk. Und es geschah, daß Tage und Tage lang, während das geschlagene Heer zurückflutete, ihm entgegen aus der Heimat in langen Zügen die Sinnbilder der bisherigen Macht geführt wurden, um dem siegreichen Feind überliefert zu werden. Maschinen und Geld flossen in langem Strom aus dem besiegten Lande hinweg, dem Feinde in die Hand.

Währenddessen hatte aber das besiegte Volk im Augenblick der größten Not sich besonnen. Es hatte seine Führer und Fürsten fortgejagt und sich selbst für mündig erklärt. Es hatte Räte aus sich selbst gebildet und seinen Willen kundgegeben, aus eigener Kraft und aus eigenem Geist sich in sein Unglück zu finden.

Dieses Volk, das unter so schwerer Prüfung mündig geworden ist, weiß heute noch nicht, wohin sein Weg führt und wer sein Führer und Helfer sein wird. Die Himmlischen aber wissen es, und sie wissen, warum sie über dies Volk und über alle Welt das Leid des Krieges gesandt haben.

Und aus dem Dunkel dieser Tage leuchtet ein Weg, der Weg, den das geschlagene Volk gehen muß.

Es kann nicht wieder Kind werden. Das kann niemand. Es kann nicht einfach seine Kanonen, seine Maschinen und sein Geld hinweggeben und wieder in kleinen friedlichen Städtchen Gedichte machen und Sonaten spielen. Aber es kann den Weg gehen, den auch der einzelne gehen muß, wenn sein Leben ihn in Fehler und tiefe Qual geführt hat. Es kann sich seines bisherigen Weges erinnern, seiner Herkunft und Kindheit, seines Großwerdens, seines

Glanzes und seines Niederganges, und kann auf dem Wege dieses Erinnerns die Kräfte finden, die ihm wesentlich und unverlierbar angehören. Es muß »in sich gehen«, wie die Frommen sagen. Und in sich, zu innerst, wird es unzerstört sein eigenes Wesen finden, und dies Wesen wird seinem Schicksal nicht entfliehen wollen, sondern ja zu ihm sagen und aus seinem wiedergefundenen Besten und Innersten neu beginnen.

Und wenn es so geht, und wenn das niedergedrückte Volk den Weg des Schicksals willig und aufrichtig geht, so wird etwas von dem sich erneuern, was einst gewesen ist. Es wird wieder ein steter stiller Strom von ihm ausgehen und in die Welt dringen, und die heut noch seine Feinde sind, werden in der Zukunft diesem stillen Strom von neuem ergriffen lauschen.

(1918)

Manchmal handeln wir, gehen aus und ein, tun dies und das, und es ist alles leicht, unbeschwert und gleichsam unverbindlich, es könnte scheinbar alles auch anders sein. Und manchmal, zu anderen Stunden, könnte nichts anders sein, ist nichts unverbindlich und leicht, und jeder Atemzug, den wir tun, ist von Gewalten bestimmt und schwer von Schicksal.

Die Taten unseres Lebens, die wir die guten nennen und von denen zu erzählen uns leicht fällt, sind fast alle von jener ersten, »leichten« Art, und wir vergessen sie leicht. Andere Taten, von denen zu sprechen uns Mühe macht, vergessen wir nie mehr, sie sind gewissermaßen mehr unser als andere, und ihre Schatten fallen lang über alle Tage unseres Lebens.

Unser Vaterhaus, das groß und hell an einer hellen Straße lag, betrat man durch ein hohes Tor, und sogleich war man von Kühle, Dämmerung und steinern feuchter Luft umfangen. Eine hohe, düstere Halle nahm einen schweigsam auf, der Boden von roten Sandsteinfliesen führte leicht ansteigend gegen die Treppe, deren Beginn zuhinterst tief im Halbdunkel lag. Viele tausend Male bin ich durch dies hohe Tor eingegangen, und niemals hatte ich acht auf Tor und Flur, Fliesen und Treppe: dennoch war es immer ein Übergang in eine andere Welt, in »unsere« Welt. Die Halle roch nach Stein, sie war finster und hoch, hinten führte die Treppe aus der dunklen Kühle empor und zu Licht und hellem Behagen. Immer aber war erst die Halle und die ernste Dämmerung da: etwas von Vater, etwas von Würde und Macht, etwas von Strafe und schlechtem Gewissen. Tausendmal ging man lachend hindurch. Manchmal aber trat man herein und war sogleich erdrückt und zerkleinert, hatte Angst, suchte rasch die befreiende Treppe.

Als ich elf Jahre alt war, kam ich eines Tages von der Schule her nach Hause, an einem von den Tagen, wo Schicksal in den Ecken lauert, wo leicht etwas passiert. An diesen Tagen scheint jede Unordnung und Störung der eigenen Seele sich in unserer Umwelt zu spiegeln und sie zu entstellen. Unbehagen und Angst beklemmen unser Herz, und wir suchen und finden ihre vermeintlichen Ursachen außer uns, sehen die Welt schlecht eingerichtet und stoßen überall auf Widerstände.

Ähnlich war es an jenem Tage. Von früh an bedrückte mich –

wer weiß woher? vielleicht aus Träumen der Nacht – ein Gefühl wie schlechtes Gewissen, obwohl ich nichts Besonderes begangen hatte. Meines Vaters Gesicht hatte am Morgen einen leidenden und vorwurfsvollen Ausdruck gehabt, die Frühstücksmilch war lau und fad gewesen. In der Schule war ich zwar nicht in Nöte geraten, aber es hatte alles wieder einmal trostlos, tot und entmutigend geschmeckt und hatte sich vereinigt zu jenem mir schon bekannten Gefühl der Ohnmacht und Verzweiflung, das uns sagt, daß die Zeit endlos sei, daß wir ewig und ewig klein und machtlos und im Zwang dieser blöden, stinkenden Schule bleiben werden, Jahre und Jahre, und daß dies ganze Leben sinnlos und widerwärtig sei.

Auch über meinen derzeitigen Freund hatte ich mich heute geärgert. Ich hatte seit kurzem eine Freundschaft mit Oskar Weber, dem Sohn eines Lokomotivführers, ohne recht zu wissen, was mich zu ihm zog. Er hatte neulich damit geprahlt, daß sein Vater sieben Mark im Tag verdiene, und ich hatte aufs Geratewohl erwidert, der meine verdiene vierzehn. Daß er sich dadurch hatte imponieren lassen, ohne Einwände zu machen, war der Anfang der Sache gewesen. Einige Tage später hatte ich mit Weber einen Bund gegründet, indem wir eine gemeinsame Sparkasse anlegten, aus welcher später eine Pistole gekauft werden sollte. Die Pistole lag im Schaufenster eines Eisenhändlers, eine massive Waffe mit zwei bläulichen Stahlrohren. Und Weber hatte mir vorgerechnet, daß man nur eine Weile richtig zu sparen brauche, dann könne man sie kaufen. Geld gebe es ja immer, er bekomme sehr oft einen Zehner für Ausgänge, oder sonst ein Trinkgeld, und manchmal finde man Geld auf der Gasse, oder Sachen mit Geldeswert, wie Hufeisen, Bleistücke und anderes, was man gut verkaufen könne. Einen Zehner hatte er auch sofort für unsere Kasse hergegeben, und der hatte mich überzeugt und mir unseren ganzen Plan als möglich und hoffnungsvoll erscheinen lassen.

Indem ich an jenem Mittag unseren Hausflur betrat und mir in der kellerig kühlen Luft dunkle Mahnungen an tausend unbequeme und hassenswerte Dinge und Weltordnungen entgegenwehten, waren meine Gedanken mit Oskar Weber beschäftigt. Ich fühlte, daß ich ihn nicht liebte, obwohl sein gutmütiges Gesicht, das mich an eine Waschfrau erinnerte, mir sympathisch war. Was mich zu ihm hinzog, war nicht seine Person, sondern etwas anderes, ich könnte sagen, sein Stand – es war etwas, das er mit fast allen Buben von seiner Art und Herkunft teilte: eine gewisse freche Lebenskunst, ein dickes Fell gegen Gefahr und Demütigung, eine Vertrautheit mit den kleinen praktischen Angelegenheiten des Lebens, mit Geld, mit Kaufläden und Werkstätten, Waren und Preisen, mit Küche und Wäsche und dergleichen. Solche Knaben wie Weber, denen die Schläge in der Schule nicht weh zu tun schienen und die mit Knechten, Fuhrleuten und Fabrikmädchen verwandt und befreundet waren, die standen anders und gesicherter in der Welt als ich; sie waren gleichsam erwachsener, sie wußten, wieviel ihr Vater im Tag verdiene, und wußten ohne Zweifel auch sonst noch vieles, worin ich unerfahren war. Sie lachten über Ausdrücke und Witze, die ich nicht verstand. Sie konnten überhaupt auf eine Weise lachen, die mir versagt war, auf eine dreckige und rohe, aber unleugbar erwachsene und »männliche« Weise. Es half nichts, daß man klüger war als sie und in der Schule mehr wußte. Es half nichts, daß man besser als sie gekleidet, gekämmt und gewaschen war. Im Gegenteil, eben diese Unterschiede kamen ihnen zugute. In die »Welt«, wie sie mir in Dämmerschein und Abenteuerschein vorschwebte, schienen mir solche Knaben wie Weber ganz ohne Schwierigkeiten eingehen zu können, während mir die »Welt« so sehr verschlossen war und jedes ihrer Tore durch unendliches Älterwerden, Schulesitzen, durch Prüfungen und Erzogenwerden mühsam erobert werden mußte. Natürlich fanden solche Knaben auch Hufeisen, Geld und Stücke Blei auf der Straße, bekamen Lohn für Besorgungen, kriegten in Läden allerlei geschenkt und gediehen auf jede Weise.

Ich fühlte dunkel, daß meine Freundschaft zu Weber und seiner Sparkasse nichts war als wilde Sehnsucht nach jener »Welt«. An Weber war nichts für mich liebenswert als sein großes Geheimnis, kraft dessen er den Erwachsenen näher stand als ich, in einer schleierlosen, nackteren, robusteren Welt lebte als ich mit meinen Träumen und Wünschen. Und ich fühlte voraus, daß er mich enttäuschen würde, daß es mir nicht gelingen werde, ihm sein Geheimnis und den magischen Schlüssel zum Leben zu entreißen.

Eben hatte er mich verlassen, und ich wußte, er ging nun nach Hause, breit und behäbig, pfeifend und vergnügt, von keiner Sehnsucht, von keinen Ahnungen verdüstert. Wenn er die Dienstmägde und Fabrikler antraf und ihr rätselhaftes, vielleicht wunderbares, vielleicht verbrecherisches Leben führen sah, so war es ihm kein Rätsel und ungeheures Geheimnis, keine Gefahr, nichts Wildes und Spannendes, sondern selbstverständlich, bekannt und heimatlich wie der Ente das Wasser. So war es. Und ich hingegen, ich würde immer nebendraußen stehen, allein und unsicher, voll von Ahnungen, aber ohne Gewißheit.

Überhaupt, das Leben schmeckte an jenem Tage wieder einmal hoffnungslos fade, der Tag hatte etwas von einem Montag an sich, obwohl er ein Samstag war, er roch nach Montag, dreimal so lang und dreimal so öde als die anderen Tage. Verdammt und widerwärtig war dies Leben, verlogen und ekelhaft war es. Die Erwachsenen taten, als sei die Welt vollkommen und als seien sie selber Halbgötter, wir Knaben aber nichts als Auswurf und Abschaum. Diese Lehrer –! Man fühlte Streben und Ehrgeiz in sich, man nahm redliche und leidenschaftliche Anläufe zum Guten, sei es nun zum Lernen der griechischen Unregelmäßigen oder zum Reinhalten seiner Kleider, zum Gehorsam gegen die Eltern oder zum schweigenden, heldenhaften Ertragen aller Schmerzen und Demütigungen – ja, immer und immer wieder erhob man sich, glühend und fromm, um sich Gott zu widmen und den idealen, reinen, edlen Pfad zur Höhe zu gehen, Tugend zu üben, Böses stillschweigend zu dulden, anderen zu helfen – ach, und immer und immer wieder blieb es ein Anlauf, ein Versuch und kurzer Flatterflug! Immer wieder passierte schon nach Tagen, o schon nach Stunden etwas, was nicht hätte sein dürfen, etwas Elendes, Betrübendes und Beschämendes. Immer wieder fiel man mitten aus den trotzigsten und adligsten Entschlüssen und Gelöbnissen plötzlich unentrinnbar in Sünde und Lumperei, in Alltag und Gewöhnlichkeiten zurück! Warum war es so, daß man die Schönheit und Richtigkeit guter Vorsätze so wohl und tief erkannte und im Herzen fühlte, wenn doch beständig und immerzu das ganze Leben (die Erwachsenen einbegriffen) nach Gewöhnlichkeit stank und überall darauf eingerichtet war, das Schäbige und Gemeine triumphieren zu lassen? Wie konnte es sein, daß man morgens im Bett auf den Knien oder nachts vor angezündeten Kerzen sich mit heiligem Schwur dem Guten und Lichten verbündete, Gott anrief und jedem Laster für immer Fehde ansagte – und daß man dann, vielleicht bloß ein paar Stunden später, an diesem selben heiligen Schwur und Vorsatz den elendesten Verrat üben konnte, sei es auch nur durch das Einstimmen in ein verführerisches Gelächter, durch das Gehör, das man einem dummen Schulbubenwitze lieh?

Warum war das so? Ging es andern anders? Waren die Helden, die Römer und Griechen, die Ritter, die ersten Christen – waren diese alle andere Menschen gewesen als ich, besser, vollkommener, ohne schlechte Triebe, ausgestattet mit irgendeinem Organ, das mir fehlte, das sie hinderte, immer wieder aus dem Himmel in den Alltag, aus dem Erhabenen ins Unzulängliche und Elende zurückzufallen? War die Erbsünde jenen Helden und Heiligen unbekannt? War das Heilige und Edle nur Wenigen, Seltenen, Auserwählten möglich? Aber warum war mir, wenn ich nun also kein Auserwählter war, dennoch dieser Trieb nach dem Schönen und Adligen eingeboren, diese wilde, schluchzende Sehnsucht nach Reinheit, Güte, Tugend? War das nicht zum Hohn? Gab es das in Gottes Welt, daß ein Mensch, ein Knabe, gleichzeitig alle hohen und alle bösen Triebe in sich hatte und leiden und verzweifeln mußte, nur so als eine unglückliche und komische Figur, zum Vergnügen des zuschauenden Gottes? Gab es das? Und war dann nicht – ja war dann nicht die ganze Welt ein Teufelsspott, gerade wert, sie anzuspucken?! War dann nicht Gott ein Scheusal, ein Wahnsinniger, ein dummer, widerlicher Hanswurst? – Ach, und während ich mit einem Beigeschmack von Empörerwollust diese Gedanken dachte, strafte mich schon mein banges Herz durch Zittern für die Blasphemie!

Wie deutlich sehe ich, nach dreißig Jahren, jenes Treppenhaus wieder vor mir, mit den hohen, blinden Fenstern, die gegen die nahe Nachbarmauer gingen und so wenig Licht gaben, mit den weißgescheuerten, tannenen Treppen und Zwischenböden und dem glatten, harthölzernen Geländer, das durch meine tausend sausenden Abfahrten poliert war! So fern mir die Kindheit steht, und so unbegreiflich und märchenhaft sie mir im ganzen erscheint, so ist mir doch alles genau erinnerlich, was schon damals, mitten im Glück, in mir an Leid und Zwiespalt vorhanden war. Alle diese Gefühle waren damals im Herzen des Kindes schon dieselben, wie sie es immer blieben: Zweifel am eigenen Wert, Schwanken zwischen Selbstschätzung und Mutlosigkeit, zwischen weltverachtender Idealität und gewöhnlicher Sinneslust – und wie damals, so sah ich auch hundertmal später noch in diesen Zügen meines Wesens bald verächtliche Krankheit, bald Auszeichnung, habe zu Zeiten den Glauben, daß mich Gott auf diesem qualvollen Wege zu besonderer Vereinsamung und Vertiefung führen wolle, und finde zu andern Zeiten wieder in alledem nichts als die Zeichen einer schäbigen Charakterschwäche, einer Neurose, wie Tausende sie mühsam durchs Leben schleppen.

Wenn ich alle die Gefühle und ihren qualvollen Widerstreit auf ein Grundgefühl zurückführen und mit einem einzigen Namen bezeichnen sollte, so wüßte ich kein anderes Wort als: Angst. Angst war es, Angst und Unsicherheit, was ich in allen jenen Stunden des gestörten Kinderglücks empfand: Angst vor Strafe, Angst vor dem eigenen Gewissen, Angst vor Regungen meiner Seele, die ich als verboten und verbrecherisch empfand.

Auch in jener Stunde, von der ich erzähle, kam dies Angstgefühl wieder über mich, als ich in dem heller und heller werdenden Treppenhause mich der Glastür näherte. Es begann mit einer Beklemmung im Unterleib, die bis zum Halse emporstieg und dort zum Würgen oder zu Übelkeit wurde. Zugleich damit empfand ich in diesen Momenten stets, und so auch jetzt, eine peinliche Geniertheit, ein Mißtrauen gegen jeden Beobachter, einen Drang zu Alleinsein und Sichverstecken.

Mit diesem üblen und verfluchten Gefühl, einem wahren Verbrechergefühl, kam ich in den Korridor und in das Wohnzimmer. Ich spürte: es ist heut der Teufel los, es wird etwas passieren. Ich spürte es, wie das Barometer einen veränderten Luftdruck spürt, mit rettungsloser Passivität. Ach, nun war es wieder da, dies Unsägliche! Der Dämon schlich durchs Haus, Erbsünde nagte am Herzen, riesig und unsichtbar stand hinter jeder Wand ein Geist, ein Vater und Richter.

Noch wußte ich nichts, noch war alles bloß Ahnung, Vorgefühl, nagendes Unbehagen. In solchen Lagen war es oft das beste, wenn man krank wurde, sich erbrach und ins Bett legte. Dann ging es manchmal ohne Schaden vorüber, die Mutter oder Schwester kam, man bekam Tee und spürte sich von liebender Sorge umgeben, und man konnte weinen oder schlafen, um nachher gesund und froh in einer völlig verwandelten, erlösten und hellen Welt zu erwachen.

Meine Mutter war nicht im Wohnzimmer, und in der Küche war nur die Magd. Ich beschloß, zum Vater hinaufzugehen, zu dessen Studierzimmer eine schmale Treppe hinaufführte. Wenn ich auch Furcht vor ihm hatte, zuweilen war es doch gut, sich an ihn zu wenden, dem man so viel abzubitten hatte. Bei der Mutter war es einfacher und leichter, Trost zu finden; beim Vater aber war der Trost wertvoller, er bedeutete einen Frieden mit dem richtenden Gewissen, eine Versöhnung und ein neues Bündnis mit den guten Mächten. Nach schlimmen Auftritten, Untersuchungen, Geständnissen und Strafen war ich oft aus des Vaters Zimmer gut und rein hervorgegangen, bestraft und ermahnt zwar, aber voll neuer Vorsätze, durch die Bundesgenossenschaft des Mächtigen gestärkt gegen das feindliche Böse. Ich beschloß, den Vater aufzusuchen und ihm zu sagen, daß mir übel sei.

Und so stieg ich die kleine Treppe hinauf, die zum Studierzimmer führte. Diese kleine Treppe mit ihrem eigenen Tapetengeruch und dem trockenen Klang der hohlen, leichten Holzstufen war noch unendlich viel mehr als der Hausflur ein bedeutsamer Weg und ein Schicksalstor; über diese Stufen hatten viele wichtige Gänge mich geführt, Angst und Gewissensqual hatte ich hundertmal dort hinaufgeschleppt, Trotz und wilder Zorn, und nicht selten hatte ich Erlösung und neue Sicherheit zurückgebracht. Unten in unsrer Wohnung waren Mutter und Kind zu Hause, dort wehte harmlose Luft; hier oben wohnten Macht und Geist, hier waren Gericht und Tempel und das »Reich des Vaters«.

Etwas beklommen wie immer drückte ich die altmodische Klinke nieder und öffnete die Tür halb. Der väterliche Studierzimmergeruch floß mir wohlbekannt entgegen: Bücher- und Tintenduft, verdünnt durch blaue Luft aus halboffnen Fenstern, weiße, reine Vorhänge, ein verlorner Faden von Kölnisch-Wasser-Duft und auf dem Schreibtisch ein Apfel. – Aber die Stube war leer.

Mit einer Empfindung halb von Enttäuschung und halb von Aufatmen trat ich ein. Ich dämpfte meinen Schritt und trat nur mit den Zehen auf, so wie wir hier oben manchmal gehen mußten, wenn der Vater schlief oder Kopfweh hatte. Und kaum war dies leise Gehen mir bewußt geworden, so bekam ich Herzklopfen und spürte verstärkt den angstvollen Druck im Unterleib und in der Kehle wieder. Ich ging schleichend und angstvoll weiter, einen Schritt und wieder einen Schritt, und schon war ich nicht mehr ein harmloser Besucher und Bittsteller, sondern ein Eindringling. Mehrmals schon hatte ich heimlich in des Vaters Abwesenheit mich in seine beiden Zimmer geschlichen, hatte sein geheimes Reich belauscht und erforscht und hatte zweimal auch etwas daraus entwendet.

Die Erinnerung daran war alsbald da und erfüllte mich, und ich wußte sofort: jetzt war das Unglück da, jetzt passierte etwas, jetzt tat ich Verbotenes und Böses. Kein Gedanke an Flucht! Vielmehr, ich dachte wohl daran, dachte sehnlich und inbrünstig daran, davonzulaufen, die Treppe hinab und in mein Stübchen oder in den Garten – aber ich wußte, ich werde das doch nicht tun, nicht tun können. Innig wünschte ich, mein Vater möchte sich im Nebenzimmer rühren und hereintreten und den ganzen grauenvollen Bann durchbrechen, der mich dämonisch zog und fesselte. O käme er doch! Käme er doch, scheltend meinetwegen, aber käme er nur, eh es zu spät ist!

Ich hustete, um meine Anwesenheit zu melden, und als keine Antwort kam, rief ich leise: »Papa!« Es blieb alles still, an den Wänden schwiegen die vielen Bücher, ein Fensterflügel bewegte sich im Winde und warf einen hastigen Sonnenspiegel über den Boden. Niemand erlöste mich, und in mir selber war keine Freiheit, anders zu tun, als der Dämon wollte. Verbrechergefühl zog mir den Magen zusammen und machte mir die Fingerspitzen kalt, mein Herz flatterte angstvoll. Noch wußte ich keineswegs, was ich tun würde. Ich wußte nur, es würde etwas Schlechtes sein.

Nun war ich beim Schreibtisch, nahm ein Buch in die Hand und las einen englischen Titel, den ich nicht verstand. Englisch haßte ich – das sprach der Vater stets mit der Mutter, wenn wir es nicht verstehen sollten und auch wenn sie Streit hatten. In einer Schale lagen allerlei kleine Sachen, Zahnstocher, Stahlfedern, Stecknadeln. Ich nahm zwei von den Stahlfedern und steckte sie in die Tasche, Gott weiß wozu, ich brauchte sie nicht und hatte keinen Mangel an Federn. Ich tat es nur, um dem Zwang zu folgen, der mich fast erstickt hätte, dem Zwang, Böses zu tun, mir selbst zu schaden, mich mit Schuld zu beladen. Ich blätterte in meines Vaters Papieren, sah einen angefangenen Brief liegen, ich las die Worte: »es geht uns und den Kindern, Gott sei Dank, recht gut«, und die lateinischen Buchstaben seiner Handschrift sahen mich an wie Augen.

Dann ging ich leise und schleichend in das Schlafzimmer hinüber. Da stand Vaters eisernes Feldbett, seine braunen Hausschuhe darunter, ein Taschentuch lag auf dem Nachttisch. Ich atmete die väterliche Luft in dem kühlen, hellen Zimmer ein, und das Bild des Vaters stieg deutlich vor mir auf, Ehrfurcht und Auflehnung stritten in meinem beladenen Herzen. Für Augenblicke haßte ich ihn und erinnerte mich seiner mit Bosheit und Schadenfreude, wie er zuweilen an Kopfwehtagen still und flach in seinem niederen Feldbett lag, sehr lang und gestreckt, ein nasses Tuch über der Stirn, manchmal seufzend. Ich ahnte wohl, daß auch er, der Gewaltige, kein leichtes Leben habe, daß ihm, dem Ehrwürdigen, Zweifel an sich selbst und Bangigkeit nicht unbekannt waren. Schon war mein seltsamer Haß verflogen, Mitleid und Rührung folgten ihm. Aber inzwischen hatte ich eine Schieblade der Kommode herausgezogen. Da lag Wäsche geschichtet und eine Flasche Kölnisches Wasser, das er liebte; ich wollte daran riechen, aber die Flasche war noch ungeöffnet und fest verstöpselt, ich legte sie wieder zurück. Daneben fand ich eine kleine runde Dose mit Mundpastillen, die nach Lakritzen schmeckten, von denen steckte ich einige in den Mund. Eine gewisse Enttäuschung und Ernüchterung kam über mich, und zugleich war ich doch froh, nicht mehr gefunden und genommen zu haben.

Schon im Ablassen und Verzichten zog ich noch spielend an einer andern Lade, mit etwas erleichtertem Gefühl und mit dem Vorsatz, nachher die zwei gestohlenen Stahlfedern drüben wieder an ihren Ort zu legen. Vielleicht waren Rückkehr und Reue möglich, Wiedergutmachung und Erlösung. Vielleicht war Gottes Hand über mir stärker als alle Versuchung...

Da sah ich mit schnellem Blick noch eilig in den Spalt der kaum aufgezogenen Lade. Ach, wären Strümpfe oder Hemden oder alte Zeitungen darin gewesen! Aber da war nun die Versuchung, und sekundenschnell kehrte der kaum gelockerte Krampf und Angstbann wieder, meine Hände zitterten, und mein Herz schlug rasend. Ich sah in einer aus Bast geflochtenen, indischen oder sonst exotischen Schale etwas liegen, etwas Überraschendes, Verlockendes, einen ganzen Kranz von weiß bezuckerten, getrockneten Feigen!

Ich nahm ihn in die Hand, er war wundervoll schwer. Dann zog ich zwei, drei Feigen heraus, steckte eine in den Mund, einige in die Tasche. Nun waren alle Angst und alles Abenteuer doch nicht umsonst gewesen. Keine Erlösung, keinen Trost konnte ich mehr von hier fortnehmen, so wollte ich wenigstens nicht leer ausgehen. Ich zog noch drei, vier Feigen von dem Ring, der davon kaum leichter wurde, und noch einige, und als meine Taschen gefüllt und von dem Kranz wohl mehr als die Hälfte verschwunden war, ordnete ich die übbriggebliebenen Feigen auf dem etwas klebrigen Ring lockerer an, so daß weniger zu fehlen schienen.

Dann stieß ich, in plötzlichem hellem Schrecken, die Lade heftig zu und rannte davon, durch beide Zimmer, die kleine Stiege hinab und in mein Stübchen, wo ich stehenblieb und mich auf mein kleines Stehpult stützte, in den Knien wankend und nach Atem ringend.

Bald darauf tönte unsre Tischglocke. Mit leerem Kopf und ganz von Ernüchterung und Ekel erfüllt, stopfte ich die Feigen in mein Bücherbrett, verbarg sie hinter Büchern und ging zu Tische. Vor der Eßzimmertür merkte ich, daß meine Hände klebten. Ich wusch sie in der Küche. Im Eßzimmer fand ich alle schon am Tische warten. Ich sagte schnell Gutentag, der Vater sprach das Tischgebet, und ich beugte mich über meine Suppe. Ich hatte keinen Hunger, jeder Schluck machte mir Mühe. Und neben mir saßen meine Schwestern, die Eltern gegenüber, alle hell und munter und in Ehren, nur ich Verbrecher elend dazwischen, allein und unwürdig, mich fürchtend vor jedem freundlichen Blick, den Geschmack der Feigen noch im Munde. Hatte ich oben die Schlafzimmertür auch zugemacht? Und die Schublade?

Nun war das Elend da. Ich hätte mir die Hand abhauen lassen, wenn dafür meine Feigen wieder oben in der Kommode gelegen hätten. Ich beschloß, sie fortzuwerfen, sie mit in die Schule zu nehmen und zu verschenken. Nur daß sie wegkämen, daß ich sie nie wieder sehen müßte!

»Du siehst heut schlecht aus«, sagte mein Vater über den Tisch weg. Ich sah auf meinen Teller und fühlte seine Blicke auf meinem Gesicht. Nun würde er es merken. Er merkte ja alles, immer. Warum quälte er mich vorher noch? Mochte er mich lieber gleich abführen und meinetwegen totschlagen.

»Fehlt dir etwas?« hörte ich seine Stimme wieder. Ich log, ich sagte, ich habe Kopfweh.

»Du mußt dich nach Tisch ein wenig hinlegen«, sagte er. »Wieviel Stunden habt ihr heut nachmittag?«

»Bloß Turnen.«

»Nun, turnen wird dir nicht schaden. Aber iß auch, zwinge dich ein bißchen! Es wird schon vergehen.«

Ich schielte hinüber. Die Mutter sagte nichts, aber ich wußte, daß sie mich anschaute. Ich aß meine Suppe hinunter, kämpfte mit Fleisch und Gemüse, schenkte mir zweimal Wasser ein. Es geschah nichts weiter. Man ließ mich in Ruhe. Als zum Schluß mein Vater das Dankgebet sprach: »Herr, wir danken dir, denn du bist freundlich, und deine Güte währet ewiglich«, da trennte wieder ein ätzender Schnitt mich von den hellen, heiligen, vertrauensvollen Worten und von allen, die am Tische saßen: mein Händefalten war Lüge, und meine andächtige Haltung war Lästerung.

Als ich aufstand, strich mir die Mutter übers Haar und ließ ihre Hand einen Augenblick auf meiner Stirn liegen, ob sie heiß sei. Wie bitter war das alles!

In meinem Stübchen stand ich dann vor dem Bücherbrett. Der Morgen hatte nicht gelogen, alle Anzeichen hatten recht gehabt. Es war ein Unglückstag geworden, der schlimmste, den ich je erlebt hatte. Schlimmeres konnte kein Mensch ertragen. Wenn noch Schlimmeres über einen kam, dann mußte man sich das Leben nehmen. Man müßte Gift haben, das war das beste, oder sich erhängen. Es war überhaupt besser, tot zu sein, als zu leben. Es war ja alles so falsch und häßlich. Ich stand und sann und griff zerstreut nach den verborgenen Feigen und aß davon, eine und mehrere, ohne es recht zu wissen.

Unsre Sparkasse fiel mir in die Augen, sie stand im Bord unter den Büchern. Es war eine Zigarrenkiste, die ich fest zugenagelt hatte; in den Deckel hatte ich mit dem Taschenmesser einen ungefügen Schlitz für die Geldstücke geschnitten. Er war schlecht und roh geschnitten, der Schlitz, Holzsplitter standen heraus. Auch das konnte ich nicht richtig. Ich hatte Kameraden, die konnten so etwas mühsam und geduldig und tadellos machen, daß es aussah wie vom Schreiner gehobelt. Ich aber pfuschte immer nur, hatte es eilig und machte nichts sauber fertig. So war es mit meinen Holzarbeiten, so mit meiner Handschrift und meinen Zeichnungen, so war es mit meiner Schmetterlingssammlung und mit allem. Es war nichts mit mir. Und nun stand ich da und hatte wieder gestohlen, schlimmer als je. Auch die Stahlfedern hatte ich noch in der Tasche. Wozu? Warum hatte ich sie genommen – nehmen müssen? Warum mußte man, was man gar nicht wollte?

In der Zigarrenkiste klapperte ein einziges Geldstück, der Zehner von Oskar Weber. Seither war nichts dazugekommen. Auch diese Sparkassengeschichte war so eine meiner Unternehmungen! Alles taugte nichts, alles mißriet und blieb im Anfang stekken, was ich begann! Mochte der Teufel diese unsinnige Sparkasse holen! Ich mochte nichts mehr von ihr wissen.

Diese Zeit zwischen Mittagessen und Schulbeginn war an solchen Tagen wie heute immer mißlich und schwer herumzubringen. An guten Tagen, an friedlichen, vernünftigen, liebenswerten Tagen, war es eine schöne und erwünschte Stunde; ich las dann entweder in meinem Zimmer an einem Indianerbuche oder lief sofort nach Tische wieder auf den Schulplatz, wo ich immer einige unternehmungslustige Kameraden traf, und dann spielten wir, schrien und rannten und erhitzten uns, bis der Glockenschlag uns in die völlig vergessene »Wirklichkeit« zurückrief. Aber an Tagen wie heute – mit wem wollte man da spielen und wie die Teufel in der Brust betäuben? Ich sah es kommen – noch nicht heute, aber ein nächstes Mal, vielleicht bald. Da würde mein Schicksal vollends zum Ausbruch kommen. Es fehlte ja nur noch eine Kleinigkeit, eine winzige Kleinigkeit mehr an Angst und Leid und Ratlosigkeit, dann lief es über, dann mußte es ein Ende mit Schrecken nehmen. Eines Tages, an gerade so einem Tag wie heute, würde ich vollends im Bösen untersinken, ich würde in Trotz und Wut und wegen der sinnlosen Unerträglichkeit dieses Lebens etwas Gräßliches und Entscheidendes tun, etwas Gräßliches, aber Befreiendes, das der Angst und Quälerei ein Ende machte, für immer. Ungewiß war, was es sein würde; aber Phantasien und vorläufige Zwangsvorstellungen davon waren mir schon mehrmals verwirrend durch den Kopf gegangen, Vorstellungen von Verbrechen, mit denen ich an der Welt Rache nehmen und zugleich mich selbst preisgeben und vernichten würde. Manchmal war es mir so, als würde ich unser Haus anzünden: ungeheure Flammen schlugen mit Flügeln durch die Nacht, Häuser und Gassen wurden vom Brand ergriffen, die ganze Stadt loderte riesig gegen den schwarzen Himmel. Oder zu anderen Zeiten war das Verbrechen meiner Träume eine Rache an meinem Vater, ein Mord und grausiger Totschlag. Ich aber würde mich dann benehmen wie jener Verbrecher, jener einzige, richtige Verbrecher, den ich einmal hatte durch die Gassen unsrer Stadt führen sehen. Es war ein Einbrecher, den man gefangen hatte und in das Amtsgericht führte, mit Handschellen gefesselt, einen steifen Melonenhut schief auf dem Kopf, vor ihm und hinter ihm ein Landjäger. Dieser Mann, der durch die Straßen und durch einen riesigen Volksauflauf von Neugierigen getrieben wurde, an tausend Flüchen, boshaften Witzen und herausgeschrienen bösen Wünschen vorbei, dieser Mann hatte in nichts jenen armen, scheuen Teufeln geglichen, die man zuweilen vom Polizeidiener über die Straße begleitet sah und welche meistens bloß arme Handwerksburschen waren, die gebettelt hatten. Nein, dieser war kein Handwerksbursche und sah nicht windig, scheu und weinerlich aus, oder flüchtete in ein verlegen-dummes Grinsen, wie ich es auch schon gesehen hatte – dieser war ein echter Verbrecher und trug den etwas zerbeulten Hut kühn auf einem trotzigen und ungebeugten Schädel, er war bleich und lächelte still verachtungsvoll, und das Volk, das ihn beschimpfte und anspie, wurde neben ihm zu Pack und Pöbel. Ich hatte damals selbst mitgeschrien: »Man hat ihn, der gehört gehängt!«; aber dann sah ich seinen aufrechten, stolzen Gang, wie er die gefesselten Hände vor sich her trug, und wie er auf dem zähen, bösen Kopf den Melonenhut kühn wie eine phantastische Krone trug – und wie er lächelte! und da schwieg ich. So wie dieser Verbrecher aber würde auch ich lächeln und den Kopf steif halten, wenn man mich ins Gericht und auf das Schafott führte, und wenn die vielen Leute um mich her drängten und hohnvoll aufschrien – ich würde nicht ja und nicht nein sagen, einfach schweigen und verachten.

Und wenn ich hingerichtet und tot war und im Himmel vor den ewigen Richter kam, dann wollte ich mich keineswegs beugen und unterwerfen. O nein, und wenn alle Engelscharen ihn umstanden und alle Heiligkeit und Würde aus ihm strahlte! Mochte er mich verdammen, mochte er mich in Pech sieden lassen! Ich wollte mich nicht entschuldigen, mich nicht demütigen, ihn nicht um Verzeihung bitten, nichts bereuen! Wenn er mich fragte: »Hast du das und das getan?«, so würde ich rufen: »Jawohl habe ich's getan, und noch mehr, und es war recht, daß ich's getan habe, und wenn ich kann, werde ich es wieder und wieder tun. Ich habe totgeschlagen, ich habe Häuser angezündet, weil es mir Spaß machte, und weil ich dich verhöhnen und ärgern wollte. Ja, denn ich hasse dich, ich spucke dir vor die Füße, Gott. Du hast mich gequält und geschunden, du hast Gesetze gegeben, die niemand halten kann, du hast die Erwachsenen angestiftet, uns Jungen das Leben zu versauen.«

Wenn es mir glückte, mir dies vollkommen deutlich vorzustellen und fest daran zu glauben, daß es mir gelingen würde, genau so zu tun und zu reden, dann war mir für Augenblicke finster wohl. Sofort aber kehrten die Zweifel wieder. Würde ich nicht schwach werden, würde mich einschüchtern lassen, würde doch nachgeben? Oder, wenn ich auch alles tat, wie es mein trotziger Wille war – würde nicht Gott einen Ausweg finden, eine Überlegenheit, einen Schwindel, so wie es den Erwachsenen und Mächtigen ja immer gelang, am Ende noch mit einem Trumpf zu kommen, einen schließlich doch noch zu beschämen, einen nicht für voll zu nehmen, einen unter der verfluchten Maske des Wohlwollens zu demütigen? Ach, natürlich würde es so enden.

Hin und her gingen meine Phantasien, ließen bald mich, bald Gott gewinnen, hoben mich zum unbeugsamen Verbrecher und zogen mich wieder zum Kind und Schwächling herab.

Ich stand am Fenster und schaute auf den kleinen Hinterhof des Nachbarhauses hinunter, wo Gerüststangen an der Mauer lehnten und in einem kleinen winzigen Garten ein paar Gemüsebeete grünten. Plötzlich hörte ich durch die Nachmittagsstille Glockenschläge hallen, fest und nüchtern in meine Visionen hinein, einen klaren, strengen Stundenschlag, und noch einen. Es war zwei Uhr, und ich schreckte aus den Traumängsten in die der Wirklichkeit zurück. Nun begann unsre Turnstunde, und wenn ich auch auf Zauberflügeln fort und in die Turnhalle gestürzt wäre, ich wäre doch schon zu spät gekommen. Wieder Pech! Das gab übermorgen Aufruf, Schimpfworte und Strafe. Lieber ging ich gar nicht mehr hin, es war doch nichts mehr gutzumachen. Vielleicht mit einer sehr guten, sehr feinen und glaubhaften Entschuldigung – aber es wäre mir in diesem Augenblick keine eingefallen, so glänzend mich auch unsre Lehrer zum Lügen erzogen hatten; ich war jetzt nicht imstande, zu lügen, zu erfinden, zu konstruieren. Besser war es, vollends ganz aus der Stunde wegzubleiben. Was lag daran, ob jetzt zum großen Unglück noch ein kleines kam!

Aber der Stundenschlag hatte mich geweckt und meine Phantasiespiele gelähmt. Ich war plötzlich sehr schwach, überwirklich sah mein Zimmer mich an, Pult, Bilder, Bett, Bücherschaft, alles geladen mit strenger Wirklichkeit, alles Zurufe aus der Welt, in der man leben mußte, und die mir heut wieder einmal so feindlich und gefährlich geworden war. Wie denn? Hatte ich nicht die Turnstunde versäumt? Und hatte ich nicht gestohlen, jämmerlich gestohlen, und hatte die verdammten Feigen im Bücherbrett liegen, soweit sie nicht schon aufgegessen waren? Was gingen mich jetzt der Verbrecher, der liebe Gott und das Jüngste Gericht an! Das würde alles dann schon kommen, zu seiner Zeit – aber jetzt, jetzt im Augenblick konnte das Verbrechen entdeckt werden.

Vielleicht war es schon soweit, vielleicht hatte mein Vater droben schon jene Schublade gezogen und stand vor meiner Schandtat, beleidigt und erzürnt, und überlegte sich, auf welche Art mir der Prozeß zu machen sei. Ach, er war möglicherweise schon unterwegs zu mir, und wenn ich nicht sofort entfloh, hatte ich in der nächsten Minute schon sein ernstes Gesicht mit der Brille vor mir. Denn er wußte natürlich sofort, daß ich der Dieb war. Es gab keine Verbrecher in unserm Hause außer mir, meine Schwestern taten nie so etwas, Gott weiß warum. Aber wozu brauchte mein Vater da in seiner Kommode solche Feigenkränze verborgen zu haben?

Ich hatte mein Stübchen schon verlassen und mich durch die hintere Haustür und den Garten davongemacht. Die Gärten und Wiesen lagen in heller Sonne, Zitronenfalter flogen über den Weg. Alles sah jetzt schlimm und drohend aus, viel schlimmer als heut morgen. Oh, ich kannte das schon, und doch meinte ich, es nie so qualvoll gespürt zu haben: wie da alles in seiner Selbstverständlichkeit und mit seiner Gewissensruhe mich ansah, Stadt und Kirchturm, Wiesen und Weg, Grasblüten und Schmetterlinge, und wie alles Hübsche und Fröhliche, was man sonst mit Freuden sah, nun fremd und verzaubert war! Ich kannte das, ich wußte, wie es schmeckt, wenn man in Gewissensangst durch die gewohnte Gegend läuft! Jetzt konnte der seltenste Schmetterling über die Wiese fliegen und sich vor meinen Füßen hinsetzen – es war nichts, es freute nicht, reizte nicht, tröstete nicht. Jetzt konnte der herrlichste Kirschbaum mir seinen vollsten Ast herbieten – es hatte keinen Wert, es war kein Glück dabei. Jetzt gab es nichts als fliehen, vor dem Vater, vor der Strafe, vor mir selber, vor meinem Gewissen, fliehen und rastlos sein, bis dennoch unerbittlich und unentrinnbar alles kam, was kommen mußte.

Ich lief und war rastlos, ich lief bergan und hoch bis zum Walde, und vom Eichenberg nach der Hofmühle hinab, über den Steg und jenseits wieder bergauf und durch Wälder hinan. Hier hatten wir unser letztes Indianerlager gehabt. Hier hatte letztes Jahr, als der Vater auf Reisen war, unsre Mutter mit uns Kindern Ostern gefeiert und im Wald und Moos die Eier für uns versteckt. Hier hatte ich einst mit meinen Vettern in den Ferien eine Burg gebaut, sie stand noch halb. Überall Reste von einstmals, überall Spiegel, aus denen mir ein andrer entgegensah, als der ich heute war! War ich das alles gewesen? So lustig, so zufrieden, so dankbar, so kameradschaftlich, so zärtlich mit der Mutter, so ohne Angst, so unbegreiflich glücklich? War das ich gewesen? Und wie hatte ich so werden können, wie ich jetzt war, so anders, so ganz anders, so böse, so voll Angst, so zerstört? Alles war noch wie immer, Wald und Fluß, Farnkräuter und Blumen, Burg und Ameisenhaufen, und doch alles wie vergiftet und verwüstet. Gab es denn gar keinen Weg zurück, dorthin, wo das Glück und die Unschuld waren? Konnte es nie mehr werden, wie es gewesen war? Würde ich jemals wieder so lachen, so mit den Schwestern spielen, so nach Ostereiern suchen?

Ich lief und lief, den Schweiß auf der Stirn, und hinter mir lief meine Schuld und lief groß und ungeheuer der Schatten meines Vaters als Verfolger mit.

An mir vorbei liefen Alleen, sanken Waldränder hinab. Auf einer Höhe machte ich halt, abseits vom Weg, ins Gras geworfen, mit Herzklopfen, das vom Bergaufwärtsrennen kommen konnte, das vielleicht bald besser wurde. Unten sah ich Stadt und Fluß, sah die Turnhalle, wo jetzt die Stunde zu Ende war und die Buben auseinanderliefern, sah das lange Dach meines Vaterhauses. Dort war meines Vaters Schlafzimmer und die Schublade, in der die Feigen fehlten. Dort war mein kleines Zimmer. Dort würde, wenn ich zurückkam, das Gericht mich treffen. – Aber wenn ich nicht zurückkam?

Ich wußte, daß ich zurückkommen würde. Man kam immer zurück, jedesmal. Es endete immer so. Man konnte nicht fort, man konnte nicht nach Afrika fliehen oder nach Berlin. Man war klein, man hatte kein Geld, niemand half einem. Ja, wenn alle Kinder sich zusammentäten und einander hülfen! Sie waren viele, es gab mehr Kinder als Eltern. Aber nicht alle Kinder waren Diebe und Verbrecher. Wenige waren so wie ich. Vielleicht war ich der einzige. Aber nein, ich wußte, es kamen öfters solche Sachen vor wie meine – ein Onkel von mir hatte als Kind auch gestohlen und viel Sachen angestellt, das hatte ich irgendwann einmal erlauscht, heimlich aus einem Gespräch der Eltern, heimlich, wie man alles Wissenswerte erlauschen mußte. Doch das alles half mir nicht, und wenn jener Onkel selber da wäre, er würde mir auch nicht helfen! Er war jetzt längst groß und erwachsen, er war Pastor, und er würde zu den Erwachsenen halten und mich im Stich lassen. So waren sie alle. Gegen uns Kinder waren sie alle falsch und verlogen, spielten eine Rolle, gaben sich anders als sie waren. Die Mutter vielleicht nicht, oder weniger.

Ja, wenn ich nun nicht mehr heimkehren würde? Es könnte ja etwas passieren, ich konnte den Hals brechen oder ertrinken oder unter die Eisenbahn kommen. Dann sah alles anders aus. Dann brachte man mich nach Hause, und alles war still und erschrocken und weinte, und ich tat allen leid, und von den Feigen war nicht mehr die Rede. Ich wußte sehr gut, daß man sich selber das Leben nehmen konnte. Ich dachte auch, daß ich das wohl einmal tun würde, später, wenn es einmal ganz schlimm kam. Gut wäre es gewesen, krank zu werden, aber nicht bloß so mit Husten, sondern richtig todkrank, so wie damals, als ich Scharlachfieber hatte.

Inzwischen war die Turnstunde längst vorüber, und auch die Zeit war vorüber, wo man mich zu Hause zum Kaffee erwartete. Vielleicht riefen und suchten sie jetzt nach mir, in meinem Zimmer, im Garten und Hof, auf dem Estrich. Wenn aber der Vater meinen Diebstahl schon entdeckt hatte, dann wurde nicht gesucht, dann wußte er Bescheid.

Es war mir nicht möglich, länger liegenzubleiben. Das Schicksal vergaß mich nicht, es war hinter mir her. Ich nahm das Laufen wieder auf. Ich kam an einer Bank in den Anlagen vorüber, an der hing wieder eine Erinnerung, wieder eine, die einst schön und lieb gewesen war und jetzt wie Feuer brannte. Mein Vater hatte mir ein Taschenmesser geschenkt, wir waren zusammen spazierengegangen, froh und in gutem Frieden, und er hatte sich auf diese Bank gesetzt, während ich im Gebüsch mir eine lange Haselrute schneiden wollte. Und da brach ich im Eifer das neue Messer ab, die Klinge dicht am Heft, und kam entsetzt zurück, wollte es erst verheimlichen, wurde aber gleich danach gefragt. Ich war sehr unglücklich, wegen des Messers und weil ich Scheltworte erwartete. Aber da hatte mein Vater nur gelächelt, mir leicht die Schulter berührt und gesagt: »Wie schade, du armer Kerl!« Wie hatte ich ihn da geliebt, wieviel ihm innerlich abgebeten! Und jetzt, wenn ich an das damalige Gesicht meines Vaters dachte, an seine Stimme, an sein Mitleid – was war ich für ein Ungeheuer, daß ich diesen Vater so oft betrübt, belogen und heut bestohlen hatte!

Als ich wieder in die Stadt kam, bei der oberen Brücke und weit von unserm Hause, hatte die Dämmerung schon begonnen. Aus einem Kaufladen, hinter dessen Glastür schon Licht brannte, kam ein Knabe gelaufen, der blieb plötzlich stehen und rief mich mit Namen an. Es war Oskar Weber. Niemand konnte mir ungelegener kommen. Immerhin erfuhr ich von ihm, daß der Lehrer mein Fehlen in der Turnstunde nicht bemerkt habe. Aber wo ich denn gewesen sei?

»Ach nirgends«, sagte ich, »ich war nicht recht wohl.«

Ich war schweigsam und zurückweisend, und nach einer Weile, die ich empörend lang fand, merkte er, daß er mir lästig sei. Jetzt wurde er böse.

»Laß mich in Ruhe«, sagte ich kalt, »ich kann allein heimgehen.«

»So?« rief er jetzt. »Ich kann geradesogut allein gehen wie du, dummer Fratz! Ich bin nicht dein Pudel, daß du's weißt. Aber vorher möchte ich doch wissen, wie das jetzt eigentlich mit unserer Sparkasse ist! Ich habe einen Zehner hineingetan und du nichts.«

»Deinen Zehner kannst du wiederhaben, heut noch, wenn du Angst um ihn hast. Wenn ich dich nur nimmer sehen muß. Als ob ich von dir etwas annehmen würde!«

»Du hast ihn neulich gern genommen«, meinte er höhnisch, aber nicht, ohne einen Türspalt zur Versöhnung offen zu lassen.

Aber ich war heiß und böse geworden, alle in mir angehäufte Angst und Ratlosigkeit brach in hellen Zorn aus. Weber hatte mir nichts zu sagen! Gegen ihn war ich im Recht, gegen ihn hatte ich ein gutes Gewissen. Und ich brauchte jemand, gegen den ich mich fühlen, gegen den ich stolz und im Recht sein konnte. Alles Ungeordnete und Finstere in mir strömte wild in diesen Ausweg. Ich tat, was ich sonst so sorgfältig vermied, ich kehrte den Herrensohn heraus, ich deutete an, daß es für mich keine Entbehrung sei, auf die Freundschaft mit einem Gassenbuben zu verzichten. Ich sagte ihm, daß für ihn jetzt das Beerenessen in unserm Garten und das Spielen mit meinen Spielsachen ein Ende habe. Ich fühlte mich aufglühen und aufleben: Ich hatte einen Feind, einen Gegner, einen, der schuld war, den man packen konnte. Alle Lebenstriebe sammelten sich in diese erlösende, willkommene, befreiende Wut, in die grimmige Freude am Feind, der diesmal nicht in mir selbst wohnte, der mir gegenüberstand, mich mit erschreckten, dann mit bösen Augen anglotzte, dessen Stimme ich hörte, dessen Vorwürfe ich verachten, dessen Schimpfworte ich übertrumpfen konnte.

Im anschwellenden Wortwechsel, dicht nebeneinander, trieben wir die dunkelnde Gasse hinab; da und dort sah man uns aus einer Haustüre nach. Und alles, was ich gegen mich selber an Wut und Verachtung empfand, kehrte sich gegen den unseligen Weber. Als er damit zu drohen begann, er werde mich dem Turnlehrer anzeigen, war es Wollust für mich: er setzte sich ins Unrecht, er wurde gemein, er stärkte mich.

Als wir in der Nähe der Metzgergasse handgemein wurden, blieben gleich ein paar Leute stehen und sahen unserm Handel zu. Wir hieben einander in den Bauch und ins Gesicht und traten mit den Schuhen gegeneinander. Nun hatte ich für Augenblicke alles vergessen, ich war im Recht, war kein Verbrecher, Kampfrausch beglückte mich, und wenn Weber auch stärker war als ich, so war ich flinker, klüger, rascher, feuriger. Wir wurden heiß und schlugen uns wütend. Als er mir mit einem verzweifelten Griff den Hemdkragen aufriß, fühlte ich mit Inbrunst den Strom kalter Luft über meine glühende Haut laufen.

Und im Hauen, Reißen und Treten, Ringen und Würgen hörten wir nicht auf, uns weiter mit Worten anzufeinden, zu beleidigen und zu vernichten, mit Worten, die immer glühender, immer törichter und böser, immer dichterischer und phantastischer wurden. Und auch darin war ich ihm über, war böser, dichterischer, erfinderischer. Sagte er Hund, so sagte ich Sauhund. Rief er Schuft, so schrie ich Satan. Wir bluteten beide, ohne etwas zu fühlen, und dabei häuften unsre Worte böse Zauber und Wünsche, wir empfahlen einander dem Galgen, wünschten uns Messer, um sie einander in die Rippen zu jagen und darin umzudrehen, wir beschimpften einer des andern Namen, Herkunft und Vater.

Es war das erste und einzige Mal, daß ich einen solchen Kampf im vollen Kriegsrausch bis zu Ende ausfocht, mit allen Hieben, allen Grausamkeiten, allen Beschimpfungen. Zugesehen hatte ich oft und mit grausender Lust diese vulgären, urtümlichen Flüche und Schandworte angehört; nun schrie ich sie selber heraus, als sei ich ihrer von klein auf gewohnt und in ihrem Gebrauch geübt. Tränen liefen mir aus den Augen und Blut über den Mund. Die Welt aber war herrlich, sie hatte einen Sinn, es war gut zu leben, gut zu hauen, gut zu bluten und bluten zu machen.

Niemals vermochte ich in der Erinnerung das Ende dieses Kampfes wieder zu finden. Irgendeinmal war es aus, irgendeinmal stand ich allein in der stillen Dunkelheit, erkannte Straßenecken und Häuser, war nahe bei unserm Hause. Langsam floh der Rausch, langsam hörte das Flügelbrausen und Donnern auf, und Wirklichkeit drang stückweise vor meine Sinne, zuerst nur vor die Augen. Da der Brunnen. Die Brücke. Blut an meiner Hand, zerrissene Kleider, herabgerutschte Strümpfe, ein Schmerz im Knie, einer im Auge, keine Mütze mehr da – alles kam nach und nach, wurde Wirklichkeit und sprach zu mir. Plötzlich war ich tief ermüdet, fühlte meine Knie und Arme zittern, tastete nach einer Hauswand.

Und da war unser Haus. Gott sei Dank! Ich wußte nichts auf der Welt mehr, als daß dort Zuflucht war, Friede, Licht, Geborgenheit. Aufatmend schob ich das hohe Tor zurück.

Da mit dem Duft von Stein und feuchter Kühle überströmte mich plötzlich Erinnerung, hundertfach. O Gott! Es roch nach Strenge, nach Gesetz, nach Verantwortung, nach Vater und Gott. Ich hatte gestohlen. Ich war kein verwundeter Held, der vom Kampfe heimkehrte. Ich war kein armes Kind, das nach Hause findet und von der Mutter in Wärme und Mitleid gebettet wird. Ich war Dieb, ich war Verbrecher. Da droben waren nicht Zuflucht, Bett und Schlaf für mich, nicht Essen und Pflege, nicht Trost und Vergessen. Auf mich wartete Schuld und Gericht.

Damals in dem finstern abendlichen Flur und im Treppenhaus, dessen viele Stufen ich unter Mühen erklomm, atmete ich, wie ich glaube, zum erstenmal in meinem Leben für Augenblicke den kalten Äther, die Einsamkeit, das Schicksal. Ich sah keinen Ausweg, ich hatte keine Pläne, auch keine Angst, nichts als das kalte, rauhe Gefühl: »Es muß sein.« Am Geländer zog ich mich die Treppe hinauf. Vor der Glastür fühlte ich Lust, noch einen Augenblick mich auf die Treppe zu setzen, aufzuatmen, Ruhe zu haben. Ich tat es nicht, es hatte keinen Zweck. Ich mußte hinein. Beim Öffnen der Tür fiel mir ein, wie spät es wohl sei?

Ich trat ins Eßzimmer. Da saßen sie um den Tisch und hatten eben gegessen, ein Teller mit Äpfeln stand noch da. Es war gegen acht Uhr. Nie war ich ohne Erlaubnis so spät heimgekommen, nie hatte ich beim Abendessen gefehlt.

»Gott sei Dank, da bist du!« rief meine Mutter lebhaft. Ich sah, sie war in Sorge um mich gewesen. Sie lief auf mich zu und blieb erschrocken stehen, als sie mein Gesicht und die beschmutzten und zerrissenen Kleider sah. Ich sagte nichts und blickte niemanden an, doch spürte ich deutlich, daß Vater und Mutter sich mit Blicken meinetwegen verständigten. Mein Vater schwieg und beherrschte sich; ich fühlte, wie zornig er war. Die Mutter nahm sich meiner an, Gesicht und Hände wurden mir gewaschen, Pflaster aufgeklebt, dann bekam ich zu essen. Mitleid und Sorgfalt umgaben mich, ich saß still und tief beschämt, fühlte die Wärme und genoß sie mit schlechtem Gewissen. Dann ward ich zu Bett geschickt. Dem Vater gab ich die Hand, ohne ihn anzusehen.

Als ich schon im Bett lag, kam die Mutter noch zu mir. Sie nahm meine Kleider vom Stuhl und legte mir andere hin, denn morgen war Sonntag. Dann fing sie behutsam zu fragen an, und ich mußte von meiner Rauferei erzählen. Sie fand es zwar schlimm, schalt aber nicht und schien ein wenig verwundert, daß ich dieser Sache wegen so sehr gedrückt und scheu war. Dann ging sie.

Und nun, dachte ich, war sie überzeugt, daß alles gut sei. Ich hatte Händel ausgefochten und war blutiggehauen worden, aber das würde morgen vergessen sein. Von dem andern, dem Eigentlichen, wußte sie nichts. Sie war betrübt gewesen, aber unbefangen und zärtlich. Auch der Vater wußte also vermutlich noch nichts.

Und nun überkam mich ein furchtbares Gefühl von Enttäuschung. Ich merkte jetzt, daß ich seit dem Augenblick, wo ich unser Haus betreten hatte, ganz und gar von einem einzigen, sehnlichen, verzehrenden Wunsch erfüllt gewesen war. Ich hatte nichts anderes gedacht, gewünscht, ersehnt, als daß das Gewitter nun ausbrechen möge, daß das Gericht über mich ergehe, daß das Furchtbare zur Wirklichkeit werde und die entsetzliche Angst davor aufhöre. Ich war auf alles gefaßt, zu allem bereit gewesen. Mochte ich schwer gestraft, geschlagen und eingesperrt werden! Mochte er mich hungern lassen! Mochte er mich verfluchen und verstoßen! Wenn nur die Angst und Spannung ein Ende nahmen!

Statt dessen lag ich nun da, hatte noch Liebe und Pflege genossen, war freundlich geschont und für meine Unarten nicht zur Rechenschaft gezogen worden und konnte aufs neue warten und bangen. Sie hatten mir die zerrissenen Kleider, das lange Fortbleiben, das versäumte Abendessen vergeben, weil ich müde war und blutete und ihnen leid tat, vor allem aber, weil sie das andere nicht ahnten, weil sie nur von meinen Unarten, nichts von meinem Verbrechen wußten. Es würde mir doppelt schlimm gehen, wenn es ans Licht kam! Vielleicht schickte man mich, wie man früher einmal gedroht hatte, in eine Besserungsanstalt, wo man altes, hartes Brot essen und während der ganzen Freizeit Holz sägen und Stiefel putzen mußte, wo es Schlafsäle mit Aufsehern geben sollte, die einen mit dem Stock schlugen und morgens um vier mit kaltem Wasser weckten. Oder man übergab mich der Polizei?

Jedenfalls aber, es komme wie es möge, lag wieder eine Wartezeit vor mir. Noch länger mußte ich die Angst ertragen, noch länger mit meinem Geheimnis herumgehen, vor jedem Blick und Schritt im Hause zittern und niemand ins Gesicht sehen können.

Oder war es am Ende möglich, daß mein Diebstahl gar nicht bemerkt wurde? Daß alles blieb, wie es war? Daß ich mir alle diese Angst und Pein vergebens gemacht hatte? – Oh, wenn das geschehen sollte, wenn dies Unausdenkliche, Wundervolle möglich war, dann wollte ich ein ganz neues Leben beginnen, dann wollte ich Gott danken und mich dadurch würdig zeigen, daß ich Stunde für Stunde ganz rein und fleckenlos lebte! Was ich schon früher versucht hatte und was mir mißglückt war, jetzt würde es gelingen, jetzt waren mein Vorsatz und Wille stark genug, jetzt nach diesem Elend, dieser Hölle voll Qual! Mein ganzes Wesen bemächtigte sich dieses Wunschgedankens und sog sich inbrünstig daran fest. Trost regnete vom Himmel, Zukunft tat sich blau und sonnig auf. In diesen Phantasien schlief ich endlich ein und schlief unbeschwert die ganze, gute Nacht hindurch.

Am Morgen war Sonntag, und noch im Bett empfand ich, wie den Geschmack einer Frucht, das eigentümliche, sonderbar gemischte, im ganzen aber so köstliche Sonntagsgefühl, wie ich es seit meiner Schulzeit kannte. Der Sonntagmorgen war eine gute Sache: Ausschlafen, keine Schule, Aussicht auf ein gutes Mittagessen, kein Geruch nach Lehrer und Tinte, eine Menge freie Zeit. Dies war die Hauptsache. Schwächer nur klangen andere, fremdere, fadere Töne hinein: Kirchgang oder Sonntagsschule, Familienspaziergang, Sorge um die schönen Kleider. Damit wurden der reine, gute, köstliche Geschmack und Duft ein wenig verfälscht und zersetzt – so, wie wenn zwei gleichzeitig gegessene Speisen, etwa ein Pudding und der Saft dazu, nicht ganz zusammenpaßten, oder wie zuweilen Bonbons oder Backwerk, die man in kleinen Läden geschenkt bekam, einen fatalen leisen Beigeschmack von Käse oder von Erdöl hatten. Man aß sie, und sie waren gut, aber es war nichts Volles und Strahlendes, man mußte ein Auge dabei zudrücken. Nun, so ähnlich war meistens der Sonntag, namentlich wenn ich in die Kirche oder Sonntagsschule gehen mußte, was zum Glück nicht immer der Fall war. Der freie Tag bekam dadurch einen Beigeschmack von Pflicht und von Langeweile. Und bei den Spaziergängen mit der ganzen Familie, wenn sie auch oft schön sein konnten, passierte gewöhnlich irgend etwas, es gab Streit mit den Schwestern, man ging zu rasch oder zu langsam, man brachte Harz an die Kleider; irgendein Haken war meistens dabei.

Nun, das mochte kommen. Mir war wohl. Seit gestern war eine Masse Zeit vergangen. Vergessen hatte ich meine Schandtat nicht, sie fiel mir schon am Morgen wieder ein, aber es war nun so lange her, die Schrecken waren ferngerückt und unwirklich geworden. Ich hatte gestern meine Schuld gebüßt, wenn auch nur durch Gewissensqualen, ich hatte einen bösen, jammervollen Tag durchlitten. Nun war ich wieder zu Vertrauen und Harmlosigkeit geneigt und machte mir wenig Gedanken mehr. Ganz war es ja noch nicht abgetan, es klangen noch ein wenig Drohung und Peinlichkeit nach, so wie in den schönen Sonntag jene kleinen Pflichten und Kümmernisse mit hineinklangen.

Beim Frühstück waren wir alle vergnügt. Es wurde mir die Wahl zwischen Kirche und Sonntagsschule gelassen. Ich zog, wie immer, die Kirche vor. Dort wurde man wenigstens in Ruhe gelassen und konnte seine Gedanken laufen lassen; auch war der hohe, feierliche Raum mit den bunten Fenstern oft schön und ehrwürdig, und wenn man mit eingekniffenen Augen dort das lange dämmernde Schiff gegen die Orgel sah, dann gab es manchmal wundervolle Bilder; die aus dem Finstern ragenden Orgelpfeifen erschienen oft wie eine strahlende Stadt mit hundert Türmen. Auch war es mir oft geglückt, wenn die Kirche nicht voll war, die ganze Stunde ungestört in einem Geschichtenbuch zu lesen.

Heut nahm ich keines mit und dachte auch nicht daran, mich um den Kirchgang zu drücken, wie ich es auch schon getan hatte. So viel klang von gestern abend noch in mir nach, daß ich gute und redliche Vorsätze hatte und gesonnen war, mich mit Gott, Eltern und Welt freundlich und gefügig zu vertragen. Auch mein Zorn gegen Oskar Weber war ganz und gar verflogen. Wenn er gekommen wäre, ich hätte ihn aufs beste aufgenommen.

Der Gottesdienst begann, ich sang die Choralverse mit, es war das Lied »Hirte deiner Schafe«, das wir auch in der Schule auswendig gelernt hatten. Es fiel mir dabei wieder einmal auf, wie ein Liedervers beim Singen, und gar bei dem schleppend langsamen Gesang in der Kirche, ein ganz anderes Gesicht hatte als beim Lesen oder Hersagen. Beim Lesen war so ein Vers ein Ganzes, hatte einen Sinn, bestand aus Sätzen. Beim Singen bestand er nur noch aus Worten, Sätze kamen nicht zustande, Sinn war keiner da, aber dafür gewannen die Worte, die einzelnen, gesungenen, langhin gedehnten Worte, ein sonderbar starkes, unabhängiges Leben, ja, oft waren es nur einzelne Silben, etwas an sich ganz Sinnloses, die im Gesang selbständig wurden und Gestalt annahmen. In dem Vers »Hirte deiner Schafe, der von keinem Schlafe etwas wissen mag« war zum Beispiel heute beim Kirchengesang gar kein Zusammenhang und Sinn, man dachte auch weder an einen Hirten noch an Schafe, man dachte durchaus gar nichts. Aber das war keineswegs langweilig. Einzelne Worte, namentlich das »Schla-afe«, wurden so seltsam voll und schön, man wiegte sich ganz darin, und auch das »mag« tönte geheimnisvoll und schwer, erinnerte an »Magen« und an dunkle, gefühlsreiche, halbbekannte Dinge, die man in sich innen im Leibe hat. Dazu die Orgel!

Und dann kam der Stadtpfarrer und die Predigt, die stets so unbegreiflich lang war, und das seltsame Zuhören, wobei man oft lange Zeit nur den Ton der redenden Stimme glockenhaft schweben hörte, dann wieder einzelne Worte scharf und deutlich samt ihrem Sinn vernahm und ihnen zu folgen bemüht war, solange es ging. Wenn ich nur im Chor hätte sitzen dürfen, statt unter all den Männern auf der Empore. Im Chor, wo ich bei Kirchenkonzerten schon gesessen war, da saß man tief in schweren, isolierten Stühlen, deren jeder ein kleines festes Gebäude war, und über sich hatte man ein sonderbar reizvolles, vielfältiges, netzartiges Gewölbe, und hoch an der Wand war die Bergpredigt in sanften Farben gemalt, und das blaue und rote Gewand des Heilands auf dem blaßblauen Himmel war so zart und beglückend anzusehen.

Manchmal knackte das Kirchengestühl, gegen das ich eine tiefe Abneigung hegte, weil es mit einer gelben, öden Lackfarbe gestrichen war, an der man immer ein wenig klebenblieb. Manchmal summte eine Fliege auf und gegen eines der Fenster, in deren Spitzbogen blaurote Blumen und grüne Sterne gemalt waren. Und unversehens war die Predigt zu Ende, und ich streckte mich vor, um den Pfarrer in seinen engen, dunklen Treppenschlauch verschwinden zu sehen. Man sang wieder, aufatmend und sehr laut, und man stand auf und strömte hinaus; ich warf den mitgebrachten Fünfer in die Opferbüchse, deren blecherner Klang so schlecht in die Feierlichkeit paßte, und ließ mich vom Menschenstrom mit ins Portal ziehen und ins Freie treiben.

Jetzt kam die schönste Zeit des Sonntags, die zwei Stunden zwischen Kirche und Mittagessen. Da hatte man seine Pflicht getan, man war im langen Sitzen auf Bewegung, auf Spiele oder Gänge begierig geworden, oder auf ein Buch, und war völlig frei bis zum Mittag, wo es meistens etwas Gutes gab. Zufrieden schlenderte ich nach Hause, angefüllt mit freundlichen Gedanken und Gesinnungen. Die Welt war in Ordnung, es ließ sich in ihr leben. Friedfertig trabte ich durch Flur und Treppe hinauf.

In meinem Stübchen schien Sonne. Ich sah nach meinen Raupenkästen, die ich gestern vernachlässigt hatte, fand ein paar neue Puppen, gab den Pflanzen frisches Wasser.

Da ging die Tür.

Ich achtete nicht gleich darauf. Nach einer Minute wurde die Stille mir sonderbar; ich drehte mich um. Da stand mein Vater. Er war blaß und sah gequält aus. Der Gruß blieb mir im Halse stecken. Ich sah: er wußte! Er war da. Das Gericht begann. Nichts war gut geworden, nichts abgebüßt, nichts vergessen! Die Sonne wurde bleich, und der Sonntagmorgen sank welk dahin.

Aus allen Himmeln gerissen starrte ich dem Vater entgegen. Ich haßte ihn, warum war er nicht gestern gekommen? Jetzt war ich auf nichts vorbereitet, hatte nichts bereit, nicht einmal Reue und Schuldgefühl. – Und wozu brauchte er oben in seiner Kommode Feigen zu haben?

Er ging zu meinem Bücherschrank, griff hinter die Bücher und zog einige Feigen hervor. Es waren wenige mehr da. Dazu sah er mich an, mit stummer, peinlicher Frage. Ich konnte nichts sagen. Leid und Trotz würgten mich.

»Was ist denn?« brachte ich dann heraus.

»Woher hast du diese Feigen?« fragte er, mit einer beherrschten, leisen Stimme, die mir bitter verhaßt war.

Ich begann sofort zu reden. Zu lügen. Ich erzählte, daß ich die Feigen bei einem Konditor gekauft hätte, es sei ein ganzer Kranz gewesen. Woher das Geld dazu kam? Das Geld kam aus einer Sparkasse, die ich gemeinsam mit einem Freunde hatte. Da hatten wir beide alles kleine Geld hineingetan, das wir je und je bekamen. Übrigens – hier war die Kasse. Ich holte die Schachtel mit dem Schlitz hervor. Jetzt war bloß noch ein Zehner darin, eben weil wir gestern die Feigen gekauft hatten.

Mein Vater hörte zu, mit einem stillen, beherrschten Gesicht, dem ich nichts glaubte.

»Wieviel haben denn die Feigen gekostet?« fragte er mit der zu leisen Stimme.

»Eine Mark und sechzig.«

»Und wo hast du sie gekauft?«

»Beim Konditor.«

»Bei welchem?«

»Bei Haager.«

Es gab eine Pause. Ich hielt die Geldschachtel noch in frierenden Fingern. Alles an mir war kalt und fror.

Und nun fragte er, mit einer Drohung in der Stimme: »Ist das wahr?«

Ich redete wieder rasch. Ja, natürlich war es wahr, und mein Freund Weber war im Laden gewesen, ich hatte ihn nur begleitet. Das Geld hatte hauptsächlich ihm, dem Weber, gehört, von mir war nur wenig dabei.

»Nimm deine Mütze«, sagte mein Vater, »wir wollen miteinander zum Konditor Haager gehen. Er wird ja wissen, ob es wahr ist.«

Ich versuchte zu lächeln. Nun ging mir die Kälte bis in Herz und Magen. Ich ging voran und nahm im Korridor meine blaue Mütze. Der Vater öffnete die Glastür, auch er hatte seinen Hut genommen.

»Noch einen Augenblick!« sagte ich, »ich muß schnell hinausgehen.«

Er nickte. Ich ging auf den Abtritt, schloß zu, war allein, war noch einen Augenblick gesichert. Oh, wenn ich jetzt gestorben wäre!

Ich blieb eine Minute, blieb zwei. Es half nichts. Man starb nicht. Es galt standzuhalten. Ich schloß auf und kam. Wir gingen die Treppe hinunter.

Als wir eben durchs Haustor gingen, fiel mir etwas Gutes ein, und ich sagte schnell: »Aber heut ist ja Sonntag, da hat der Haager gar nicht offen.«

Das war eine Hoffnung, zwei Sekunden lang. Mein Vater sagte

gelassen: »Dann gehen wir zu ihm in die Wohnung. Komm.«

Wir gingen. Ich schob meine Mütze gerade, steckte eine Hand in die Tasche und versuchte neben ihm daherzugehen, als sei nichts Besonderes los. Obwohl ich wußte, daß alle Leute mir ansahen, ich sei ein abgeführter Verbrecher, versuchte ich doch mit tausend Künsten, es zu verheimlichen. Ich bemühte mich, einfach und harmlos zu atmen; es brauchte niemand zu sehen, wie es mir die Brust zusammenzog. Ich war bestrebt, ein argloses Gesicht zu machen, Selbstverständlichkeit und Sicherheit zu heucheln. Ich zog einen Strumpf hoch, ohne daß er es nötig hatte, und lächelte, während ich wußte, daß dies Lächeln furchtbar dumm und künstlich aussehe. In mir innen, in Kehle und Eingeweiden, saß der Teufel und würgte mich.

Wir kamen am Gasthaus vorüber, beim Hufschmied, beim Lohnkutscher, bei der Eisenbahnbrücke. Dort drüben hatte ich gestern abend mit Weber gekämpft. Tat nicht der Riß beim Auge noch weh? Mein Gott! Mein Gott!

Willenlos ging ich weiter, unter Krämpfen um meine Haltung bemüht. An der Adlerscheuer vorbei, die Bahnhofstraße hinaus. Wie war diese Straße gestern noch gut und harmlos gewesen! Nicht denken! Weiter! Weiter!

Wir waren ganz nahe bei Haagers Haus. Ich hatte in diesen paar Minuten einige hundertmal die Szene voraus erlebt, die mich dort erwartete. Nun waren wir da. Nun kam es.

Aber es war mir unmöglich, das auszuhalten. Ich blieb stehen.

»Nun? Was ist?« fragte mein Vater.

»Ich gehe nicht hinein«, sagte ich leise.

Er sah zu mir herab. Er hatte es ja gewußt, von Anfang an. Warum hatte ich ihm das alles vorgespielt und mir so viel Mühe gegeben? Es hatte ja keinen Sinn.

»Hast du die Feigen nicht bei Haager gekauft?« fragte er.

Ich schüttelte den Kopf.

»Ach so«, sagte er mit scheinbarer Ruhe. »Dann können wir ja wieder nach Hause gehen.«

Er benahm sich anständig, er schonte mich auf der Straße, vor den Leuten. Es waren viele Leute unterwegs, jeden Augenblick wurde mein Vater gegrüßt. Welches Theater! Welche dumme, unsinnige Qual! Ich konnte ihm für diese Schonung nicht dankbar sein.

Er wußte ja alles! Und er ließ mich tanzen, ließ mich meine

nutzlosen Kapriolen vollführen, wie man eine gefangene Maus in der Drahtfalle tanzen läßt, ehe man sie ersäuft. Ach, hätte er mir gleich zu Anfang, ohne mich überhaupt zu fragen und zu verhören, mit dem Stock über den Kopf gehauen, das wäre mir im Grunde lieber gewesen als diese Ruhe und Gerechtigkeit, mit der er mich in meinem dummen Lügengespinst einkreiste und langsam erstickte. Überhaupt, vielleicht war es besser, einen groben Vater zu haben als so einen feinen und gerechten. Wenn ein Vater, so wie es in Geschichten und Traktätchen vorkam, im Zorn oder in der Betrunkenheit seine Kinder furchtbar prügelte, so war er eben im Unrecht, und wenn die Prügel auch weh taten, so konnte man doch innerlich die Achseln zucken und ihn verachten. Bei meinem Vater ging das nicht, er war zu fein, zu einwandfrei, er war nie im Unrecht. Ihm gegenüber wurde man immer klein und elend.

Mit zusammengebissenen Zähnen ging ich vor ihm her ins Haus und wieder in mein Zimmer. Er war noch immer ruhig und kühl, vielmehr er stellte sich so, denn in Wahrheit war er, wie ich deutlich spürte, sehr böse. Nun begann er in seiner gewohnten Art zu sprechen.

»Ich möchte nur wissen, wozu diese Komödie dienen soll? Kannst du mir das nicht sagen? Ich wußte ja gleich, daß deine ganze hübsche Geschichte erlogen war. Also wozu die Faxen? Du hältst mich doch nicht im Ernst für so dumm, daß ich sie dir glauben würde?«

Ich biß weiter auf meine Zähne und schluckte. Wenn er doch aufhören wollte! Als ob ich selber gewußt hätte, warum ich ihm diese Geschichte vorlog! Als ob ich selber gewußt hätte, warum ich nicht mein Verbrechen gestehen und um Verzeihung bitten konnte! Als ob ich auch nur gewußt hätte, warum ich diese unseligen Feigen stahl! Hatte ich das denn gewollt, hatte ich es denn mit Überlegung und Wissen und aus Gründen getan?! Tat es mir denn nicht leid? Litt ich denn nicht mehr darunter als er?

Er wartete und machte ein nervöses Gesicht voll mühsamer Geduld. Einen Augenblick lang war mir selbst die Lage vollkommen klar, im Unbewußten, doch hätte ich es nicht wie heut mit Worten sagen können. Es war so: Ich hatte gestohlen, weil ich trostbedürftig in Vaters Zimmer gekommen war und es zu meiner Enttäuschung leer gefunden hatte. Ich hatte nicht stehlen wollen. Ich hatte, als der Vater nicht da war, nur spionieren wollen, mich unter seinen Sachen umsehen, seine Geheimnisse belauschen, etwas über ihn erfahren. So war es. Dann lagen Feigen da, und ich stahl. Und sofort bereute ich, und den ganzen Tag gestern hatte ich Qual und Verzweiflung gelitten, hatte zu sterben gewünscht, hatte mich verurteilt, hatte neue, gute Vorsätze gefaßt. Heut aber – ja, heut war es nun anders. Ich hatte diese Reue und all das nun ausgekostet, ich war jetzt nüchterner, und ich spürte unerklärliche, aber riesenstarke Widerstände gegen den Vater und gegen alles, was er von mir erwartete und verlangte.

Hätte ich ihm das sagen können, so hätte er mich verstanden. Aber auch Kinder, so sehr sie den Großen an Klugheit überlegen sind, stehen einsam und ratlos vor dem Schicksal.

Steif vor Trotz und verbissenem Weh schwieg ich weiter, ließ ihn klug reden und sah mit Leid und seltsamer Schadenfreude zu, wie alles schiefging und schlimm und schlimmer wurde, wie er litt und enttäuscht war, wie er vergeblich an alles Bessere in mir appellierte.

Als er fragte: »Also hast du die Feigen gestohlen?«, konnte ich nur nicken. Mehr als ein schwaches Nicken brachte ich auch nicht über mich, als er wissen wollte, ob es mir leid tue. – Wie konnte er, der große, kluge Mann, so unsinnig fragen! Als ob es mir etwa nicht leid getan hätte! Als ob er nicht hätte sehen können, wie mir das Ganze weh tat und das Herz umdrehte! Als ob es mir möglich gewesen wäre, mich etwa gar noch meiner Tat und der elenden Feigen zu freuen!

Vielleicht zum erstenmal in meinem kindlichen Leben empfand ich fast bis zur Schwelle der Einsicht und des Bewußtwerdens, wie namenlos zwei verwandte, gegeneinander wohlgesinnte Menschen sich mißverstehen und quälen und martern können, und wie dann alles Reden, alles Klugseinwollen, alle Vernunft bloß noch Gift hinzugießen, bloß neue Qualen, neue Stiche, neue Irrtümer schaffen. Wie war das möglich? Aber es war möglich, es geschah. Es war unsinnig, es war toll, es war zum Lachen und zum Verzweifeln – aber es war so.

Genug nun von dieser Geschichte! Es endete damit, daß ich über den Sonntagnachmittag in der Dachkammer eingesperrt wurde. Einen Teil ihrer Schrecken verlor die harte Strafe durch Umstände, welche freilich mein Geheimnis waren. In der dunkeln, unbenutzten Bodenkammer stand nämlich tief verstaubt eine Kiste, halb voll mit alten Büchern, von denen einige keineswegs für Kinder bestimmt waren. Das Licht zum Lesen gewann ich durch das Beiseiteschieben eines Dachziegels.

Am Abend dieses traurigen Sonntags gelang es meinem Vater, kurz vor Schlafengehen mich noch zu einem kurzen Gespräch zu bringen, das uns versöhnte. Als ich im Bett lag, hatte ich die Gewißheit, daß er mir ganz und vollkommen verziehen habe – vollkommener als ich ihm.

(1919)

Er stellte sich mir vor, dick, breit, das große Maul voll Feuer. Er hieß Franklin.

»Bist du Benjamin Franklin?« fragte ich.

»Nein, nur Franklin. Francolino. Ich bin ein italienischer Ofen, eine vorzügliche Erfindung. Ich wärme zwar nicht besonders, aber als Erfindung, als Erzeugnis einer hochentwickelten Industrie –«

»Ja, das ist mir bekannt. Alle Öfen mit schönen Namen heizen mäßig, sind aber vorzügliche Erfindungen, manche sind sogar Ruhmestaten der Industrie, wie ich aus Prospekten weiß. Ich liebe sie sehr, sie verdienen Bewunderung. Aber sage, Franklin, wie kommt das, daß ein italienischer Ofen einen amerikanischen Namen hat? Ist das nicht sonderbar?«

»Nein, das ist eines der geheimen Gesetze, weißt du. Die feigen Völker haben Volkslieder, in denen der Mut verherrlicht wird. Die lieblosen Völker haben Theaterstücke, in denen die Liebe verherrlicht wird. So ist es auch mit uns, mit den Öfen. Ein italienischer Ofen heißt meistens amerikanisch, so wie ein deutscher Ofen meistens griechisch heißt. Sie sind deutsch, und sie wären um nichts besser als ich, aber sie heißen Heureka oder Phönix oder Hektors Abschied. Er weckt große Erinnerungen. So heiße auch ich Franklin. Ich bin ein Ofen, aber ich könnte ebensogut ein Staatsmann sein. Ich habe einen großen Mund, wärme wenig, speie Rauch durch ein Rohr, trage einen guten Namen und wecke große Erinnerungen. So ist das mit mir.«

»Gewiß«, sagte ich, »ich habe die größte Achtung vor Ihnen. Da Sie ein italienischer Ofen sind, kann man gewiß auch Kastanien in Ihnen braten?«

»Man kann es, gewiß, es steht jedem frei, es zu versuchen. Es ist ein Zeitvertreib, viele lieben das. Manche machen auch Verse oder spielen Schach. Gewiß kann man Kastanien in mir braten. Sie verbrennen zwar und sind dann nicht mehr eßbar, aber der Zeitvertreib ist da. Die Menschen lieben nichts so sehr wie den Zeitvertreib, und ich bin ein Menschenwerk und soll den Menschen dienen. Wir tun eben unsre Pflicht, unsre einfache Pflicht, wir Denkmäler, nicht mehr und nicht weniger.«

»Denkmäler, sagen Sie? Betrachten Sie sich als ein Denkmal?«

»Wir alle sind Denkmäler. Wir Erzeugnisse der Industrie sind alle Denkmäler einer menschlichen Eigenschaft oder Tugend, einer Eigenschaft, welche in der Natur selten ist und in höherer Ausbildung nur bei den Menschen gefunden wird.«

»Welche Eigenschaft meinen Sie denn da, Herr Franklin?«

»Den Sinn für das Unzweckmäßige. Ich bin, neben vielen meinesgleichen, ein Denkmal dieses Sinnes. Ich heiße Franklin, ich bin ein Ofen, ich habe einen großen Mund, der das Holz frißt, und ein großes Rohr, durch das die Wärme den raschesten Weg ins Freie findet. Ich habe auch, was ebenso wichtig ist, Ornamente, Löwen und andere, und ich habe einige Klappen, die man öffnen und schließen kann, was viel Genuß gewährt. Auch dies dient dem Zeitvertreib, ähnlich wie die Klappen an einer Flöte, die der Spieler nach Belieben öffnen und schließen kann. Es gibt ihm die Illusion, er tue etwas Sinnvolles, und am Ende tut er das ja auch.«

»Sie entzücken mich, Franklin. Sie sind der klügste Ofen, den ich je gesehen habe. Aber wie ist das nun: sind Sie nun eigentlich ein Ofen oder ein Denkmal?«

»Wieviel Sie fragen! Sie wissen doch, der Mensch ist das einzige Wesen, das den Dingen einen Sinn beilegt. So ist der Mensch nun einmal, ich stehe in seinem Dienst, ich bin sein Werk, ich begnüge mich damit, Tatsachen festzustellen. Der Mensch ist Idealist, er ist Denker. Für das Tier ist die Eiche eine Eiche, der Berg ein Berg, der Wind ein Wind und kein himmlisches Kind. Für den Menschen aber ist alles göttlich, alles sinnvoll, alles Symbol. Alles bedeutet noch etwas ganz anderes, als was es ist. Das Sein und das Scheinen stehen im Streit. Die Sache ist eine alte Erfindung, sie geht, glaube ich, auf Plato zurück. Ein Totschlag ist eine Heldentat, eine Seuche ist Gottes Finger, ein Krieg ist Verherrlichung Gottes, ein Magenkrebs ist Evolution. Wie sollte da ein Ofen nur ein Ofen sein können? Nein, er ist Symbol, er ist Denkmal, er ist Verkünder. Er scheint wohl ein Ofen zu sein, er ist es sogar in gewissem Sinne, aber geheimnisvoll lächelt Ihnen aus seinem einfachen Gesicht die uralte Sphinx entgegen. Auch er ist Träger einer Idee, auch er ist eine Stimme des Göttlichen. Darum liebt man ihn, darum zollt man ihm Achtung. Darum heizt er wenig und nur nebenbei. Darum heißt er Franklin.«

(1918/19)

Quellennachweis

Wärisbühel. Erstdruck in »Licht und Schatten«, München, 1910. Hier erstmals in Buchform.

Die Heimkehr. Erstdruck in »Die neue Rundschau«, Berlin, April 1909. Aufgenommen in »Umwege«, Berlin, 1912.

Hans Dierlamms Lehrzeit. Geschrieben im Februar 1907. Erstdruck in »Über Land und Meer«, Stuttgart vom Oktober 1908. Aufgenommen in »Die Erzählungen«, Frankfurt a. Main, 1973.

Die Stadt. Geschrieben im Februar 1910. Erstdruck in »Licht und Schatten«, 12, München, 1910/11. Aufgenommen in »Traumfährte«, Zürich, 1945.

Doktor Knölges Ende. Geschrieben im Juli 1910. Erstdruck in »Jugend«, München, 1910. Aufgenommen in »Die Erzählungen«, Frankfurt a. Main, 1973.

Emil Kolb. Geschrieben im August 1910. Erstdruck in »Die neue Rundschau«, Berlin, März 1911. Aufgenommen in »Umwege«, Berlin, 1912.

Pater Matthias. Geschrieben im November 1910. Erstdruck in »März«, München, Nov./Dez. 1911. Aufgenommen in »Umwege«, Berlin, 1912.

Seenacht. Geschrieben im Februar 1911. Erstdruck in »Simplizissimus«, München, Okt. 1911. Hier erstmals in Buchform.

Das Nachtpfauenauge. Geschrieben im März 1911. Erstdruck in »Jugend«, München, 1911. Aufgenommen in »Kleiner Garten«, Wien, 1919.

Der schöne Traum. Geschrieben im Januar 1912. Erstdruck in »Licht und Schatten«, München, Mai 1912. Aufgenommen in »Kleiner Garten«, Wien, 1919.

Robert Aghion. Geschrieben im Mai 1912. Erstdruck in »Die Schweiz«, Zürich, Januar 1913. Aufgenommen in »Aus Indien«, Berlin, 1913.

Der Zyklon. Erstdruck in »Die neue Rundschau«, Berlin, Juli 1913. Aufgenommen in »Schön ist die Jugend«, Berlin, 1916.

Die Braut. Geschrieben im Februar 1913. Erstdruck in »Neues Wiener Tagblatt« v. 16. 9. 1913. Aufgenommen in »Die Erzählungen«, Frankfurt a. Main, 1973.

Autorenabend. Geschrieben 1912. Erstdruck in »Simplizissimus«, München v. 13. 7. 1914. Aufgenommen in »Bilderbuch«, Berlin, 1926.

Im Presselschen Gartenhaus. Geschrieben 1913. Erstdruck in »Westermanns Monatshefte«, Braunschweig, Juli 1914. Aufgenommen in »Fabulierbuch«, Berlin, 1935.

Das Haus der Träume. Eine unvollendete Dichtung. Geschrieben 1914. Erstdruck in »Der schwäbische Bund«, Stuttgart, Nov. 1920. Aufgenommen in »Prosa aus dem Nachlaß«, Frankfurt a. Main, 1965.

Der Waldmensch. Geschrieben 1914. Erstdruck u. d. T. »Kubu« in »Simplizissimus«, München v. 24. 4. 1917. Aufgenommen in »Fabulierbuch«, Berlin, 1935.

In einer kleinen Stadt. Erstdruck in »Velhagen u. Klasings Monatsheften«, Berlin, Bielefeld, Leipzig, Wien, Januar 1918. Aufgenommen in »Die Erzählungen«, Frankfurt a. Main, 1973. (Es gibt Anhaltspunkte dafür, daß dieses Fragment bereits 1906/07 entstanden sein könnte.)

Wenn der Krieg noch zwei Jahre dauert. Geschrieben Anfang November 1917. Erstdruck u. d. T. »Im Jahre 1920« und unter dem Pseudonym Emil Sinclair in »Neue Zürcher Zeitung« v. 15. u. 16. 11. 1917. Aufgenommen in »Sinclairs Notizbuch«, Zürich, 1923.

Der Maler. Geschrieben im März 1918. Erstdruck in der »Vossischen Zeitung«, Berlin v. 23. 6. 1918. Aufgenommen in »Kleiner Garten«, Wien, 1919.

Der Europäer. Geschrieben im Januar 1918. Erstdruck unter dem Pseudonym Emil Sinclair in »Neue Zürcher Zeitung« v. 4. u. 6. 8. 1918. Aufgenommen in »Sinclairs Notizbuch«, Zürich, 1923.

Der Mann mit den vielen Büchern. Geschrieben im Juli 1918. Erstdruck in »Vossische Zeitung«, Berlin v. 3. 8. 1918. Aufgenommen in »Fabulierbuch«, Berlin, 1935.

Wenn der Krieg noch fünf Jahre dauert. Geschrieben im Juni 1918. Erstdruck u. d. T. »Aus dem Jahre 1925« unter dem Pseudonym Emil Sinclair in »Neue Zürcher Zeitung« v. 20. 5. 1919. Aufgenommen in »Sinclairs Notizbuch«, Zürich, 1923.

Das Reich. Geschrieben im August 1918. Erstdruck in »Neue Zürcher Zeitung« v. 8. 12. 1918. Aufgenommen in »Betrachtungen«, Berlin, 1928.

Kinderseele. Geschrieben 1918/19. Erstdruck in »Deutsche Rundschau«, Bd. 181. Aufgenommen in »Klingsors letzter Sommer«, Berlin, 1920.

Gespräch mit dem Ofen. Geschrieben 1918/19. Erstdruck in »Vivos voco«, Bern/Leipzig u. d. Pseudonym Emil Sinclair. Aufgenommen in »Betrachtungen«, Berlin, 1928.

Zeittafel

1877 geboren am 2. Juli in Calw/Württemberg

1892 Flucht aus dem evgl.-theol. Seminar in Maulbronn

1899 »Romantische Lieder«, »Hermann Lauscher«

1904 »Peter Camenzind«, Ehe mit Maria Bernoulli

1906 »Unterm Rad«, Mitherausgeber der antiwilhelminischen Zeitschrift »März« (München)

1907 »Diesseits«, Erzählungen

1908 »Nachbarn«, Erzählungen

1910 »Gertrud«

1911 Indienreise

1912 »Umwege«, Erzählungen, Hesse verläßt Deutschland und übersiedelt nach Bern

1913 »Aus Indien«, Aufzeichnungen von einer indischen Reise

1914 »Roßhalde«, bis 1919 im Dienst der »Deutschen Kriegsgefangenenfürsorge, Bern«
Herausgeber der »Deutschen Interniertenzeitung«, der »Bücher für deutsche Kriegsgefangene« und des »Sonntagsboten für deutsche Kriegsgefangene«

1915 »Knulp«

1919 »Demian«, »Märchen«, »Zarathustras Wiederkehr«
Gründung und Herausgabe der Zeitschrift »Vivos voco«, ›Für neues Deutschtum‹. (Leipzig, Bern)

1920 »Klingsors letzter Sommer«, »Wanderung«

1922 »Siddhartha«

1924 Hesse wird Schweizer Staatsbürger
Ehe mit Ruth Wenger

1925 »Kurgast«

1926 »Bilderbuch«

1927 »Die Nürnberger Reise«, »Der Steppenwolf«

1928 »Betrachtungen«

1929 »Eine Bibliothek der Weltliteratur«

1930 »Narziß und Goldmund«
Austritt aus der »Preußischen Akademie der Künste«, Sektion Sprache und Dichtung

1931 Ehe mit Ninon Dolbin geb. Ausländer

1932 »Die Morgenlandfahrt«

1937 »Gedenkblätter«

1942 »Gedichte«

1943 »Das Glasperlenspiel«

1945 »Traumfährte«, Erzählungen und Märchen
1946 Nobelpreis
1951 »Späte Prosa«, »Briefe«
1952 »Gesammelte Dichtungen«, 6 Bde.
1957 »Gesammelte Schriften«, 7 Bde.
1962 9. August: Tod Hermann Hesses in Montagnola
1966 »Prosa aus dem Nachlaß«, »Kindheit und Jugend vor Neunzehnhundert. Hermann Hesse in Briefen und Lebenszeugnissen 1877–1894«
1968 »Hermann Hesse – Thomas Mann«, Briefwechsel
1969 »Hermann Hesse – Peter Suhrkamp«, Briefwechsel
1970 »Politische Betrachtungen«, Hermann Hesse – Werkausgabe in 12 Bänden, dort:
»Eine Literaturgeschichte in Rezensionen und Aufsätzen«
1971 »Hermann Hesse – Sprechplatte«, »Mein Glaube«, eine Dokumentation, Lektüre für Minuten«
1972 Materialien zu Hermann Hesse »Der Steppenwolf«
1973 »Gesammelte Briefe, Band 1, 1895–1921«, »Die Kunst des Müßiggangs«, Materialien zu Hermann Hesse »Das Glasperlenspiel«, Bd. 1
1974 »Hermann Hesse, Leben und Werk im Bild«, von Volker Michels, »Begegnungen mit Hermann Hesse« von Siegfried Unseld, Materialien zu Hermann Hesse »Das Glasperlenspiel«, Bd. 2
1975 »Lektüre für Minuten«. Neue Folge, »Piktors Verwandlungen«, Materialien zu Hermann Hesses »Siddhartha«, Bd. 1
1976 Materialien zu Hermann Hesses »Siddhartha«, Bd. 2
Ursula Chi, »Die Weisheit Chinas und ›Das Glasperlenspiel‹«
»Über Hermann Hesse«, Bd. 1 (1904–1962)
1977 »Kleine Freuden, Verstreute und kurze Prosa aus dem Nachlaß«
»Über Hermann Hesse«, Bd. 2 (1963–1977)
Sämtliche Erzählungen in 4 Bänden
Bd. 1 »Aus Kinderzeiten« 1900–1905
Bd. 2 »Die Verlobung«, 1906–1908
Bd. 3 »Der Europäer«, 1909–1918
Bd. 4 »Innen und Außen«, 1919–1955
»Josef Knechts Lebensläufe«
»Von Wesen und Herkunft des Glasperlenspiels«
»Die Gedichte«
»Die Welt der Bücher«

»Politik des Gewissens. Die politischen Schriften 1914–1962«

1978 »Kindheit und Jugend vor Neunzehnhundert. Hermann Hesse in Briefen und Lebenszeugnissen 1895 bis 1900«

1979 Hermann Hesse. Sein Leben in Bildern und Texten von Volker Michels

Theodore Ziolkowski, »Der Schriftsteller Hermann Hesse«

»Gesammelte Briefe, Band 2, 1922–1935«

1982 »Gesammelte Briefe, Band 3, 1936–1948«

Ralph Freedman, »Hermann Hesse, Autor der Krisis«. Eine Biographie

1983 »Italien«. Schilderungen und Tagebücher. Herausgegeben von Volker Michels

1986 »Gesammelte Briefe, Band 4, 1949–1962«

1987 »Hermann Hesse in Augenzeugenberichten«. Herausgegeben von Volker Michels

1988 »Die Welt im Buch«, Bd. 1. Rezensionen und Aufsätze 1900–1910

Hermann Hesse
im Suhrkamp Verlag und
im Insel Verlag

Eine Auswahl

Gesammelte Schriften in sieben Bänden. Leinen und Leder
Band I: Frühe Prosa. Peter Camenzind. Unterm Rad. Diesseits Bernold
Band II: Gertrud. Kleine Welt. Roßhalde. Fabulierbuch
Band III: Knulp. Demian. Märchen. Wanderung. Klingsor. Siddhartha. Bilderbuch
Band IV: Kurgast. Die Nürnberger Reise. Der Steppenwolf. Traumfährte. Gedenkblätter. Späte Prosa
Band V: Narziß und Goldmund. Stunden im Garten. Der lahme Knabe. Die Gedichte
Band VI: Die Morgenlandfahrt. Das Glasperlenspiel
Band VII: Betrachtungen. Briefe. Rundbriefe. Tagebuchblätter

Werkausgabe. Zwölf Bände. Leinenkaschur

Gesammelte Briefe in vier Bänden. Unter Mitwirkung von Heiner Hesse herausgegeben von Ursula und Volker Michels. Leinen

Die Romane und die Großen Erzählungen. Jubiläumsausgabe zum hundersten Geburtstag von Hermann Hesse. Acht Bände in Schmuckkassette

Gesammelte Erzählungen. Geschenkausgabe in sechs Bänden

Hermann Hesse Lesebücher. Zusammengestellt von Volker Michels:
- Jedem Anfang wohnt ein Zauber inne. Lebensstufen
- Eigensinn macht Spaß. Individuation und Anpassung
- Wer lieben kann, ist glücklich. Über die Liebe
- Die Hölle ist überwindbar. Krisis und Wandlung
- Das Stumme spricht. Herkunft und Heimat. Natur und Kunst
- Die Einheit hinter den Gegensätzen. Religionen und Mythen

Einzelausgaben:
- Aus Indien. Erinnerungen, Erzählungen, Tagebuchaufzeichnungen. Herausgegeben von Volker Michels. st 562
- Aus Kinderzeiten. Gesammelte Erzählungen. Band I 1900-1905. st 347
- Ausgewählte Briefe. Zusammengestellt von Hermann Hesse und Ninon Hesse. st 211
- Berthold. Erzählung. st 1198
- Briefwechsel:
- – Hermann Hesse – Rudolf Jakob Humm. Briefwechsel. Herausgegeben von Ursula und Volker Michels. Leinen

15/1/1.87

Hermann Hesse
im Suhrkamp Verlag und
im Insel Verlag

Eine Auswahl

– – Hermann Hesse – Thomas Mann. Briefwechsel. Herausgegeben von Anni Carlsson. Leinen und BS 441
– – Hermann Hesse – Peter Suhrkamp. Briefwechsel 1945-1959. Herausgegeben von Siegfried Unseld. Leinen
– Casanovas Bekehrung. Erzählung. st 1196
– Das Glasperlenspiel. st 79
– Demian. Die Geschichte von E. Sinclairs Jugend. BS 95 und st 206
– Der Europäer. Gesammelte Erzählungen Band 3. st 384
– Der Lateinschüler. Erzählung. st 1193
– Der Steppenwolf. Roman. BS 226 und st 175
– Der Weltverbesserer. Erzählung. st 1197
– Die Erzählungen. SA. Leinen 2 Bde. in Kassette
– Die Gedichte 1892-1962. Herausgegeben von Volker Michels. 2 Bde. st 381
– Die Heimkehr. Erzählung. st 1201
– Die Märchen. st 291
– Die Morgenlandfahrt. Erzählung. BS 1 und st 750
– Die Verlobung. Gesammelte Erzählungen Band 2. st 368
– Eigensinn. Autobiographische Schriften. Auswahl und Nachwort Siegfried Unseld. BS 353
– Emil Kolb. Erzählung. st 1202
– Freunde. Erzählung. st 1284
– Gertrud. Roman. st 890
– Heumond. Erzählung. st 1194
– Innen und Außen. Gesammelte Erzählungen Band 4. st 413
– Italien. Schilderungen, Tagebücher, Gedichte, Aufsätze, Buchbesprechungen und Erzählungen. st 689
– Karl Eugen Eiselein. Erzählung. st 1192
– Kinderseele. Erzählung. st 1203
– Kindheit und Jugend vor Neunzehnhundert. Hermann Hesse in Briefen und Lebenszeugnissen 1877-1895. Herausgegeben von Ninon Hesse. Leinen und st 1002
– Kindheit und Jugend vor Neunzehnhundert. Zweiter Band. Hermann Hesse in Briefen und Lebenszeugnissen 1895-1900. Herausgegeben von Volker Michels. Leinen
– Klein und Wagner. st 116
– Klingsors letzter Sommer. Erzählungen. Mit einem farbigen Frontispiz. BS 608

15/2/1.87

Hermann Hesse
im Suhrkamp Verlag und
im Insel Verlag

Eine Auswahl

- Knulp. Drei Geschichten aus dem Leben Knulps. BS 75
- Ladidel. Erzählung. st 1200
- Lektüre für Minuten. Auswahl Volker Michels. st 7
- Lektüre für Minuten 2. Neue Folge. st 240
- Mein Glaube. Eine Dokumentation: Betrachtungen, Briefe, Rezensionen und Gedichte. Herausgegeben von Siegfried Unseld. BS 300
- Musik. Betrachtungen, Gedichte, Rezensionen und Briefe. Mit einem Essay von Hermann Kassack. BS 483 und st 1217
- Narziß und Goldmund. BS 65 und st 274
- Peter Camenzind. Erzählung. st 161
- Roßhalde. Roman. st 312
- Siddhartha. Eine indische Dichtung. BS 227 und st 182
- Sinclairs Notizbuch. Mit vier farbig reproduzierten aquarellierten Federzeichnungen des Verfassers. BS 839
- Stufen. Ausgewählte Gedichte. BS 342
- Unterm Rad. Erzählung. st 52 und BS 776
- Walter Kömpff. Erzählung. st 1199

Mit Hermann Hesse durch das Jahr. Mit Reproduktionen von 13 aquarellierten Federzeichnungen von Hermann Hesse.

Materialien zu Hesses Werk. Herausgegeben von Volker Michels:
- Band 1. Zu ›Siddhartha‹. stm. st 2048
- Band 2. Texte über Siddhartha. stm. st 2049

Hermann Hesse. Rezeption 1978-1983. Herausgegeben von Volker Michels. stm. st 2045

Hermann Hesse. Sein Leben in Bildern und Texten. Herausgegeben von Volker Michels. Gestalt von Willy Fleckhaus. Mit Anmerkungen, Namenregister, Zitat- und Bildnachweis. Vorwort von Hans Mayer. Leinen

Hermann Hesse – Leben und Werk im Bild. Herausgegeben von Volker Michels. it 36

Hermann Hesse – Werk- und Wirkungsgeschichte. Von Siegfried Unseld. Revidierte Fassung. st 1257

15/3/1.87

2/1/8.86

2/2/8.86

2/3/8.86

2/4/8.86

2/5/8.86

2/6/8.86

2/7/8.86